CONTES

DU

CHANOINE SCHMID

TRADUCTION DE A. CERFBERR DE MÉDELSHEIM

ILLUSTRATIONS PAR GAVARNI

PARIS

MORIZOT, LIBRAIRE-ÉDITEUR

3, RUE PAVÉE-SAINT-ANDRÉ-DES-ARTS, 3

C.

CORBEIL. — Typ. et stér. de CRÉTÉ.

CONTES

DE

CHANOINE SCHMID

TRADUCTION DE A. CERFBERR DE MÉDELSHEIM

ILLUSTRATIONS PAR GAVARNI

..

PARIS

MORIZOT, LIBRAIRE-ÉDITEUR

3, RUE PAVÉE-SAINT-ANDRÉ-DES-ARTS, 3

GODEFROY, LE PETIT ERMITE

I

L'ILE VERTE.

LE petit Godefroy vivait de la vie des ermites dès sa douzième année. Loin de sa famille il habitait une grotte, pratiquée dans les flancs d'une montagne entourée de tous côtés d'une effroyable solitude. Il n'avait pour tout vêtement qu'un froc brun, d'étoffe grossière, qu'une corde de chanvre serrait autour de la taille ; au lieu de souliers il portait

des sandales de bois, attachées à ses pieds par des courroies d'un cuir épais. Il se nourrissait de poissons, d'herbes et de racines, et ne mangeait jamais de pain ; à Pâques
seulement, il se régalait souvent de quelques œufs. L'eau
fraîche d'une fontaine était la seule boisson qu'il approchait de ses lèvres, et son lit consistait en une couche de
mousse.

Un pareil genre de vie paraîtra sans doute incroyable.
Celui qui lira ces lignes taxera de folie le pauvre Godefroy. Il blâmera la bizarrerie de ses parents, leur inhumanité de lui avoir laissé adopter une existence aussi
singulière. Mais ces reproches seront injustes, et il s'em-
pressera de reconnaître qu'ils ont été faits avec trop de
précipitation, comme il arrive presque toujours quand
on se prononce sur des matières qu'on ne connaît pas
à fond. La conduite de Godefroy fut aussi sage que raisonnable, et ses parents ne purent rien pour l'empêcher. En effet, cette vie solitaire en fit un homme de
bien, sans égal pour sa piété envers Dieu, comme pour
son amour envers son prochain. Et n'est-ce pas un spectacle digne d'intérêt, que de voir comment il sut acquérir
tant de vertus ?

Les parents de Godefroy étaient aussi religieux que

vertueux. Ils avaient sept
enfants, dont Godefroy
était l'aîné. Tous deux
consacraient ensemble
ce qu'ils avaient de for-
ces, pour nourrir et ha-
biller convenablement
une aussi nombreuse fa-
mille. Le père, nommé
Philippe, mettait tant
d'activité à faire valoir
son petit champ, ses pâ-
turages et les arbres de
son jardin, que le pain, le
lait et les fruits se trouvaient toujours en abondance dans le

ménage. Il avait également entrepris d'élever des abeilles,
et il l'avait fait avec autant d'intelligence que de bonheur.
C'était, de plus, un très-bon vannier. Ses petits garçons
l'aidaient dans son travail ; ils préparaient l'osier, et faisaient même déjà de petits ouvrages. Enfin de temps à
autre, il donnait un coup de main à son voisin, le riche
pêcheur Thomas, et il était toujours amplement payé de sa
peine. De son côté, sa femme vaquait avec zèle aux soins
du ménage ; elle faisait en outre des filets, dont ses jeunes
filles filaient le chanvre. Un travail aussi soutenu procu-
rait à leurs enfants tout ce qui était nécessaire à leur entretien. Mais leur plus grand soin fut de les élever dans
des sentiments de religion et d'humanité. Une bonne
éducation, disaient-ils souvent, est le plus précieux héritage que nous puissions leur laisser.

Godefroy, le Benjamin de la famille, était un enfant qui
donnait les plus belles espérances. Il avait une imagination vive, était prompt et adroit dans tout ce qu'il entre-
prenait, ardent au travail, et, de plus, toujours prêt à
rendre service et à faire plaisir à ses semblables. Il était
d'une constitution délicate ; son visage était aussi frais
qu'agréable ; ses yeux noirs, vifs et brillants, et surtout
ses cheveux d'un brun clair, qui retombaient sur ses
épaules en boucles épaisses, lui donnaient une apparence
distinguée. Son costume de batelier, que son parrain
Thomas lui avait fait faire, et qui consistait en une courte
jaquette, par-dessus une longue jupe qui lui descendait
jusqu'aux talons, lui allait également très-bien.

Mais, quelque grandes que fussent ses qualités, Godefroy avait aussi ses défauts. Il était très-capricieux, voulait toujours avoir raison ; il s'irritait à la moindre contradiction, et ses parents furent plus d'une fois obligés d'employer leur autorité pour le faire obéir. Il voulait commander à ses frères et sœurs, se fâchait s'ils refusaient
de lui obéir, se disputait avec eux, et ne leur adressait
que des paroles dures et hautaines. Les dîners qu'il faisait
de temps à autre chez son parrain lui rendaient presque
odieuse la nourriture simple que sa mère servait sur la

table; il s'en plaignait souvent, et tel était son mécontentement, qu'il l'estimait de trop peu de valeur pour daigner en remercier Dieu et ses parents. Ceux-ci lui reprochaient presque tous les jours son ingratitude; il avouait franchement ses torts, en paraissait très-repentant; il pleurait et promettait de se corriger; mais il ne tardait pas à retomber dans les mêmes fautes. Une pareille conduite accablait de chagrin ses pauvres parents. Ils craignaient de voir s'évanouir les belles espérances qu'il leur avait fait concevoir. — Godefroy, prends bien garde! lui disait souvent son parrain; pour faire quelque chose de toi, il faut que Dieu te conduise à une autre école, et se charge lui-même de ton éducation.

De la hauteur sur laquelle était située la maison de Philippe s'étendait une vue magnifique sur la mer. Une petite île, que l'on pouvait apercevoir de la fenêtre, présentait surtout un magnifique coup d'œil. Elle était entièrement couverte d'arbres touffus et de bocages verdoyants, ce qui lui avait valu le nom d'*île Verte*. Elle n'était pas habitée; aussi, de temps en temps, Philippe y faisait une descente pour couper des branches de saule qui y croissaient en abondance. Godefroy, qui n'était pas encore assez fort pour manier un aviron, mais qui était d'un grand secours à son père, pour la coupe du bois, avait l'habitude d'être du voyage, et c'était chaque fois une grande joie pour lui. Un soir, son père lui dit — : Godefroy, si le ciel et la mer sont aussi calmes demain que ce soir, tu viendras avec moi dans l'île. — L'enfant sauta de joie, et la perspective d'un voyage sur mer l'empêcha de dormir.

Le lendemain, lorsque les feux du matin commencèrent à empourprer l'horizon, que la brillante clarté des étoiles pâlit et s'effaça, Godefroy se leva. Il courut à sa mère pour l'aider à transporter dans la barque tout ce qui était nécessaire; car si le voyage était petit, les préparatifs ne l'étaient pas. En effet, il était déjà arrivé que, le temps ayant subitement changé, Godefroy et son père avaient été obligés de rester trois jours dans l'île, pendant

lesquels ils avaient eu beaucoup à souffrir de la faim.
Aussi la mère eut soin de déposer dans la barque une
ample provision de pain, de lait et de beurre. Elle leur
donna en outre une marmite et une soupière en terre,
pour qu'au besoin ils pussent se faire chauffer une bonne
soupe. Enfin, elle n'eut garde d'oublier l'épais manteau
de l'ami de son mari, qui pouvait leur servir de couver-
ture s'ils étaient obligés de coucher dans l'île.

Lorsque tout fut préparé pour le départ, Godefroy alla
prendre le chapeau de paille que son parrain lui avait
acheté au dernier marché. Marthe, sa sœur bien-aimée,
lui apporta un beau ruban vert dont elle lui fit cadeau,
et, à l'aide de quelques épingles elle l'attacha sur-le-
champ autour du chapeau. Son père lui dit alors : — Godefroy, va prendre deux paniers ; nous en aurons besoin.
— Eh ! pourquoi faire ? lui répondit Godefroy. — Tu le
verras, lui dit son père en riant. As-tu donc peur que
mon projet soit déraisonnable ? Tu en agis avec moi
comme beaucoup d'hommes avec la Providence ; ils vou-
draient savoir à l'avance pourquoi elle dispose des choses
de telle ou telle manière, pourquoi elle permet l'accomplissement de tel ou tel fait. Fais ce que je te dis, et tu
seras content du résultat. — Godefroy obéit et revint
bientôt avec les deux paniers.

Alors Philippe se mit en route avec lui. La mère et les
autres enfants les accompagnèrent jusqu'aux bords de la
mer, et lorsqu'ils furent embarqués, ils les suivirent longtemps des yeux, en leur criant : — Bon voyage et bon retour ! — Godefroy saisit une rame, et rivalisa tellement
d'ardeur avec son père, qu'il fut bientôt tout en nage et
obligé de défaire sa jaquette. Ils arrivèrent heureusement
à l'île ; ils en suivirent les sinuosités, et abordèrent enfin
à un endroit garni de très-beaux saules, et où l'arrivage
était facile. Ils mirent pied à terre, et Philippe, à l'aide
d'une corde, attacha la barque au tronc d'un des arbres.
Ils se mirent de suite à l'ouvrage. Philippe abattait les
branches avec la hachette, et les liait en bottes. Godefroy,
armé d'une petite serpette, imita son exemple, et fit un

fagot des branches qu'il avait coupées. Ensuite ils trans-
portèrent le tout dans la barque.

Philippe était enchanté que son fils l'eût aidé avec autant de zèle. — C'est très-bien, lui dit-il. Les enfants doivent assister leurs parents suivant leurs forces. Le père
n'hésite pas à se charger du plus lourd fardeau; le fils
doit imiter son exemple, et porter sans se plaindre le
plus léger.

Cette besogne achevée, Philippe dit à son fils : — Maintenant, reposons-nous, et dînons ! Après le travail, rien
n'est plus doux que le repos, et les aliments paraissent
encore meilleurs lorsque l'exercice a excité notre appétit. — Godefroy se fit un plaisir de servir son père. Il alla
chercher une cruche de lait qu'il avait déposée à l'ombre
d'un peuplier, sur les bords de la mer; il rompit du pain
dans la soupière, et y versa ensuite le laitage. Après avoir
fait leur prière, suivant leur habitude avant de se mettre
à table, ils s'assirent sur un beau gazon vert, et atteignirent leurs cueillers de fer-blanc. Ils se mirent à prendre
leur repas ; le lait, par sa fraîcheur, flatta agréablement
leur palais. Quand il ne resta plus rien au fond de la soupière, ils entamèrent des tartines beurrées, qu'ils trouvèrent également délicieuses, et pendant ce temps, Philippe lui raconta que son grand-père avait autrefois
demeuré dans cette île, et que ce n'était que plus tard qu'il
était venu habiter la terre ferme. — C'était, lui dit-il, un
homme honnête et pieux. La maison qu'il a fait bâtir de
l'autre côté de la mer, tout près du village, c'est nous,
ses petit-fils et arrière-petit-fils, qui la possédons aujour-
d'hui. — Il a bien fait, lui répondit Godefroy, de se rapprocher des hommes. Sans doute, tout est bien beau dans
cette île; mais, pour tout au monde, je ne pourrais me
décider à y vivre.

Quand leur repas fut terminé, et qu'ils eurent offert à
Dieu leurs actions de grâces, Philippe lui dit encore : —
Je t'ai promis une surprise agréable : va chercher les
deux paniers, et suis-moi. — Ils s'enfoncèrent au milieu

de l'île, et arrivèrent enfin à une grande place verte, au milieu de laquelle s'élevait un magnifique noyer. Son joli feuillage se détachait sur l'azur du ciel, et ses branches étaient chargées de noix entièrement mûres. A cet aspect inattendu, Godefroy poussa un cri de joie. Cet arbre, depuis plusieurs années, n'avait pas porté de fruits; aussi il n'en avait jamais été question; l'enfant ignorait même son existence. — C'est ton bisaïeul qui a planté cet arbre, lui dit son père. C'est presque le seul qui reste de tous ceux qu'il avait transportés ici. Là-bas, dans les rochers, on voit encore la maison du brave homme! — Godefroy loua l'humanité de son bisaïeul, qui lui avait fait planter de si beaux arbres, et s'empressa de ramasser les noix qui étaient tombées, et qui couvraient le gazon. A l'aide de ses dents, il enleva l'écorce verte qui les couvrait, et voulut essayer du même instrument pour casser l'enveloppe brune qui l'empêchait encore d'en extraire le fruit. Il eut beaucoup de peine à y parvenir, aussi il dit à son père : — Pourquoi donc Dieu a-t-il enfermé ces noix savoureuses dans deux écorces, dont l'une a l'amertume du fiel, et l'autre la dureté de la pierre? — Mon cher Godefroy, lui répondit son père, en agissant ainsi, Dieu a eu les vues les plus sages. Il a renfermé dans une enveloppe solide le fruit savoureux qui devait produire un arbre aussi magnifique, et l'amertume de l'écorce extérieure n'a pour but que de le protéger contre la dent des souris et des autres animaux rongeurs. Dieu a eu encore un autre but en vue : il a voulu nous enseigner par cet emblème la manière dont nous devons considérer les amertumes et les douleurs que nous rencontrons dans la vie. Ainsi, comme l'amertume et la dureté de l'écorce de ces noix n'est pas un motif suffisant pour nous les faire rejeter; que, loin de là, nous remercions Dieu, dont la bonté nous a donné ces fruits, aussi agréables qu'utiles; de même nous devons en agir avec les douleurs et les tribulations de la vie. L'enveloppe extérieure, que nous sommes d'abord obligés de déchirer, est amère et dure; mais nous espérons pénétrer plus avant, et arriver enfin à cette noix savoureuse, qui nous promet autant de plaisir que de bien-être.

Ensuite Philippe monta dans l'arbre et se mit à secouer les branches l'une après l'autre. Godefroy ramassa dans son panier les noix qui pleuvaient sur lui. Loin de faire attention aux contusions que la chute de ces corps durs lui faisait, il en riait de bon cœur. Cependant cette pluie, comme il l'appelait, devint bientôt si forte, qu'il jugea à propos de se mettre un peu à l'écart, sans renoncer pourtant entièrement à les ramasser. Quand il en eut rempli un de ses paniers, il courut au bateau, y déversa la charge, et, son panier vidé, il revint au noisetier, au pied duquel il aperçut encore une immense quantité de fruits. — Que ma mère sera contente, s'écria-t-il en parlant à son père, quand elle nous verra revenir avec un pareil butin ! et quelle sera la joie de mes frères et sœurs, lorsque je partagerai avec eux une aussi riche récolte ! Je m'en réjouis

à l'avance ! Le plus grand bonheur est de faire celui des autres.

II

LA TEMPÊTE.

Pendant que Godefroy et son père étaient ainsi occupés au milieu du bois, des nuages noirs et épais s'amoncelèrent, sans qu'ils eussent remarqué le changement du temps, du côté de la terre. Godefroy venait de faire un second voyage au bateau, il avait encore déchargé un panier rempli de noix, et sautait de joie à la vue de l'immense quantité qui y était déjà déposée. Tout à coup un ouragan terrible s'élève, il courbe à terre les arbres du rivage et soulève les flots de la mer. Un coup de vent furieux entraîne la frêle embarcation, et la pousse au loin devant lui. Godefroy, épouvanté, se met à crier aussi fort qu'il le peut. Son père accourt à ses cris. Il aperçoit son pauvre enfant déjà bien loin. La mer, soulevée par la tempête, tourbillonnait avec fureur. Tantôt le frêle esquif paraissait suspendu au sommet des vagues, tantôt il disparaissait dans un gouffre profond, et le pauvre père ne voyait plus rien ; tantôt il remontait sur l'eau et disparaissait de nouveau, mais en s'éloignant toujours de plus en plus. Philippe voyait son malheureux enfant tantôt lever les mains au ciel, tantôt les tendre vers le rivage ; mais le bruit du vent dans le feuillage et le mugissement de la mer ne lui permettaient plus d'entendre ses cris de détresse. En un moment la vaste étendue du ciel se couvrit de nuages épais, et une obscurité profonde s'étendit sur les eaux. De brillants éclairs déchirèrent l'atmosphère avec un horrible fracas, et jetèrent de temps en temps quelques vives lueurs au milieu des ténèbres qui couvraient la nature. A cette clarté sinistre, Philippe aperçut encore un moment la barque, que le vent emportait, et son fils, dont les mains étaient levées au ciel. Il vit flotter au loin la toile blanche de sa chemise. En ce moment un déluge d'eau tomba du haut du ciel, et empêcha la vue de s'étendre sur les flots, comme si un rideau se fût levé devant elle. Le malheureux père n'aperçut plus rien, ni son fils, ni la barque; il se laissa tomber au pied d'un saule, et passa la soirée et toute la nuit en proie au plus violent désespoir.

Cependant la femme de Philippe et ses enfants passèrent la journée dans les plus vives angoisses. Lorsque la tempête éclata avec tant d'impétuosité, et qu'elle vit l'île Verte disparaître à ses yeux au milieu des tourbillons de pluie et des profondes ténèbres qui enveloppaient l'atmosphère, elle s'écria, pâle comme la mort, en parlant à ses enfants glacés d'épouvante : — O mes enfants! priez Dieu qu'un temps aussi affreux ne prenne pas en mer votre père et votre frère. Si ce malheur arrivait, il nous faudrait trembler pour leurs jours! Dieu veuille avoir pitié d'eux! — Elle s'agenouilla au milieu de ses enfants et pria. Quand le ciel commença à s'éclaircir, et que l'île Verte reparut à ses yeux, ils coururent tous à la fenêtre pour voir s'ils apercevraient la barque. Ils ne la virent pas. La pauvre femme passa la nuit dans la plus vive inquiétude, et presque sans fermer l'œil.

Le lendemain, quand elle vit le ciel pur et serein, et le soleil déjà loin de l'horizon, sans que la barque reparût, elle éprouva de bien vives angoisses. Il était déjà midi, et elle attendait toujours, mais en vain. Son inquiétude était au comble. Tremblante d'effroi, elle courut chez son voisin Thomas, et lui fit part de ses craintes. Celui-ci s'émut à cette nouvelle; il secoua la tête et dit : — Il est étonnant qu'ils ne soient pas encore ici! Je vais passer dans l'île, et voir ce qui peut les retenir. — Il se jeta aussitôt dans une petite barque, et se dirigea vers l'île.

Pendant ce trajet, une attente pleine d'anxiété agita le cœur de la mère et des enfants. Mais on aperçut bientôt au loin la barque qui revenait. — Dieu soit loué! s'écria la mère, Thomas ne revient pas seul! — Transportée de joie, elle courut avec ses enfants sur le rivage. Mais, lorsque l'embarcation ne fut plus qu'à quelques pas d'elle,

un sentiment de frayeur glaça ses sens : — Où donc est
Godefroy? s'écria-t-elle. Philippe était pâle comme la

mort; il la regarda avec des yeux où le désespoir était
peint, et ne répondit pas. Sa profonde douleur l'empêchait de parler.

Ce fut Thomas qui prit la parole : — Dieu vous console
dans votre affliction, pauvre femme, lui dit-il; Godefroy
est mort! Abandonnez-vous à la volonté de Dieu! ce qu'il
fait est toujours bien! Godefroy, malgré ses défauts, était
un garçon plein d'avenir et de sentiments religieux; espérons qu'il est maintenant plus heureux dans le ciel que
nous ne le sommes sur la terre!

Mais aucune consolation ne put arriver au cœur de la pauvre mère. Son désespoir ne connut pas de bornes. Ses enfants exprimèrent en pleurant leur vive douleur. On ne pensa plus aux défauts de Godefroy, mais à ses bonnes qualités. Philippe lui-même, profondément affligé, se montra inconsolable. Ce ne fut qu'après avoir bien pleuré qu'ils se calmèrent un peu et trouvèrent quelque adoucissement à la douleur que leur causait la perte de Godefroy, dans ces consolantes pensées : C'est la volonté de Dieu ! Dieu le rappelle à lui, qu'il lui soit rendu ! Nous retrouverons un jour dans le ciel notre Godefroy bien-aimé !

III

L'ILE DES ROCHERS.

Godefroy, dont on pleurait la mort, vivait encore. Il est vrai que son voyage sur une mer furieuse fut pour lui une véritable agonie. A chaque instant il s'attendait à

voir son embarcation submergée par des lames qui se brisaient avec fureur contre sa frêle charpente. Dans son désespoir, il tint constamment ses mains levées au ciel, implorant de Dieu miséricorde et pitié ! Enfin la tempête le jeta sur une île hérissée de rochers. Aussitôt qu'il sentit que la barque touchait un fond solide, il s'empressa d'en sortir, il gagna la terre à travers les vagues mugissantes, et, tout trempé de l'eau du ciel et de celle de la mer, il se mit à gravir le rocher le plus rapproché de lui. Lorsqu'il se fut un peu remis de son épouvante et qu'il put considérer la mer, bouleversée par la tempête, sans que sa fureur pût désormais l'atteindre, il tomba à genoux, leva les mains au ciel et remercia Dieu. — Seigneur, dit-il, toi à qui obéissent les vents et la mer, toi dont, dans ma détresse, j'ai imploré l'assistance, tu as entendu ma prière ! Je t'en remercie du fond du cœur.

Sa prière terminée, il reporta les yeux sur son bateau. Il vit alors que les vagues l'avaient justement poussé entre deux rochers élevés, qui ne laissaient en cet endroit qu'une étroite ouverture. — Grand Dieu ! s'écria-t-il avec admiration, le meilleur navire n'aurait pas pu franchir cette passe avec plus d'adresse ! Qui donc aurait pu le conduire en un pareil lieu sans faire usage de rames ? Qui donc a dit aux vents et aux vagues que je trouverais ici un abri salutaire ? Que la barque eût dérivé un peu, soit à droite, soit à gauche, et elle eût été brisée en mille morceaux, et j'aurais été précipité au fond de la mer ! Toi seul, Dieu puissant, toi seule, souveraine et miséricordieuse Providence, as conduit ma barque en ce lieu pour me sauver ! Ma vie entière sera consacrée à te remercier de ce bienfait.

L'orage commençait à se dissiper. Les derniers rayons du soleil couchant illuminaient d'une teinte dorée de légers nuages flottant çà et là dans l'espace. Godefroy, du haut du rocher où il s'était réfugié, promenait ses regards sur la vaste étendue de la mer. L'île Verte, avec ses arbres gros et touffus, lui parut dans l'éloignement comme un buisson de mousse verte tellement petit, qu'il aurait pu le couvrir avec son chapeau. Il étendit encore ses regards jusqu'aux dernières limites de l'horizon, à l'endroit où le ciel et la mer semblaient se confondre ensemble. Les plus hautes montagnes lui apparurent comme de petits nuages d'un bleu sombre, que le soleil couchant teignait d'une couleur pourprée ; mais la maison paternelle, la colline sur laquelle elle s'élevait, les arbres qui l'entouraient, il n'en put rien apercevoir. — Ah ! grand Dieu ! s'écria-t-il en pleurant, que me voici loin de mes parents et de mes frères et sœurs ! Ces rochers sur lesquels je me trouve jeté ne peuvent être aperçus de la terre, car je ne les ai jamais vus, je n'en ai jamais entendu parler ! Au contraire, j'ai toujours ouï dire que du côté de la mer il n'y a aucune terre à plus de cinquante milles ! Certainement mes parents croient que j'ai péri pendant la tempête : ils ne pourront avoir l'idée de venir me chercher ici. Je n'ai d'autre ressource que de me remettre en mer et de tâcher de gagner la terre.

Les vagues, soulevées tout à l'heure par la tempête, venaient mourir doucement sur le rivage ; la mer était calme et ressemblait à un miroir. Le flot s'était retiré, et la barque se trouvait à sec. Godefroy descendit rapidement, sauta dedans, et ne fut pas peu effrayé de ce qu'il vit. Le corps du bateau était crevé. Une assez grande quantité de noix avait été apportée par la mer, et se trouvait dans l'ouverture formée par les deux rochers. Mais la charpente de la barque était en si mauvais état, que les planches se trouvaient presque toutes disjointes, tant avait été grande la force qui l'avait lancée dans cette baie ! — Ah ! s'écria Godefroy, elle n'est plus bonne à rien ! Les deux rames sont également perdues. Me voici enfermé dans l'enceinte de cette île déserte, comme dans une prison ; me voici condamné à demeurer ici toute ma vie, à ne plus jamais voir ni mon père, ni ma mère, ni mes frères, ni mes sœurs ! — A cette idée ses bras tombèrent sans mouvement, son visage devint pâle d'effroi, et ses joues décolorées se mouillèrent de larmes abondantes.

Mais en ce moment il aperçut sur les nuages sombres, qui couvraient encore une partie de l'atmosphère su-

perbe, un arc-en-ciel [1] dont l'éclat se réfléchissait dans
la mer ; et la partie qui se mirait dans les ondes, se réu-
nissant à celle qui brillait au ciel, dessinait un vaste anneau, où les sept couleurs du prisme se mariaient har-
monieusement. A ce magnifique tableau, Godefroy
enthousiasmé s'écria : — Grand Dieu ! toi dont les ouvrages annoncent une si grande bonté, comment peux-tu
laisser des hommes dans la douleur et le désespoir ! Ce
bel arc-en-ciel doit être pour moi le signe éclatant de ta
grâce et de ta bienveillance, comme jadis il le fut pour
Noé ! Après la pluie brille le soleil, après les éclairs et le
tonnerre, la douce clarté de l'arc-en-ciel ; de même aussi
après la souffrance doit revenir le bonheur, après les
pleurs doivent luire des jours heureux. Ainsi tu chan-
geras un jour en joie les tribulations dont tu m'accables
aujourd'hui. Tu m'as déjà sauvé de la mort ! Pourrais-tu
donc ne plus penser à moi ! J'ai confiance en toi, et je
vais reprendre courage.

Quand il eut fini de prier, il songea, avant toute autre
chose, à mettre en sûreté les faibles provisions qu'il avait
sauvées. Il emplit donc son panier de noix, le chargea
sur sa tête, et alla le déposer dans un endroit qu'il avait
découvert entre les rochers. Il fit ainsi plusieurs voyages.

---

[1] Le phénomène brillant que nous voyons si souvent planer au-
dessus des nues, après un temps d'orage, est un produit de la décom-
position des rayons solaires par les gouttes d'eau suspendues dans
l'atmosphère : il faut, pour que l'arc-en-ciel se produise, que le soleil
donne et qu'il pleuve en même temps ; souvent il est double et quelquefois triple. On trouve dans l'arc-en-ciel les sept couleurs primitives,
toujours disposées ainsi qu'il suit : le rouge, l'orangé, le jaune, le vert,
le bleu, l'indigo et le violet ; d'où il paraîtrait que la lumière blanche
n'est qu'un assemblage de molécules diversement colorées. On peut,
au moyen de l'instrument de physique appelé prisme, ou morceau de
verre triangulaire, décomposer la lumière du soleil en donnant issue à
ses rayons dans une chambre obscure, et en les faisant passer au travers du prisme.

Tous les peuples de la terre, les anciens comme les modernes, ont
regardé l'arc-en-ciel comme un signe d'espoir ; Dieu lui-même l'indiqua
à Noé comme marque de son alliance, et le paganisme en avait fait
l'écharpe mystérieuse d'Iris, la gracieuse messagère des dieux.

Quant aux pots de lait, ils furent renversés et brisés pendant la tempête. Godefroy ne trouva en bon état qu'une cruche en terre, la marmite et la soupière. Il s'empressa de les porter à la place où il avait déjà déposé les noix. Il s'empara ensuite des différents objets qui se trouvaient dans la barque, notâmment des deux hachettes, du manteau, de sa jaquette et de quelques autres ustensiles. En ce moment il s'applaudit vivement d'avoir eu l'idée de reporter dans la barque, aussitôt que leur travail avait été terminé, tous les instruments qui lui avaient servi ainsi qu'à son père. Il ne voulut pas non plus perdre entièrement le bois de la barque; il la tira plus avant dans les terres. — Qui sait, dit-il, si je ne trouverai pas l'occasion de m'en servir? Ce serait dommage que la marée montante l'emportât. — Il se mit donc à l'ouvrage, il travailla fort avant dans la nuit; la pleine lune, dont les rayons éclairaient la mer et les rochers de l'île, lui prêta sa lumière.

Le travail de la journée, les périls et les angoisses qu'il avait essuyés, l'avaient beaucoup fatigué. Il trouva bien dur de se coucher ainsi seul à la clarté des étoiles; ses chagrins se renouvelèrent plus vifs que jamais; que deviendra-t-il dans cette île? mais il réfléchit que, puisque

Dieu ne l'avait pas abandonné jusqu'ici, il veillerait en-

core sur lui. Son divin Fils n'avait-il pas dit : « Ne vous
inquiétez pas du lendemain ! » Il dit sa prière, suivant
l'habitude qu'il en avait contractée, et il s'étendit ensuite
sur la terre. Il avait très-peu plu dans l'île, et le terrain
qui lui servit de lit était déjà entièrement sec. Il s'enve-
loppa dans le manteau de son père, et, plus calme depuis
qu'il s'était recommandé à la Providence, il ne tarda pas
à s'endormir.

IV

UNE EXCURSION.

Grâce à la fatigue qu'il avait éprouvée, Godefroy dormit
toute la nuit aussi tranquillement que s'il eût reposé sur
le duvet. Son esprit fut d'abord agité de songes pénibles.
Il lui semblait toujours entendre le bruit du tonnerre et
le mugissement de la mer; il se croyait encore dans la
frêle embarcation, ballotté çà et là au gré du vent et des
flots. Tantôt il la voyait s'enfoncer au fond de l'abîme ;
tantôt elle se brisait contre les rochers ; il tombait à l'eau,
et s'efforçait en vain de gravir les rochers escarpés. Mais,
aux approches du matin, ses rêves devinrent doux et
riants. Il arrivait chez son père. Ses parents et ses frères
et sœurs se trouvaient alors dans le jardin; tous les arbres étaient couverts d'une riche verdure, et leurs branches chargées de belles pommes rouges et de poires
jaunes comme l'or, comme il n'en avait encore jamais
vu. Son père était monté dans un pommier; il était à
cheval sur une branche et la secouait fortement. Les
pommes, tombées à terre, brillaient sur l'herbe comme
des charbons ardents. La mère et les enfants étaient occupés à les ramasser dans un joli panier. En l'apercevant,
ils poussèrent des cris de joie. Son père sauta à bas de
l'arbre et vint lui serrer affectueusement la main, et sa

mère lui offrit les plus belles pommes, qu'elle avait re-
cueillies dans un vaste panier.

Mais lorsque, bercé par ce songe agréable, Godefroy
voulut avancer la main pour en saisir une, il fut réveillé
par les cris des oiseaux de mer qui, aux premières lueurs
du matin, voltigeaient au sommet des hauts rochers. En
ouvrant les yeux et en apercevant ces lourdes masses de
pierre, dont la cime menaçante était suspendue au-dessus
de sa tête, et lorsque ensuite il porta les yeux autour de
lui et n'aperçut que le ciel et l'eau, il se prit à trembler.
Son cœur fut agité d'une profonde douleur, et il commença à pleurer amèrement.

Une troupe d'oiseaux de mer se mit à voltiger au-dessus
de l'île, en poussant des cris de joie. —Ah! pensa-t-il, en
les regardant, si je pouvais vous charger d'un message
pour mes parents ; si vous pouviez aller leur apprendre
que je vis encore, mais que je suis ici emprisonné par
la mer! Ah ! bien certainement, mon bon père et mon
parrain s'empresseraient de venir me chercher, quels que
fussent d'ailleurs les périls du voyage.

Cependant il se leva, et dit avec une ferveur ardente sa
prière du matin. Il mangea ensuite pour déjeuner quelques noix et un morceau de pain, et résolut de visiter
l'île. —Peut-être, pensa-t-il, trouverai-je quelques arbres
fruitiers ou quelques plantes pour me nourrir et soutenir
mon existence jusqu'à ce que Dieu me tire d'ici. Il est
encore possible que cette île soit habitée par des hommes
habiles dans l'art de la navigation, et qui peut-être s'in-
téresseront assez à moi pour me reconduire dans ma
patrie.

Ayant donc résolu de se mettre en route, il plaça dans
la poche de son habit deux morceaux de pain enduits de
beurre, qu'il eut soin de coller l'un contre l'autre, afin
qu'ils s'en imprégnassent, et il y fit entrer en outre autant
de noix qu'elle put en contenir. Il eut la précaution de
les dépouiller de leur écorce, afin de pouvoir en prendre
davantage, et de ne pas avoir un poids trop lourd à porter.
Ensuite, parmi les branches d'osier que son père avait

coupées, il choisit une des plus fortes, en coupa un bâton à l'aide de sa hachette, et, tous ces préparatifs terminés, il se mit en route.

Il éprouva bien des fatigues, il courut bien des dangers pendant ce voyage. Il lui fallut gravir de hautes montagnes, et redescendre ensuite dans de profondes fondrières pour pouvoir continuer sa route. L'île entière était formée d'énormes masses de rochers d'un brun noir, qui s'élevaient bien au-dessus du niveau de la mer, et qui, à son centre, acquéraient une hauteur de plus en plus grande. A cet aspect formidable, son cœur trembla.

Plus d'une fois il se trouva enfermé au milieu de gorges profondes, auxquelles il ne trouvait aucune issue, et il fut obligé de revenir sur ses pas. Plus d'une fois il tenta de gravir tantôt une montagne, tantôt une autre ; mais il les trouva toutes si escarpées qu'il lui fut impossible d'arriver jusqu'à leur sommet ; ce ne fut même qu'avec le plus grand danger qu'il put redescendre à terre. Nulle part il ne trouva de traces soit d'hommes, soit d'animaux. Ce fut aussi vainement qu'il chercha des arbres fruitiers ou des légumes. Il n'aperçut pas d'autre herbe que la mousse qui recouvrait quelques rochers. Seulement il

découvrit çà et là quelques misérables sapins, qui trouvaient dans le sein des rochers une chétive nourriture.
— Ah! grand Dieu, dit-il en soupirant et en levant au ciel
des regards attristés, si je dois rester longtemps dans cet
affreux désert, j'y mourrai bien certainement de faim!

Toutefois, dans l'espérance de faire enfin quelque heureuse découverte, il résolut de continuer son voyage. La
chaleur du soleil, au milieu de ces masses de rochers,
était extrême. Son front et ses tempes ruisselaient de
sueur, et une grande soif commençait à le tourmenter.
Les rochers qui l'environnaient étaient brûlants comme
le feu, secs et arides. — Ah! grand Dieu! s'écria-t-il, la
soif me tuera avant la faim! Viens à mon secours, Père
céleste! — Il poursuivit son chemin; il avait à peine fait
quelques pas en avant qu'il entendit le bruit d'une fontaine. Il y courut. Elle était bien petite, il est vrai, mais
l'eau en était fraîche et claire comme le cristal. Il s'assit
au bord de cette source et se mit à boire; l'eau lui parut
délicieuse. Il mangea ensuite un morceau de pain beurré
et quelques noix, et recommença à boire. Jamais, avant
ce jour, il n'avait été à même d'apprécier quel immense
bienfait Dieu avait accordé à l'humanité en lui donnant
l'eau, qu'on estime cependant si peu, parce qu'elle se
trouve répandue partout en grande abondance. — Mon
Dieu! dit-il, que tu es bon; combien je te remercie de
cette boisson rafraîchissante! Quelque long que soit mon
séjour ici, je n'en manquerai pas! Mais aurai-je longtemps encore du pain et des noix? Cependant tu n'as pas
voulu me laisser périr de soif; tu ne me laisseras pas
succomber à la faim. Ta protection, suivant l'expression
de ma mère, est un gage que tu acquittes tôt ou tard.

Alors il se mit à remonter le cours de cette source, et il
arriva dans une forêt de jeunes sapins, au milieu de
laquelle il vit l'eau claire et limpide jaillir du sein d'un
rocher. Ce rocher s'élevait là à une hauteur considérable,
et Godefroy mit au moins une demi-heure pour en atteindre le sommet. Il arriva enfin au point le plus élevé de
l'île, et là il éprouva un sentiment d'admiration mêlé

d'effroi en voyant à ses pieds l'île entière avec ses pointes
de rochers et leurs sommets couronnés de sapins, et
partout autour de lui la mer immense. — Me voilà donc
seul au monde, séparé du reste des hommes par cette
vaste étendue d'eau, et comme exilé sur cette île stérile !
Mais je ne me laisserai pas abattre ; Dieu, qui m'a arraché
à la fureur de la tempête, saura bien encore venir à mon
secours ! C'est ici, au milieu de ces verts sapins, sur les
bords de cette source, que je vais fixer ma demeure ; je
vais y transporter ce qui me reste d'aliments et les quelques effets que je possède. Chaque jour j'irai m'asseoir
au sommet de ce rocher, et de là j'observerai si par hasard quelque navire ne se dirige pas de ce côté.

Le soleil approchait de l'horizon, et ses rayons de feu
illuminaient le lointain. Godefroy aperçut les collines
qui environnaient son hameau natal teintes d'une couleur d'or et de pourpre. Des larmes lui vinrent aux yeux :
— Grand Dieu ! s'écria-t-il, toi qui m'as conduit ici, loin
de ma patrie, toi qui, malgré le vent et l'orage, as fait
aborder mon frêle esquif en ces lieux, tu peux facilement, si tu le veux, diriger vers cette île la marche des
plus gros vaisseaux, envoyer à mon secours des hommes
qui ignorent même mon existence, et qui pourront me
reconduire dans ma patrie bien-aimée. Rien n'est impossible à ta puissance ; tu peux précipiter les hommes
dans la tombe, comme aussi tu peux les en faire sortir.
Dieu tout-puissant, je mets en toi toute ma confiance.

Ensuite il redescendit à terre, entra dans le petit bois,
s'étendit sur une mousse tendre et molle, protégé par
l'épais feuillage des sapins, et s'endormit bientôt d'un
profond sommeil.

V

LA FAMINE.

Godefroy n'avait pour se nourrir que sa faible provision de noix et de pain, et chaque jour, il montait à son poste d'observation pour voir si un navire marchand ou une barque de pêche ne s'approcherait pas de l'île ; mais il ne découvrait rien sur l'immense nappe d'eau étendue à ses pieds. Il commença à craindre de mourir de faim sur son rocher désert. Ce fut alors qu'il sentit le besoin de ménager ses faibles provisions pour les faire durer le plus longtemps possible. Il traça donc sur son pain, à l'aide de son couteau, la quantité qui devait suffire à sa consommation d'un jour. Il n'eut ainsi à manger qu'un bien petit morceau, et encore, si dur, qu'il fut obligé de le tremper dans l'eau pour pouvoir le mâcher. Il compta aussi ses noix avec autant d'anxiété qu'un avare ses pièces d'or, et il régla économiquement la quantité qu'il en consommerait chaque jour. De cette manière, il ne mangea jamais selon son appétit. Cependant le pain et les noix s'épuisèrent insensiblement. Enfin le jour arriva où il mit sous sa dent, et son dernier morceau de pain et sa dernière noix. Ce soir-là, il se coucha profondément affligé, et le lendemain matin, il ressentit les premières atteintes de la faim. — Hélas ! mon Dieu ! s'écria-t-il, je ne puis croire que ta volonté soit de me laisser mourir de faim ! Jusqu'ici tu n'as pas cessé de veiller sur moi ! En me jetant dans cette île, tu m'as laissé des aliments, sans lesquels je n'aurais pu subsister. Mon pain et mes noix sont consommés ; tu me donneras le moyen de me procurer une autre subsistance. J'ai confiance en toi ; je suis sûr que tu ne m'abandonneras pas.

Il parcourut alors l'île entière, pour y chercher des

racines et des herbes afin de s'en nourrir ; mais, comme
le sol était presque partout couvert d'une couche pier-
reuse, ses recherches n'obtinrent qu'un faible résultat.
Ce ne fut qu'au fond de la source qu'il trouva quelques
plantes. Il les arracha, et ce fut avec voracité qu'il les
mangea ; il descendit ensuite le cours du petit ruisseau,
depuis sa source jusqu'à la mer, cueillant et ramassant
toutes les herbes qu'il y trouvait ; mais ces aliments
n'eurent pas le pouvoir d'apaiser sa faim. Épuisé, il
s'assit sur un rocher dont le pied trempait dans la mer,
et regarda la terre, que l'on apercevait de l'autre côté.
— Grand Dieu, s'écria-t-il, là-bas, sur cette terre, de
combien de plaisirs n'ai-je pas joui, sans même y penser,
sans même songer à t'en remercier ! Là, le blé, chose
étonnante, pousse de lui-même ! là des arbres fruitiers
abaissent jusqu'à notre main leurs branches, afin que
nous puissions les cueillir plus facilement ! là des fon-
taines de lait et de miel coulaient pour moi ! Ah ! pardonne si je ne t'ai pas encore remercié de tous ces biens
dont tu me comblais ! on n'en connaît bien le prix que
lorsqu'on en est privé !

Tout en parlant ainsi, il aperçut, au milieu de l'eau
claire et limpide de la mer, de petits poissons, aux na-
geoires rouges et aux yeux noirs, qui prenaient joyeusement leurs ébats. — Ah ! dit-il, si je pouvais seulement
les attraper pour apaiser mon horrible faim ! Mais malheureusement je n'ai pas de filet, et il m'est impossible
de les prendre avec la main. — Ce fut un horrible supplice
pour le pauvre Godefroy, qu'une faim cruelle tourmentait, de voir si près de ses yeux ces petits poissons, sans
cependant pouvoir les saisir ; car le filet était le seul
instrument de pêche qui lui fût connu. — Bon Dieu !
s'écria-t-il, ton divin Fils l'a dit : « Quand ton enfant te
demandera un poisson, ne lui donne pas un serpent. »
Ah ! donne-moi les moyens de prendre ces poissons, que
je ne meure pas de faim !

En ce moment un petit oiseau vint, en volant, se
percher sur la branche d'un sapin qui se trouvait près

de lui, et se mit à se mirer dans la mer. Il tenait un ver dans son bec. — Mon Dieu, s'écria Godefroy, tu donnes la pâture à l'oiseau qui voltige dans les airs, comme ton divin Fils nous l'apprend, et comme je le vois en ce moment de mes propres yeux ; ah ! ne me laisse pas, moi pauvre créature, mourir faute d'aliment ! — En ce moment, l'oiseau voulut écraser contre la branche sur laquelle il était perché le ver qui se débattait vivement ; mais il lui échappa et tomba dans l'eau. Les poissons, en troupe nombreuse, se jetèrent sur cette proie avec la rapidité de l'éclair ; un d'eux l'attrapa et le dévora.

— Tiens, pensa Godefroy, si j'attachais un semblable appât à un bout de fil, je pourrais peut-être tirer hors de l'eau le poisson qui se jetterait sur lui pour le manger. — Son chapeau de paille se trouvait auprès de lui. Il s'empressa donc d'effiler le ruban que sa sœur y avait attaché ; il en tressa un long fil, fouilla la terre pour y chercher un ver, l'attacha à la ligne, et la jeta à l'eau. Mais les poissons ne voulaient pas approcher si près du bord. Il attacha donc le fil au bout de son bâton, et le lança de nouveau à la mer. Un poisson se jeta aussitôt sur cette proie, et la mangea, sans se prendre à la ligne.

— Je vois bien que cela ne suffit pas, dit Godefroy ; il prit une des épingles qui servaient à attacher son ruban autour de son chapeau, la ploya de manière à en former un crochet, y attacha solidement le fil, suspendit un ver à l'hameçon, et le laissa retomber dans l'eau. Aussitôt un poisson se jeta sur l'appât, et le dévora. Godefroy ramena promptement le fil à lui, et il vit, ô bonheur ! un poisson blanc comme l'argent, qui se débattait à son extrémité. Il le décrocha, et tenta de nouveau la fortune. Tous les coups ne furent pas également heureux. Cependant, au bout de peu de temps, il en avait pris une demi-douzaine. Quelle joie fut la sienne ! Au nombre des objets qui avaient été sauvés avec le bateau, il avait trouvé une pierre à fusil et de l'amadou. Il fit un tas de branches sèches, et y mit le feu pour faire cuire ses poissons. Il put donc enfin satisfaire son appétit, après avoir cruellement souffert de la faim ; il s'agenouilla pour en remercier Dieu. La réussite de sa tentative lui causa la plus vive joie, et, depuis ce jour il consacra tous ses moments à la pêche.

Cependant il aperçut aussi de très-gros poissons nager dans la mer. — Ah! se dit-il, si je pouvais en prendre seulement un, j'aurais au moins à manger pour deux jours. » Il pensa bien qu'un hameçon fait avec une faible épingle serait insuffisant pour supporter un poids aussi lourd. Il se creusa la tête pour deviner où il pourrait trouver ce qui lui manquait. Enfin il lui vint à l'idée qu'il pourrait trouver beaucoup de clous de fer dans les planches de son ancien bateau. Il y courut de suite, enleva un clou d'une des planches, l'aiguisa sur une pierre, et le ploya ensuite en forme de crochet ; il effila sa cravate de toile, et tressa ensemble plusieurs fils, de manière à en faire une ligne solide, y fixa l'hameçon, auquel il appendit un gros ver, et ce nouvel expédient lui réussit encore : il prit de plus gros poissons, et fut au comble de la joie.

Cependant il ne tarda pas à remarquer qu'il manquait encore beaucoup de choses à son instrument. En effet, plus d'une fois il lui était arrivé de voir le poisson, en se débattant au bout de sa ligne, retomber dans l'eau. Il chercha longtemps à comprendre comment cela pouvait arriver. Il avait toujours été très-curieux et grand observateur. Il se rappela donc qu'un jour, ayant vu des flèches à un chasseur (c'était l'arme dont on se servait à cette époque pour chasser), et lui ayant demandé à quoi servaient les dents qui se trouvaient à son extrémité, celui-ci lui avait répondu qu'à leur aide la flèche restait dans la blessure, sans pouvoir en être arrachée. Il chercha aussitôt à faire des dents à son hameçon ; à cet effet, ses deux haches et son couteau lui tinrent lieu de marteau, d'enclume et de ciseau. Enfin, après un long travail, il réussit à fabriquer un hameçon armé d'une dent. Il l'essaya aussitôt, et, à sa grande satisfaction, il arriva plus rarement que le poisson déjà pris retombât dans l'eau.

Cependant Godefroy ne laissa pas que d'apporter quelques perfectionnements à son invention. Ainsi, il était

très-fatigant pour lui de maintenir toujours à la même
hauteur le bâton au bout duquel était suspendue la
ligne, et d'observer attentivement si quelque poisson y
mordait, pour la tirer assez promptement hors de l'eau.
Un jour, une petite branche qui flottait à la surface de la
mer s'entortilla dans sa ligne. Il remarqua alors qu'il
n'était plus nécessaire de tenir toujours son bâton à la
même hauteur, car, quand il lui arrivait de l'abaisser, la
petite branche empêchait l'hameçon de tomber au fond.
Il reconnut bientôt aussi que cette branche lui indiquait
le moment précis où le poisson s'approchait de l'hameçon pour en dévorer l'appât, et il put ainsi retirer sa ligne
toujours au moment opportun. Il substitua à la branche
un morceau de bois. Alors les produits de sa pêche devinrent un grand soulagement pour lui, et son invention
un précieux trésor. L'expérience et la réflexion lui firent
encore retirer d'autres avantages. Il remercia Dieu d'avoir
donné à l'homme assez d'intelligence pour créer les objets nécessaires à ses besoins.

Cependant il se trouva de nouveau réduit à une dure
extrémité, et il eut encore à souffrir cruellement de la
faim pendant quelques jours. La mer fut tellement agitée
qu'il ne put pas pêcher. Les vagues se brisèrent contre
les rochers avec un si horrible fracas et à une si grande
hauteur, qu'il n'osa pas s'approcher des bords. Il réfléchit
aux moyens à employer pour se garantir, à l'avenir, de la
famine, et pensa à creuser un réservoir pour y conserver
du poisson. Il trouva non loin de la source, dans un fond
de rocher, une cavité assez spacieuse : il y amena l'eau
de la fontaine, et elle se trouva bientôt remplie d'une
onde limpide. Ce fut là qu'il conserva le produit de sa
pêche, et ainsi il y trouva toujours des provisions contre
la famine. A partir de ce jour, il n'eut plus d'inquiétude
pour sa nourriture. — Que je suis content, dit-il, de ne
plus avoir à craindre de mourir de faim ! Combien je te
remercie, ô mon Dieu ! Je resterai maintenant ici avec
plaisir, aussi longtemps que ta sainte volonté le permettra. Un jour, tu feras cesser ma captivité !

VI

LA GROTTE.

Lorsque Godefroy n'eut plus à craindre la famine et vit ses subsistances assurées pour l'avenir, le souvenir de ses parents et de ses frères et sœurs se réveilla dans son cœur, plus puissant que jamais. A toute heure de la journée, il regardait dans toutes les directions pour voir si un navire ne paraîtrait pas à sa vue.

Un matin, étant, suivant son habitude, monté au sommet du rocher qui lui servait d'observatoire, il aperçut tout à coup un grand vaisseau. Il était à peine éloigné d'un mille, et les rayons du soleil levant teignaient d'une teinte dorée ses larges voiles. Il tressaillit de joie à cette vue; son cœur fut agité tout à la fois de crainte et d'espérance. Il regarda fixement le vaisseau, dont le cap [1] était précisément tourné vers l'île. Il le vit s'approcher de plus en plus. Alors il alla chercher une longue branche de sapin qu'il tenait prête à cet effet; il attacha son gilet à son extrémité, et, montant au sommet de son rocher, il agita de droite à gauche ce drapeau rouge, afin d'attirer l'attention du vaisseau. Mais, lorsque celui-ci se trouva assez rapproché de l'île pour pouvoir apercevoir ce signal, il changea tout à coup de direction, et s'éloigna de plus en plus du pauvre Godefroy. Le malheureux enfant le suivit des yeux, jusqu'à ce qu'il l'eût vu disparaître derrière les dernières limites de l'horizon, et, découragé, le désespoir dans le cœur, il redescendit à terre.

Il pleura longtemps et bien amèrement. Cependant il se rappela, en ce moment, les paroles que son père lui

---

[1] Le cap d'un navire est la partie antérieure du bâtiment, ou la proue. En terme de marine, *mettre le cap* sur un endroit, c'est diriger le vaisseau vers ce lieu.

avait adressées un jour qu'il avait vu, comme lui, s'évanouir des espérances qu'il avait formées. « Souvent,
quand nous sommes malheureux, la main de Dieu nous
semble au moment de nous secourir; mais nous la
voyons s'éloigner de nous. Pour cela, il ne faut pas perdre courage ; ce n'est qu'une épreuve par laquelle Dieu
veut tenter notre confiance en lui et notre patience. Il
viendra plus tard à notre aide. Oui, il nous laisserait succomber sous le poids de notre douleur, que notre confiance dans son amour sage et paternel ne devrait pas en
être ébranlée ; car tout ce que Dieu nous envoie est pour
notre bonheur, sinon dans cette vie, du moins dans celle
à venir. » Ces paroles de son père le consolèrent un peu ;
il reprit courage.

Cependant il ne perdit pas l'espérance de voir bientôt
un autre navire aborder à l'île, et l'emmener avec lui.
Mais, en attendant, le temps devint de plus en plus mauvais. L'automne s'annonça tardivement par d'abondantes
pluies ; elles tombèrent sans discontinuer, la nuit et le
jour. Les larges branches des sapins, sous lesquelles il
avait établi sa chambre à coucher, ne lui offrirent plus
un impénétrable abri. Quand il s'y coucha, l'eau plut sur
lui comme une gouttière ; la terre se trouva tellement
inondée par les pluies, qu'il eût été impossible de trouver dans le bois une seule place sèche. Cependant ce long
déluge eut une fin. Mais l'hiver s'approcha toujours de
plus en plus. Les vents du nord commencèrent à souffler, et
le feuillage de la forêt ne fut plus assez épais pour en garantir le pauvre Godefroy. Les nuits devinrent tellement
fraîches, que le froid saisissait tous ses membres. — Mon
Dieu ! s'écria-t-il un matin, presque mort de froid, que
deviendrai-je si ce temps dure tout l'hiver ? car s'il me
faut coucher longtemps sur la terre glacée, au milieu de
ce bois ouvert à tous les vents, j'y périrai certainement
de froid. Laisse-moi trouver une place où je sois au moins
à l'abri du vent et de la pluie !

Il se mit de suite en route pour découvrir le gîte dont
il sentait si vivement le besoin. Entre la plus haute mon-

tagne de l'île, au sommet de laquelle il montait chaque
jour à la découverte, et une autre colline presque aussi
élevée, était située une petite vallée. Il l'avait souvent
aperçue, mais il n'avait pu trouver d'ouverture pour y
arriver. Descendre la pente escarpée d'un des rochers
qui l'environnaient était chose impossible. Il chercha de
nouveau, mais en vain, un passage pour y arriver. Enfin,
à quelques centaines de pas de l'endroit où la source
prenait naissance, il aperçut un rocher élevé qu'on eût
dit avoir été fendu de haut en bas. Il en atteignit le sommet, et, passant par l'ouverture qu'il présentait, parvint
dans l'étroite vallée. Dans un des rochers qui la cernaient
de tous côtés, il découvrit une grotte dont l'entrée était
fermée par deux sapins élevés. Il pénétra sous cette voûte,
assez spacieuse, et s'écria dans un élan de joie : — Cette
grotte semble faite pour moi. Il me sera facile de m'y garantir du froid et de la pluie. Ta bonté songe à tout, père
céleste ! Tu m'as procuré des aliments pour tout le temps
que je resterai ici ! Quand j'ai eu soif, tu m'as donné de
l'eau pour me désaltérer, et maintenant tu me procures
encore un abri contre les rigueurs de la saison. Quelque
dures que soient les épreuves auxquelles tu me soumets,
j'y reconnais encore ton bienveillant amour. Aussi je ne
puis assez te remercier !

Aussitôt il s'occupa activement de ramasser de la
mousse, et de la mettre sécher au soleil ; car, quelque
froides que fussent les nuits, la chaleur du soleil était
encore très-forte pendant le jour. Le soir venu, il porta
cette mousse bien séchée dans la grotte, et, s'étendant
dessus, il dormit la première nuit, dans sa nouvelle
demeure, d'un sommeil calme et profond.

Il meubla ensuite son ermitage aussi bien que possible.
Il y transporta sa cruche, sa marmite et son plat, et les
autres objets qu'il possédait encore. Mais le plus précieux pour lui fut de se voir à l'abri de l'hiver qui approchait. Il apporta dans sa nouvelle habitation tout le bois
qu'il avait déjà coupé ; il en coupa d'autre encore, et l'empila le long d'un des rochers de l'intérieur de la grotte.

Il voulut ensuite y faire du feu, mais il faillit être étouffé par la fumée. Obligé d'y renoncer, il songea au moins à empêcher le vent de pénétrer dans l'intérieur de sa demeure. Il tressa donc, avec les branches d'osier qu'il avait sauvées du naufrage, une espèce de porte, et fabriqua une huisserie en fichant en terre, à l'entrée de la grotte, des troncs bruts de sapins. Au lieu de pentures en fer, il en fit en bois, à l'aide de fortes branches, et la porte, ainsi établie, s'ouvrit et se ferma sans difficulté. Il en boucha tous les jours avec de la mousse ; il y pratiqua seulement une petite ouverture pour apercevoir la lumière du soleil. De cette manière, il eut assez chaud pendant la nuit. Pour faire du feu quand il le voudrait, il choisit, dans un des coins de la petite vallée, une place qu'abritait la cime pendante d'un rocher. Il eut soin d'y conserver toujours de la braise sous la cendre, afin de pouvoir, à l'aide de branches sèches, allumer, lorsqu'il en aurait besoin, un bon feu pour faire non-seulement rôtir son poisson, ou le faire bouillir dans la marmite, mais encore pour pouvoir se chauffer ; car il ne voulut plus se servir de sa pierre et de son amadou que dans un cas d'extrême besoin. Il économisa les quelques allumettes qu'il possédait, avec autant de soin que si c'eût été de l'or ; pour un trésor il n'en aurait pas donné une seule. —Sans elles, dit-il, j'aurais été réduit à manger mes poissons crus ; oui, sans une petite allumette, qui n'est pas moitié aussi grosse qu'un grain d'orge, je serais peut-être déjà mort de froid sur cette terre inhospitalière. Mon amadou et ma pierre ne m'ont pas été moins utiles. Partout, ici-bas, nous sommes entourés des bontés de Dieu, que, dans la prospérité, nous ne savons pas reconnaître.

Cependant l'hiver était arrivé. Un matin, en sortant de sa grotte, Godefroy aperçut la terre couverte de neige ; elle était tombée pendant la nuit. Un autre jour, les rochers et les arbres se couvrirent d'un givre brillant. Dans un pareil moment, il s'estima bien heureux de pouvoir se réchauffer à la chaleur d'un bon feu, et il remercia Dieu de ce bienfait.

Godefroy, ainsi abandonné, passa les longues soirées
d'hiver assis devant un feu pétillant, dont la fumée montait lentement au ciel, tandis que son éclat illuminait les
rochers et les sapins couverts de frimas. Autour de lui,
tout était froid et insensible ; aussi il soupira plus d'une
fois ardemment après le foyer paternel. Il pensa, en
pleurant, au bonheur qu'il avait éprouvé au milieu de sa
famille ; il se rappela les petites histoires que son bon
père racontait tout en faisant ses paniers, tandis que ses
enfants, assis autour de lui, filaient du chanvre, que leur
mère tressait des filets et partageait souvent entre eux
des noix et des pommes cuites. — Ah ! je donnerais volontiers un doigt de ma main, dit-il souvent, pour me
retrouver seulement une heure au milieu d'eux.

Il profita de l'hiver pour exécuter encore d'autres travaux. Ce fut avec la plus grande peine qu'il parvint à faire
avec les planches de sa barque une table et un banc ; il
les fixa au pied d'un rocher ; et construisit un toit en bois
pour les protéger ; de cette manière, pendant les jours
de pluie, il pourrait sortir de sa grotte et trouver un abri,
tresser ses lignes, aiguiser ses hameçons, écailler son
poisson ; il pourrait y faire, en un mot, toutes ses affaires,
et même y prendre ses repas. Il rendit praticable le chemin qui conduisait à la source, et facilita le passage de
plusieurs endroits escarpés et dangereux, en y plaçant de
petites marches.

Lorsque le printemps reparut, et que les mouettes et
d'autres oiseaux de mer, qui faisaient leurs nids dans les
rochers qui bordaient le rivage, commencèrent à couver
leurs œufs, il lui arriva par-ci par-là d'en dénicher quelques-uns. Ces œufs furent alors pour lui un régal d'une
rareté précieuse, non-seulement parce qu'ils lui parurent
excellents, mais encore parce qu'étant de différentes couleurs, ils lui rappelèrent la fête de Pâques, qui tombait à
cette époque. Le cresson de la fontaine et les tendres
feuilles de la capucine lui servirent de salade, et les racines de cette dernière plante de dessert. Le sel, qu'il recueillit dans les rochers de la côte, lui vint à propos pour

donner du goût à ses aliments. Sa nourriture si frugale
lui fut extrêmement salutaire ; il grandit et il devint de
plus en plus fort. — Ah'! qu'il faut peu de chose à
l'homme, dit-il souvent, pour alimenter son existence et
vivre frais et bien portant !

Les heures qu'il ne passait pas à pêcher, à faire la cuisine, à couper du bois ou à exécuter d'autres importants
travaux, il les employait à extraire des perles des moules
que la mer jetait sur le rivage. Comme personne n'en venait faire la pêche, il en trouva un grand nombre, et
parmi elles il y en eut de la plus grande beauté. Il recueillit aussi du corail au milieu des rochers que baignait
la mer. Il tressa de jolis paniers en jonc, dans lesquels
il serra ses perles et son corail. — Dieu, je l'espère, dit-
il, m'accordera de voir encore une fois mes parents ; car
j'aurai un petit trésor à leur rapporter. Cela leur permettra de se procurer quelques douceurs pour leur vieillesse qui approche, et de donner une dot à mes frères et
sœurs... Ah ! mes bons parents ont déjà tant fait pour
moi, et je ne peux les en récompenser ! Avec quel plaisir, car je suis aujourd'hui assez grand et assez fort, je
les aiderais dans leurs nombreux travaux, si je n'étais pas
aussi éloigné d'eux ! Mais pendant que je ramasse ici des
perles et du corail, peut-être travaillé-je pour eux ! et,
pour un enfant qui n'est pas dépourvu de toute tendresse
filiale, peut-il être un travail plus doux que celui qu'il
entreprend pour ses parents ?

VII

UN AMI DANS LE MALHEUR.

Godefroy vivait dans son île, aussi gai, aussi content
que pouvait l'être un garçon aussi vif et aussi éveillé que
lui, qui se voyait condamné à une solitude aussi com-

plète. Au milieu de ses continuelles occupations, le temps lui passait vite. Seulement, lorsque des pluies le forçaient de rester assis sous son toit de planche, ou qu'une violente tempête, le froid et la gelée, le contraignaient de s'enfermer dans sa grotte, alors il répétait en soupirant : — Ah ! il est bien pénible de n'avoir personne à qui parler ! Combien j'étais heureux lorsque j'étais à la maison, auprès de mes bons parents ! — Il pensait à eux presque tout le jour et en rêvait la nuit. Une fois, dans un rêve, son père se présenta à lui ; il le regarda en souriant amicalement, le nomma son cher Godefroy ; sa voix, pleine d'une indéfinissable tendresse, l'appela à lui, et ses bras s'ouvrirent pour le recevoir. Godefroy se réveilla, et, en se voyant seul dans sa grotte, il se prit à pleurer si amèrement, que les larmes lui coulèrent en abondance le long des joues. — O mon père ! s'écria-t-il ; comme il m'aimait quand j'étais auprès de lui ! comme il me parlait toujours avec bonté, et que de bien il me faisait ! Quel malheur qu'il soit maintenant aussi loin de moi, que je ne puisse plus contempler son visage, et que, de son côté, il ne puisse plus me voir ! Ah ! il ne sait pas que je vis encore.

« Cependant, continua-t-il en élevant au ciel des regards pieux, j'ai encore un autre père en toi, Dieu puissant et miséricordieux ! Il est vrai qu'il m'est aussi impossible de te voir que d'apercevoir en ce moment le visage de mon père ! mais je sais que, quoique tu sois là-haut, au ciel, cependant tu es aussi près de moi sur cette terre. Ton amour pour moi est infiniment plus grand que celui que mon père peut me porter ! Tu me vois, et tu connais toutes mes pensées ! mon père *mortel* ne m'entend pas, et je ne puis converser en ce moment avec lui, tandis que toi tu entends toutes mes paroles ; à chaque heure de la journée, je puis te parler. Tu ne converses pas avec moi, il est vrai, comme les hommes conversent avec les autres hommes ; mais tu m'inspires de bonnes pensées, tu consoles mon cœur et le soutiens par l'espérance. Tu me prouves chaque jour ton amour par tes

bienfaits, par tes dons paternels. Que de soins n'as-tu pas
eus de moi depuis que je suis dans cette île ! Que je suis
heureux de te connaître ! Que je serais malheureux si je
pouvais jamais t'oublier ! Ici, sur cette terre étrangère,
je pense sans cesse à mon père ; je penserai aussi toujours à toi, mon père céleste et bienfaisant. Oh ! qu'il est
heureux l'homme qui te connaît, qui t'aime, et met sa
confiance en toi ! Il n'est jamais seul ; un ami le suit en
tous lieux, auquel il peut recourir dans les moments de
détresse. Oui, c'est en toi, père céleste, que je trouve aujourd'hui la protection la plus sûre, les plus puissantes
consolations, l'assistance la plus complète. J'espère revoir encore une fois mon père, mais il viendra aussi
un moment où je pourrai contempler ton divin visage.

Godefroy ne manquait jamais de faire chaque jour sa
prière, matin et soir ; il remplissait également ce devoir
avant et après ses repas. Il remerciait Dieu de tous ses
bienfaits. Relégué au fond d'une solitude aussi profonde,
son attention n'était distraite par rien, ses yeux ne pouvaient apercevoir qu'un bien petit nombre d'objets ; aussi
il se mit à les examiner avec la plus grande curiosité, et
apprit à connaître encore davantage Dieu par la contemplation de ses ouvrages.

Souvent il montait au sommet de son rocher le plus
élevé, pour, de là, voir le soleil se lever. Lorsque le ciel
et la mer se couvraient de teintes chaudes et transparentes, que les nuages paraissaient embrasés, et que le
soleil, enfin, pareil à un globe de feu, s'élevait au-dessus
de l'horizon, son âme s'attendrissait. Il s'agenouillait et
entonnait un hymne à la louange de celui qui a créé un
si magnifique ouvrage. L'artiste qui aurait pu peindre
dans ce moment le pieux enfant agenouillé sur un rocher
le visage et les mains levés au ciel, éclairés par les ardents rayons du soleil levant, eût fait un admirable tableau ! Au coucher de l'astre du jour, il faisait encore sa
prière. — C'est toi, père céleste, disait-il, qui règle et son
lever et son coucher, afin qu'il éclaire les hommes, tes

enfants, et qu'il échauffe, fasse croître et prospérer tout
ce qui a vie, verdit et fleurit sur la terre.

Souvent aussi il contemplait avec une pieuse joie la
lumière douce et calme de la lune, et éprouvait une vive
satisfaction à observer les phases immuables de sa crois-
sance et de sa décroissance, ce que jusqu'à ce jour-là il
n'avait jamais si bien remarqué. — Oh! combien doit
être bon et doux, s'écriait-il, celui qui, après une chaude
journée consacrée au travail, daigne envoyer aux hommes
une lumière aussi paisible et aussi douce!

En l'absence de la lune, lorsque le ciel était pur, il s'a-
musait à contempler les innombrables étoiles qui brillaient au firmament. Il montait souvent au sommet de
son rocher pour embrasser le ciel étoilé dans toute son
étendue. Il ne tarda pas à découvrir, après une observation plus attentive, que quelques étoiles se levaient, se
couchaient, et faisaient autant de chemin que le soleil;
que d'autres plus petites traversaient l'atmosphère, sans
jamais disparaître à sa vue ; enfin que ce monde tout entier semblait tourner autour d'une étoile qui ne changeait jamais de place [1]. Il remarqua, en outre, que
chaque jour les étoiles se levaient un peu plus tôt, que
de mois en mois de nouveaux astres, dont il n'avait pas
encore observé l'existence, paraissaient à sa vue, et
qu'enfin ce n'était qu'au bout d'une année que les mêmes
revenaient sur l'horizon. Toutes ces découvertes lui causèrent la plus grande joie. Lorsque la nuit était pure et
constellée, principalement en hiver, et qu'on voyait le
ciel étinceler du feu des plus brillantes étoiles, il ne pouvait le contempler sans un tressaillement de respect et
d'admiration. — Le ciel aussi, s'écriait-il, nous entretient
de la magnificence de Dieu, en étalant à nos yeux toutes
les merveilles de la création [2].

De plus, les œuvres de Dieu répandues sur la terre,

---

[1] L'auteur parle ici de l'étoile polaire et de la constellation d'Hercule
autour de laquelle paraît tourner le système céleste.

[2] Ceci rappelle le commencement du fameux psaume xviii : *Cœli
enarrant terræ gloriam Dei*, etc.

autant du moins qu'il put en apercevoir sur son île stérile, éveillèrent en lui de pieux sentiments. — Là-haut,
dit-il, un jour que le printemps renaissait, la voûte céleste étincelle d'étoiles ; mais, ici-bas, devant ma grotte,
ne voilà-t-il pas un gazon vert, émaillé de belles fleurs
jaunes comme de l'or, dont les feuilles délicates s'étendent
comme des rayons lumineux ? — Quand il était enfant, il
s'était souvent amusé avec ses camarades à faire des chaî-
nettes avec des queues de fleurs semblables et à souffler
sur les boules de laine qui restaient à découvert après
l'enlèvement des pétales, et il avait toujours pris un grand
plaisir à voir leurs flocons voler autour de lui. Mais en
ce moment il les envisagea d'une tout autre manière. —
Ces fleurs, auxquelles on fait si peu d'attention, dit-il,
témoignent de la sagesse et de la bonté de Dieu. Chacun
de ces flocons porte avec lui une petite graine, et chaque
graine est comme un vaisseau à la voile ; le vent les a
transportées de la terre ferme ici, à travers les airs. Puisque le vent a le pouvoir de faire voyager ces graines, il
les a répandues au sommet de ces rochers, et ces fleurs
en sont sorties. Ainsi, longtemps avant que j'arrivasse
dans cette île, la main de Dieu avait semé presque partout ces fleurs, dont les feuilles et les racines devaient
me nourrir.

Il n'appréciait pas moins bien le prix des sapins, les
seuls arbres qu'il y eût dans son île. — S'ils ne me donnaient pas de bois, disait-il, je serais fort embarrassé pour
faire cuire mes aliments, et je pourrais à peine supporter
la rigueur de l'hiver. — Il se mit à considérer avec la plus
grande attention leurs pommes d'un brun si éclatant et
d'une structure si élégante, dont il s'était servi autrefois
pour jouer ; il en ouvrit les écailles avec son couteau, et
il remarqua alors que sous chacune d'elles se trouvaient
deux petites graines volatiles. — Elles aussi ont été ap-
portées ici par les vents : et ces sapins qui couronnent
ces rochers, qui m'entourent, ont été semés comme
toutes ces belles fleurs jaunes. Sans cela comment la
terre, à une aussi grande hauteur, aurait-elle pu être fé-

condée? Leurs racines aussi doivent avoir eu bien de la
peine à s'attacher aux flancs de ces durs rochers. On les
voit quelquefois pendre longtemps, et, comme des êtres
doués de raison, chercher une fente, une cavité où elles
puissent se fixer. Quant aux troncs, ils sont déliés, hauts
et droits comme des cierges, et telle est leur flexibilité,
que la tempête les fait bien ployer, mais ne peut les rompre facilement. Et il en devait être ainsi pour qu'ils pussent croître et vivre à une si grande hauteur. De plus,
leurs branches et leurs feuilles ont le privilége de conserver leur verdure pendant l'hiver, et offrent ainsi, lorsque les autres arbres ne présentent plus qu'un froid
squelette, un abri à de pauvres petits oiseaux. Du reste,
ces sapins présentent un bien beau spectacle, avec leur
feuillage toujours vert et leur tête qui s'élève si haut dans
les airs. Lorsque je contemple le ciel à travers la sombre
verdure des sapins qui se trouvent devant ma grotte, il
me paraît d'un plus beau bleu, et la lune me semble briller d'un plus vif éclat. — Aussi il se garda bien d'y toucher
et préféra aller couper du bois plus loin.

   Il examina également avec le plus grand soin cette
mousse verte et jolie à laquelle jusqu'ici il n'avait jamais
fait une attention sérieuse. — Que Dieu a donc bien tout
disposé sur cette terre! dit-il; le moindre petit brin de
mousse témoigne encore de sa sagesse et de sa bonté;
on dirait de la feuille d'un jeune sapin; et comme ces
feuilles paraissent délicatement tissues lorsqu'on les regarde à la lumière! Les ouvrages qui sortent de la main
de l'homme sont, en comparaison, bien informes et bien
grossiers. — Il examina ensuite les petites capsules qui
renferment la graine. — Qu'elles sont d'une forme élégante, dit-il; elles ressemblent à de petites coupes fer-
mées d'un couvercle. Les graines sont aussi petites que
des grains de fine poussière. Lorsqu'elles sont mûres, le
couvercle tombe, et le vent les répand au loin. C'est là
ce qui explique la grande quantité de mousses que l'on
trouve en tous lieux. Elles prennent leur nourriture au
sein de stériles rochers, et les couvrent d'un tapis d'a-

gréable verdure. L'oiseau que j'entends chanter s'en sert pour se construire un nid et moi pour me coucher. Quelle innombrable quantité ne me faut-il pas pour me préparer une couche moelleuse ! Si cette plante ne se trouvait pas en aussi grande abondance, j'aurais été obligé de me coucher sur la pierre ! Sans elle, je n'aurais pas pu garantir aussi bien ma grotte du vent et du froid ! Oui, grand Dieu ! tout sur la terre, depuis le sapin altier jusqu'à l'humble mousse, depuis l'astre éclatant du soleil jusqu'à la poussière de cette plante, tout prouve ta puissance. L'univers est plein de ta gloire. Le ciel et la terre ne forment qu'un temple où ta magnificence éclate dans toute sa splendeur ; et moi aussi je te dresserai dans mon cœur un autel pour l'adorer.

Quoique Godefroy se fût habitué à regarder le ciel et la terre comme un temple où Dieu était sans cesse présent, cependant il regretta amèrement de n'avoir pu trouver une église. — Il me faudrait, dit-il, une croix pour me rap-

peler le souvenir de la Divinité ; la vue d'un pareil emblème fait naître chez l'homme des sentiments religieux. — Il coupa une branche de sapin dont l'écorce brune était couverte d'une jolie mousse jaune et blanche ;

il en fit une croix qu'il plaça sur un rocher, non loin de sa grotte.

— Cette croix, dit-il, ce signe sacré de notre rédemption est si simple, qu'il n'est pas d'endroit où l'on n'en puisse élever un ; et cependant il suffit pour nous rappeler sans cesse le souvenir de notre Sauveur, qui est mort pour nous ! Ailleurs, on les couvre d'or et de pierres précieuses, mais une simple parure de mousse ne produit pas un mauvais effet et convient parfaitement au séjour d'un pauvre solitaire. — C'est là que souvent, agenouillé devant cette humble croix, il fit sa prière le matin et le soir ; une pierre, qu'il avait roulée au bas du rocher qui la supportait, lui servait de prie-Dieu.

Il est bon de dire que ses parents lui avaient appris plusieurs prières courtes et touchantes. Il éprouva une bien vive joie de ne pas les avoir oubliées ; il se mit à les dire tous les jours. Elles eurent pour effet de lui inspirer de consolantes pensées, et de lui servir, pour ainsi dire, d'ailes pour élever son cœur au ciel. — Si nous avons à remercier Dieu d'un bienfait ou à implorer sa protection dans la détresse, il est inutile que nous sachions nos prières par cœur. Le malheur, un cœur reconnaissant, nous rendent facile l'accomplissement de ce devoir. Mais que d'heures dans la vie, où les tribulations nous épargnent, sans que cependant notre âme soit heureuse ! C'est alors que ces prières nous sont vraiment utiles. Celles que je sais par cœur sont un livre précieux, que mes bons parents m'ont donné pour m'accompagner dans la route que je dois parcourir ; aussi il ne me quitte pas, et je ne crains pas de le perdre.

En outre, ses parents lui avaient fait apprendre par cœur plusieurs passages des saintes Écritures. Ces passages, principalement ceux qui retraçaient les paroles de Jésus, il se mit à les réciter tous les jours, pour ne pas les oublier, précaution nécessaire, puisqu'il ne possédait plus un seul livre dans lequel il pût les relire. Ces pieuses instructions devinrent les objets de ses réflexions ; elles adoucirent et calmèrent ses peines. — Elles

sont pour moi, dit-il, comme un riche coffret rempli de
pierres précieuses que la main des voleurs ne peut atteindre; c'est pour mon cœur la source d'une joie pure, et
sa valeur ne saurait s'estimer.

Au fond de son ermitage, la pensée de Godefroy fut
souvent occupée du souvenir de Jean dans le désert. — Ce
fut aussi la volonté de Dieu, pensa-t-il, que Jean, qui
devait devenir un saint homme et faire tant de bien à ses
semblables, passât sa jeunesse au milieu d'un désert. En
effet, la solitude doit avoir son bon côté; et bien certainement ce n'est pas sans raison que Dieu m'a conduit
ici ! — Et, au fait, cette vie retirée ne fut pas sans profit
pour lui. Son âme s'y développa et devint aussi pieuse
que bonne.

VIII

NOUVELLES DOULEURS.

Jusqu'ici, la santé de Godefroy avait toujours été
bonne. Mais un jour, il fut victime d'un fâcheux accident;
un éclat de moule lui entra bien avant dans le talon. Il
dut cela à ses souliers, qu'une longue marche au milieu
de chemins rocailleux avait totalement usés et dont il ne
pouvait plus faire aucun usage. Cependant la blessure
s'enflamma et lui causa de vives douleurs. La fièvre survint, et il en arriva à ne plus pouvoir se lever de son lit
qu'avec peine. Ce ne fut qu'avec la plus grande difficulté
qu'il parvint, en s'appuyant sur un bâton, à se traîner
jusqu'à la fontaine, pour y emplir une cruche d'eau, afin
d'étancher la soif brûlante qui le dévorait. Cependant il
se réjouit de n'avoir aucun appétit; car, dans son état de
faiblesse, il lui aurait été presque impossible d'aller à
son réservoir chercher du poisson et de le faire cuire. Il

manquait de linge pour panser sa blessure. Pauvre Godefroy ! il était bien à plaindre !

En proie à de vives douleurs, le sang brûlé par la fièvre,
privé de tout secours, il gisait étendu, au fond de sa
grotte, sur son lit de mousse ; et dans ces cruels moments, il pensait avec plus de tristesse que jamais à la
maison paternelle. — Ah ! pensait-il, là, si quelque mal
me tourmentait, quel tendre intérêt me témoignaient
mes parents ! Mon père allait lui-même chercher le mé-
decin. Ma mère, au milieu des plus tendres caresses, préparait les médicaments, m'apportait dans mon lit de
bonne soupe bien chaude, et préparait elle-même mon
coucher. Et mes frères et sœurs, comme ils paraissaient
affligés de mon état ! ils ne pensaient qu'à me consoler et
employaient tout pour y parvenir. Tout le monde priait
pour moi ! Mais ici je suis seul et sans secours ! Ah ! il serait bien affreux de mourir ainsi abandonné !

Il répandit d'abondantes larmes, leva les mains au ciel
et pria : — Mon Dieu, mon père céleste, mon seul espoir !
le monde entier m'abandonne, mais toi, tu ne m'abandonnes pas ! Oh ! aie pitié de moi ! Tu es toujours venu à
mon aide ; viens-y encore en ce jour. Rends-moi la santé ;
ne me laisse pas mourir dans cette île déserte ; ramène-
moi au sein de ma famille.

Ce fut alors qu'il reconnut mieux que jamais qu'il n'a-
vait pas toujours été aussi reconnaissant, aussi soumis
envers ses parents, si bons pour lui, qu'il aurait dû l'être.
— Mon Dieu ! s'écria-t-il, peut-être ne m'as-tu exilé ici
que pour que je reconnusse mes défauts et que je m'en
corrigeasse. Ah ! pardonne-moi, père céleste, je te promets, si tu me ramènes auprès d'eux, d'être à l'avenir
tout amour, reconnaissance, et de leur obéir avec la plus
entière soumission !

Ce fut aussi avec le plus profond chagrin qu'il pensa
à ses frères et sœurs, aux querelles qu'il avait souvent
soulevées, aux paroles dures qu'il leur avait adressées.
— Ah ! combien je me repens de ma conduite ! Pardonne-
moi encore, père miséricordieux ! et reconduis-moi au-

près d'eux ! Oh ! je ferai tous mes efforts pour vivre dans l'harmonie la plus parfaite, et être pour eux le meilleur des frères !

— Ah ! disait-il souvent, si je me retrouvais dans la maison paternelle, je ne saurais trop apprécier le bonheur de posséder des parents aussi dévoués, des frères et sœurs aussi bons ! Je l'ai souvent gâté par mon étourderie et ma légèreté. Dieu clément, laisse-moi les revoir une fois encore ; que je puisse leur demander pardon, contribuer à leur bonheur par une meilleure conduite, et leur faire autant de bien que j'en ai reçu d'eux !

C'est ainsi que pria souvent Godefroy pendant sa maladie. Dieu lui rendit la santé. Sa blessure se guérit ; la fièvre diminua et finit même par le quitter entièrement. La première fois qu'il put se lever et sortir de sa grotte sans l'aide d'un bâton, il s'agenouilla pour en remercier Dieu. Sa confiance en lui augmenta. — Mon Dieu ! s'écriat-il entre autres choses, tu as exaucé ma prière, la première que je t'aie adressée ; tu m'as rendu la santé. Je me nourris de l'heureux espoir que tu voudras bien exaucer encore celle que je t'adresse, que tu me ramèneras bientôt au sein de ma famille bien-aimée.

Aussitôt qu'il fut rétabli, il s'occupa, avant tout, à se faire une espèce de chaussure pour garantir d'un nouvel accident ses pieds à peine guéris. A l'aide de sa hachette et de son couteau il se fit, avec une des planches de son ancien bateau, de fortes semelles ; le cuir de ses vieux souliers lui fournit des courroies qu'il cloua solidement à ses semelles. Cette nouvelle chaussure, à laquelle on a donné le nom de sandale, fut tout ce qu'elle pouvait être avec les mauvais outils dont il disposait.

Il ne tarda pas également à avoir besoin d'effets neufs. Les siens lui étaient devenus trop petits, et étaient d'ailleurs tellement usés, qu'ils ne le garantissaient que bien faiblement de la rigueur du temps. Quand il faisait mauvais, il avait tellement froid que les dents lui en claquaient ; il craignit de retomber malade. Il est vrai que, dans les jours de gelée, il s'enveloppait dans le manteau

de son père; mais malheureusement il était trop long, et
il marchait dessus; de plus, les manches lui couvraient
entièrement les mains, et le gênaient beaucoup dans son
travail, quoiqu'il eût soin de les retrousser. Il résolut
donc d'en faire une longue robe qui lui descendrait jusqu'aux talons, sans cependant gêner ses mouvements,
comme une fois il en avait vu une sur le dos d'un ermite.
— Mais, dit-il, où prendrai-je une aiguille, du fil et des
ciseaux?—Pour suppléer à ce qui lui manquait, il aiguisa
un morceau de clou en forme d'aiguille; mais il éprouva
les plus grandes difficultés à y percer un trou à l'aide
d'un autre clou bien aiguisé. Heureusement il avait autrefois remarqué dans l'atelier d'un forgeron que le fer était
non-seulement malléable, tant qu'il était rouge, mais encore qu'il demeurait ainsi, même après s'être un peu re-
froidi, et que, lorsqu'on le plongeait tout en feu dans de
l'eau froide, il reprenait aussitôt sa solidité. Il remercia
Dieu d'avoir, pour les besoins de l'homme, donné au fer
ces deux admirables propriétés, et il parvint enfin à faire un
outil qui ressemblait, il est vrai, plutôt à un carrelet qu'à
une aiguille. Il fit du fil avec les lambeaux d'une paire de
bas de laine que, depuis longtemps, il avait mise de côté.
Son couteau, qu'il aiguisa sur une pierre, lui tint lieu de
ciseaux. Il se mit alors à l'ouvrage; il tailla son manteau
en forme de longue robe, et en assembla les morceaux
aussi bien qu'il le put. Il se fit une ceinture avec la corde
qui avait servi à attacher son bateau, et que le soleil et
les pluies avaient entièrement blanchie. Son chapeau se
trouvant également hors d'état de servir, il s'en tressa
un autre avec du jonc, ce qui, pour un vannier, fut très-
facile. Ensuite il endossa son nouveau costume; sa longue
jupe brune, qu'une corde blanche serrait autour de sa
taille, son chapeau, dont les bords étaient un peu ra-
battus des deux côtés; son long bâton de bois de saule,
qu'il tenait à la main, lui donnaient la physionomie d'un
ermite. Il se rendit au bord de la mer pour se regarder
dans ses eaux, transparentes comme un miroir, et ne put
s'empêcher de rire de son nouvel accoutrement. — Main-

tenant, dit-il, je ressemble entièrement à ce moine qui venait de temps à autre nous rendre visite, à l'époque où j'habitais encore la maison. Ma robe n'est pas moins gros-sière que mal faite; mais elle est aussi chaude que si elle était d'un drap très-fin, et que si elle avait été taillée et cousue par une main habile. Je regarde ce vêtement comme un grand bienfait de Dieu, et je ne passerai pas un jour sans le remercier de me l'avoir donné.

Pendant que sa main était occupée à tailler et à coudre son habit, son esprit était occupé de bien singulières réflexions :

— Avant de venir dans cette île, dit-il, je n'avais jamais pensé à la douceur qu'il y avait d'habiter au milieu d'une grande agglomération d'hommes. Que de milliers de bras ne faut-il pas pour habiller un homme aussi bien que je l'étais chez mon père! Je ne veux prendre pour exemple que mon ancien chapeau. Eh bien, avant qu'un seul tuyau de paille soit sorti de terre, que de bras n'a-t-il pas fallu mettre en action! D'abord, avant que le paysan pût labourer son champ, il a fallu une charrue. Pour cela, le montagnard a fouillé le sein de ses montagnes pour en extraire le fer, qu'il a fallu fondre et marteler sur l'enclume. Et pour rendre la mine exploitable, pour faire les fonderies et les marteaux, que d'hommes n'a-t-il pas encore fallu mettre en œuvre! Le charron a fait les roues et le corps de la charrue; mais pour cela, il lui a fallu du bois, et le bras du bûcheron a été nécessaire pour l'a-battre dans la forêt. Et puis, de combien d'outils le charron n'a-t-il pas eu besoin pour travailler le bois? En-suite il a fallu le livrer à de nouvelles mains. Le maréchal a ferré les roues et fait le soc de la charrue; il lui a fallu aussi du fer, des soufflets, des marteaux, des tenailles et une enclume. La fabrication de tous ces outils a demandé l'emploi de bien des bras. De plus, avant de pouvoir atte-ler les chevaux à la charrue, il a fallu des harnais et des cordes. Mais alors le sellier et le cordier ne furent pas seuls occupés; avant de les mettre à l'ouvrage, il a fallu employer bien des bras pour tanner le cuir, cultiver le

chanvre et le filer ! Il a fallu que le paysan semât la graine,
que le moissonneur coupât les épis, que le batteur en
grange battît la paille, avant qu'elle fût remise entre les
mains de l'ouvrier, et qu'il en eût tressé un chapeau.

Godefroy se mit aussi à penser au nombre de bras nécessaires pour préparer la laine et le lin, pour teindre le
drap, pour blanchir la toile ; à la quantité d'instruments
et d'outils, tels que rouets, métiers à tisser, fouloirs,
chaudières à teintures, et à mille autres objets indispensables pour ces travaux ; à la multitude de travailleurs
mis en œuvre pour les exécuter, avant que le tailleur, à
l'aide de ses ciseaux et de son aiguille, en eût fait un
vêtement convenable.

—Je sais, dit-il, ce que coûte une seule aiguille ; on en
a plusieurs pour un kreutzer, et la modicité du prix fait
que celui qui les fabrique a toujours de l'ouvrage pour
aider à celui des autres. C'est une chose bien remarquable, que des milliers d'hommes travaillent toujours
au profit d'un seul ; celui-là, de son côté, doit, par son
travail, contribuer au bien des autres pour que la société subsiste. Tout le monde gagne à s'aider mutuellement. Le grand ne doit pas mépriser le petit, ni celui-ci
porter envie à plus puissant que lui. Il faut vivre par les
autres et pour les autres. Celui qui ne travaille pas ne doit
pas manger. Dieu l'a voulu ainsi, afin que les hommes,
qui se sont si nécessaires les uns aux autres, vécussent ensemble et en bonne intelligence. Oh ! c'est un grand bonheur de vivre en société ! Celui qui s'en trouve séparé est
condamné à bien des douleurs, à bien des privations ! Ah !
si jamais je puis me retrouver au milieu de mes semblables, l'obligation de travailler sera loin d'être un chagrin
pour moi. Je veux, par une activité sans relâche, contribuer au bien-être général.

IX

UN GRAND MALHEUR.

Remis de son indisposition, habillé chaudement des pieds à la tête, Godefroy vécut de nouveau calme et tranquille ; seulement le désir de revoir ses parents bien-aimés remplissait toujours son cœur, et prenait chaque jour de nouvelles forces. Il continuait de monter, plus souvent même qu'autrefois, à son observatoire, et de là, ses yeux parcouraient les quatre coins de l'horizon, cherchant à découvrir la trace d'un vaisseau. Il en aperçut plus d'un, dont la marche était dirigée vers son île... et le cœur lui battait de joie et d'espérance. Mais ils changeaient de direction sans s'en être approchés, et le pauvre Godefroy avait la douleur de les voir disparaître à droite ou à gauche de l'horizon. Il ne douta plus que ce ne fût à dessein que les vaisseaux évitaient de s'en approcher ; mais il fut longtemps à en comprendre le motif. Cependant il finit peu à peu par le découvrir. Autour de l'île s'élevaient au-dessus des flots beaucoup de rochers ; d'autres, en grand nombre, étaient cachés par les eaux de la mer, ce qu'il était facile de deviner au bouillonnement des vagues, qui se brisaient sur eux avec fureur. Il comprit que c'était pour ne pas se briser sur ces rochers que les vaisseaux évitaient de s'en approcher. Un jour, il fut vivement ému en voyant un navire arriver sur son île, toutes voiles dehors ; mais tout à coup la voilure tomba, les rames furent brassées, et on s'éloigna à la hâte de ces dangereux parages. Force lui fut donc de se résigner à la volonté de Dieu. — Un jour viendra, dit-il, où Dieu m'arrachera d'ici. En attendant, que sa volonté soit faite ! Quand l'heure qu'il a fixée pour me délivrer de ma captivité aura sonné, il saura bien trouver les moyens d'arriver à ses fins. Gloire lui soit rendue! Il conduira tout à bonne fin.

Cependant, se voyant condamné à passer encore un hiver dans cette île, Godefroy jugea à propos de faire sa provision de bois. Il abattit plusieurs sapins, en fendit le bois, et l'empila contre un rocher, non loin de sa grotte. Il recueillit également, et déposa au même endroit, une grande quantité de branches et de jeunes scions bien secs dont il faisait de petits fagots qui l'aidaient à allumer du feu plus promptement.

Un jour, il avait abattu, sur le sommet d'un roc élevé qui se trouvait à quelque distance de sa demeure, un sapin qui avait roulé au fond d'une fondrière avec un horrible fracas. Il se mit de bon matin à l'ouvrage pour en dépecer le bois. Mais le manque d'une scie, et la nécessité où il se trouvait de couper le bois avec sa hachette, lui donnèrent beaucoup de mal; il suait à grosses gouttes. Midi étant sonné, et l'appétit commençant à se faire sentir, il chargea sur ses épaules un pesant fardeau, et se mit en route pour regagner sa demeure. Mais à peine fut-il sorti de la fondrière, qu'une scène d'effroi frappa ses regards : il vit s'élever entre les deux rochers, à l'endroit même où était située sa grotte, des nuages d'une fumée noire et épaisse; et deux flammes, d'un aspect rougeâtre et sinistre, pareilles, par leur élévation et leur étendue, aux tours élevées de deux clochers, semblaient menacer le ciel.

Il avait bien entendu parler de montagnes qui, de temps à autre, vomissaient des flammes. Il craignit aussitôt qu'un feu souterrain n'eût éclaté dans son île, et ne la consumât bientôt tout entière. Il jeta son fardeau à terre, et, le cœur tremblant d'effroi, s'approcha de sa petite vallée et demeura à l'entrée, immobile et dans une consternation profonde. Il n'aperçut que de la fumée et des flammes; le bruit et le craquement de l'incendie l'assourdissaient. Cependant, malgré ce triste tableau, la certitude que ce n'était pas la terre qui vomissait ces flammes lui procura quelques consolations; il comprit même facilement quelle pouvait être la cause de ce violent incendie. En effet, il

avait oublié imprudemment, près de l'endroit où il faisait
du feu, quelques-uns des petits fagots qu'il y avait entas-
sés. Il était resté un peu de braise sous la cendre ; le vent,
en soufflant dessus, l'avait allumée, et avait en même
temps fait rouler vers elle plusieurs petits fagots. Ceux-ci
s'étaient aussitôt enflammés, et avaient communiqué le
feu à tout le reste. Sa provision de bois, la porte de sa
grotte, sa table, son banc, son toit de planche, qui s'abîma
même en ce moment sous ses yeux, tout était en flammes.
Les deux sapins élevés qui entouraient sa grotte n'avaient
pas même été épargnés ; ils ressemblaient à deux torches
gigantesques.

Au premier coup d'œil, Godefroy n'aperçut pas quel
immense dommage cet incendie lui causait ; et néanmoins
il s'adressa d'amers reproches de sa légèreté et de son
imprévoyance. Ce qui excita surtout ses regrets, ce fut la
perte de sa vaisselle, de sa provision de bois et de ses
meubles. — Grand Dieu ! s'écria-t-il, le toit, en s'écroulant,
a cassé la marmite ; il ne me sera plus possible de faire
cuire du poisson. Ma cruche à eau est également en morceaux ! Quand je voudrai boire, il faudra que je sorte de
ma grotte pour me rendre à la source. Je ne possède plus
ni table, ni banc, et la flamme, en dévorant le toit que
j'avais construit, ne m'a pas laissé une seule place hors
de ma grotte, pour me mettre à l'abri de la pluie !

Le plus grand malheur qui pût arriver au pauvre solitaire venait de l'atteindre ; le désespoir s'empara de lui,
et, les mains jointes, il s'écria : — Mon Dieu ! quel événement affreux vient de me frapper ! Mes lignes, mes hameçons, qui me sont indispensables pour pêcher, et que
j'avais suspendus avec tant de soin à l'ombre de ce toit,
pour les garantir de l'humidité, l'incendie les a consumés ! Et maintenant, comment pêcher ? N'ai-je pas employé tout le linge que je possédais à faire du fil, et ce fil
ne m'a-t-il pas servi à tresser des lignes ? Comment faire
aujourd'hui, car la laine ne peut m'être d'aucune utilité ?
Je ne sais que résoudre pour me tirer d'affaire ! Me voici
de nouveau en danger de périr de faim ! Pendant ma

maladie, la pensée de mourir, abandonné de tout le
monde, dans cette île déserte, me glaçait le sang. Dieu
puissant! si tu ne m'envoies pas un prompt secours, je
ne tarderai pas à périr de misère au milieu de ces rochers
nus et stériles.

Godefroy essaya de descendre dans la vallée; mais il
ne put y demeurer longtemps. La terre était brûlante,
l'atmosphère ardente, les sapins enflammés laissaient
tomber une pluie brillante d'étincelles et de résine fon-
due, et la fumée empêchait presque de respirer. — Ah!
dit-il, on a l'habitude de dire que le bonheur naît souvent
de l'infortune! mais, quand je considère la scène d'horreur qui est là devant moi, je ne puis me persuader que
le malheur qui vient de me frapper puisse être la source
de quelque chose d'heureux pour moi. Aussi je ne vois
pas de terme à mon affreuse position.

Désespéré, il abandonna sa vallée, sa vallée qui lui était
devenue si chère; il alla s'asseoir, à quelque distance,
sur un fragment de rocher, et pleura, la tête appuyée sur
ses mains. — Si je vivais au milieu de mes semblables,
pensa-t-il, j'aurais bien vite réparé le dommage que cet
incendie m'a causé. Moyennant quelques kreutzers, il me
serait facile de racheter des lignes pour pêcher, une marmite et une cruche à eau! ou bien, si je ne possédais pas
un seul kreutzer, je trouverais facilement des personnes
charitables qui se feraient un plaisir de me donner quelques bouts de fil et quelques plats de terre, ou de l'argent
pour les acheter; mais ici, je suis séparé du monde, et
mon malheur est irréparable! Un bout de ficelle pourrait
me sauver la vie; — mais, hélas! il n'y a personne ici pour
me le donner! Oh! je le sens, qu'il est doux de vivre au
milieu de ses semblables! qu'il est facile à un homme
d'adoucir le malheur de son frère! qu'il lui faut peu de
chose souvent pour le préserver d'une grande infortune
et le rendre heureux! Mais le malheureux que le monde
entier abandonne doit périr misérablement! Oh! si jamais j'étais assez heureux pour me retrouver dans la
société, avec quel empressement je tendrais la main à

toutes les infortunes! Oh! qu'elle est douce et touchante, cette pitié que le divin père des hommes a mise au fond de leurs cœurs! elle, dont la puissante efficacité soulage et adoucit les épreuves auxquelles il nous soumet! Ah! si ce sentiment noble et généreux n'existait pas, le malheureux vivrait abandonné au milieu même de ses semblables, comme moi sur cette île déserte.

Ces pensées affligeantes occupèrent son esprit jusqu'au soir; il voulut alors regagner la grotte. Il descendit donc dans la vallée. L'incendie, il est vrai, était éteint; mais il y avait encore beaucoup de fumée. Il lui fallut chercher un gîte ailleurs. Mais il avait tellement éclairci le bois voisin de la source, par des coupes réitérées, qu'il fut forcé de coucher à la belle étoile, sur une pierre aride et nue. Il était tellement affligé, que le sommeil ne put approcher de sa paupière. — Ah! pensa-t-il en soupirant, je suis comme un pauvre oiseau qu'on a chassé de son nid. — Alors un ardent désir de revoir le toit de ses pères, de douloureuses pensées, s'éveillèrent dans son cœur, plus puissants que jamais. — Oh! s'écria-t-il, que de maux j'ai déjà endurés ici, et combien j'en dois souffrir encore! Mais là-bas, chez mes parents, de quel bonheur je jouissais! Si je me retrouvais auprès d'eux, que je me sentirais revivre!

Il leva au ciel des yeux baignés de larmes. La nuit était belle; aucun nuage n'obscurcissait la pureté du ciel, et les étoiles jetaient des lueurs vives et brillantes. — Grand Dieu! dit-il, que l'on doit être bien au ciel! quel bonheur nous y attend auprès de toi! C'est là notre patrie, notre véritable toit paternel! Avec quel plaisir je m'élancerais de cette île déserte et stérile, où je vis dans la solitude, vers le pays, couvert de riches jardins qui étalent aux yeux de si belles fleurs et des fruits si délicieux, où je verrais mon père ouvrir ses bras pour me recevoir! avec quelle ardeur plus grande encore je me précipiterais vers toi, mon divin Père! La terre entière ressemble à cette île abandonnée. Les hommes qui l'habitent ont autant à souffrir que moi sur ce rocher... le chagrin, le froid, la faim, la maladie, et enfin, la mort. Mais là-haut, auprès de toi, la douleur et les larmes sont inconnues; c'est là qu'existe seulement le véritable bonheur. Si j'avais espérance d'y trouver un jour mes bons parents, il me serait égal d'être condamné à souffrir ici longtemps encore. Certes, si aujourd'hui un navire abordait ici, et me ramenait auprès de mon père, ma joie serait bien grande; eh bien, je ne me réjouirais pas moins si la mort venait m'enlever de ce monde, et me conduisait dans une meilleure patrie, au ciel !

X

LES AMIS ÉLOIGNÉS.

Trois années s'étaient écoulées depuis le jour où la tempête avait jeté Godefroy dans cette île. Ses parents étaient loin de penser qu'il vécût encore. Ils espéraient le revoir dans le ciel. Leur douleur n'était adoucie que par le bonheur que leur procuraient les autres enfants. Marthe, âgée maintenant de quatorze ans, était très-laborieuse. André, qui, à l'époque où Godefroy fut enlevé à ses parents n'avait que neuf ans, aidait son père dans ses travaux, et lui rendait déjà de grands services. Tous deux étaient aussi sages que respectueux pour les auteurs de leurs jours.

Un jour, à l'époque de la maturité des noisettes, Philippe leur dit : — Mes amis, aujourd'hui que le temps est beau et la mer tranquille, nous irons faire un tour à l'île Verte. J'ai besoin de branches de saule; vous pourrez profiter de ce voyage pour remplir quelques paniers de noisettes. Elles sont aussi bonnes cette année qu'il y a trois ans à pareille époque, lorsque votre pauvre frère vivait encore. — Le père, accompagné de ses enfants, traversa la mer. Après avoir complété leur provision d'o-

sier, ils s'assirent au pied d'un arbre, et prirent leur
frugal repas, composé de lait et de pain. — Mes enfants,
leur dit Philippe, c'est à l'ombre de ce même arbre que
je me suis assis la dernière fois avec votre frère pour
dîner. — Il leur raconta les circonstances qui les avaient
alors déterminés à se reposer en ce lieu; il leur peignit
ensuite, avec des traits pleins de vérité, la fureur de la
tempête et le désespoir de Godefroy. — C'est là, leur
dit-il en terminant et en leur désignant la place du doigt,
c'est là que je l'ai vu disparaître au milieu des vagues
écumantes ! — En parlant ainsi, Philippe avait les larmes
aux yeux; André détournait la tête pour cacher les siennes ; quant à Marthe, elle pleurait amèrement. Ensuite
ils se rendirent auprès du noisetier et remplirent leurs
paniers. — Notre mère sera bien contente, dit André,
quand elle en verra une aussi grande provision. — Ah!
reprit Marthe, notre bonne mère est toujours malheureuse à cette époque; car alors elle pense à Godefroy.
Si elle aperçoit ces noisettes, elle versera certainement
bien des larmes.

Philippe voulait se rembarquer, mais André lui dit :
— Mon bon père ! je t'en prie, gravis avec nous cette montagne, au sommet de laquelle on doit découvrir une
immense étendue. — Oh ! oui, ajouta Marthe, consens-y,
de cette hauteur la vue doit être magnifique. — Le père
se rendit à leurs désirs. On était en automne; le temps
était pur et aussi beau que possible, et la transparence
de l'air permettait d'apercevoir les objets à une très-
grande distance. Les enfants furent enchantés de ce spectacle. André, ne pouvant contenir son admiration, s'é-
cria :—Que ces montagnes et ces vallées, que ces rochers
et ces forêts présentent une scène riche et magnifique,
quoique leur éloignement en diminue beaucoup la grandeur! que ces nombreux villages, ces châteaux et ces
tourelles forment un imposant spectacle! Il serait impossible d'imaginer un plus beau tableau. — Et notre
village, reprit Marthe, regarde comme il paraît petit!
qu'il est joli! Et notre maison; tiens, André, l'aper-

çois-tu là-bas? qu'elle est blanche et proprette au milieu
de ces massifs de verdure! Les fenêtres ressemblent à
de petits points noirs. On dirait qu'elle est grande tout
au plus comme un dé à jouer. Et de quelles riches couleurs l'automne peint le feuillage des arbres! Et vois
là-bas, plus avant dans les terres, ces montagnes bleuâ-
tres, dont le sommet s'élève vers le ciel et que l'élévation
des collines qui entourent notre village nous empêche
d'apercevoir. Oh! que de beautés la main de Dieu a prê-
tées à toute la création! qu'il est bon! Il est déjà bien
magnifique sur la terre; que doit-il être au ciel!

André dirigea ses regards du côté de la mer et s'écria :
— Mon père, regarde donc, qu'est-ce que cela? voici de
la fumée qui s'élève du sein de la mer. — Philippe aperçut en effet une colonne noirâtre que le vent dispersait
çà et là. Elle provenait de l'incendie dont l'île de Godefroy était alors le théâtre. — Je ne sais ce que cela peut
être, dit-il, je crains que quelque navire ne soit devenu
la proie des flammes. — Grand Dieu! ce serait affreux,
s'écria Marthe; mais la Providence ne les abandonnera
pas, car ils n'échapperaient à l'incendie que pour périr
dans les flots! — Philippe regarda fixement de ce côté.
Le soleil y dardait ses rayons à plomb. La mer étincelait
comme une nappe d'argent. Tout à coup il s'écria, en
plaçant ses mains au-dessus de ses yeux : — J'aperçois
là-bas un point noir au-dessus duquel la fumée s'élève;
ne le voyez-vous pas comme moi? — Oh! oui, répéta
Marthe, qui avait de très-bons yeux; je le vois distincte-
ment; j'aperçois même deux hautes montagnes. — Je
le vois aussi, dit André, et même des deux montagnes
l'une est plus haute que l'autre. — Ce n'est pas un navire, reprit Philippe; un vaisseau n'a pas cette forme,
et d'ailleurs il ne pourrait pas nous paraître aussi gros à
une pareille distance. Ce ne peut être qu'une île; mais
jusqu'ici j'en avais ignoré l'existence. Elle est sans doute
habitée; sans cela comment pourrait-il en sortir de la
fumée? — Grand Dieu! s'écria Marthe, ne serait-il pas
possible que Godefroy y vécût? — Oui, ajouta André,

cela pourrait bien être, car c'est précisément de ce côté que la tempête l'a poussé. — Oh! s'il vivait encore, quel bonheur pour nous! s'écria Marthe; et l'excès d'une joie mêlée d'appréhension la fit pâlir. — Rien n'est impossible à Dieu, reprit Philippe; Dieu l'a peut-être sauvé! — Eh bien, ajouta André, il faut nous mettre de suite en route pour aller le chercher. — Ce projet ne peut pas recevoir une aussi prompte exécution, interrompit Philippe; il me faut d'abord un bateau plus fort que le nôtre et un habile batelier. Allons, retournons promptement chez nous.

On se rembarqua et on fit force de rames. De retour chez eux, ils racontèrent à la pauvre Jeanne leurs heureuses conjectures. Ces lueurs d'espérance lui causèrent une grande joie, car déjà pour elle l'espérance équivalait presque à une certitude. Les autres enfants ne s'en réjouirent pas moins vivement. On s'empressa de répandre ces consolantes nouvelles parmi les voisins; mais ceux-ci furent d'un avis bien différent. — Comment! s'écria l'un des plus étourdis, où cette île peut-elle se trouver? de ma vie je n'en ai entendu parler. Bien certainement la fumée que vous avez aperçue provenait de l'incendie d'un vaisseau. — Non, s'écria un second, qui avait la prétention de connaître tout mieux que les autres; ce n'était pas un navire, mais bien un volcan. J'ai souvent entendu dire que, dans la mer, il y a des montagnes qui vomissent des flammes pendant la nuit; aussi nous arriverions dans un joli état, si nous voulions nous diriger de ce côté! Les flammes et les pierres brûlantes que vomit la montagne ne tarderaient pas à régler notre compte. — Que ce soit un navire ou une montagne, reprit un troisième, je ne me hasarderai pas aussi avant sur la mer dans des barques aussi fragiles que celles que nous possédons. — Si tu me donnes cent écus, Philippe, ajouta un quatrième, je tente l'entreprise; mais je ne le ferai pas un sou à moins.

En ce moment le vieux Thomas demanda un peu de silence et parla ainsi : — Mon brave Philippe, je t'accom-

pagnerai, moi. Voici ma main pour gage de ma parole.
Godefroy était un brave garçon, et d'ailleurs c'est mon
filleul. Il est incertain, je dirai même très-douteux, qu'il
vive encore; mais enfin la chose est possible; c'est pourquoi nous ne devons pas hésiter à faire ce périlleux trajet. Celui qui nous donne assez de courage pour l'entre-
prendre saura bien nous conduire à bon port. — Pierre,
jeune homme brave et robuste, ajouta : — Tu ne seras
pas seul, Thomas, je t'accompagnerai, c'est décidé; plus
d'une fois j'ai exposé ma vie pour prendre quelques misérables poissons, je peux bien la risquer encore pour
faire une action méritoire. Mais je ne vends pas ma vie.
Je ne veux rien recevoir; car aussi longtemps que je
vivrai, je m'applaudirai d'avoir ramené ce pauvre enfant
dans sa famille; et ce plaisir me sera la plus belle récompense. — Que Dieu nous donne ce bonheur! reprit
Thomas. Si le temps et le vent sont aussi propices demain
qu'ils le sont aujourd'hui, nous nous mettrons en route
au lever du soleil. — Après ces paroles, le groupe se dispersa en branlant la tête et dans l'attente d'un malheur.
Mais Thomas et Pierre demeurèrent chez Philippe et
s'entretinrent longtemps de leur prochain voyage. Pendant ce temps, Marguerite leur préparait d'abondantes
provisions. — C'est inutile, dit Thomas, je prendrai ma
grande barque à voiles et je me charge de l'approvisionner convenablement.

Le lendemain matin le temps fut beau et le vent favorable. Marguerite et ses enfants accompagnèrent
Philippe et ses deux braves compagnons jusqu'à la barque. Quand elle les vit en mer, elle s'écria, en levant les
yeux au ciel — : Je ne cesserai de prier avec mes enfants
que lorsque je vous verrai de retour. Dieu veuille que
vous rameniez avec vous mon bon Godefroy. — Ils aban-
donnèrent la voile au vent, quittèrent le rivage, et laissant derrière eux l'île Verte, voguèrent vers cette partie
de la mer où Philippe avait aperçu le point noir, qui
cependant n'était pas encore visible à leurs yeux. Ils
étaient à un mille environ de l'île Verte que cette nou-

velle plage s'offrit à leurs regards de plus en plus dis-
tinctement à mesure qu'ils avançaient vers elle. — Frère,
s'écria Pierre, c'est bien une île ; mettons-nous brave-
ment aux avirons ; les rames jointes aux voiles, nous
aideront à y aborder plus promptement. — Le trajet fut
de courte durée. Soudain Thomas s'écria : — Halte, et
carguez la voile ! La mer en cet endroit est hérissée de
rochers ; il nous faut de la prudence pour ne pas échouer.
De plus forts navires que le mien, des navires marchands
par exemple, y resteraient bien certainement engravés,
ou s'y briseraient en mille morceaux. — Ce fut avec beaucoup de peine, et en faisant usage de leurs rames, qu'ils
purent enfin aborder. Pierre fut le premier à s'élancer
à terre en s'écriant : — Nous avons trouvé l'île, Dieu
veuille maintenant que nous y découvrions notre pauvre
Godefroy ! Les projets que l'on forme sous l'œil de Dieu
et dans un but d'humanité ont toujours une bonne fin.

Ses deux compagnons en firent autant et amarrèrent
la barque à un fragment de rocher. Thomas, alors, se
mit à considérer cette île d'un aspect si chétif et si stérile.
— C'est une triste demeure, dit-il en hochant la tête ; si
le pauvre Godefroy a trouvé un refuge au milieu de ces
rochers, je ne vois pas trop comment il a pu faire pour
y vivre plusieurs années. — Ils se mirent ensuite à la
parcourir, à en gravir les cimes, à descendre dans leurs
cavités profondes. Ils arrivèrent enfin à un chemin frayé,
et ils remarquèrent des traces de pas, empreintes sur la
pierre même du roc. Ils le suivirent. C'était celui-là
même qui conduisait à la grotte de Godefroy. Philippe
marchait le premier. La crainte et l'espérance se combattaient dans son cœur. — Grand Dieu ! disait-il en lui-
même, si le pauvre enfant vit encore, ce ne peut être
que par un effet de ta bonté et de la toute-puissance.
Ta miséricorde, qui sait pourvoir à tout ce qui est nécessaire à la vie, a pu seule lui fournir les moyens de subsister ici.

XI

LA RENCONTRE.

Dévoré d'inquiétude, Godefroy avait passé la nuit sans dormir. Le lendemain, lorsque la douce clarté du matin commença à réveiller la nature, Godefroy sentit son âme plus calme. — Dieu clément! dit-il, ta volonté fait succéder la lumière du jour aux profondes ténèbres de la nuit; tu sauras bien aussi chasser de mon cœur le noir chagrin qui me dévore et me rendre au bonheur. Ah! jadis, quand j'eus dévoré mes dernières noisettes, je fus bien abattu; la crainte de mourir de faim me fit répandre des larmes amères. Mais tu ne m'abandonnas point! Tu m'as appris à me nourrir de poisson. Aujourd'hui que cette ressource m'est enlevée et que je ne sais plus de quoi je pourrai vivre, ta pitié me fournira un autre expédient. Tu n'abandonnes pas ceux qui mettent leur confiance en toi.

Lorsque le soleil fut levé et qu'il éclaira l'horizon de ses rayons brillants, il descendit dans la petite vallée pour voir les ravages de l'incendie. Le gazon était couvert de cendre, et une fumée assez épaisse s'échappait encore du feu qui couvait sous cette cendre. Les rochers d'alentour étaient tout noirs de suie et de fumée, tous ses ouvrages de menuiserie étaient consumés; il n'aperçut plus aucune trace des deux grands sapins qui ombrageaient sa grotte. La croix seule qu'il avait construite avait été épargnée par les flammes. — Ce miracle, s'écriat-il, est pour moi un emblème aussi doux que consolant. Ainsi, lorsque tout sera cendre et poussière, lorsque le monde entier sera devenu la proie des flammes, ainsi survivra ce bonheur éternel que notre divin Sauveur nous a acquis en mourant pour nous sur la croix.

Il s'agenouilla et pria avec ferveur: — Mon Dieu! par-

donne-moi si un moment j'ai cédé au découragement,
si je ne me suis pas rappelé de suite l'exemple de ton
divin Fils. Au milieu de ses cruels tourments, il s'abandonna entièrement à toi. Moi aussi je suis en proie à un
bien profond chagrin, et de mortelles angoisses oppres-
sent mon cœur, quand je pense que je n'ai plus rien
pour soutenir mon existence. Mais je dirai comme lui :
« Mon père, si c'est possible, éloigne ce calice de mes
« lèvres ; mais que ta volonté seule soit faite et non la
« mienne ! Si donc tu veux que je m'abreuve à cette
« coupe amère, accorde-moi au moins une lueur d'es-
« pérance. »

Pendant que Godefroy faisait cette prière, Philippe et
ses deux compagnons arrivèrent dans la vallée, et le
virent dans ses habits de pèlerin, au pied de sa croix, et
les mains levées au ciel. Mais il était tellement absorbé
dans ses pensées qu'il ne les aperçut pas. Pierre fut le
premier qui le vit, et s'adressant à demi-voix à ses amis :
— Tenez, leur dit-il, voici un pauvre ermite en prière ;
il pourra nous donner quelques renseignements ; il faut
lui parler. Hé ! mon bon ermite, se mit-il à crier à haute
voix, ne pourriez-vous pas nous dire s'il y a dans cette île
un jeune enfant nommé Godefroy ? — Godefroy jeta un
cri de frayeur en entendant aussi brusquement une voix
humaine prononcer son nom. Il regarda autour de lui,
reconnut son père, courut à lui, s'élança à son cou en
s'écriant : — O mon bon père ! — L'étonnement, la joie,
le bonheur, les empêchèrent d'abord de parler ; des
larmes délicieuses s'échappèrent de leurs yeux. — Mon
père ! s'écria enfin Godefroy, lorsque je te regarde, il me
semble voir un ange que Dieu envoie à mon secours dans
la profonde détresse où je me trouve. — Ils remercièrent
Dieu de les avoir réunis.

— Eh bien ! dit enfin Thomas, regarde-nous donc un
peu aussi, mon bon Godefroy ! ne reconnais-tu donc pas
ton parrain ? — Godefroy l'embrassa avec cordialité.
Pierre lui dit ensuite : — Dieu te protège, mon bon
Godefroy ! comme te voilà grandi ! que tu as bonne mine

à présent ! Mais comment donc es-tu tombé dans cet ermitage, et comment as-tu fait pour vivre dans une île qui ne paraît bonne qu'à servir de repaire aux serpents ? — Mais, sans répondre de suite à cette question, Godefroy demanda à son père : — Et ma bonne mère, que fait-elle ? que deviennent mes frères et mes sœurs ? Qui donc vous a amenés ici ? Je ne vous attendais pas ; j'étais bien loin d'espérer ce bonheur. — Tout le monde se porte bien, répondit Thomas, et ton retour va mettre le comble à leur joie ! Mais laisse là tes questions, nous n'en finirions pas, et raconte-nous dans tous leurs détails les événements qui te sont arrivés ; après nous t'apprendrons aussi tout ce qui s'est passé à la maison. Regarde, le rocher qui supporte ta croix est couvert d'un beau gazon vert que l'incendie n'a point atteint. Nous allons nous y asseoir pour entendre d'abord ton histoire. — Quand tout le monde fut assis : — Maintenant, reprit Thomas, nous t'écoutons, commence.

Godefroy raconta alors tous les événements qui lui étaient arrivés, depuis le moment qu'il avait été séparé de son père jusqu'à celui de leur réunion. Il n'omit aucun détail ; il raconta ses pensées comme ses actions, mais il n'oublia pas surtout les prières qu'il avait adressées à Dieu dans ses plus grands malheurs, et l'aide qu'il en avait toujours reçue. Plus d'une fois il interrompit son récit pour pleurer. Son père aussi eut souvent à s'essuyer les yeux. Quand il eut fini, il lui dit : — Je te revois donc, mon bien-aimé Godefroy ; et si j'en crois ce que tu viens de nous dire, ton séjour dans cette île a contribué à te rendre plus parfait et plus pieux que tu ne l'étais avant.

Thomas, qui l'avait écouté avec la plus grande attention, et qui plus d'une fois s'était incliné pour témoigner sa satisfaction, lui dit : — Il est donc vrai, ton cœur a profité dans cette solitude. Ne te rappelles-tu pas qu'un jour je t'ai dit que Dieu devrait t'envoyer à une bonne école ? c'est ce qui est arrivé. Le malheur est en effet la meilleure école ; tu y apprends à bien connaître

Dieu, à le prier, à l'aimer, à le remercier de ses bienfaits.
J'éprouve surtout une joie bien vive en apprenant que,
lorsque tu as senti grandir ton amour pour Dieu, tu as
reçu des preuves de sa bonté et de sa miséricorde même
au sein de cette île déserte, où il ne croît que des pins
et de la mousse, et des fleurs si chétives, qu'on aurait
bien de la peine à en composer le plus simple bouquet.
Que d'occasions, au contraire, n'avons-nous pas d'admirer la bonté et la sagesse de la Providence, soit dans
nos jardins, soit dans nos campagnes ! Tantôt c'est un
rosier en fleurs, un pommier chargé de fruits, tantôt une
prairie richement émaillée, tantôt les champs couverts
d'épis jaunissants ! Ce qui me réjouit encore, c'est que
tu as appris à mieux apprécier le bien que les hommes,
suivant la volonté de Dieu, peuvent se faire réciproquement. Si tu n'avais pas apporté ici de ton séjour avec
tes semblables quelques petits meubles, tu n'aurais eu
ni aiguille ni épingle, et tu serais mort de besoin. Mais
tu aurais été bien plus malheureux encore, si, avant
d'arriver, tu n'avais, par de longues et sérieuses études,
appris à connaître Dieu. Sans cette connaissance, tu te
serais vu réduit au désespoir. Deux choses me charment
surtout dans ton histoire : c'est d'abord ce ver que cet
oiseau laisse échapper de son bec, et ensuite la fumée
produite par l'incendie de ton île. Qu'y a-t-il dans la
nature de plus petit qu'un ver, de plus insignifiant qu'un
flocon de fumée ? Et cependant ce ver t'a appris à saisir
le poisson et t'a ainsi préservé de la mort ; et cette
fumée ne fut-elle pas pour nous comme un signe provi-
dentiel qui nous révéla l'existence d'une île où vivaient
sans doute des hommes, parmi lesquels nous trouverions peut-être notre Godefroy ? C'est à cette fumée que
tu dois la fin de tes malheurs. Reconnais là la main de
Dieu ! Avec de faibles moyens, il sait accomplir de
grandes choses. Bénie soit sa divine Providence !

Tout le monde se tut pour prier Dieu, qui sait faire
éclater sa toute-puissance d'une manière si magnifique.
Godefroy reprit au bout d'un moment : — La fumée a-t-

elle donc été la seule cause qui vous a déterminés à venir
ici ? Mon Dieu ! et moi qui regardais cet incendie comme
mon plus grand malheur ! Je me demandais quel bonheur pour moi pourrait en advenir ! Je ne le voyais pas.
Mais je vois bien à présent que c'est ce qui pouvait m'arriver de plus heureux. Ainsi se trouve justifié ce proverbe
qui dit : Après le malheur vient le bonheur ! Dieu sait
donner à tout une bonne fin. — C'est bien vrai, répondit
Thomas ; c'est pourquoi toutes les fois qu'il nous sur-
vient un malheur, nous devons penser que tôt ou tard
il en adviendra quelque chose d'heureux pour nous, et
nous abandonner avec espoir à la volonté de Dieu.

Ensuite Godefroy demanda si c'était de la terre ferme
que l'on avait aperçu la fumée qui s'élevait de son île.
— Non, la chose eût été impossible, lui répondit son
père. Alors il lui raconta son voyage dans l'île Verte ;
il lui dit que, profitant de la maturité des noisettes, il
avait emmené avec lui Marthe et André, et que, sur leurs
instantes prières, il s'était décidé à monter au sommet
de la montagne qui domine cette île. — Te rappelles-tu,
mon bon père, lui dit Godefroy, la belle parabole que tu
m'appris pendant que nous étions assis tous deux au pied
du noisetier ? Tu me disais : La douleur ressemble à cette
noisette qui, sous une rude écorce, cache un fruit doux
et savoureux. Tu avais bien raison ; ma translation dans
cette île m'a été bien pénible et bien amère ; mais enfin
je touche aujourd'hui au fruit plein de douceur. Mon
séjour ici m'a été très-salutaire ; mes douleurs ont fait
place à la joie. — Pierre sourit et ajouta : — J'ai souvent
rencontré dans la vie de ces noix dures et amères. Si je
viens à en rencontrer une, je n'oublierai pas de penser
à cette parabole.

Godefroy montra ensuite à son père et à ses deux compagnons sa grotte, sa fontaine, son réservoir, et les pria
d'accepter un plat de poisson. — Ils sont trop beaux,
répondit Pierre, pour que nous les méprisions. Mais aujourd'hui tu seras notre hôte. Nous avons apporté des
provisions avec nous. Je vais prendre pour retourner à

notre bateau le chemin escarpé qui nous a conduits ici, et je vais préparer notre repas. — Il courut aussitôt à sa barque dont on apercevait le mât qui s'élevait au loin derrière les rochers. Les autres le suivirent à pas lents, en causant amicalement entre eux. Lorsqu'ils furent arrivés à l'endroit convenu, Pierre leur dit : — Voici un beau tapis de verdure qui pourra parfaitement bien nous servir de table et de chaises, j'y ai déjà servi notre dîner. — En effet, on y voyait étalés en abondance du pain, du lait, du beurre, des viandes froides, des poissons cuits et d'autres mets. La vue du pain causa à Godefroy une joie plus vive que celle des autres plats. Il pleura de joie et le baisa en disant : — Oh ! que le pain est un grand bienfait de Dieu ! Voilà trois ans que j'en suis privé ; c'est la meilleure nourriture pour l'homme. Combien je suis reconnaissant envers Dieu qui m'en donne derechef à manger ! Il ne faut jamais en prendre un morceau sans préalablement l'en remercier.

Ils se mirent à table, dînèrent de bon appétit et avec un grand plaisir. Cependant la conversation allait toujours son train, malgré la nuit qui déjà était arrivée, malgré la lune dont la lumière éclairait les plats, les vases et les convives, dont les ombres se dessinaient vigoureusement sur la verdure. Enfin Thomas s'écria : — En voilà assez pour aujourd'hui ! Autant que je peux l'observer, le vent sera bon demain matin, et nous pourrons retourner de suite chez nous ; on doit être inquiet et nous attendre avec impatience. Allons donc nous livrer au repos, afin de pouvoir nous lever demain de bonne heure. — Thomas et Pierre se couchèrent dans la barque et se firent une espèce de lit à l'aide de la voile. Quant à Godefroy et à son père, ils se rendirent dans la grotte pour y passer la nuit. Godefroy était au comble de la joie de sentir auprès de lui, dans son asile, ce père qu'il avait si souvent vu en rêve. Ils causèrent longtemps ensemble, et il était plus de minuit quand ils s'endormirent, après avoir toutefois remercié Dieu du bonheur qu'il venait de leur procurer.

XII

LE BONHEUR APRÈS LE MALHEUR.

Le lendemain, le soleil venait de se lever, Pierre parut à la porte de la grotte, et s'écria : — Allons, debout, arrivez ! Il fait un vent aussi bon que nous pouvions le désirer. Embarquons-nous, et en route. — A ces mots, Godefroy et son père sortirent immédiatement. — Attendez encore un moment, s'écria Godefroy ; avant de quitter cette île, je veux encore remercier Dieu, non-seulement des bienfaits qu'il m'a accordés pendant les trois années qui viennent de s'écouler, mais encore des tribulations qu'il m'a envoyées ! — Il s'agenouilla au pied de sa croix, et remercia l'Éternel avec effusion et en répandant d'abondantes larmes. Son père et le brave Pierre imitèrent son exemple.

Ensuite ils se rendirent sur le rivage. Ils trouvèrent Thomas occupé à orner une branche de sapin qu'il avait coupée, de rubans bleus, blancs, rouges et jaunes, qu'il avait apportés dans une boîte. Godefroy, étonné, lui demanda ce qu'il en voulait faire, et Thomas lui répondit : — J'ai promis à ta pauvre mère que, si nous réussissions dans nos recherches, je l'en avertirais en plaçant un joyeux signal en tête de notre embarcation. Oh ! qu'elle va être satisfaite quand elle l'apercevra ! — Il le plaça au faîte du mât. Pendant ce temps Pierre avait apprêté le déjeuner. Quand ils eurent satisfait leur appétit, ils s'embarquèrent et partirent. Le voyage fut prompt et rapide. En approchant de la terre et en apercevant le toit paternel, Godefroy sentit son cœur battre de plaisir.

La joie ne fut pas moins grande à terre. Sa mère, ses frères et ses sœurs, étaient depuis longtemps sur le rivage. Aussitôt qu'ils l'aperçurent, ils lui tendirent les bras et saluèrent son retour par de bruyantes acclamations. Tous les habitants du village, grands et petits, accoururent incontinent. — En vérité, c'est bien lui qu'ils ramènent, s'écrièrent-ils, et tous se précipitèrent sur le rivage. Quand Godefroy mit pied à terre, un cri d'allégresse sortit de toutes les poitrines. Mais il serait impossible d'exprimer l'ivresse de la pauvre mère, qui pressait de nouveau dans ses bras son bien-aimé Godefroy, que depuis trois ans elle avait cru mort. Elle arrosait son visage de larmes. Marthe et André n'étaient pas moins heureux. Quant aux autres petits enfants, ils ne reconnaissaient pas leur frère, et son étrange accoutrement leur inspira d'abord un sentiment de frayeur qui se dissipa quand ils virent Godefroy comblé des caresses de leurs parents. Tout le monde, dans le village, hommes, femmes, jeunes garçons et jeunes filles, lui tendirent la main en lui souhaitant mille fois la bienvenue, et en faisant des vœux ardents pour son bonheur. Godefroy pleurait de joie. — Mon Dieu! s'écria-t-il, il ne peut pas exister de félicité plus grande que la mienne, ou, du moins, il n'en peut exister qu'au ciel, lorsque les anges nous tendent les bras pour nous recevoir.

Cependant, Marguerite était bien curieuse de connaître l'histoire de son fils; c'est pourquoi elle voulait rentrer de suite chez elle. Mais ses voisins ne voulurent pas y consentir. — Nous voulons, lui dirent-ils, entendre aussi les choses extraordinaires qui lui sont arrivées. — Ils le conduisirent donc sous le grand peuplier qui se trouvait au milieu du village, et le prièrent de monter sur le banc, afin que tout le monde pût le voir et entendre sa narration. Tous se pressaient autour de lui; tous les yeux étaient fixés sur lui. Ils éprouvaient une vive curiosité à voir devant eux un ermite tout jeune encore, qui leur était cher à tous, et qui paraissait si frais et si bien portant. Il y en avait qui se parlaient bas à l'oreille, et d'autres qui exprimaient tout haut leurs réflexions. — Les ermites que nous avons vus jusqu'ici étaient déjà vieux; leur figure était rébarbative, leur tête chauve, et ils portaient une longue barbe; mais le visage de celui-ci est frais et blanc comme du lait, et on voit le sang circuler sous sa peau

fine et transparente ; ses cheveux épais retombent sur ses
épaules en boucles abondantes, et sa longue robe brune,
quelque grossière qu'elle soit, lui va bien.

Quand tout le monde eut fait silence, Godefroy commença son récit. Il éprouva d'abord quelque gêne à parler devant une aussi nombreuse assemblée ; mais bientôt
son cœur déborda, et il s'exprima avec tant de chaleur et
d'énergie, qu'il ravit son auditoire. Il lui raconta le danger qu'il avait couru de se noyer, de mourir de faim, de
soif, de froid ; il lui dit la maladie qu'il avait faite, l'incendie qui était venu détruire tout son avoir, la crainte
qu'il avait de nouveau éprouvée de mourir de besoin, les
secours que Dieu, auquel il s'était confié, lui avait envoyés
dans toutes ses tribulations. Ce fut les yeux remplis de
larmes, et les mains levées au ciel, qu'il assura qu'il regardait comme un grand bienfait de Dieu le long séjour
qu'il avait fait dans cette île déserte ; qu'au milieu de ces
rochers stériles, il avait ressenti le plus grand bonheur
qu'il eût encore éprouvé, celui d'apprendre à mieux connaître Dieu ; que ces hautes falaises, dont le sommet
s'élève au-dessus des flots, avaient été pour lui une
école où il avait puisé les plus grands enseignements...,
où il avait appris à se corriger de ses défauts et à devenir
meilleur. — Aussi, ajouta-t-il avec une profonde émotion, je ne remercie pas moins Dieu de m'avoir conduit
dans cette île, que de m'avoir ramené au milieu de vous.

Il assura, en outre, qu'au milieu de la solitude et du
désert, il avait appris à apprécier l'agrément de vivre au
milieu de la société ; il exprima vivement la joie qu'il
éprouvait de se retrouver au milieu de ses amis, de ses
voisins ; il leur réitéra l'assurance de son attachement, et
adressa, en terminant, de ferventes actions de grâces à la
Divinité. Pendant qu'il parlait, ses auditeurs lui témoignèrent par leurs gestes d'assentiment, par leurs larmes
et par leurs cris d'approbation énergiquement exprimés,
toute la part qu'ils prenaient à son sort ; ils unirent leurs
prières aux siennes, et se séparèrent en louant Dieu, en
admirant sa sagesse et sa bonté.

4.

De son côté, Godefroy, accompagné de toute la joyeuse famille, se dirigea vers la maison paternelle, dont il ne put franchir le seuil, après une aussi longue absence, qu'en répandant de douces larmes. En entrant dans la chambre, ils ne furent pas peu étonnés de trouver une table abondamment servie. C'était Thomas qui, pour laisser à l'heureuse mère un jour entier de bonheur, et lui épargner une forte dépense, avait fait préparer ce festin à ses frais. On se mit à table; Godefroy s'assit entre son père et sa mère; Thomas prit place à droite et Pierre à gauche; Marthe et André, ainsi que les autres enfants, occupèrent les autres siéges. La table était couverte de mets qui, depuis trois ans, n'avaient pas paru aux yeux de Godefroy; aussi il n'y toucha pas sans vivement remercier Dieu. Mais ce qui surtout lui fit le plus de plaisir, — il y avait si longtemps qu'il ne voyait que des pommes de pin, — ce fut de voir des corbeilles remplies de belles pommes rouges, de poires dorées, de prunes bleues, de noix brunes, et surtout de raisins d'un jaune pâle et d'un bleu rouge. — On ne trouve ces fruits délicieux, s'écriat-il, que là où vivent les hommes. Sans leur travail, les terres qui entourent notre village seraient aussi stériles que l'île d'où je sors. Quand je tourne les yeux de ce côté, je trouve de nouveaux motifs pour me réjouir et bénir la Providence de m'avoir ramené au milieu de mes semblables.

Quand on se fut levé de table, Godefroy alla chercher un petit paquet fait avec ses vieux vêtements, qui était déposé dans un coin de la chambre. — Voici, dit-il à ses parents et à ses frères et sœurs, quelques souvenirs que j'ai rapportés pour vous. — Son père et sa mère, qui n'y trouvaient rien de bien précieux, gardaient leur sérieux; les autres enfants riaient, Thomas branlait la tête, et Pierre s'écriait : — Qu'est-ce que cela? Tu aurais bien fait de laisser là-bas toutes ces guenilles. — Mais Godefroy se contenta de sourire; il ouvrit son paquet, et y prit les petits paniers de jonc. Au moment de l'incendie, ils se trouvaient au fond de sa grotte, et n'avaient pas été alteints par le feu; aussi il n'avait eu garde de les oublier en quittant l'île. Il les plaça sur la table, et en souleva le couvercle. Aussitôt tous jetèrent un cri d'admiration à la vue des perles, brillantes comme l'argent, et des grains de corail, d'un si beau rouge, qui s'y trouvaient contenus.

— Diable ! dit Thomas, c'est un trésor que tu as apporté, mon bon Godefroy ! Ces perles valent plus de mille écus; car, dans le nombre, il s'en trouve d'une grosseur et d'une beauté rares. Le corail n'est pas d'un moindre prix. Voilà, mes bons amis, de quoi vous mettre à tout jamais à l'abri du besoin. Vous possédez plus qu'il ne vous faut pour payer les dettes dont votre petit patrimoine est grevé, et il en restera encore assez pour établir vos enfants.

— Non, non, s'écria Philippe; vous, Thomas, et vous, Pierre, avez partagé avec moi les dangers du voyage, vous partagerez avec moi ce trésor. Sans votre généreuse assistance, je n'aurais pas retrouvé Godefroy, je ne posséderais pas aujourd'hui ces richesses. Je vais en faire trois lots : le premier pour Thomas; quant à Pierre, il choisira celui des deux qui lui conviendra le mieux, et je garderai le dernier pour moi, ma femme, et mes enfants.

Au nombre des villageois qui avaient refusé d'accompagner Philippe dans son voyage, il s'en trouva deux qui, à la fin du repas, se présentèrent sans avoir été invités, dans l'espoir sans doute d'attraper quelque bon morceau.

—Dieu me damne, s'écria le premier, qui avait demandé cent écus pour accompagner Philippe, j'aurais gagné mieux que cela. Je m'en arracherais les cheveux de dépit.

— Quant à moi, dit l'autre, celui qui pour mille écus n'aurait pas voulu risquer sa tête, ce n'est pas seulement cent écus que j'aurais gagné, il m'en serait revenu plus de mille; ah ! pour pareille somme j'aurais bien exposé ma vie. — Allez, allez, leur répondit Thomas, vous êtes dignes de bien peu d'estime, âmes basses et intéressées, qui ne savez remuer ni bras ni jambes pour rendre service, à moins que vous ne soyez largement payés ; sortez d'ici.

— Quant à moi, continua Thomas, je n'accepte pas ces

perles, Godefroy a six frères et sœurs, et ses parents sont pauvres. Je regarderais comme un péché d'en accepter seulement une. Je suis assez riche pour satisfaire à tous mes besoins ; je ne demande rien de plus. Quant à Pierre, le même motif ne peut pas le retenir ; il est loin d'être heureux, il est donc juste que sa position reçoive quelque adoucissement et qu'on récompense le courage avec lequel il a bravé le danger. — Pierre reçut donc sa part avec la plus vive reconnaissance. Philippe et sa femme prièrent encore le généreux Thomas de ne pas refuser les perles et le corail qui lui revenaient. — C'est bon ! c'est bon ! répondit-il, j'estime peu de pareils objets. Ces perles et ce corail sont le moindre des trésors que Godefroy a rapportés de son île : la connaissance de la divinité, une inébranlable confiance en elle, l'amour de Dieu et de son prochain, voilà qui est bien plus précieux ; ce sont là les perles dont parle l'Évangile ! Ce sont celles-là dont nous devons envier la possession. Quant à moi, je l'avoue franchement, l'histoire de Godefroy n'a fait que fortifier ma confiance en Dieu, et ce saint résultat est tel que toutes les perles de la mer, tout le corail de ses rochers ne sont rien pour moi en comparaison. Oui, mes amis, la grâce et la clémence de Dieu sont plus immenses et plus profondes que la mer d'où sortent ces perles ; notre confiance en lui doit être aussi inébranlable que les rochers où vit le corail, qui jamais ne chancellent.

Godefroy rentra dans le monde ; il mit en pratique les principes qu'il avait puisés au sein de la solitude. Il se fit habiller comme tous les autres jeunes gens du village ; il aida son père à tresser des paniers, et Thomas, son parrain, à pêcher. Il devint le modèle d'une vertueuse jeunesse, la gloire, le soutien et la récompense de ses parents. Thomas, qui n'avait pas d'enfants, lui laissa son bien et son état. Ce fut un excellent homme, plein de l'amour de Dieu et de son prochain. On le regarda dans tout le village comme le meilleur père de famille, comme le protecteur le plus généreux des malheureux, et son nom fut longtemps en vénération dans le pays.

LOUIS, LE PETIT ÉMIGRÉ

I

L'ENFANT ÉGARÉ DANS LA FORÊT.

AURENT LINDER exploitait une petite ferme située au village d'Ellersec. Un matin, au lever du jour, il s'était rendu dans la forêt qui était voisine de sa maison, et avait passé la journée à y couper du bois. Quand il vit le soleil s'approcher de l'horizon, il fit un fagot du bois qu'il avait coupé, le chargea sur ses épaules et se mit en route pour regagner sa demeure. Tout à coup il entendit sortir de l'épaisseur de la forêt des gémissements et des cris. — Ah ! s'écria Laurent ému, c'est la voix d'un enfant qui, sans doute, s'est égaré dans le bois ; je vais l'aller chercher et le remettre dans son chemin.

Il se fraya difficilement une route à travers d'épaisses broussailles, et arriva enfin à une pelouse couverte d'une fraîche verdure, entourée de pruniers sauvages et de noi-

setiers, et au milieu de laquelle s'élevait un grand chêne.
Au pied de cet arbre était agenouillé un joli petit garçon
de six à sept ans environ. Ses beaux yeux noirs étaient

levés au ciel; des larmes brillantes coulaient le long de
ses joues fraîches et rosées, et ses mains étaient levées
en l'air. Ses vêtements étaient propres et même élégants;
son frac était d'un très-beau drap bleu; toutes les autres
pièces qui composaient son costume étaient blanches
comme l'albâtre. Sa chevelure brune tombait en boucles
abondantes sur ses épaules; son cou était nu, et un collet
de la plus fine mousseline tranchait agréablement sur la
couleur sombre de son habit; mais il n'avait ni chapeau

ni casquette. Au moment de l'arrivée de Laurent, il répétait en français et pour la troisième fois ces paroles :
— O mon Dieu ! mon Dieu ! aie pitié de moi !

Laurent ne comprenait pas le français, mais cette voix avait un accent si déchirant qu'il se sentit ému jusqu'au fond du cœur. A peine l'enfant l'eut-il aperçu qu'il se releva, courut à lui, le prit amicalement par la main et le pria avec les plus vives instances, et dans un mauvais allemand, de vouloir bien le reconduire auprès de sa mère.

Laurent lui demanda où elle demeurait, et comment il se faisait qu'il se fût égaré dans cette forêt. Ce ne fut qu'avec peine et à force de questions que Laurent put enfin comprendre passablement ce que l'enfant lui racontait des malheurs de sa famille. Il était né en France et s'appelait Louis. Ses parents, lorsque la révolution éclata, s'étaient enfuis en Allemagne. A cette époque, il avait à peine trois ans. Son père avait accompagné dans sa fuite un des princes de la maison royale, et, en ce moment, il se trouvait encore auprès de lui. Quant à sa mère, elle était venue se fixer à Trèves avec lui ; mais lorsque les armées françaises s'approchèrent de la ville, elle prit de nouveau la fuite. Elle s'était arrêtée aujourd'hui même dans un gros bourg peu éloigné de la forêt. Il était monté de bonne heure avec elle dans une voiture remplie de fuyards et avait roulé jusqu'à midi, heure à laquelle ils étaient arrivés dans ce village. Il lui témoigna le désir de faire, avant le dîner, une petite promenade dans le jardin qui entourait l'hôtel où l'on s'était arrêté. Sa mère y consentit, mais en lui faisant promettre de ne pas s'éloigner. Louis le promit, et, transporté de joie, il courut vers le

jardin sans même prendre son chapeau. Tout à coup il
aperçut un papillon dont les couleurs étaient des plus riches ; il voulut le saisir, mais le brillant insecte s'envola
au delà de la haie. Par malheur la porte du jardin était
ouverte. Louis, pour continuer sa chasse, s'avança dans
les vastes champs qui avoisinaient l'hôtel. Soudain la
voix d'un coucou se fit entendre dans la forêt voisine.
Louis, au nombre de ses jouets, possédait un de ces oiseaux en bois peint. La boîte sur laquelle ce joujou était
posé formait une espèce de soufflet qui, sous la pression
des doigts, imitait son cri à s'y méprendre. Louis se fit
une grande fête d'entendre le chant d'un vrai coucou ; il
voulut aussi le voir, et, de ce moment, ne pensa plus au
papillon. Il entra donc dans la forêt : il ne voulait que
voir le coucou ; mais celui-ci, qui changeait d'arbre à
chaque instant, s'avançait dans la profondeur des futaies,
en faisant entendre, de temps à autre, un léger cri, sans
que Louis pût parvenir à l'apercevoir. Le pauvre enfant se
trouva alors au beau milieu de la forêt. En ce moment
l'idée lui vint de rejoindre sa mère ; il se mit à courir autant que ses forces le lui permirent ; mais il ne connaissait pas la route, et au lieu de gagner le village, il s'en
éloignait de plus en plus. Depuis plusieurs heures il errait en tous sens ; enfin il arriva à un endroit où les buissons et les broussailles formaient un rempart tellement
solide qu'il lui fut impossible d'y trouver une issue.
Épuisé par la fatigue et la faim, il tomba agenouillé au
pied de l'arbre sous lequel Laurent le trouva, et, pleurant à chaudes larmes, il se mit à prier Dieu de le tirer
de la position critique où il se trouvait.

— Tu as fait une grande faute, mon pauvre enfant,
lui dit Laurent, en te laissant séduire par les brillantes
couleurs d'un papillon et par le chant d'un coucou, et
en désobéissant aux ordres de ta mère.

Louis en convint franchement et se remit à pleurer.
— Allons, allons, lui dit Laurent avec amitié, ne pleure
plus ! Dieu, je pense, a été touché de tes regrets et a entendu ton innocente prière. Oui, crois-moi, il t'a par-

donné et t'a envoyé du secours. Remercie-le, et promets
bien d'être plus circonspect à l'avenir, de ne pas oublier
aussi légèrement les recommandations qui te seront
faites. Tu sais maintenant par expérience combien il est
dangereux de convoiter ce que nos yeux aperçoivent, de
nous laisser séduire par les sons qui frappent nos oreilles.

— Hélas! poursuivit Laurent, il y a dans ce monde bien
des objets plus propres qu'un papillon à captiver le cœur
des hommes; la voix puissante de la séduction est plus
habile que le chant d'un coucou à précipiter la jeunesse
dans un abîme de calamités. Que Dieu t'en préserve et te
conduise sain et sauf au terme de cette vie!... Allons,
viens avec moi; je vais te conduire auprès de ta mère.

Laurent prit un étroit sentier, qui n'était pas facile à
trouver, sortit de la forêt et se trouva bientôt sur la
route battue.

II

L'HOSPITALITÉ.

Louis suivit son guide à travers la forêt. Chemin faisant, Laurent lui demanda le nom du village où il devait
dîner avec sa mère. Louis, ne le connaissant pas, lui en
fit la description. — Ce village est situé, lui dit-il, au pied
d'une colline que couronne un château dominant toute
la forêt.

— C'est Waldenberg, dit Laurent; mais il est à deux
grandes lieues d'ici. Tu es trop fatigué pour faire présen-
tement une aussi longue route. D'ailleurs tu n'as pas
mangé, et tu dois avoir bien faim. Ma demeure n'est pas
éloignée d'ici. Tu vas casser un morceau avec moi, ensuite je te mets à cheval derrière moi, et nous galopons
ensemble vers Waldenberg. En moins d'une heure nous
serons auprès de ta mère.

II.   5

L'enfant fut ravi de la perspective de monter à cheval, ce qu'il avait déjà depuis longtemps désiré en vain ; mais cependant sa plus grande satisfaction fut de revoir bientôt sa mère. Il en aurait sauté de joie, s'il n'avait pas été aussi fatigué.

Louis, en sortant de l'épaisse forêt, aperçut tout à coup le joli village d'Ellersee, situé sur les bords d'une petite rivière bordée d'arbres ; il était, en ce moment, illuminé par les brillants rayons du soleil couchant. La maison du brave Laurent se trouvait la plus rapprochée ; ils n'en étaient plus qu'à deux cents pas environ.

Jeanne, la femme de Laurent, portant le plus jeune de ses enfants dans ses bras, et suivie de ses cinq autres, vint au-devant de lui, et lui dit en sanglotant : —Connais-tu la nouvelle? Eh bien, les hussards rouges français sont arrivés, à midi, à Waldenberg, et un corps considérable d'infanterie, qui les précédait, s'est déjà emparé de tout le pays au delà de la forêt.

Laurent n'avait jamais rien vu ni entendu de ce qui se passait dans le reste du monde. Il ne fut pas peu étonné d'apprendre que les armées françaises avaient envahi la contrée ; mais l'étonnement de sa femme surpassa encore le sien, en le voyant amener avec lui un petit Français. Cependant elle considéra avec intérêt l'air doux et aimable de Louis. Ses enfants le regardèrent d'abord avec crainte ; mais peu à peu ils se rapprochèrent de lui, et la petite Louise dit en l'envisageant : — Je croyais que les Français avaient l'air barbare ; mais s'ils sont tous aussi gentils et avenants que celui-ci, bien certainement ils ne nous mangeront pas.

Laurent raconta à sa ménagère ce que Louis lui avait appris. Elle en fut vivement émue, et s'écria : — Ah ! le pauvre enfant doit avoir bien faim ! je vais me dépêcher d'apporter la soupe. — Elle courut à la cuisine. Pendant ce temps, les enfants se mirent à causer avec lui, et s'amusèrent beaucoup de la manière défectueuse dont il parlait l'allemand.

Aussitôt que la soupe fut servie, Louis se mit à table

avec les autres enfants, comme si lui-même avait été de la maison. Avec sa vivacité accoutumée, il porta à sa bouche une cuiller pleine de soupe, et faillit se brûler les lèvres.—Ah ! s'écria-t-il, ne se rappelant pas de suite comment se disait, en allemand, le mot chaleur, cette soupe est d'un grand *été*.—Et tous les enfants de rire, quoiqu'ils comprissent parfaitement ce qu'il voulait dire.

Pendant le souper, Laurent lui demanda quel hôtel il habitait à Waldenberg. — Le Gibier doré, répondit-il.

— Il veut dire le Cerf d'or, reprit Laurent, et, en même temps, il retint l'hilarité qui éclatait sur le visage de ses enfants, quoique lui-même pût à peine contenir la sienne.

Après la soupe, Jeanne apporta sur la table un plat couvert de belles pommes rouges. Louis en prit deux ; mais il les déposa sur son assiette, sans y toucher. Il avait contracté la singulière habitude de ne manger ce fruit qu'avec de la viande marinée. En ce moment, il est vrai, il se serait contenté volontiers d'un poulet ; mais il ne savait comment exprimer ce mot en allemand. Il alla se mettre à la fenêtre pour regarder le clocher de l'église, au faîte duquel brillait un coq doré, répercutant les rayons du soleil couchant, et il s'écria : — Comment appelez-vous cela ? — Les enfants crurent qu'il désignait le clocher, et lui répondirent : — Un clocher. — Eh bien, dit Louis, faites-moi cuire un *jeune clocher!*—Cette fois, le père, la mère et les enfants partirent ensemble d'un grand éclat de rire.

Quand Laurent lui eut expliqué le malentendu, Jeanne lui dit : — Mon cher enfant, de jeunes poulets seraient pour nous, pauvres paysans, un plat beaucoup trop cher ; ceux que nous élevons, nous les vendons à la ville pour nous acheter, avec l'argent, ce qui nous est nécessaire.— Alors elle lui servit des tartines beurrées. Il les mangea avec plaisir, assurant qu'il les trouvait aussi bonnes que le meilleur rôti.

Le repas terminé, Laurent lui dit : — Nous ne pourrons pas, mon cher Louis, nous mettre en route aujourd'hui.

Waldenberg et ses environs sont occupés par les Français, et il y aurait beaucoup de danger à voyager la nuit. Tu vas coucher ici ; prends patience, et demain matin, nous verrons ce qu'il faudra faire.

Louis, qui était fort las et que le sommeil gagnait, s'y résigna, malgré le plaisir qu'il eût éprouvé de revoir sa mère. Jeanne lui dressa de suite un lit dans la chambre même de ses enfants, et Louis n'y fut pas plutôt étendu qu'il s'endormit profondément.

Jeanne, après avoir couché tous ses enfants, vint s'asseoir auprès de son mari, sur le banc qui était placé devant la porte. C'était leur habitude tous les soirs, lorsque le temps était beau et leurs travaux entièrement terminés. Là, ils pensaient à leur ouvrage du lendemain, parlaient de leurs enfants, et remerciaient Dieu de ses bienfaits.

Il y eut un moment de silence, pendant lequel chacun d'eux s'abandonna à ses réflexions. Jeanne, prenant la parole, dit à son mari : — Mon avis, et je le crois raisonnable, est que demain tu te rendes d'abord seul à Waldenberg. La mère de Louis, qui fuit devant ses compatriotes, s'y est bien certainement cachée en attendant le retour de son fils ; et si tu l'emmenais avec toi, tu pourrais éveiller l'attention et compromettre le repos de sa mère.

— Tu as raison, reprit Laurent ; demain je me rendrai seul auprès d'elle, pour lui donner des nouvelles de son enfant. Aussitôt que le jour paraîtra, je me mettrai en route pour y arriver de bonne heure, et lui épargner quelques heures d'angoisses.

— Oui, dit Jeanne. Ah ! je me figure ce qui se passe dans son cœur. Je serais morte de douleur si j'avais perdu un de mes enfants au milieu d'un pays étranger. D'ailleurs ce petit voyage peut être utile à nos intérêts ; puisque tu vas à Waldenberg, tu emporteras avec toi une demi-douzaine de nos jeunes coqs, qui sont déjà assez grands, et qui sont si gras qu'on peut les mettre de suite à la broche.

— Ce projet est sage ; d'ailleurs ces poulets me servi-

ront de passe-port et m'aideront à traverser plus facilement les postes de l'armée française. La maîtresse du
Cerf d'or, qui est une brave femme, me les achètera avec
plaisir pour les servir sur la table de ses nouveaux hôtes.
Mais le plus important surtout, c'est que, par elle, je
pourrai avoir des renseignements positifs sur la mère du
petit Louis.

— C'est sans doute une mission un peu pénible, reprit
Jeanne; mais c'est une œuvre d'humanité, et, avec l'aide
de Dieu, elle réussira. J'y ai la plus grande confiance;
sans cela, je me garderais bien de te laisser sortir par ce
ce temps de guerre et de périls. Faire le bien est le devoir
de tous les hommes, et celui qui vit pour l'accomplir vit
sous la main de Dieu.

III

LE DÉSESPOIR D'UNE MÈRE.

Le lendemain, à trois heures du matin, lorsque les premières lueurs du jour commencèrent à paraître, le bon
Laurent prit le panier dans lequel la volaille était placée,
l'attacha au bout de son bâton, le chargea sur ses épaules,
et se dirigea à marche forcée vers Waldenberg; aussi fut-il
promptement de retour.

Sept heures sonnaient à l'église d'Ellersee, comme il
rentrait chez lui, son panier vide, mais ses poches pleines
d'argent. Jeanne était en ce moment occupée à la baratte.
Il s'assit sur la première chaise qu'il trouva, et essuya la
sueur dont son front ruisselait. — Je me suis remuée,
comme tu vois, lui dit Jeanne; tiens, voilà un bon lait de
beurre qui t'attend avec un morceau de pain. Dis-moi
maintenant ce que tu as appris à Waldenberg.

— L'aubergiste du Cerf d'or, lui répondit Laurent, m'a

raconté les événements dans tous leurs détails; je serai
un peu plus bref. Déjà, hier au matin, les habitants de
Waldenberg virent passer dans le village une grande
quantité de voitures, toutes remplies de personnes qui
fuyaient à l'approche des Français. A midi, il en vint un
si grand nombre qu'il leur fut difficile de se loger dans
son hôtel. Ces malheureux étrangers ne pouvaient que
prendre un léger repas et faire rafraîchir leurs chevaux
avant de continuer leur voyage. Dans ce nombre se trouvait la mère de Louis, femme jeune et belle, d'une tournure élégante et distinguée. Lorsqu'on fut au moment de
se mettre à table, elle appela son enfant, auquel elle avait
permis de descendre dans le jardin; mais il ne répondit
pas. Pendant que, pleine d'anxiété, elle était occupée à
le chercher et dans le jardin, et dans la rue, et dans les
champs voisins, quelques dragons autrichiens se répan-
dirent dans le village, et y apprirent que les hussards
français les suivaient à peu de distance. On entendit, en
effet, à quelques pas, une décharge de mousqueterie. Un
effroi général s'empara des émigrés; ils quittèrent précipitamment la table, et ordonnèrent qu'on attelât sans
perdre de temps. Les maîtres eux-mêmes aidèrent les
domestiques à harnacher les chevaux et à les sortir de
l'écurie. Pendant ce temps, la douleur et le désespoir de
la pauvre mère étaient au comble; elle était pâle comme
la mort; elle courait çà et là, la tête échevelée et les mains
jointes; elle priait, oubliant que ceux auxquels elle s'a-
dressait ne comprenaient pas le français; elle priait, en
versant d'abondantes larmes, tous ceux qui se trouvaient
dans l'hôtel, ou qu'elle rencontrait dans les rues, de l'aider à retrouver son enfant. Cependant les décharges con-
tinuaient toujours de faire entendre leur bruit sinistre;
elles se rapprochaient de plus en plus, et éclataient déjà
derrière les haies et les vignobles qui couvraient le village
de ce côté. Les compagnons de voyage de la pauvre mère
la pressèrent de se remettre en route, lui disant qu'en
restant plus longtemps elle courait le risque d'être prise
et reconduite en France. Elle ne voulut rien entendre.

— J'aime mieux mourir, leur répondit-elle, que d'abandonner mon enfant.

Un des émigrés, un vieillard, lui assura qu'au milieu du trouble occasionné par l'approche de l'ennemi, son fils avait été placé, avec les bagages, dans une des voitures qui s'étaient arrêtées à l'hôtel voisin. Elle y courut de suite pour demander si la chose était vraie. — Oui, très-vraie, lui répondit-on. Comprit-on mal ses questions, ou bien ce vieillard, qui paraissait vivement affligé de l'état de la pauvre mère, avait-il prié, pour lui sauver la vie, qu'on ne la désabusât point; c'est ce que je ne puis dire. Elle fut portée, pâle, inanimée et presque évanouie, dans la voiture du vieillard. On sortit précipitamment du village, et au même instant les hussards français y pénétraient du côté opposé, et, quelques moments après, s'attablaient devant le dîner servi pour les émigrés, et auquel ces derniers avaient à peine eu le temps de toucher.

— C'est bien affligeant, dit Jeanne; mais enfin qu'est devenue cette pauvre mère? Comment l'appelle-t-on? Qu'était-elle autrefois?

Laurent continua : — On la nommait simplement madame Duval. Elle paraissait avoir été riche autrefois; mais aujourd'hui, elle avait l'air d'être pauvre et malheureuse. Sa robe de toile de coton, couleur de cendre, était on ne peut plus simple, quoique très-propre. Elle ne portait ni or, ni bijoux. La voiture qui l'avait amenée était commune, et elle n'avait avec elle qu'une très-petite malle. Le dîner qu'elle avait préparé pour elle, pour son fils et pour ce vieillard dont je t'ai parlé, était loin d'être abondant. Du reste, l'aubergiste qui parle français et qui m'a raconté tout ceci, ne pouvait assez louer sa douceur et son affabilité.

— Ah! la pauvre mère! dit Jeanne en soupirant, quel chagrin elle va éprouver, que sa douleur sera cruelle, lorsqu'elle visitera chaque voiture sans y trouver son enfant! Les troupes qui occupent ce pays l'empêcheront de revenir ici et d'y faire de nouvelles recherches. Elle ignore ce que son fils deviendra au milieu d'un peuple étranger.

Certes, elle doit craindre d'être longtemps sans le voir, peut-être même tremble-t-elle de l'avoir perdu pour jamais! Elle doit bien cruellement souffrir!

— Je la plains de tout mon cœur, dit Laurent. Mais où donc est le petit Louis? Est-ce qu'il n'est pas encore levé?

— Ah! dit Jeanne, il repose calme et sans inquiétude. Je ne suis même pas entrée dans sa chambre. Le pauvre petit va bien pleurer en apprenant qu'il est séparé de sa mère pour de longues années peut-être.

Laurent ajouta : — Mais, en attendant, que ferons-nous de l'enfant?

— La chose va d'elle-même, reprit Jeanne; Dieu a conduit cet enfant entre nos mains, et il ne doit en sortir que quand sa mère reviendra le chercher. Je pense que c'est Dieu lui-même qui t'a fait passer près du chêne au pied duquel il priait avec tant de ferveur.

— Je le pense aussi, répondit Laurent; mais si la guerre durait longtemps, si la pauvre femme ne revenait pas ici? si, vaincue par la douleur et par les fatigues qu'elle aura à supporter dans sa fuite, elle allait tomber malade et mourir, que ferions-nous alors?

— Ce que nous ferons? répondit Jeanne; nous élèverons Louis avec nos enfants. Quand il y a à manger pour six, un de plus à table n'augmente pas beaucoup la dépense. Dieu bénira notre petite fortune, si nous la partageons avec un pauvre enfant. Celui qui jadis a nourri, dans le désert, cinq mille hommes avec cinq pains, nous aidera!

— C'est vrai, dit Laurent; mais si de braves gens, plus riches que nous, avaient pitié de sa position et offraient de s'en charger, une pareille action me ferait un grand plaisir!

— Je n'en serais pas moins contente que toi, reprit Jeanne; mais c'est une chose que nous ne devons pas demander. Les gens riches ne sont pas toujours les plus généreux; d'ailleurs, si leur fortune leur permettait de faire plus que nous pour le pauvre enfant, ils ne le feraient certainement pas avec plus de cordialité et de plaisir, car je me sens pour lui le cœur d'une mère; et toi, mon bon Laurent, j'en suis sûre, tu n'as que des intentions bienveillantes, et tu éprouves pour lui tout l'amour d'un père.

— C'est encore vrai, dit Laurent. Et il se mit à calculer si le rapport de sa petite métairie serait suffisant pour nourrir et habiller Charles; mais, à son compte, les dépenses excéderaient la recette.

Jeanne l'interrompit et lui dit : — Quand on veut faire le bien, l'on ne descend pas à des calculs aussi minutieux; il faut aussi un peu compter sur Dieu. Si notre petit Conrad, ai-je déjà bien souvent pensé, venait à s'égarer; s'il errait loin de nous, sans appui, sans soutien, au milieu d'un peuple étranger, en France, peut-être, ne demanderions-nous pas de tout notre cœur que des personnes charitables prissent pitié de lui et lui donnassent une place sous leur toit, au milieu de leurs enfants? Eh bien, ce que nous voudrions qu'on fît pour nous, faisons-le pour les autres. — Des larmes brillaient dans ses yeux pendant qu'elle parlait ainsi.

Laurent, ému, lui répondit : — Je ne demanderais pas mieux que de l'élever; mais la chose est-elle possible, puisque nous n'avons que le juste nécessaire?

— Eh! reprit Jeanne, on peut quelquefois plus qu'on ne pense. Tu devais m'acheter, au prochain marché, une nouvelle robe; mais celle que je porte est encore bonne; mets donc de côté, pour le petit Louis, l'argent que tu destinais à cet achat.

— Ah! tu es aussi raisonnable que bonne! s'écria Laurent, pendant que son air soucieux disparaissait pour faire place à l'expression de bonne humeur et de gaieté qui animait habituellement sa physionomie. Oui, oui, tu as raison; de mon côté, je porterai encore pendant un an mon habit des dimanches. Ainsi nous pourrons, en attendant, prendre soin de Louis. Il ne nous quittera pas, et Dieu fera le reste. »

En ce moment, Louis parut sur le seuil de la porte. Il

était entièrement habillé. Il leur souhaita amicalement le bonjour, et pria Laurent de seller de suite le cheval, pour le reconduire auprès de sa mère.

— Mon cher enfant, lui répondit Laurent, ta mère, depuis hier à midi, a quitté le pays. Ton absence lui causait une bien vive douleur; mais elle ne pouvait rester ici plus longtemps. L'arrivée des hussards français l'a forcée de partir. En ce moment, des troupes nombreuses sont postées entre elle et nous, et nous empêchent d'aller la rejoindre.

A ces mots, Louis se mit à pleurer en désespéré; sa douleur était telle qu'il suffoquait. Jeanne s'assit sur un

banc, le prit entre ses genoux, lui essuya doucement les joues avec un mouchoir qu'elle avait à la main, et lui dit affectueusement : — Ne pleure pas, mon cher Louis! Aie un peu de patience. Tu reverras ta mère, et alors ta joie sera plus grande encore. En attendant, je t'en servirai; comme, de son côté, mon mari remplacera ton père. Tout ce que nous possédons, nous le partagerons avec toi.

Mais Louis ne voulut rien entendre; il ne savait que pleurer. Jeanne alors, pour le consoler, essaya d'un autre moyen; elle l'entraîna dans la cour, et dit à Laurent de sortir le poulain de l'écurie : ce qu'il fit. Louis n'avait jamais vu de jeune cheval, et il ignorait qu'il existât d'aussi petit que ce poulain. Aussi il s'écria avec le plus grand étonnement :— Eh! un petit cheval! un petit cheval! Il examina avec le plus grand plaisir la jolie bête, qui n'avait pas

encore trois mois, et assura qu'à la ville ces animaux étaient tous très-grands, mais qu'il trouvait celui-ci beaucoup plus gentil. Laurent le mit en selle, et lui fit faire plusieurs fois le tour de la cour. Louis était ravi de se voir, pour la première fois de sa vie, monté sur un cheval, et surtout sur un si petit, si joli, qu'il semblait avoir été fait pour lui. Toutes ses peines furent oubliées. Il dit en souriant, quoique ses joues fussent encore mouillées de larmes :
—Demain ou après-demain je monterai dessus pour galoper après ma bonne mère.

—Mon idée a réussi, dit Jeanne à son mari, et le chagrin de Louis a maintenant fait place à la joie. Pour chasser du cœur d'un enfant un sentiment pénible ou importun, il ne faut pas le combattre de face, il faut au contraire attirer son esprit vers d'autres objets, et tâcher d'y faire naître d'autres pensées. Ce moyen est même bon pour de grandes personnes, comme j'en ai souvent fait l'expérience moi-même. Quand quelque chose me tracasse, je me mets à chanter, je babille avec mes enfants, ou je leur raconte une histoire, ou bien je descends dans le jardin pour voir si les plantes viennent bien, si le lin grandit, et si les jolies fleurs bleues s'épanouissent. Dernièrement encore j'étais triste et mélancolique ; tout à coup notre petite Lise m'apporta, sans que je m'y attendisse, un bouquet de fleurs printanières ; ma gaieté et ma bonne humeur revinrent aussitôt. Sans doute, lorsque les peines et les soucis cruels de la vie nous accablent, ce remède ne serait pas toujours efficace ; mais j'élève mes pensées au ciel, je pense à Dieu, qui n'oublie aucune de ses créatures, et qui nous promet des jouissances éternelles en échange des courtes peines d'ici-bas. Soudain je me trouve mieux, ma douleur se calme, ma gaieté reparaît.

IV

LES PAYSANS AU VILLAGE.

L'arrivée du jeune étranger fut aussitôt connue dans tout le village, et y produisit une grande sensation. Le lendemain de ce jour, les enfants et même les mères accoururent en foule chez Laurent pour le voir. Le soir, après avoir terminé leur ouvrage, les paysans se réunirent sous l'épais tilleul qui s'élevait au milieu du village, non loin de l'église. Ils s'assirent pour se reposer sur les bancs que l'arbre protégeait de son ombre, et se mirent à fumer une pipe en causant amicalement entre eux. Louis fut l'unique sujet de leur conversation. Au bout de quelques moments, le bourgmestre du village vint prendre place au milieu d'eux. Laurent l'aperçut par la fenêtre et accourut au-devant de lui pour lui présenter Louis. Il lui raconta comment il en avait fait la rencontre et ajouta :
— Je vous donne ici ma parole que je garderai chez moi cet enfant jusqu'à ce que sa mère vienne le chercher.

Les paysans louèrent Laurent de son humanité ; cependant quelques-uns pensèrent qu'il avait déjà assez d'enfants et qu'il n'était pas sage de sa part de prendre encore un étranger à sa charge. Un d'eux, nommé Krall, homme naturellement méchant et qui avait toujours montré des sentiments hostiles contre Laurent, dit qu'il fallait sur-le-champ chasser cet enfant du village. — Pensez-y, mes voisins, s'écria-t-il ; les émigrés sont ennemis de la France ; l'armée française, qui est à nos portes, nous punira d'avoir accueilli parmi nous l'enfant d'un de ses ennemis ; ils pilleront nos maisons ou les livreront aux flammes. Ah ! ciel ! ajouta-t-il d'une voix consternée, je vois déjà notre village en feu !... Aussi, continua-t-il, en lançant à Laurent un regard furieux, je propose que ce soir même la garde communale conduise cet enfant aux frontières du village. Quant à Laurent, qui l'a introduit parmi nous, et dont la conduite le désigne assez comme un partisan des Français, et aurait pu attirer de grands malheurs sur notre tête, je demande qu'il soit condamné àune forte amende.

Quelques paysans furent épouvantés à l'idée du danger que courait le village, et applaudirent aux paroles de Krall; mais d'autres, qui avaient et plus de bon sens et plus d'humanité, lui répondirent énergiquement. Des paroles vives furent échangées; les voix montèrent à un diapason assez élevé. Aussi, on vit accourir tous les habitants, jeunes et vieux, femmes et enfants, les uns pour être témoins de la dispute, d'autres pour voir le jeune Français qui en était la cause.

La querelle devenant sérieuse, le curé se rendit sur les lieux, écouta un moment ce dont il s'agissait, et dit ensuite avec une voix parfaitement calme :—Mes amis, mes paroissiens! vous vous tourmentez sans raison; le danger, qui paraît si redoutable à quelques-uns d'entre vous, n'existe nullement. Les Français sont trop braves et trop généreux pour vous faire un crime d'avoir accueilli parmi vous ce pauvre enfant, la cause bien innocente de ces querelles; vous vous acquerrez, au contraire, des titres à leur générosité, si vous traitez avec douceur, avec bienveillance, un pauvre enfant sans défense, un de leurs compatriotes. Cependant, si quelqu'un d'entre vous devait être inquiété à cause de lui, qu'il rejette tout sur moi; qu'il leur dise que c'est moi qui ai conseillé de recueillir cet enfant; je saurai bien me justifier. « Fais ce que ta conscience te commande et ne crains personne, » leur répondrai-je.

Après ces paroles, il prit amicalement par la main et plaça au milieu des paysans le pauvre Louis, dont les yeux s'étaient mouillés de larmes en entendant la querelle dont il était l'objet. — Jadis, dit le curé, notre divin Sauveur plaça au milieu de ses disciples un enfant abandonné comme celui-ci, en leur disant : « Celui de vous « qui lui fera du bien m'en fera à moi-même! Voyez-vous, « leur dit-il, il ne faut dédaigner aucun de ces petits en-

« fants, car mon père, qui est au ciel, ne veut pas qu'un
« seul d'entre eux soit perdu. » Ainsi parla notre divin
Sauveur. Et maintenant, mes bons amis! ce pauvre petit
innocent a été perdu ; le brave Laurent l'a trouvé et recueilli dans sa maison; voulez-vous l'en empêcher ? Voulez-vous donc que cet enfant continue d'errer dans le
monde comme une brebis perdue ? En agissant ainsi,
vous affligeriez les saints anges de Dieu qui aime tant les
jeunes enfants ! Vous animeriez contre vous notre divin
Sauveur, qui considère le bien qu'on leur fait à l'égal de
celui qu'on lui ferait à lui-même ! vous offenseriez cruellement votre céleste père, qui ordonne de les recueillir
et de les aimer! Non, mes amis, vous ne ferez certainement pas cela ; car cette action ne vous attirerait pas la
bénédiction du ciel. Mais, au contraire, si vous vous
montrez tous pour cet enfant aussi bons, aussi humains
que le brave Laurent, Dieu vous bénira, vous et votre
postérité ! N'oubliez pas que pendant que nous sommes
ici rassemblés sous cet arbre de paix, vos fils, en grand
nombre, sont à la guerre, entourés de mille dangers, expo-
sés au fer et au feu de l'ennemi. Si ces braves jeunes gens,
loin de leurs parents, de leurs frères et sœurs, viennent à
tomber en pleine campagne et sur une terre aride, baignés
dans leur sang et implorant du secours..., Dieu leur en-
verra des cœurs compatissants qui auront pitié d'eux.
Croyez-moi, le ciel vous récompensera dans vos fils du bien
que vous aurez fait à cette pauvre créature abandonnée.

Les mères, les sœurs et les épouses des jeunes soldats,
en ce moment loin d'elles, se mirent à pleurer : les pères,
les fils, les vieillards, brisés par l'âge, étaient là, les
yeux mouillés de larmes. Tous promirent d'obéir aux
recommandations de leur bon curé, tous louèrent l'humanité de Laurent et s'indignèrent de la méchanceté de
Krall, qui leur avait communiqué une crainte imaginaire
et les avait entraînés dans des idées de folie et d'erreur.
Louis, dans sa reconnaissance, embrassa les mains du
digne curé pour l'avoir si généreusement défendu, et celui-ci le pria de venir le voir dès qu'il le pourrait.

V

LE CURÉ DE CAMPAGNE.

Le lendemain, Louis se fit une grande fête d'aller rendre visite au curé. Il brossa son frac avec soin, et pria sa mère adoptive d'arranger sa longue chevelure. Il prit, après en avoir demandé la permission, le chapeau de paille de Conrad, car il ne pouvait décemment aller faire une visite la tête nue. Jeanne fit la remarque qu'un chapeau aussi simple allait mal avec son bel habit; mais Louis lui assura que c'était la dernière mode. Il se dirigea alors vers la demeure de l'ecclésiastique, se fit annoncer, entra dans l'appartement en saluant respectueusement, et dit au curé, en parlant sa langue natale, qu'il venait le remercier encore une fois de la bonté avec laquelle il avait si heureusement intercédé hier pour lui.

Le curé, vieillard vénérable, et qui avait toujours aimé les enfants, comprenait très-bien le français ; il avait même dans sa bibliothèque un grand nombre de livres écrits dans cet idiome, et dont il faisait le plus grand cas ; mais il lui eût été impossible de soutenir une conversation dans cette langue, parce qu'au fond du village obscur où il vivait depuis quarante ans il n'avait pas eu occasion d'en faire usage. Il lui souhaita donc la bienvenue en allemand; il le fit asseoir auprès de lui, sur un canapé, et lui dit : — Mon cher enfant, quoique je sois obligé de faire usage de l'allemand pour converser avec toi, cependant je comprends facilement ta langue ; je te dirai, en outre, que tu prononces très-bien l'allemand. Cependant, continue de me parler en français ; je te répondrai en allemand, puisque tu le comprends bien, et, de cette manière je m'habituerai peu à peu à parler la langue française.—Cet arrangement plut beaucoup à Louis, qui s'engagea aussitôt dans une longue conversation.

Le bon curé fut touché jusqu'au fond de l'âme du sort de l'aimable Louis, qui était condamné à vivre dans un pays étranger, loin de sa mère. Il s'entretint longtemps amicalement avec lui, lui adressa un grand nombre de questions, et acquit la conviction qu'il avait reçu une excellente éducation, et que sa mère devait être une femme aussi distinguée qu'instruite.

— Mon cher Louis, lui demanda le curé, entre autres choses, as-tu déjà commencé à apprendre à lire? — Oh! oui, répondit Louis, je sais lire le français, mais pas l'allemand.

Le curé aussitôt sortit de sa bibliothèque un livre français écrit tout exprès pour les enfants; il l'ouvrit, le plaça devant Louis, et le pria de lui lire une petite histoire qu'il lui désigna du doigt. Louis la lut très-couramment et avec beaucoup d'expression.

— Qui t'a donc appris à si bien lire, mon enfant? lui demanda le curé, grandement étonné.

— Ma mère, répondit Louis; je n'ai jamais eu d'autre maître qu'elle.

Le curé aurait bien voulu savoir s'il avait reçu quelques principes religieux; il lui fit donc plusieurs questions à ce sujet. L'enfant répondit à toutes avec dévotion et piété. Ce fut avec une émotion profonde qu'il lui parla de la bonté de Dieu envers le genre humain, de la divine Providence qui veille à notre bonheur et fait tourner à notre bien jusqu'à nos plus amères douleurs, de la confiance en Dieu, de la prière, et de cette vie meilleure qui nous attend au ciel, où nous devons tous aller, si nous avons accompli sur la terre les préceptes que Dieu nous a enseignés par la bouche de son divin Fils.

Le curé fut enchanté, et il lui dit: — Je vois bien que ta mère t'a élevé dans ses principes, principes qui l'aident aujourd'hui à supporter ses peines, et qui, dans toutes les douleurs de la vie, sont la plus puissante des consolations. Tu as une mère aussi pieuse que bonne, mon ami!

— Oh! oui, répondit Louis en pleurant, elle est si

bonne, si bonne, et elle m'aime tant, que je ne trouve pas de mots pour l'exprimer! Elle est aussi bien pieuse! Chaque soir et chaque matin elle priait avec moi... Elle priait principalement pour mon père; elle demandait surtout la grâce de le revoir bientôt, et de rentrer tous trois ensemble dans notre patrie. Ah! ma pauvre mère s'affligeait bien souvent d'avoir été obligée de quitter la France, et de voir que les événements de la guerre l'empêchaient de se réunir à mon père. Personne ne connut la tristesse qui si souvent désola son cœur. Lorsqu'elle allait faire une visite, son front était joyeux et ouvert; mais lorsque, dans la solitude de sa chambre, elle était assise devant sa table de travail, je la voyais souvent soupirer et lever au ciel ses yeux éteints par les larmes.

— Dieu, mon enfant, lui dit le curé, entendra ses prières et les tiennes.

— Je le crois aussi, répondit Louis; mais je ne sais comment cela arrivera! Lorsque j'étais dans la forêt, agenouillé et priant, Dieu m'entendit et envoya Laurent à mon secours. Mais il y a déjà aujourd'hui trois jours que je l'ai prié avec instance de me réunir à ma mère, et il ne paraît pas disposé à le faire. Je ne comprends pas pourquoi il me laisse le prier si longtemps en vain. Si j'étais à sa place, je prêterais l'oreille à toutes les prières, et j'accorderais de suite à chacun ce qu'il me demanderait.

— En agissant ainsi, tu préparerais de grands malheurs! répondit le curé. L'Éternel, qui est la sagesse même, est bon pour tous les hommes; mais cette même sagesse lui défend, à lui, qui ne veut que notre bien, d'exaucer si promptement nos prières, ou de venir à notre aide précisément comme nous le lui demandons. Les désirs des hommes sont souvent empreints de folie; ce qui nous semble bon pourrait ne pas toujours tourner à notre avantage. Dieu ne vient souvent à notre aide que fort tard, et il emploie pour nous secourir des moyens autres que ceux que nous lui présentions, et plus efficaces que nous n'aurions pu le souhaiter. Dieu s'est déjà

occupé de toi ; il l'a confié à la garde d'excellentes gens ;
il consolera aussi ta mère au milieu de sa profonde douleur, et le jour n'est pas éloigné, je pense, où il te ramènera dans ses bras.

— Ah ! maman ! ma pauvre maman ! s'écria Louis en
croisant ses bras sur sa poitrine, je ne puis dire combien
elle m'est chère, et combien je suis affligé d'avoir, par mon
imprudence, augmenté les chagrins qu'elle avait déjà. Elle
sera souvent bien triste ; elle pleurera bien souvent en
pensant à moi ! — Le pauvre enfant répandit lui-même en
ce moment un torrent de larmes.

— Sois tranquille, mon cher Louis, lui dit le curé ; les
pleurs et le désespoir n'avanceront à rien. Tout ce que
tu peux faire maintenant, c'est de prier pour ta mère et de
continuer d'être bon et pieux, et appliqué à tes devoirs,
pour lui être agréable un jour. Je consacrerai, chaque
matinée, quelques heures à ton instruction. Tu sais lire
le français, il faut aussi apprendre à l'écrire ; et comme
tu sais déjà assez bien parler l'allemand, je veux également t'apprendre à le lire. Je veux, à l'aide des livres français que je possède, t'apprendre tout ce que je crois
t'être nécessaire. Tes excellents parents adoptifs y consentiront volontiers. Ainsi, console-toi, mon cher Louis,
et ne pleure plus. Dieu mènera tout à bonne fin, et chan-
gera en joie tes chagrins et ceux de ta mère.

A partir de ce jour, Louis se rendit avec exactitude et
plaisir aux heures que le bon curé lui consacrait pour son
instruction, et ce temps fut pour lui le plus agréable de
la journée. Sa curiosité était très-grande ; il avait toujours
quelque chose à demander, et ses questions occasion-
naient des dialogues qui étaient aussi amusants qu'instructifs pour lui. Il avait le cœur très-sensible, s'enthou-
siasmait au récit des belles actions, et éprouvait pour le
héros autant de respect que de reconnaissance.

Louis aurait bien voulu donner au bon curé un témoignage de sa gratitude. La veille de la Saint-Boniface, an-
niversaire de sa fête, Louis pria sa mère adoptive de lui
donner un sou. Celle-ci lui demanda quel usage il voulait

en faire. — Ah! dit Louis, je voudrais faire un petit cadeau à M. le curé, pour sa fête. — Ce n'est pas avec un sou que tu pourras acheter un objet capable de le satisfaire, car je ne pense pas que ton intention soit de lui offrir cet argent.

Louis lui répondit : — Oh! je sais qu'une pareille offre serait très-inconvenante. Mais je veux lui acheter quelque chose qui lui fera certainement un grand plaisir. Il est grand amateur de fleurs ; il a beaucoup de rosiers dans son jardin, et il en affectionne principalement la fleur. Mais en ce moment les boutons ne sont pas encore éclos ; il en est de même dans notre jardin et dans tous ceux du village. J'ai cherché partout. Il n'y a que devant la maison de Muller que j'ai aperçu un rosier qui porte déjà de très-belles roses. J'ai prié le petit Muller de m'en donner une seule ; il n'a pas voulu, mais il m'a dit qu'il consentait à m'en vendre une pour un sou.

Jeanne lui répondit en riant : — Puisque tu as tant de respect pour notre curé, et que tu tiens tant à lui être agréable, je te donnerai ce que tu demandes avec bien du plaisir.

Alors Louis s'empressa de courir au moulin, et demanda au petit Muller de lui vendre une rose pour un sou. Mais le père, qui l'entendit, lui dit : — C'est une folie à toi, Louis, de vouloir échanger de l'argent contre une rose ; attends encore quelques jours, et tu en auras alors autant que tu voudras, mais n'imite pas la folie de ces hommes qui dépensent beaucoup d'argent pour manger, quelques semaines plus tôt, des fruits ou des légumes que, quelques jours plus tard, ils auraient pu manger meilleurs et moins chers. Il faut savoir attendre ; avec le temps viendront les roses.

Louis, tout chagrin, lui répondit que ce n'était pas pour lui qu'il voulait acheter cette rose ; son intention était d'en faire un cadeau au curé, pour le jour de sa fête. — Ah! ceci est autre chose, s'écria M. Muller amicalement. C'est une heureuse idée que tu as eue là, mon enfant! Garde ton sou, mon ami ; je ne veux pas seulement te donner une rose, je te donne le rosier entier. Pour notre bon curé, il n'y a rien de trop beau.

Que le bonheur de Louis fut grand à ces paroles ! Il prit le rosier, qu'il porta en triomphe jusqu'à sa demeure, endossa aussitôt ses habits de cérémonie, se rendit chez M. le curé, lui présenta le rosier, et lui récita une phrase qu'il avait rencontrée dans ses dernières lectures : « Que Dieu sème pour vous de roses le chemin de la vie ! »

Le curé, vivement ému, lui dit : — Où donc as-tu pris ce magnifique rosier, mon bon Louis ?

Louis raconta comment il en était devenu possesseur, et ses paroles suffirent pour prouver au curé la joie qu'il avait à lui faire une surprise ; le cœur du vénérable vieillard fut attendri. — Dieu te bénira, mon enfant, s'écria-t-il. Tu ressembles à ces tendres boutons ; sois toujours aimable et sage, et tu fleuriras dans ta beauté, comme ces roses épanouies.

Quand le jour de la fête de Louis fut arrivé, le curé, à son tour, lui fit cadeau d'un petit livre de prières, écrit en français, qu'il avait acheté exprès pour lui, et qu'il avait fait relier en maroquin rouge et dorer sur tranche. Il avait aussi écrit sur la première page du livre la phrase suivante : « La jeunesse et la beauté sont comme les fleurs ; elles se flétrissent promptement ; mais celui qui obéit à la volonté de Dieu vit éternellement. »

En recevant ce joli livre, Louis éprouva une grande joie. Il assura que, de tous ses cadeaux, c'était celui qui pouvait lui être le plus agréable. C'était aussi le plus utile pour lui, car il renfermait de jolies prières, qu'il lut le matin et le soir, chez lui et à l'église, avec la plus fervente piété.

VI

LA VIE DES CHAMPS.

Louis ne tarda pas à s'accoutumer à sa nouvelle demeure. Il éprouva pour ses parents adoptifs la plus vive affection, et fut bientôt aussi familier avec leurs enfants que s'ils avaient été pour lui des frères ou des sœurs. L'amitié que chacun lui témoignait dans cette maison lui fit même oublier qu'il était chez des étrangers. Il éprouvait toujours un vif désir de revoir sa mère; mais ce n'était plus pour lui un souvenir pénible. Il se consolait avec l'espérance de la rejoindre bientôt, et cette insouciance joyeuse, particulière à l'enfance, et que Louis possédait au suprême degré, acheva de chasser toutes les pensées affligeantes. Il était toujours si bon, si gai, si dévoué, il avait un si bon caractère, qu'il devenait de jour en jour plus cher à ses nouveaux amis, et cette affection était partagée par tous les habitants du village.

La nourriture lui parut, dans les premiers temps, quelque peu grossière. Un matin (sa bonne humeur et sa gaieté étaient alors revenues), il était allé, avec les enfants, faire une petite promenade autour du village et sur les bords de la rivière, pour voir le pays. A son retour il demande, en entrant dans la chambre, si le café était prêt.

Jeanne se mit à rire, et lui répondit : — Mon cher Louis, nous avons notre genre de vie, auquel il faut t'accoutumer. Quelques personnes riches prennent à la ville leur café sans lait ; nous, simples paysans, nous prenons notre lait sans café. Nous trouvons cela beaucoup moins cher; en outre, le lait pur est meilleur, plus salutaire, et a plus de saveur; goûtes-en une fois ! — Ce disant, elle lui servit une assiette de laitage, avec un gros morceau de pain de seigle. Louis, qui venait de courir pendant plusieurs heures sur les montagnes et dans les champs, par une chaude matinée, trouva ce lait froid excellent. Il avoua que le meilleur café ne lui avait jamais paru aussi exquis, et à l'avenir il ne demanda jamais que du lait pour son déjeuner. Il en fit de même pour les autres aliments. Il mangeait rarement de la viande, mais en revanche d'excellents mets, faits avec de la farine, du lait et du beurre, des fruits crus et des légumes de toute sorte que Jeanne excellait à apprêter. Il s'accoutuma très-bien à ce régime. Comme il prenait plus d'exercice à la campagne qu'à la ville, il avait aussi meilleur appétit, et les aliments lui semblaient préférables. Il s'accoutuma à manger, au lieu de pain sucré, du pain noir; au lieu de confitures, de simples fruits, et ses dents devinrent plus belles et plus blanches que l'ivoire le plus éclatant. La santé brilla sur son visage; il devint rayonnant comme un lis.

Les agréments de la vie des champs ne plurent jamais à personne plus qu'à Louis. Les souvenirs qu'il avait gardés de la ville ne lui rappelaient que des rues étroites et sans air; ici, au contraire, il avait devant lui des champs sans limites, où chaque jour il trouvait quelque nouveauté qui le ravissait de joie. Sa mère adoptive avait pour les beautés de la nature une admiration passionnée, et elle cherchait à éveiller ce sentiment chez ses enfants. Cependant Louis fit dans la langue allemande des progrès étonnants, et on put bientôt converser facilement avec lui.

Un jour, Jeanne avait lavé sa chambre; elle avait nettoyé avec soin les fenêtres et la glace, et suivant l'habitude du pays, elle avait répandu un sable propre et fin sur le plancher. Louis remarqua tout cela en y entrant, et dit : — Elle est maintenant bien propre et bien brillante; mais quand je demeurais à la ville, j'en avais une bien plus belle encore. Il y avait de riches tableaux appendus aux murailles; entre les deux fenêtres se trouvait une grande glace dans un cadre d'or, et le plancher était couvert d'un magnifique tapis. C'est ainsi que tu devrais aussi orner ta chambre.

— Mon bon Louis, lui répondit Jeanne, nous sommes des paysans, et nous n'avons pas assez de fortune pour

nous meubler aussi richement ; mais ce luxe n'est pas nécessaire. Ce serait une folie que de vouloir faire peindre un
paysage sur ces murs ; car, sans sortir de notre chambre,
nos yeux découvrent à chaque instant du jour le plus magnifique tableau. Regarde par cette fenêtre : que l'azur du
ciel est beau ! que la verdure des champs et des forêts est
riche et agréable ! que les arbres et le clocher de l'église
brillent délicieusement aux clartés du matin ! C'est un tableau qu'aucun peintre ne peut rendre. Et cette prairie
émaillée de fleurs, qui s'étend devant nos fenêtres, n'est-
elle pas un tapis si beau, si brillant, qu'il n'est pas de
prince ou de princesse qui puisse en avoir un dont les
couleurs soient plus magnifiques ! Et cette rivière, dans
les eaux de laquelle se mirent le ciel, la forêt, les montagnes, et ce moulin, avec son nouveau toit de tuiles rouges, n'est-elle pas un miroir plus grand, plus somptueux
qu'on n'en peut trouver dans la demeure des rois ? Ne le
penses-tu pas ainsi ?

— Oh ! oui, dit Louis ; à la ville je ne voyais pas d'aussi
belles choses, car, quand je me mettais à la fenêtre, je
n'apercevais que des toits, des murailles et des pavés.
Ici, c'est bien plus joli !

— N'est-ce pas, répondit Jeanne, Dieu a richement
décoré notre demeure terrestre ? N'est-ce pas que tout
ce que nous voyons est magnifique et peint des plus
brillantes couleurs ?

— Oui, c'est vrai, s'écria Louis ; c'est un Dieu plein
d'amour et de bonté. On reconnaît cela au village bien
mieux qu'à la ville.

Il arriva plusieurs fois à Louis de faire d'excellentes
remarques sur la vie des champs comparée à celle des
villes. Laurent et toute sa famille se levaient, en été, avec
le soleil, et se couchaient avec lui. Pendant cette saison,
on ne brûlait pas de lumière dans la maison. Louis prit
ces habitudes, qui lui plaisaient. Il ne voyait jamais lever
le soleil, il est vrai, mais il pouvait admirer à loisir les
feux brillants et dorés du matin. — Les habitants de la
ville, disait-il, sont bien fous de passer au lit la matinée,

et de veiller la moitié de la nuit à la lueur des bougies.
Leur satisfaction serait bien plus grande s'ils savaient se
lever et se coucher de bonne heure. Ils épargneraient
ainsi l'argent qu'ils dépensent pour s'éclairer.

Les enfants allaient souvent avec Louis dans la forêt
voisine, pour y cueillir des fraises. Un jour ils découvri-
rent une petite vallée si jolie, qu'il serait impossible de
lui rien comparer. Les collines qui l'entouraient étaient
couvertes de beaux chênes et de bouleaux d'un vert tendre, les rochers ombragés par le sombre feuillage des
pins ; la prairie, au milieu de laquelle coulait un ruisseau à l'onde argentée, était tapissée d'une herbe touffue
et de belles fleurs de toutes les couleurs, et les rayons du
soleil y brillaient de toute leur splendeur. Les collines et
les rochers étaient chargés de fraises, et les bords du
petit ruisseau garnis d'une telle quantité de *ne m'oubliez
pas*, qu'ils en paraissaient tout bleus. — Que ce site est
beau ! s'écria Louis. Le magnifique jardin dans lequel me
promenait ma mère n'est rien en comparaison ; on y
voyait plus de sable que d'herbe et de fleurs, et on n'a-
percevait aucune branche aux arbres ; ils avaient l'air de
grosses boules vertes. Mais ici, dans cette profonde vallée, des fraises délicieuses croissent en abondance, les
deux rives de ce limpide ruisseau sont émaillées de mille
et mille jolies fleurs bleues ; d'immenses sapins étendent
sur ces rochers leurs larges rameaux..... Que tout cela
est beau ! C'est un magnifique jardin ; oui, tout le pays qui
entoure notre petit village est un délicieux parterre, et
je loue et j'admire la main qui a planté des fraisiers, des
fleurs et des chênes. Si je revois ma mère, je ne veux
plus retourner à la ville ; il faudra qu'elle vienne habiter
la campagne avec moi. Là au moins nous jouirons du
soleil, nous respirerons un air frais ; nous aurons des
fleurs, des fruits et des arbres, et nous pourrons remercier Dieu de tous ses dons.

Rien ne contribua plus à rendre la vie des champs
agréable à l'heureux Louis que les jeux auxquels, chaque
soir, les enfants du village se livraient en commun sous

le gros tilleul ou au milieu des champs. Comme on était à une époque de guerre, leurs jeux en présentaient l'image. Louis qui, à la ville, avait vu les soldats faire l'exercice, dit à ses camarades : — Ce n'est pas comme cela. Si vous voulez le permettre, je vais vous montrer comment il faut faire.

Les enfants y consentirent avec plaisir, et Louis alors leur apprit à se tenir droits, à mettre leurs pieds en dehors, et à porter leurs armes, qui, du reste, n'étaient autres que des branches de coudrier ; ensuite il les fit marcher tantôt doucement, tantôt au pas accéléré, soit à droite, soit à gauche, et leur fit exécuter toutes sortes d'évolutions. Les enfants dirent qu'il s'y entendait à merveille, et, à l'unanimité, ils le choisirent pour leur général, honneur dont Louis ne fut pas peu fier. Il devint important de se procurer tout ce qui était nécessaire au service, suivant son expression. A sa prière le riche Muller acheta pour son fils, au marché, une petite trompette, et Jeanne donna un beau morceau de mousseline blanche, qui fut destiné à servir de drapeau ; il était propre, mais quelque peu endommagé. Mais Louis s'écria : — Cela ne fait rien ! un drapeau déchiré est bien plus glorieux.

Il trouva, en fouillant dans les hardes de Jeanne, quelques paillettes d'argent, et, avec sa permission, il en fit une étoile, qu'il porta à son frac bleu, et la mit les jours de grande parade ; il se procura encore quelques bandes de papier de couleur, qu'il destina à décorer ceux de ses élèves qui manœuvreraient le mieux.

Les paysans, tout en fumant leurs pipes, assis autour du tilleul, prenaient plaisir au jeu de ces enfants. Le curé se mit plus d'une fois à sa fenêtre pour en être témoin, et il leur témoigna toute sa satisfaction, car il aimait à voir les enfants jouer gaiement ensemble. Bien des mères venaient aussi assister à ces exercices, et souriaient de plaisir à l'habileté de leurs fils. Elles donnaient cependant la palme à Louis. Tous ces petits garçons étaient brunis par le soleil, leurs membres étaient forts et robustes ;

Louis, au contraire, était pâle, et paraissait aussi délicat qu'un prince; et puis, il était habile à faire manœuvrer, et donnait ses ordres avec un tel sérieux, qu'on eût pensé que ce jeu avait un but important.

Jeanne, dans son intérêt pour lui, lui demanda un jour s'il voulait être soldat. — Oh! oui, répondit Louis avec joie; pourquoi donc pas? — Mais tu pourrais perdre la vie à ce métier, lui dit Jeanne.—Je le sais bien, répondit-il; mais j'ai lu dernièrement, et ceci est mon opinion, qu'il est beau et glorieux de mourir pour sa patrie!

VII

AFFLICTION, SALUT ET RECONNAISSANCE.

Laurent et sa digne femme passèrent l'été joyeusement, occupés à différents travaux champêtres. Leurs enfants et même Louis les aidèrent dans ces travaux, autant que leurs forces le leur permirent, et contribuèrent ainsi à rendre leurs jours plus heureux. Mais la récolte fut loin d'être aussi belle qu'on l'avait espéré. Pour comble de malheur, Laurent perdit un cheval, et, pour finir la récolte, il fut obligé d'en acheter immédiatement un autre, qui lui coûta fort cher. Cependant l'époque du payement de son fermage approchait; mais il lui fut impossible de compléter la somme dont il était redevable. Il s'adressa alors à ses plus riches voisins, les priant de lui avancer ce qui lui manquait. Mais ceux qui auraient pu l'aider ne le voulurent pas, ceux qui le voulurent ne le purent pas. Laurent et Jeanne furent désespérés; car le bail écrit disait formellement que, si la somme entière n'était pas, à l'heure indiquée, versée à la chancellerie seigneuriale de Waldenberg, le bailleur, dans ce cas, se réservait le droit de résilier le bail, et le locataire serait immédiatement contraint de vider la ferme Lorsque le jour fatal fut arrivé, Laurent rassembla et se mit à compter tout l'argent qu'il possédait. Mais il lui manquait vingt-deux écus pour parfaire la somme. — Ah ! dit le pauvre Laurent, notre propriétaire sera sans doute bien mécontent ; néanmoins j'espère qu'il prendra en considération la modicité de notre récolte et la perte que nous avons faite ; c'est cela seul qui m'empêche de m'acquitter envers lui ; il aura de l'indulgence pour notre position, et ne voudra pas nous chasser de cette chaumière avec nos enfants.

— Dieu le veuille ! dit Jeanne en pleurant. Cependant mon cœur maternel, dans sa douleur, va supplier le Seigneur de ne pas permettre que ces pauvres innocents, qui n'ont ailleurs aucun toit pour les abriter, soient chassés de cette demeure.

— Fais-le, dit Laurent avec tristesse : je suivrai ton exemple, je ne cesserai de prier Dieu jusqu'à mon arrivée à la chancellerie. — Ses yeux mornes et abattus regardèrent le ciel, et il se mit en route.

L'administrateur était un homme dur, fort avare de paroles. Il ne répondit rien aux prières et aux supplications de Laurent. Il compta l'argent, le serra dans son bureau, donna une quittance de ce qu'il venait de recevoir, en y mentionnant la somme dont Laurent restait débiteur, et lui dit : — Vous connaissez les termes de votre bail. Si, aujourd'hui, avant le coucher du soleil, les vingt-deux écus que vous redevez ne sont pas sur cette table, jusqu'au dernier sou, vous avez cessé d'être notre fermier ; vous quitterez demain la ferme et irez vous établir ailleurs ; je saisirai votre mobilier ou votre bétail, jusqu'à concurrence de la somme qui manque. D'ailleurs il s'est déjà présenté un autre fermier qui sera plus exact que vous à tenir ses engagements. — Il tira le bail d'un vieux bureau et ajouta : — Lisez ; voici les engagements que vous avez souscrits ; voici votre signature ; il n'en existera plus rien, si vous ne payez pas. Vous avez entendu mon dernier mot, vous pouvez vous retirer.

Laurent, le cœur bien triste, traversa la forêt pour regagner sa demeure. Il pensait à la douleur que toute sa

famille allait éprouver; des larmes roulaient dans ses
yeux; et il poussait de si profonds soupirs, qu'on eût dit
que sa poitrine allait se briser. Le chemin qu'il suivait ne
passait pas loin de ce chêne au pied duquel il avait trouvé
Louis. Il quitta l'étroit sentier, alla s'agenouiller au pied
de l'arbre et se mit à prier avec ferveur, les mains jointes
et les yeux tournés vers le ciel : — Mon Dieu! ici, à cette
même place, Louis s'était agenouillé, Louis, pauvre enfant abandonné! Il leva vers toi ses mains innocentes et
implora ta pitié! et tu entendis sa prière! Comme lui,
je suis à genoux, et je t'implore aussi dans ma détresse!
Oh! écoute ma voix suppliante! Prends pitié de moi, de
ma femme, de mes enfants, et de ce bon petit Louis.
Dieu miséricordieux! tu l'as dit toi-même : « Soyez bon
pour les autres, je le serai pour vous. » Eh bien, j'ai eu
pitié de l'enfant abandonné, aie pitié à ton tour de ma
femme et de mes enfants, ne repousse pas ma prière!

Après avoir fait cette invocation, Laurent, plus calme,
se releva. Il n'avait pas fait cent pas, qu'il rencontra sa
femme qui accourait précipitamment au-devant de lui.
Il n'en fut pas peu surpris, et il s'écria : — Est-il donc arrivé quelque malheur, que tu accoures ici avec tant de
précipitation ?

— Oh! non, rien que d'heureux! lui répondit-elle,
et elle riait d'un rire d'ange.

— N'est-il pas vrai, lui dit-elle, lorsqu'elle se fut
approchée de lui, que l'administrateur n'a voulu t'accorder aucun délai ?

— Aucun, répondit-il tristement.

— Je le savais bien! dit Jeanne, et ses yeux exprimaient la plus vive joie.

— Et tu peux me dire cela en riant! lui dit Laurent.

— En ce moment, oui, lui répondit-elle, car Dieu est
venu à notre secours. Mon cœur est si plein de reconnaissance et d'amour, que j'exprime ma joie tout haut,
et que je remercierais Dieu devant tout le monde! Je n'ai
pas eu la patience d'attendre ton retour, j'ai couru à ta
rencontre pour t'annoncer quelques moments plus tôt

le bonheur qui nous arrive. Nous sommes sauvés d'une manière miraculeuse ! Tu vas en juger. — Aussitôt elle ouvrit la main et lui montra vingt pièces d'or brillantes, et toutes nouvellement frappées.

Laurent en croyait à peine ses yeux. — Grand Dieu ! s'écria-t-il, comment as-tu pu te procurer tout cet or ?

Jeanne lui répondit : — Tu pourrais bien te creuser la tête pendant des jours, pendant des années, sans le deviner ! Je vais te raconter cet événement dans tous ses détails. Lorsque tu fus parti, je me trouvai le cœur tellement oppressé que je ne pouvais parler. Nos enfants les plus grands étaient avec Louis en prières ; les petits jouaient sur le gazon dans le jardin ; le plus jeune, couché dans son berceau, reposait calme et tranquille. J'allai prendre ceux de leurs vêtements qui avaient besoin de réparation, et je m'assis à ma table. Je cousais avec zèle, et je priais du plus profond de mon cœur. Tantôt je regardais par la fenêtre les petits qui jouaient dans le jardin, tantôt l'innocente créature qui dormait près de moi. Grand Dieu ! murmurais-je souvent, prends pitié de ces pauvres petits, qui ignorent et le chagrin qui nous mine, et le malheur qui les menace ! Je pleurais, et mes larmes retombaient sur les vêtements que je tenais à la main. J'en étais au frac de Louis, qui commençait à souffrir en plusieurs endroits. J'y fis une couture, et j'examinai ensuite si tous les boutons étaient bons, et s'il n'en manquait pas. Je remarquai alors que les bords de l'un d'eux, recouverts de drap bleu, étaient éraillés. Je vis, à travers cette petite ouverture, briller quelque chose qui ressemblait à de l'or. J'agrandis l'ouverture du bout du doigt, et une belle pièce tomba à mes pieds. Tu peux juger de mon étonnement. Juste ciel ! m'écriai-je, c'est de l'or ! Comment se trouve-t-il là ? J'y réfléchis ; et ma seule idée fut qu'il avait été cousu dans ces boutons avec intention de le cacher. La mère de Louis, pensai-je, devait quitter la France. Mille périls devaient accompagner sa fuite. Elle chercha par ce moyen à soustraire son or aux mains qui auraient pu s'en emparer.

6.

Bien certainement les autres boutons en contenaient aussi. Je les visitai tous les uns après les autres; je les débarrassai de leur enveloppe, et je trouvai dans chacun une pièce d'or. Je ramassai vingt ducats. Grand Dieu! nous voilà tirés du malheur qui nous menaçait. Tu peux maintenant aller payer l'administrateur, et nous continuerons de vivre avec nos enfants bien-aimés dans notre chaumière.

Mais Laurent lui répondit : — Je ne sais pas si nous devons faire usage de cet argent ! il ne nous appartient pas; c'est à la mère de Louis. Et Dieu me préserve de me servir du bien des autres !

— J'ai pensé comme toi, reprit Jeanne, et j'y ai bien réfléchi. Mais écoute ce que je pense : la mère de Louis n'étant pas aussi pauvre que nous l'avons pensé, étant même bien plus riche que nous, sera certainement disposée à nous indemniser des frais que son enfant nous aura occasionnés ; nous pourrons même le lui demander sans injustice. Et je pense que ce ne serait pas trop exiger que de demander un écu par semaine. D'ailleurs, nous avons déjà beaucoup dépensé pour Louis. Quand il est arrivé chez nous, il n'avait même pas de chapeau; tu lui en as acheté un ; je lui ai donné du linge ; je lui ai fait un habit avec une étoffe que j'ai filée de mes propres mains, afin de réserver le sien pour les dimanches; nous avons fait mettre des semelles neuves à ses vieux souliers et lui en avons acheté une paire. Nous l'avons donc vêtu des pieds à la tête. Sa nourriture et son habillement s'élèvent à cette heure-ci bien au delà des vingt-deux écus. Prends donc sans hésiter ces quatre ducats, qui font juste vingt-deux écus, et porte-les à l'administrateur.

— Tu as raison, s'écria Laurent avec joie, nous pouvons sans remords les employer pour nos besoins. Dieu nous a sauvés du malheur où nous allions tomber. A lui donc hommage et reconnaissance !—Il se tut un moment, agité par son émotion. —Mais, reprit-il au bout de quelques minutes, l'administrateur va être étonné que j'aie pu me procurer cet or en aussi peu de temps. Que répondrai-je à ses questions ?

—Eh ! répondit Jeanne, tu lui diras que c'est moi qui t'ai donné cette somme ; que jusqu'au moment où je te l'ai remise, tu avais ignoré qu'elle fût à la maison. Mais dépêche-toi ; de mon côté, je cours retrouver nos enfants.

— Accompagne-moi seulement quelques pas, reprit Laurent, je vais te montrer le chêne au pied duquel j'ai trouvé Louis. — Il s'avança dans l'intérieur du bois, et Jeanne l'y suivit. — Tiens, Jeanne, lui dit-il lorsqu'ils furent à la petite place verte qui l'entourait, c'est à l'ombre de cet arbre que Louis priait avec tant de ferveur, et qu'il fut exaucé. Je me suis aussi agenouillé à ses pieds, et j'ai prié Dieu, et Dieu aussi a entendu ma prière. Ah ! je ne savais pas, et je ne l'aurais pas cru possible, que j'aurais à le remercier, à cette heure et sous ce même chêne, de l'assistance qu'il m'a prêtée dans ma détresse.

A ces mots, Laurent, les mains jointes et les yeux levés au ciel, tomba à genoux et s'écria : — Lorsque je priais ici, il y a quelques moments, je ne savais pas que je dusse si tôt te remercier ; tu n'as pas rejeté ma prière ; oh ! daigne accepter encore l'expression de ma reconnaissance !

Jeanne s'agenouilla à côté de son mari et unit sa voix à la sienne. Tous deux étaient au comble du bonheur, en voyant que Dieu a les yeux fixés sur les infortunés, qu'il pense à eux et ne les abandonne pas dans le malheur. Leur amour, leur confiance en lui, leur reconnaissance pour ses bienfaits remplissaient leur cœur d'une joie vive et pure, que tout l'or de la terre n'aurait pu leur procurer.

Ensuite Jeanne reprit le chemin de la maison et Laurent celui de Waldenberg. Il était déjà tard lorsqu'il revit la vallée bien-aimée. La lune brillait au ciel, ses rayons éclairaient son village et se réfléchissaient dans les eaux calmes de la rivière. Jeanne était assise sur le banc, devant la porte de la maison, et attendait le retour de son mari. Elle avait depuis longtemps couché ses enfants et mis le souper sur le feu. Aussitôt que Laurent fut auprès

d'elle, ils allèrent se mettre à table, et causèrent longtemps des événements de la journée.

Laurent lui demanda, entre autres choses, si Louis savait qu'il y eût de l'argent caché dans les boutons de son
frac.

—Non, répondit Jeanne ; je l'ai interrogé là-dessus. Tes
boutons, lui ai-je dit, sont déjà bien usés. Je les ai ôtés
et je vais les jeter. Au lieu de boutons de drap, je t'en
mettrai en métal qui dureront plus et brilleront comme
de l'or. Il me témoigna une grande joie de ce changement, et ne me fit aucune objection. S'il avait su que ces
boutons renfermaient un trésor, il m'aurait certainement
dit d'en retirer l'or et de n'en jeter que le drap.

— Bien, dit Laurent ; mais puisque sa mère n'a pas
jugé à propos de lui parler de cet argent, nous devons
imiter sa réserve.

— C'est aussi mon avis, dit Jeanne. Cependant quoiqu'il
n'en ait aucune connaissance, il ne faut le dépenser que
pour ses besoins. Je tiendrai un compte aussi exact de
son emploi que s'il s'agissait d'un dépôt dont je devrais
un jour rendre compte. J'écrirai avec soin tout ce que
j'en dépenserai ; je me regarderai, en un mot, comme la
tutrice de l'enfant. Souvent j'avais l'esprit tourmenté de
savoir où nous prendrions de l'argent pour lui acheter
des vêtements. Il a déjà besoin d'une nouvelle paire de
souliers. Dieu vient d'y pourvoir. Sa mère, sans avoir eu
cette pensée, lui a laissé plus d'argent que ses besoins
n'en exigent, lorsqu'elle a eu l'idée de renfermer de l'or
dans les boutons de son habit.

— Cet or, dit Laurent, est un trésor que Louis, sans le
savoir, a apporté dans notre maison, et dont nous devons
remercier le ciel. Sans ce secours, en effet, nous n'aurions
pas pu payer notre fermage.

—Assurément non, reprit Jeanne. Ce que l'enfant nous
a coûté d'argent comptant est peu de chose ; ce qu'il nous
coûte encore passe inaperçu dans les dépenses du ménage. De toute manière, il nous aurait été impossible
d'épargner dix écus, à plus forte raison vingt-deux.

—C'est vrai, ma bonne Jeanne, lui répondit Laurent ;
si nous n'avions pas recueilli cet enfant chez nous, nous
serions obligés aujourd'hui d'abandonner cette maison
avec nos enfants. Pendant que nous lui faisions du bien,
Dieu, par son entremise, nous le rendait avec usure à nous
et à nos enfants. Oh ! remercions Dieu, qui gouverne tout
avec tant de sagesse, et qui, tôt ou tard, récompense magnifiquement le plus petit bienfait.

En disant ces mots, Laurent leva les yeux au ciel :
Jeanne joignit ses mains. Il y eut un moment de religieux
silence. La lune, projetant ses rayons à travers le feuillage des arbres, éclairait l'intérieur de la petite chambre,
dont la fenêtre était entr'ouverte ; le vent frais du soir leur
apportait les douces émanations des tilleuls. Les pieux
accents de reconnaissance de ces braves gens furent plus
agréables à Dieu que les plus précieux encens.

VIII

LES SOLDATS FRANÇAIS.

Cependant l'automne, qui avait été très-beau et très-
chaud, avait commencé à jaunir les forêts, et aucun

uniforme étranger n'avait encore paru à Ellersee. Mais,

un soir, la tranquille vallée retentit tout à coup du bruit des trompettes. Un régiment français traversa le village, et une de ses compagnies y demeura ; la durée de son séjour n'était pas fixée. Alors Jeanne trembla que ces étrangers ne reconnussent dans Louis l'enfant d'un émigré, et ne la punissent, elle avec son mari, de l'avoir recueilli chez eux. On annonça à Laurent qu'il avait un soldat à loger chez lui, et qu'il devait l'aller chercher sous le grand tilleul du village.

Louis voulait endosser de suite son habit de cérémonie, pour recevoir convenablement le nouvel hôte. Mais Jeanne lui dit : — Ne quitte pas tes vêtements de tous les jours ; il faut que tu ne paraisses pas mieux habillé que Conrad. Garde-toi surtout de parler français, n'en laisse pas échapper un seul mot. Rien ne doit apprendre à ce militaire qu'il y a ici un de ses compatriotes. Voyons d'abord comment il se conduira avec nous.

Lorsque ce soldat, homme d'une tournure sévère et martiale, fut entré dans la chambre, il parut satisfait de n'y rencontrer que des visages prévenants. Il s'assit près de la table et se mit à charger sa pipe. Louis lui apporta aussitôt de la lumière pour l'allumer. Conrad mit sur la table un pot de bonne bière avec un verre luisant de propreté. Quand il eut fini de fumer sa pipe et qu'il eut secoué la cendre restée au fond, Louise servit la soupe ; Louis déposa sur la table deux pigeons rôtis, et Conrad une salade. A cette vue, la gravité du soldat se dérida, et il témoigna sa satisfaction par un léger signe de tête ; il se trouvait flatté de l'empressement des enfants à le servir : aussi fit-il honneur au repas. Louis s'était assis dans un coin de la chambre, et ses yeux ne pouvaient se détacher du nouveau venu.

Le souper était à peine terminé ; un second soldat entra dans l'appartement ; il venait chercher son camarade. Un dialogue assez vif s'engagea alors entre eux. Louis, en entendant, après tant de temps, parler sa langue maternelle, éprouva une émotion aussi vive qu'aux accents d'une céleste musique. Il se leva vivement et vint sou-

haiter amicalement le bonjour aux deux soldats. Ceux-ci
regardèrent avec étonnement cet enfant, dont la finesse
et l'élégance se trahissaient sous ses habits de paysan, et
qui parlait si purement le français. Ils ne doutèrent pas un
seul instant qu'il ne fût né en France, et ils lui deman-
dèrent comment il se trouvait ici. Louis leur raconta le
voyage qu'il avait entrepris avec sa mère : séduit par le
chant d'un coucou, il s'était mis à sa poursuite et s'était
égaré dans la forêt. Laurent et Jeanne avaient eu l'humanité de le recueillir chez eux, et depuis ce temps-là il
n'avait plus entendu parler de sa mère. Ces deux hommes
lui témoignèrent le plus vif intérêt et conçurent la plus
franche amitié pour Jeanne et pour Laurent. Ils allèrent
à eux et leur serrèrent cordialement la main, et ils prièrent Louis de les remercier en leur nom de la tendresse
qu'ils lui avaient prodiguée.

Le lendemain matin toute la compagnie savait qu'un
jeune Français se trouvait dans le village. Un grand
nombre d'entre eux vinrent pour le voir, et parurent enchan-
chantés de retrouver un de leurs compatriotes. L'officier
qui commandait le détachement, et auquel on dépeignit
Louis comme un enfant digne du plus vif intérêt, le fit
inviter à dîner. Louis passa de suite dans sa chambre et
en revint bientôt complétement paré. Il avait mis son
habit bleu ; il portait un pantalon blanc comme la neige.
Jeanne lui peigna avec soin sa noire et belle chevelure.
Ainsi paré, son chapeau à la main, il entra, gracieux et
décent comme à son ordinaire, dans la chambre de l'officier ; il s'inclina respectueusement, et lui dit qu'il s'estimait très-honoré d'être admis à dîner avec lui. L'officier
éprouva une vive satisfaction à sa vue, et pendant tout le
repas s'amusa beaucoup de son babil, car Louis était aussi
gai que spirituel.

L'officier quitta bientôt le village avec sa compagnie ;
mais de temps en temps d'autres détachements vinrent y
séjourner. Louis devint alors dans le village un personnage important. Dans beaucoup de maisons, des querelles avaient lieu entre les soldats et leurs habitants, uni-

quement parce qu'ils ne pouvaient se comprendre. Louis
était appelé, et quelques paroles lui suffisaient pour réta-
blir l'harmonie. Souvent il venait s'asseoir sous le tilleul
du village, au milieu des vieillards et des robustes soldats, qui, sans lui, n'auraient pu se comprendre ; il leur
servait d'interprète, et recevait les remercîments des
deux parties. On vit arriver au village plusieurs détachements dont le visage et les yeux n'exprimaient que la
menace et la cruauté ; mais à peine Louis leur eut-il souhaité amicalement le bonjour dans leur langue maternelle, que leurs fronts se déridèrent. Les habitants du-
rent à Louis d'être préservés de malheurs qui, sans lui,
auraient pu arriver.

Les paysans ne furent pas sans reconnaître les services
que l'enfant leur rendait. — Si Louis n'était pas ici, disaient-ils souvent, nous aurions déjà plus d'un malheur
à déplorer. — La régence proposa de décider que, puisque Laurent logeait déjà un Français qui était à tout le
monde de la plus grande utilité, il fût, à l'avenir, déchargé de l'obligation de loger les troupes qui séjourne-
raient dans le village. Après avoir entendu quelques-uns
de ses membres, la majorité adopta le projet, et Laurent,
qui avait déjà beaucoup de peine à nourrir ses nombreux
enfants, se trouva ainsi soulagé.

***

IX

LE BLESSÉ.

Cependant les événements militaires acquéraient de
jour en jour une plus grande gravité. Les Français s'é-
taient emparés de la forêt au pied de laquelle était situé le
village ; les Allemands cherchèrent à les en chasser. Non
loin de ces lieux, sur les bords de la mer, dans un pays
marécageux et couvert d'épaisses broussailles, une san-

glante bataille fut livrée. Les habitants d'Ellersee, postés
sur une petite éminence, près du village, étaient témoins
de cette lutte. On voyait le feu et on entendait le bruit de
chaque décharge; cependant il était difficile de distinguer
les combattants, à cause de leur éloignement et de la fumée qui les enveloppait. Louis avait été un des premiers
à se mettre en observation. Le cœur vivement agité, il
contemplait le combat d'un œil avide; chaque explosion
retentissait au fond de son âme, car il pensait qu'elle
pouvait coûter la vie à un homme. Le pauvre enfant, pâle
comme un mort, restait là immobile et muet. Une seule
chose l'étonna : c'est que le feu de chaque coup précède
de quelques secondes l'explosion.

Le combat dura jusqu'au soir. Les ténèbres commençaient à s'épaissir, et le feu s'éloignait de plus en plus; en
ce moment un paysan du hameau où l'engagement avait
eu lieu arriva à Ellersee, et, d'une voix tremblante, raconta ce qu'il savait de la bataille. — Ah ! il a failli m'arriver malheur, dit-il : je poursuivais tranquillement mon
chemin; tout à coup, un horrible fracas éclate des deux
côtés de la route. Je me trouvais justement pris entre les
feux des deux armées. Les balles sifflaient de tous côtés à
mes oreilles. Saisi d'effroi, je me blottis dans un buisson, et
j'y demeurai caché jusqu'à ce que le bruit de la bataille
se fût suffisamment éloigné. Alors je vis étendu sur le
chemin un officier français blessé. Je lui aurais volontiers
porté secours, mais j'étais bien aise de m'en tirer la vie
sauve, et je m'éloignai aussi vite que je le pus.

Louis, en entendant cela, supplia le paysan de retourner
sur ses pas, et d'amener le blessé. Quelques paysans
furent de cet avis; mais l'un deux, ce même Krall qui
précédemment déjà s'était montré si hostile à Louis
et à Laurent, s'écria : — Non, ce n'est pas un coup à
tenter ! Il me semble que le bruit se rapproche. N'en-
tendez-vous pas comme il éclate et tonne, et comme il
résonne de nouveau dans la forêt? Une balle ne pour-
rait-elle pas facilement atteindre l'un de nous? Quand le
combat est terminé, ceux qui restent maîtres du terrain

s'occupent des blessés; ils n'ont pas besoin de nous.

Ces paroles suffirent pour empêcher les paysans de porter secours à l'officier. Le bruit du combat se rapprochant, ils se dispersèrent à droite et à gauche et rentrèrent chez eux. Louis ne quitta pas la place et resta aux aguets. Le feu cessa un moment et fut suivi d'un effrayant silence; alors il sembla à Louis entendre de temps en temps une voix plaintive qui réclamait du secours. Le pauvre enfant avait le cœur le plus dévoué et le plus humain pour tous les hommes, mais surtout pour ses compatriotes; il ne put demeurer plus longtemps en place. Il descendit rapidement la colline, longea les bords de la mer et courut à l'endroit où la voix se faisait entendre. Il trouva l'officier français étendu au pied d'un saule, sur un terrain marécageux; il était jeune, pâle comme la mort, mais tout en lui annonçait la plus grande distinction. Une balle lui avait fait une grave blessure au pied

droit. Dans la chaleur du combat, ni ses amis, ni ses ennemis n'avaient pu s'occuper de lui. Pour empêcher le sang de couler, il avait bandé sa blessure avec un mouchoir, et il avait essayé, à l'aide d'un fusil, qui, pendant

la bataille, avait été perdu en cet endroit, de gagner le
village ; mais il n'avait pu se traîner plus loin, et il était
resté étendu sans forces au pied de cet arbre. Sa blessure
le faisait cruellement souffrir ; le faible bandage qui l'entourait ne suffisait pas pour empêcher l'effusion du sang ;
une soif dévorante le tourmentait. L'air était froid ; il se
croyait condamné à périr misérablement pendant la nuit
sur cette terre arrosée de son sang, et il avait même déjà
recommandé son âme à Dieu. En ce moment il aperçut
le jeune enfant, vêtu en paysan, qui, à son grand étonnement, lui dit en français un bonjour amical, et lui promit,
touché d'une vive compassion, de lui procurer du secours. Le jeune officier crut voir un ange lui apparaître.
Il lui raconta sa détresse : Louis alla de suite chercher à
boire, et lui dit qu'il allait appeler du secours. Il courut
au moulin, qui se trouvait plus rapproché que le village
de quelques centaines de pas. Il pria Muller de permettre
qu'on y transportât le blessé, qui mourrait infailliblement s'il restait exposé au grand air.

Muller réfléchit quelques minutes, et lui dit : — C'est
bien dangereux ! L'engagement est fini, il est vrai, mais
il n'y a que quelques moments j'entendais encore tirer,
et ce n'était certainement pas loin d'ici. Je n'ose pas
m'exposer, moi et ma famille, au danger d'être mitraillé.

Mais Louis tomba à ses pieds, et le pria, les mains
jointes, au nom de Dieu, d'avoir pitié d'un malheureux.
— Pensez, lui dit-il entre autres choses, à l'humanité du
Samaritain, et suivez son exemple.

Muller se laissa toucher ; il ordonna à son domestique
de prendre une civière et de venir avec lui. Louis prit les
devants, une cruche d'eau à la main ; il courut auprès de
l'officier qui mourait de soif, lui donna à boire : — Ah !
que cela fait de bien ! dit-il, Dieu, qui m'envoie cette eau
pour humecter mes lèvres desséchées, ne te laissera pas
sans récompense ! Qu'il te paye donc de ton humanité,
généreux enfant !

En ce moment Muller et son garçon arrivèrent ; ils dé-
posèrent doucement le blessé sur la civière. Louis avait de

nouveau disparu; mais, arrivés au moulin, ils avaient à
peine eu le temps de coucher l'officier sur un lit, et la
femme de Muller d'allumer une chandelle, que Louis reparut avec le chirurgien qu'il avait en toute hâte été
chercher au village. Le chirurgien banda la blessure,
qu'il trouva très-grave; mais il assura qu'avec l'aide de
Dieu il espérait la guérir heureusement. Louis répéta en
français ces paroles à l'officier, qui en éprouva un grand
soulagement.

La femme de Muller lui servit quelques aliments, et
bientôt après il s'endormit. Louis recommanda qu'on
tînt toute la nuit une chandelle allumée, et ensuite il re-
gagna sa demeure, le cœur content. La conscience d'avoir
accompli une œuvre méritoire, d'avoir sauvé la vie à un
homme, remplissait son âme de joie et de bonheur.

Le lendemain, avant que le soleil fût levé, Louis était
déjà au moulin, et demandait au malade comment il avait
passé la nuit. Bientôt arriva le chirurgien, qui trouva son
état satisfaisant. Il dit que pour faire le bandage il avait
besoin de beaucoup de charpie. Louis aussitôt courut en
demander à Jeanne. Elle ne savait pas bien ce que c'était.
— Je le sais, moi, lui dit Louis : c'est de la toile effilée.
Ma mère et moi en avons souvent fait. Je vais vous montrer comme il faut s'y prendre. La mère et les enfants,
d'après ses conseils et son exemple, se mirent à préparer
de la charpie. Louis en apporta bientôt au chirurgien un
gros paquet. Il remit aussi à l'officier un mouchoir de
poche blanc, en lui disant : — Le vôtre est plein de sang
et ne peut vous servir en ce moment.

L'officier fut touché jusqu'au fond du cœur de l'obli-
geance et des soins de ce jeune enfant ; des larmes mouillèrent ses yeux. — Regarde, lui dit-il : que le premier
usage que je fais de ce mouchoir soit d'essuyer les larmes
que m'arrache la reconnaissance !

Louis visitait plusieurs fois par jour le jeune officier,
qui d'ailleurs n'avait personne avec qui il pût parler et
restait assis auprès de son lit des heures entières. Il lui
parlait de son père, dont il n'avait, il est vrai, conservé

qu'un vague souvenir; mais il le connaissait très-bien d'après les récits que sa mère lui en avait faits ; il lui parlait très-souvent de sa mère, de son amour pour lui, de sa pénible fuite ; il lui raconta aussi sa coupable légèreté et son égarement dans la forêt. — Ah ! disait-il, le cœur navré de douleur, quel affreux chagrin j'ai causé à ma pauvre mère ! Je ne puis penser aux larmes que ma faute a dû lui faire répandre, sans pleurer moi-même, comme vous le voyez en ce moment.

L'officier, qui était encore tout jeune, se rappela aussi les pleurs que sa mère versa en se séparant de lui, et la profonde douleur de son père. Il appartenait à une famille riche; mais il avait voulu servir, et il n'avait pas tardé, par son instruction et son courage, à sortir de la foule et à gagner les épaulettes de lieutenant. — Mon cher Louis, lui dit-il, il est étonnant que, nous trouvant tous les deux aussi éloignés de notre famille, nous soyons venus à nous rencontrer dans ce pays étranger. Cher enfant, tu m'as sauvé la vie, et tu me combles chaque jour de nouveaux bienfaits. Je suis pauvre aujourd'hui, et je n'ai pas un sou à ma disposition. Tout mon argent et ma montre m'ont été enlevés. Mais un temps viendra, je l'espère, où je pourrai te récompenser de ton humanité, et faire quelque chose pour ta famille et pour toi. Dieu, qui t'a conduit dans ce village pour me sauver, permettra bien peut-être aussi que je te sois dans la suite de quelque utilité.

La blessure du jeune officier, qui s'appelait Lebrun, alla mieux de jour en jour; elle guérit même complétement, quoique avec lenteur. Son plus grand chagrin était de rester inoccupé. Quelque agréables que fussent les heures qu'il passait avec Louis, il avait cependant de fréquents moments d'ennui. Louis lui apporta quelques livres français qu'il avait empruntés au curé. Lebrun les lut avec plaisir, quoiqu'ils ne traitassent que de graves matières, et qu'ils fussent écrits plutôt pour instruire que pour amuser. Cependant il parut souvent étonné que ces livres, dont jusqu'ici il n'avait eu qu'une mauvaise opinion, et dont il ne faisait aucun cas, renfermassent de  si grandes vérités, dites dans un style noble et élevé. — Ces livres, dit-il souvent dans la suite, ont beaucoup contribué à former mon esprit et mon cœur. Dieu ne m'a enlevé au tourbillon du monde et au tumulte de la guerre, que pour me placer dans cette chambre solitaire et me mettre à la main ces ouvrages instructifs. Par eux, j'ai appris à connaître Dieu, à me connaître moi-même et à devenir meilleur. En résumé, la Providence sait tout disposer avec la plus grande sagesse.

Cependant l'armée française marchait toujours en avant. Beaucoup d'officiers et de soldats traversèrent Ellersee. Ils éprouvèrent une joie inexprimable en revoyant le lieutenant Lebrun, qu'ils estimaient et aimaient, mais qu'ils croyaient mort. Louis fut comblé d'éloges. Ils invitèrent leur camarade, dont la convalescence était si longue qu'il ne pouvait encore marcher qu'à l'aide d'un bâton, à se rendre dans une ville assez éloignée, où il pourrait recevoir des soins plus efficaces. Il s'y décida. Avant de monter en voiture, il fit à Louis les plus tendres adieux; il le remercia affectueusement de toutes ses prévenances, et lui dit : — Ne pleure pas, mon bon Louis, nous ne nous disons pas un éternel adieu ; nous nous reverrons un jour.

Sur ces entrefaites un capitaine arriva et demeura quelque temps dans le village avec un détachement. Quand le jour de son départ fut arrivé, il réunit ses sol-

dats sous le grand tilleul, et fit appeler les plus âgés de
la commune. Ils vinrent, mais avec eux accourut tout le
village, hommes, femmes et enfants. Le capitaine, qui
était Alsacien et qui parlait très-bien allemand, les féli-
cita d'avoir si généreusement accueilli le jeune Louis.
— Cet enfant, dit-il entre autres choses, a rendu les plus
grands services aux troupes françaises, mais principalement au lieutenant Lebrun. Aussi vous devez avouer que
nous vous avons traités avec les plus grands égards, que
nous nous sommes contentés de peu et que nous vous
avons épargné les dépenses superflues. Vous savez que
vous aviez encore à payer une forte somme comme contribution de guerre. D'après l'ordre du général en chef,
que votre conduite amicale envers Louis a adouci, vous
êtes déchargés de cette contribution, et je viens de remettre à votre régence des titres en règle, afin de vous
garantir contre toute réclamation ultérieure. Vous devez
remercier Louis d'un traitement aussi humain.— Il serra
ensuite la main du bourgmestre, de Muller, de quelques
autres encore, mais surtout celle de Laurent ; il avait la
larme à l'œil ; et puis il fit signe au tambour-maître. Aussitôt les tambours battirent la marche, les soldats agitè-
rent leurs shakos, joignirent leurs remercîments à ceux
de leur capitaine, et quittèrent le village.

Les paysans furent touchés de la conduite du capitaine
et se réjouirent d'être déchargés de la contribution de
guerre.—N'est-ce pas moi qui ai dit, s'écria tantôt celui-
ci, tantôt celui-là, qu'on devait recevoir Louis au village ?—Mais ceux qui avaient soutenu l'opinion contraire,
et Krall principalement, se taisaient et baissaient la tête.
Le bourgmestre dit :— Il est heureux que nous ayons
suivi le conseil de notre brave curé. C'est un homme aussi
sage que pieux ! Il nous dit : Quoique Louis ne soit qu'un
pauvre enfant, il attirera sur ce village la bénédiction du
ciel. Sa prédiction vient de se réaliser.

— Oui, s'écria gaiement un des paysan, il est bien vrai
ce précepte que nous apprenions dans notre catéchisme
tant enfants : « L'humanité est fille du ciel, car elle ob-

tiendra la miséricorde divine. » Et les autres approuvè-
rent ces paroles.

X

UNE ACCUSATION JUDICIAIRE.

Le bruit des armes ne retentissait plus à Ellersee. Il y
avait déjà plusieurs semaines qu'on n'y avait vu de troupes amies ou ennemies. Tout le monde se rejouissait de
la paix, que l'on croyait certaine ; le soleil même semblait briller avec plus de douceur et d'éclat. Laurent seul
et sa famille furent atteints d'une vive douleur. Laurent
fut accusé d'avoir volé au fermier de l'église, un des plus
riches de la paroisse, une somme considérable en or.

Voici ce qui donna naissance à cette accusation : Laurent fut chargé de greffer quelques arbres dans le jardin
de ce fermier, travail auquel il était fort habile. Ce jardin
était entouré d'un mur de brique peu élevé et en mauvais
état. Laurent déposa sur ce mur sa greffe et ses autres outils, parce qu'il ne voyait pas ailleurs une place plus convenable. Mais à cette même place, le paysan, dans la
crainte d'un pillage, avait caché, sous une tuile qui pouvait facilement être enlevée, plusieurs pièces d'or. Lorsque les troupes étrangères eurent quitté le village, le
paysan voulut aller retirer son or de l'endroit où il l'avait
placé, il ne le trouva plus. Ses soupçons tombèrent sur
Laurent ; il savait qu'il n'avait pas eu assez d'argent pour
payer son fermage ; car à cette époque, pendant qu'il
était occupé à greffer ses arbres, il l'avait prié, mais en
vain, de lui faire une avance. Il prit de plus amples in-
formations, et apprit de l'huissier de Waldenberg que
Laurent avait payé en or la somme qu'il redevait sur son
fermage. Le paysan tint alors pour certain que c'était
Laurent qui lui avait volé son or. Il alla de suite trouver

à Waldenberg l'administrateur, qui réunissait à ses fonctions celle de juge, et il porta plainte contre Laurent. L'administrateur fut très-étonné. Il avait encore les pièces d'or que lui avait remises Laurent, il alla les chercher ; mais il les tint cachées dans sa main et demanda au paysan comment étaient faites les pièces qui lui avaient été volées. Il répondit qu'elles étaient toutes de même espèce. L'administrateur les lui montra alors, et le paysan, ivre de joie, s'écria : — Ce sont bien celles que Laurent m'a volées ! — Il voulait de suite les mettre dans sa poche. Mais l'administrateur lui dit : — N'allons pas si vite. Il faut que j'entende aussi Laurent.

Celui-ci fut appelé et entendu. Il assura que ces pièces d'or avaient été trouvées dans les boutons du frac de Louis ; il invoqua le témoignage du billet sur lequel Jeanne avait fidèlement inscrit le montant de la somme trouvée et ce qu'elle en avait déjà dépensé pour Louis.

L'administrateur envoya de suite l'huissier chercher Jeanne et lui donner l'ordre d'apporter avec elle ce soi-disant écrit. Jeanne vint en tremblant : elle était toute honteuse de se voir conduite par un huissier devant un magistrat. Laurent se retira, et Jeanne fut introduite ; ses déclarations furent assez conformes à celles de son mari. L'administrateur lut avec une satisfaction visible le papier qu'elle avait apporté avec elle : — Tout cela serait bon, lui dit-il ; mais qui me dit que ce compte n'a pas été fait adroitement dans le but de me tromper, en cas où vous auriez été appelée devant les tribunaux ?

Il fit aussi appeler Louis ; sa complète ignorance de tous ces faits fut une circonstance défavorable pour Laurent et pour sa femme. L'administrateur était un homme sévère, mais juste ; aussi il était fort embarrassé et ne savait pas s'il devait ajouter foi aux déclarations de Laurent, ou bien s'il devait les regarder comme un mensonge et une fourberie concertés à l'avance : il n'osait ni le condamner ni l'absoudre. En attendant, il laissa cette affaire sans solution ; mais, dans l'esprit de bien des gens, Jeanne et Laurent restèrent sous le poids d'un odieux soupçon.

C et événement produisit une vive sensation à Ellersee.
Quand on se rencontrait, soit dans les rues, soit aux
champs, c'était l'unique sujet de conversation ; et plus
d'une fois Conrad et Louise revinrent chez leur père en
pleurant et en se plaignant que les autres enfants les
avaient appelés enfants de voleurs.

Jeanne et Laurent étaient bien estimés par la plupart
de leurs voisins, comme des gens probes, tranquilles et
laborieux ; mais ils avaient aussi des ennemis. A leur arrivée dans le village, tous les yeux furent fixés sur eux,
et les habitants se plurent à blâmer leurs habitudes,
louables en elles-mêmes, mais qui leur paraissaient
étranges. Ce qui les indignait surtout, c'est qu'un étranger exploitât la métairie seigneuriale du pays. En outre,
le méchant Krall, déjà depuis longtemps, avait désiré devenir le fermier de cette propriété ; il avait même su
persuader aux paysans, qui le craignaient, de ne pas
offrir un prix de fermage plus élevé que celui qu'il proposait. Il se nourrissait donc de l'espoir d'en devenir le
locataire, et cela à un assez bon compte ; aussi, lorsqu'au
lieu de l'agrément du propriétaire qu'il attendait de jour
en jour, il vit arriver un nouveau fermier, il entra dans
une grande colère ; il devint sur l'heure un de ses ennemis
acharnés, et chercha toutes les occasions de le décrier,
de le calomnier. Il ne laissa pas échapper la circonstance
qui se présentait ; il alla criant dans toutes les tavernes
que c'était un menteur et un voleur ; et le paysan volé
lui donnait raison, et de plus accablait d'injures l'administrateur, qu'il appelait mauvais juge, parce qu'il ne lui
avait pas remis les pièces d'or qu'il avait tirées de son
secrétaire, et qu'il n'avait pas condamné Laurent à rembourser le restant de la somme dérobée.

De leur côté, les femmes ne voyaient pas Jeanne de
trop bon œil. Celle-ci avait été élevée par de sages et
pieux parents, dans un gros village où se trouvait une
excellente école ; aussi son parler était-il plus correct,
son extérieur plus convenable que celui des autres
paysannes du village, et son esprit plus éclairé l'empê-

chait d'adopter leurs croyances superstitieuses. En outre,
elle avait conservé les vêtements du village où elle était
née ; ils coûtaient beaucoup moins, et étaient plus propres
et plus élégants que ceux des autres villageoises. Toutes
ces circonstances l'avaient toujours fait regarder jusques
ici d'un œil d'envie par ses voisines ; mais aujourd'hui
beaucoup d'entre elles ne la regardaient plus, elle et son
mari, qu'avec mépris.

Laurent se consolait en songeant à son innocence ;
mais Jeanne était bien affligée et pleurait souvent en silence. Laurent cherchait à la consoler :—Ma bonne Jeanne,
lui disait-il, un jour qu'assise à la fenêtre elle pleurait
amèrement, vois comme la lune est belle et brillante !
Tiens, voici un nuage épais qui la couvre et obscurcit son
éclat, mais aie un peu de patience. Vois, le nuage est
passé, et la voilà qui resplendit de nouveau, aussi brillante
qu'auparavant. Il en est de même de l'innocence : d'injustes accusations peuvent la ternir et l'éclipser un
moment, mais elle finit toujours par sortir victorieuse de
la lutte. Ainsi Dieu dissipera les nuages qui couvrent en
ce moment la nôtre, et elle brillera de nouveau aux yeux
de tous les hommes, aussi pure que l'astre qui brille au
ciel.

XI

LA RÉUNION.

Un dimanche, Laurent et sa femme s'étaient rendus à
l'église avec leurs enfants, suivant leur habitude. On était
en automne ; la matinée était belle ; les enfants étaient
joyeux. Jeanne, au contraire, était bien affligée de voir
que beaucoup de ses voisins endimanchés, loin de la
saluer, lui lançaient des regards de mépris. Cependant
elle priait Dieu avec ferveur d'éloigner d'elle et de son

mari les soupçons outrageants qui les faisaient passer pour des voleurs.

L'office terminé, elle sortit de l'église avec Laurent et les enfants. — Vois, lui dit-elle, il y a devant notre porte une voiture attelée de quatre chevaux. — Mais ceux qui en étaient les plus rapprochés s'écrièrent avec joie : — C'est la voiture de notre seigneur. Dieu soit loué! notre digne maître est revenu de son émigration.

En effet, la châtelaine de Waldenberg était debout devant la porte de Laurent. Auprès d'elle se trouvait une autre dame, d'une tournure noble et distinguée, et que personne ne connaissait; mais, en l'apercevant, Louis poussa un cri perçant. — Grand Dieu! s'écria-t-il, c'est ma bonne mère! — Et il se précipita dans ses bras. Elle le serra contre son cœur, et, dans sa joie, arrosa son visage de ses larmes. Louis pleurait aussi. Les personnes qui les entouraient éprouvèrent à cette vue une vive émotion; des pleurs mouillèrent leurs yeux. — C'est la mère de Louis! se disaient-ils les uns aux autres; qui aurait cru que le pauvre enfant avait pour mère une femme aussi distinguée?

La foule grossissait toujours. La châtelaine de Waldenberg fit entrer dans la chaumière Louis et sa mère. Elle s'assit sur un banc, car la joie l'avait tellement émue qu'elle ne pouvait plus se tenir debout. Elle contemplait son fils avec un incroyable bonheur. — Comme tu as grandi! lui dit-elle; que tu parais frais et bien portant! — Elle remarqua avec plaisir qu'il était très-proprement habillé : il portait son nouveau frac bleu, qui avait été taillé sur le patron de son ancien, qui lui était devenu trop petit; le col de sa chemise n'était pas empesé, mais il était blanc comme la neige, et les boucles noires de sa chevelure étaient soigneusement peignées. Sa mère lui adressa cent et cent questions. Elle ne pouvait se lasser de lui entendre répéter avec quelle bienfaisance Laurent et Jeanne l'avaient accueilli et quelle bonté ces braves gens n'avaient cessé de lui témoigner.

A son tour, sa mère lui raconta le désespoir qu'elle res-

sentit de son absence, et les événements qui lui étaient
arrivés depuis ce jour ; la douleur de son père en apprenant par la correspondance que son fils était perdu. Elle
lui apprit que jusqu'ici elle n'avait pas encore revu son
mari. Elle lui dit combien elle était heureuse de le retrouver, et combien elle espérait, puisque la paix allait
se conclure, revoir bientôt son père. Tous deux, la mère
et l'enfant, se trouvèrent si fortunés de leur réunion qu'ils
oublièrent tout le monde.

Jeanne et Laurent ne comprenaient rien à leur conversation, car elle avait lieu en français. Cependant ils
voyaient bien à leur parler, à leurs regards et aux larmes
qui mouillaient leurs yeux, que leur bonheur était au
comble.

Pendant ce temps, la châtelaine de Waldenberg se mit
à causer avec Jeanne et Laurent ; car elle connaissait depuis longtemps tout ce que se disaient en ce moment
Louis et sa mère. Elle leur exprima toute sa joie de trouver parmi ses sujets d'aussi braves gens qu'eux ; elle leur
dit aussi quelle était la mère de Louis. Ils apprirent avec
étonnement que l'enfant qu'ils avaient cru le fils de quelque pauvre émigrée, n'était rien moins que comte ; que
sa mère était une noble comtesse, et, de plus, une femme
aussi vertueuse que distinguée.

Elle leur raconta ensuite comment il s'était fait que la
comtesse, qui avait gagné la Bohême sans s'arrêter, fût
revenue ici. Voici comment cela s'était fait : la comtesse
était parvenue à gagner Prague (ville où étaient réfugiés
la châtelaine de Waldenberg et son mari). Mais la comtesse l'ignorait ; elle vivait très-retirée, et ne fréquentait
aucune société. Leur intendant leur mandait de temps
en temps ce qui se passait dans le ressort de son bailliage.
C'est ainsi qu'il les consulta sur cette affaire des pièces
d'or, qui soi-disant auraient été trouvées dans les boutons
de l'habit d'un jeune émigré français. La châtelaine raconta cet étrange événement dans une société. Une noble
dame, qui était présente et qui connaissait la comtesse,
lui rapporta cette histoire. Alors la comtesse se présenta

de suite chez la châtelaine pour avoir de plus amples renseignements. L'intendant était entré dans les plus grands détails. La lettre disait le nom du village, Waldenberg, celui de Louis, le jour où il avait été perdu, le nom supposé sous lequel sa mère voyageait, le nombre et même l'empreinte des pièces qui avaient été trouvées. La comtesse ne douta pas un seul instant que l'enfant dans l'habit duquel on avait trouvé ces pièces d'or ne fût le sien, car elle-même les avait cousues dans ses boutons. Elle brûlait du désir de le revoir; mais il n'y avait qu'une suspension d'armes, la paix n'était pas signée; l'armée française occupait toujours l'Allemagne; elle ne pouvait donc songer à se mettre en route pour Waldenberg. Ce fut alors que le seigneur de Waldenberg lui dit : — Ma femme et moi sommes prêts à partir de suite pour notre résidence. Vous pourriez vous donner pour sa femme de chambre, et prendre un passe-port en cette qualité; je vous servirai de témoin. Vous arriverez ainsi à Waldenberg, sans courir le risque d'être arrêtée, et vous trouverez plus facilement à y séjourner. — La comtesse accueillit ce projet avec la plus vive joie, et tous trois se mirent en route.

— Ainsi, dit la châtelaine à la fin de son récit, ces pièces d'or sont la cause que la comtesse est revenue ici si promptement. Sans les faux soupçons qui vous ont atteint, mon bon Laurent, et vous aussi, ma chère Jeanne, de longues années auraient pu s'écouler avant que la comtesse eût revu son fils.

— Oui, répondit Jeanne, très-enchantée, le bonheur de Louis et de sa mère m'a fait oublier l'injuste affront qui nous avait frappés, ma satisfaction égale la leur. Oui, j'acquiers encore une nouvelle preuve que Dieu sait faire tourner à notre bien et à celui des autres les adversités qu'il nous envoie.

La châtelaine vint rappeler à la mère de Louis qu'il était temps de retourner à Waldenberg. La comtesse se leva et témoigna à Laurent et à sa femme, dans les termes les plus affectueux et par l'entremise de la châtelaine, sa profonde reconnaissance. Jeanne apporta l'or qui lui restait.

avec la note justificative des dépenses qu'elle avait faites pour Louis; elle voulut le remettre à la comtesse; mais celle-ci lui dit : — Pas un seul mot de cette affaire. Gardez-le, et, en agissant ainsi, je ne crois pas avoir encore assez généreusement récompensé l'amitié que vous avez témoignée à mon fils.

Jeanne alors s'empressa d'aller ramasser les effets et le linge blanc de Louis, et au bout de quelques minutes Lise et Conrad revinrent, portant chacun un paquet. Lorsque Louis aperçut son bagage de voyageur et qu'il fallut se séparer de ses bons amis, il parut profondément affligé; son visage si doux exprima le plus violent chagrin et il fondit en larmes. Il dit adieu à ses parents adoptifs dans les termes les plus touchants et il embrassa tous leurs enfants avec la tendresse d'un frère. Laurent, Jeanne et les enfants pleuraient. La comtesse était elle-même fort émue, et des larmes roulaient dans ses yeux. — Je vois encore une nouvelle preuve, dit-elle, de la vive affection que tout le monde avait ici pour mon enfant, je vois que lui-même ne se regardait pas ici comme un étranger.

La châtelaine de Waldenberg consola Laurent, sa femme et leurs enfants. — Ne pleurez pas, mes bonnes gens, leur dit-elle; Louis ne vous dit pas un éternel adieu; il va demeurer avec sa mère à Waldenberg. Vous pourrez encore vous voir souvent.

Ensuite Louis monta dans la voiture, avec sa mère et la châtelaine, et après avoir fait une halte chez le curé et l'avoir remercié de son amitié et des bontés qu'il avait eues pour Louis, on arriva enfin au château de Waldenberg.

XII

RÉCOMPENSE ET CHATIMENT.

La mère de Louis habita d'abord Waldenberg. Bientôt la paix fut signée, et son mari la rejoignit. La parole ne

peut exprimer la joie que cette famille éprouva de se voir
réunie après une aussi longue séparation ; sa reconnaissance envers Dieu égala son bonheur.

Pendant plusieurs heures, ils ne parlèrent pas d'autre
chose que des événements qui leur étaient arrivés pendant leur longue séparation ; ensuite la comtesse dit à
son mari : — N'oublions pas de récompenser comme ils
le méritent ceux qui ont recueilli notre enfant.

Le comte et la comtesse avaient, il est vrai, perdu les
biens qu'ils possédaient en France ; mais ils avaient encore
des capitaux considérables qu'ils avaient placés à temps
en Angleterre. La comtesse avait, de plus, sauvé une
parure garnie de pierres précieuses du plus grand prix.
Elle prit son écrin, l'ouvrit, et dit : — J'aurais volontiers sacrifié toutes ces riches pierreries pour retrouver
mon enfant égaré ! pourquoi ne donnerions-nous pas
aujourd'hui ce beau diamant, par exemple, pour récompenser la tendresse que le bon Laurent et sa femme ont
témoignée à notre enfant ? Prions le seigneur de Waldenberg de nous vendre la ferme que ces braves gens exploi-
tent ; ensuite nous leur en ferons présent. Ainsi une seule
pierre pourra faire le bonheur de plusieurs personnes ; du
reste elles ont bien mérité cela.

Le comte approuva ce projet. — Oui, dit-il, vendons
ce diamant pour assurer le bien-être de ces excellentes
gens : car ils nous ont conservé notre fils bien-aimé,
noble pierre, auprès de laquelle celles-ci ne sont rien.

Le comte et la comtesse parlèrent de leur projet aux
maîtres de Waldenberg. La châtelaine désira vivement
la possession de ce diamant, qui, monté sur une bague,
faisait un très-bel effet ; cependant sa valeur ne s'élevait
pas à la moitié de celle de la ferme. La comtesse voulait
y ajouter une paire de petits diamants enchâssés dans des
boucles d'oreilles d'or. Mais le seigneur de Waldenberg
lui dit : — C'est inutile ; ce serait beaucoup trop ! Voici
comment nous arrangerons cette affaire : vous donnerez
à ma femme ce diamant, qu'elle désire si vivement, et
qui doublera de valeur pour elle, puisque ce sera un

souvenir d'une de ses plus chères amies. De mon côté, je donnerai à Laurent à bail emphytéotique [1] la ferme qu'il exploite déjà depuis neuf années et dont à l'avenir il n'aura plus à me payer que la moitié du fermage, puisque la moitié de la ferme lui appartient à partir de ce jour. Ainsi il peut considérer cette jolie propriété comme la sienne, à la charge seulement d'en payer les modiques impôts chaque année. De cette manière, il pourra facilement vivre et même faire des épargnes pour ses enfants.

Le comte et la comtesse trouvèrent ce projet très-raisonnable, et l'intendant fut chargé sur-le-champ de rédiger l'acte de donation.

Le seigneur de Waldenberg voulait qu'on appelât Laurent ; mais la comtesse s'y opposa en disant : — Non, le comte et moi nous nous rendrons en personne à Ellersee, et Louis remettra les titres entre les mains de ses parents adoptifs.

— Très-bien, répondit le seigneur Waldenberg, ce plan est préférable. Vous savez ennoblir encore une noble action. Je vous accompagnerai avec ma femme.

On attela aussitôt, et on partit. La voiture s'arrêta devant la porte de Laurent. Louis en descendit le premier, et, plein de joie, lui remit les titres dont il était porteur. Laurent les parcourut : il ne put contenir son étonnement, et il leva au ciel des yeux attendris ; Jeanne sauta gaiement, et s'écria en pleurant et les mains jointes : — Comment ! tout cela est à nous, cette maison que jusqu'ici nous n'avons habitée qu'à titre de locataire, ces champs et ces prairies qui en dépendent ?

— Oui, répondit le seigneur de Waldenberg ; votre humanité envers ce pauvre enfant, qui errait sans abri, vous vaut un héritage à vous et à vos descendants.

La châtelaine ajouta : — Une aussi noble action ne demeure jamais sans récompense ; mais quelque beau que soit le prix qu'elle reçoit sur la terre, un plus magnifique salaire lui est réservé dans l'autre monde.

_____

[1] Bail emphytéotique, c'est-à-dire très-long.

Les habitants ne pouvaient se lasser d'admirer le magnifique équipage qui était descendu chez Laurent, et le riche présent qu'il lui avait apporté. La femme du fermier du presbytère dit à son mari : — Ah ! si nous avions su cela, nous aurions fait l'hospitalité à cet enfant, et n'aurions pas pris de repos que Laurent n'eût consenti à nous le laisser élever.

Son mari vit bien alors que les soupçons de vol qu'il avait fait planer sur Laurent étaient faux. Il alla le trouver, avoua franchement ses torts, et le pria de lui pardonner si, dans sa colère, il l'avait partout décrié comme un voleur. Mais ce fermier méfiant jeta aussitôt ses soupçons sur un autre homme que jusqu'ici il avait traité comme son meilleur ami. Il se rendit de suite à Waldenberg, comparut devant le juge, et lui dit qu'il devait déposer une nouvelle plainte au sujet de l'or qui lui avait été volé.

— Est-ce encore une accusation aussi folle que celle que vous avez déjà portée contre Laurent ? lui répondit le juge. Voyons, parlez.

Alors le paysan, en entrant, suivant son habitude, dans les moindres détails, lui dit : — Lorsque l'invasion française nous surprit avec tant de rapidité, je ne sus plus où donner de la tête. Mes faibles épargnes, amassées si péniblement depuis vingt années, et qui s'élevaient à cinquante pièces d'or, me pesaient horriblement sur le cœur. J'aurais bien voulu les sauver des mains de l'ennemi ; mais je ne savais où les placer. Alors mon voisin Krall me dit donc : — Va, pendant la nuit, cacher ton or derrière une des briques qui se détachent du mur de ton jardin ; personne ne pourra les y trouver. Laisse tes papiers où ils sont, l'ennemi ne les prendra pas. — Je trouvai ce conseil sensé ; je le suivis. Une nuit, minuit venait de sonner, profitant du sommeil où tout était plongé, je me glissai dans mon jardin, en évitant de faire le plus léger bruit. Il faisait la plus profonde obscurité ; ma femme m'éclaira, une lanterne à la main, car, pour bien cacher mon trésor, il était nécessaire que j'y visse un peu.

Cependant, le jour et la nuit je ne pensai qu'à mon argent. Aussi les Français n'eurent pas plutôt quitté le village, que je courus à ma cachette pour en retirer mon or; mais je faillis tomber mort en voyant qu'il avait disparu. Je ne pus fermer l'œil de toute la nuit ; avant que le soleil ne fût levé, je courus chez mon voisin Krall, et je frappai à sa porte jusqu'à ce qu'il m'eût ouvert. Je lui contai alors le malheur qui m'arrivait.

— Et que vous dit Krall ? interrompit le juge.

— Il s'est mis en colère contre moi, interrompit le paysan, disant que je ne devais attribuer mon malheur qu'à moi-même. — Je vois bien que tu avais besoin d'un grand soleil pour mieux cacher ton action; tu n'es qu'un imbécile. Qu'avais-tu besoin de prendre une lanterne ? on a pu t'apercevoir. Je ne suis pas étonné que les jolis oiseaux dorés se soient envolés et que tu aies trouvé le nid vide. Cependant je vais te donner un bon conseil qui t'aidera à les retrouver. N'as-tu pas remarqué, lorsque tu as fait greffer tes arbres par Laurent, quoique j'aie voulu t'en empêcher, qu'il avait toujours quelque chose à faire au mur du jardin, où il n'avait cependant pas à travailler? Eh bien, je crois que Laurent est le voleur. Si j'étais à ta place, je déposerais une plainte contre lui. — J'ai suivi son conseil, et j'ai porté plainte, comme vous le savez. Seulement alors je ne vous ai pas dit que c'était Krall qui m'avait indiqué l'endroit où je devais cacher mon or ; car il m'était défendu de dire à qui que ce fût que c'était lui qui m'avait donné ce conseil.

— Voilà ! se dit le juge à lui-même ; par ce moyen, ce méchant homme voulait se venger de Laurent, le rendre suspect, l'éloigner du village, et enfin devenir fermier à sa place.

S'adressant ensuite au paysan, il lui demanda s'il avait parlé à quelqu'un de ses nouveaux soupçons.

— Dieu m'en garde ! répondit-il ; je n'ai dit à personne une parole qui aurait pu me coûter la vie. Pendant long-temps j'ai eu la plus grande confiance en lui ; mais main-tenant je ne me fie plus à lui, et j'en ai peur. Aussi il ne

peut pas soupçonner que je suis venu me plaindre de lui.
Pour Dieu, ne lui en dites rien.

— Continuez toujours à vous taire, lui dit le magistrat,
qui, malgré sa gravité, ne pouvait s'empêcher de sourire
de sa naïveté, je vous ferai rappeler.

Le juge connaissait Krall pour un homme adroit et rusé.
— Il pourrait bien, pensa-t-il, avoir voulu s'emparer de
cet or, et n'avoir conseillé à ce paysan de le cacher dans
le mur de son jardin que pour épier l'endroit et l'enlever
ensuite facilement. Krall est un mauvais voisin, un faiseur
de dettes, un ivrogne et un joueur ; s'il a volé cet argent,
il en a certainement mangé la plus grande partie, et c'est
une chose dont il sera facile de s'assurer.

Il appela son huissier, lui confia la chose, et le chargea
d'aller s'informer si Krall ne s'était pas servi d'or pour
payer quelques-unes de ses nombreuses dettes, ou pour
solder ses dépenses.

Au bout de quelques jours, l'huissier revint et lui dit :
— Krall n'a pas payé un sou de ses dettes ; mais il a dernièrement passé, dans la ville voisine, à l'auberge de *l'Ours
noir*, une nuit entière à boire et à jouer, et, comme il a
beaucoup perdu, il a changé plusieurs pièces d'or pour
payer. J'ai pu m'en procurer deux de celles qu'il a échangées. Les voici ; elles ressemblent, comme vous le voyez,
à celles dont le paysan nous a donné la description.

Le magistrat envoya de suite l'huissier chercher Krall,
et lui reprocha le vol dont il s'était rendu coupable. Krall
se mit à crier ; il s'indigna qu'on osât soupçonner un
homme aussi honorable que lui d'une action aussi basse.
Cependant il ne pouvait nier qu'il n'eût changé des
pièces d'or ; mais il jura ses grands dieux qu'elles ne pro-
venaient pas d'un vol.

— C'est possible, répondit le magistrat ; il n'y a plus
qu'une petite circonstance à éclaircir. Dites-moi seulement de qui vous les tenez.

Krall pâlit ; il ne put dire qui les lui avait données. Il
fut obligé d'avouer son vol. Il fut condamné à rembourser

l'argent volé et à passer plusieurs années dans une maison de correction.

— Il en est ainsi, lui dit le juge, quand on n'est pas laborieux et économe, et qu'on s'adonne à la boisson et au jeu ; on finit toujours mal. De mauvaises actions produisent de mauvais fruits, la douleur et la misère ; la vertu et la probité seules peuvent rendre heureux. D'un côté, l'innocence de l'honnête Laurent est reconnue ; de l'autre, votre culpabilité est mise au grand jour. Laurent reçoit la récompense de sa droiture et de son humanité, et vous, le châtiment de vos vices et de votre méchanceté.

Pour payer ses nombreuses dettes, et rembourser les pièces d'or qu'il avait volées et dépensées, il fallut vendre à l'encan ce qu'il possédait. Il fut réduit à la plus profonde misère ; ses enfants vinrent souvent, sous les fenêtres de Laurent, mendier un morceau de pain, et, en les voyant, on disait dans le village : — Krall a mérité ce sort, non-seulement à cause de sa conduite déréglée, de sa fausseté, de sa méchanceté, mais surtout à cause de son inhumanité envers Louis. Il voulait chasser le pauvre enfant abandonné de la maison de Laurent et du village, et c'est lui qui, aujourd'hui, est forcé d'abandonner sa propre maison avec ses enfants.

XIII

LE GÉNÉRAL.

La châtelaine de Waldenberg et la comtesse devinrent bientôt d'intimes amies. Leurs maris se lièrent également d'une étroite amitié ; car tous avaient l'âme aussi noble qu'élevée. Quoique la paix fût signée, les émigrés, cependant, ne conservaient que bien peu d'espoir de rentrer dans leur patrie. La guerre se ralluma bientôt avec une nouvelle fureur ; mais elle fut heureusement portée dans des pays éloignés de Waldenberg. La châtelaine et son mari supplièrent le comte et la comtesse d'attendre chez eux des jours meilleurs ; ils y consentirent, se réjouissant d'avoir trouvé une hospitalité aussi sûre qu'agréable. Ils vécurent ainsi longtemps heureux et tranquilles.

Un jour que tout le monde au château ne pensait à rien moins qu'aux soldats français, un militaire de cette nation, accompagné de quelques hussards, se présenta dans la cour d'entrée. Il se présenta au maître du château en qualité de général. On ne fut pas peu surpris d'une visite aussi inattendue : les parents de Louis étaient consternés ; la comtesse craignait d'être arrêtée et reconduite en France ; cependant il fallut se décider à recevoir le nouveau venu.

Un beau jeune homme, couvert d'un uniforme bleu richement galonné, entra dans l'appartement. A sa vue Louis poussa un cri de joie et vola dans ses bras. Le général n'était autre que cet officier qui avait été blessé à Ellersee, et qui depuis, par sa valeur et son instruction, était parvenu aux premiers grades. Il était cantonné avec ses régiments à quelques milles d'Ellersee ; ayant obtenu une permission de vingt-quatre heures, il en avait profité pour rendre visite à son petit ami Louis, son généreux sauveur, et savoir ce qu'il devenait. A Ellersee, il avait appris qu'il se trouvait à Waldenberg avec sa famille, et il se dirigea de suite de ce côté, sans même descendre de cheval.

Il embrassa Louis à plusieurs reprises, et raconta à ses parents attendris les soins vraiment rares et touchants qu'il lui avait prodigués. Le seigneur de Waldenberg l'engagea à demeurer quelques jours au château. — Quelques heures, pas plus, répondit le général ; il faut que je rejoigne promptement mon corps. Il s'entretint avec le comte et la comtesse de leur position, et leur dit en les quittant : — Je reviendrai bientôt, et j'espère alors vous trouver, ainsi que mon jeune ami, dans une meilleure position.

Le général tint parole ; la paix ayant été de nouveau

signée, il revint à Waldenberg et apporta aux émigrés l'assurance par écrit qu'ils pouvaient rentrer en France, et que de plus leurs biens leur seraient rendus. Le général avait en France des amis puissants : grâce à eux, il parvint à obtenir pour les parents de Louis une faveur dont les plus considérables d'entre les émigrés ne purent jouir que longtemps après. Partout on admira l'humanité de Louis, d'un enfant faible et délicat, qui avait sauvé la vie à un officier distingué ; et on convint qu'on ne pouvait plus longtemps fermer les portes de la France aux parents d'un enfant si digne d'éloges.

Avant le départ, le général se rendit à Ellersee avec Louis et ses parents. Il rendit visite au curé et lui fit présent d'une belle collection de bons livres français magnifiquement reliés. Il n'oublia pas ses anciens hôtes, il donna à Muller un bel habit de drap bleu de ciel, et à sa femme une robe de taffetas de couleur éclatante, avec de longs rubans. Il remit aux parents adoptifs de Louis une forte somme d'argent pour s'acheter ce qui leur serait le plus nécessaire ou le plus agréable. En outre, il donna à Jeanne et à ses enfants un gros paquet de linge, en leur disant : — C'est pour faire de la charpie.

Ce fut un vif plaisir pour le général de ramener en quelque sorte en triomphe Louis et ses parents dans leur patrie. Louis regarda toute sa vie comme un grand bonheur d'avoir passé quelques années de sa jeunesse à la campagne. Sa santé ne s'y était pas seulement fortifiée, son esprit et son cœur y avaient aussi gagné. Les mœurs simples et pieuses de ses parents adoptifs, qui commençaient et terminaient la journée par la prière, qui avaient le vice en horreur et recevaient toutes les tribulations de la vie avec résignation et patience ; les entretiens et la piété du digne curé, et le service divin dans la petite chapelle du village, formèrent son âme à la religion et à la vertu. La sobriété des gens de la campagne lui apprit qu'il faut bien peu de chose pour vivre heureux et en bonne santé ; aussi les dépenses inutiles, et surtout celles qui n'avaient pour objet que le luxe et la parure, lui furent toujours odieuses.

Il conserva un grand amour pour la vie des champs. Son château fut sa résidence favorite, non parce qu'il était bien bâti et richement meublé, mais parce qu'il était situé au milieu d'une belle campagne et qu'il était environné de champs fertiles, de prairies émaillées de fleurs et d'épaisses forêts. Son plus grand bonheur était de voir de près les œuvres de Dieu, et il puisait dans cette contemplation une céleste félicité. Il aimait par-dessus tout la médiocrité; car il avait vu de ses propres yeux quel mal il fallait se donner pour conserver une position élevée, et quels nobles cœurs vivent sous le chaume. Ces sentiments, il les manifesta toute sa vie, même dans un âge avancé, et le comte son père les approuva complétement.

— Notre amour du luxe et de la grandeur, lui dit le comte, nous a éloignés de la nature, et ceux qui, nés dans une condition obscure, voulurent se rapprocher de nous, marchèrent sur nos traces. De là sont venus les désordres, la perversité et les misères de notre siècle. Si nous voulons devenir meilleurs, il faut revenir aux simples lois de cette nature. C'est par elles que beaucoup de malheureux ont vu la fin de leurs maux ; c'est par elles que nous, aussi, pourrons vivre contents, tranquilles et heureux.

La comtesse fut aussi de cet avis ; elle était ravie de retrouver la main de la divine Providence dans les événements arrivés à son fils : — Dieu me l'a enlevé, dit-elle, pour me le rendre plus sage et plus vertueux. Un papillon, créature faible et insignifiante, a été la cause première d'événements qui n'ont pas été seulement heureux pour Louis, mais qui ont contribué au bonheur de plusieurs autres personnes. La vie d'un noble jeune homme, du général, a été sauvée; le fermier Laurent, avec ses enfants et sa femme, a trouvé une position meilleure; un arrêt de proscription nous fermait le chemin de notre patrie, et nous voici de nouveau réunis dans le château de nos pères.

Plus d'une fois je me suis vue abattue et découragée par les tribulations qui nous avaient frappés ; mais j'ai appris dans le malheur une vérité consolante : une puissance élevée, aussi sage que bonne, règle en secret la destinée des hommes et fait tourner à leur bien tous les événements de la vie; et cette intime croyance est, au milieu des tribulations qui nous assiégent ici-bas, le plus ferme appui sur lequel nous puissions nous reposer pour arriver, sans nous laisser abattre pendant la route, dans une meilleure patrie.

ITHA

I

Il y a huit cents ans environ, la bienfaisante lumière de l'Évangile était généralement répandue en Allemagne ; déjà son influence divine et ses célestes clartés avaient dompté les passions sauvages, adouci les mœurs grossières, éveillé dans les cœurs des hommes des sentiments plus élevés et introduit dans leurs rapports la bonne harmonie et l'humanité. A cette époque on voyait sur les bords de l'Iller un vaste et antique château, habité par deux frères, les illustres comtes Hartmann et Othon de Kirchberg. Ces seigneurs avaient gagné l'estime de leur prince par leur bravoure, et l'amour de leurs vassaux par leur justice et leur affabilité.

Ces deux nobles comtes avaient fait partie de la première croisade [1] et s'étaient jadis rendus en Palestine

[1] Le temps des croisades où toute la chrétienté prit la *croix, se croisa* pour reconquérir sur les fidèles le tombeau vénéré du Christ, est l'époque la plus brillante du moyen âge, la plus féconde en résultats de toutes sortes. L'Europe, barbare encore, se réveille enfin à la voix d'un pauvre ermite, Pierre, qui trace le tableau effrayant des misères des chrétiens d'Orient et du délaissement où se trouve le berceau de la religion. « Au secours, s'écrie-t-il, *Dieu le veut !* » Et à cette injonction, faite au nom de la divinité, les querelles et les guerres cessent entre les princes chrétiens ; ils n'ont plus qu'une haine, c'est contre les infidèles ; un même désir, conquérir le divin tombeau et faire triompher la croix là où elle triompha naguère de l'enfer et du monde.

Dans l'espace de cent soixante-quinze ans, de l'an 1095 à l'an 1270, les chrétiens entreprirent six croisades ; ils conquirent successivement la Palestine et l'empire de Constantinople, où ils fondèrent d'éphémères monarchies, dont les premiers chefs furent Godefroi de Bouillon, et Beaudouin, comte de Flandre.

C'est des croisades que date la civilisation moderne. Les peuples s'ouvrirent à des idées et à des mœurs nouvelles ; le cercle des connaissances s'agrandit considérablement ; les arts prirent un essor et un caractère nouveau ; on commença à secouer le joug pesant des seigneurs, et la première conquête de la liberté fut l'affranchissement des communes sous Louis le Gros. La politesse succéda à la grossièreté ; la parole de l'orateur éloquent parvint à balancer l'influence exclusive du guerrier bardé de fer ; ce fut par excellence un temps de poésie et d'héroïsme. L'exaltation s'était emparée de toutes les âmes, et bientôt la chevalerie, naissant de ces idées et de ces instincts nouveaux, n'est plus qu'une seule et magique devise : *Dieu, l'honneur et les dames.* Alors les châteaux retentirent de gais et doux refrains et de fanfares d'allégresse, de brillants tournois rassemblèrent l'élite de la noblesse qui étalait toutes les splendeurs de ses richesses, de sa courtoisie et de son courage. Les troubadours, les trouvères, les minnesingers chantèrent les exploits des vainqueurs, les dames distribuaient des couronnes plus enviées que celles des rois, et peu à peu l'humanité s'avance vers la civilisation actuelle, la plus admirable de tous les temps, celle où l'homme a compris toute sa dignité et la grandeur de sa mission sur la terre, celle où pour prendre part à la conquête des saintes contrées où se sont accomplis les principaux événements de notre religion. Ils y étaient appelés par l'intérêt général de la chrétienté et par le soin de leur propre salut; aussi employèrent-ils toute leur puissance à assurer le succès de cette pieuse entreprise.

L'Allemagne possédait déjà plusieurs monastères de l'ordre de Saint-Benoît, et tous les esprits impartiaux voyaient dans ces religieux les instruments les plus habiles que la Providence pût employer pour répandre dans les cœurs les semences précieuses de la parole divine, et apprendre aux hommes à féconder la terre encore stérile, en cultivant les grains nourrissants et les fruits savoureux.

Frappés des bienfaits que ces monastères répandaient autour d'eux, les comtes Hartmann et Othon résolurent, avant leur départ pour la Palestine, d'en établir un dans leurs domaines. Ils avaient fait venir un grand nombre

d'ouvriers et avaient rassemblé les sommes nécessaires pour une fondation de cette nature; à force de sollicitations, ils obtinrent que quelques religieux du monastère Saint-Blaise, dans la Forêt-Noire, viendraient surveiller ces travaux. Ils firent tant aussi par leurs soins empressés et par leurs sages dispositions que, dès l'an 1099, Gebhard III, évêque de Constance, put consacrer solennellement la nouvelle église, et les religieux, mis en possession des vastes bâtiments qui

il a déployé le plus de génie et où il a conquis trois choses qui lui avaient jusqu'ici toujours échappé : la liberté, le temps et l'espace!

leur étaient consacrés, choisirent Werner pour leur premier abbé. Ainsi fut fondé le monastère des bénédictins de Wiblingen, qui, dès ce moment, fut destiné à recevoir la dépouille des comtes de Kirchberg.

Les pieux habitants de ce monastère mirent leurs soins à répondre aux sages intentions des fondateurs. Ils travaillèrent avec zèle et sans relâche à répandre autour d'eux la doctrine de Jésus-Christ ; ils s'efforcèrent de gagner les hommes et surtout la famille des comtes au royaume céleste, et d'éveiller dans tous les cœurs l'amour de Dieu et du prochain. Ils s'occupèrent aussi d'inspirer par leur exemple le goût de l'agriculture ; bientôt l'heureuse influence de leurs soins éclairés produisit des fruits salutaires dans toute la contrée.

L'illustre famille qui habitait le château de Kirchberg s'efforçait d'allier à la haute noblesse de sa race une noblesse bien plus élevée encore, celle de l'âme.

Les enfants du comte Hartmann, qui, en sa qualité d'aîné, avait été investi du comté, étaient la joie de leurs parents

et le gage infaillible du bonheur à venir de leurs sujets. L'innocence et la piété faisaient l'ornement des jeunes comtesses, et dès le plus bas âge le cœur de leurs frères

8.

se formait dans la pratique des sublimes devoirs de la noblesse : *protéger la veuve et l'orphelin, secourir la faiblesse et la vertu*. Ces nobles maximes se transmettaient en héritage de génération en génération, du père aux enfants. Mais de même que, dans un jardin rempli de fleurs, il peut s'en trouver une qui, par son éclat et sa beauté, se distingue de toutes les autres, de même, dans une belle et vertueuse famille, il se trouve quelquefois une personne qu'une amabilité particulière et des qualités extraordinaires font remarquer au milieu de tous ceux qui l'entourent. C'est ainsi qu'un rejeton de cette illustre lignée, plus remarquable encore que tous les autres, commença à croître vers le douzième siècle ; ce fut la jeune comtesse de Kirchberg, qui reçut au baptême le nom de Juditha, bientôt changé par abréviation en celui d'Itha.

II

ÉDUCATION D'ITHA.

Les particularités de la vie des parents d'Itha sont fort peu connues ; mais l'éducation qu'ils donnèrent à leur fillle, et qui se trouve décrite dans l'histoire de cette dernière, prouve assez qu'ils étaient sages et qu'ils plaçaient leur propre bonheur dans les vertus qu'ils inspiraient à leurs enfants. Profondément pénétrés des vérités de la religion chrétienne, ils considéraient leurs rejetons comme des présents de Dieu, et leur famille comme une pépinière au milieu de laquelle le Seigneur faisait germer de tendres bourgeons, leur confiant le mandat sacré d'entourer leur développement du zèle le plus attentif, de les préserver de toute influence pernicieuse, et de les former pour la plus grande gloire de celui qui les avait placés sous leur surveillance.

L'éducation d'Itha fut donc dirigée avec les soins les

plus vigilants et les plus scrupuleux. Dès son enfance, ses parents s'efforçaient, par tous les moyens en leur pouvoir, de faire naître et de fortifier en elle les principes du bien, d'étouffer les racines précoces du mal, et de hâter dans son cœur le développement de la charité et de la force de l'esprit. Ils se gardaient également de l'amollir par une indulgence excessive ou par des soins trop recherchés, et de l'affaiblir par une sévérité outrée ; tous leurs efforts tendaient à donner à leurs enfants une éducation conforme à la carrière qu'ils étaient appelés à parcourir dans le monde. Les exemples de vertu et de piété que ces enfants avaient constamment sous les yeux devaient d'ailleurs pénétrer de bonne heure leur âme de nobles sentiments. Dès ses plus jeunes ans, Itha dut aux conseils pleins d'amour et à la douce société de sa mère l'habitude des travaux et des occupations qui convenaient à son âge et à son sexe. Près de cette mère chérie, elle apprit à tourner le fuseau et à manier l'aiguille, dans l'office du château, elle s'initiait aux connaissances nécessaires à une bonne maîtresse de maison. Ainsi se passait la jeunesse d'Itha, non pas dans les jeux et dans l'oisiveté, mais au milieu de l'étude et des occupations.

La religion, qui est pour tout le monde le premier et le plus utile des enseignements, ne pouvait être oubliée par ces bons parents. Dès que l'esprit d'Itha fut assez formé pour recevoir de saintes instructions, on éleva son âme vers son Créateur. — Tout ce que tu reçois de nous, lui disaient les vertueux auteurs de ses jours, nous le tenons du Père céleste : c'est à lui que tu dois adresser tes actions de grâce ; c'est aussi lui que tu dois implorer dans tes besoins. — Dès son enfance, elle sut connaître Jésus-Christ, son rédempteur, car on lui racontait les principaux traits de l'histoire touchante de l'Homme-Dieu. On lui disait comment, par amour pour les hommes, il voulut descendre sur la terre, comment il fut, dans sa jeunesse, un enfant plein d'amour, obéissant et pieux, et comment, dans un âge plus avancé, il apprenait aux mortels à connaître leur Père céleste, et leur enseignait ce qu'ils devaient faire pour mériter une place auprès de lui dans le séjour des bienheureux. Itha ouvrait son âme à ces pieuses leçons; elle les écoutait avec la plus vive attention et se montrait toujours avide de recueillir les paroles de Jésus-Christ, pour y conformer sa vie et se rendre ainsi digne de goûter un jour le bonheur des élus.

Ainsi, toutes les importantes vérités de la religion lui devinrent familières, et elle apprit en même temps à connaître et à pratiquer toutes les vertus de son sexe. Les bénédictins de Wiblingen avaient aussi contribué à cette excellente direction donnée aux sentiments des enfants de la famille de Kirchberg, et ils prouvaient ainsi à leurs fondateurs la reconnaissance dont ceux-ci ne cessaient de se montrer dignes par de riches donations.

Cette éducation déposa dans le cœur candide de la jeune Itha le germe de toutes les qualités et de cette angélique résignation qui la rendit surtout digne d'être citée au monde entier comme le plus complet modèle de l'héroïne chrétienne. Ces précieuses vertus réunies chez elle devaient prouver un jour jusqu'à l'évidence que Dieu tourne toutes choses vers le bien dès qu'on l'aime, et que l'homme, quelles que soient sa faiblesse et sa fragilité, est capable de tout s'il se fie au secours d'en haut, et s'il cherche sa force dans la grâce divine.

Dès sa première jeunesse, Itha fut accomplie en piété; c'était un bonheur pour elle de se rendre à l'église, et elle se plaisait à rester longtemps dans cette maison de Dieu. Elle aimait ses parents, et elle le prouvait par l'obéissance la plus entière; sa charité s'étendait à tous les hommes, elle traitait comme ses égaux les nombreux domestiques de ses pères; elle ne fut jamais orgueilleuse de sa noblesse, et se montra toujours également empressée de secourir ses semblables, même dans la plus humble condition. Enfin son innocence et sa chasteté étaient telles, qu'elle rougissait au moindre propos qui n'était pas conforme à la décence et évitait avec soin tout ce qui pouvait blesser la pudeur. Itha croissait ainsi en perfection chrétienne, en même temps qu'en âge et en force, et la grâce céleste devenait chaque jour plus visible dans toute sa personne. Si elle avait reçu du ciel le plus précieux des dons dans l'éducation que lui avaient donnée ses parents, ceux-ci trouvaient en retour la plus douce récompense de leurs soins dans la bénédiction que Dieu répandait sur leur vertueuse enfant.

III

ITHA EST MARIÉE AU COMTE HENRI DE TOGGENBOURG.

Lorsque Itha eut atteint l'âge convenable pour le mariage, le comte et la comtesse, qui plaçaient le bonheur de leur vieillesse dans le bien-être de leur enfant, cherchèrent à assurer son avenir par un établissement convenable. Quant à elle, respectant toujours la volonté de Dieu dans celle de son père et de sa mère, elle lui adressait souvent avec eux de ferventes prières pour obtenir que la bénédiction du ciel, qui ne l'avait jamais abandonnée, continuât à s'étendre sur sa destinée et assurât par son bonheur celui de sa famille. Animée de ces généreux sentiments, elle s'occupait plus que jamais, dans le château paternel, des soins qui conviennent à une maîtresse de maison ; elle cherchait ainsi à se rendre chaque jour plus facile l'accomplissement de ces devoirs, pour, à son tour, diriger avec intelligence et sagesse la maison de celui que Dieu lui donnerait pour époux. Elle ne vivait pas moins, comme par le passé, dans la plus profonde tranquillité, et ne prenait nul souci, ainsi que ses parents, des événements futurs.

Le mérite et la vertu ne restent jamais ignorés, et ces précieux biens trouvent toujours des admirateurs qui les recherchent dans l'espoir de leur devoir leur félicité dans cette vie et dans l'autre. La jeune comtesse Itha ne pouvait donc être longtemps inconnue, et déjà elle faisait le sujet de la conversation des seigneurs du pays. C'est ainsi que le jeune comte Henri de Toggenbourg entendit parler d'elle au tournoi que donna, en 1197, le baron de Hanau. Les éloges unanimes qu'il entendit faire de ses vertus le déterminèrent à la demander pour femme, et, peu de temps après le tournoi, il se rendit de Toggenbourg à Kirchberg, pour voir de ses propres yeux la vérité de ce qu'en lui avait rapporté, et pour obtenir ensuite de la jeune comtesse et de ses illustres parents la réalisation de ses espérances.

Henri, jeune et beau chevalier, descendant d'une souche antique, possédait le riche et célèbre comté de Toggenbourg; il y habitait le vieux manoir de ses ancêtres, construit non loin du couvent de Fischingen, sur un rocher élevé, fortifié par l'art de la nature, d'où il pouvait braver impunément et les efforts des vents déchaînés et les assauts des ennemis.

Le dernier tournoi avait fourni au jeune comte l'occasion de déployer une force et une adresse peu communes, et il en avait rapporté de brillants gages de ses succès.

Sa conduite pleine de réserve et de prudence, pendant le séjour de peu de durée qu'il fit à Kirchberg, lui concilia l'estime et l'affection de toute la famille. Son rang et son âge rendaient également convenable son union avec Itha, et les parents de cette dernière voyaient en lui le mari qui devait réaliser leurs vœux et rendre leur fille heureuse, comme il trouverait, de son côté, une fiancée accomplie dans la jeune et charmante comtesse.

Aussi, lorsque Henri déclara son amour à Itha et fit connaître au comte et à la comtesse Hartmann le but de sa visite, il lui fut facile d'obtenir de la jeune fille l'assurance que sa tendresse était payée de retour, et du comte et de sa femme le consentement le plus honorable; de manière que, peu de temps après, et dans cette même année de 1197, les espérances du comte de Toggenbourg furent complétement réalisées. Cette noce seigneuriale fut splendidement célébrée, et Itha lui fut unie par des liens indissolubles. Le jour de la cérémonie, Henri remit

à celle qui devenait sa compagne un anneau d'or du travail le plus précieux et enrichi de pierreries ; ce symbole
de l'union qu'elle venait de contracter devait lui rappeler, à chaque instant de sa vie, l'inviolable fidélité et
l'amour que se doivent réciproquement les époux.

Plus ces jours de fête avaient été remplis d'une joie
vive et douce, plus fut pénible et douloureux le moment
où la nouvelle comtesse de Toggenbourg dut se séparer de
sa famille et de tous les serviteurs qui lui étaient si tendrement attachés ; car, quitter les lieux où s'était écoulée
son enfance et où elle avait joui de tant d'innocents plaisirs, était bien cruel. Néanmoins la religion, qui offre des
consolations pour tous les chagrins aux cœurs qu'elle
a pénétrés, fournit aussi des réflexions qui rendent moins
amères de telles séparations ; en effet, la protection céleste ne doit-elle pas suivre partout ceux qui s'abandon-
nent à ses soins, et les enfants de Dieu n'ont-ils pas toujours l'espoir de se revoir un jour éternellement réunis
pour jouir ensemble, dans le sein de leur père commun,
d'une félicité qui n'aura pas de terme ?

Enfin sonna l'heure du départ, et Itha, accompagnée
de la bénédiction de ses parents, des vœux les plus sincères de ses amis, de ses serviteurs et de tous les habitants
du comté, sortit du château de ses ancêtres, accompagnée de son mari et entourée d'une suite nombreuse, pour
se rendre à la résidence où elle devait passer sa vie. Après
quelques jours de marche, elle arriva dans le comté de
Toggenbourg, où elle fut magnifiquement accueillie par
les vassaux et par les serviteurs du comte Henri, qui,
rangés devant leurs maisons et autour du château, saluaient, pleins d'espérance, la jeune comtesse qui allait
régner dans le manoir seigneurial et sur tout le pays.

IV

ITHA HEUREUSE ÉPOUSE.

Avant son mariage, nous avons vu Itha observer avec
exactitude les devoirs d'une vierge chrétienne, et s'assurer ainsi, par son innocence et sa piété, des trésors de
bénédictions pour l'avenir; elle ne chercha pas avec moins
de zèle à remplir les nouvelles obligations que lui imposait son changement de position, et elle continua à se
rendre digne des grâces de la Providence. Elle se rappelait sans cesse avec respect les paroles sacrées par lesquelles le prêtre, en bénissant son mariage au nom du
Dieu tout-puissant, lui avait recommandé d'être soumise
à son mari comme l'Église est soumise à son chef Jésus-
Christ, de lui vouer amour et fidélité, et de se montrer
pour lui dévouée jusqu'à la mort. Elle trouvait tous les
devoirs de l'état de mariage exprimés dans ce peu de
mots, et les grava dans sa mémoire, résolue à accomplir
ces maximes avec une inviolable constance. Comme elle
avait toujours observé les règles de l'obéissance filiale
dans le château paternel, il ne lui fut pas difficile de se
plier à la soumission conjugale, d'autant plus que le généreux Henri ne commandait pas en maître impérieux,
mais en mari prévenant, rempli de tendresse pour s
femme; c'était avec politesse qu'il exprimait ses volontés,
et il ne demandait que ce qui était juste et utile pour
leurs intérêts réciproques.

Malgré ces rares qualités, les deux époux n'étaient cependant que des créatures humaines, et, comme tels, ils
devaient montrer par quelque faiblesse la tache indélé-
bile que le péché originel a imprimée à notre pauvre
nature. Henri surtout était enclin à la colère, et rarement
il avait assez de force pour comprimer les orages que
cette passion fougueuse élevait dans son sein. Itha n'avait

pas tardé à reconnaître le funeste penchant qu'avait son
mari de s'abandonner à cette violente passion ; mais
l'amour véritablement chrétien qu'elle lui portait lui faisait un devoir de la condescendance. Elle pensa donc
qu'elle devait céder à ses emportements plutôt que de les
augmenter par la contradiction, et elle se borna à faire
tous ses efforts pour calmer, par l'aimable douceur qui
lui était naturelle, le caractère irascible de Henri. Lorsque sa colère éclatait, elle tâchait d'en neutraliser les effets, et supportait avec une patience angélique les chagrins qui en résultaient pour elle-même. En effet, c'est
aux époux particulièrement que s'appliquent les admirables conseils que saint Paul adresse à tous les hommes ;
ce sont eux surtout qui doivent supporter leurs mutuels
défauts et se montrer le chemin avec douceur. C'est en
se conformant à cette doctrine qu'ils accompliront la loi
sainte de l'Évangile, qui dit au chrétien : « Aime ton
prochain comme toi-même, et agis envers lui comme tu
voudrais qu'il agît envers toi. »

Itha réglait sa conduite sur ce précepte ; aussi sa vie
intérieure comptait-elle peu d'heures fâcheuses contre
beaucoup de jours agréables et sereins. Elle vivait avec
son Henri dans l'accord le plus heureux ; ce que l'un voulait, l'autre le voulait aussi, et le souhait que l'un d'eux
exprimait, l'autre l'accomplissait avec joie et empressement. Loin des plaisirs bruyants du monde, ils jouissaient
dans leur château solitaire des plaisirs que donne une
union parfaite, et si parfois un accès d'humeur venait as-
sombrir le front du comte, Itha savait dissiper ce nuage
par un regard doux et amical ou par un propos enjoué,
et Henri l'en remerciait en confessant son tort.

Au milieu de ce bonheur terrestre, les deux époux
n'oubliaient pas le soin bien plus important de leur félicité céleste. Non-seulement chaque jour, mais fréquemment, ils rapportaient à Dieu tous les biens qu'il leur
accordait. Agenouillés l'un auprès de l'autre, ils s'associaient tous les matins au divin mystère de notre rédemption en assistant au saint sacrifice de la messe, et tous

en remerciant Dieu des biens qu'il répandait sur eux dans le monde, ils imploraient surtout de sa bonté les félicités impérissables de la vie à venir. Itha, conservant toujours ses pieux sentiments, descendait de son château aussi souvent que le temps et ses occupations le lui permettaient, pour assister au service divin que l'on célébrait au couvent de Fischingen ; quelquefois aussi elle visitait l'église de la très-sainte vierge Marie, et d'autres lieux saints. Elle s'approchait fréquemment et avec le plus grand recueillement du saint-sacrement de l'autel, cherchant dans ces exercices le secours de Dieu et la force nécessaire pour remplir exactement tous ses devoirs et pour supporter avec une constance chrétienne les adversités qu'il plairait à Dieu de lui envoyer.

C'est ainsi qu'elle voulait assurer le calme de sa conscience ici-bas et son salut éternel. En outre, elle consacrait plusieurs instants par jour à la méditation ; elle s'y livrait surtout lorsqu'elle avait à supporter quelque peine ; elle renfermait ses souffrances dans son cœur et ne les révélait qu'à Dieu dans la prière, et à son directeur spirituel dans la confession ; aussi les consolations divines ne lui manquèrent jamais. Itha observait exactement le double précepte de l'Écriture. Elle adressait souvent ses ferventes prières dans la solitude de son oratoire, et, quand cela était convenable, elle donnait aux hommes l'exemple de la piété, pour édifier ses semblables et les engager à glorifier le Créateur.

Rien, dans l'histoire d'Henri et d'Itha, n'indique qu'ils aient eu des enfants. La Providence avait, dans sa sagesse, destiné ces deux époux à de grandes infortunes. Or, le cœur d'une mère, si plein de sentiments brûlants, n'aurait pu résister à la douleur que lui aurait causée l'éloignement des objets de son amour, et le père, en proie aux reproches de sa conscience, aurait négligé les soins nécessaires au corps et à l'âme de ces malheureux orphelins. Il semble donc que la volonté du ciel frappa ce mariage de stérilité devant les hommes, pour le rendre plus fécond en œuvres de satisfaction devant Dieu.

V

ITHA FAIT LA GLOIRE DE SA FAMILLE ET LE BONHEUR DE SES SUJETS.

Pour l'intelligence de notre récit, nous allons retourner en arrière et le reprendre au moment où Itha, devenue comtesse de Toggenbourg, faisait son entrée dans son château seigneurial.

Bien que tous les serviteurs du comte Henri lui fussent sincèrement attachés à cause de sa justice, de sa générosité et des nombreux bienfaits qu'il répandait sans cesse autour de lui, ils avaient cependant eu plus d'une fois à souffrir de son humeur emportée et de ses vivacités dans ses moments de colère. Rien ne pouvait donc leur être plus agréable que de voir ce seigneur, déjà si bienfaisant, prendre une épouse dont la douce piété et l'aimable caractère devaient confirmer en lui les vertus qui le distinguaient déjà et calmer la fougue de son caractère, ou du moins atténuer les fâcheux effets de cette funeste passion.

Occupés de cette espérance, les domestiques du comte attendaient sous la voûte de l'antique porte du château celle qui allait devenir leur maîtresse, et tous les habitants du comté garnissaient les rues et les chemins par lesquels Itha devait gravir la montagne que couronnait l'habitation de son mari. Dès les premiers pas qu'elle fit au milieu d'eux, ces braves gens purent lire dans ses regards bienveillants l'assurance que tous leurs vœux seraient exaucés, car sa ravissante figure indiquait la douceur de son caractère et la beauté de son âme. Les remercîments pleins d'émotion avec lesquels elle répondait à toutes leurs acclamations joyeuses, les saluts affectueux qu'elle leur adressait, l'affabilité et la patience qu'elle montrait au milieu de cette foule empressée, semblaient, autant que l'amour que Henri lui témoignait, garantir qu'elle ne tromperait pas l'espoir qu'ils avaient placé en elle.

En effet, Itha fut pour tous les habitants du château une mère pleine de soins et d'affection plutôt qu'une maîtresse impérieuse ; elle n'exigeait de personne plus qu'il ne pouvait faire et dirigeait le travail de chacun, en les engageant tous à s'aimer et à s'aider mutuellement et en fortifiant de son propre exemple toutes ses recommandations. Elle aimait surtout l'ordre et la propreté. Chaque heure de la journée était affectée à un travail particulier ; chaque serviteur avait son ouvrage fixe, et l'œil intelligent de la comtesse surveillait tout, et quelquefois ses mains actives aidaient à l'exécution de ses ordres. Elle ne négligeait pas non plus les devoirs que notre religion trace aux maîtres à l'égard des serviteurs, et elle n'oubliait pas qu'un jour elle aurait à rendre un compte exact et sévère du plus humble de ceux que Dieu soumettait à sa direction. Aussi voyait-on tous les dimanches les nombreux domestiques du château réunis dans la chapelle, autour du comte Henri et de la comtesse. Là, ils venaient tous, pleins de respect et de piété, offrir avec le prêtre la glorieuse victime qui s'est immolée pour nos péchés, et ils appelaient la bénédiction du Père éternel sur les travaux de la semaine. Les jours de fêtes, personne ne pouvait, sans les motifs les plus impérieux, se dispenser d'assister au service divin que l'on célébrait avec pompe. C'est par cette sage conduite que le comte et la comtesse, placés comme la lumière sur le candélabre, pour éclairer toute la contrée, conservaient la piété parmi leurs sujets et leur assuraient une source abondante de grâces et d'innocents plaisirs.

Ce qui complétait ce bonheur, auquel participaient tous les vassaux du comté, c'était l'heureuse influence qu'Itha avait su prendre sur l'esprit de son époux. Elle savait en effet maîtriser les fougueux emportements de son caractère ; lorsque sa colère éclatait, elle trouvait encore les moyens d'en retarder les effets, pour donner à la réflexion le temps de calmer ces aveugles fureurs. Alors le cœur bienveillant de Henri reprenait son empire, et, s'il avait commis une injustice, il la réparait loyalement. Souvent aussi l'intervention d'Itha obtenait aux coupables la remise ou la commutation de leur peine, et elle le tentait toujours avec empressement quand elle voyait chez eux des signes sincères de repentir et la volonté de se corriger.

La comtesse se montrait particulièrement bienveillante et généreuse pour les familles honnêtes qui languissaient dans la pauvreté. Sa charité était inépuisable, et son mari la secondait très-volontiers dans ses soins généreux, car il savait que les puissants doivent être l'image de Dieu sur la terre, et que la charité est le meilleur moyen d'obtenir la miséricorde de celui qui a dit qu'un verre d'eau donné en son nom aurait un jour sa récompense.

Lorsque les parents d'Itha venaient la visiter à Toggenbourg, leur arrivée était toujours le signal des plus grandes réjouissances. On était si heureux des deux côtés de se revoir en bonne santé, on avait tant de choses à se raconter, que la moitié des nuits s'écoulait quelquefois dans les conversations les plus agréables. Les deux familles rendaient ensemble grâce à la Providence des faveurs qu'elle répandait sur elles, et si quelque légère épreuve affligeait quelqu'un d'entre eux, tous l'acceptaient avec résignation et comme un bienfait de Dieu. La jeune comtesse prolongeait autant qu'elle le pouvait ces visites, qui lui fournissaient un bonheur si complet, et les nobles habitants de Kirchberg, à chaque voyage, s'en retournaient bien convaincus que leur fille chérie n'avait rien à désirer dans ce monde.

VI

FERMETÉ D'ITHA.

Comme un bon père met souvent des bornes aux amusements de ses enfants et emploie quelquefois la sévérité pour leur rendre plus tard le plaisir plus doux et plus profitable, de même Dieu, le meilleur des pères, se plaît aussi à éprouver le cœur des justes par de poignantes douleurs. Il leur apprend ainsi à connaître le véritable bonheur que l'on peut trouver sur la terre, et à le placer dans la pratique de la vertu, qui prépare nos âmes pour le séjour du ciel. Le moment était arrivé où les nobles habitants de Toggenbourg devaient subir les plus cruelles de ces épreuves, et Itha surtout était destinée à vider jusqu'à la lie ce calice d'amertume.

Parmi les écuyers du comte, il y avait un certain Italien nommé Dominico ; c'était un homme d'un extérieur agréable, très-adroit dans les exercices du corps et les occupations de toute espèce, d'un commerce facile et affectueux, et particulièrement habile à s'insinuer par ses

discours flatteurs dans les bonnes grâces de ses maîtres. Par ses manières séduisantes, il avait su s'emparer de toute la confiance de son maître, et s'était même concilié l'estime de la comtesse. Dominico était cependant bien indigne de ces distinctions honorables, car, sous ces apparences vertueuses, il cachait une âme esclave des passions les plus honteuses et abandonnée aux penchants les plus impurs. La pieuse Itha devint elle-même, à son insu, l'objet et l'aliment de ses coupables désirs. En effet, elle montrait à cet homme l'affabilité qu'elle avait

pour tous ses serviteurs et se croyait même obligée de
récompenser par quelques égards particuliers le zèle et
l'attachement qu'il témoignait à son mari. Dominicb,
interprétant cette manière d'agir dans un sens favorable
à sa passion et croyant le cœur d'Itha aussi criminel que
le sien, devenait chaque jour plus importun et plus auda-
cieux. Le cœur de la comtesse était si pur qu'il ne pouvait
soupçonner le mal, et elle croyait tout le monde aussi
vertueux qu'elle-même; cependant les empressements
de Dominico devinrent si effrontés, qu'elle crut devoir
changer sa conduite à son égard; elle lui montra donc
moins de bonté et reprit sévèrement les paroles équivo-
ques qu'il laissait souvent échapper devant elle. Mais les
passions criminelles, quand elles ne sont pas énergiquement combattues, s'emparent des cœurs au point d'y
devenir souveraines maîtresses. Dominico ne renonça
donc pas à ses abominables desseins; il n'attendait même,
pour en tenter l'exécution, qu'une occasion favorable; la
confiance du comte ne tarda pas à la faire naître.

Un jour que ce scélérat accompagnait seul Itha, qui
revenait du couvent de Fischingen, il ne craignit pas de
lui faire ouvertement des propositions qu'une femme
vertueuse ne peut entendre sans en frémir d'indignation.
Itha le repoussa avec horreur; mais les paroles n'étaient
pas suffisantes pour réprimer l'audace de ce monstre, qui
semblait vouloir se livrer aux plus épouvantables violences. Ils se trouvaient précisément au milieu de la forêt
que traverse la route, et l'espoir de tout secours de la
part des hommes semblait interdit à la malheureuse
comtesse. Ce fut donc le ciel qu'elle implora dans ce
pressant danger, et ce fut le secours de Dieu qu'elle invoqua dans ses cris de détresse entrecoupés de sanglots.
Sa voix pénétra les nues et arriva jusqu'au trône de l'É-
ternel, car, à l'instant même, un homme armé se précipita sur le lieu de cette horrible scène et arrêta le criminel dans l'exécution de son attentat.

C'était Kuno, premier écuyer du comte Henri, qui, se
trouvant à la chasse dans la forêt, et qui, conduit par

la Providence dans le voisinage de la route, avait entendu
les cris de sa maîtresse et était arrivé à temps pour lui
sauver l'honneur. Itha reconnut en lui le messager du
ciel et se précipita à genoux pour remercier Dieu qui
venait de l'arracher à cet épouvantable danger. Cependant
Kuno s'était jeté sur l'Italien et le tenait terrassé, le me-
naçant de son épée et lui annonçant qu'il allait attendre
dans le plus noir des cachots de Toggenbourg la punition
de son forfait. Mais tels n'étaient pas les sentiments
d'Itha. Elle pensa que la reconnaissance qu'elle devait à
Dieu ne devait pas seulement s'exhaler en actions de
grâces, et qu'il fallait la prouver par des œuvres chrétiennes. Or, l'oubli des offenses ne doit-il pas être le sacrifice
le plus agréable à ce Dieu de clémence qui est mort en
pardonnant à ses bourreaux? Que pouvait-elle faire de
plus méritoire que d'imiter dans cette circonstance pénible l'exemple du Sauveur, qui, sur la croix même, appelait sur ses meurtriers la miséricorde de son Père céleste?

Obéissant à ces inspirations, elle se tourna d'abord
vers Kuno, et lui reprocha doucement le désir empressé
de vengeance qu'il manifestait, lui rappelant l'infinie miséricorde de Dieu, à laquelle les hommes ont si souvent
recours, et qu'ils n'obtiendront cependant qu'autant
qu'eux-mêmes auront été miséricordieux envers leurs
semblables. Parlant ensuite avec un ton de compassion à
Dominico, elle lui accorda le plein pardon de son crime,
lui recommandant de chercher dans une sincère contri-
tion le pardon céleste. Elle ordonna enfin à Kuno, qui ne
pouvait l'entendre sans étonnement, de garder le plus
profond silence sur tout ce qui s'était passé. Ce fut bien à
contre-cœur que ce fidèle écuyer promit d'obéir. Mais
l'appel que la comtesse avait fait à ses sentiments pieux
l'avait profondément pénétré; d'ailleurs la grande vénération qu'il avait vouée depuis longtemps à sa maîtresse,
et qui ne fit qu'augmenter à la suite de cet événement, lui
faisait considérer chaque mot qui sortait de sa bouche
comme un ordre sacré. Quant à Dominico, il eut recours
à ses fourberies ordinaires, et, prenant un ton hypocrite,

il remercia vivement la comtesse de l'indulgence qu'elle montrait à son égard, et l'assura de son repentir, ainsi que de sa ferme résolution de se corriger et de recourir à la pénitence pour obtenir le pardon de Dieu. Mais, malgré ces belles paroles, son cœur n'était pas touché, et ses passions criminelles ne firent que changer d'objet, car, dès ce moment, le démon de la vengeance s'empara de toutes ses pensées, et il fit en lui-même l'affreux serment de punir tôt ou tard Kuno et sa maîtresse de l'humiliation qu'ils venaient de lui faire subir.

VII

LE BONHEUR D'ITHA COMMENCE A S'ALTÉRER.

A la suite des faits que nous venons de raconter, Itha ne changea rien à sa conduite ordinaire avec Dominico ; elle le traita, comme par le passé, avec douceur et dignité, et cacha l'aversion qu'il lui inspirait, autant pour ne pas mettre obstacle à son prétendu retour vers le bien, que pour éviter de faire naître aucun soupçon fâcheux contre lui. Kuno ne put au commencement céler le mépris qu'il ressentait pour ce fourbe, mais il dissimula enfin ses sentiments, et toute cette affaire resta ensevelie dans le plus profond mystère.

Cependant l'œil clairvoyant de Dominico ne tarda pas à remarquer l'estime singulière par laquelle Itha reconnaissait le service que lui avait rendu Kuno en la délivrant de l'infamie, et ce fut sur ce juste sentiment qu'il fonda l'espoir de satisfaire un jour la soif de vengeance qu'il nourrissait contre ce fidèle écuyer et contre la comtesse.

Il semblait que l'esprit du mal, du fond des antres infernaux, était tourmenté par une rage odieuse en considérant l'heureuse tranquillité dont jouissaient les habitants de Toggenbourg, comme il ne put autrefois supporter le bonheur du saint homme Job. Hélas! s'il lui fut permis de chercher à ébranler la foi du comte et de la comtesse en leur faisant subir les plus cruelles adversités, il ne pouvait trouver un cœur plus ouvert à ses perfides suggestions que celui de Dominico, ni trouver un instrument plus propre à seconder ses fureurs. Cet habile fourbe sut bientôt profiter de la confiance sans bornes que son maître avait en lui, pour insinuer dans son esprit, à l'aide d'adroits mensonges, les tourments de la jalousie et les semences d'un injuste et odieux soupçon. La jalousie! cette passion dévorante et aveugle, cette passion ennemie mortelle de la paix des ménages! Une fois qu'elle eut pris possession du cœur du comte, de ce cœur généreux, si pénétré naguère d'amour pour Itha, le bonheur s'enfuit, et il suffit alors au traître Dominico de quelques mots perfides, de quelques nouvelles insinuations, pour compléter son œuvre. Tel qu'un homme confiant voit tout

sous un point de vue favorable, et sait même pallier à ses propres yeux les fautes véritables, tel le jaloux voit partout le mal qu'il redoute, interprète injustement les actions les plus insignifiantes, et trouve les preuves évidentes du crime jusque dans les plus pures intentions. Ces effets pernicieux de la jalousie, Dominico sut les développer chez le comte Henri, et sut les faire grandir dans son cœur avec le soin le plus infâme, au point que tout le monde put remarquer bientôt le changement qu'avait subi sa conduite envers la comtesse. Au lieu d'être, comme

jadis, attentif et respectueux, il devint froid et hautain ;
ses paroles étaient brèves et impérieuses, ses regards évitaient de rencontrer les regards de celle qu'il avait si tendrement chérie. Si parfois les manières simples et cares-
santes de la comtesse parvenaient à convaincre Henri de
son innocence, Dominico ne tardait pas à reprendre son
funeste ascendant sur cet esprit prévenu, et son infatigable
adresse faisait considérer les douces vertus d'Itha comme
autant de ruses et de mensonges dont elle se servait pour
masquer sa conduite criminelle. Itha, cet ange si pur et
si chaste ; Itha, dont l'âme sublime n'avait jamais conçu
la plus légère tromperie et dont la bouche était pure de
tout mensonge, Itha ne savait comment expliquer l'humeur fâcheuse et tyrannique du comte. Souvent elle passait dans la solitude des heures pleines de tristesse ; elle
ne pouvait se plaindre de ses chagrins qu'à Dieu seul,
elle ne savait chercher des secours et des consolations
ailleurs que dans la religion ; mais l'assistance divine ne

lui manquait pas, et le
témoignage de sa con-
science irréprochable
était son bien le plus
précieux. Elle suppor-
tait avec résignation
ses propres douleurs,
mais les sombres sou-
cis dont elle voyait son
Henri poursuivi la
tourmentaient bien
plus péniblement.
Souvent, suppliant le
ciel en faveur d'Henri,
elle lui demandait
quelque soulagement
pour cet époux mal-
heureux. Puis elle

cherchait à calmer ses agitations ; mais ses tendres paroles
n'avaient plus accès dans ce cœur rempli tout entier du

fiel de la jalousie. Dieu lui-même, qui avait résolu d'é-
prouver la vertu d'Itha dans les souffrances pour lui assurer plus tard une éclatante victoire, laissait s'accomplir
les projets des méchants.

Ainsi la malheureuse comtesse vit le bonheur de son
ménage brisé par le monstre qui ne devait la vie qu'à son
héroïque indulgence. Si la pureté de son âme lui donnait
encore quelque consolation intérieure, Henri, tourmenté
par mille horribles soupçons, martyrisé par son imagination que l'esprit malin avait aveuglée, ne trouvait de soulagement ni au dedans ni au dehors de lui-même. Dominico voyait avec une joie farouche le succès de ses
honteuses manœuvres, et pour accomplir la perte d'Itha
et de Kuno, il ne manquait qu'une occasion favorable
qu'il épiait avec un infernal acharnement.

VIII

ITHA PERD SON ANNEAU NUPTIAL.

Même dans cette douloureuse situation d'esprit, Itha,
toujours active et soigneuse, ne négligeait aucun des soins
domestiques dont elle s'était chargée. Elle n'avait pas d'autre désir que d'assurer le bonheur de son Henri, et pas
d'autre occupation que de faire tenir leur château dans un
ordre parfait. Pour ce qui la regardait personnellement,
elle devenait beaucoup plus indifférente, sans pourtant
manquer à rien de ce qui était essentiel ; sa toilette était
particulièrement plus simple et moins recherchée que jamais. Dans aucun temps, elle n'avait eu l'habitude de
porter les vêtements précieux et les riches joyaux qu'elle
réservait pour les circonstances où son rang l'obligeait
de paraître avec éclat. Depuis longtemps ces riches vêtements d'apparat étaient renfermés dans des bahuts, et
la soigneuse Itha, craignant que ces objets précieux ne

s'endommageassent, voulut, par une belle journée de printemps, les faire exposer à l'air frais du matin et aux rayons bienfaisants du soleil.

C'était à l'heure où la brillante aurore annonçait à peine le prochain retour du jour; Itha ouvrit les fenêtres du château pour y laisser pénétrer les suaves émanations du matin. Elle se plaisait à parcourir des yeux la magnifique contrée qui se déroulait devant elle; jamais elle ne lui avait paru si magnifique que pendant le calme de cette belle matinée. A l'est du château, les champs, les arbres et les buissons reposaient l'œil par leur verdoyante parure, et quelques arbres se détachaient des autres en faisant briller aux premiers rayons du soleil leur riche floraison printanière; les mille voix d'une multitude

LACOSTE

d'oiseaux saluaient le réveil de la nature et semblaient, dans ces joyeux concerts, chanter la gloire et les louanges de leur tout-puissant Créateur. Ce majestueux spectacle émut vivement l'âme impressionnable d'Itha; elle se jeta à genoux et éleva en même temps ses mains et ses yeux vers le ciel; elle remercia Dieu du plus profond de son cœur pour cette superbe journée ainsi que pour toutes celles qu'il lui avait accordées déjà; elle supplia la Providence de lui prêter son secours tout-puissant pour l'aider à passer d'une manière chrétienne le jour qui commençait.

Tout émue encore de ces douces sensations, elle continuait à occuper son cœur du Tout-Puissant, tandis que ses mains actives retiraient des bahuts, curieusement ciselés par les plus célèbres artistes du temps, les joyaux

et les objets de toilette qu'elle voulait exposer à l'action
conservatrice de l'air et du jour. Elle étendait les robes
de soie et de brocard et plaçait sur une étagère, près des
croisées ouvertes, ses bijoux qui empruntaient aux rayons
du soleil un éclat éblouissant. Ses regards s'arrêtèrent par
hasard sur le bel anneau qu'elle avait reçu de son Henri le
jour de ses noces ; à cette vue qui lui rappela ces jours
de bonheur si promptement écoulés, elle ne put s'empêcher de soupirer. Toutefois, elle pouvait considérer
sans rougir ce gage d'amour et de fidélité, car sa vie était
irréprochable ; elle avait rempli saintement les devoirs
qu'impose le mariage, et elle était au-dessus même du
plus léger soupçon. Confiant donc de nouveau son avenir
aux soins de la Providence, elle se rendit, pleine de
calme, à ses occupations habituelles. Elle s'occupa pendant toute cette journée au milieu de ses femmes, et ne
s'inquiéta pas des objets précieux qu'elle avait étendus,
car elle avait eu soin de bien clore les portes, et quoique
les fenêtres de l'appartement fussent ouvertes, elles
étaient tellement élevées qu'elle n'avait aucune crainte.
Cependant Itha était sur un précipice, et cette journée qui
lui semblait si belle devait être marquée par un événement qui devait causer la ruine de la vertu et le triomphe
apparent du crime. En effet, lorsque, le soir, Itha voulut
réunir ses pierreries, elle retrouva tout, à l'exception
d'un seul objet : son anneau nuptial avait disparu et ne
put être retrouvé malgré les plus minutieuses recherches.
Le cœur innocent d'Itha se serra de douleur ; cependant,
craignant, si elle parlait de cette perte, de fournir un
nouvel aliment aux soupçons et aux souffrances du comte,
elle résolut de garder le silence sur cet événement, et
renfermant cette nouvelle épreuve dans son cœur, elle
pria Dieu en se recommandant surtout à sa sagesse.

Voici cependant ce qu'était devenu l'anneau dont la
perte devait être si fatale à Itha. Parmi les oiseaux qui
peuplaient la vaste forêt située auprès de Toggenbourg,
les corbeaux se trouvaient en si grand nombre que cette
forêt en avait pris son nom, puisqu'on la nommait Ra-

benstein, c'est-à-dire *Pierre des Corbeaux*. Un de ces animaux, — personne n'ignore leur goût pour les métaux brillants, — passa devant les fenêtres ouvertes du château, pendant que les pierreries d'Itha étaient exposées au soleil; son œil perçant en fut frappé, et, obéissant à une inclination naturelle, il vola vers la fenêtre où se trouvait l'anneau nuptial au milieu des autres pierreries. Ne voyant personne qui pût l'empêcher de commettre ce larcin, il s'enhardit de plus en plus, et, après mille circonvolutions rapides, il saisit enfin l'anneau, puis, joyeux de son vol, il s'enfuit à tire-d'aile le cacher au fond de son nid.

Hélas! avec cet anneau, le bonheur de la comtesse sembla s'envoler; ainsi cet oiseau rompit le lien qui la joignait encore à son époux. Cet événement était-il un présage annonçant que la'malheureuse Itha devait bientôt suivre son anneau dans cette forêt, où elle semblera destinée à vivre jusqu'à la mort?

IX

KUNO TROUVE L'ANNEAU.

Quelques jours après, l'écuyer Kuno était, comme à son ordinaire, à la chasse dans la forêt de Rabenstein, et depuis longtemps il la parcourait avec ses chiens sans rencontrer aucun gibier. Enfin il crut entendre des croassements de jeunes corbeaux, et, ne trouvant rien de mieux, il chercha d'où ils partaient, afin d'enlever la couvée, si les petits étaient assez forts. Il eut bientôt reconnu que leur nid se trouvait au sommet d'un pin fort élevé, et, après avoir péniblement grimpé jusque-là, il s'empara de la nichée. Il se préparait à descendre, lorsque sa vue fut frappée de l'éclat que jetait un objet brillant placé au fond du nid. Quel fut son étonnement de

trouver là une bague enrichie de diamants, dont la valeur
lui semblait considérable ! il la mit aussitôt à son doigt,
bien éloigné de prévoir quelles terribles conséquences
allaient en résulter pour lui.

De retour au château, Kuno n'eut rien de plus pressé
que de montrer à ses camarades la bague qu'il avait découverte. Tous, dans leur imprévoyance et leur simplicité, envièrent son bonheur et ne songèrent pas plus que

Kuno à ce qu'il était de
leur devoir de faire en
cette circonstance, car
un objet trouvé appar-
tient toujours à quel-
qu'un, et l'on doit faire
tous ses efforts pour le
remettre à son légitime
propriétaire, sans atten-
dre même qu'il le ré-
clame. L'œil perçant de
Dominico vit aussitôt
tout le parti qu'il pour-
rait tirer de cette aven-
ture dans l'intérêt de
son infâme passion.
Ayant demandé comme
les autres à examiner,
il s'assura positivement
que la trouvaille était
l'anneau de la comtesse,
et il le remit sans affec-
tation à Kuno, se gar-
dant bien de lui dire à
qui il appartenait. Il ne
lui fallut qu'un instant pour combiner la ruse infernale
qu'il résolut d'employer pour satisfaire la vengeance qui
le dévorait depuis si longtemps; il se rendit aussitôt auprès du comte; il lui adressa la parole en ces termes :

— Je ne sais si je dois communiquer à Votre Seigneurie

une nouvelle aussi importante que douloureuse, et, quoique le zèle qui m'anime pour le soin de son honneur m'o-
blige à rompre le silence, j'hésite encore à lui dire...

— Parle, interrompit le comte avec impétuosité, et
dis-moi tout ce que tu sais.

— Puisque Votre Seigneurie l'exige, je dois lui avouer
que je crains plus que jamais qu'il n'existe une liaison
criminelle entre madame la comtesse, son épouse, et
Kuno. Cette intrigue se révèle tous les jours par des signes de plus en plus évidents, et, aujourd'hui même, cet
effronté Kuno porte impudemment à son doigt l'anneau
que Votre Seigneurie a donné, le jour des fiançailles, à
madame la comtesse.

— Dieu nous préserve d'une telle horreur! s'écria
Henri avec une violence extrême; mais cela est impossible! Itha n'aurait pas été mettre son anneau nuptial
au doigt d'un valet. Non! je ne puis croire la comtesse
capable d'un tel excès d'infamie.

—Que Votre Seigneurie daigne se convaincre elle-même
de la vérité de ce que je viens de lui avancer. Si elle le
permet, je vais faire appeler Kuno, et elle pourra s'assurer
que je ne cherche point à la tromper.

Dominico ne voyait que trop bien les terribles effets
que ses insidieux discours produisaient sur l'esprit prévenu de son maître; aussi, dès que Kuno se fut rendu
aux ordres du comte, il lui arracha avec dextérité la
bague du doigt, et, la présentant à Henri, il s'écria :

— N'est-ce pas bien là la bague ornée de pierreries que
Votre Seigneurie a donnée à la comtesse au jour de son
mariage? — La calomnie était préparée avec tant d'art et
avec une si parfaite connaissance du caractère du comte,
qu'elle réussit autant que son infâme inventeur avait pu
l'espérer. Henri, en reconnaissant l'anneau, fut suffoqué
par la fureur, au point qu'il ne put prononcer une parole;
mais ses yeux roulaient d'une manière effrayante dans
leurs orbites, ses dents claquaient les unes contre les
autres, tous ses traits étaient horriblement contractés.
Kuno, reconnaissant à tous ces signes la fureur qui s'était

emparée de son maître, voulut lui expliquer les faits dans
leur simple vérité; mais, à l'instant même, la tempête
qui gonflait le cœur de Henri se fit jour avec une irrésistible impétuosité, ses oreilles se fermèrent aux justifica-
tions comme aux prières, et sa raison l'abandonna entièrement. Il vociféra contre Kuno les plus horribles
imprécations, le nomma serviteur perfide, infâme adultère, et le condamna, sans l'entendre, à la mort la plus
cruelle. Appelant ses gens d'armes d'une voix de tonnerre, il ordonna que le malheureux écuyer fût à l'instant
même attaché à la queue du cheval le plus fougueux de
ses écuries, et que l'animal fût lancé à coups de fouet
au milieu des rochers qui entouraient le château. Cet

ordre barbare fut exécuté, et Kuno, malgré ses cris et
ses protestations d'innocence, fut entraîné à travers des
rocs et des buissons qui l'eurent bientôt mis en pièces.

X

CATASTROPHE.

Henri dont la rage avait été plutôt excitée qu'assouvie par l'horrible exécution dont il avait été l'ordonnateur et le témoin, se rendit immédiatement à l'appartement de sa femme, accompagné jusqu'à la porte par Dominico, ce mauvais génie qui s'attachait à lui jusqu'à ce qu'il eût rempli l'épouvantable mission qu'il s'était donnée. La comtesse, occupée avec ses femmes à faire de la tapisserie dans une partie éloignée du château, n'avait aucune idée de la scène de sang qui venait de s'accomplir ; mais l'entrée brusque et impétueuse de son mari lui fit assez comprendre qu'il était en proie à un violent emportement. Elle se leva cependant, et vint à sa rencontre comme à l'ordinaire, pensant l'adoucir par ses témoignages de déférence et d'affection ; mais il la repoussa avec brutalité. Itha, tremblant de tous ses membres et prête à perdre connaissance, ne put répondre par un seul mot à ce grossier outrage. Mais Henri, l'apostrophant avec les expressions les plus injurieuses, s'écria : — Vile adultère, femme sans honneur et sans foi, comment ai-je mérité l'infamie que vous jetez sur mon nom ?

Ces paroles de mépris pénétrèrent comme un trait acéré l'âme innocente de la malheureuse Itha. Elle voulait défendre son honneur, prouver qu'elle était irréprochable, protester au moins contre la calomnie qui brisait son cœur, mais sa bouche se refusait à prononcer un seul mot ; elle balbutiait des paroles inintelligibles, et ne trouvait, pour repousser l'horrible accusation qui se levait si fortement contre elle, que des gestes désespérés et des sanglots convulsifs. Henri, toujours dominé par sa funeste passion, l'abreuvait des plus sanglantes injures et n'écoutait ni les plaintes, ni les gémissements. Enfin Itha se précipita à ses genoux, jurant, en levant les mains vers le ciel, qu'elle était innocente et pure, et le suppliant de l'écouter un seul instant. Mais Henri était incapable de rien entendre ; ces lamentations et ces serments ne parvenaient pas jusqu'à son âme, en proie à la plus violente frénésie, à une espèce de démence ; furieux comme un tigre, il saisit Itha dans ses bras nerveux, et s'écriant : —Reçois la juste récompense de ton infamie, — il la précipite de la hauteur du château, et de la hauteur bien plus considérable encore du rocher à pic qui lui sert de base, dans l'horrible précipice qui s'ouvre au-dessous des fenêtres.

Le comte qui croyait, par cet acte odieux, avoir sauvé son honneur, ne suivit pas des yeux son innocente victime. Toujours ivre de rage, il quitta cet appartement, et l'on entendit toutes les portes retentir violemment derrière lui, jusqu'à ce que, parvenu dans sa chambre particulière, il tombât épuisé sur son siége. Tout fuyait devant lui dans le château, et personne n'aurait voulu paraître devant ses yeux, car celui même qui n'avait pas le plus léger reproche à se faire pouvait craindre d'être victime de sa fureur. Les femmes de la comtesse, toutes hors d'elles-mêmes, consternées et presque privées de sentiment, quittèrent en frémissant la chambre d'où leur malheureuse maîtresse venait de disparaître si subitement ; le silence le plus parfait régnait partout, et personne n'osait ouvrir la bouche. Ceux des domestiques qui ne connaissaient pas l'épouvantable catastrophe qui les avait privés d'une si bonne maîtresse pressentaient bien qu'un grand malheur planait sur le château ; mais ils ne pouvaient se faire une idée de celui qui venait d'arriver, et ils n'osaient s'interroger. Quand ils connurent l'horrible vérité, tous fondirent en larmes, car aucun d'eux n'avait le moindre doute sur l'innocence d'Itha, et tous pensaient que le comte avait été abusé par de fausses apparences et entraîné par l'indomptable emportement de son caractère. Aucun des habitants du château ne pénétrait l'origine de cette épouvantable scène, et ceux qui connaissaient l'histoire de la bague ne pouvaient pas présumer que c'était la découverte de ce bijou qui avait causé l'exécution de Kuno.

Dominico cependant jouissait de voir sa vengeance complétement satisfaite, et, tandis que tout le monde était plongé dans la consternation, lui seul se réjouissait intérieurement, et il allait avec délices repaître ses yeux des traces sanglantes que le corps du malheureux Kuno avait laissées sur les pierres et les ronces. Comment aurait-il pu prévoir alors que l'innocence et la vertu pourraient encore l'emporter ici-bas sur ses infâmes artifices?

Cependant il ne put pas supporter longtemps la vue de ce sang innocent qui, comme celui d'Abel, semblait crier vengeance contre un impie meurtrier. Il quitta, tout pensif, la fenêtre à laquelle il s'était mis, et employa toutes les ressources de son esprit pour maintenir son maître dans la conviction qu'Itha et Kuno n'avaient subi que le juste châtiment de leur crime. Il s'empressa de répandre dans le château et dans tout le comté le récit, grossi et astucieusement raconté, de l'intrigue coupable qui avait nécessité ce double châtiment. Quelques habitants crurent à la vérité de ce récit, parce qu'ils aimaient leur seigneur et ne voulaient pas le croire coupable d'une telle injustice. Mais beaucoup d'autres, connaissant la passion dominante du comte et la fourberie de son favori Dominico, et se souvenant d'ailleurs de la piété de la comtesse, ne purent jamais ajouter foi à ces accusations, ni regarder la vengeance du comte comme légitime. Dans l'esprit du plus grand nombre, Itha fut toujours innocente, et plus d'une larme coula en sa mémoire.

XI

HÉROÏQUE VERTU D'ITHA.

Si les prières de la malheureuse comtesse ne furent pas exaucées dans ce monde, si le fougueux Henri refusa

d'entendre sa voix suppliante, le ciel n'en accueillit que
plus favorablement les vœux de l'innocente Itha, qui,
entre les mains de son meurtrier, et même au moment
où elle semblait planer dans l'air, consacrait à Dieu tout
son être, son existence et sa mort. Mais la vertu de cette
infortunée n'était pas encore assez éprouvée pour qu'elle
fût immédiatement admise au bonheur ineffable que le
Tout-Puissant lui réservait sans doute ; elle devait encore
être purifiée par l'adversité, comme l'or par le feu, pour
servir de modèle aux hommes, et leur enseigner à chercher
leur salut dans l'imitation de son pieux respect des arrêts
de la Providence. Au moment où la mort d'Itha semblait
inévitable aux yeux des hommes, puisqu'elle avait été
précipitée dans un abîme d'une profondeur immense,
Dieu envoyait ses anges pour soutenir dans cette horrible
chute sa fidèle servante, et pour prouver ainsi la vérité
de ses divines paroles, qui nous sont enseignées par saint
Paul, et suivant lesquelles, lorsque Dieu est avec ses enfants, le monde ne peut rien contre eux.

Lorsque Itha reprit ses sens, il lui sembla sortir d'un

songe pénible, et elle ne savait plus si elle se trouvait encore
sur la terre ou si elle se réveillait dans un autre monde. Cependant, elle s'aperçut qu'elle était soutenue par des buissons et des arbustes qui avaient amorti sa chute le long des
rochers ; mais ce ne fut qu'après avoir levé ses yeux vers le
sommet de la montagne et avoir reconnu les hautes tours
du château de Toggenbourg, qu'elle se rappela parfaitement toute son histoire et fut bien convaincue qu'elle exis-

tait encore. Alors, elle fut vivement pénétrée de reconnaissance pour le Dieu tout-puissant, qui l'avait conservée
saine et sauve au milieu de ces épouvantables dangers, et
le premier usage qu'elle fit de ses forces renaissantes fut
de se jeter à genoux et d'élever son cœur vers le ciel,
dans une fervente prière, pour le remercier de ce nouveau bienfait, plus grand que tous les autres, et du visible
secours que sa bonté paternelle lui avait envoyé.

— O mon Dieu ! s'écria-t-elle, celui entre les mains de
qui tu m'avais remise ici-bas m'a répudiée et a voulu
briser ma vie temporelle. Dans ce moment suprême, je
t'adressai une dernière invocation, et jurai de vivre et de
mourir pour toi ! Tu m'as miraculeusement arrachée à une
mort inévitable ; à partir de cet instant je te suis donc
entièrement consacrée ; tous les biens qui m'attachent à
la terre sont détruits ; je n'appartiens plus qu'au ciel ;
que le reste de mes jours te soit donc dévoué, ô mon
Père ! Inconnue aux hommes, et loin des vains plaisirs du
monde, que ma vie s'écoule au milieu de la solitude dans
ta crainte et dans la contemplation de ta divine bonté !

Telles étaient les pieuses pensées qui s'emparèrent aussitôt du cœur d'Itha rendue à elle-même, et la sainte résolution qu'elle venait de prendre répandit bientôt dans son
âme une douce satisfaction et la plus pure sérénité. Une
réflexion s'empara pourtant d'elle : — S'il m'avait fallu à
l'instant même comparaître devant le tribunal de Dieu,
avec quelles bonnes actions m'y serais-je présentée, disait-elle, et où serais-je maintenant ? — Et le souvenir de
quelques imperfections qu'elle n'avait jamais aperçues
au milieu des richesses et de l'abondance lui fit verser des
larmes amères. Dans son repentir, elle s'écria : — O mon
Père céleste ! pardonne-nous à tous les péchés que nous
avons commis ; ô mon Dieu ! tu nous l'as promis, pourvu
que nous pardonnions nous-mêmes les offenses dont nous
avons été victimes ; pour moi, confiante en toi, je pardonne de tout mon cœur à mon Henri les injures et les
maux qu'il m'a fait souffrir ; ce n'est qu'un homme, et il a
été trompé, car autrement il ne se serait pas rendu cou-

pable d'une pareille action. Je pardonne encore à ceux qui ont abusé son esprit généreux et qui m'ont calomniée; assurément ils ne savaient pas eux-mêmes ce qu'ils faisaient. Pardonne-leur donc, ô mon Dieu! et surtout oublie mes fautes et mes péchés, comme j'oublie les offenses qu'ils ont commises à mon égard. Délivre-moi de toute tentation dangereuse, et que ta bonté paternelle éloigne de moi toute occasion de péché!

Ainsi le seul secours qu'Itha invoquait dans son malheur était la bonté de Dieu, et la prière faisait toute sa consolation. Plus d'une fois, elle tourna ses tristes regards vers le noble château de Toggenbourg qui dominait la contrée, et elle se figurait les remords qui devaient entrer avec la réflexion dans le cœur du comte qu'elle avait connu si tendre et si bon; elle se représentait aussi la tristesse de ses bons serviteurs qui lui étaient si sincèrement attachés, et qui sans doute versaient bien des larmes sur son sort, et adressaient au ciel bien des vœux ardents pour son bonheur éternel. Ces pensées lui apportaient quelque consolation; pleine de confiance en Dieu, elle se résignait aisément à sa destinée si malheureuse aux yeux du monde; car, si elle était entièrement privée des biens temporels, elle possédait en elle des trésors célestes bien plus précieux; sa conscience était pure, et elle sentait son cœur rempli de la grâce divine qu'elle n'aurait pas échangée contre la vie la plus heureuse dans le plus magnifique château.

XII

ITHA CHERCHE UNE RETRAITE.

Ne voulant pas rester dans le voisinage du château, dans la crainte d'être promptement découverte, et par conséquent détournée de la résolution qu'elle avait prise

et que le ciel avait acceptée, et redoutant aussi de nouveaux tourments et des traitements plus cruels encore,
Itha se leva, et, s'abandonnant à la Providence, elle
s'enfonça dans la profondeur de la forêt, marchant au
milieu de fourrés épais et obscurs, où jamais peut-être,
un pied humain n'avait laissé de traces, et avançant au
milieu de tous les obstacles avec une facilité dans laquelle la protection divine se montrait pour elle aussi
évidente que lorsqu'elle l'avait soutenue et gardée saine
et sauve dans sa chute. Elle avança ainsi au milieu de
ces taillis, qui semblaient se refermer derrière elle pour
rendre sa retraite impénétrable jusqu'à ce que le coucher
du soleil, et l'obscurité qui le suivit promptement, la
missent dans l'impossibilité de continuer sa marche.

Voilà donc cette innocente comtesse, dont la jeunesse
fut entourée de soins et d'égards, qui comme une fleur délicate, fut toujours préservée de tout vent rude ou nui-
sible, qui, pendant toute sa vie, fut habituée à toutes les
recherches de l'opulence et servie avec empressement,
la voilà seule au milieu d'un lieu sauvage où, en place de
riches appartements garnis de chauds tapis, elle n'a-
perçoit que la triste lueur du crépuscule, que des sapins
noirs et de vieux hêtres, que des rochers âpres et des
buissons épineux entrelacés les uns dans les autres. Elle,
qui pouvait s'occuper à son gré et se reposer sur de soyeux
coussins, elle ne voyait plus autour d'elle que des fragments de rocs et de vieux troncs dépouillés ; pour rem-
placer sa table somptueusement chargée de mets savoureux, elle n'avait pas même de l'eau fraîche pour étancher
sa soif, et, si elle en avait trouvé, elle n'avait pas de vase
pour en puiser. Chaque soir, un lit moelleux lui offrait
un doux repos qui lui faisait oublier les soins de la journée et lui rendait des forces nouvelles pour le jour suivant. Maintenant elle n'a, pour reposer ses membres fatigués, que la terre dure et froide, et, au lieu de domestiques empressés qui attendaient ses ordres et s'étudiaient
à prévenir ses désirs, elle n'entend autour d'elle que les
animaux sauvages, dont les cris la font frémir d'effroi.

La nuit étendit pourtant son obscurité sur la terre, et Itha, cette âme pure et timide, se trouva seule au milieu d'une immense forêt, sans nourriture, sans abri, sans un lieu de repos, privée de tout ce qui était nécessaire à son corps épuisé et à son cœur affligé. Itha, cependant, souffrait toutes ces douleurs parce qu'elle avait préféré son propre malheur à celui de son prochain ; car si elle avait découvert à Henri les criminelles tentatives de Dominico, elle n'aurait jamais eu à supporter tous les malheurs qui l'accablaient. Mais comme elle était douée d'une vertu héroïque et d'une charité vraiment chrétienne, elle ne demanda pas la perte de Dominico, et ne voulut comme le Seigneur, que la conversion et la pénitence du pécheur ; en retour de sa douceur et de sa bonté, elle n'avait reçu que la persécution, récompense trop ordinaire de la vertu dans ce monde. Aussi sentait-elle l'accomplissement de cette sainte promesse de Dieu : « Tous ceux qui souffriront la persécution pour la justice, non-seulement jouiront des joies célestes après cette vie temporelle, mais ils goûteront encore sur la terre, dans les consolations intérieures, la vraie satisfaction et la félicité divine. »

Dans cette douloureuse situation, où la prudence humaine n'aurait vu que désespoir et mort inévitable, la pieuse et confiante Itha sut prendre son parti courageusement. Déjà, entourée des ombres de la nuit, elle pensa de nouveau à son Henri, pour lequel elle ne sentait toujours que de la tendresse, et elle éloigna de son cœur toute pensée d'inimitié, en priant de nouveau Dieu de lui pardonner, ainsi qu'à tous ceux qui avaient pris part à ses malheurs. Se recommandant encore une fois à la protection divine, elle se jeta sur la terre, épuisée de fatigue. Semblable à l'Homme-Dieu, elle n'avait pas où reposer sa tête ; mais l'assistance du ciel vaut mieux que toutes les richesses de la terre, et sa protection est plus puissante que les châteaux-forts et les plus vaillantes armées. Un doux sommeil ferma les yeux d'Itha, tandis qu'une pénible insomnie pesait sur tous les habitants du château de Toggenbourg, agitant les innocents d'inquié-

tude et de tristesse, accablant les coupables sous le poids
des plus cuisants remords. Les cris des animaux carnas-
siers cessèrent de retentir dans la forêt, et aucun d'eux
n'osa troubler le repos d'Itha, car autour d'elle veillaient
les saints anges du Seigneur.

XIII

ITHA DANS LA SOLITUDE.

Au lever de l'aurore, Itha sortit de ce sommeil forti-

fiant, et sa première pensée fut, comme toujours, un acte
de remerciment élevé vers le ciel; toutefois, ce jour-là,

sa prière avait un caractère inaccoutumé de solennité. Les nombreux oiseaux réunis dans ce bocage accompagnaient ses actions de grâces de leurs douces mélodies, et, bien que la prière qu'elle adressait à Dieu fût prononcée à voix basse, elle semblait comprise par les plus petits d'entre eux, et on aurait dit que les louanges du Seigneur étaient répétées au milieu du feuillage par un chœur de ces vierges pieuses qui consacrent dans la solitude leurs tendres voix à la gloire du Très-Haut. Il n'y avait aucun arbre, aucun rameau, aucun buisson qui ne servît d'asile à ces chantres du matin, en sorte qu'ils paraissaient s'être réunis là pour fêter l'avénement de la nouvelle hôtesse de la forêt et pour la consoler en lui disant :

— Regarde-nous, faibles et ignorants oiseaux que nous sommes, et apprends à connaître la sollicitude paternelle du Tout-Puissant qui daigne pourvoir à tous nos besoins. Nous ne semons et ne moissonnons rien, nous n'avons pas de provisions amassées dans des granges, et cependant la bonté divine veille à ce que nous ne soyons pas dépourvus des aliments nécessaires à notre vie. Pourquoi donc cette même puissance et cette même bonté ne viendrait-elle pas à ton secours, pourquoi ne te conserverait-elle pas, toi bien plus chère et bien plus précieuse à ses yeux ?

Ranimée par ses pieuses inspirations, Itha se leva et s'occupa de chercher un lieu qu'elle pût approprier pour en faire sa demeure. Non loin de l'endroit où elle avait passé la nuit, un ruisseau limpide coulait du haut d'un rocher, au pied duquel se trouvait une clairière assez large, couverte de gazon et de mousse et renfermée entre de touffus sapins. Itha résolut de rester là et d'y construire une petite hutte sous le plus épais de ces arbres, dont les branches inclinées touchaient presque la terre. Mais comment une faible femme, une noble comtesse pourra-t-elle construire un simple abri avec ses mains délicates, sans le secours d'aucun instrument ! *La nécessité apprend à prier*, dit un vieux proverbe allemand ; *elle enseigne également à travailler*. Itha ne perdit pas un instant dans l'inquiétude et l'indécision ; mais fortifiée par sa prière matinale et par la confiance qu'elle plaçait dans le secours de Dieu, elle chercha à réunir les matériaux nécessaires à sa construction, et alla ramassant de tous côtés des branches sèches, des rameaux verts, des feuilles, des écorces, si bien que, dès le premier jour, elle avait amoncelé au pied de son vieux sapin un dépôt assez considérable de toutes ces provisions.

Après un travail aussi rude et aussi nouveau pour la malheureuse comtesse, il était naturel que le besoin de nourriture se réveillât en elle, et bientôt il devint extrêmement pressant. Itha qui, dès le matin, en voyant voltiger joyeusement les oiseaux de la forêt, avait puisé une confiance sans bornes dans la bonté du Créateur, recourut à lui dans cette nouvelle nécessité, et, quand elle eut achevé son oraison, elle se sentit aussi assurée sur ses besoins que si elle eût vu devant elle une table abondamment servie. Conduite par la main de Dieu, elle marcha au hasard et se trouva bientôt sur un terrain incliné et exposé au soleil du midi, où mûrissaient en grande abondance les plus belles fraises qu'elle eût jamais vues. Bien que son corps eût besoin de nourriture, elle commença par élever son âme reconnaissante vers celui à qui elle devait évidemment cette précieuse découverte : — O Dieu tout-puissant et miséricordieux ! s'écria-t-elle, jamais dans mon château je n'aurais appris aussi bien que dans cette solitude à connaître toute l'étendue de votre divine sagesse et l'immensité de vos bienfaits. Oui, Seigneur, vous êtes miraculeux dans vos décrets et plus miraculeux encore est votre amour infini pour les créatures.

Telles étaient les pensées qui remplissaient l'âme d'Itha, lorsqu'elle s'inclina, pleine d'une douce satisfaction, vers ces précieux dons de Dieu. Un peu plus loin, elle découvrit encore des racines potagères en très-grande quantité, et se trouva ainsi pourvue d'aliments pour plusieurs jours. Ce simple repas, préparé par la prévoyance de Dieu, lui parut mille fois plus savoureux que les mets de la table seigneuriale, préparés avec tout l'art des cui-

siniers. Combien les actions de grâces qu'Itha adressa au
ciel après ce premier repas furent ferventes ! Puissent tous
les hommes reconnaître, comme elle le faisait, tous les
présents de Dieu, et ne pas les profaner par de coupables
abus ! qu'ils en jouissent toujours avec un cœur aussi reconnaissant que le sien, et la bénédiction divine descen-
dra sur eux comme une précieuse rosée.

Itha, fortifiée par cette nourriture, consacra encore le
reste de la journée au travail, et la nuit tombante la
trouva occupée à ranger et disposer tous les matériaux
qu'elle avait réunis. Ses membres endoloris éprouvaient un grand besoin de repos, mais Itha ne pouvait terminer autrement que par une ardente prière ce premier
jour passé dans sa nouvelle demeure et pendant lequel la
protection céleste s'était si manifestement révélée à elle ;
ce ne fut donc qu'après s'être pendant quelque temps
agenouillée en présence de son Dieu, qu'elle se livra au
sommeil au pied de son vieil arbre, où elle avait déjà préparé, pour reposer sa tête, un oreiller composé de tendres
rameaux de sapin et de mousse sèche. Ainsi le sommeil
ferma les paupières d'Itha pour la seconde fois depuis
qu'elle n'avait plus d'autre appui dans le monde que sa
confiance dans la Providence.

Le jour suivant, le soleil ne se leva pas aussi radieux
que la veille derrière les hautes montagnes des Alpes ;
l'aurore était sombre et semblait annoncer une journée
pluvieuse. Itha cependant se réveilla aussi remplie de
calme et d'un doux contentement; après avoir terminé
avec son recueillement habituel sa prière du matin, dans
laquelle elle appela la bénédiction divine sur elle-même
et sur le travail auquel elle allait se livrer, elle commença
la construction de sa petite cabane.

D'abord, elle fixa en terre, aussi droit et aussi solidement qu'il lui fut possible, de fortes branches qu'elle lia
par le haut avec les rameaux pendants de son vieux sapin,
qui étaient assez serrés pour former une espèce de toit ;
elle remplit ensuite l'espace qui se trouvait entre ces pieux
avec des branches moins longues, entrelacées les unes

dans les autres et attachées avec l'osier et d'autres plantes flexibles; ainsi, elle vit, à sa grande joie, les quatre
murailles s'élever l'une après l'autre, et bientôt elle se
trouva enfermée de tous côtés. Il est vrai qu'au commencement cette nouvelle habitation était bien peu solide et
que le treillage dont elle était composée était loin d'être
suffisamment serré ; mais chaque jour ce travail devenait
plus parfait, car Itha entrelaçait constamment de jeunes
rameaux avec ceux qui étaient déjà placés, et elle rem-
bourrait les parois de sa hutte avec de la mousse et de l'é-
corce, jusqu'à ce qu'elle fût en état de l'abriter complète-
ment contre les atteintes du vent. Quant au toit, qu'une
pluie forte et prolongée pénétrait facilement, d'abord elle
parvint à le garnir tellement de fortes branches placées
régulièrement et sur un plan incliné, que, lorsque l'automne amena les premiers froids de la saison rigoureuse,
cette demeure agreste pouvait parfaitement protéger celle
qui l'habitait contre la pluie et le vent, la neige et toutes
les bourrasques de l'hiver. Dans la paroi qui regardait au
midi se trouvait une ouverture assez élevée qui laissait
pénétrer le jour et la chaleur bienfaisante du soleil. Au-
dessous était pratiquée une ouverture plus grande et destinée à servir de porte ; elle était si basse que, pour entrer ou sortir, il fallait se courber beaucoup et écarter
chaque fois des branches qui se croisaient, et qui, repre-
nant d'elles-mêmes leur place par l'effet de l'élasticité,
fermaient immédiatement l'entrée.

C'était donc dans cette misérable demeure, qui n'avait
pas même, à proprement parler, de porte ni de fenêtre,
au milieu d'une forêt sauvage et loin de toute société, que
faisait maintenant sa demeure cette jeune et noble comtesse qui, quelque temps auparavant, était souveraine d'un
vaste comté, habitait un magnifique château et commandait à de nombreux domestiques qui l'adoraient presque
comme une divinité. Mais l'innocence respire plus à l'aise
dans la plus misérable cabane, au milieu de la solitude,
que dans les plus magnifiques palais, où elle se voit en
butte aux tentatives du crime; aussi Itha éprouvait bien

plus de satisfaction dans sa chétive habitation que dans les derniers temps de son séjour au château de Toggenbourg. La petite croix qu'elle avait formée de deux bâtons liés ensemble, et qu'elle avait attachée dans l'intérieur de sa hutte, lui rappelait à chaque instant l'ineffable amour de son Sauveur, sa vertu sublime et les grandes douleurs qu'il a éprouvées; il lui semblait qu'elle l'entendait lui crier, du haut de l'instrument de son supplice, que c'était aussi par des souffrances supportées avec résignation dans ce monde qu'elle obtiendrait de jouir auprès de lui des éternelles délices que le ciel réserve aux élus. Au dehors de sa cabane, Itha avait aussi élevé une croix plus grande, au pied de laquelle elle venait faire, à genoux, ses méditations, lorsque le temps le permettait. Le signe de la rédemption était donc pour cette pieuse solitaire le guide constant dans le chemin du ciel et la plus puissante consolation dans les peines de cette vie ; elle aurait la même vertu pour tous les hommes, s'ils savaient se conformer aux intentions paternelles du Créateur.

La patience qu'Itha déployait dans ses souffrances et la résignation avec laquelle elle acceptait les adversités ne l'empêchaient pas de profiter de tous les moyens que Dieu lui suggérait pour fortifier son corps et pour le conserver au service de son Créateur. Entre autres soins de ce genre, elle ramassa une très-grande quantité de mousse fraîche qui croissait de toutes parts dans la forêt, et s'en forma un lit, après l'avoir fait sécher au soleil. Mais où trouvera-t-elle la nourriture nécessaire pour un long hiver, durant lequel la terre, gelée et couverte de neige, reste pendant plusieurs mois sans porter aucun fruit? Cette pensée aurait pu inquiéter gravement Itha, si, portant trop sa confiance dans la bonté divine, elle avait passé l'été dans l'oisiveté, sans songer à se prémunir contre les rigueurs et les privations de la mauvaise saison; mais Itha, toujours soigneuse et prévoyante comme une bonne mère de famille, s'était, dès le commencement de l'été, occupée de se préparer aux froids qui devaient venir. Elle avait ramassé une grande quantité d'airelles [1], à mesure qu'elles approchaient de leur maturité, et les avait fait sécher au soleil; elle parvint aussi à conserver des fraises de cette manière. Plusieurs plantes lui fournissaient des racines épaisses et savoureuses, qu'elle retirait soigneusement de terre à l'aide d'un bâton pointu, et qu'elle faisait également sécher pour les conserver pour l'hiver. Les poires sauvages, les mûres, qu'elle trouvait au milieu des buissons épineux, et les belles prunelles bleues, qui mûrissent un peu plus tard, lui fournirent également une nourriture abondante, et elle fit de ses aliments une si ample provision que sa hutte devint trop petite pour contenir tout ce qu'elle avait ramassé. Elle pouvait donc voir sans crainte l'approche de l'hiver, car elle avait de quoi fournir aux besoins du corps, elle avait un logement pour la défendre contre les intempéries de la saison, et son âme confiante se remettait pour le reste aux soins bienveillants de la divine sagesse.

Même pendant l'hiver, Itha ne voulut pas rester oisive; elle avait en effet beaucoup de choses utiles à faire, son industrie devait suppléer aux instruments, aux vases, à tous les objets qui lui manquaient; d'ailleurs elle savait qu'un travail convenable est fort utile à la santé. Elle avait, durant l'automne, recueilli beaucoup de mousse tendre et beaucoup de brins d'osier et de baguettes flexibles; à l'aide de pierres pointues et tranchantes qu'elle avait ramassées, elle détachait l'écorce des troncs d'arbre, et la faisait tremper dans l'eau pour en enlever de tendres fibres, qu'elle faisait ensuite sécher à l'air. Quand la température le permettait, elle s'asseyait au soleil et utilisait tous ces matériaux; elle était parvenue à former, avec la mousse tendre et les filaments les plus mous qu'elle trouvait dans l'écorce, une espèce de tissu dont elle fit des couvertures pour se garantir du froid; elle tressa aussi de jolis paniers avec son osier, et creusa avec des pierres

---

[1] Airelle ou myrtille, arbrisseau de la famille des bruyères, à baie molle, noire. C'est une espèce de raisin des bois.

aiguës des morceaux de bois dans lesquels elle puisait l'eau de ses repas. La nécessité lui avait appris à fabri-

quer elle-même un grand nombre d'ustensiles grossiers qui lui rendaient les plus grands services.

Au milieu de ces occupations, le souvenir de ses bons parents venait souvent émouvoir son cœur, et elle éprouvait pour eux une vive reconnaissance, lorsqu'elle se rappelait les sages conseils qu'elle avait reçus d'eux. Elle croyait encore les entendre dire : — Apprenez tout ce que vous pourrez, mes chers enfants, car on ne sait pas ce que l'on peut devenir et ce dont on pourra avoir besoin. Accoutumez-vous à aimer le travail ; il vaut mieux à lui seul que tous les trésors du monde, car nous pouvons perdre facilement nos richesses, et ce n'est qu'un labeur continuel qui peut assurer notre existence. — Itha recon-

naissait maintenant toute la sagesse de ces avis, que les
parents prudents ne peuvent trop répéter à leurs enfants.
Si, dans sa jeunesse, elle eût méprisé ces conseils et eût
trop compté sur la fortune qui lui semblait assurée; si
elle eût passé son temps au milieu des divertissements, au
lieu de le consacrer à l'étude des choses utiles, elle aurait
infailliblement péri dans la forêt sauvage où elle se trouvait
abandonnée. On ne peut donc s'appliquer trop tôt aux
études de toutes sortes, car souvent il arrive que notre
industrie et nos connaissances peuvent seules nous garantir de la misère ou même de la mort.

Cependant il arrivait quelquefois qu'Itha restait plusieurs jours et même des semaines entières sans pouvoir travailler, à cause du froid continuel et excessif; ce
n'était même qu'à grand'peine qu'elle pouvait conserver,
au milieu de la couche épaisse de neige qui couvrait la
terre, un sentier pour aller à sa source qui, heureusement, ne gela jamais entièrement. Elle consacrait ces
jours rigoureux à une simple contemplation, et s'occupait
uniquement à méditer sur les grandeurs et la bonté de
Dieu. Sa croix lui rappelait le sacrifice du divin Sauveur qui a voulu verser tout son sang pour les hommes,
et son cœur religieux était tellement rempli de ces pieuses
pensées, qu'elle oubliait souvent de puiser dans ses corbeilles sa nourriture corporelle. Dans tout ce qui l'entourait, même au milieu de la désolation de la nature,
elle trouvait matière à de saintes réflexions : un léger
flocon de neige, une goutte d'eau glacée qui brillait sur
les buissons dépouillés, étaient à ses yeux d'aussi grandes
merveilles et d'aussi précieux dons de la toute-puissance
divine que les fleurs du printemps ou les fruits de l'été ;
ainsi tout excitait son âme à la louange et à l'adoration
du Très-Haut. Avec quel bonheur n'accueillait-elle pas
ensuite les premiers beaux jours du printemps, quand
elle voyait les arbres revêtir leur verdoyante parure, et
toute la nature se ranimer aux vivifiants rayons du soleil !
Sa ferveur et sa piété s'accroissaient à la vue de l'herbe
qui couvrait la terre, des feuilles qui s'épanouissaient sur

les rameaux et dans les fleurs odoriférantes dont se paraient les tendres tiges ; une douce gaieté, une force nouvelle s'emparaient de son cœur à ce ravissant spectacle, et Itha se croyait presque entourée des célestes délices ; de sorte qu'on pouvait avec raison lui appliquer ces belles paroles du prophète Isaïe : *Le Seigneur transforme leur désert en paradis et leur solitude en jardin de Dieu ; la joie et le bonheur y habitent, et l'on n'y entend retentir que des hymnes de reconnaissance et des cantiques.*

Il y avait cependant une privation qui pendant longtemps causa à la pieuse solitaire de profonds regrets ; c'était l'impossibilité où elle était d'assister aux prières de l'église, de s'associer au divin sacrifice et de participer aux sacrements de grâce et de sanctification. Mais elle se consola en considérant chaque point de sa forêt comme un temple élevé à la grandeur de Dieu, que chaque saison ornait des plus magnifiques ouvrages de sa toute-puissance. Elle apprenait ainsi à adorer le Créateur dans les ouvrages de ses mains, et, comme ses prières apportaient toujours à son cœur des consolations intérieures et le remplissaient d'une grâce abondante, elle comprit que les pieux sacrifices de sa dévotion étaient acceptés au ciel ; cette communion spirituelle remplaça pour elle celle que l'on trouve à la sainte table de la divine Eucharistie ; et le temple de la nature lui sembla la plus magnifique basilique que l'on pût consacrer à la gloire du Seigneur. Elle pouvait se passer de tout secours humain, car les consolations célestes remplissaient son âme, adoucissaient chacune de ses souffrances et maintenaient son esprit calme et serein. Bien des heures, des jours, des mois et des années s'écoulèrent dans cette vie misérable et solitaire pour tout le monde, mais presque bienheureuse comme celle du ciel, car les pensées d'Itha étaient toutes à Dieu, et son esprit s'unissait dans l'adoration continuelle du Seigneur aux chœurs divins des séraphins et des saints.

XIV

LE COMTE HENRI DE TOGGENBOURG.

On était loin de jouir de cette paix et de cette douce
félicité au château de Toggenbourg. Lorsque la colère de
Henri se fut dissipée, la froide raison reprit son empire
sur son cœur, et il se fit d'amers reproches sur la précipitation qu'il avait mise à condamner Itha. — Si ce n'est pas
une épouse coupable, se disait-il, que j'ai moi-même
immolée avec tant de barbarie, de quel crime épouvantable ai-je chargé ma conscience, et quelle horrible vengeance son sang innocent ne réclamera-t-il pas au sévère
jugement de Dieu! — La pensée que le crime était évident,
que le châtiment n'était que trop bien mérité, ne venait
que par instants tranquilliser son esprit, puis les remords
et les scrupules reprenaient aussitôt leurs droits, et il
entendait une voix intérieure qui lui répétait : Tu ne peux
et ne dois condamner même le plus humble de tes sujets
sans l'entendre dans sa justification, et c'est ton épouse
elle-même, cette Itha qui te fut autrefois si chère, que tu
as illégalement vouée à la mort. Ta propre main s'est
chargée d'exécuter cette sentence barbare! Si cependant
elle était pure du crime que tu lui reprochais, quelle punition ne dois-tu pas attendre de la justice divine, dans
l'éternité?... Telles étaient les pensées qui torturaient
constamment l'âme de Henri, et qui lui reprochaient sans
cesse son aveugle emportement.

Dominico était trop clairvoyant et connaissait trop bien
le caractère de son maître pour ne pas lire dans son cœur
et pour ne pas pénétrer les scrupules qui l'agitaient;
il craignait même quelquefois que la réflexion ne vînt à
convaincre le comte de l'injustice qu'il avait commise, et
que sa propre perte ne fût la suite de cette découverte.
Aussi chercha-t-il par tous les moyens à s'insinuer plus

avant dans la confiance de son maître, pour avoir l'occasion d'assurer la victoire qu'il avait remportée. Henri, qui avait besoin d'épancher les chagrins qui le déchiraient dans un cœur qui lui fût dévoué, choisit Dominico pour le confident de ses peines intérieures. Cet infâme scélérat, malgré tous ses efforts, ne pouvait fournir au comte des consolations durables, car, lors même qu'il parvenait à colorer sa cruauté de l'apparence d'une légitime punition, il ne pouvait réussir à calmer les remords qui tourmentaient Henri. L'astucieux serviteur épuisait son adresse et son éloquence à rappeler au comte toutes les circonstances qu'il savait adroitement grouper, de manière à ne laisser aucun doute sur la culpabilité d'Itha :
— Comment, disait-il, Kuno se serait-il trouvé possesseur de la bague, s'il ne l'avait tenue de la comtesse ? comment aurait-il osé s'en parer publiquement, si, dans son aveugle passion, il n'avait compté sur la protection de sa complice ? pourquoi, enfin, aurait-il, en mourant, invoqué avec tant d'ardeur le pardon de Dieu, s'il n'avait été coupable du crime qu'on lui reprochait ?

Ces raisonnements et beaucoup d'autres du même genre réussissaient à peine à tranquilliser Henri pour un moment. Toujours et toujours plus poignante revenait cette pensée : Je l'ai condamnée, je l'ai tuée sans l'entendre. Cette terrible image, qui le poursuivait la nuit et le jour, détruisit toute joie et tout bonheur dans son cœur, et altéra peu à peu les traits de son visage, autrefois si nobles et si réguliers. Souvent il croyait lire dans les yeux de ses serviteurs les justes reproches qu'ils lui adressaient intérieurement, et il fuyait avec soin leurs regards accusateurs. Quelquefois son imagination lui représentait l'innocente Itha, comme une sainte entourée d'une clarté céleste et couronnée de l'auréole divine, et alors son âme était en proie aux plus violentes douleurs du repentir ; ou bien il retombait sous l'empire des perfides suggestions de Dominico, et alors il était aussi malheureux et ne s'en reprochait pas moins la précipitation de sa vengeance.

Personne, depuis le fatal événement, n'avait pénétré
dans la chambre d'Itha; Dominico lui-même s'en éloignait avec terreur, car il n'était pas toujours exempt des
remords et des tourments qui commencent ici-bas la punition du méchant. Pour le comte, le séjour même de
Toggenbourg lui devint insupportable, car chaque pas
qu'il faisait dans ce château, devenu si triste et si désert,
lui rappelait trop cruellement son bonheur passé. Il s'é-
loignait donc de cette demeure et allait visiter ses voisins,
ou de préférence ses amis éloignés, cherchant une dis-
traction à ses chagrins dans les voyages, les parties de
chasse et d'autres dissipations bruyantes.

Il voulut, avant de s'éloigner, prévenir les habitants de
Kirchberg, des malheurs de la maison de Toggenbourg,
mais il n'était pas sans inquiétude sur la manière dont il
devait présenter ces événements et justifier sa conduite.
Ce fut encore Dominico qui se chargea de ce soin; il fit
savoir aux parents d'Itha les accusations auxquelles elle
avait été en butte, et les leur rapporta comme des faits
positifs, appuyés par des preuves évidentes et rendus plus
incontestables encore par les aveux complets de l'écuyer
Kuno, son complice. Le comte, ajoutait-il, ne pouvait,
pour l'honneur de son nom et dans l'intérêt de la justice,
laisser impunie cette infâme conduite, et il avait dû,
quoique bien à regret, laver dans le sang de sa coupable
épouse la tache faite à l'écusson de sa noble famille ; ·
après avoir accompli ce triste et rigoureux devoir, il avait
quitté son comté et cherchait dans les voyages et près de
ses amis l'oubli de ses souffrances. Les habitants de
Kirchberg reçurent avec la plus profonde douleur ces
terribles nouvelles; ils rougirent d'indignation, en apprenant sous le poids de quelle accusation avait suc-
combé leur bien-aimée Itha, mais ils ignoraient que le
récit qui leur parvenait était mensonger, et, lors même
qu'ils l'auraient su, ils n'avaient pas assez de puissance
pour songer à tirer vengeance du comte de Toggenbourg.

On s'imaginera facilement comment Dominico, cet
homme sans honneur, se comportait au château de Tog-

genbourg dont Henri l'avait laissé le maître absolu pendant son absence. Lui aussi avait besoin de distractions, et il les cherchait dans des divertissements grossiers, dans des débauches ignobles auxquelles il se livrait aux

dépens de son maître. Celui-ci revenait, après chaque voyage, plus triste, plus abattu qu'il n'était parti, et tout à fait incapable d'observer ce qui se passait dans son château et de veiller aux besoins de son comté. D'ailleurs Dominico savait toujours se rendre nécessaire au comte, captiver sa confiance, et lui faire tout envisager sous le jour qui était le plus favorable à ses astucieux projets.

Ainsi s'écoula le temps à Toggenbourg ; dans son beau château, entouré de ses amis, au milieu des richesses et des plaisirs, Henri était malheureux. Itha, au contraire, vivait tranquille et satisfaite dans sa misérable cabane, au milieu des privations de toute espèce et dans le dénûment le plus complet. Ainsi une conscience pure et sans reproche assure toujours le calme et le bonheur de celui qui la possède, tandis que les remords emplissent d'amertume et empoisonnent tous les plaisirs. Tel est aussi le danger de s'abandonner aux avis perfides d'un conseiller criminel, qui sait l'emporter sur la voix de la conscience et empêcher le retour du pécheur à Dieu.

XV

ITHA EST DÉCOUVERTE.

Peu de temps après la mort de l'innocent Kuno, Dominico avait confié les fonctions de chasseur à un autre
serviteur du château, qui avait été l'ami intime du malheureux auquel il succédait et qu'il avait souvent accompagné à la chasse. Kuno lui avait même raconté toute
l'histoire de l'anneau qui lui fut si fatal. Ce nouveau chasseur parcourait souvent la forêt de Rabenstein, mais la
Providence ne permit jamais qu'il approchât de la retraite
que s'était choisie Itha ; et la comtesse resta ainsi pendant dix-sept années dans la solitude, sous la protection
du ciel, sans que personne en eût connaissance.

Il fallait tout ce temps pour purifier par des épreuves
pénibles et continuelles l'innocence d'Itha de toutes les
souillures de la faiblesse humaine, pour la fortifier par
une prière de tous les instants, afin qu'elle pût briller aux
yeux du monde du plus vif éclat, et annoncer la gloire et
la toute-puissance de Dieu. Il fallait aussi tout ce temps à
Henri pour qu'il trouvât dans les reproches de sa conscience la punition de ses fautes, pour qu'elles fussent
effacées par ses larmes et pour que la miséricorde céleste
lui fût complétement acquise. Enfin, Dieu, dans sa paternelle longanimité, avait accordé tout ce temps à Dominico pour qu'il abandonnât la voie du péché, pour qu'il
amendât sa vie et revînt à des sentiments de religion,
avant que sa honte fût révélée aux yeux des hommes, et
sa perte accomplie sur la terre et pour l'éternité.

Un jour, le chasseur qui remplaçait Kuno partit en
chasse dès que l'aube eut commencé à blanchir l'horizon ;
aussitôt qu'il fut arrivé à la lisière du bois, il lâcha ses
chiens dans les fourrés les plus épais et il se trouva entraîné sur leurs traces jusqu'au centre de la forêt, dans

des profondeurs qu'il n'avait jamais fouillées. Quelle fut
sa surprise en découvrant dans un endroit où la terre avait
été amollie, des traces qui y avaient été imprimées par des
pieds humains! Il ne pouvait concevoir qui avait récem-
ment pénétré dans ce désert âpre et sauvage, où lui-
même, chasseur expérimenté, n'avait pu parvenir qu'avec
des fatigues inouïes. Un coup de sifflet eut bientôt ramené
les chiens à ses côtés, et le chasseur les mit sur la piste de
ces empreintes qui semblaient exister depuis peu sur le
sol; lui-même les suivit. Les chiens, qui allaient en avant,
furent bientôt arrivés sous le vieux sapin où demeurait
Itha. Le chasseur arriva aussi, mais il prit la hutte au premier moment pour un rocher couvert de mousse. Cependant en approchant il reconnut que c'était une habitation
misérable; il pensa d'abord qu'elle appartenait à quelque
pieux anachorète, et il osait à peine regarder dans l'intérieur, au fond duquel Itha, tout effrayée, restait immobile, se recommandant au ciel par une fervente prière.

Lorsque le chasseur plongea ses regards dans la hutte
par la petite ouverture qu'il avait découverte, il aperçut
une créature humaine qui lui parut singulièrement vêtue;
en effet, les habits de la comtesse s'étaient usés à la longue, malgré tout le soin qu'elle avait mis à les conserver,
malgré l'adresse avec laquelle elle les raccommodait au
moyen des fibres les plus délicates des plantes; elle n'en
avait plus à cette époque que quelques lambeaux à peine
suffisants pour vêtir son corps, et qui laissaient ses pieds
et ses bras à découvert. Itha, plongée dans un profond
recueillement, ne vit le chasseur que lorsque celui-ci la
salua d'une manière bienveillante et lui demanda qui elle
était, et s'il pouvait lui rendre quelque service. Elle tressaillit violemment au bruit de la voix humaine, qu'elle
n'avait pas entendue depuis si longtemps, et, le remerciant par un geste silencieux, elle ne savait ce qu'elle devait répondre.

Les privations et les fatigues qu'Itha avait éprouvées
dans sa solitude avaient imprimé leurs traces sur ses
traits, mais sans la défigurer; sa physionomie était tou-

jours pleine d'une expression douce et touchante ; depuis
dix-sept ans, elle présentait les signes d'une vieillesse

respectable ; mais elle n'était point changée au point de
devenir méconnaissable. Dès les premiers regards que le
chasseur avait jetés sur elle, il avait eu la pensée que ces
traits ne lui étaient pas étrangers ; mais il ne savait où il
les avait connus précédemment. A la vue de ces vêtements en lambeaux, mais qui faisaient encore reconnaître
le rang élevé de celle qui les portait, il se disait : — Si
notre bonne comtesse existait encore, ce pourrait bien
être elle ; — puis cette réflexion l'ayant éclairé comme un
trait de lumière, et un examen plus attentif ayant complété sa conviction, il s'écria : — Oui, vous êtes notre
bonne et excellente maîtresse que nous avons tant re-
grettée !..... Comment se fait-il que je vous retrouve vivante au milieu de ce désert, quand, depuis tant d'années,
tout le monde croit que vous êtes au ciel, après avoir
perdu la vie sur ces horribles rochers ?

Itha, qui reconnut aussi son ancien serviteur, voyant bien qu'elle ne pouvait songer à se cacher plus long-temps, lui dit : — Sans doute ma mort paraissait inévita-ble aux yeux des hommes; mais Dieu, à qui mon inno-cence était connue, et qui accueillait dans sa bonté mes ferventes prières, a voulu me conserver saine et sauve. Ainsi, préservée d'un horrible danger par le Tout-Puis-sant, j'ai résolu de lui consacrer le reste de mes jours dans cette solitude. — Le chasseur, qui ne pouvait se lasser de contempler la comtesse, reprit avec le plus profond respect : — Noble dame, votre malheur, aussi grand que peu mérité, m'a fait répandre bien des larmes, ainsi qu'au plus grand nombre de vos fidèles serviteurs; mais je crois pouvoir affirmer qu'il a été plus douloureux encore pour le cœur de votre noble époux, et je ne doute pas qu'il n'emploie aujourd'hui tous les moyens en son pouvoir pour reconnaître hautement votre innocence et réparer l'injustice qu'il a commise à votre égard. J'ai maintenant à porter au château de Toggenbourg une nouvelle aussi heureuse qu'inespérée, et je ne dois y mettre aucun retard. Que Dieu vous protége jusqu'à mon retour! — En prononçant ces mots, il saisit respectueuse-ment la main de la comtesse, qu'il arrosa de ses larmes, et il s'éloigna sans attendre la réponse d'Itha, encore in-décise sur ce qu'elle devait faire, et qui était à peine re-venue du trouble et de l'effroi qu'elle avait éprouvés.

Une crainte surtout tourmentait Itha, c'était celle de ne pouvoir accomplir le vœu qu'elle avait fait de rester séparée du monde et de vivre uniquement pour Dieu. Elle ne savait si elle devait chercher dans la forêt une retraite plus impénétrable, ou attendre l'arrivée d'Henri. Mais la pensée qu'elle ne pourrait se soustraire aux recherches dont elle serait infailliblement l'objet la détermina à res-ter, et elle se recommanda, dans une ardente prière, à la protection divine, qui ne lui avait jamais manqué.

XVI

HENRI VIENT VISITER ITHA.

Le chasseur vola, plutôt qu'il ne courut, jusqu'à Toggenbourg; et ceux des habitants du château qui le virent arriver avec tant de précipitation et franchir toutes les portes sans s'arrêter pour parler à qui que ce fût, ne purent douter qu'il n'apportât une nouvelle importante; mais qui pouvait penser qu'elle concernait la malheureuse Itha? Il demanda aussitôt le comte, et par un hasard heureux, il le trouva seul. Bien que hors d'haleine et qu'il pût à peine parler, il s'écria aussitôt, après s'être respectueusement incliné : — Mon gracieux maître, j'ai à vous raconter un prodige, un miracle à peine croyable, mais que, j'en suis sûr, vous apprendrez avec joie... — Quoi donc? allons, parle, dit le comte. — Monseigneur... votre noble épouse... la comtesse... elle existe... Je l'ai trouvée... Elle est innocente... — Et le pauvre homme, encore tout essoufflé, voulant tout dire à la fois, se répétait et s'embrouillait dans ses paroles. Enfin il conta comment il avait rencontré la comtesse, comment il lui avait baisé la main, comment elle habitait une hutte dans les bois, et comment elle était misérablement vêtue.

Le comte, qui l'écoutait avec un intérêt toujours croissant, ne put cacher la surprise que lui causait ce rapport; mais il dit du ton froid et triste qui ne le quittait plus depuis longtemps : — Il n'est pas possible que la comtesse vive encore après avoir été précipitée du haut de ces rochers. — Puis, bien que son cœur lui dît plus fortement que jamais qu'Itha avait toujours été innocente, il ajouta : — Elle a d'ailleurs subi la juste punition de son crime. — Mais le chasseur, qui était bien certain de ce qu'il avait vu, et qui ne souffrait pas que l'on révoquât en doute

son importante découverte, affirma sur sa tête et sur sa
vie la véracité de son récit. Profitant d'ailleurs de l'occasion qui lui était offerte, il raconta à Henri l'histoire de
l'anneau, telle qu'il la tenait de Kuno, et il fit si bien,
que le comte prit la résolution d'approfondir lui-même
tout ce mystère et d'éclaircir enfin tous les doutes qui le
tourmentaient depuis si longtemps. Il ordonna à son
chasseur de ne révéler à qui que ce fût ce qu'il venait de
lui apprendre, et de le guider immédiatement vers la retraite de la comtesse. Pendant le trajet, Henri sentait son
cœur agité des pensées les plus diverses et les plus rapides. — Que ferai-je, se demanda-t-il, si elle vit réellement
et si elle est innocente ?... et certes, elle est innocente,
si le Ciel l'a conservée si longtemps et d'une manière si
miraculeuse. Mais cependant, si elle est coupable et reconnaît son crime, que devrai-je résoudre? Non... elle
n'est pas criminelle, j'en dois croire la voix de la vérité
qui s'élève si fortement en sa faveur dans mon âme. —
Tandis qu'il était plongé dans ces réflexions, le comte
suivait, presque sans s'en apercevoir, son chasseur à travers des buissons, des broussailles, des fragments de roc
et d'épais taillis. Enfin son guide s'arrêta tout à coup
et lui montra du doigt, en silence, la hutte de la comtesse.

Itha, qui l'attendait avec anxiété, s'aperçut aussitôt de
l'arrivée de Henri ; pleine de respect pour son époux,
elle s'avança à sa rencontre, vêtue de ses misérables
haillons, et le salua avec la douceur et la grâce prévenante
qu'elle montrait toujours autrefois à son approche. Le
comte l'avait immédiatement reconnue, et dès ce premier
coup d'œil, il fut convaincu par le calme de ses traits et
la dignité de sa contenance de la pureté de la malheureuse
Itha, innocence que sa conservation miraculeuse prouvait
déjà suffisamment à ses yeux. Profondément touché et
rempli de confusion par cet accueil amical et tranquille,
il osait à peine lever les yeux sur son épouse et ne pouvait prononcer une parole, tant il était suffoqué par les
sanglots. Il se précipita enfin aux pieds d'Itha, en lui di-

sant : — Pardonnez, oh ! pardonnez-moi, douce et pure victime ! — Et comme elle lui tendait avec douceur ses mains pour le relever, il s'écria : — Non ! vous ne pouvez me pardonner ; je fus trop coupable... vos innocentes mains ne peuvent toucher celles d'un barbare, teintes encore d'un sang irréprochable. L'injustice que j'ai commise est trop grande !... vous dans cet état !... et c'est moi qui vous y ai plongée... ah ! je ne suis plus digne de vous voir, ni de fouler cette terre où Dieu vous a si miraculeusement conservée !... — Et des torrents de larmes s'échappaient de ses yeux.

Toujours indulgente, Itha pleurait avec lui ; elle ne voulait pas souffrir qu'il restât à ses pieds et lui disait : — O mon Henri ! je n'ai jamais conservé de ressentiment contre vous ; je connaissais trop votre bon cœur pour vous croire capable d'une pareille action, si l'on ne vous avait séduit et abusé. Écoutez votre Itha qui vous aime toujours, si vous consentez à l'aimer encore ; voyez, je suis bien portante, Dieu m'a conservé, avec la vie, mon contentement intérieur et ma sérénité ; aujourd'hui, que je vous revois enfin, je voudrais vous trouver aussi heureux et aussi consolé que moi. — Mais Henri entendait à peine les paroles d'Itha, et il n'avait pas le courage de la regarder. — O mon Itha ! disait-il, vous avez la candeur et la bonté des anges, et moi, je ne suis qu'un bourreau, un infâme indigne de votre pitié. Votre belle âme peut bien oublier mes torts ; mais Dieu, qui juge chacun suivant ses œuvres et dont la sévère justice atteint toujours le criminel. Dieu pourra-t-il me pardonner ? — Oui, Henri, dit Itha, lui aussi vous pardonnera, car sa miséricorde est sans bornes pour les pécheurs repentants, et son amour s'étend sur tous ses enfants. Ce n'est pas aujourd'hui seulement qu'il oublie vos fautes, et depuis longtemps vos larmes ont effacé vos péchés aux yeux du Créateur. Tout cela, d'ailleurs, n'a pu arriver que par sa volonté ; il savait que ces épreuves nous seraient salutaires. Tous deux heureux dans notre château, au milieu du bonheur et de l'opulence, nous aurions pu l'oublier et abandonner le chemin de la vertu ; notre perte éternelle aurait pu résulter des abondantes bénédictions qu'il répandait sur nous. Sa bonté nous a séparés, afin de nous conserver tous les deux pour le ciel. Nous devons reconnaître sa sagesse infinie, le remercier de ses innombrables bienfaits, le louer et l'adorer sans cesse. C'est encore moi qu'il a le plus rapprochée du ciel en m'amenant dans cette solitude ; ne lui dois-je point bien des grâces ?

Henri ne résista pas longtemps à ces douces et généreuses paroles ; son cœur dut croire à ce qu'il osait à peine espérer, et il fut convaincu enfin qu'il avait obtenu du ciel et d'Itha l'entier pardon de ses fautes. Pressant les mains d'Itha dans les siennes, il les éleva vers les cieux en disant : — Que des grâces éternelles te soient rendues, ô Dieu tout-puissant, pour ta miséricorde infinie et pour cet instant que ta bonté m'accorde et qui est le plus heureux de ma vie ! — Implorant encore une fois son pardon de la comtesse, il lui promit de lui consacrer toute sa vie à lui faire oublier les souffrances que son injustice lui avait causées ; mais, en même temps, il jura qu'une mort terrible le vengerait du monstre qui l'avait poussé à commettre ce crime.

Itha, qui devint toute tremblante et recula d'effroi à ce terrible serment, lui dit avec douceur : — Avez-vous donc oublié déjà, mon cher Henri, combien de regrets ont suivi souvent chez vous les desseins conçus et exécutés dans un moment de colère ! où serions-nous tous, si Dieu avait fait suivre chacune de nos fautes d'une aussi prompte punition ? Vous ne refuserez pas aujourd'hui d'exaucer la prière de votre Itha, et vous vous montrerez miséricordieux, comme Dieu l'a été à votre égard. En vous pardonnant, j'ai pardonné à tous ceux qui m'ont jetée dans ce malheur apparent ; il ne doit donc pas être répandu une seule goutte de sang à cause de moi. Remettez-lui les offenses qu'il a commises à mon égard, et Dieu oubliera celles que vous avez commises envers lui. — Henri ne pouvait rien refuser à la comtesse ni résister à cette pieuse prière, et c'est ainsi qu'Itha sauva encore une fois celui qui avait voulu attenter à son honneur et qui avait conspiré contre sa vie.

Mais l'intercession d'Itha ne fut d'aucune utilité pour Dominico, car lorsqu'il eut appris que sa victime vivait encore, et que le comte était convaincu de l'injustice qu'il avait commise, ce monstre tomba dans le plus complet désespoir. Les crimes dont il avait souillé sa vie ne lui permettaient pas d'échapper à la justice humaine, et depuis longtemps il avait cessé de compter sur la miséricorde divine pour son salut éternel ; ignorant qu'un vrai repentir ouvre les portes du ciel aux plus grands criminels, l'horrible pensée du suicide s'empara seule de son esprit, et, comme tant de scélérats endurcis, il finit une vie criminelle par le plus grand et le plus irréparable des crimes. Par une espèce de justice qu'il se fit à lui-même, il choisit le genre de mort qu'il avait voulu imposer à l'innocente Itha, et se précipita du haut des tourelles du château dans l'abîme qu'elles dominaient, et, comme le ciel, las de ses fautes, ne lui prêta pas le secours qu'il avait envoyé à Itha, son corps fut broyé et déchiré sur les pointes des rocs. Ainsi, les grands coupables préviennent souvent les vengeances de la justice humaine. O vous, âmes faibles et malheureuses, qui avez des fautes à vous reprocher, arrêtez-vous donc sur le penchant de l'abîme ; car, si vous vous abandonnez aux perfides séductions du vice, vous commencerez peut-être vous-mêmes votre punition éternelle en cherchant le plus épouvantable trépas !

XVII

ITHA RESTE TOUJOURS LA FIDÈLE SERVANTE DU SEIGNEUR.

Henri ne pouvait assez remercier le ciel de lui avoir conservé Itha, et il ne revenait pas de l'étonnement que

lui causait son air de santé et de satisfaction. Une autre
pensée l'occupait aussi fort vivement. Il voulait tenir la
promesse qu'il s'était faite et réparer autant que possible
sa fatale erreur, en reconduisant Itha au château au milieu des honneurs et des réjouissances, en se consacrant
tout entier au soin de lui faire oublier ses souffrances
par le bonheur dont il l'entourerait. Itha prévoyait bien
quelles seraient à cet égard les intentions du comte, mais
elle avait pris d'une manière irrévocable la détermination de se dévouer au service de Dieu et ne voulait plus
être elle-même servie par les hommes ; elle n'hésita pas
à déclarer à Henri le parti qu'elle avait embrassé, car
elle connaissait son cœur et savait qu'il ne lui refuserait
pas son assentiment. — Cher Henri, lui dit-elle affectueusement, il n'est plus en mon pouvoir de vous suivre à
Toggenbourg. Répudiée par le monde et si miraculeusement sauvée par Dieu, je ne me suis plus considérée que
comme étant devenue la propriété de ce tout-puissant
protecteur ; j'ai pensé que je n'appartenais plus à la terre
par aucun lien, et je me suis donnée tout entière au ciel,
j'ai fait vœu de consacrer le reste de mes jours à mon
divin Rédempteur, et de vivre loin du bruit, m'occupant
uniquement de glorifier ce Dieu qui m'a deux fois délivrée. Ce ne pourrait être un avantage pour vous d'arracher au Seigneur celle qui s'est donnée à lui, et ce serait
à moi une coupable ingratitude que de violer ma promesse pour vous suivre au château. J'espère donc de
votre reconnaissance envers le Seigneur que vous ne
chercherez pas à m'arrêter dans l'accomplissement de
mon dessein, et que vous m'aiderez, au contraire, à acquitter les dettes sacrées que j'ai contractées envers lui.

Ces paroles percèrent comme un glaive le cœur du
comte ; mais il ne trouva cependant rien à y opposer, et
la résolution de la comtesse ne fit que la rendre à ses
yeux plus digne de respect et d'admiration. Il reconnut
que vouloir arracher Itha à l'exécution de ses vœux, ce
serait empiéter sur les droits du ciel, et il lui répondit :
— Bien que l'engagement que vous avez pris m'afflige au

delà de toute expression et détruise tous mes projets
d'avenir, je ne puis que le trouver louable et sacré. Repoussée par celui qui devait veiller sur votre bonheur ici-
bas, vous vous êtes jetée dans le sein de Dieu, et vous y
avez trouvé secours et protection. Vous appartenez donc
au ciel, et je n'ai pas de droits sur votre personne. Mais
au moins vous accepterez une demeure plus commode et
plus saine, et une nourriture qui vous permette d'adorer
plus longtemps sur la terre votre divin protecteur ; vous
ne refuserez pas à votre Henri le plaisir de vous procurer
ces adoucissements ; il voudrait pouvoir faire pour vous
mille fois davantage.

— O Henri, reprit la comtesse, rassurée par ces paroles, ce n'est pas dans une habitation plus agréable, ni au
milieu des commodités de la vie, mais bien dans une solitude obscure et loin du bruit, que j'ai juré, depuis dix-
sept ans, de servir Dieu constamment. Laissez-moi donc
dans cette humble retraite continuer ma vie habituelle,
si vous ne voulez m'empêcher d'accomplir ma promesse.
Et, croyez-moi, Henri, c'est l'habitude qui nous rend nécessaires toutes ces commodités, et l'on peut vivre aussi
heureux et aussi content avec la nourriture la plus simple et sous la plus mauvaise hutte qu'assis à une table
somptueuse, dans les plus magnifiques appartements. Si
vous trouvez mon existence malheureuse, je ne crois pas
celle que vous m'offrez plus digne d'envie, habituée que
je suis à une vie dure et solitaire. Laissez-moi donc, je
vous en supplie, manifester dans cet endroit la vive reconnaissance que m'inspirent les célestes bienfaits de la
Providence.

Henri combattit encore cette résolution ; mais la pensée qu'en chassant violemment cette femme si bonne, si
pure et si innocente, il avait perdu tout empire sur elle,
l'empêchait d'insister plus fortement et faisait toujours
couler ses larmes. Itha se montra inébranlable, et même,
comme le déclin du jour annonçait l'approche de la nuit,
elle engagea le comte à regagner son château avant que
l'obscurité l'exposât à quelque accident. Henri renouvela

sa prière, et le chasseur osa même joindre sa voix à celle de son maître, pour engager la comtesse à reprendre son ancien rang ; mais elle répondit toujours que cela ne dépendait plus d'elle, et Henri, se recommandant au saint souvenir de son épouse, se sépara d'elle et reprit le chemin de Toggenbourg, non sans se retourner plus d'une fois vers le modeste ermitage.

Aussitôt que le comte fut arrivé, il fit appeler le chapelain du château, espérant trouver auprès de ce digne ministre de Dieu des conseils et des consolations. Ce fut la première personne devant laquelle Henri ouvrit son cœur sur toute cette affaire si intéressante pour lui. Il lui fit le récit, souvent interrompu par ses sanglots, de toute l'histoire d'Itha, et il s'attendrit surtout en lui dépeignant la bonté avec laquelle elle l'avait assuré de son pardon et la douceur avec laquelle elle l'avait accueilli ; il lui fit part ensuite de l'intention qu'elle avait prise de demeurer dans la solitude, lui exprima combien il était affligé de cette détermination, et lui rapporta tous les efforts qu'il avait vainement tentés pour l'en faire changer. Il pria instamment le saint homme de l'aider à adoucir le sort de la malheureuse Itha, et de lui procurer les moyens de réparer son injustice ; il l'invita aussi à venir, le jour suivant, visiter avec lui la comtesse, car il comptait beaucoup sur l'intercession de ce prêtre respectable pour obtenir l'adhésion d'Itha à ses projets.

Le chapelain consentit très-volontiers à tout ce que lui proposait le comte, et il ajouta ses consolations à celles qu'Henri avait reçues d'Itha ; puis, comme la nuit était déjà avancée, il l'engagea à chercher du repos et du calme dans le sommeil. Henri obéit, mais il put à peine fermer l'œil de la nuit, et aussitôt que l'aurore annonça le jour, il se leva, chercha des vêtements qu'Itha lui avait demandés, et se disposa à retourner dans la forêt. Le chapelain, rajeuni par la joie et le désir de revoir la bonne comtesse, se trouva prêt aussitôt que lui. Le chasseur, qui portait les habits de la comtesse et quelques aliments, leur servit encore de guide, et tous les trois se mirent en route, sans avoir informé personne du but de leur course matinale.

Itha, qui était prévenue de cette visite, s'était aussi acquittée de bonne heure de son premier devoir envers Dieu, et elle achevait sa prière au moment où elle entendit le comte et ses compagnons. Aussitôt qu'elle eut reçu et revêtu les habits qu'on lui avait apportés, elle sortit et salua avec empressement les trois visiteurs; mais elle manifesta surtout une grande joie à la vue de son pieux aumônier. Henri s'étant aussitôt informé si elle avait passé une bonne nuit et si elle avait changé de détermination, elle répondit que Dieu lui avait accordé un repos salutaire, mais que sa résolution était invariable et qu'il n'était plus en sa puissance de revenir sur l'engagement sacré qu'elle avait contracté. Le chapelain, prenant alors la parole, pria la comtesse de lui faire connaître les vœux qu'elle avait faits, pour qu'il lui fût possible d'en apprécier l'étendue. La comtesse, pleine de vénération pour le digne ecclésiastique, lui exposa tout ce qu'elle avait déjà dit à son époux, et ajouta en terminant : — Vous voyez, mon père, qu'une telle promesse est sacrée, et que je ne puis la violer sans offenser Celui envers qui je me suis engagée. — Après y avoir mûrement réfléchi, le chapelain répliqua : — Cette promesse est juste et respectable; elle a sans doute été acceptée au ciel, et vous devez l'accomplir fidèlement. Cependant veuillez prêter l'oreille aux observations que j'ai à vous soumettre, et vous jugerez ensuite vous-même si ce vœu ne peut pas s'accomplir dans un autre lieu que celui que vous avez choisi. Vous avez juré de servir Dieu dans la solitude; mais ne pouvez-vous donc vivre solitaire dans un endroit où vous serez moins éloignée de vos semblables, et où vous pourriez, par conséquent, recevoir leurs secours en cas de nécessité? De même que tous les hommes, vous êtes obligée de conserver votre existence aussi longtemps que vous le pourrez, car plus nous vivons et plus nous pouvons accomplir d'œuvres pieuses pour assurer notre félicité éternelle. Ainsi, non-seulement il vous est permis de vous

rapprocher des humains, maintenant que vous le pouvez
sans danger, mais c'est même un devoir, afin de pouvoir
plus longtemps servir Dieu sur la terre. Quelle est, en
effet, la meilleure manière de le servir? Lui-même nous
l'indique, et vous êtes trop bien instruite de votre religion pour l'ignorer. Rappelez-vous ce que nous lisions
dans le saint Évangile, relativement à un homme qui
s'approcha de Jésus et lui demanda : — Que dois-je faire
pour mériter la vie éternelle? — Jésus lui répondit : —
Aime Dieu par-dessus tout, c'est le premier et le plus
grand des commandements; aime ton prochain comme
toi-même, c'est le second commandement, semblable en
tout au premier, et si tu obéis à ces deux commandements, tu obtiendras la vie éternelle. Plus d'une fois, et
dans d'autres circonstances, l'Homme-Dieu répéta ces
saints préceptes, en disant : — Que les œuvres de charité étaient le plus agréable holocauste que l'on pût offrir
au Tout-Puissant, car il aime surtout que les hommes
fassent beaucoup de bien à leurs semblables. — Vous
ne pouvez, ô respectable Itha, remplir ces obligations
sacrées dans cette solitude, et si vous êtes résolue de
consacrer à Dieu le reste de vos jours, c'est donc aussi un
devoir pour vous de choisir une demeure où vous puis-
siez vous conformer à sa sainte volonté en servant votre
prochain.

Comme Henri n'avait rien trouvé la veille à opposer
aux résolutions d'Itha, celle-ci à son tour n'avait rien à
objecter à des représentations si fondées, surtout en les
voyant appuyées sur la parole claire et précise du Seigneur, qui était pour elle le plus irrésistible des argu-
ments. Henri jouissait déjà de sa victoire; cependant
Itha se remit promptement et repartit : — Malgré les
grandes vérités que renferment vos paroles, et malgré
tout le respect que je professe pour votre opinion, je me
suis, depuis bien des années, accoutumée à ne rien entre-
prendre sans avoir consulté Dieu lui-même dans une fervente prière; je vous demanderai de ne rien décider dans
une question aussi importante sans avoir eu recours au

meilleur des conseillers, et demain je vous ferai connaître le parti définitif qu'il m'aura inspiré. Le chapelain consentit avec empressement à cette dernière épreuve, car il croyait être certain de son résultat, et il se disposa bientôt après à retourner au château, pour laisser à la comtesse le temps de se livrer sans crainte à ses pieuses méditations.

Henri avait aussi, bien qu'à contre-cœur, quitté Itha en même temps que le chapelain, mais en revanche il était le lendemain, dès la pointe du jour, en route avec ses deux compagnons, et ce ne fut pas sans une vive satisfaction qu'il trouva la comtesse décidée à abandonner sa solitude. Il s'informa avec empressement du lieu qu'elle avait choisi pour sa résidence, et où il voulait lui faire construire en toute hâte une habitation commode et agréable.

Itha, qui avait profondément réfléchi sur ce sujet, désigna pour son futur séjour un lieu non loin du couvent de Fischingen ; c'était là, dans une riante prairie, près d'une chapelle consacrée à la mère de Dieu, que la sainte comtesse voulait vivre dorénavant; mais elle déclara de la manière la plus formelle à son époux qu'elle n'accepterait son offre qu'à la condition que la demeure qu'on allait lui construire serait petite, modeste, et ne présenterait que les commodités strictement nécessaires à la vie. Henri dut y consentir, bien qu'il eût mieux aimé faire davantage, et le chapelain s'engagea à surveiller lui-même l'exécution des volontés de la comtesse.

Elle consentit aussi à accepter la nourriture qu'Henri lui enverrait, mais sous cette condition expresse que si elle choisissait pour elle les mets les moins recherchés et partageait le reste aux pauvres, on n'y mettrait jamais aucun empêchement. Tout lui fut accordé sous la recommandation de ne pas trop affaiblir son corps par une rigueur excessive et de conserver sa vie le plus longtemps possible. Itha y mit encore une condition, et ce n'était pas la moins importante à ses yeux : elle voulut que lorsque son logis serait prêt à la recevoir, il n'y eût que le comte, le chapelain, le chasseur et quelques autres anciens serviteurs qui connussent où elle irait se fixer et qui y transportassent ses meubles et ses provisions ; car elle fuyait la vaine curiosité des hommes et ne voulait vivre que pour adorer Dieu ou servir ses semblables. Le comte et le chapelain furent encore obligés de céder à son exigence, bien que d'abord ils y fussent assez peu disposés. Ainsi, tout se trouva réglé, et, grâce à l'intervention de son pieux aumônier, le comte se trouva presque avoir atteint le but qu'il désirait.

Un autre désir s'était entièrement emparé du cœur de la pieuse Itha : depuis longtemps elle avait dû se contenter de son union spirituelle avec Dieu, mais maintenant qu'elle se trouvait rapprochée des hommes et qu'elle rentrait ainsi dans l'église terrestre, elle ressentait avec une grande ardeur le besoin de s'unir visiblement à Dieu dans la divine Eucharistie, après avoir purifié son cœur dans le sacrement de la pénitence de toutes les taches qu'elle y découvrait encore. Elle s'ouvrit au chapelain, en présence du comte, sur cette pieuse soif des sacrements, et le supplia de satisfaire aux vœux de son âme. Le vénérable ministre des autels se prêta avec un grand empressement aux pieuses intentions de la comtesse, et lui proposa de l'entendre ce jour-là même en confession, de manière à ce qu'elle pût recevoir le lendemain matin la très-sainte communion.

Le bonheur dont jouissent les anges peut seul donner une idée du contentement sans pareil qui s'empara de la comtesse à cette proposition. Elle se retira aussitôt à l'écart pour se préparer à recevoir les consolations de la pénitence, qui lui étaient depuis si longtemps inconnues, et appela ensuite le chapelain, pour qu'il accomplît envers elle son pieux ministère.

Le lendemain, ce fut avec le plus profond recueillement qu'elle reçut le saint-sacrement de l'autel, en présence du comte et du chasseur qui avaient encore accompagné le chapelain. Elle trouva dans la présence de son Sauveur une source de grâces tellement abondante, que

les signes évidents en étaient visibles dans toute sa personne, et les témoins de cette scène touchante croyaient
voir briller dans ses traits la céleste béatitude.

Ce jour-là, le comte et le chapelain prolongèrent leur
visite plus longtemps ; ils voulurent visiter l'intérieur de
la hutte d'Itha, et connaître d'une manière plus précise
ses aliments ordinaires. La comtesse leur ouvrit donc sa
demeure, où ils ne purent pénétrer qu'avec beaucoup de
peine, et qui leur offrit le spectacle de la plus complète
indigence. Une pauvre couche composée de mousse, servant de lit pendant la nuit et de siége pendant le jour,
deux couvertures tressées avec beaucoup d'art, des morceaux de bois creusés pour servir de vases, de grands paniers d'écorce pour conserver les provisions et deux jolies corbeilles d'osier composaient tout le mobilier de
cette misérable cabane. La petite croix de bois grossiè-
rement façonnée, que Henri aperçut fixée à l'une des
parois, lui inspira plus de respect et plus de pensées religieuses qu'il n'en avait jamais ressenti à la vue des plus
précieux crucifix de sa chapelle ; il se mit à genoux devant ce signe de notre rédemption, et remercia Dieu qui
avait arraché Itha à la mort et lui avait ainsi assuré à lui-
même le pardon de ses péchés.

Itha leur offrit ensuite un peu de sa nourriture ordinaire, et ces mauvaises baies, offertes par les mains de
cette femme, qu'ils vénéraient tous les deux comme une
sainte, leur parurent plus délicieuses que les mets les
plus recherchés qui eussent jamais paru sur la table du
château. Henri, bien convaincu de l'innocence et de l'inébranlable vertu de son épouse, avait encore mille expli-
cations à lui demander ; il avait appris comment le malheureux Kuno se trouvait possesseur du fatal anneau ;
mais il ne savait pas encore comment il avait été perdu.
Itha lui racontait toutes les circonstances, qui dessillaient
à mesure les yeux du comte et lui faisaient comprendre
tout ce qui lui avait autrefois paru si évident sous un autre
aspect. Dans le cours de son récit, Itha laissa par mé-
garde échapper un mot qui faisait allusion à sa première

aventure avec Dominico. Le chapelain demanda aussitôt des éclaircissements sur ce fait, qu'Itha aurait voulu cacher, dans son désir de ne pas révéler les fautes d'autrui; cependant, par déférence pour les prières du pieux ecclésiastique, elle raconta son aventure avec Dominico dans la forêt et les coupables tentatives de cet infâme criminel. Cette nouvelle circonstance acheva d'éclairer les deux auditeurs, et de leur dévoiler les motifs secrets de cette haine mortelle que Dominico avait vouée à Itha et à son défenseur Kuno.

Cependant le soleil s'approchait de l'horizon : il fallut qu'Itha le fit remarquer à ses hôtes, et les engageât à se mettre en route avant que la nuit n'eût rendu dangereux leur voyage à travers la forêt. Avant de se séparer d'elle, le comte lui demanda la permission de revenir souvent la visiter, tandis que l'on préparerait son nouveau logement, et cette faveur lui fut accordée. Il s'engagea, d'ailleurs, à ne revenir qu'accompagné du chapelain et du fidèle chasseur. Enfin, il fallut se séparer, et, après s'être de nouveau recommandés aux prières de la pieuse solitaire, ses trois amis reprirent le chemin de Toggenbourg, où ils arrivèrent pleins d'une sainte admiration.

XVIII

ITHA PREND POSSESSION DE SA NOUVELLE DEMEURE.

Aussitôt après son retour, le comte réunit tous ses serviteurs dans la grande salle du château ; là il leur annonça que la comtesse vivait encore, qu'elle avait été miraculeusement conservée par la volonté du ciel, et qu'il avait eu le bonheur de la retrouver ; puis, les larmes aux yeux, il proclama hautement son innocence et confessa l'injustice qu'il avait commise à son égard. Des pleurs d'attendrissement coulèrent des yeux de tous les assistants

lorsque leur seigneur les pria humblement de lui pardonner les chagrins qu'il leur avait causés par ses aveugles emportements. Henri désigna ensuite quelques-uns
de ses domestiques qui devaient, dès le matin du jour
suivant, répandre cette heureuse nouvelle dans toute la
contrée, et la porter au couvent de Fischingen. D'autres
écuyers reçurent l'ordre d'aller annoncer cet événement
au château de Kirchberg, et de faire la plus grande dili-
gence pour mettre au plus tôt un terme à la douleur de
cette famille et à la honte que le prétendu crime d'Itha
avait fait rejaillir sur elle. Henri ajouta au message qui
leur apprenait cette heureuse nouvelle quelques mots
dans lesquels il reconnaissait combien sa conduite avait
été coupable, et exprimait l'espoir que les parents d'Itha
ne se montreraient pas plus rigoureux à son égard qu'elle-
même, qui lui avait pardonné ses torts avec une indulgence toute chrétienne. Le lendemain matin, ces émis-
saires partirent pour accomplir leur mission avec une
grande joie, car ils étaient sûrs que la nouvelle dont ils
étaient porteurs serait accueillie partout avec autant de
plaisir que de surprise. De son côté, Henri s'occupait de
faire venir un habile architecte et de réunir les ouvriers
qui lui étaient nécessaires ; il se rendit lui-même à l'endroit où devait se construire l'ermitage, et leur désigna
l'emplacement positif, la grandeur et la destination de la
demeure qu'ils allaient construire. Il employa auprès des
ouvriers les prières et les encouragements de toute espèce pour obtenir d'eux qu'ils fissent la plus grande dili-
gence, et s'engagea à les récompenser généreusement
si leur besogne était promptement achevée. La pensée
que la comtesse vivait, et que c'était pour elle que l'on
construisait cette habitation, suffisait pour doubler le
zèle et l'activité des travailleurs, et la présence continuelle du comte, qui surveillait attentivement tous les
progrès de l'entreprise, contribua encore à en hâter l'a-
chèvement.

Les visites que Henri, accompagné du chapelain, fit à
Itha pendant ce temps, furent toujours de très-courte

durée, car le comte était impatient de la voir établie
dans une demeure plus commode, et il craignait toujours
que son absence ne causât quelque retard à sa construction. En effet, il fit tant par ses soins et ses recommandations qu'elle se trouva entièrement finie avant un mois,
précisément à l'époque où les bons habitants de Kirchberg
arrivèrent à Toggenbourg, en même temps que les mes-
sagers que le comte leur avait envoyés. Ce jour-là, Henri
était, comme à son ordinaire, occupé à faire préparer le
futur logement d'Itha ; il avait fait planter et arranger
un petit jardin, aussi bien que le lui avait permis un si
court espace de temps ; il avait réuni dans la maison des
graines des meilleurs légumes, et il avait fait apporter
une abondante provision d'aliments sains et fortifiants,
pour que la comtesse pût elle-même en profiter et en
faire profiter les indigents qu'elle se faisait une fête de
soulager dans leurs besoins.

Lorsqu'on annonça à Henri l'arrivée des parents d'Itha,
il se hâta de se rendre au château ; mais son cœur agité lui
faisait pressentir d'amers reproches de leur part. Dès
qu'il les aperçut, il se précipita à leurs pieds, les conju-
rant de lui accorder leur pardon, tout indigne qu'il en
fût ; mais contre son attente, les bons seigneurs de Kirchberg se montrèrent tout aussi bienveillants que l'avait
été Itha elle-même. Ils relevèrent le comte en l'assurant
qu'ils avaient entièrement oublié ses erreurs, et le remerciant de l'empressement qu'il avait mis à leur faire
parvenir une nouvelle qui les avait comblés de joie. Leur
première question fut relative à leur chère Itha, et ils
s'informèrent aussitôt de l'époque à laquelle ils pourraient enfin la voir. Avant de leur répondre, le comte,
pour qui les moindres désirs d'Itha étaient des lois in-
violables, fit éloigner tous les assistants, même le chapelain et le chasseur, et leur dit ensuite que leur arrivée lui
était d'autant plus agréable, qu'il avait fixé la journée du
lendemain pour la translation d'Itha dans sa petite maison ;
il était certain que rien ne pouvait être plus agréable à la
pieuse solitaire que de revoir ses chers parents et de venir

en leur société, habiter sa nouvelle demeure. Il ajouta qu'il aurait bien voulu célébrer avec plus de solennité ce changement d'habitation ; mais Itha, toujours modeste et réservée, avait interdit toute démonstration éclatante, et avait exigé que le comte, quand il viendrait la chercher dans la forêt, fût accompagné seulement de l'aumônier du château, du chasseur qui, le premier, l'avait découverte, et d'un second écuyer. Or, comme il se faisait un devoir sacré de respecter toutes les volontés d'Itha et ne voulait jamais lui causer aucune contrariété, il n'avait révélé le jour fixé pour son arrivée à son nouvel ermitage, qui se nommait Au, à personne qu'à ses parents, qui ne pouvaient être compris dans la défense d'Itha et qu'elle devait être si heureuse de retrouver. Henri se mit ensuite à raconter tous les miracles qui avaient marqué l'existence d'Itha dans la solitude ; il ne se lassait pas d'exalter sa piété merveilleuse et ses vertus ; de leur côté, les habitants de Kirchberg écoutaient tous ses récits avec le plus vif intérêt, et il fallut, pour terminer cette conversation, que le digne chapelain vînt les avertir que la nuit était déjà avancée et qu'il était temps de se livrer au repos.

Itha, de son côté, ne cessait de remercier Dieu, qui avait inspiré à Henri des pensées si conformes à ses propres desseins, et qui lui permettait de consacrer le reste de ses jours à soulager les misères de ses semblables ; elle remerciait aussi le ciel de ce qu'après l'avoir si longtemps conservée dans la forêt il avait permis qu'elle fût découverte afin que ses dernières années fussent moins accablées de privations, quand la vieillesse lui ôterait bientôt la force nécessaire pour chercher elle-même sa nourriture.

Bien que Henri eût pris toutes ses précautions pour que les désirs d'Itha fussent ponctuellement accomplis, le ciel en avait ordonné autrement, et le jour où la sainte comtesse quitta sa retraite devait être pour elle un jour de fête et de triomphe ; Dieu, en effet, se trouve glorifié et vénéré lui-même dans les honneurs rendus à la vertu, et il veut que de tels exemples viennent de temps en temps encourager les âmes pieuses à persévérer dans la bonne voie. Malgré tous les soins que le comte avait pris pour cacher son projet, quand il sortit le lendemain matin du château, avec ses compagnons habituels et ses nouveaux hôtes, il trouva à la lisière du bois plusieurs habitants qui le suivirent de loin, avertis par un pieux pressentiment que ce jour-là devait être celui où Itha serait amenée à Au. Ils en aperçurent un grand nombre d'autres sur la route, et lorsqu'ils arrivèrent près de la hutte, ils y trouvèrent un groupe assez nombreux qui les avait devancés, et qui se tenait à distance dans un religieux silence, pour ne pas interrompre la méditation dans laquelle Itha semblait plongée ; mais aussitôt qu'ils virent le comte et ceux qui l'accompagnaient courir vers elle, ils s'y précipitèrent aussi, empressés de revoir leur bonne comtesse, de lui présenter leurs hommages et de la féliciter sur la fin de ses maux. Tous les assistants étaient attendris, et les larmes étouffaient toutes les voix. Au milieu de cette émotion générale, Itha se montrait la plus calme, et ses traits offraient l'image parfaite de l'innocence et de la sainteté. On ne pouvait considérer sans être touché les traces de sa longue misère, et chacun se sentait ivre de bonheur, en voyant tant de malheurs enfin terminés. Des larmes de pitié coulaient de tous les yeux et mouillaient les mains d'Itha, qu'elle tendait avec une grâce pleine de douceur à tous ses anciens amis. On ne pouvait assez contempler sa figure, empreinte de calme et de résignation, assez écouter ses paroles toutes remplies, comme son cœur, de l'amour divin ; c'était à peine si ses parents pouvaient se tenir près d'elle et lui adresser quelques paroles, tant chacun se montrait empressé de l'approcher. Ainsi, cette pauvre Itha, qui, repoussée du monde entier et abandonnée de tous les hommes, était venue, dénuée de tout secours, s'établir seule et misérable dans cette forêt, se voyait maintenant entourée de ses parents, pressée par une foule ivre de bonheur, qui allait l'accompagner comme en triomphe au moment où elle quittait cette sauvage retraite pour un séjour plus convenable.

Quand les habitants de Kirchberg eurent examiné avec

le plus vif intérêt la petite hutte d'Itha et son misérable
ameublement, elle-même apporta le reste de ses provisions de bouche, pour les donner à transporter aux domestiques de Henri ; mais aussitôt cent bras empressés se
tendirent vers elle ; chacun s'estimait heureux de pouvoir
lui rendre service et voulait porter quelque chose qui lui
appartînt. Elle alla aussi détacher la petite croix de bois
qui lui avait procuré de si abondantes consolations dans
ses souffrances, et la prit elle-même dans ses bras en
adressant au ciel des regards de reconnaissance. Puis,
elle tourna encore une fois ses yeux humides de larmes
vers sa pauvre hutte, et, après avoir de nouveau remercié
Dieu de toutes ses bénédictions, elle abandonna, suivie
de Henri, de ses parents et de ses serviteurs, ces lieux
qu'elle avait habités pendant dix-sept ans. Les innocents
oiseaux qui avaient si joyeusement fêté l'arrivée d'Itha
dans leur solitude semblaient vouloir célébrer cette
heureuse journée. De tous les arbres et buissons envi-
ronnants, ils associaient leurs doux gazouillements aux
manifestations de la joie générale, et planaient au-dessus
de cette nombreuse réunion, que le chasseur guidait
vers Au, en choisissant dans la forêt le chemin le moins
difficile.

La foule qui escortait Itha dans sa marche allait toujours croissant ; les vieillards les plus âgés venaient appuyés sur leurs petits-enfants, contempler encore une fois
leur bonne comtesse. En apercevant Itha toujours bonne
et gracieuse, emportant elle-même sa croix de bois, des
pleurs coulèrent de leurs yeux attendris ; ils remercièrent
le ciel d'avoir donné ce beau jour à leur vieillesse, et ils
montrèrent ce touchant spectacle à leurs enfants, comme
un puissant enseignement qui devait les encourager à la
piété et à la résignation. Toute cette population suivit
la comtesse, et les plus saintes résolutions germèrent dans
les cœurs de cette foule joyeuse et empressée.

On arriva ainsi à Au, sans que ces témoignages de bonheur et d'attendrissement eussent été un seul moment
interrompus ; de leur propre mouvement, les ouvriers

avaient construit devant la porte d'Itha un arc de triomphe en feuillage, et le son de la cloche s'élevait de la chapelle consacrée à la Mère de Dieu. Lorsque Itha fut parvenue au milieu de ses anciens vassaux, qui se pressaient autour de sa demeure, elle remercia l'assemblée de toutes les marques de sympathie qu'elle en avait reçues; puis elle alla prendre quelque repos avec sa famille dans sa demeure.

Elle voulut d'abord adresser au comte quelques doux reproches, croyant que cette solennité avait eu lieu par ses ordres; mais il lui fut facile de la convaincre du contraire, et la sérénité ne cessa de régner dans cette réunion de famille. Un petit repas avait été préparé dans le nouvel ermitage; mais Itha, bien résolue à s'en tenir à son ancienne nourriture, tant que son corps n'en souffrirait pas, se contenta d'un verre d'eau fraîche pris à la source voisine, et d'une poignée de baies sèches. Toute la journée, la maison fut entourée d'une foule qui se renouvelait sans cesse, car les habitants les plus éloignés venaient à leur tour s'assurer par leurs yeux de l'existence de leur bonne maîtresse.

Le soir trouva Itha encore entourée de sa famille, qui ne pouvait se lasser de la voir et de l'entendre. Mais la comtesse rappela à tous ces bons amis, avec une gravité solennelle, l'engagement qu'ils avaient pris à son égard, en les priant de la quitter et de ne plus la visiter désormais, car elle était bien résolue à accomplir le vœu qu'elle avait fait de vivre dans la solitude et de n'entretenir de commerce qu'avec Dieu. Seulement, si l'un d'eux pensait qu'elle pût faire pour lui quelque œuvre de charité, elle le priait de s'adresser à elle, puisqu'elle s'était vouée au service de ses semblables, et qu'elle se devait d'abord à ses proches. Tous firent, suivant ses désirs, entre les mains du chapelain, le serment de respecter ses volontés. Elle pria encore le comte de lui envoyer, par une de ses anciennes servantes qu'elle désigna, des aliments et une provision de laine, pour qu'elle pût, à l'occasion, soulager la faim de l'indigent et lui préparer quelques utiles vêtements. Ces souhaits étaient déjà en partie exécutés, grâce à la prévoyance de Henri, qui lui promit de se conformer promptement à ses autres instructions. Le comte, le chapelain et les seigneurs de Kirchberg se séparèrent enfin de la pieuse Itha, qu'ils laissaient heureuse et pleinement satisfaite. Ils se recommandèrent tous à sa puissante intercession, et elle leur promit que ses prières les suivraient. — Nous nous retrouverons là-haut, leur dit-elle en élevant vers le ciel ses yeux humides ; en attendant, vivez heureux. — Adieu, angélique Itha, s'écrièrent-ils tous en même temps ; et tandis que la pieuse solitaire adressait au ciel une fervente prière en faveur de ses parents, elle entendit plus d'une fois les sanglots qu'ils laissaient échapper en s'éloignant du côté de Toggenbourg.

Le saint exemple d'Itha profita au comte Henri, qui passa le reste de ses jours dans la piété la plus profonde, cherchant à réparer ses erreurs passées par un redoublement de zèle. Peu d'années après, il fut enlevé au monde ; et précéda son épouse dans une vie meilleure.

XIX

ITHA PERSÉVÈRE DANS SA VIE ÉDIFIANTE.

Après avoir goûté quelques moments de repos, que la course et les émotions de la veille lui rendaient bien nécessaires, Itha devança l'aurore, dans son empressement de reprendre ses pieuses méditations. Ce fut un grand plaisir pour son cœur, lorsqu'aux premiers rayons du soleil elle aperçut dans sa chambre un magnifique crucifix, une belle image de Marie et celles des saints dont elle réclamait le plus habituellement la protection. Ces tableaux furent pour elle l'occasion d'une nouvelle prière qu'elle adressait, non aux représentations insensibles

qu'elle avait devant les yeux, mais à Dieu et aux saints
dont ils excitaient le souvenir dans son esprit.

Le petit jardin, qui répondait déjà aux soins que Henri
en avait pris était aussi pour elle un grand sujet de contentement: elle pensait qu'elle pourrait parer par son
travail à la plupart de ses besoins, et consacrer ainsi tout
ce qu'on lui enverrait au soulagement des autres. Elle
priait ardemment Dieu de lui donner le goût et l'intelligence des nouveaux devoirs qu'elle s'était imposés, car
elle savait que la prière la plus agréable que l'on puisse
adresser à l'Éternel consiste dans les secours distribués
aux pauvres et aux nécessiteux, dans l'assistance prêtée à
la veuve et à l'orphelin, dans les consolations portées à ceux
que visite l'adversité. Son séjour dans la forêt ne lui avait
pas été inutile pour lui enseigner le prix des secours
donnés aux malheureux, car elle avait appris à connaître
les souffrances de la faim et les autres privations qui ne
l'auraient jamais atteinte dans le château de Toggenbourg.

Occupée comme elle était de ces pensées de bienfaisance, ce fut avec un vif plaisir qu'elle découvrit l'abondante provision d'aliments fortifiants que Henri avait fait
déposer dans sa petite maison, et elle renouvela aussitôt
la résolution qu'elle avait déjà prise de consacrer tout à
secourir son prochain et de se contenter pour elle-même
des fruits de son travail. Elle se mit donc à recueillir une
grande quantité de fraises, de myrtilles et de prunelles,
qui, réunies aux produits du jardin qu'elle cultivait
avec succès, suffisaient à ses besoins, tandis que, par
ses bienfaits constants et affectueux, elle devint la
mère et la consolatrice de toute la contrée plus qu'elle ne
l'avait jamais été au temps de son opulence. Elle se rendait auprès de tous les malheureux du voisinage qu'elle
savait souffrants et malades, préparait elle-même les
boissons ou les remèdes les plus convenables à leur position, les encourageait de ses pieuses exhortations, et
s'oubliait souvent elle-même au milieu des soins qu'elle
leur prodiguait. Jamais elle n'était si contente de sa
journée que lorsqu'elle l'avait passée à sécher les larmes

de ceux qui étaient affligés et à calmer les maux de ceux qui souffraient.

Lorsqu'elle restait dans son ermitage d'Au, elle consacrait bien des heures à de profondes contemplations, pendant lesquelles elle était souvent élevée en extase jusqu'aux pieds de l'Éternel et réunie aux chœurs pieux des anges et des séraphins qui glorifient éternellement le Seigneur.

Elle trouvait encore le temps d'occuper ses mains adroites à des travaux utiles pour le prochain. C'était surtout la nuit qu'elle se plaisait à élever son âme vers Dieu ; car, pendant le jour, la foule toujours croissante de ceux qui venaient chercher auprès d'elle des secours ou des consolations ne lui en laissait pas le temps. Elle ne donnait que de bien courts moments au sommeil, car presque chaque nuit elle se rendait au couvent de Fischingen pour assister aux matines des bénédictins et unir sa voix à leurs chants solennels. Ces chœurs religieux remplissaient son âme d'une sainte émotion et d'une force divine ; pénétrée de pieuses inspirations, elle se hâtait, au point du jour, de regagner sa demeure. On rapporte que plus d'une fois, pendant les nuits obscures, un enfant miraculeux parut devant elle, la précédant et éclairant ses pas au moyen d'un feu céleste brillant autour de sa tête. C'est ainsi que le ciel se plaît à guider dans le sentier de la vertu les âmes religieuses qui sont enflammées du véritable amour de Dieu.

Itha ne laissait jamais passer un seul jour sans assister à la messe et sans s'associer en esprit à toutes les parties du saint sacrifice. Ainsi l'Évangile lui rappelait la divine parole et la doctrine de Jésus-Christ ; à l'offertoire, elle se présentait elle-même en holocauste au père céleste ; la transsubstantiation lui faisait admirer le prodigieux amour de Dieu pour les hommes ; la sainte oblation du sang et du corps de Jésus la pénétrait de reconnaissance et d'humilité ; et au moment de la sainte communion, elle s'unissait en pensée, comme les religieux, avec notre divin Sauveur. Elle recueillait ensuite la bédédiction du prêtre, et, fortifiée par cette faveur de l'église, elle se rendait à ses occupations ordinaires.

La pieuse comtesse vivait donc comme dans la forêt, toute pour Dieu; mais elle cherchait à mériter ses grâces par un amour sans bornes envers son prochain, et ce n'était pas l'estime des hommes qu'elle cherchait dans ces pénibles travaux; elle avait sans cesse présentes à l'esprit ces saintes paroles : « Ce que vous ferez au plus humble de vos semblables, je le considérerai comme si vous le faisiez à mon égard. »

———————

XX

ITHA ENTRE DANS LE COUVENT DES RELIGIEUSES DE FISCHINGEN.

L'infortunée Itha passa ainsi plusieurs années à Au, vouée au service de Dieu et au soulagement des hommes. La renommée que lui valait une vie si simple se répandait de plus en plus, et chaque jour voyait s'augmenter la foule de ceux qui venaient lui demander des conseils dans leurs afflictions ou des adoucissements à leurs maux, et cependant chacun de ceux qui la visitaient obtenait d'elle plus qu'il n'avait osé espérer. Tous ceux qui l'approchaient ne pouvaient s'empêcher de la vénérer comme une sainte.

A côté du couvent des Bénédictins de Fischingen était, comme cela se voyait souvent autrefois, un couvent de religieuses, alors habité par un certain nombre de femmes pleines de piété. Tous les jours, ces bonnes sœurs voyaient Itha dans l'église du couvent, et admiraient le profond recueillement dans lequel elle était plongée. Tout ce qu'on racontait de la merveilleuse charité d'Itha était également connu dans le couvent, de sorte que les religieuses désiraient ardemment de posséder au milieu d'elles un modèle si parfait de la vertu la plus accomplie, et pensaient que sa présence apporterait dans la maison une grande édification et une salutaire émulation. Elles exposèrent à Itha les vœux qu'elles formaient à cet égard, lui exprimant combien elles seraient heureuses de la voir au milieu d'elles, et lui offrant une habitation convenable qu'elle ferait arranger comme elle le voudrait. Elles la supplièrent d'agréer leurs propositions, et s'engagèrent à la laisser parfaitement libre de régler suivant sa convenance toute sa conduite et sa manière de vivre.

Itha ne consentit pas d'abord, mais comme les religieuses ne se lassaient pas de renouveler leurs instantes prières, elle demanda conseil à Dieu dans une ardente ferveur, et s'en remit ensuite aux avis de son directeur spirituel. Elle-même réfléchit qu'en acceptant cette offre bienveillante, elle ne changerait rien à ses habitudes et pouvait continuer dans le couvent ses œuvres charitables ; d'ailleurs elle trouva pour elle-même et pour son salut de grands avantages dans cet arrangement. La vieillesse commençait à se faire sentir chez elle, et les souffrances qu'elle avait éprouvées pendant son long séjour dans la forêt avaient hâté pour elle l'âge des infirmités. Ce n'était plus sans fatigue qu'elle se rendait à l'église de Fischingen, et elle sentait que ses forces lui permettraient bientôt à peine de se livrer à ses travaux ordinaires. Croyant donc reconnaître la volonté de Dieu dans la proposition des bonnes religieuses, Itha accepta avec reconnaissance, et, à la grande joie de toute cette sainte maison, elle prit aussitôt possession de la cellule qui lui avait été destinée.

Dans le couvent, sa vie fut le miroir constant de la plus parfaite sainteté. Le monde devenait pour elle une lutte dans laquelle la religion lui servait d'appui et Jésus d'exemple et de guide. Elle appliqua son esprit et son cœur à ne jamais perdre de vue un seul instant ce divin modèle, pour marcher sûrement dans la voie du salut. Après les divins plaisirs qu'elle trouvait dans la sainte communion, son occupation la plus agréable était de parler de Dieu ; elle se plaisait aussi infiniment à guider vers le Seigneur les âmes souffrantes qui cherchaient la bonne voie sans y marcher aussi fermement qu'elle. Les religieuses se félicitaient tous les jours d'avoir appelé auprès d'elles cette pieuse personne. Elles la visitaient souvent, et se trouvaient bien éloignées de l'égaler en vertu. Mais, loin de se décourager, elles s'instruisaient par son exemple et s'étudiaient à approcher de ce sublime modèle en suivant ponctuellement les leçons et les conseils qu'elle ne refusait jamais à personne.

On n'est pas certain qu'Itha ait fait des vœux et soit entrée en religion dans le couvent; mais son histoire et la tradition nous apprennent qu'elle surpassait toutes les religieuses en recueillement. D'ailleurs, comme elle s'imposait à elle-même des règles beaucoup plus sévères que celles auxquelles les religieuses étaient obligées, on l'a toujours considérée comme appartenant à l'ordre des Bénédictines et comme en étant l'un des ornements les plus admirables et les plus brillants.

XXI

VIEILLESSE ET MORT D'ITHA.

Comme il n'était pas rare, à cette époque, de rencontrer de pieux personnages qui, non contents de vivre loin du monde, dans un ordre religieux, voulaient encore se séparer plus complétement des choses du monde et vivre dans une intime union avec Dieu, quelques-uns se faisaient renfermer dans de petites cellules murées de tous côtés, et qui n'avaient d'autre ouverture qu'une petite lucarne par laquelle on leur passait leur nourriture et qui laissait parvenir jusqu'à eux un rayon de soleil. C'était là ce qu'on appelait, à proprement parler, des reclus, et ils étaient séparés du reste du couvent, comme le couvent lui-même était séparé du monde.

A l'exemple de la vierge et martyre Wilborad, qui avait autrefois illustré le couvent de Saint-Gall, plusieurs pieuses filles du monastère de Fischingen avaient adopté ce genre de mortification. Itha, qui était toujours portée à embrasser les idées qui lui semblaient pouvoir la rendre plus parfaite aux yeux de Dieu, voulut sanctifier ses derniers jours par cette rigide pénitence. Elle se sépara donc du monde entier avec les cérémonies usitées alors dans l'Église en pareille circonstance, et se fit renfermer dans une espèce de petit caveau dont elle ne devait plus sortir vivante.

Dans cette situation, la plus grande partie du temps se passait pour Itha dans un recueillement silencieux, ou la contemplation intérieure de Dieu absorbait toutes ses pensées ; souvent son âme, plongée dans une sainte prière, s'élançait jusqu'au trône de Dieu, et goûtait par anticipation, au milieu des anges et des saints, la sainte jouissance de l'amour et de la grâce célestes. Quand elle sortait de ses pieuses extases, elle considérait son corps, qui la liait encore à la terre, comme un pesant fardeau dont il lui tardait d'être délivrée pour vivre éternellement ; mais elle se soumettait sans murmurer à la divine volonté, et attendait de sa bonté la fin de ses souffrances temporelles. Elle se rappelait alors la résignation de Dieu au Jardin des Olives, et s'écriait en remettant sa vie entre les mains de la Providence : — O mon Père éternel, mon désir le plus ardent serait de voler dans votre sein, mais que votre sainte volonté s'accomplisse et non la mienne !

Bien que la cellule où notre recluse était renfermée la séparât entièrement du monde, les bonnes religieuses de Fischingen ne voulaient pas être privées des sages conseils et des exhortations consolantes dont Itha savait si bien pénétrer tous les cœurs.

Elles s'arrêtaient donc souvent à sa petite fenêtre, où les habitants de la contrée venaient aussi en grand nombre, pour voir encore une fois leur sainte comtesse, et pour recueillir les paroles pleines de la grâce divine qui coulaient de sa bouche ; et comme Itha voulait jusqu'à son dernier jour, être utile à ses semblables, elle s'empressait de leur adresser de pieuses allocutions et des conseils salutaires; elle leur recommandait la confiance en Dieu, qui n'abandonne jamais ceux qui lui sont fidèles, et jamais on ne quittait la recluse sans emporter une vraie consolation intérieure. Ainsi, la vertu et la piété d'Itha, qui avaient brillé dans sa jeunesse d'un si vif éclat, qui l'avaient soutenue dans ses afflictions, embellissaient encore le soir de sa vie, et tout ce qui l'approchait ressentait l'impression tendre et douce de ce dernier rayon d'un astre bienfaisant qui allait disparaître.

Itha passa quelques années dans cette rigoureuse pénitence, toujours animée par un amour divin qui ne faisait que s'accroître, et soupirant sans cesse après le moment où son Sauveur l'appellerait à lui; mais elle avait dû supporter de bien pénibles épreuves avant d'être jugée digne de recevoir dans le céleste séjour la couronne du triomphe éternel.

Cependant, ce moment suprême arriva pour elle; une maladie grave l'atteignit, et elle sentit que son dernier jour n'était pas éloigné. Dès les premiers jours de sa maladie, elle chercha à s'assurer des gages de salut qui pussent faciliter son passage de cette vie dans un monde meilleur. Elle demanda l'extrême-onction, et la reçut avec un recueillement si édifiant, que tous ceux qui furent témoins de cette touchante cérémonie ne purent exprimer ce qu'ils avaient éprouvé. Du fond de son âme, fortifiée par la divine nourriture, elle pouvait s'écrier avec saint Siméon : « Et maintenant, Seigneur, laissez votre servante partir en paix, car elle a ressenti toutes les félicités du ciel dans son union avec son Sauveur, qui la conduira lui-même dans les demeures éternelles. » Animée de ces pieux sentiments, elle se retourna vers les bonnes religieuses, les remercia affectueusement de tous les bons offices qu'elle avait reçus d'elles, et particulièrement dans cette dernière maladie; puis levant les yeux au ciel, elle appela sur leur maison la bénédiction céleste, et supplia le Tout-Puissant de les récompenser suivant son inépuisable bonté de tous les soins charitables qu'elles lui avaient prodigués. Les saintes filles, à leur tour, remercièrent Itha d'avoir bien voulu venir habiter au milieu d'elles: Les larmes qui coulèrent de tous les yeux mirent fin à ces paroles bienveillantes, et ce fut encore Itha, calme au moment de la mort comme elle l'avait été pendant sa vie, qui leur dit que la mort n'était autre chose que le terme des souffrances temporelles et le commencement d'un bonheur impérissable.

Cependant la maladie de la pieuse recluse faisait de rapides progrès, et sa faiblesse allait toujours en augmentant; les religieuses ne quittaient plus les côtés d'Itha, car elles la voyaient au moment d'aller recevoir la palme immortelle. Les derniers mots qu'elle put murmurer furent des paroles d'amour divin et de pieuse résignation; mais bientôt sa bouche devint muette; ses yeux seuls semblaient encore, par un regard bienveillant, adresser à ses sœurs le dernier adieu et leur exprimer l'espérance qu'elles se reverraient un jour; puis ses yeux se fermèrent, comme si elle se fût plongée dans une profonde méditation, et un doux sourire se peignit sur son visage. Les religieuses la voyaient faiblissant, et elles entouraient en sanglotant sa couche de mort; elles croyaient qu'elle leur souriait encore, au moment où son âme, dégagée des liens du corps, s'envolait au céleste séjour.

La mort d'Itha fut aussitôt connue dans le pays, et chaque famille la pleurait comme si elle avait perdu la meilleure des mères et la plus généreuse des bienfaitrices. Le jour de son enterrement, toute la population abandonna les travaux des champs et les soins du ménage, pour venir se presser autour de ses restes mortels; chacun avait à citer quelque trait de bienfaisance et de bonté pour honorer la mémoire d'Itha, et ce fut au milieu des signes les plus expressifs et les plus touchants de la reconnaissance universelle qu'elle fut inhumée dans l'église du couvent de Fischingen, devant l'autel de Saint-Nicolas.

On lui éleva un superbe tombeau, et ce fut la première preuve de la vénération qu'elle avait inspirée de son vivant; mais il n'y avait besoin ni de marbre, ni de sculptures, pour perpétuer son souvenir; elle s'était elle-même élevé un impérissable monument dans le cœur des hommes par son inépuisable bienfaisance et sa bonté. Le bruit de sa vertu et de sa mort édifiante se répandit de plus en plus et attira bientôt un grand concours de fidèles qui venaient chercher sur son tombeau des consolations à leurs peines et des adoucissements à leurs souffrances. Dès son vivant, toute la contrée, dont elle était la gloire et le bonheur, lui donnait le titre de sainte, et, après sa mort, on ne la désigna pas autrement que par le nom de sainte Itha. L'Église catholique confirma plus tard ce jugement général, et chaque année on célèbre sa fête le 3 novembre, jour de sa mort. Les habitants de la contrée formèrent sous l'invocation de son nom une confrérie qui fut approuvée par l'autorité ecclésiastique et qui compte encore aujourd'hui un grand nombre de membres pleins de ferveur.

Puisse le salutaire exemple de cette sainte inspirer à tous ceux qui l'admireront la résignation dans les souffrances et l'adversité, l'oubli des injures, la charité chrétienne, et toutes les sublimes vertus qui rendirent la vie d'Itha si édifiante pour ses semblables et si précieuse aux yeux de Dieu!

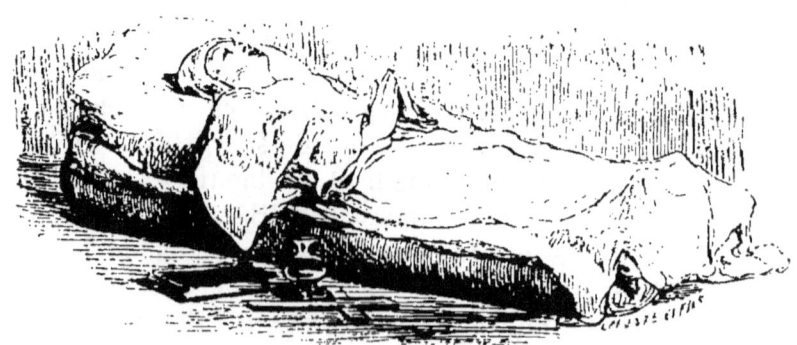

TIMOTHÉE ET PHILÉMON

I

PÈRE ET MÈRE.

ES temps passés sont pour nous une source féconde d'événements intéressants et instructifs. Au premier rang doit figurer la lutte acharnée que les chrétiens ont soutenue contre les Turcs.

Il fut une époque où ces derniers étaient très-puissants et formaient une nation redoutable pour la chrétienté. Ils s'étaient même emparés de la ville la plus grande et la plus belle après l'antique Rome, de Constantinople, le siége des empereurs chrétiens, et ils avaient transformé en temple turc ou mosquée, comme ils appellent leurs édifices religieux, le magnifique temple chrétien que Constantin le Grand, le premier empereur de notre religion, avait bâti, ainsi que la ville. Ils avaient conquis un grand nombre de pays et soumis beaucoup de peuples à leur domination.

Parmi ces derniers, le noble peuple hongrois eut beaucoup à souffrir de leurs violences. Cette vaillante nation remporta, il est vrai, de nombreuses victoires sur les Turcs, mais elle dut souvent plier sous le nombre.

On ne saurait parcourir ces pages sanglantes sans être saisi de tristesse, et même d'horreur. On se perd au milieu du tumulte effrayant des batailles, des ravages de la guerre, et l'on se demande pourquoi Dieu fait peser de pareilles calamités sur des nations entières! Mais, au milieu de ces grandes catastrophes, surgissent de temps à autre des événements qui mettent au jour la sage prévoyance de Dieu, sa bienveillance et son amour. Ces épisodes nous montrent que l'humanité tout entière est sous la direction de Dieu, qui la guide vers l'union et la perfection.

Dès les temps les plus reculés, l'Évangile avait été prêché en Hongrie. Le premier roi chrétien de ce pays, Étienne le Saint, avait réussi, par ses pieux efforts, à propager le christianisme dans ses États. Il avait fait bâtir un grand nombre d'églises, institué des prêtres et des précepteurs, et acquis ainsi le titre honorable d'Apôtre de la Hongrie.

Parmi ses successeurs, il se trouva encore des hommes qui étaient dévoués, ainsi que toute leur famille, de cœur et d'âme au christianisme : et, pour ne citer qu'un exemple, nous voyons une princesse royale, mariée à un prince allemand, le landgrave de Thuringe, honorée dans toute l'Allemagne sous le nom de sainte Élisabeth. Ce mariage rallia non-seulement les deux maisons régnantes, mais encore la Hongrie à l'Allemagne.

Plus tard, quand les braves Hongrois eurent à défendre le trône et l'autel contre les invasions iniques des Turcs, ces ennemis acharnés du christianisme, on vit non-seulement des maisons princières, mais même des familles bourgeoises, manifester tout leur attachement à la religion chrétienne, et donner des preuves éclatantes de piété et de vertu.

Au nombre des citoyens les plus respectables se trouvait le marchand Lucius. Il jouissait d'une grande réputation que lui avaient value ses richesses et plus encore sa piété et sa probité. Ses concitoyens le nommaient *le bon* ou *le riche Lucius*, suivant qu'ils estimaient plus la vertu ou la fortune. Son épouse Hedwige faisait l'admiration de tous par sa beauté, et plus encore par ses bonnes qualités et sa bienfaisance. Tous deux vivaient dans l'union la plus heureuse.

Ils n'avaient que deux enfants, deux charmants et aimables jumeaux. Les deux frères montraient des dispositions identiques et tous deux avaient le même caractère gai et ouvert. Ils se ressemblaient tellement avec leurs joues roses, leurs cheveux blonds et bouclés, leurs yeux d'un bleu limpide, qu'on avait peine à les distinguer, d'autant plus qu'ils étaient habillés de même. Leurs parents les auraient souvent confondus, si chacun n'eût retenu son nom : l'un s'appelait Philémon, l'autre Timothée.

Le père avait choisi le nom de Philémon en souvenir de ce que le grand apôtre saint Paul avait adressé à Philémon, un simple particulier qu'il nomme son frère et son collègue, une très-belle épître ; et la mère s'était décidée pour le nom de Timothée parce que Timothée avait été promu dès sa jeunesse, par saint Paul, au rang d'évêque ; que sa mère et sa grand'mère l'avaient élevé dans la sincère croyance en Dieu, et qu'il avait été initié ainsi, dès son enfance, à la parole du Seigneur. Elle prit pour exemple, dans l'éducation de ses fils, la conduite de ces saintes femmes.

Les parents ne professaient pas seulement de bouche, mais encore de cœur, la religion chrétienne : ils préféraient à toutes les richesses leur participation à la doctrine de Jésus. Tous leurs efforts tendaient à initier leurs enfants, dès leur bas âge, à la connaissance de Dieu et de son Fils, et à leur donner une éducation pieuse et chrétienne. Le père, il est vrai, ne pouvait y consacrer que peu de moments : ses occupations commerciales absorbaient tout son temps, mais la mère avait toujours ses enfants auprès d'elle. Pendant qu'elle était au travail, occupée à sa broderie, ils étaient à ses genoux; elle leur racontait, avec toute la tendresse d'une mère pieuse et aimante, ce que l'histoire sainte nous dit de l'amour de Dieu et de Jésus pour les hommes. Aucun des deux jumeaux ne détournait les yeux de leur mère, et ils l'écoutaient avec avidité. Quand ils atteignirent environ l'âge de six ans, Hedwige tomba dangereusement malade. Lucius ne quittait pas son chevet; quant aux deux enfants, ils se tenaient continuellement aux côtés du lit, et l'on avait peine à les tirer de là, même pour leur faire prendre de la nourriture.

Un jour, ils entendirent à table une servante dire à une autre à voix basse : — Hélas! il n'y a plus d'espoir! la bonne femme mourra certainement. — Les deux enfants pâlirent, tant ces paroles les frappèrent douloureusement.

Ils coururent aussitôt près du chevet de leur mère, les mains tendues vers le ciel et des larmes plein les yeux; ils s'écrièrent, dans leur touchante naïveté : — Ah! chère mère, nous t'en supplions, ne meurs pas, n'abandonne pas tes enfants : on dit que tu veux mourir.

La mère leur répondit, émue jusqu'aux larmes : — Hélas! mes bons enfants, je sens que je ne me relèverai pas de mon lit de malade, quel que soit mon désir de rester plus longtemps encore avec vous! Le bon Dieu le veut ainsi, et il ne veut jamais que notre bien. Il va me prendre près de lui, dans le ciel. Oh! c'est là que tout est meilleur et plus beau que ce que nous voyons sur cette terre! Là, on ne connaît ni maladie, ni mort, ni chagrin, ni tristesse : tout y est joie et félicité. Si vous vous conduisez bien, vous y entrerez aussi un jour.

Durant le cours de sa maladie, leur mère leur donna encore de bonnes leçons. Un soir que le père et les enfants étaient à son chevet, ils virent tout à coup une pâleur mortelle se répandre sur ses traits. Elle leva les yeux vers le ciel, et dit avec une sérénité et une joie ineffables : — Eh bien, Seigneur, vous m'appelez donc à vous? — Elle donna la main, en signe d'adieu, à son époux désolé; elle étendit les bras, posa une main sur la tête de chacun de ses enfants en pleurs et les bénit. —En aucune occasion, dit-elle d'une voix éteinte, je n'ai manqué de vous donner les meilleurs conseils : suivez-les maintenant. Que l'amour de Dieu et de Jésus-Christ reste toujours dans votre cœur. Jamais, non jamais, ne vous abandonnez au moindre péché ! Nous nous reverrons dans le ciel.

Elle fit encore le signe de la croix sur ses enfants agenouillés, poussa quelques soupirs étouffés ; ses yeux devinrent fixes, et elle expira avec le calme d'une sainte.

Lucius mena ses enfants devant le corps de leur mère avant qu'on la sortît du lit pour la mettre dans le cercueil, et il les exhorta à répéter devant elle leur promesse de vivre et de mourir en chrétiens fervents.

Ils le promirent en pleurant à chaudes larmes; leur père, aussi, ne pouvait s'empêcher de pleurer. Dans une morne désolation et vêtu de deuil, il accompagna ces restes chéris à leur dernière demeure. Devant lui marchaient ses deux enfants. Une foule innombrable assistait à l'enterrement. Des larmes étaient dans tous les yeux. C'étaient les pauvres qui étaient les plus affligés, car ils venaient de perdre une mère dans cette femme pieuse et chrétienne ; mais tous, riches et pauvres, éprouvaient la plus vive compassion pour ces deux beaux enfants vêtus de noir, avec leurs visages pâles, leurs yeux rouges de larmes, et qui, tremblants et frissonnants, jetaient un dernier regard sur la tombe. — Comment, disaient maints pères et mères de famille, Dieu a-t-il pu enlever à ces enfants une aussi bonne mère?

Le prêtre qui officiait, et qui était chargé de bénir la tombe, entendit ces paroles, les releva et dit à la foule assemblée : — Les mots que j'ai entendus sortir de votre bouche me rappellent ces paroles de l'Écriture sainte : « Mon père et ma mère m'ont abandonné, mais toi, ô Seigneur! tu me prends sous ta protection. »

Voilà des paroles de consolation pour tous les orphelins : tous les orphelins doivent les répéter. Une mère chérie fut enlevée à ces enfants en pleurs ; mais la mort

dût-elle leur enlever encore leur père, ou les arracher à
l'amour de ce dernier, ces paroles seraient toujours une
source de consolation pour eux.

Il raconta ensuite comment Joseph, fils de Jacob, après
avoir perdu sa mère dans son enfance, fut enlevé plus
tard à son père ; mais comment Dieu avait pris soin du
jeune homme, et lui avait préparé, ainsi qu'à Jacob, une
fin heureuse. Peut-être fut-ce sous l'inspiration de Dieu
et dans un sentiment prophétique que le prêtre prononça
ces paroles. Puis il développa sa pensée, et termina
son discours par ces paroles de David : « J'ai été jeune,
et je suis devenu vieux ; mais jamais je n'ai vu le juste
abandonné ni ses enfants manquer de pain. »

II

ENLÈVEMENT DES ENFANTS.

Après la mort d'Hedwige, le séjour à la ville devint
bien triste pour le père et ses deux jeunes fils. Lucius
possédait à quelques lieues de la ville une très-belle campagne à proximité d'un grand village. Il s'y retira dans
l'espoir de mieux se vouer à l'éducation de ses enfants.
Il les avait toujours près de lui, non-seulement à table et
à la promenade, mais même quand il se trouvait dans son
cabinet de travail ; il leur permettait d'y apprendre leurs
leçons, d'y écrire et d'y jouer.

Malgré ses nombreuses occupations, il parvenait toujours à consacrer quelques heures à leur instruction. Il
fut leur seul maître durant leurs jeunes années, et pendant tout le temps qu'ils passèrent à la campagne. Chaque matin et chaque soir, il faisait la prière en commun ;
les dimanches et les jours de fête, il les accompagnait à
l'église, et assistait avec eux à l'office divin. Il leur lisait
l'Évangile du jour et le leur expliquait. Quand il les menait

au jardin ou dans les champs, il les rendait attentifs à la beauté des œuvres de Dieu.

Depuis la mort de son épouse, ces deux aimables enfants faisaient son unique joie. Aussi, l'aimaient-ils de tout leur cœur et obéissaient-ils au moindre de ses désirs. Les belles espérances qu'ils lui donnaient adoucissaient la douleur que lui avait causée la perte irréparable d'une épouse dont il gardait religieusement le souvenir. Mais bientôt un nouveau malheur bien plus cruel encore vint fondre sur cet homme vertueux.

Les occupations de son commerce l'obligeaient d'aller plusieurs fois par semaine à la ville, sa présence y était surtout indispensable les jours de marché. Il dut donc une fois s'y rendre, parce qu'il avait à conclure une affaire importante avec plusieurs marchands. Il fit de tendres adieux à ses fils, les recommanda aux soins vigilants de la vieille et pieuse gouvernante qui avait aidé à les élever, et promit de revenir de bonne heure le même soir. Ses enfants l'accompagnèrent jusqu'à ce qu'il fût monté à cheval, il les embrassa de nouveau, se mit en selle et partit au galop.

Devant la maison de campagne se trouvait une pelouse verte, avec quelques arbres touffus au milieu, et des parterres de fleurs tout à l'entour. Un large chemin sablé, très-commode pour les promeneurs et les voitures, serpentait autour de la pelouse ovale. C'était la place que les enfants avaient choisie pour se livrer à leurs jeux. Ils couraient çà et là sur le beau gazon vert, jouaient à la balle ou chassaient des cerceaux sur le chemin sablonneux. Chaque matin, ils regardaient les fleurs nouvellement écloses ; mais jamais ils n'y touchaient, bien qu'on ne leur eût défendu que de les cueillir. Ils se plaisaient à écouter les chansons des oiseaux cachés sous la feuillée.

Ce jour-là, les deux frères, tout en se promenant, les mains entrelacées autour des parterres, virent près d'un rosier fleuri, non loin d'un figuier, un pot de fleurs renversé dont le bord était brisé en partie. — Ce n'est pas ici la place de ce pot, dit Timothée ; le jardinier ne devrait pas laisser de pareils débris dans le jardin. — Philémon prit le pot pour le transporter ailleurs; mais quel fut l'étonnement des deux enfants quand ils y trouvèrent un nid d'oiseaux. Les cinq petits gazouillaient à l'envi et ouvraient leurs petits becs jaunes. — C'est un nid de rouges-gorges, dit Timothée. Vois-tu là-bas la mère qui voltige avec inquiétude autour de nous? elle croit que nous voulons lui prendre sa couvée.

— Non, non, dit Philémon, nous ne voulons pas faire de mal à tes petits. — Il remit le pot sur le nid, et tous deux s'éloignèrent de quelques pas pour voir si la mère retournerait près de ses jeunes. Elle revint bientôt avec une mouche qu'elle leur apportait dans son bec, et se glissa dans l'intérieur du pot, à travers la petite ouverture. Tous furent ravis de ce spectacle, et Timothée s'écria : — C'est tout comme notre père l'avait dit; cet oiseau niche dans les broussailles peu élevées, ou même sous terre. Il a trouvé sous ce pot une place bien plus commode encore pour y faire son nid. Oh! que notre père se réjouira, quand nous lui montrerons ce nid avec ces cinq petits becs jaunes!

Sur ces entrefaites, ils virent s'approcher un homme bien mis, qui était venu quelque temps auparavant voir souvent leur père pour des affaires commerciales. Il n'avait jamais manqué de leur apporter quelques jouets d'enfants. Ils le saluèrent avec empressement, et lui racontèrent aussitôt l'heureuse trouvaille qu'ils venaient de faire. Ils voulurent lui montrer le nid.

— Ah! cette couvée de rouges-gorges, dit-il, je sais ce que c'est; ce n'est pas grand'chose. Je vais vous faire voir un autre nid qui vous plaira bien davantage. Il s'y trouve dix petits; les vieux, qui ne les quittent jamais, sont à coup sûr plus beaux que ces rouges-gorges. Ils étincellent comme l'or et les pierreries, et chantent à faire honte au rossignol; vous n'avez jamais rien vu ni entendu de pareil. Ce nid se trouve sous le bosquet, derrière votre maison. Venez avec moi, je vais vous le montrer.

Les enfants le suivirent avec joie. Le bosquet n'était

qu'à quelques centaines de pas de la maison ; mais, arrivés là, ils aperçurent un autre individu avec deux chevaux. Chacun des deux hommes s'empara vivement d'un
des garçons, et s'élança sur son cheval. Les enfants voulurent appeler au secours, mais leurs ravisseurs leurs bâil-
lonnèrent la bouche avec un mouchoir, les cachèrent sous
leurs manteaux, et partirent au galop.

Vers le soir, leur père, en s'approchant de sa maison,
fut étonné de ne pas voir ses fils venir à sa rencontre ;
car jamais ils n'avaient manqué d'accourir au-devant
de lui en poussant des cris de joie. Personne n'était là
pour tenir la bride de son cheval. Il descendit de sa monture et entra dans la maison. Tous ses gens étaient réunis
dans la salle. La tristesse et la désolation étaient peintes
sur tous les visages, et son arrivée effraya tout le monde.
— Qu'y a-t-il ? qu'est-il arrivé ? s'écria-t-il avec anxiété.
— Hélas ! répondit la gouvernante, les enfants ne sont
plus ici, et personne ne sait ce qu'ils sont devenus. Nous
nous sommes informés d'eux dans toutes les maisons du
village ; nous avons envoyé beaucoup de personnes à leur
recherche ; on a parcouru la forêt, on a visité les bords
du lac ; mais c'est en vain. — Au moins, ils ne se sont pas
noyés, dit l'intendant, car ils n'ont pas été près du lac,
où leur père les menait quelquefois pour y chercher de petits coquillages et des cailloux de diverses couleurs. Mais,
dans la forêt voisine, le garde a trouvé un de leurs petits
souliers et la casquette que vous voyez sur cette table ;
il a remarqué aussi sur la terre amollie la trace de deux
chevaux jusqu'à la grande route ; mais là, il lui fut impossible de suivre l'empreinte de leurs pas au milieu des
traces nombreuses que d'autres chevaux y avaient laissées.

Lucius devint pâle comme la mort, au milieu de ses
gens désolés. Il éleva les yeux et les mains vers le ciel, et
s'écria : — O mon Dieu ! je préférerais qu'ils se fussent
noyés ; ils seraient près de toi maintenant, au nombre de
tes anges ; mais enlevés, ah ! c'est affreux ! Quel danger
ne courent-ils pas de devenir eux-mêmes des hommes
pervertis ! Mais quel que soit le lieu où ils se trouvent,

partout; ô mon Dieu ! ils seront sous ta protection. — Il
tomba à genoux, et s'écria en joignant les mains : — O
mon Dieu, prends-les sous ta garde ! préserve-les du
péché ! — Il pria encore longtemps en silence, se releva
sans rien dire, et rentra dans son cabinet, sans adresser
un seul reproche à ses gens.

III

LE MARCHAND D'ESCLAVES.

L'homme qui avait enlevé les deux enfants était un
profond scélérat. Il avait essayé d'entamer des relations
commerciales avec le riche Lucius. Mais ce dernier avait
bientôt remarqué que cet homme, souple et astucieux,
ne cherchait qu'à le tromper. — Allez-vous-en ! lui avait-
il dit ; je ne veux plus en rien avoir affaire à vous. Le filou
s'adressa à un autre marchand de la ville, et lui fit perdre
une grosse somme d'argent. La victime se plaignit à Lucius de la perte qu'elle venait d'éprouver. Les malheureux et les affligés trouvaient toujours près du digne
homme un refuge et des consolations. Il s'intéressa au
pauvre marchand. Le fripon fut arrêté, et passa quelques
mois en prison pendant l'instruction de l'affaire. Enfin,
il fut condamné à restituer la somme et à payer en sus
une amende considérable.

C'est cet homme qui avait enlevé les enfants. Les pauvres petits ignoraient combien il était dangereux. On l'a-
vait vu dans la forêt. D'après la description qu'on lui en
fit, un voisin assura l'avoir vu rôder autour de la maison ;
mais jamais il ne lui serait venu en idée que le coquin
méditait un pareil attentat.

Lucius ne douta plus d'où le coup partait. Il fit poursuivre le ravisseur partout pour avoir des nouvelles de ses
enfants. Il promit même une récompense de cent pièces

d'or à qui l'arrêterait. Mais toutes les recherches furent inutiles ; personne ne le vit plus dans le pays.

Quand ce méchant homme eut appris le jugement qui le condamnait, et qu'il fut sorti de la prison, il brûla du désir de se venger de Lucius, et ne songea qu'à exécuter ses funestes projets. Il savait que la plus grande peine qu'il pourrait lui causer, c'était de lui enlever ses enfants. Il les aurait assassinés, si l'idée ne lui était venue de les vendre à un marchand d'esclaves.

— Ma foi, ne les tuons pas ! avait-il dit à son complice, qui, une année plus tard, avait été poursuivi à son tour pour de semblables friponneries. Ce sont deux beaux garçons. Il est bien rare de trouver des enfants qui se ressemblent comme deux gouttes d'eau. Je les vendrai, et j'en aurai à coup sûr un bon prix.

Il passa avec eux la frontière turque, et se sauva dans la ville la plus voisine. En Turquie, à chaque endroit important de la route, se trouve une grande maison où les voyageurs sont recueillis et reçoivent gratuitement, pendant trois jours, la nourriture qui leur est nécessaire. Une maison semblable se trouva sur leur chemin. Un industriel, spéculant sur la présence de quelques riches marchands turcs qui arrivaient de temps à autre, y avait établi quelques chambres où, pour de l'argent, on pouvait se loger et se faire servir plus commodément. C'est là que se rendit le ravisseur avec les deux enfants ; il s'établit dans la salle commune où l'on était nourri gratuitement ; mais il se rendit chaque jour dans les chambres réservées, pour s'informer des riches marchands qui pouvaient arriver. Enfin il trouva un Turc, nommé Sélim, qui faisait le commerce de toutes sortes de beaux draps, de soieries et de tapis magnifiques, mais qui se livrait au trafic des esclaves, industrie que les Turcs, loin de trouver criminelle, regardent comme permise.

Il lui présenta les deux enfants, et lui offrit de les lui vendre. — Ce sont de bien beaux enfants, dit le Turc ; ils me plaisent ; mais qu'en ferai-je ? Je serai obligé de les nourrir longtemps avant qu'ils puissent me rendre le moindre service. — Mais, en voyant trembler et fondre en larmes les deux garçons, qui avaient bien compris qu'on voulait les vendre comme esclaves, il les acheta plutôt par pitié que par intérêt. — Ils seront mieux chez moi que chez un autre, dit-il. Il paya le vendeur, qui parut assez satisfait du marché, et emmena les enfants avec lui dans le bourg qu'il habitait.

Sa femme, passablement maussade, ne parut pas cependant trop mécontente de cette acquisition ; mais en voyant ces petits étrangers, ses enfants eurent une grande joie. Leur père leur permit de fréquenter ces deux jeunes chrétiens, les fit manger et jouer ensemble, et leur donna en commun quelques petites occupations dans la maison. Il résolut de garder les deux jumeaux jusqu'à ce qu'ils fussent devenus plus grands et plus forts, et que leurs relations avec ses propres enfants leur eussent fait connaître les éléments de la langue turque.

Leur position eût été très-supportable, s'ils n'avaient pas été tourmentés par le mal du pays [1] et le désir de revoir la maison paternelle. Mais leur plus grande douleur, c'était de ne pouvoir parler de Jésus-Christ avec les enfants de Sélim ; il leur était même défendu, sous les peines les plus sévères, de prononcer le nom du Sauveur.

IV

LE PIEUX JARDINIER.

Dans le bourg vivait un riche Turc, nommé Ibrahim, qui avait un grand et superbe jardin. Il entretenait un

---

[1] Le *mal du pays* est une grande envie d'y revenir. Le toit et les affections de famille ont tant de puissance, que leur absence cause souvent un ennui et un dégoût qui occasionnent un marasme et même la mort. Le seul remède consiste dans le retour ou dans de nombreuses distractions.

jardinier très-habile, qui s'y entendait à merveille. On récoltait tant de légumes et de fruits, qu'on pouvait non-

seulement en approvisionner largement la maison, mais encore en vendre au dehors.

Un jour, les deux enfants furent envoyés dans le jardin d'Ibrahim, pour y chercher des provisions dans un grand panier à deux anses. Le jardinier, vieillard d'un aspect imposant, était aussi un esclave chrétien. Il venait de bêcher un grand parterre, et s'était assis sur l'herbe, à l'ombre d'un arbre, pour se reposer. Ses yeux parcouraient un livre ; près de lui se trouvaient ses outils, un gros morceau de pain d'orge, avec un peu de fromage de chèvre sur une assiette, et, à côté, une cruche d'eau. Quand les deux garçons s'approchèrent, en tenant chacun le panier par une anse, il les regarda avec mélancolie. Leurs physionomies, si douces et si semblables l'une à l'autre, et leur joli costume hongrois qu'ils portaient encore, le frappèrent. Il les salua avec bonté dans leur langue maternelle, et leur dit qu'il était leur compatriote.

Tous deux éprouvèrent une grande joie en entendant l'idiome de leur pays. Le jardinier ne fut plus un étranger pour eux ; ils se sentaient pour lui la plus entière confiance. Il leur demanda comment, si jeunes encore et d'une famille distinguée, ils avaient pu tomber en esclavage. Ils lui racontèrent leur histoire, et se mirent à pleurer amèrement en prononçant le nom de leur père chéri. Le bon jardinier les consola de son mieux, et leur demanda s'ils avaient déjà reçu quelque instruction dans la religion chrétienne. — Oh ! oui, répondirent-ils, nous savons le *Symbole des apôtres*, le *Pater* et l'*Ave Maria* ; chaque jour, nous répétons ces prières ensemble. — Eh bien, leur dit le jardinier, récitez-moi le *Pater*. Les deux enfants joignirent alors leurs petites mains, se mirent à prier, et en disant ces paroles : *Qui êtes aux cieux*, ils levèrent leurs regards vers le ciel avec tant de ferveur, que le jardinier en fut ému et ravi. Il leur donna des éloges, et leur dit qu'il se nommait Antoine et qu'il était un prêtre chrétien. Les deux garçons voulurent lui baiser les mains avec respect, mais il ne le souffrit pas ; il les exhorta, avec une bonté toute paternelle, de rester fidèles à la foi chrétienne et d'avoir confiance en Dieu. — Croyez-moi, dit-il en levant les yeux vers le ciel avec piété, le bon Dieu aura pitié de vous, et vous ramènera dans les bras de votre bon père. — Puis il leur donna sa bénédiction, remplit leur panier de légumes, et leur donna encore des fleurs. Ils coururent à la maison, le cœur joyeux, et firent cadeau des belles fleurs aux fils du brave mahométan.

Ils revinrent souvent chercher des légumes au jardin. Les enfants du Turc regardaient comme au-dessous d'eux de porter le panier ; ils s'arrangeaient beaucoup de la bonne disposition des jeunes chrétiens. Comme ces derniers ne manquaient pas de partager avec leurs camarades les fleurs et les fruits que le jardinier leur donnait par-dessus le marché, les jeunes Turcs disaient : — Eh bien, cela nous va encore mieux, que vous vous chargiez du panier ; car jamais, quand nous cherchions les légumes, ce ladre de jardinier ne nous donnait des fleurs si belles ni des fruits si délicieux.

Les jumeaux allèrent donc presque chaque jour au jardin. Le pieux cultivateur savait toujours leur raconter quelque chose d'instructif et d'agréable. Dès le matin, ils se réjouissaient pour le quart d'heure ou la demi-heure qu'ils passeraient avec lui. Par la suite, Sélim, sur leurs vives prières, leur permit de rester une heure entière près de leur vieil ami, quand il avait fini son ouvrage. Ces moments étaient les plus heureux qu'ils passèrent dans ce pays d'infidèles. Chaque jour, ils remerciaient Dieu de leur avoir donné pour précepteur ce bon et digne prêtre.

V

LE MARCHÉ D'ESCLAVES.

Près de deux années s'écoulèrent ainsi ; Sélim s'était attaché à ces deux enfants et ne songeait pas à les vendre : mais sa femme ne les voyait pas d'un aussi bon œil. — Nous avons acheté ces enfants, dit-elle un jour, et nous les avons nourris jusqu'à présent ; mais maintenant il faut penser à les vendre. Leur entretien est trop coûteux. Ils sont en état de gagner leur pain ailleurs : il est temps qu'ils quittent la maison. — Mais ce n'était pas l'intérêt seul qui la poussait à les vendre. Toutes les personnes qui venaient la voir donnaient les plus grands éloges à la beauté et à la gentillesse des deux jumeaux, tandis qu'elles ne louaient que bien peu ou même pas du tout ses propres enfants : elle en était vivement piquée. Elle habilla ces derniers avec le plus grand soin, tandis qu'elle ne donna aux jeunes chrétiens que des vêtements d'esclaves du drap le plus grossier. Mais tout cela ne servit à rien ; les jumeaux eurent toujours la préférence. Un jour, une étrangère, femme d'un riche Turc, entra dans la maison pour acheter de belles étoffes de couleur, en poil de chèvre. Timothée et Philémon étaient assis à une table

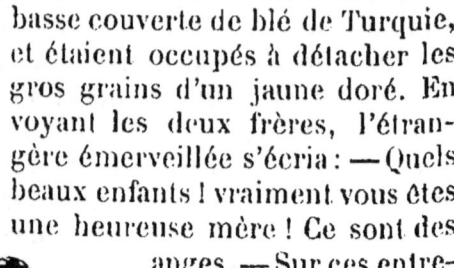

basse couverte de blé de Turquie, et étaient occupés à détacher les gros grains d'un jaune doré. En voyant les deux frères, l'étrangère émerveillée s'écria : — Quels beaux enfants ! vraiment vous êtes une heureuse mère ! Ce sont des anges. — Sur ces entrefaites, entrèrent deux des enfants de Sélim. — Quelles sont ces vilaines petites créatures ? demanda l'étrangère; ce sont sans doute les enfants d'un de vos voisins. Avec leurs beaux habits pleins de taches, ils me font l'effet d'être très-mal élevés; à côté de ces deux beaux enfants, ce sont de petits monstres. — A partir de ce jour, la femme de Sélim ne put plus supporter les deux jumeaux. — Je ne puis plus les voir devant mes yeux, s'écria-t-elle, qu'ils partent le plus tôt possible.

Quelques jours après, il y eut une grande foire dans une ville très-éloignée, où résidait le pacha du district. — Tu emmèneras au marché les deux garçons, dit la femme à son mari, et tu les vendras ; je ne les souffre plus chez moi ; mais je veux leur rendre un dernier service. Je leur donnerai des habits neufs et plus beaux, afin que tu puisses les vendre plus avantageusement. Tâche de t'en débarrasser.

Ce projet ne plut pas trop à Sélim ; c'était un bon gros homme, mais qui se laissait conduire par sa femme, une sèche et acariâtre créature. Il obéit, monta en voiture avec les deux enfants et partit : quelques chameaux char-

gés de marchandises les suivaient. Précédé des deux garçons qui se donnaient la main, il se rendit sur la grande
place publique devant la maison du pacha, où se pressait
une foule innombrable. Il s'assembla bientôt un grand
nombre de personnes devant les deux enfants. Les deux
jolis jumeaux, qui se ressemblaient tant, frappaient tout
le monde. Plusieurs acheteurs se présentèrent : — C'est
dommage, disaient-ils, que ces enfants soient si jeunes et
si délicats, sans quoi on pourrait les placer facilement.
Mais ils sont encore trop faibles pour le service d'esclaves ; — et ils passaient leur chemin.

Un Maure et un Turc se présentèrent encore, ils mar-
chandèrent les deux frères, mais ils firent aussi l'observation qu'ils n'étaient pas encore propres au service. —
Eh bien, dit Sélim, ils sont bons pourtant pour allumer la
pipe de leur maître, lui servir le café, ou pour ramasser
les citrons qui tombent dans le jardin. De même que,
dans les pays chrétiens, les grands seigneurs se font un
honneur d'avoir un noir pour domestique, ainsi les
Maures aiment à avoir un blanc pour esclave, quand
même il ne serait qu'un objet de luxe.

Le Maure et le Turc achetèrent les garçons. Ce dernier
dit alors à Sélim : — Vous me connaissez, venez chercher l'argent chez moi. — Il prit Timothée par la main
pour l'emmener. Le Maure, à son tour, dit au marchand
d'esclaves : — Accompagnez-moi chez moi avec le garçon,
c'est là que je vous payerai.

Quand les enfants apprirent qu'on voulait les séparer,
ils pleurèrent à chaudes larmes et éclatèrent en sanglots.
— Non, non ! dit l'un d'eux en embrassant son frère,
non, mon cher Timothée, je ne te quitterai pas, nous
voulons vivre et mourir ensemble. — Notre bonne mère est
morte, dit l'autre, on nous a enlevés à notre bon père ; je
n'ai plus que toi sur la terre, ô mon cher Philémon ! je
ne puis t'abandonner. Que Dieu nous préserve de ce
malheur !

Tous les assistants étaient touchés de la douleur de ces
pauvres petits. La femme du pacha qui, de sa fenêtre,

regardait le marché, avait contemplé avec le plus grand plaisir ces deux beaux enfants. Leur plainte la toucha au cœur. Elle envoya un domestique vers Sélim et les deux acheteurs, et leur fit dire que la femme du pacha désirait acheter ces deux enfants, et qu'ils eussent à les lui céder. Tous les trois marchands se courbèrent avec respect vers la fenêtre. Sélim suivit le domestique avec les deux enfants et les présenta à la femme du pacha. Elle lui paya un prix bien supérieur à celui auquel il s'attendait. Les larmes aux yeux, il dit adieu aux jeunes chrétiens, très-satisfait néanmoins du marché qu'il venait de conclure.

La femme du pacha entama une conversation avec les deux jumeaux et voulut apprendre leur histoire. Ils lui racontèrent avec beaucoup de naïveté tout ce qu'ils savaient. Ils avaient quelque peine, il est vrai, à s'exprimer clairement dans la langue turque ; cependant elle comprit parfaitement tout ce qu'ils voulaient dire, mais elle ne put s'empêcher de sourire de temps à autre, en entendant les singulières expressions dont ils se servaient parfois. Comme elle aimait beaucoup les enfants, et qu'elle était privée du bonheur d'être mère, elle résolut d'adopter les deux frères. Elle ne douta pas que son époux ne donnât son consentement avec le plus grand plaisir.

Elle fit habiller avec beaucoup de magnificence, à la mode turque, les deux enfants, qui étaient assez proprement vêtus, mais à la manière des esclaves. Quand on les lui amena tous deux dans l'ample costume turc, elle fut ravie de les voir. — Qu'ils sont beaux, dit-elle, avec leur veste rouge, sur laquelle tombent leurs boucles de cheveux d'un blond doré !

Elle les fit tourner en tous sens pour les regarder. Ce costume ne plut pas trop aux enfants, mais la femme du pacha leur dit : — Soyez tranquilles, mes chers petits, je ne veux pas faire des Turcs de vous ; néanmoins je serai pour vous une seconde mère.

VI

ELMINE.

Elmine, l'épouse du pacha, était une excellente femme, une âme noble et charitable. Elle tint parole et servit de mère aux deux enfants. Elle leur donna une très-jolie chambre pour eux seuls, les recommanda aux soins d'une gouvernante, et les fit servir par un esclave chrétien en qui elle avait toute confiance. Elle les faisait souvent venir près d'elle, quand elle était occupée à broder avec ses femmes ; ils venaient prendre part à la conversation. On les interrogeait sur les coutumes des pays chrétiens, et leurs récits enfantins, leurs descriptions originales enchantaient tout le monde.

Quand Elmine allait au jardin, qui était grand et magnifique, les enfants l'accompagnaient toujours. Ils y découvraient maintes fleurs qu'ils avaient déjà vues dans le jardin de leur père ou dans celui de leur précepteur Antoine, et les saluaient comme de vieilles connaissances. Mais beaucoup de grandes fleurs aux couleurs éblouissantes leur étaient encore entièrement inconnues. — Ces fleurs chrétiennes, disaient-ils à Elmine, nous sont toutes familières, mais de grâce, dites-nous comment se nomment ces fleurs turques. — Elle souriait et leur en disait les noms. Même en l'absence de l'épouse du pacha, il leur était permis d'aller au jardin ou de se promener dans la cour du palais.

Tout le monde prit ces jolis enfants en affection ; les ouvriers occupés au jardin et les domestiques de la cour les chérissaient ; les animaux eux-mêmes leur étaient attachés.

Dès que les deux frères paraissaient dans le jardin, deux cygnes, qu'Elmine élevait sur le grand étang, nageaient vers le bord, car les enfants avaient l'habitude de

leur jeter chaque fois du pain. Les deux grands chiens de chasse du pacha accouraient avec joie à leur rencontre aussitôt qu'ils descendaient dans la cour, car ils ne manquaient jamais de les caresser et de leur apporter quelque nourriture. La première fois qu'il vit ces chiens, le petit Philémon faillit commettre une grande imprudence.
— Nous avions aussi chez nous un pareil chien, dit-il, il se nommait Sultan. — Par bonheur, ce propos ne fut entendu que par un esclave chrétien, qui était chargé de nourrir les chiens. Il avertit le jeune enfant de ne plus rien dire de pareil. — Sur ton âme, dit-il, cela pourrait te coûter la vie ; car Sultan est le nom que les Turcs donnent à leur empereur.

Quand les enfants furent habitués à la vie du palais, et qu'ils eurent retrouvé toute leur gaieté et leur bonne humeur, Elmine chargea l'esclave chrétien qui les avait servis jusqu'alors, et qui, depuis le long espace de temps qu'il avait passé en Turquie, avait toujours montré une grande habileté, de leur enseigner à lire, à écrire et à compter. L'esclave accepta avec empressement ces fonctions. Il ne se contenta pas d'apprendre aux enfants ce qu'on lui avait prescrit, mais dans toutes ses leçons il leur parla de Dieu et de Jésus notre sauveur.

Un matin, Elmine voulut voir les enfants. La porte de leur chambre était entr'ouverte, tous deux à genoux au milieu de la chambre priaient à haute voix. — O mon Dieu, disaient-ils, ô notre Père qui es aux cieux, bénis, bénis notre seconde mère, cette bonne Elmine ; répands sur elle toutes tes grâces. Elle est si affable, si bienveillante pour nous ! Oh ! fais en sorte qu'elle apprenne à te connaître ainsi que ton fils Jésus-Christ ; fais en sorte qu'elle soit sauvée !

Ces paroles allèrent au cœur d'Elmine. A partir de ce jour, elle questionna souvent les enfants sur la religion chrétienne. Tout ce qu'ils furent en état de lui en dire lui plut singulièrement ; mais quelques points lui paraissaient encore obscurs. — Oh ! dit-elle un jour, que ne puis-je parler à quelqu'un qui sût éclairer mes doutes !

— Oh! s'écrièrent les enfants, nous connaissons quelqu'un qui est mieux en état de le faire que tout autre. C'est ce bon jardinier, savez-vous, dont nous vous avons si souvent parlé; c'est un homme pieux et instruit, c'est même un prêtre chrétien.

— Vous avez raison, dit Elmine, je saurai le faire venir. Mais gardez-vous de laisser voir que c'est un prêtre chrétien; il pourrait lui en coûter la vie : les Turcs seraient dans le cas de l'étrangler.

Au bout de quelques semaines, la foire eut lieu de nouveau. Elmine fit venir Sélim. — Je vous dois bien des remercîments, lui dit-elle, vous m'avez procuré ces deux jeunes chrétiens dont je suis on ne peut plus satisfaite; mais j'aurais encore besoin de vos services. Je voudrais que mon jardin fût mieux soigné. Les chrétiens connaissent mieux l'horticulture que les Turcs. Ne pourriez-vous me trouver un esclave chrétien qui s'y entendît? Je vous donne plein pouvoir.

Sélim fut flatté de cette commission. — J'en aurais bien un, dit-il, qui a fait ses preuves et qui est passé maître en fait de jardinage; mais il sera difficile d'en faire l'acquisition. C'est l'esclave du riche Ibrahim. — Achetez-le-moi, reprit Elmine, quelque prix qu'on en demande. Dites à son maître que j'ai besoin de son jardinier : il ne refusera certainement pas de me le céder.

Dès qu'il fut de retour, Sélim se rendit chez Ibrahim et lui proposa d'acheter son esclave. Ibrahim refusa avec humeur. — Que pensez-vous? dit-il. Mon jardinier est si brave homme et me rend tant de services, que je ne le céderais pour or ni pour argent. Jamais je ne le vendrai. Mais quand le riche Turc eut appris que l'épouse du pacha désirait l'esclave, il revint sur son refus.

Sélim vint au palais avec Antoine. L'intendant les conduisit tous deux vers Elmine. Bien qu'Antoine ne fût couvert que d'un méchant costume d'esclave, elle fut frappée de la noblesse de son visage. Elle paya à Sélim le prix qu'il avait demandé, ordonna à l'intendant d'appeler les deux enfants, et, dès qu'il se fut éloigné avec Sélim, elle dit à Antoine : — Mon vénérable père, vos deux jeunes élèves, Timothée et Philémon, qui ont pour vous une affection toute filiale, m'ont parlé de vous. A dater d'aujourd'hui, soyez aussi mon maître. Un prêtre chrétien comme vous est plus à même que tout autre de m'éclairer sur ce que j'ai tant à cœur de savoir, et sur ce qu'il y a de plus important au monde.

Antoine leva les yeux et les mains vers le ciel, et s'écria : — Grand Dieu ! quelles choses admirables accomplis-tu par ces enfants ! — Sur ces entrefaites, les deux frères entrèrent dans la chambre. Transportés de joie, ils coururent vers lui et s'écrièrent : — Antoine ! vous notre maître et notre second père ! Que nous remercions Dieu de ce qu'il vous a rendu à notre amour ! — Leur joie était inexprimable.

Elmine fit donner à Antoine un costume plus soigné, mais en rapport cependant avec sa condition de jardinier. Accompagnée des deux enfants, elle alla souvent au jardin pour s'entretenir avec lui. Les Turcs croyaient

que leurs conversations ne roulaient que sur les embellissements à faire au jardin ; mais ils parlaient d'un jardin

bien plus magnifique que celui du pacha : du royaume
du ciel. Ils s'entretenaient de Dieu et de notre divin Sauveur. Les paroles d'Antoine illuminèrent l'esprit d'Elmine ; elle devint chrétienne ; elle fit sa profession et
reçut le baptême en secret par Antoine dans un pavillon
du jardin, en présence seulement des enfants et de deux
esclaves chrétiens.

Sur sa demande, Antoine lui donna le nom de baptême
d'Élisabeth. Il lui avait parlé de la sainte princesse qui
portait ce nom, il lui avait vanté son humilité, sa douceur, sa charité sans bornes envers les pauvres et les malheureux, et l'avait citée comme un modèle pour les prin-
cesses et les femmes d'un rang élevé.

Elmine choisit ce nom pour se rappeler sans cesse un
si noble exemple et pour suivre fidèlement les traces de
cette sainte femme.

VII

LE PRISONNIER DE GUERRE.

Pendant qu'Elmine avait reçu chez elle les deux aimables enfants, et fait d'Antoine bien plus son directeur
spirituel que l'intendant de ses jardins, le pacha, son
époux, s'était toujours trouvé à Constantinople. Le sultan
préparait une nouvelle campagne contre les chrétiens. Il
avait fait entrer au conseil de guerre cet homme éclairé,
et l'avait promu à un des grades les plus élevés dans l'armée. La guerre éclata ; un courrier à cheval vint en prévenir Elmine. Cette nouvelle lui fit beaucoup de peine,
ainsi qu'à ses amis chrétiens ; mais, dans la ville et dans
le palais, les Turcs se livraient à la joie la plus vive.

Quoique l'armée principale se fût dirigée vers une
tout autre contrée pour faire une invasion en Hongrie, les
Turcs du district du pacha ne voulurent pas rester les

bras croisés. Ils s'attroupèrent, passèrent la frontière avec impétuosité, fondirent sur les villes, les bourgs et les villages voisins, pillèrent les maisons, ravagèrent les campagnes, enlevèrent le bétail, mirent tout à feu et à sang, et conduisirent en Turquie un grand nombre de prisonniers.

Au milieu des acclamations de la foule, plusieurs de ces derniers furent menés sur la grande place, devant la maison du pacha, et mis en vente. Elmine et les deux enfants accoururent à la croisée pour les voir. Au milieu des prisonniers, les garçons reconnurent leur père. Tous deux s'écrièrent en même temps et de toute la force de leurs poumons : — Notre père ! notre père ! oh ! notre père ! — Lucius leva les yeux, vit deux enfants en costume turc, sans se douter que ces paroles s'adressassent à lui. Mais déjà les enfants avaient disparu de la fenêtre ; descendre et percer la foule, qui les laissa passer, fut pour eux l'affaire d'un moment. Arrivés près de lui, ils lui embrassèrent les genoux. Il ne les reconnut pas de suite. — Notre cher père ! notre cher père ! s'écrièrent-ils, ne reconnais-tu pas tes enfants ? Je suis Timothée ! Je suis Philémon. — Oh ! mes enfants ! s'écria Lucius, d'une voix haute et déchirante. O mon Dieu ! mon Dieu ! que je te remercie ! — Au milieu de leurs tendres embrassements, des larmes de joie inondèrent le visage du père et de ses enfants. Lucius oublia ses chaînes ; son bonheur l'absorbait tout entier. Ce spectacle surprit et toucha les gens qui les entouraient ; beaucoup se sentirent les larmes aux yeux. Les personnes plus éloignées s'approchèrent pour voir ce qui se passait. — C'est leur père ! ce sont ses enfants ! leur criait-on.

Elmine envoya un domestique sur la place pour faire dire que la femme du pacha demandait qu'on lui abandonnât le prisonnier. Les soldats le conduisirent près d'elle ; Elmine leur fit de riches présents, et leur dit : — Prenez cela en attendant, mes braves ; le pacha, à son retour, vous payera. Les enfants la supplièrent de faire ôter les fers à Lucius. Elle fit signe aux soldats ; ils obéirent, et s'éloignèrent en emportant leurs chaînes.

Les enfants, transportés de joie, ne cessaient de regarder leur père; mais ce fut avec tristesse qu'ils s'aperçurent combien il avait vieilli depuis leur séparation. En effet, la mort de sa bonne épouse, l'enlèvement de ses enfants, sa réduction en esclavage, et les mauvais traitements que les Turcs lui avaient fait subir, l'avaient tellement accablé, que ses cheveux étaient devenus blancs avant l'âge, et que des rides sillonnaient sa figure respectable. Cette vue affligea les deux enfants.

Lucius aussi parut triste tout à coup; le riche costume turc de ses fils lui sembla étrange, il craignit qu'ils ne fussent devenus musulmans. Elmine comprit sa pensée, et voyant sa tristesse : — Ne craignez rien, pauvre père, lui dit-elle, que rien ne trouble votre joie; et moi aussi je suis chrétienne. Dieu s'est servi de ces bons enfants pour me faire connaître Jésus-Christ; et ce digne homme, qui est un prêtre chrétien, fut, par la suite, notre maître à tous. — En disant ces mots, elle montra Antoine qui venait d'entrer. — Que je suis ravie d'apprendre à connaître le père d'aussi beaux enfants !

Ce fut alors seulement que Lucius parut entièrement heureux; il remercia à haute voix le Seigneur. Elmine, les deux enfants et Antoine, s'empressèrent de raconter à Lucius comment Dieu avait disposé admirablement les choses. Lucius passa des jours heureux; tout le monde goûtait la paix du Seigneur. Cependant, de temps à autre, le père désirait vivement retourner dans sa patrie, d'autant plus que les Turcs qui demeuraient ou qui venaient simplement au palais, le regardaient de mauvais œil; comme il s'en apercevait bien, et qu'ils ne cachaient qu'avec peine leur ressentiment, il pria Elmine de lui permettre de retourner dans son pays avec ses fils. Mais elle lui dit : — Tant que durera la guerre, je ne vous le conseille pas; vous vous exposeriez à mille dangers; mais dès que la paix sera conclue, je vous renverrai dans votre patrie, en vous comblant d'honneurs et en vous indemnisant largement des pertes que la guerre vous a fait éprou-

ver. Lucius se rendit à ces conseils, et les reçut avec
bonté et reconnaissance. — Je n'ai qu'un regret, dit-il,
c'est de n'avoir pas ici d'occupation fixe. L'ennui m'est
insupportable. Jusqu'alors, il avait profité de ses loisirs
pour se livrer, en amateur, au jardinage, et il avait acquis
une grande habileté dans l'art de cultiver les fleurs. Il demanda qu'on l'adjoignît au pieux Antoine dans ses travaux; Elmine y consentit avec plaisir. Il vint habiter près
de ce dernier, dans la maison du jardinier, et ces deux
hommes étaient heureux de pouvoir vivre ensemble, et
de consacrer en commun leurs jours à Dieu dans le travail et dans la prière.

VIII

LE PACHA.

Après une longue absence, le pacha revint tout à coup
et sans qu'on l'attendît. Les Turcs avaient perdu une
grande bataille et s'étaient vus forcés d'accepter une suspension d'armes très-désavantageuse. Quand il entra à
cheval dans les rues de la ville, suivi d'un nombreux cortége d'officiers et de soldats, tout le peuple accourut et
le salua de vives acclamations. Mais il était violemment
irrité et maudissait les chrétiens. Avant qu'il entrât au
palais, ses serviteurs lui dirent : — Votre femme s'est faite
chrétienne. Un prêtre du Christ, déguisé en jardinier,
s'est glissé dans votre palais et l'a détachée du culte du
prophète. Un autre chrétien, qui est venu ici comme
prisonnier de guerre, mais que vos braves soldats ont été
forcés de lui livrer, a contribué aussi à cette œuvre de
perversion. Voyez, c'est lui qui passe là-bas. Ces deux infâmes chrétiens ont su captiver toute la confiance de
votre femme. Nous autres Turcs, nous avons perdu tout
crédit près d'elle. Elle se conduit plus en chrétienne

qu'en femme turque. Pour combler la mesure, elle a adopté deux enfants chrétiens, les fils de ce prisonnier, cet ennemi de notre religion.

Cette nouvelle exaspéra le pacha, et il ne put retenir sa rage. Comme un furieux, il monta les escaliers pour interroger sa femme. Il la rencontra en haut, accourant au-devant de lui pour le recevoir. En la voyant, il cherche à se contenir, et lui dit avec assez de calme : — Est-il vrai que tu sois chrétienne ? — Oui, c'est vrai, répliqua-t-elle, je suis chrétienne, et je me plais à proclamer hautement ma foi en Jésus. Emporté par sa fureur, il tira son cimeterre du fourreau pour lui fendre la tête. Mais un officier qui l'accompagnait le prévint et lui arrêta le bras avec beaucoup de peine en lui disant : — Laissez-lui au moins le temps de réfléchir, je ne doute pas qu'elle ne revienne à de meilleurs sentiments. Les docteurs de notre religion sauront bien la convertir. Ce n'est qu'à l'aide de paroles artificieuses qu'on est parvenu à entraîner votre digne épouse au christianisme ; elle reconnaîtra bientôt ses erreurs et s'en repentira. Laissez-lui seulement le temps nécessaire. — J'y consens, dit le pacha, je lui donne trois jours pour réfléchir. Menez-la dans son appartement et gardez-la à vue. Quant à ce maudit prêtre, et à cet autre misérable, jetez-les en prison. Dans trois jours ils mourront sans pitié ; je leur ferai trancher la tête à tous deux, et si jusque-là cette femme insensée n'abjure pas ses erreurs, elle éprouvera le même sort. Ils seront exécutés tous trois à la même heure. — On conduisit Elmine dans sa chambre, et l'on plaça une sentinelle à la porte. Le pieux ecclésiastique et Lucius furent jetés en prison.

Timothée et Philémon étaient tristes et consternés, en apprenant qu'on devait exécuter leur père sous trois jours. Tout le monde au palais prenait part à leur peine. Les esclaves chrétiens les chérissaient tendrement, car ces enfants leur avaient fait beaucoup de bien, et obtenu pour eux bien des grâces d'Elmine. Les Turcs eux-mêmes n'étaient pas trop mal disposés à leur égard. Ils s'étaient dit

14.

souvent entre eux : — Ce sont de braves garçons : à coup
sûr ils deviendront un jour de bons mahométans. — Ils les
consolaient à leur manière. — Soyez contents, leur disaient-ils, que le pacha ne vous fasse pas exécuter aussi :
vous pouvez parler de bonheur, puisqu'il vous épargne.
Mais gardez-vous de paraître à ses yeux; sans quoi il
pourrait faire abattre aussi vos blondes têtes bouclées.

Les deux frères montèrent dans leur chambre, se mirent à genoux, levèrent les mains vers le ciel, et firent
cette prière en pleurant à chaudes larmes : — O Dieu
bon et miséricordieux, prends pitié de notre père chéri,
de notre bon précepteur et de la bonne Elmine; sauve-
les; toi seul en as le pouvoir. — Ils se consolèrent mutuellement avec les paroles de la sainte Écriture. Ils se
rappelèrent surtout ces paroles de David qu'ils avaient
souvent entendu répéter au pieux Antoine : « Les justes
ont beaucoup à souffrir, mais le Seigneur les sauvera du
malheur, car il est le gardien fidèle, le protecteur tout-
puissant de tous les affligés. »

Ils se remirent à prier et méditèrent les maximes si
belles et si consolantes de l'Écriture, dont ils savaient un
grand nombre par cœur. Leur confiance enfantine en
Dieu et en ses prédictions leur allégea le cœur. Ils y pui-
sèrent le calme et la consolation.

IX

LA FUITE.

Le vœu le plus ardent des deux frères était de visiter
leur père chéri dans sa prison. Le soldat préposé à sa
garde était Turc, il est vrai; mais, au fond de son cœur,
il n'était pas ennemi de la religion du Christ. Seulement
il se gardait bien de laisser paraître ses sentiments, de
peur de déplaire au pacha. Les enfants le supplièrent de

les laisser pénétrer dans le cachot. — Je veux bien vous le
permettre, leur dit-il, mais il faut que cela se fasse en
secret. Revenez cette nuit. — Il leur indiqua les heures
où il serait de garde.

Ils se dirigèrent alors vers la prison de leur pieux précepteur. Elle était gardée par un soldat turc. Ils le
prièrent avec instances et les larmes aux yeux de les laisser entrer; mais il les repoussa brutalement. Ils es-
sayèrent ensuite de voir Elmine. Arrivés devant la porte
de sa chambre, ils virent deux soldats, le sabre nu à la
main, qui étaient de garde. Les deux frères leur deman-
dèrent avec timidité la permission d'entrer; mais l'un de
ces soldats leur répondit brièvement: — Non; cela nous
est défendu. — L'autre agita son sabre et s'écria: — Allez-
vous-en, ou............ Ils s'en allèrent tristement.

Quand la nuit fut arrivée, ils se glissèrent dans le cachot de leur père : la prison était adossée au palais. Un
étroit corridor y conduisait. La sentinelle alluma une
petite lanterne à la lampe qui brûlait dans le corridor,
la remit aux enfants, ouvrit la porte et les fit entrer.

Lucius était assis dans le noir cachot, qu'éclairait faiblement la lanterne. Timothée et Philémon tombèrent
à genoux devant leur père, et pleurèrent en pensant à la
mort cruelle qui l'attendait. Mais il leur dit : — O mes
chers enfants ! consolez-vous : ce que Dieu nous a réservé
s'accomplira; pas un cheveu ne saurait tomber de ma
tête sans sa volonté. Que sa volonté soit faite ! S'il a voulu
ma mort, je me réjouis de pouvoir prouver, au prix de
mon sang, ma croyance en Jésus-Christ son fils bien-
aimé.

— C'est bien, dirent les enfants; nous aussi y sommes
préparés. Mais pourquoi se laisser mettre à mort par ce
cruel pacha? Ces Turcs n'avaient pas le droit de nous réduire en esclavage. Prends la fuite; rien n'est plus facile.
Le soldat qui est préposé à ta garde est un brave homme;
mais c'est un Turc mou et paresseux. Au lieu de monter
la garde, il s'est couché par terre, et bientôt il s'endor-
mira. Nous pourrons aisément nous évader. Nous con-

naissons une porte dérobée qui conduit dans la campagne, à travers le jardin.

Lucius réfléchit, et accepta l'offre. Un des enfants se glissa devant la porte. Il revint, et dit à voix basse : — La sentinelle s'est endormie, et ronfle depuis longtemps. Sauvons-nous. — Allons, à la garde de Dieu! dit le père. Je connais le pays. Nous avons deux montagnes à gravir; nous arriverons ensuite au milieu des forêts, et, avec le secours de Dieu, nous atteindrons la frontière chrétienne. — Ils s'évadèrent.

Il faisait un beau clair de lune. Ils gravirent sans encombre la première montagne, bien qu'ils fussent souvent obligés de se frayer un chemin à travers le fourré, et de grimper sur les rochers. Le ciel se revêtit des teintes pourpres de l'aurore. Ils avancèrent avec moins de peine, traversèrent en ligne droite une large allée, et atteignirent l'autre montagne. Mais tout à coup ils entendirent le son du cor, le bruit de plusieurs chevaux et les aboiements des chiens. — C'est une chasse, dirent les enfants. — Je crains, dit le père, que ce ne soient les gens du pacha. Ce sont ses piqueurs qu'il envoie à nos trousses pour nous arrêter. Cachons-nous jusqu'à ce qu'ils aient passé. Ils trouvèrent au pied de la montagne une caverne dont l'entrée était cachée par des broussailles, et ils s'y blottirent. Les cavaliers descendirent la côte, et s'approchèrent toujours de plus en plus.

Le père s'agenouilla et fit cette simple prière : — O mon Dieu! sauve ces deux enfants! — Il craignait que le pacha, dans sa fureur, ne fît mettre à mort ces deux pauvres innocents, qui se mirent à genoux près de leur père, et prièrent ainsi, les mains levées vers le ciel : — O mon Dieu ! préserve seulement notre père chéri de la mort cruelle qui l'attend; fais-nous mourir plutôt nous-mêmes. Prends notre vie en place de la sienne. — Ce beau dévouement toucha Lucius jusqu'aux larmes. — Quelque grand que soit mon malheur, dit-il, je suis pourtant un heureux père. Oh ! oui, je suis plus heureux que le pacha, que le sultan lui-même !

Le bruit des chevaux et des chiens s'éloigna. — Dieu
soit loué! dirent les enfants, continuons notre voyage. —
Non pas, dit Lucius, nous ne sommes pas encore en sûreté. Il s'assit sur la mousse, dans la caverne; ses deux
fils se mirent à ses côtés. Alors seulement ils s'aperçurent
combien ils étaient fatigués d'avoir gravi la montagne.
Les enfants commencèrent à sentir la faim. Le soir pré-
cédent, et même pendant le jour tout entier, ils n'avaient
pas songé à prendre quelque nourriture, tant la douleur
les absorbait; mais ils avaient emporté une partie de leur
souper, des pâtisseries et des fruits, pour les porter à
Lucius, car ils savaient que dans la prison il ne recevait
que de l'eau et du pain moisi. Chacun tira alors de sa
poche un morceau de gâteau et une pomme, et ils dirent
à la fois : — Tiens, bon père, prends ceci. — Oh! mes
chers enfants, s'écria Lucius avec attendrissement, gardez cela pour vous-mêmes; je n'ai pas encore faim. —
Oh! ne te gêne pas, s'écria Timothée, nous avons autre
chose; tiens, regarde; et il posa sur la mousse un autre
morceau de gâteau et quelques pommes. Mais leur père
leur dit : — Mangez, et gardez ce qui vous reste, vous en
aurez encore bien besoin. Nous ne trouverons pas de sitôt des gens qui consentiront à vous donner un morceau
de pain. — O mon père, dit Philémon, si tu ne manges
pas, nous ne toucherons rien non plus, et il mit de côté
le gâteau et les pommes. — Eh bien, nous partagerons,
reprit le père; mais auparavant, remercions Dieu de ses
bontés. — Les deux enfants levèrent avec ferveur leurs
mains jointes vers le ciel. — O mon Dieu! dit Timothée, je
te remercie de ce que tu fais mûrir le blé et les fruits. —
Je te remercie, reprit Philémon à son tour, de ce que tu
nous as inspiré d'emporter avec nous ces aliments; sans
quoi nous aurions pu mourir de faim dans ce désert.

Tous trois mangèrent de bon cœur. L'aurore pénétra
dans la caverne, et l'éclaira dans toute sa profondeur. —
Que Dieu a été bon en créant cette belle aurore! dit
Timothée. Philémon ajouta : — A la vue de ce ciel ma-
tinal, comment les hommes peuvent-ils se haïr les uns les

autres? comment peuvent-ils pousser la cruauté jusqu'à
verser le sang de leurs semblables? — Louons et remercions le Seigneur, dit le père, de ce qu'il a fait naître cette
belle aurore, et de ce qu'il va faire luire de nouveau son
soleil sur les bons comme sur les méchants. Reconnais-
sons sa bonté, imitons-lé dans son amour, et aimons jusqu'à nos ennemis.

X

NOUVEAUX DANGERS.

Tout à coup les sons du cor retentirent de nouveau, et
s'approchèrent de plus en plus. C'était en effet la chasse.
Le pacha chassait dans la contrée. La colère qu'il avait
ressentie contre le prêtre chrétien et le père des deux jumeaux, jointe au chagrin que lui causait la conversion de
sa femme, l'avait empêché de fermer l'œil de la nuit. Il
s'était levé longtemps avant le jour, et avait résolu d'aller
à la chasse. Le plaisir que j'y trouverai, se dit-il, dissipera
peut-être ma tristesse. Il ignorait encore que Lucius se
fût échappé. La sentinelle avait bien remarqué que le
prisonnier n'était plus dans le cachot, mais elle n'avait
pas osé en faire son rapport. Le soldat retira simplement
la clef, qui était encore à la porte en fer, la mit dans sa
poche, et, l'arme au bras, il se promena devant le cachot,
comme si rien n'était arrivé. Si l'on me demande ce
qu'est devenu le prisonnier, pensa-t-il, je répondrai que
je n'en sais rien.

Sur ces entrefaites, la chasse s'approcha toujours de
plus en plus de la caverne. Tout à coup la meute poussa
de grands aboiements. Deux grands chiens de chasse
s'élancèrent dans la caverne, et bondirent autour des enfants en aboyant de joie et en remuant la queue. C'étaient
les chiens du pacha. Ils étaient tombés sur la piste des

enfants, et avaient suivi avec ardeur leurs traces pour retrouver leurs bienfaiteurs. — O mes bons et fidèles animaux, dit Timothée, vous ne savez pas quel triste service
vous nous rendez là. — Philémon regarda à travers l'ouverture de la caverne, et s'écria avec effroi : — Grand Dieu !
c'est le pacha lui-même. Il est descendu de cheval, et,
l'arc tendu, il s'avance vers la caverne. O mon ! Dieu que va-
t-il nous arriver ! — Les deux enfants tremblaient de
frayeur. Mais leur père leur dit : — N'ayez pas peur, mes
bons enfants. Il ne peut rien arriver sans la permission de
Dieu : que sa volonté soit faite ! Il les fit reculer, et se
plaça devant eux pour les protéger et leur faire un rempart de sa poitrine contre le trait meurtrier.

Le pacha se plaça à l'entrée de la caverne, en s'attendant à en voir sortir quelque pièce de gibier. Il vit remuer quelque chose dans l'obscurité et s'apprêta à lâcher la flèche, quand il s'aperçut que ce n'était pas un
animal, mais un homme. Il baissa son arc, et s'écria en
colère : — Qui que tu sois, sors à l'instant ! — Lucius
s'avança et se plaça devant lui avec calme, sans laisser
paraître la moindre émotion.

— Comment, c'est toi ! s'écria le pacha comme un
furieux. Toi, mon prisonnier ! Tu as osé m'échapper !
Mais cela ne te servira de rien. Avant deux jours, tu auras
la tête tranchée. Hola ! s'écria-t-il à ses gens : qu'on le
saisisse et qu'on le charge de fers. Et vous, dit-il à deux
piqueurs à cheval, mettez-le entre vos deux chevaux, ra-
menez-le, faites-le couvrir de chaînes, et jetez-le dans le
plus noir cachot, tout au fond des prisons. — En voyant lier
leur bon père, les deux enfants sortirent de la caverne, et
implorèrent sa grâce et la pitié du pacha. — Comment,
s'écria-t-il, vous voilà aussi ! Quel scélérat que cet homme,
qui a voulu débaucher encore deux jeunes esclaves, que
la femme d'un pacha a achetés si cher ! — Mais quelle que
fût sa rage, il ne put voir sans compassion ces deux beaux
enfants avec leurs yeux mouillés de larmes, et leurs petites mains levées vers lui. — Je ne puis leur en vouloir
d'avoir suivi leur père, dit-il ; ils ne méritent point d'être

punis ; ils ont bien fait. Car, après tout, cet homme, quelque pervers qu'il soit, est cependant leur père ! Que chacun de mes piqueurs en prenne un en croupe, et qu'on les ramène dans mon palais.

Le pacha, vivement contrarié, remonta à cheval, et suivi de son cortége, continua la chasse. Les deux enfants

furent ramenés au palais : quant à leur père, il fut jeté dans un affreux cachot au fond d'un souterrain.

XI

TENTATIVE DU PACHA POUR FAIRE RENONCER ELMINE A LA RELIGION CHRÉTIENNE.

Le pacha, nommé Abdallah, ne trouva plus dans la chasse le plaisir accoutumé. Il laissa passer devant lui les cerfs et les chevreuils, et les remarqua à peine. C'était terrible pour lui de penser qu'Elmine appartenait à la religion chrétienne à laquelle il avait voué une haine mor-

telle. Mais quelque grande que fût sa colère, sa tendresse
pour sa noble épouse n'était pas encore éteinte. La haine
et l'amour se combattaient dans son cœur. Il se trouvait
dans un état d'inquiétude et de souffrance inexprimables, tout son esprit était agité comme la mer quand les
vents la bouleversent en tous sens. Il erra toute la journée à cheval dans la forêt, au point que ses gens crurent
qu'il avait perdu la raison. Ce ne fut qu'à la nuit tombante qu'il revint à la ville. Il défendit aux piqueurs de
sonner du cor et fit son entrée en silence. Ce jour si triste
fut suivi d'une nuit pleine d'angoisses.

Aussitôt que le jour parut, il fit venir trois prêtres
turcs, qu'on nommait imans, et leur dit : — Je vous regarde comme les plus savants, les plus zélés et les plus
éloquents de tous vos collègues. Aussi ai-je jeté les yeux
sur vous pour une affaire importante. Allez trouver Elmine,
persuadez-lui de renoncer à sa nouvelle croyance, et de
revenir à la foi de ses pères. Si vous réussissez, chacun
d'entre vous recevra une bourse pleine d'or. Ils promirent
de faire leur possible, et ne doutèrent pas du succès.
Mais, après un entretien de plus de deux heures, ils revinrent près du pacha, haussèrent les épaules et dirent
d'une voix affligée : — Il n'y a rien à faire. Un changement étrange s'est opéré en cette femme. Nous ne savons
quel esprit l'inspire. Nous sommes forcés d'en convenir,
nous n'avons pu lui résister.

Mainte fois par jour, le pacha demandait aux femmes
de chambre des nouvelles d'Elmine. — Que fait-elle? dit-
il à l'une de ses suivantes, que dit-elle de ce que je veux
lui trancher la tête? Est-elle bien irritée contre moi, me
hait-elle? — Oh! non, répondit cette femme, elle est toujours pleine d'amour pour vous. — Eh bien, ne change-
t-elle pas encore de sentiment? demanda-t-il à une autre.
— Elle prie continuellement le ciel de vous en faire
changer vous-même, lui répondit-on. — Elle désire donc,
s'écria-t-il avec joie, que je ne la fasse pas exécuter? —
Elle n'en dit pas un mot, répliqua la femme de chambre.
Ce qu'elle désire, c'est que vous deveniez vous-même

chrétien. Elle souhaite à son cher époux le même bonheur qu'elle éprouve. Le pacha fit venir Zérine, la première des suivantes de sa femme, à laquelle celle-ci avait toujours témoigné la plus grande confiance : — C'est vous qui avez le plus d'ascendant sur son esprit, lui dit-il ; vous l'avez élevée depuis son enfance, elle ne saurait vous résister. Persuadez-lui de renoncer au christianisme et de revenir à notre religion. — Je la prie continuellement, reprit Zérine, de ne pas exposer ainsi ses jeunes années. «Plutôt mourir, me dit-elle, que de renier Jésus, mon divin Sauveur. » — Sans doute, dit le pacha, elle s'imagine que ce ne sont que de vaines menaces et que je ne la ferai pas exécuter? — Elle ne doute pas le moins du monde que vous ne les réalisiez, répliqua Zérine, puisque vous lui auriez fendu la tête, si votre lieutenant Omar n'avait retenu votre bras. — Mais elle ne craint donc pas la mort? demanda le pacha. — Pas le moins du monde, dit Zérine. Je ne comprends rien à cette femme. Elle se réjouit de la mort terrible qui l'attend. Je lui dis avec des pleurs et des sanglots : Ainsi ce cou doit donc être tranché! Cette tête si belle et si gracieuse doit tomber sous le glaive, et rouler sanglante dans la poussière. Je lui peignis toute l'horreur de ce supplice. Moi-même j'en tremblais d'effroi ! mais elle ne fit que sourire et dit : « C'est l'affaire d'un instant. » Mon âme ensuite prendra son essor vers le ciel. Que mon cœur soupire après les félicités et les splendeurs qui m'attendent ! De ma vie je n'avais vu à Elmine tant de joie et de sérénité. C'est étrange ! les chrétiens sont des gens tout à part. Je pense parfois qu'il pourrait bien y avoir quelque chose de vrai dans le christianisme. — On croirait, dit le pacha avec humeur, que tu veux te faire chrétienne aussi. — Et il lui lança un regard courroucé, lui tourna le dos et disparut.

Vers le soir, Abdallah voulut descendre dans le jardin pour prendre le frais. Il rencontra sur l'escalier une jeune esclave, nommée Orma, qui servait Elmine en qualité de femme de chambre, et qui lui apportait un verre d'eau fraîche sur un plateau. Il remarqua ses yeux rouges de

larmes et lui dit : — Tu as donc bien pleuré, ma pauvre
enfant? Le sort d'Elmine l'intéresse donc vivement? —
Oh ! qui n'éprouverait de la pitié, soupira l'esclave. Elle est
si bonne et le supplice qui l'attend si affreux ! — Pleure-
t-elle beaucoup? demanda-t-il. — Pas autant que nous
autres qui l'entourons, répliqua-t-elle. Je crois que c'est
notre douleur seule qui la fait pleurer. Elle paraît toute
résignée. — Mais que fait-elle donc la journée entière,
continua-t-il? — Elle ne fait que lire et prier, tantôt à
voix basse, tantôt à haute voix. Elle prie pour vous et
pour nous toutes. — Voyons, réponds-moi franchement,
ses compagnes l'ont-elles bien priée de ne pas pousser
l'obstination jusqu'à sacrifier sa vie? — Oh ! oui, fit Orma.
Mais elle nous a dit : « Je donnerai volontiers ma vie pour
Celui qui a donné la sienne pour moi. «Toutes ses femmes,
toutes ses amies se sont réunies pour la prier les larmes
aux yeux et les mains suppliantes de retourner à notre
religion. Mais elle leur a répondu : « Je préférerais me
voir déchirer avec des tenailles ardentes. »

Le pacha maudit cette fermeté qu'il nommait de l'en-
durcissement. — Eh bien ! qu'il soit fait comme elle le
désire. Il ordonna de dresser l'échafaud tout à côté du
palais, et il fut élevé la nuit même à la lueur des flam-
beaux.

XII

NOUVELLE ÉPREUVE.

Le lendemain, avant l'aube, toute la population de la
ville était en mouvement. Presque tous les habitants, à
l'exception des esclaves chrétiens, pensaient que le
prêtre méritait qu'on lui tranchât la tête, et attendaient
avec impatience ce spectacle sanglant. Mais beaucoup de
personnes plaignaient le sort du malheureux père des

deux jumeaux : « En considération de ses enfants, on devrait l'épargner, disait-on ; ce sont de si aimables garçons ! Tout le monde prenait plaisir à les voir dans leur joli costume turc, traverser les rues en se donnant la main. On ne trouve pas dans toute la ville d'aussi beaux enfants de leur âge. Et après tout ils ne sont nullement fiers ; au contraire, ils se montrent affables envers tout le monde, même à l'égard des enfants les plus pauvres. On ne devrait pas les affliger au point de faire mourir leur père. »

Il n'y eut qu'une voix pour gémir sur l'exécution prochaine de la femme du pacha. « Elle est la plus belle et en même temps la meilleure femme de tout le pays, disait-on de toute part. Que de fois elle a calmé la colère du pacha ! que de services ses larmes ont rendus à nos concitoyens ! » Les pauvres de la ville fondirent en larmes. « Elle fut notre plus grande bienfaitrice, disaient-ils d'une voix unanime ; nous perdons en elle une véritable mère. » Les femmes turques, les riches comme les pauvres, étaient violemment irritées contre le pacha. — Il faut nommer les choses par leur nom, disaient plusieurs d'entre d'elles : c'est trop fort, trop barbare, de faire exécuter sa propre femme. C'est un mauvais exemple qu'on donne à nos maris ! Comment serons-nous traitées par la suite ? Il faut convenir que la bonne femme a commis une grande faute en se faisant chrétienne ; mais, malgré cela, elle a pu rester, comme auparavant, une bonne, une excellente épouse. On trouve aussi parmi les chrétiens de braves gens. On a le droit de dire ce qui est vrai. Beaucoup d'esclaves chrétiens valent mieux que nos esclaves turcs. »

Mais personne dans toute la ville n'était plus triste, plus inquiet que le pacha lui-même. A peine la fatale journée fut-elle arrivée, qu'Abdallah envoya chercher son brave lieutenant Omar, et lui dit : — Une fois déjà, mon digne Omar, vous avez sauvé la vie d'Elmine. Vous avez arrêté mon bras quand j'ai voulu lui fendre la tête, et avez ainsi paré le coup. Elmine doit avoir de la confiance en vous ; elle doit se sentir de la reconnaissance pour le service

que vous lui avez rendu. Quand on inspire de la confiance
et de la gratitude, on ne doit pas désespérer de réussir.
Allez près d'elle, et dites-lui que si elle rentre dans notre

croyance, je ferai grâce de la vie au prêtre Antoine et au
père des deux enfants. Elle acceptera ces conditions;
car elle ne peut vouloir la mort de ses amis. Parlez-lui
énergiquement, rappelez-lui qu'elle peut sauver deux
hommes, et qu'elle ne doit pas être la cause de leur mort.

Omar se rendit près d'Elmine et s'acquitta avec zèle et
fidélité de sa mission. Elle l'écouta attentivement; enfin
elle répondit après un long silence : — Ah! que j'éprouve
de grandes angoisses! Elle se mit à pleurer et se tordit
les mains : — Dieu sait, s'écria-t-elle, comme je voudrais
sauver la vie à ces hommes si bons et si pieux! mais je
ne puis! cela m'est impossible avec les conditions qu'on
m'impose. Aussi ce serait un triste présent que je ferais
à mes amis et frères dans le Seigneur, si j'obtenais leur
grâce à ce prix. Mon apostasie les affligerait jusqu'à la
mort. Mieux vaut que nous mourions tous les trois. Alors
nous serons, avant qu'une heure se soit écoulée, réunis
dans le ciel.

La jeune esclave Orma lui dit à voix basse : — Faites seulement semblant de renoncer à Jésus-Christ, que vous appelez votre Seigneur. Que votre bouche seule dise que vous êtes redevenue mahométane ; mais restez chrétienne au fond de votre cœur. Par ce moyen vous sauverez votre vie et celle de vos amis. — Je ne dois pas renier Jésus, même par de simples paroles, répondit Elmine ; car il nous dit : — Celui qui me renie devant les hommes sera renié un jour par moi devant mon Père céleste et devant ses anges. Ce sont ses paroles. Mon cœur et ma bouche proclameront sa croyance. Je suis préparée à mourir.

Omar, le cœur affligé et le visage triste, rapporta cette réponse au pacha. — Eh bien, dit Abdallah, j'ai donc employé tous les moyens. Un dernier me reste encore, je veux l'essayer. Elle assistera à l'exécution de ses amis chrétiens. — Le glaive nu, les têtes qui rouleront sur le pavé, le sang qui jaillira, feront changer ses sentiments. Elle frissonnera d'horreur, et s'évanouira ; et quand elle reprendra ses sens, elle dira : « Non, je ne veux pas qu'il m'en arrive ainsi ; j'obéirai à mon époux ; je redeviendrai musulmane. »

— La force de caractère de cette femme admirable est telle, répondit Omar, que je doute qu'elle prononce jamais ces paroles. — Il me vient une autre idée, dit Abdallah ; je ferai exécuter d'abord le père des deux enfants. A ce spectacle sanglant, elle voudra sans doute détourner une pareille mort de la tête du prêtre chrétien. Son respect pour le prêtre, sa piété l'emporteront, j'en suis sûr. Qu'on la conduise sur le balcon, d'où l'on peut voir l'échafaud justement au-dessous de soi. — Si elle persiste dans ses sentiments, je persisterai dans ma résolution. Mais, malgré tout son courroux, Abdallah sentait son courage l'abandonner.

XIII

LUCIUS SUR L'ÉCHAFAUD.

Pendant que le silence et la tristesse régnaient au palais, que le pacha était dans l'inquiétude et dans l'attente les plus cruelles, et qu'Elmine seule était calme et sereine en présence de la mort, une foule innombrable s'était rassemblée autour de l'échafaud, dont l'abord était gardé par les janissaires. Toutes les fenêtres qui donnaient sur la place étaient pleines de monde. Beaucoup de personnes même étaient montées sur les toits. L'exécution d'une femme aussi considérable était quelque chose d'extraordinaire, d'inouï, que chacun voulait voir.

Quand Elmine, accompagnée de deux suivantes, parut sur le balcon, au-dessus de la porte du palais, on entendit un murmure de compassion.

Beaucoup gémissaient en silence; beaucoup se lamentaient à haute voix. — Regardez, la voilà! s'écrièrent quelques-uns. Oh! qui ne plaindrait une aussi belle femme? Les esclaves chrétiens qui se trouvaient dans la foule priaient ainsi : — O mon Dieu! prends pitié d'elle; ô Jésus, assiste-la. Tous les yeux étaient fixés sur Elmine. Elle était vêtue tout en blanc, sans le moindre ornement en or et en pierreries. Elle leva son voile. Son visage était empreint d'une légère pâleur, mais exprimait le calme et la résignation. Elle leva ses yeux vers le ciel, joignit les mains et pria en silence. Aucun des assistants ne put la voir sans émotion; tous les yeux fondaient en larmes. Tout à coup le pacha, suivi d'un nombreux cortége d'officiers et de serviteurs, parut à la porte du palais; il monta sur le parvis, auquel conduisaient quelques degrés. Il était vêtu de son ample et large costume de cérémonie, tout en pourpre, et portait au côté un sabre dont la poignée et le fourreau étincelaient d'or et de diamants. Sa

tête était ceinte d'un grand turban d'une blancheur éclatante, surmonté d'une plume d'autruche. Son visage était
sévère et sombre; ses grands yeux, qui brillaient sous
ses épais sourcils, son nez aquilin, sa longue barbe noire,
lui donnaient un air imposant. Il y avait quelque chose
de majestueux dans son port. Toutes les fois qu'il s'était
montré en public, il avait toujours été salué de vives acclamations; mais cette fois tout le monde se tut; il régnait un silence de mort.

Des janissaires amenèrent Lucius. Le noble prisonnier
monta sur l'échafaud d'un pas sûr et ferme. Un valet de
bourreau détacha ses chaînes et lui ôta sa cravate pour
mettre à nu son cou. Le bourreau, le glaive en main, se
tenait prêt. Lucius leva les yeux, et pria. Son maintien
parut imposant à la foule, plus imposant même et plus
digne que celui du pacha, malgré toute sa magnificence.
Ce fut un instant solennel qui saisit tous les cœurs qui
avaient encore quelques sentiments. Lucius se mit à genoux, sur l'ordre du bourreau. Ce dernier, son glaive étin-
celant en main, jeta les yeux vers le pacha, jusqu'à ce
que, suivant l'usage des Turcs, il lui eût donné le signal
du coup mortel.

Tout à coup les deux fils de Lucius montent sur l'é-
chafaud. — O notre père! notre excellent père, s'écrièrent-ils en pleurant et en sanglotant, et ils s'élancent à
son cou. — Il faut donc que tu nous quittes; il faut donc
que tu meures! Lucius se relève, les serre l'un après
l'autre dans ses bras, les presse sur son cœur et les baise
tendrement. — O mes chers enfants, dit-il d'une voix forte
et assurée, consolez-vous; je ne meurs pas; je vais vivre
éternellement, je m'en vais dans le sein de Dieu. Bientôt,
et j'attends cet instant avec bonheur, bientôt je verrai
face à face notre divin Sauveur. Je reverrai aussi dans
le ciel votre bonne mère. Je me ferai l'interprète de vos
sentiments auprès d'elle. Dieu, le tuteur de tous les orphelins, vous servira de père. Il fit le signe de la croix
sur ses deux fils, bien qu'il sût que ce spectacle offense-
rait les Turcs : — Et maintenant, je vous recommande

à Dieu et à sa divine miséricorde. Devenez de bons chrétiens, des hommes vertueux; alors, tout sera pour le mieux, nous nous reverrons dans le ciel. Adieu !

Les enfants se parlèrent à voix basse quelques instants, puis s'écrièrent à haute voix : — Il faut que nous voyions le pacha ! nous avons à lui parler ! Ils descendirent à toute hâte les marches de l'échafaud : le peuple s'écarta pour les laisser passer. Ils montèrent avec précipitation les degrés du parvis où se trouvait Abdallah et se jetèrent à ses pieds. — Que voulez-vous? leur demanda-t-il brusquement. Je ne ferai point grâce à votre père. Ne me suppliez donc pas de lui accorder la vie! — Oh ! non, dirent les deux enfants, nous ne demandons pas la vie de notre père; nous savons bien que cela serait inutile. Nous te supplions seulement de nous faire mourir avec lui. — Comment! s'écria-t-il avec surprise, vous demandez que je vous fasse trancher la tête ! cela vous fait donc plaisir? — Oh ! oui, oh ! oui, s'écrièrent-ils, c'est notre désir le plus ardent. — Comment pouvez-vous former un pareil vœu ? dit le pacha; quel motif vous y porte ? — Oh ! s'écrièrent-ils tous deux, nous souhaitons d'aller sur-le-champ au ciel avec notre père. Quel bonheur, quand notre mère apercevra en même temps ses fils et son époux! Quelle sera notre joie à tous !

Le pacha contempla les deux enfants. Ils avaient cessé de pleurer. Leurs visages si gracieux, bien qu'humides encore de larmes, exprimaient une sérénité et un bonheur ineffables. — Oh ! oui, s'écrièrent-ils de nouveau, exaucez notre prière ! — Le pacha, qui mettait le courage au-dessus de tout, ne pouvait assez admirer la conduite de ces deux jeunes enfants. Il ne s'attendait pas à une pareille demande; ce désir qu'ils manifestaient de mourir lui semblait incompréhensible. Il fut surpris, interdit et touché de ce spectacle; il cria à l'exécuteur : — Remets ton glaive dans le fourreau, l'exécution n'aura pas lieu aujourd'hui. Qu'on remmène le prisonnier dans son cachot. — Une grande agitation se manifesta dans la foule. Quelques personnes murmurèrent de ce que le pacha les pri-

vait de ce sanglant et terrible spectacle ! mais le plus
grand nombre se réjouirent de ce que le père de ces bons
enfants et de ce que la femme du pacha pouvaient espérer
leur pardon. La joie se répandit de plus en plus : presque
tout le peuple salua le pacha de ses acclamations, et la
foule se dispersa. Beaucoup d'hommes et de femmes restèrent encore attroupés sur la place. — Nous aimerions bien
savoir, disaient les uns, ce que les enfants ont dit au pacha. — Et nous aussi, dirent les autres. Mais nous étions
tous trop éloignés pour pouvoir saisir un mot de leur
conversation. Le pacha seul, et les officiers qui l'entouraient, le savent. En tout cas, c'était quelque chose d'extraordinaire. On voyait bien que le pacha était vivement
étonné ; il a changé subitement de couleur. Vraiment,
c'est presque un prodige qu'il ait sursis si vite à l'exécution.

Lucius en fut également très-étonné. Il ignorait aussi
ce que ses enfants avaient pu dire au pacha, car il était
persuadé que s'ils s'étaient bornés à implorer sa grâce,
ils eussent été sûrs d'essuyer un refus. — Mais quelles
qu'aient été leurs paroles, disait-il, c'est Dieu certainement qui les a inspirés. — Elmine se rendit dans sa
chambre, en remerciant le Seigneur. On ramena Lucius
en prison. Ses enfants l'accompagnèrent ; ils ne voulaient
pas le laisser aller seul dans son cachot. — Quelque horrible que soit ce lieu, disaient-ils, nous y serons aussi
heureux, près de notre père, que si nous étions dans le
ciel. — Mais on ne les laissa pas entrer. Ils s'embrassèrent
tendrement. Les deux frères remercièrent à genoux Dieu
et le divin Sauveur d'avoir sauvé leur père d'une manière
si éclatante et si miraculeuse.

XIV

LES DEUX JUMEAUX DEVANT LE PACHA.

Le pacha congédia son escorte, et s'en alla au jardin. Il se promena à grands pas sous une allée de palmiers. — C'est étrange, se dit-il, et il s'arrêta. Je n'aurais jamais cru de si faibles enfants capables de tant de courage. Moi-même, je l'avoue, malgré la bravoure que j'ai toujours montrée dans les combats, je serais craintif et abattu peut-être, si je devais périr comme un misérable, de cette triste mort, sans avoir seulement une arme pour me défendre. Je l'avoue, je tremblerais si le sultan m'envoyait le cordon de soie [1] pour mon supplice. Où ces enfants puisent-ils ce courage viril et à toute épreuve ? Sans doute cette croyance au Christ n'est pas aussi méprisable que nous le pensons, nous autres Turcs. Il faut que j'examine la chose plus à fond.

Il se promena encore quelque temps, puis s'arrêta de nouveau, et dit : — Ces enfants m'intéressent; la colère m'a emporté trop loin contre mon épouse. J'ai manifesté devant trop de monde et avec trop de résolution mon intention de la faire mettre à mort. Elle est connue dans toute la ville, et sans doute aussi dans tout le pays. Je ne puis me rétracter sans honte. Ces deux bons enfants me tireront d'embarras à leur insu.

— A la vérité, ajouta-t-il, quand on a commis l'injustice ou qu'on est sur le point de la commettre. il n'y a pas de déshonneur à revenir sur ses pas. Mais un pacha ne saurait toujours agir comme d'autres personnes aussi

[1] Quand le sultan voulait se débarrasser d'un visir, d'un pacha, ou d'un personnage de quelque importance, il leur envoyait le cordon de soie dont ses muets, espèces de bourreaux à son service particulier, étaient dépositaires. A l'aide de ces cordons, les muets étranglaient la victime désignée.

raisonnables. Mais laissons cela. Je puis maintenant rétracter ma sentence, grâce à l'intervention de ces enfants, sans qu'on puisse me blâmer. Loin de là, l'on approuvera ma conduite. Je m'en suis convaincu moi-même aujourd'hui. Tout le monde était triste quand on a dû procéder à l'exécution ; mais quelle ne fut pas la joie de la foule, quand je révoquai mes ordres ! Le peuple me salua de ses acclamations. Il espérait que, bien même que la sentence eût été juste, j'userais de clémence au lieu de rigueur.

Il se calma, monta dans sa chambre, et fit charger sa pipe, qui ne le quittait jamais, mais qu'il avait oubliée ce jour-là. Il se fit apporter du café, but et fuma, plongé dans une douce béatitude. Puis il ordonna à l'esclave qui le servait d'appeler les deux enfants. Ils arrivèrent, mais s'arrêtèrent avec timidité sur le seuil de la porte.

— Avancez donc, mes chers enfants, leur dit le pacha : vous me plaisez, j'honore votre courage. Approchez, et prenez place à mes côtés, toi à ma droite, et toi à ma gauche. C'est bien ; et maintenant, causons.

Il leur fit un grand nombre de questions sur leur père, leur mère défunte, sur les occupations de leurs parents, et leur manière de vivre ; il leur demanda comment euxmêmes se trouvaient dans ce pays, comment leur père et Antoine y étaient arrivés, ce qui avait engagé Elmine à les accueillir chez elle, et quelle avait été la conduite de cette dernière durant son absence. Les enfants répondirent à toutes les questions avec la franchise et la naïveté de leur âge. Le pacha sourit à plusieurs reprises. — Tout ce que vous me racontez, leur dit-il, me cause un vif plaisir. Votre père est un bien brave homme, et votre mère était une excellente femme. Je louerai aussi la conduite d'Antoine. Mais répondez-moi, votre père a-t-il quelquefois mal parlé de notre prophète Mahomet. — Jamais nous ne lui avons entendu prononcer ce mot, dirent-ils : il ne nous est connu que depuis notre séjour en ce pays. — Mais, du moins, reprit le pacha, vous autres chrétiens, vous haïssez les Turcs. — Oh ! non, s'écrièrent les enfants : nous devons aimer tous les hommes que Dieu éclaire de son soleil. Les Turcs sont de ce nombre, car nous voyons par nous-mêmes qu'il fait luire son soleil sur eux. Nous devons donc les aimer aussi. Le pacha se mit à sourire. — Mais enfin, continua-t-il, vous n'approuvez pas tous leurs usages?

— Pas tous, dirent-ils.

— Par exemple? fit le pacha...

— Eh bien, ils enlèvent les chrétiens, les traînent en esclavage, et leur font subir quelquefois de cruels traitements. Les chrétiens aussi, dans leurs guerres avec vous, ont déjà fait des prisonniers; mais ils ne les ont jamais traités en esclaves. Ils n'ont jamais enlevé des Turcs pour les réduire en servitude. — Et c'est cet usage que votre père a blâmé? demanda le pacha.

— Non, répondit Timothée, ce n'est pas de lui que nous tenons cette remarque. C'est nous-mêmes qui l'avons faite en voyant ce qui se passe ici. Chez nous, dans notre patrie, on n'a pas d'esclaves turcs; mais dans votre pays on voit beaucoup d'esclaves chrétiens. — Notre père, dit Philémon, a souvent critiqué l'administration de la justice en Turquie, qui laisserait beaucoup à désirer, en ce que l'on condamnerait souvent sans entendre le coupable. Un jour qu'il causait avec un de ses amis, il a parlé aussi d'un certain cordon de soie, que le sultan envoie de temps à autre à un de ses pachas. Notre père s'élevait fortement contre cet usage: mais nous n'avons pas bien compris le sens de ses paroles. Bien qu'en soie, ce doit être un bien vilain cordon; du moins ses paroles nous le faisaient supposer.

— Et votre père avait parfaitement raison, dit le pacha en souriant amèrement. Mais y a-t-il encore quelque chose que votre père n'ait pas approuvé dans nos coutumes? — Oh! oui, répliqua Timothée: les Turcs ne veulent-ils pas convertir les gens avec le fer et le feu?

— Assez, assez, fit le pacha. Il se rappela que lui-même avait voulu se servir du glaive pour contraindre sa femme à revenir au culte mahométan. Parlons d'autre chose. J'aimerais bien avoir quelques renseignements sur votre religion. — Il adressa plusieurs questions aux deux enfants. Leurs réponses lui parurent assez satisfaisantes : de temps à autre, il secouait néanmoins la tête d'un air de doute. Mais ce qui lui plut particulièrement, ce furent quelques versets de l'Écriture sainte, que les enfants lui récitèrent. Leur bonne mère, leur excellent père, leur avaient souvent dit ces versets, et Antoine les leur avait tant de fois fait lire et répéter, qu'ils les avaient appris par cœur. Parmi ces maximes se trouvaient les suivantes :

« Dieu est l'amour, et celui qui reste dans l'amour reste en Dieu. Aimons Dieu, car il nous a aimés le premier. »

« Dieu a tant aimé le monde, qu'il lui a donné son Fils unique, afin que quiconque croit en lui ne périsse point, mais qu'il ait la vie éternelle. »

« Il donne à ceux qui croient en lui le pouvoir de devenir les enfants de l'Éternel. »

« C'est en ceci que consiste notre amour pour Dieu, que nous gardions ces commandements ; et ils ne sont pas pénibles. »

« Tu aimeras le Seigneur, ton Dieu, de tout ton cœur, de toute ton âme, de toute ta pensée, de toutes tes forces. Celui-ci est le premier et le plus grand commandement. »

— Et le second, semblable à celui-là, est :

« Tu aimeras ton prochain comme toi-même. »

De ces deux commandements dépendent toute la loi et les prophètes.

« Fais à autrui ce que tu veux qu'on te fasse. Si tu veux entrer dans la vie, observe mes commandements. »

« La terre, avec toute sa splendeur, passera ; mais celui qui obéit à la volonté de Dieu vivra éternellement. »

« Celui qui connaît mes commandements et les observe, dit le Seigneur, ne mourra pas, mais il vivra bien que mort ; il traversera la mort pour entrer dans la vie. »

« Les justes reluiront comme le soleil dans le royaume de leur père. »

« Nul œil n'a vu, nulle oreille n'a entendu, nul cœur humain n'a appris ce que Dieu a préparé à ceux qui l'aiment. »

Ces préceptes divins, qu'Abdallah entendit pour la première fois, et de la bouche innocente de l'enfance, le frappèrent vivement et pénétrèrent dans son cœur. Il obligea les deux frères à les lui répéter plusieurs fois, et ils le firent avec un recueillement visible.

— C'est bien, leur dit-il, vous êtes des enfants bons, pieux et bien élevés. Allez, et annoncez à votre père sa délivrance ; dites-lui qu'il n'a rien à craindre de ma part, que je ferai tout, au contraire, pour lui témoigner ma reconnaissance.

XV

BONNE NOUVELLE.

Le pacha se leva et dit à son lieutenant Omar, qui se trouvait dans l'antichambre : — Menez ces deux enfants près de leur père, faites qu'on lui ôte ses chaînes, et conduisez-le ici. Timothée et Philémon suivirent Omar. Leur cœur se serra, quand ils descendirent l'escalier roide et étroit qui les conduisit dans la tour souterraine. La porte de fer s'ouvrit. Ils aperçurent leur père au fond du noir cachot où une faible lumière pénétrait à peine à travers la porte entr'ouverte : un sentiment de profonde pitié s'empara de leur cœur. Lucius, chargé de fers pesants, était assis sur un banc de pierre auquel on l'avait attaché. Ce triste spectacle leur fit venir les larmes aux yeux ; mais la tristesse fit aussitôt place à la joie. Les deux enfants accourent vers le prisonnier, l'embrassent et s'écrient dans leur ravissement : — O notre bon père ! tu es libre ! Le pacha ne te fera plus aucun mal ; il veut te combler de bienfaits. Il te le dira lui-même ; nous devons te conduire près de lui.

— Quel changement miraculeux ! s'écrie Lucius. O mes enfants ! quelle joie ineffable et inattendue Dieu nous a-t-il préparée ! C'est toi, Dieu grand et tout-puissant, toi qui diriges le cœur des rois et des princes comme l'eau des ruisseaux ; c'est toi qui as opéré ce changement inouï. Je te rends grâce ! ta bonté est infinie !...

— Oh ! oui, dit Timothée, Dieu est pourtant bien bon. Te rappelles-tu, mon cher père, quand nous étions cachés dans la caverne, quand nous implorions le Seigneur de nous sauver, de ne pas nous faire tomber dans les mains du pacha ? alors Dieu n'a pas exaucé nos prières ; mais en ce moment, il nous a délivrés, et d'une manière bien plus éclatante que nous ne l'aurions pu espérer.

— Oui !... dit Philémon, quand nous priions avec tant de ferveur dans cette caverne, et que notre père fut pourtant garrotté et ramené au milieu de deux chevaux, alors j'étais bien triste. Je ne pouvais comprendre pourquoi Dieu ne nous écoutait pas ; il me semblait qu'il ne s'occupait pas de nous. Je ne rendais pas justice à sa bonté. Notre prière n'a pas été inutile. Il sait tout arranger au delà de nos souhaits et de nos espérances ; seulement il nous faut de la patience, et il faut que nous sachions attendre.

On ôta les fers de Lucius ; il sortit de l'étroite prison. Accompagné d'Omar, et conduisant ses deux enfants à la main, il entra dans la chambre du pacha.

Abdallah fit quelques pas pour aller au-devant de Lucius, lui tendit la main et lui dit : — Soyons amis ! Je me suis trompé à ton égard ; j'ai été injuste envers toi. Le père qui a des enfants aussi vertueux ne saurait être un scélérat. Viens, et prends ta place à côté de moi. Il le conduisit vers le sopha, et Lucius fut obligé de prendre place à ses côtés.

Les deux enfants s'approchèrent alors d'Abdallah, les mains levées, et lui dirent d'une voix suppliante : — Accorde aussi la liberté à notre précepteur : sais-tu ? c'est ce brave jardinier dont tu nous faisais tant parler, et dont le caractère semblait vivement t'intéresser. De grâce, accorde-lui la vie.

— C'est très-bien de votre part, dit le pacha, de vous

souvenir de lui, et de le rappeler à ma mémoire. Vous
êtes d'aimables enfants. Allez, et dites-lui qu'ainsi que
votre père il trouve en moi un ami. Qu'il vienne ici. Omar
vous accompagnera pour aller le chercher.

Les deux garçons prirent la main du lieutenant. D'un
pas rapide, et l'entraînant, pour ainsi dire, ils sortirent

avec lui. Antoine ne savait absolument rien de tout ce
qui s'était passé. Quand il entendit plusieurs personnes
marcher dans le corridor qui menait à la prison, que le
bruit des clefs et des verrous frappa son oreille, il s'attendit à être conduit à la mort. La porte s'ouvrit, et les
deux enfants entrèrent en sautant de joie, et s'écrièrent :
— Cher Antoine, réjouis-toi ! tu ne seras pas exécuté ! tu
es libre ! Le pacha n'est plus en colère contre toi. Tu dois
venir près de lui. Notre père y est en ce moment. Le pacha vous veut du bien ; il vous appelle tous deux ses amis.
Hâte-toi de nous accompagner.

— Est-il possible ! s'écria Antoine tout étonné. Cela
vient de toi, Seigneur ; c'est la main de Dieu qui a tout

arrangé ! Les hommes auraient échoué à cette œuvre ! Dieu miséricordieux, tu as exaucé ma prière.

Antoine avait prié Dieu avec ferveur, dans sa prison solitaire, de ne pas souffrir que Lucius fût ravi à ses enfants, que la vertueuse Elmine fût exécutée, et que le pacha souillât ses mains d'un sang innocent, du sang même de sa pieuse épouse. — Quant à moi, avait-il souvent répété, je ne demande rien. Sauve seulement, Dieu de bonté, l'excellent père de ces bons enfants ; sauve la digne et noble Elmine. Cet homme, cette femme, peuvent être plus utiles à l'humanité que moi, vieillard accablé sous le poids des années. Daigne me recevoir dans ton sein.

La nouvelle que les deux enfants lui apportèrent le combla de joie, et il se rendit près du pacha. Il entra dans le superbe appartement, en conduisant chacun des deux garçons à la main, tout comme leur père avait fait. Le pacha n'avait jamais encore vu Antoine. L'aspect vénérable de ce prêtre vertueux le frappa, et il se mit à le contempler pendant quelques instants. — Oh ! que c'eût été cruel, dit-il, si une si noble tête était tombée, par ma faute, sous le glaive du bourreau ! Abdallah s'approcha alors du vieillard, lui tendit la main et lui dit : — Lucius m'a pardonné ; pardonne-moi aussi ! Sois mon ami comme lui.

Lucius embrassa le prêtre. Leur émotion fut profonde. Ils célébrèrent la bonté de Dieu. Le pacha fut vivement touché de ce spectacle. — Venez, et prenez place près de moi ! Nous avons bien des choses à nous dire.

— Quant à vous, mes chers enfants, dit Abdallah en s'adressant aux deux jumeaux, allez chez Elmine. Dites-lui que je la prie de me dire si je puis la voir et à quelle heure. Les enfants partirent en sautant de joie. En entrant dans la chambre d'Elmine, ils s'écrièrent : — Le pacha vient d'embrasser notre père et notre précepteur. Nous lui avons vu des larmes aux yeux. Tous trois causent ensemble amicalement. Ton époux te fait demander s'il peut venir te trouver.

Elmine avait déjà appris avec étonnement que son mari avait changé de résolution et s'était montré bienveillant envers Lucius et Antoine. Elle avait compté qu'il n'oublierait pas son épouse. La nouvelle que les enfants lui apportèrent la combla de bonheur. Elle versa des larmes de joie, serra dans ses bras les deux jumeaux qui voulaient lui baiser la main, et s'écria : — Allez dire de suite à mon mari que j'attends avec l'impatience la plus vive le plaisir de le voir ! Les enfants partirent : ils volèrent plutôt qu'ils ne coururent.

Abdallah se leva aussitôt et alla chez Elmine. Sur le seuil de la porte il s'arrêta et dit : — O ma chère Elmine, peux-tu me pardonner? Je t'ai gravement offensée. Je t'ai causé bien des angoisses, bien des chagrins. J'ai même voulu te faire tuer : oh ! ne sois pas offensée contre moi ! Elmine courut à lui les bras entr'ouverts : — Ah ! dit-elle, je n'ai jamais éprrouvé de colère ; mais j'ai constamment prié pour ton salut. — Et ta prière n'a pas été inutile, répliqua Abdallah ! J'ai fait tous mes efforts pour faire changer ta pensée, et maintenant Dieu a changé la mienne. Je ne m'oppose pas à ce que tu sois chrétienne, j'espère même devenir chrétien par la suite...

Tous deux prirent place sur le sopha. Elmine raconta de quelle manière elle avait appris à connaître les deux jumeaux, comment leurs paroles naïves et touchantes l'avaient engagée à faire venir Antoine, enfin par quel hasard les Turcs avaient mené en esclavage le digne Lucius et l'avaient mis à même de lui rendre ses enfants. — Je crois, ajouta-t-elle, que tout s'est fait par la volonté de Dieu. J'ai pensé ne pouvoir agir autrement. J'espère que tu ne désapprouveras pas ma conduite. — Bien au contraire, répondit le pacha, j'aurais agi de même, mais peut-être moins bien que toi. Je rends grâce à Dieu avec toi. Et il leva avec ferveur son regard vers le ciel. Mais viens maintenant avec moi, ajouta-t-il; nos amis nous attendent. Nous allons passer ensemble une soirée pleine de charme.

Abdallah entra dans sa chambre en donnant le bras à

sa femme. Son visage rayonnait de bonheur ; Elmine
aussi souriait. Lucius et Antoine témoignèrent toute la
part qu'ils prenaient à cette scène touchante. Les enfants étaient au comble du plaisir. Nous allons ce soir
souper ensemble, dit le pacha. D'autant plus que j'ai tout
à fait oublié le dîner, et que vous, probablement, n'y
avez pas songé non plus.

Bientôt après l'on servit le souper. Jamais société ne
fut plus gaie et plus contente. Quand il se fit tard, Elmine dit aux enfants, dont les yeux trahissaient le sommeil, d'aller se reposer. Mais le pacha, son épouse,
Lucius et Antoine prolongèrent la soirée dans de pieux
entretiens, au point que l'on ne se sépara que bien après
minuit.

XVI

GRANDE RÉSOLUTION.

Le lendemain, Abdallah eut à s'occuper de ses affaires,
qui l'attendaient en quantité, et qui, jusque bien avant
dans la nuit, ne lui laissèrent aucun moment de libre. Il
vit arriver beaucoup de ses employés, qui vinrent rendre
compte de leur gestion pendant sa longue absence. Plusieurs jours, plusieurs semaines se passèrent ainsi. Elmine était presque toujours retirée dans sa chambre.
Antoine et Lucius s'étaient remis aux travaux du jardin.
Le désir de revoir leur chère patrie se réveilla vivement
dans leurs cœurs. Lucius chargea ses fils de rappeler à
Elmine la promesse qu'elle lui avait faite, et celle-ci en
parla à son époux.

Abdallah alla au jardin et dit à Lucius et à Antoine :
— Je conçois aisément votre désir de quitter ce pays qui
n'est pas chrétien et de retourner dans votre patrie ; mais
l'hiver est à nos portes. Dans cette rude saison, il ne fait

pas bon voyager. L'intérêt sincère que vous m'inspirez
m'empêche de vous laisser partir. Quoique je tienne
beaucoup à ne pas vous exposer à des fatigues et à des
dangers inutiles, j'avoue qu'un peu d'égoïsme influe sur
ma décision. J'aimerais bien goûter plus longtemps vos
entretiens si instructifs et si édifiants. Il me serait presque impossible de me passer du vénérable Antoine ; car
je tiens plus au salut de mon âme qu'à toutes les richesses de ce monde. Je vous en prie, ne nous quittez
pas encore.

Lucius et Antoine accédèrent à la prière du pacha,
qui passa avec eux tous les moments qu'il pouvait dérober à ses affaires. Il eut surtout avec Antoine de longs
entretiens sur la vérité de la religion chrétienne. Souvent, au milieu de la nuit, quand il voyait encore de la
lumière dans la petite cellule qu'occupait Antoine dans
le pavillon du jardin, il s'y glissait furtivement comme
Nicomède se glissa près de Jésus-Christ, l'un craignant
les Turcs, l'autre les Juifs.

Les Turcs virent d'abord avec déplaisir les relations
d'amitié qui lièrent Abdallah à Lucius, esclave chrétien,
et à Antoine, prêtre de la religion du Sauveur. Toutefois
ils remarquèrent bientôt que depuis ce temps le pacha
était moins emporté, mais beaucoup plus doux et plus
bienveillant ; qu'il ne renvoyait plus personne sans entendre ses griefs, et qu'il réparait bien des torts qu'il
avait commis dans un moment d'irréflexion. — Notre
sort est meilleur maintenant, disaient-ils, cela nous suffit.

Antoine sut expliquer avec tant de clarté et de chaleur
les vérités, les beautés et les charmes de la religion chrétienne, qu'Abdallah en fut de jour en jour plus pénétré.
Le prêtre pieux et éclairé raconta d'abord la chute du
premier homme, la promesse d'un sauveur, parcourut
les prédictions des plus anciens prophètes, qui toutes
ont été réalisées en Jésus ; puis il parla avec une touchante simplicité de la vie du Christ, — de sa naissance
miraculeuse, des anges, des pasteurs, des sages de l'O-
rient qui étaient réunis autour de la crèche, du baptême

de Jésus, du ciel entr'ouvert, de la voix qui en sortait, — de la doctrine de Jésus, — de ses prédictions qui se réalisèrent comme celles des prophètes, — de ses miracles en faveur de l'humanité, — de sa passion, — de la sanglante couronne d'épines de la croix, de son amour infini, qui le fit marcher à la mort pour le bien du genre humain, et prier pour ses meurtriers, — de sa glorieuse résurrection, — des anges et des femmes qui entouraient sa tombe, — de son ascension, — du Saint-Esprit qu'il envoya et de la sainte mission des apôtres, qui, éclairés et enflammés de son esprit, parcoururent le monde, et annoncèrent partout, et par leurs paroles et par leurs actions, la *bonne nouvelle* et la rédemption de l'humanité. — Abdallah prêtait aux paroles d'Antoine une grande attention, et maintes fois il ne put cacher son émotion.

Mais ce qui rendait les paroles du vertueux prêtre encore plus persuasives, c'était sa foi, le saint enthousiasme qui animait ses paroles, et avant tout l'exemple de sa vie qui était si bien en harmonie avec ses préceptes. Souvent il passait des heures entières dans sa chambre ; souvent, pendant les belles journées d'automne, il se promenait dans les allées de son jardin, et méditait et réfléchissait sur ce qu'Antoine lui avait enseigné.

Un jour Elmine, allant au jardin, le trouva assis sur un banc écarté ; elle lui dit : — Pourquoi es-tu si absorbé et si solitaire ? A quoi penses-tu ? — Ah ! dit-il, tu peux facilement le deviner. La religion que tu as embrassée absorbe toutes mes pensées. Je m'occupais précisément de nos deux amis. Ce sont deux hommes bien vertueux. Je ne puis assez admirer l'humilité d'Antoine, sa douceur, son amour pour Dieu et les hommes, la simplicité de ses mœurs, sa probité et sa franchise. Lucius aussi est un excellent homme. Quelle que soit son expérience dans les affaires de ce monde, il sait pourtant s'élever au-dessus des biens, des honneurs et des jouissances de ce monde. Tous deux sont détachés de tout lien terrestre. Ils sont pénétrés d'amour envers Dieu et les hommes ; ils ne pensent qu'à honorer l'Éternel et à faire du bien à l'humanité. Oh! quelle différence entre ces deux hommes et les Turcs qui, presque tous, sont à la fois orgueilleux, avides d'argent, sanguinaires et voluptueux! Et puis quels charmants enfants que Timothée et Philémon! comme ils aiment leur père! comme ils sont attachés à leur maître et à sa parole! ils obéissent au moindre signe. Ils sont toujours aimables et de bonne humeur! Mais ce qui m'a le plus étonné en eux, et ce que je n'oublierai jamais, c'est le courage qu'ils ont montré quand ils ont voulu mourir, manifestant le désir le plus ardent et la confiance la plus illimitée d'aller au ciel.

Et toi aussi, ma chère Elmine, tu as toujours été une épouse bonne, douce et aimable. Mais depuis que tu es devenue chrétienne, et ne crois pas que je veuille te flatter, je te prends quelquefois pour une créature céleste. Quand, à ton insu, je te surprends toute recueillie et absorbée par la pieuse prière, alors tu me parais être tout à fait inspirée! Avec quelle douceur angélique ne m'as-tu pas pardonné ma conduite brutale et vindicative, cette rage d'un tigre, quand j'ai voulu te faire tuer! Que dis-je? tu n'as pas pu me pardonner, car tu ne m'avais pas même pris en aversion! tu n'as pas même été fâchée contre moi.

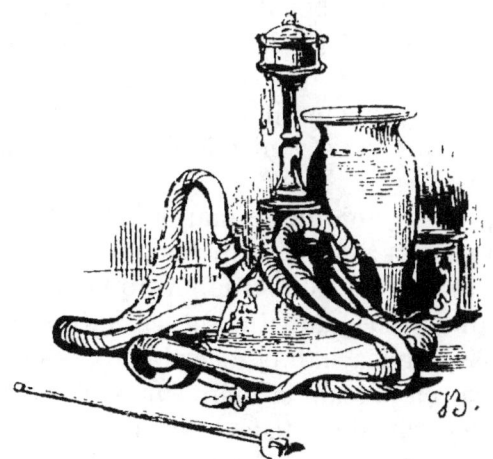

Abdallah avait les larmes aux yeux; il embrassa tendrement son épouse. — Une religion, dit-il, qui forme des hommes aussi vertueux, doit être une sainte religion. Je suis décidé à me faire chrétien ; mon parti en est pris, ma volonté est inébranlable.

XVII

UN SERVICE DIVIN SUIVANT LA RELIGION CHRÉTIENNE.

Abdallah fit part à ses deux amis de l'intention qu'il avait d'embrasser le christianisme. Tous deux témoignèrent une grande joie et rendirent grâce au Seigneur. — Cependant, dit le pacha, je désire que ma conversion soit tenue secrète pour le moment ; des motifs puissants l'exigent. Mais j'aimerais avoir dans mon palais une chapelle chrétienne, et il me semble qu'on pourrait bien satisfaire mon désir sans que les Turcs en aient connaissance. Dans le temps où j'étais à Constantinople, j'ai vu une chapelle dans la maison d'un ambassadeur chrétien ; elle me plut beaucoup avec son autel richement orné et ses tableaux de toute beauté, mais alors je ne l'ai admirée que comme objet d'art. Je crois que la pièce où j'ai enfermé mes richesses et mes trésors, et où personne n'a pu pénétrer, s'y prêterait à merveille. Mais, mes chers amis, il faut que vous veniez à mon aide, pour exécuter mon projet.

Lucius, en sa qualité de marchand habile et expérimenté, s'engagea à faire venir les objets en or et en argent pour le service de l'autel. Antoine se chargea de se procurer un missel, un rituel et les autres livres nécessaires, ainsi que les habits sacerdotaux. — Quant à moi, dit le pacha, en passant la main sur sa barbe avec un certain mouvement de satisfaction, j'aurai soin de vous fournir à cet effet plus d'argent qu'il n'en faudra. Tâchons d'arranger tout pour le mieux et le plus richement possible. Quant au surplus, je vous laisse plein pouvoir.

Faites en sorte que tout passe la frontière, bien emballé, et sous mon adresse. Je prendrai les mesures nécessaires pour que les caisses nous arrivent promptement, sans que les gens de la douane et les gardiens de la frontière les dérangent ni les visitent ; mais gardez-vous de mettre ma femme dans la confidence. Je veux lui ménager une surprise.

Les caisses arrivèrent, au grand contentement d'Abdallah, bien plus tôt qu'on ne l'avait pensé. Le pacha aurait voulu être présent quand Lucius arrangeait la chapelle, ou plutôt l'oratoire. Mais des affaires très-importantes l'appelèrent dans une ville éloignée. Cette absence convint à ses deux amis, car ils voulaient le surprendre agréablement.

Une gracieuse table en bois de cèdre servit d'autel. Au-dessus on suspendit un beau tableau avec un cadre d'or. Sur l'autel on plaça un crucifix et dix chandeliers en argent. L'on mit sous une voûte spacieuse et adjacente, qui devait servir de sacristie, la riche coupe en or, ornée de pierreries, le plateau, les petites burettes dorées qui devaient contenir le vin et l'eau, l'assiette sur laquelle on les plaçait, les petites clochettes en argent pour la messe, le costume sacerdotal ; le tout était travaillé avec une grande perfection.

Quand Abdallah revint de son voyage, il se rendit aussitôt à la chapelle, et fut réellement étonné. Avant d'examiner le tout en détail, il appela Elmine, et la conduisit dans le saint lieu. — Tous deux en firent l'éloge. Le retable obtint spécialement leur approbation. Il représentait l'histoire des trois Rois. Elmine admira la sainte Vierge et l'Enfant Jésus. Abdallah contempla la figure respectable des rois. Leur costume oriental, leur coiffure qui rappelait le turban, et surtout le Maure, absorbèrent presque toute son attention. Il se plut aussi à admirer l'étoile qui brillait au-dessus d'eux : — A moi aussi, dit-il, Dieu a fait voir une étoile. Moi aussi, je veux avec ces rois adorer mon divin Sauveur.

Le jour fixé pour le baptême d'Abdallah arriva. Antoine

l'avait initié, pendant les jours précédents, aux mystères du baptême et à ceux de l'autel. Le pacha entra dans la chapelle, accompagné de son épouse et de son ami Lucius. Abdallah et son épouse s'étonnèrent de ne pas voir Antoine. Lucius aussi trouva étrange de ne pas apercevoir ses deux fils, qui pourtant s'étaient rendus avant lui à la chapelle. Mais les enfants sortirent bientôt par une porte latérale, revêtus de surplis pour fonctionner à l'autel, ou (pour employer le terme consacré) pour servir la messe. Antoine leur avait donné à cet effet les instructions nécessaires. Lui-même, dans son costume de prêtre, s'approcha de l'autel.

Abdallah prononça d'une voix forte sa profession de foi en face de l'autel. Antoine lui administra le baptême, et lui donna le nom de Paul, que le pacha avait choisi. — Jusqu'à présent, dit-il, j'ai été Saul; avec la volonté de Dieu je tâcherai de devenir un second Paul. — Lucius servit de parrain; Elmine, vivement émue et recueillie, fondit en larmes. Elle se rappela son propre baptême, et l'effet salutaire de cet acte qui l'avait, pour ainsi dire, transportée dans le ciel.

Antoine prononça l'offertoire, qui devait initier Abdallah et son épouse aux mystères sacrés de l'autel. Tous deux étaient dans l'extase la plus sainte. Quand il entonna le *Sanctus*, quand il prit l'hostie et la coupe consacrées, les enfants sonnèrent trois fois. Abdallah et son épouse s'inclinèrent et se frappèrent la poitrine plutôt par dévotion que parce que cela leur était commandé. Après que le prêtre eut goûté les saints mystères du corps et du sang de notre Sauveur, il offrit, d'abord à Abdallah, et puis à Elmine le pain de la vie. Tous deux prièrent avec ferveur. Antoine se rendit de nouveau à la sacristie, accompagné des deux servants. Une bonne demi-heure s'écoula avant qu'il en sortît avec eux, et revêtu de nouveau de ses habits ordinaires. Lui aussi avait prié avec ferveur pour le salut du pacha et de son épouse. — Mon fils, ma fille, dit-il en s'approchant d'eux, que Dieu fasse que cette sainte action vous serve pour la vie éternelle!

Abdallah l'embrassa, Elmine lui baisa la main. Chacun se retira en silence dans sa chambre pour y prier encore, et se réunir aux autres dans le Seigneur.

XVIII

LE DÉPART.

Lucius fit alors des instances plus pressantes pour hâter son départ avec ses deux fils. — Je conçois aisément votre demande, lui dit Abdallah. Je désire aussi, pour ma part, quitter le pays que j'habite. Mais je ne puis pas encore exécuter mon projet. J'ai encore à réparer bien des torts que j'y ai commis. Loin de moi de prendre la fuite, pareil à un voleur qu'on poursuit! D'abord je rendrai compte au sultan de ma gestion, et puis je lui demanderai mon congé, mais en me conformant en tout point aux usages reçus. Quand il saura que je ne suis plus mahométan, je veux du moins qu'il puisse dire que, loin d'avoir cessé d'être honnête homme, je le suis devenu encore davantage. Je ne veux pas lui donner le moindre sujet de critiquer la religion que j'ai embrassée. Je désire aussi mettre en sûreté la fortune considérable que ma femme m'a apportée. Qu'elle et les pauvres ne souffrent pas de ma conduite. Elmine saura faire un bon usage de ses richesses, qui tomberaient sans cela peut-être, en de mauvaises mains. J'agirai en cette occasion en honnête homme et en chrétien.

Elmine songea à faire habiller à neuf et de la manière la plus convenable Lucius et ses deux enfants. Il se trouva, parmi les esclaves chrétiens de la ville, un jeune Hongrois, qui possédait à un haut degré l'art de faire des habits, et savait par cette industrie faire gagner beaucoup d'argent à son maître. Elmine le fit venir et lui demanda s'il était en état de faire pour Lucius et ses fils des cos-

tumes hongrois, et, dans ce cas, s'il voulait se charger de
cet ouvrage. — Avec le plus grand plaisir, s'écria-t-il ; je
sais bien mieux faire des habillements hongrois que des
habillements turcs, et j'y mettrai autant de soin que j'en
ai mis pour faire mon chef-d'œuvre. Si on réunissait tous
les maîtres et tous les ouvriers de la Hongrie, ils seraient
obligés de rendre justice à mon ouvrage. Il demanda
la permission de prendre la mesure. Elmine fit appeler
Timothée et Philémon. — Mais cela s'arrange à merveille,
dit l'ouvrier en voyant les deux enfants, je puis m'épargner bien du travail. Je n'aurai qu'à prendre la mesure
de l'un ou de l'autre de ces deux jeunes seigneurs, pour
faire leurs habits. Quand il l'eut prise, Elmine fit conduire l'ouvrier chez Lucius ; quelque temps après, il apporta les effets. Ils allaient à merveille. Elmine loua le
travail, paya la main-d'œuvre, et donna en sus un présent
à l'ouvrier, en lui disant : — Le pacha, à ma prière,
t'achètera sans doute à ton maître, et te donnera la liberté. L'habile jeune homme s'inclina respectueusement,
baisa la main d'Elmine et sortit tout ravi et en sautant de
joie.

Mais une année s'écoula avant qu'il fût possible à Lucius
de se mettre en route. Abdallah s'était proposé de l'accompagner jusqu'à la ville frontière, où des affaires l'appelaient, mais toujours des occupations plus pressantes
l'en avaient empêché. Elmine, avec toute la tendresse
d'une mère, chercha à éloigner autant qu'elle pouvait le
faire convenablement l'instant du départ. Lucius fit une
maladie grave, et sa convalescence fut de longue durée.

Enfin le jour fixé pour le départ arriva. Abdallah, Lucius et ses fils, déjeunèrent. Quand tout le monde fut prêt
à partir, les enfants se mirent à pleurer à chaudes larmes.
— Qu'avez-vous, mes chers enfants ? demanda Elmine.
— Hélas ! hélas ! s'écrièrent-ils, ne devons-nous pas partir ? Et ils embrassèrent ses mains et les baignèrent de
larmes. — C'est tout ? dit Elmine, consolez-vous, mes
chers enfants, nous nous reverrons bientôt.

Les deux jumeaux s'approchèrent alors de leur maître

chéri, en pleurant et en sanglotant. Mais vous pleurez, leur dit Abdallah, comme si vous alliez quitter le monde; vous ne faites qu'aller dans un autre pays, dans votre chère patrie. Nous vous suivrons. Bientôt nous serons tous de nouveau réunis.

— Cela arrive ainsi, dit Antoine. On éprouve le même sentiment, quand une personne qui nous est chère, un père, une mère, un frère, ou une sœur doit partir pour l'éternité. La séparation n'est pas de longue durée. Nous espérons nous revoir, là-haut, dans le ciel, notre véritable patrie. Consolez-vous donc, mes chers enfants. A chaque séparation le chrétien puise sa meilleure consolation dans ces mots : — Au revoir, ici-bas ou dans l'autre monde.

Les enfants s'essuyèrent les yeux, et se calmèrent. La voiture arriva; une troupe de vaillants janissaires était à cheval depuis longtemps, pour leur servir d'escorte. Abdallah monta en voiture avec Lucius; Timothée et Philémon montèrent ensuite et se placèrent en arrière. Tous tendirent encore la main à Elmine et à Antoine. Longtemps encore les jeunes gens les saluèrent de leurs mouchoirs tout mouillés de larmes. Mais bientôt ils reprirent leur bonne humeur. Ils revirent avec plaisir les montagnes et les vallons, les forêts et les champs, les villages et les bourgs s'envoler pour ainsi dire devant leurs yeux. Ils ne pouvaient pas assez s'en étonner. Ils admirèrent surtout quelques contrées hérissées de bois, de rochers; et tous rendirent grâce à Dieu d'avoir donné tant de beauté à la nature.

XIX

LE MARCHAND DE PIERRES PRÉCIEUSES.

La voiture arriva sans accident à la frontière: deux janissaires à cheval y avaient annoncé, la veille, l'arrivée du pacha. La foule s'était réunie aux portes et dans les rues pour le voir arriver.

Abdallah descendit devant une grande maison bien arrangée pour recevoir au mieux les voyageurs de tout rang, et il demanda la chambre la plus belle et la plus spacieuse. Sans être meublée avec beaucoup de luxe, cette pièce était assez jolie, et les fenêtres donnaient sur une campagne vaste et superbe qui s'étendait jusqu'en Hongrie. Lucius s'approcha de la fenêtre, et il put distinguer les montagnes de son pays. A cette vue ses yeux se mouillèrent de larmes. Il les leva vers le ciel et rendit grâce à Dieu qui lui avait réservé un retour aussi heureux après de si longues souffrances.

Pendant ce temps un homme vêtu d'un costume turc des plus élégants, et ayant sous le bras une jolie petite boîte, entra dans la chambre, s'inclina profondément devant le pacha et lui dit : — Votre Seigneurie n'achèterait-elle pas quelque chose de moi? Je suis marchand de toute sorte d'objets précieux ; j'ai des joyaux superbes tant pour les hommes que pour les femmes : l'or le plus pur, les pierres les plus précieuses! Tout est bon et véritable; les prix sont les plus justes, car je donne tout au meilleur marché.

Avant que le pacha répondît, l'individu avait étalé sur la table toute sa marchandise, — Votre Grâce devrait bien m'acheter pour votre épouse une de ces bagues, un de ces bracelets ornés de diamants, de rubis ou d'autres pierres précieuses, un de ces colliers en or.

Lucius s'approcha de la table, examina les objets qu'il savait très-bien apprécier en sa qualité de marchand, et dit : — Votre or n'est pas pur, il vaut à peine six carats ; vos pierres sont toutes fausses. — Dieu m'en garde ! s'écria l'individu. Celui qui soutient cela se connaît peu en or et en bijoux. Votre Seigneurie, continua-t-il en s'adressant au pacha, est véritable connaisseur, comme je l'ai déjà remarqué.

Lucius fixa les yeux sur l'individu, lui mit la main sur l'épaule, et lui dit : Scélérat ! je te connais de longue date.

Tu as déjà voulu me tromper une fois ! et même tu as frustré un marchand de mon pays pour une somme considérable. Le digne homme serait réduit à la mendicité, si, par bonheur, l'on n'avait découvert à la fin tes manœuvres.

— Cela n'est pas ! s'écrie le filou. Monsieur se trompe ! Je ne vous ai jamais vu ! Je ne sais pas le moins du monde qui vous êtes. Cependant il remarqua le visage sombre du pacha et le regard perçant qu'il lui lançait. — Eh bien, continua-t-il, quel qu'il soit, ce chrétien si singulier, si étonnant, veut, à ce que je remarque, me faire mauvais jeu. Je vois que je ne puis rien gagner ici. Il ramassa ses marchandises en toute hâte, et voulut s'éloigner.

En ce moment Timothée et Philémon entrèrent dans la chambre. Leur père leur avait permis, à leur prière, d'aller voir la ville. Timothée s'écria aussitôt : — Voilà l'homme qui nous a enlevés. — Oui, dit Philémon en l'examinant de plus près, c'est lui ! — Nous reconnûmes de suite la ville, dirent les deux enfants. Nous nous rappelâmes l'avoir déjà vue. — Et je reconnais cette chambre, dit Timothée en jetant les yeux autour de lui ; c'est la même où cet homme nous avait vendus. Sur cette table, on lui compta l'argent. — L'hôte fut présent au marché, dit Philémon. Nous lui inspirâmes beaucoup de pitié ; mais il lui était impossible de nous sauver. Il est naturel que ce scélérat ne veuille maintenant plus nous reconnaître.

Le marchand, tenant toujours sa petite boîte sous son bras, demeura confondu ; mais il nia tout. Il jura même que rien n'était plus faux. — Dieu le sait, s'écria-t-il. Je ne connais pas ces jeunes messieurs. Comment un homme pourrait-il être assez téméraire pour enlever et vendre ces beaux garçons qui paraissent jouir de tant de faveur près du grand pacha ? Un aussi profond scélérat ne serait pas digne que la terre le portât.

Abdallah fit appeler l'hôte, et lui demanda s'il reconnaissait les deux enfants. Timothée et Philémon lui furent présentés. — Oui, dit l'hôte, je me souviens de les avoir vus. De prime abord je ne les ai pas reconnus, parce qu'ils ont bien grandi. Mais leur grande ressemblance, qui m'avait déjà frappé, et qui paraît encore avoir augmenté, me prouve clairement que ce sont réellement les mêmes que ceux vendus par ce marchand dans cette chambre. Quant à celui-ci, il m'est impossible d'en rien dire. Depuis ce jour-là, je ne l'avais pas revu, ni n'avais entendu parler de lui.

Le pacha fit alors appeler le cadi (c'était le juge de la ville), qui se trouvait dans l'antichambre, lui raconta ce qui s'était passé, lui dit ce dont l'individu était accusé, et lui demanda s'il pouvait fournir des renseignements sur lui.

— Je n'avais jamais connu cet homme, répondit le cadi. Il y a tout au plus un an que j'habite cette ville; c'est pour la première fois qu'il est venu dans ce pays, et seulement quelques jours avant votre arrivée. D'après le rapport que mes gens m'ont fait sur un certain marchand de pierres précieuses qui leur parut suspect, ce doit être l'individu en question. Il se fait passer, suivant eux, tantôt pour un Turc et tantôt pour un chrétien; mais on prétend que c'est un juif polonais, sans que je puisse, toutefois, garantir le fait. Mais, quel qu'il soit, il n'a pas échappé à ma surveillance. J'ai donné à mes employés et à mes gens les ordres les plus précis de bien le surveiller, pour le surprendre au moment même où il commettrait une filouterie. Maintenant l'individu vient d'être reconnu et démasqué, à la vérité sans ma participation ni celle de mes gens, mais par le regard pénétrant de Votre Seigneurie.

Le pacha engagea alors Lucius à parler des mauvais coups que cet homme avait tentés. — Il donna, dit Lucius, un billet à un marchand très-probe et très-honnête de ma ville, mais qu'on ne regardait pas comme très-circonspect, et il en empocha l'argent. Lorsque le marchand voulut se faire payer de son billet, il reconnut à sa grande frayeur, et alors seulement, que le billet était faux. L'escroc fut cité en justice. Il déclara que le billet

qu'on présentait au tribunal n'était pas celui qu'il avait
donné ; il soutint avoir donné au marchand un tout autre
billet, un billet tout à fait valable. Le marchand, dont
l'embarras était grand, vint me trouver. Je m'intéressai
à son malheureux sort. Je le recommandai à mon avocat,
et me chargeai des honoraires. Le voleur fut arrêté. Il
confia sa cause à un procureur très-rusé. Le procès s'engagea. Après bien des délais, on rendit le jugement, qui
le condamnait à restituer l'argent et à payer les frais de
justice. La détention préventive que le filou avait subie
pendant plusieurs mois devait lui servir de punition. En
attendant, comme plusieurs autres de ses mauvais coups
avaient été découverts, il fut condamné à rester sous la
surveillance de la police jusqu'à ce qu'il se fût corrigé.
Qu'y a-t-il à faire ? lui demanda son avocat. Allons-nous
nous soumettre au jugement, ou en appeler devant une
juridiction supérieure ? La réponse que lui donna le
filou est vraiment unique. Son avocat lui-même l'a rapportée un jour, en riant, à une nombreuse société. — Eh
bien, lui a-t-il répondu, je veux bien me soumettre à la
nécessité de payer, bien que ce soit à regret, si seulement
on n'exigeait pas en même temps que je me corrigeasse !

Tout le monde se mit à rire. Mais le pacha dit d'un ton
très-sérieux :

— Sans doute le scélérat a réussi à se soustraire à la
surveillance de la police, et il a eu soin de se dispenser
de devenir meilleur. A la vérité, ni moi, ni aucun homme,
quelque puissant qu'il soit, ne peut le forcer à se corriger ;
cependant je l'empêcherai bien de commettre de nouveaux méfaits. L'affaire est des plus claires ; elle n'a pas
besoin d'une plus longue instruction. Cet homme est un
scélérat endurci, et, à peine remis en liberté, il a enlevé
ces deux enfants, tant pour se venger que pour regagner
en partie l'argent que les frais du procès lui avaient fait
perdre. De même qu'autrefois il a trompé les gens avec
de faux billets, de même il veut les tromper aujourd'hui
avec de faux bijoux. Qu'on enchaîne ce ravisseur infâme,

et qu'on le conduise, comme un esclave, dans les mines. C'est là qu'il expiera ses forfaits, quand il sera soumis aux travaux les plus durs et à la nourriture la plus mauvaise.

— C'est la justice de Dieu qui le frappe, dit Lucius. C'est dans cette chambre que le scélérat a vendu comme esclaves mes deux enfants; maintenant, ici même, c'est lui que l'on réduit à l'esclavage. Le méchant a beau réussir pendant longtemps dans ses manœuvres, à la fin, rendu téméraire par sa longue impunité, il court à sa perte en aveugle, et Dieu sait le découvrir. Que cet exemple puisse servir aux hommes; puissent-ils agir toujours avec probité et honneur, en se souvenant que l'œil du Seigneur les regarde!

Le lendemain de très-bonne heure, Lucius et ses deux fils se tinrent prêts à partir. Abdallah avait eu soin de remettre au père une forte somme d'argent pour l'indemniser des pertes causées par les ravages de la guerre et par sa longue absence, et pour réparer les dégâts que ses propriétés avaient probablement soufferts. Il embrassa Lucius; les enfants lui baisèrent respectueusement les mains, et, tout en larmes, le prièrent de saluer Elmine et Antoine, et de leur exprimer leur reconnaissance. Abdallah serra les deux frères sur son cœur, et leur dit : — Vous avez été mes anges gardiens. Grâce à vous, ou plutôt grâce à Dieu, qui s'est servi de vous, un tigre a été changé en agneau. Ne pleurez pas. Adieu. Les sanglots étouffaient la voix des enfants; Lucius lui-même ne pouvait proférer une seule parole. Abdallah l'accompagna jusqu'à la voiture. — Que le Dieu tout-puissant vous protège, s'écria-t-il quand ils s'éloignèrent. Si Dieu le permet, nous nous reverrons avant qu'une année se soit écoulée.

XX

UN MOINE.

Lucius et ses deux fils arrivèrent heureusement dans leur ville natale. La nouvelle du retour de ce digne homme et de ses enfants se répandit aussitôt. Beaucoup de personnes s'empressèrent pour le saluer. — Que le ciel soit loué, s'écria plus d'un vieil ami, vous voilà de retour! Que Dieu est bon dans sa sagesse! Et vous avez ramené vos deux fils. Nous avions perdu l'espérance de les revoir encore une fois. Qu'ils sont devenus beaux! comme ils ont grandi! C'étaient de frêles enfants, et maintenant ce sont des jeunes gens dans la fleur de l'âge. Nous ne pouvons assez célébrer la bonté divine.

Lucius entra dans sa maison, qu'on avait louée à des locataires, dans l'espoir de son retour; mais, par sa longue absence, le bâtiment était pour ainsi dire ruiné; il était devenu tout à fait méconnaissable. Les affaires de commerce avaient cessé, personne ne s'était présenté pour les continuer. Lucius eut beaucoup de peine à faire réparer sa maison et à remonter son négoce, malgré les secours que ses fils pouvaient lui prêter.

Il se rendit à sa campagne. Là aussi, lui et ses fils furent reçus avec joie. Tout le village s'assembla. Les habitants, qui jadis s'étaient profondément affligés de la disparition des deux enfants, versèrent des larmes de joie en les voyant revenir tout formés, et en société de leur bon père.

La maison et les biens étaient aussi affermés. La maison menaçait ruine, et Lucius prit aussitôt les mesures nécessaires pour la restaurer, tant à l'extérieur qu'à l'intérieur, il ne restait plus la moindre trace des parterres de fleurs du jardin. La pépinière que Lucius avait plantée offrait seule un aspect des plus riants. Les arbustes qu'il

y avait mis s'étaient changés en arbres, et les branches
touffues s'étendaient au large et brillaient d'un épais
feuillage et de fleurs innombrables.

Une année·s'écoula au milieu de nombreuses occupations. Le printemps reparut avec tout son éclat. Le père
et ses deux fils, fatigués des travaux de la ville et de l'obscur comptoir, trouvaient toujours un délassement à aller
à la campagne y respirer un air frais, et rendre grâce à la
bonté et à l'amour de Dieu, en contemplant sa magnifique création.

Par une belle soirée de printemps, les deux jeunes gens
étaient assis sur un banc, à côté de la porte de la maison.
Leur père était encore occupé à écrire quelques lettres.
Ils aperçurent dans le sentier, qui passait près de la maison et conduisait dans l'intérieur du village, un étranger
qui semblait chercher un gîte. Il portait un long vêtement
brun, tenait de la main droite un grand bâton blanc, avait
sous le bras gauche un livre, et était coiffé d'un grand
chapeau de paille noir, dont les bords étaient relevés de
deux côtés. — C'est un digne frère religieux, dit Timothée, ou peut-être un vénérable père d'un couvent quel-
conque. — Il paraît être tout à fait étranger dans ce pays,
dit Philémon. Engageons-le à passer la nuit chez nous.
Il portera bonheur à notre maison. ·

Les deux jeunes gens s'approchèrent de l'étranger. Mais
ce dernier leur tendit les deux bras, et s'écria tout à fait
ivre de joie : — Que Dieu vous bénisse, mes chers enfants ! Que je rends grâce à sa bonté, qui a permis que
ce soit vous que je rencontre les premiers dans votre habitation !

— O notre excellent précepteur ! s'écrièrent en même
temps les deux frères au comble du bonheur et en l'embrassant. O Antoine, notre bon père ! quel plaisir de te
revoir ! Ils ne l'avaient vu jusqu'alors que dans son costume vert de jardinier, et ne l'avaient pas reconnu de
suite dans son habit religieux qu'il avait repris. — Oh !
que notre père sera content ! continuèrent-ils. Viens de
suite ; nous allons le trouver.

Chacun des deux frères le prit d'une main pour le conduire près de Lucius. La joie de ce dernier fut très-vive. Ces deux hommes vertueux s'embrassèrent en remerciant Dieu. Timothée et Philémon débarrassèrent leur bon précepteur de son chapeau, de son bâton de voyage et de son manteau, et le conduisirent vers le sopha, afin qu'il pût se reposer de ses fatigues. — Prenez place à côté de lui, dit Lucius à ses fils ; et lui-même s'assit vis-à-vis d'eux, dans un fauteuil.

— Eh ! comment se porte notre ami Abdallah ? demanda alors le père ; que fait son épouse, la pieuse Elmine ? Leur projet de venir en ce pays pourra-t-il se réaliser ? — J'ai lieu de croire, répondit Antoine, qu'ils se portent bien, et j'espère qu'ils ne tarderont pas à arriver. Il y a déjà plus de dix semaines que je les ai quittés. Voici comment a eu lieu notre séparation. Vous savez que j'appartiens à l'ordre de Saint-François. J'éprouvais le plus vif désir de visiter un de nos couvents pour y faire constater mon existence, pour rentrer dans l'ordre et me revêtir de l'habit religieux. En conséquence, j'ai prié mon ami Abdallah de me permettre de partir avant lui ; il me l'accorda après quelques objections. Je ne puis vous exprimer l'accueil bienveillant que je reçus au couvent. Tous mes frères n'avaient plus rien appris de moi depuis ma réduction en esclavage, et m'avaient cru mort. Ils écoutèrent avec la plus grande attention mon histoire, et rendirent grâces à Dieu d'avoir converti Abdallah et Elmine. Ce fut aussi avec un sentiment de vive reconnaissance envers Dieu qu'ils apprirent ce que je leur racontai de vous, mes chers fils, et de votre père. Tout le monde était ravi. Deux seulement des plus anciens pères du couvent se rappelèrent m'avoir connu personnellement ; les autres n'étaient entrés au couvent que plus tard, et ne m'avaient connu que par ouï-dire. Les deux vieillards respectables, le père gardien et le doyen, éprouvèrent la joie la plus grande en me revoyant. Je fus obligé, pendant mon récit, de prendre place au milieu d'eux, tout comme je le fais maintenant chez vous, mes chers élèves.

Quand j'eus fini, ils me dirent ces paroles mémorables, que je vous engage à bien retenir :

— Te souviens-tu, me dit le père gardien, de ces paroles de l'Écriture sainte que je te rappelais quand tu partis : « Que le Seigneur soit ta joie, et il fera tout ce que ton cœur demandera. » Ces paroles se sont vérifiées ; car celui qui aime Dieu ne demande jamais rien de frivole, ni rien d'injuste. Tu désirais ardemment contribuer pour ta part à la conversion des infidèles, et Dieu a exaucé tes souhaits.

Voici ce que me dit le doyen : — Quand tu quittas le couvent, je t'ai dit : « Confie ton existence au Seigneur, et il fera tout pour le mieux. » Cette parole aussi s'est accomplie ; malgré tant d'obstacles, Dieu a pourtant tout fait pour le mieux.

Et maintenant, continua Antoine, pour que notre bonheur soit parfait, il ne manque plus rien que la présence d'Abdallah et de son épouse, et si Dieu le veut, ils seront ici sous peu.

Comme la nuit était déjà assez avancée, et qu'Antoine était fatigué du voyage, il prit part à un léger souper et se retira.

XXI

LE REVOIR.

Le lendemain, Antoine dit à Lucius et à ses fils : — Peut-être, aujourd'hui, une grande joie nous est réservée. Abdallah et Elmine arriveront ce soir même, si tout va selon leur volonté, et si aucun empêchement ne les arrête. J'étais indécis si je devais vous le dire, puisque notre espoir pourrait être déçu. Cependant j'ai cru qu'il valait mieux agir en tout franchement et sans détour.

La possibilité de revoir sitôt leurs chers amis combla de joie et de bonheur Lucius et ses enfants.

Après le dîner, et bien avant le soir, les deux frères manifestèrent le désir d'aller à la rencontre de leurs hôtes chéris. — C'est bien, mes enfants, leur dit Lucius. Allez au-devant d'eux ; je vous suivrai plus tard. Je resterai, pour le moment, près de notre ami. Il doit être trop fatigué de son voyage pour pouvoir aller loin, et je ne puis le laisser seul.

Les deux jeunes gens partirent. Ils avaient déjà marché pendant plus d'une heure, en jetant les yeux autour d'eux et en regardant dans le lointain, et n'avaient rencontré de temps à autre que quelques paysans qui revenaient de la ville, mais qui ne purent rien leur dire au sujet de nos voyageurs. Enfin, Timothée s'écria : — Je vois arriver une petite voiture à deux places, où se trouvent un monsieur et une dame. Ce sont eux peut-être. — Oh ! non, répliqua Philémon, ce sont des seigneurs hongrois, si j'en juge par leur costume.

La voiture approcha. La dame s'écria tout à coup : — Timothée, Philémon ! Oh ! mes chers enfants ! — C'était Elmine. — Soyez les bienvenus, mes chers fils, dit Abdallah. Il ordonna au voiturier d'arrêter, et dit à Elmine : — Sortons de la voiture, nous irons à pied le reste du chemin. Tous deux descendirent, et embrassèrent les jeunes gens avec toute la tendresse que des parents peuvent éprouver en revoyant leurs fils chéris. — Comment se porte votre père ? demanda Abdallah. — Antoine est-il arrivé heureusement ? dit Elmine. — Oh ! oui, répliquèrent les jeunes gens ivres de joie ; tous deux ne pourraient mieux aller. Ils sont heureux de se revoir, et vous attendent avec la plus vive impatience.

— Et le sultan a-t-il accepté votre démission ? demanda Timothée à Abdallah. — Bien à regret, répliqua ce dernier ; mais avec la plus grande bonté. Il m'a permis aussi de faire un voyage en ce pays chrétien. Il m'a donné même, pour récompenser, à ce qu'il dit, mes fidèles services, un sabre d'honneur.

— Comment avez-vous fait pour vous procurer ces beaux costumes hongrois? demanda Philémon à Elmine. — As-tu donc oublié, répondit-elle, cet habile ouvrier qui vous a si bien habillés, ainsi que votre père. Mon mari l'a acheté. Après qu'il eut passé quelques mois chez nous, et que je fus convaincue de sa probité et de sa fidélité, je lui donnai l'ordre de faire des habits hongrois pour Abdallah et pour moi. Il sauta de joie à ces paroles. — Ce que vous me dites, me dit-il, réalise mes plus chères espérances; car je vois que bientôt vous professerez la religion chrétienne ouvertement et sans crainte. — C'est bien, lui dis-je, mais, pour le moment, le secret est encore nécessaire. — Cela se comprend, répondit-il. Je travaillerai donc dans ma petite chambre, en m'y enfermant. Hier, en servant le souper, j'ai eu la maladresse de laisser tomber un grand plat de la plus belle porcelaine. Annoncez qu'à cause de cela je suis tenu de garder la chambre. — Voilà ce que dit le jeune homme tant soit peu étourdi. Mais je gardai le silence. En attendant, les gens crurent qu'en effet on l'avait enfermé à cause de sa faute, et je jugeai à propos de ne pas les détromper. Il s'acquitta à merveille de son travail. Nous voulûmes l'emmener; mais il préféra retourner chez ses vieux parents. Nous ne nous opposâmes pas à son désir, et lui donnâmes de quoi subvenir aux frais de son voyage. Il versa des larmes de joie, et se mit en route le lendemain.

Timothée demanda à Abdallah s'il avait fait ce long voyage tout seul avec son épouse. — Oh ! non, dit Abdallah ; le brave Omar, mon ancien lieutenant, qui s'est aussi converti au christianisme, nous a accompagnés. — Mais que fait donc votre femme de chambre, cette bonne Zérine, demanda Philémon à Elmine, celle qui vous a témoigné un si grand attachement et qui a pris tant soin de nous quand nous étions encore enfants ? — Zérine est devenue chrétienne, et nous a aussi accompagnés, dit Elmine.

Les deux frères s'informèrent de quelques esclaves chrétiens qui s'étaient fait remarquer par leur patience

et leur résignation, et qui leur avaient montré beaucoup d'amitié. — Quelques-uns d'entre eux nous ont
suivis, dit Abdallah; ils sont restés de plein gré à notre
service. Les autres qui souhaitaient de retourner dans
leur pays pour y revoir leurs parents, ont reçu la liberté;
je leur ai donné l'argent nécessaire, et les moyens de revenir dans leur patrie.

Elmine raconta alors que Orma, cette jeune esclave turque qui lui avait toujours témoigné tant d'amour, tant
de fidélité et d'attachement, avait embrassé la religion
chrétienne et avait fait le voyage avec eux ; qu'elle avait
pris le nom de Rhode, à cause de la fidèle servante dont
parle l'histoire des apôtres.

— Et où avez-vous laissé toutes ces bonnes gens? demanda Timothée. Pourquoi ne les voyons-nous pas avec
vous? — Dans la ville où nous avons passé la nuit, dit
Elmine; nous leur avons dit d'attendre jusqu'à ce que
nous leur donnions de nouveaux ordres. Nous avons craint
de mettre votre bon père dans l'embarras en arrivant avec
une suite aussi considérable.—En vérité, dit Abdallah, si
une pareille troupe faisait invasion tout à coup dans une
maison, ce serait comme en temps de guerre.

— Oh ! quant à cela, il n'y a rien à craindre, répondirent les deux jeunes gens; ce n'est pas la place qui manque chez nous. Nous aurions bien pu nous arranger ; en
attendant, cela nous sera plus facile maintenant.

XXII

LE SOUPER.

Tout en continuant cet entretien, Abdallah et Elmine,
accompagnés des deux frères, s'approchèrent du village.
Quand ils n'en furent plus séparés que d'un quart de lieue,
Antoine et Lucius vinrent à leur rencontre. — Abdallah

embrassa ce dernier avec l'émotion la plus vive ; Elmine
lui tendit la main comme à un ami. Les deux époux le
prirent au milieu d'eux et lui parlèrent de la manière
la plus affable et la plus amicale. On avait tant à se raconter, qu'on ne savait comment finir et à peine par où commencer. Antoine marcha entre les deux jeunes gens. Ils
lui dirent avec un joyeux empressement ce qu'ils avaient
appris d'Abdallah et d'Elmine, et ce récit lui causa un
grand plaisir, parce qu'ayant quitté la Turquie depuis
plusieurs semaines, il apprit bien des nouvelles.

Quand la société fut arrivée à la maison de campagne,
Lucius dit à Abdallah et à Elmine : — Que la paix du
Seigneur entre avec vous dans cette maison, et qu'elle y
reste pour toujours ! Cette habitation est sans doute un
peu étroite et de peu d'apparence, comparée au grand et
superbe palais que vous avez quitté par amour pour Dieu
et Jésus-Christ; mais tout ce que je possède est à votre
disposition. Jouissons avec un amour chrétien et avec
reconnaissance envers Dieu des dons que sa bonté nous a
prodigués. J'espère que nous vivrons ensemble heureux
et en paix.

— J'en suis sûr, dit Antoine. Des façades de marbre,
des murailles couvertes de tapisserie en or et en soie, ne
font pas le bonheur. Ils ne peuvent nous donner la tranquillité d'âme, la véritable félicité qu'on ne trouve que
dans le Seigneur. Plus d'un pauvre se trouve plus content
et plus heureux dans sa cabane que le riche dans le palais
le plus magnifique.

Ils entrèrent dans la maison; le couvert était mis.
Elmine se plut à examiner la jolie table ronde et s'écria :
— Pourquoi n'y a-t-il que quatre couverts ? Timothée et
Philémon ne soupent-ils pas avec nous?— C'est pour nous
un plaisir et un véritable bonheur, répondirent les deux
frères jumeaux, de servir à table notre seconde mère et
son époux, nos bienfaiteurs chéris. Personne ne pourrait
nous empêcher de nous acquitter de ces fonctions. Ils les
remplirent avec tant d'exactitude, d'adresse et d'amabilité
que le pacha déclara n'avoir jamais été aussi bien servi

dans les temps de sa puissance par ses esclaves tremblants. — L'amour l'emporte sur la crainte, dit Antoine. Tout ce que l'on ne fait que par crainte, par force ou pour de l'argent, n'a aucun mérite, et cause souvent bien de l'embarras et du désagrément aux maîtres comme aux serviteurs.

Quand on fut au milieu du souper, Elmine dit aux deux frères : — Je ne puis vous voir plus longtemps, mes chers enfants, faire l'ouvrage des serviteurs, des domestiques ; venez et asseyez-vous à la table. Il y a bien de la place et de quoi satisfaire votre appétit. — Oui, dit Abdallah, que Timothée se mette à côté de son père et de moi. — Philémon, ajouta Elmine, viens te placer entre moi et ton bon maître. Les deux jeunes gens refusèrent l'offre. La joie nous a déjà rassasiés, répondirent-ils, nous ne tenons pas le moins du monde à manger. — C'est bien, dit Elmine, quand l'homme connaît des plaisirs plus nobles que ceux de la chair ; mais les plaisirs de la table peuvent être relevés par la reconnaissance envers Dieu et par l'hospitalité. — Antoine ne dit que ce seul mot : — Obéissez! Et aussitôt les jeunes gens se mirent à table. Elmine servit Philémon, et Abdallah servit Timothée ; les deux frères prirent part alors au souper.

Sur la table se trouvait du vin dans de beaux vases. Les deux époux ne burent que de l'eau pendant le repas. — Eh bien, dit Lucius en ôtant le bouchon d'une bouteille cachetée, il faut au moins que vous goûtiez de ce vin ; c'est quelque chose de délicieux, c'est du tokay. Aussi nous n'en prenons que dans ces petits verres que vous voyez. Buvez-en avec nous, dit-il en souriant, sans quoi je vous regarderai encore comme des mahométans. — Eh bien, dans ce cas, j'en boirai, dit Abdallah. Ce sera la première fois que je prendrai du vin. Car, comme vous venez de le remarquer, le prophète Mahomet a défendu d'une manière absolue l'usage de cette liqueur. — Abdallah porta le petit verre à la bouche et le vida d'un trait. Elmine ne fit que mouiller ses lèvres. Son époux ne s'opposa pas à Lucius qui lui versa de nouveau. — Au nombre de bien des choses que je ne puis pardonner à ce faux prophète, dit Abdallah, je compte la défense qu'il a faite aux Turcs de goûter à cette délicieuse boisson.

Antoine, qui savait examiner toutes les questions avec beaucoup de bon sens et d'impartialité, lui répondit : — En cette occasion je n'ose presque pas donner tort à Mahomet. Il a peut-être d'excellentes raisons pour défendre l'usage du vin. Cette prohibition était très-sage, puisque les Turcs d'alors étaient un peuple très-barbare, vous me pardonnerez ma franchise. Le vin et les autres liqueurs fortes, prises outre mesure, peuvent causer de grands malheurs. Plus d'un homme adonné à la boisson a perdu ainsi sa fortune, ruiné sa santé et abrégé son existence. L'ivresse porte aussi bien des personnes aux actions les plus infâmes, même au meurtre. A la vérité, l'on ne devrait pas avoir besoin de recourir à une défense expresse, à une prohibition absolue. Une pareille mesure serait sans doute inutile et d'une sévérité révoltante si on voulait l'appliquer à des hommes raisonnables, arrivés à la connaissance de la vérité, et qui savent maîtriser leurs passions. Mais je ne saurais donner un meilleur conseil à un homme adonné à la boisson, et qui ne sait pas se retenir, qu'en l'engageant à renoncer tout à fait au vin et aux autres liqueurs, et à n'aller jamais ni aux cabarets, ni aux tavernes.

— Du reste, dit Lucius, un pareil conseil ne peut s'adresser à vous, et il voulut lui verser de nouveau. Mais Antoine retira son verre et dit : — C'est assez. Quant à vous, mes amis, je ne veux pas vous empêcher de vider la bouteille. Mais, mon cher Lucius, je te prie de faire reporter à la cave les deux autres flacons. — Antoine, après bien des instances, consentit à boire encore la moitié d'un verre. La bouteille fut vidée, et le peu de vin qu'avait pris Abdallah, qui n'avait pas l'habitude d'en boire, le rendit d'une gaieté assez prononcée.

XXIII

REGARD JETÉ VERS LE PASSÉ.

— Permettez-moi, dit Antoine, une parole un peu grave. Pendant toute ma vie je me suis occupé à méditer sur les voies de la divine Providence. J'ai réfléchi par conséquent sur notre propre histoire. Si vous le voulez, je vous raconterai ce qu'elle m'a enseigné. Parlons d'abord de moi.

J'entrai comme novice dans l'ordre de Saint-François, fondé par cet homme éclairé d'une manière miraculeuse, ordre qui, selon moi, a rendu de grands services à l'humanité et ramené bien des cœurs à Jésus-Christ, notre Seigneur. J'eus dans les premiers temps quelque déplaisir à me voir employé aux travaux du jardin du couvent ; mes prétentions allaient au delà. J'aurais préféré être le jardinier de Dieu et travailler dans la vigne du Seigneur ; je brûlais du désir de convertir les infidèles. Mes souhaits furent exaucés en quelque sorte : on m'envoya prêcher l'Évangile dans les pays de frontière de la Hongrie, où il y avait manque de prédicateurs ; mais les Turcs s'emparèrent de moi et me firent esclave. Je regardai ce malheur comme la plus grande calamité de ma vie ; mais quel bonheur pour moi d'avoir appris l'art du jardinage sous l'excellent jardinier du couvent ! Pour ce motif je fus traité avec bien plus d'humanité que les autres esclaves. Ce fut encore là le moindre avantage : mon talent de cultiver les fleurs et de planter les arbres fut cause que je vis confier à mes soins et à ma protection deux belles fleurs, deux arbustes qui donnaient les plus grandes espérances, ces deux charmants enfants. Oui, c'est à ma qualité de jardinier que je dus l'avantage d'entrer dans le palais du pacha sans exciter la méfiance, et d'enseigner la religion chrétienne à l'excellente Elmine, et par la suite

même à son époux. Ah! quand dans le couvent je prenais
avec mauvaise humeur la serpette et le racloir, aurais-je
pu alors présumer que ces mêmes instruments donne-
raient à un homme aussi humble que moi les moyens de
convertir au christianisme un pacha, le mandataire tout-
puissant du Grand Turc, le général d'armées nombreuses?
Admirez les voies du Seigneur : voyez comment Dieu avec
de faibles moyens arrive à un but aussi élevé.

Et toi, mon cher Lucius, n'as-tu pas regardé comme
un grand malheur l'enlèvement de tes enfants! Tu as bien
dû souffrir en te voyant traîné sur le marché d'esclaves et
exposé en vente ; mais en ce lieu même tu as retrouvé tes
fils que tu avais crus perdus. Tes chaînes te furent ôtées.
J'appris à te connaître dans le palais même du pacha ; c'est
là que nous avons formé les liens les plus beaux, les liens
d'une amitié vraiment chrétienne. L'affable bienfaitrice
de tes enfants fut aussi ta bienfaitrice. Nous avons passé
au palais du pacha des jours de bonheur. Sans doute bien
des malheurs sont venus les troubler : on t'enferma dans
un noir cachot; tu étais déjà sur l'échafaud ; le glaive
de la mort était suspendu au-dessus de ta tête ! Dieu te
sauva par tes enfants. Quelque grand qu'ait été ton malheur, ton bonheur qui dure encore a été plus grand. Dieu
sait nous conduire au précipice, et nous en retirer; il
sait venir à notre secours quand il est temps. Ceux qui
l'aiment réussissent toujours. Et vous, mes enfants,
frères jumeaux chéris, que vous dirai-je? Dieu a fait de
grandes choses en vous et par vous ; il vous a donné cette
ressemblance, la même figure, la même taille gracieuses :
tout le monde en fut frappé, et partout la bienveillance
vous a accueillis.

Quand on vous mena dans la maison du marchand
d'esclaves, il m'avait déjà envoyé d'avance dans le beau
jardin, pour vous enseigner la religion et vous faire connaître de plus près Dieu et Jésus-Christ. N'est-ce pas encore Dieu qui fit qu'Elmine, cette amie des enfants, n'en
avait pas elle-même; qu'elle se mit à la fenêtre au moment même où le marchand vous conduisit sur la place

publique? n'est-ce pas Dieu qui a fait naître la pitié dans
son cœur, à la vue de la douloureuse séparation qu'on voulait vous imposer? n'est-ce pas encore Dieu qui est cause
qu'elle a rempli les devoirs d'une mère envers vous, enfants délaissés? Oh! tout cela s'est fait par les voies sages
de la Providence. Quand on a voulu exécuter votre père,
Dieu vous a inspiré le courage et la fermeté de demander
à être mis à mort avec lui. Grâce à lui, ces paroles ont été
ce qu'elles devaient être. Votre vue, vos prières enfan-
tines, mais avant tout un rayon céleste, ont touché le
cœur du puissant pacha, lui ont valu le salut, et lui ont
préparé une si grande félicité. Oui, s'écria Antoine d'une
voix inspirée, le regard levé vers le ciel, et les mains
jointes : Grand Dieu, tout-puissant, tout miséricordieux,
toi qui as créé le monde et compté les sables du désert,
toi qui gouvernes le monde et régis toutes les choses, toi
qui ne souffres pas que sans ta volonté un passereau
tombe du toit, un cheveu de notre tête, oui, c'est toi qui
as voulu que ces enfants fussent enlevés à leur père et
menés dans un pays lointain. Ils y sont venus, non par
les infâmes manœuvres de ce scélérat, mais par ta
sagesse; ce scélérat lui-même, à son insu et bien malgré
lui, a contribué à l'accomplissement de ta volonté! Dans
les vues les plus sages, les plus bienveillantes, tu as séparé
ces enfants de leur père, pour nous réunir tous ici, dans
la croyance en toi et en Jésus-Christ, que tu as envoyé en
ce monde pour le salut de l'humanité. Notre reconnaissance est profonde, inexprimable, éternelle! Puissions-
nous, unis dans ta sainte religion, ne former jamais qu'un
seul cœur, qu'une seule âme. A toi, dans tous les temps,
nos actions de grâces, notre adoration, nos louanges; à toi
l'honneur, la gloire et la puissance!.....

Tous avaient les mains jointes, chaque parole retentit
dans le cœur de chacun. Pleins d'une sainte ferveur et
les yeux mouillés de larmes, ils dirent tous : Ainsi soit-
il! L'émotion ne permit pas d'ajouter davantage. La
bouche se refusa à rendre ce que le cœur éprouvait. On
se sépara en silence, pour se livrer au repos.

XXIV

LE JOUR SOLENNEL D'ACTIONS DE GRACES.

Le lendemain, tout le monde se leva de bonne heure.
La joie avait chassé le sommeil. La société se réunit dans
le salon, où pénétrait un air pur et serein, qui promettait une belle journée de printemps. Après la prière,
qu'elle offrit à Dieu comme une offrande matinale, la
compagnie sortit, pour respirer l'air frais de la saison,
le parfum des fleurs, et pour voir le lever du soleil.

Abdallah marcha en silence, et les yeux constamment
fixés sur le pays pour l'examiner avec soin. — Pourquoi
donc cette attention minutieuse? lui demanda Elmine.
La vieille maison de paysans vis-à-vis de nous te plaît
donc beaucoup, car tes regards sont toujours dirigés de
ce côté? — Ce n'est pas la maison, mais bien l'emplacement qui me conviendrait, répondit Abdallah. Il appela
Lucius, qui montrait en ce moment ses fleurs à Antoine,
cet amateur du jardinage, et lui dit : — Je pense que cette
maison pourra être achetée; je donnerai au paysan qui
la possède une somme suffisante pour qu'il puisse se faire
construire ailleurs une maison neuve et plus belle. Je
ferai abattre cette vieille chaumière qui menace ruine,
et bâtir une habitation qui sera alors justement vis-à-vis
de la vôtre. Nous serons près les uns des autres. La belle
pelouse verte, avec ses parterres et ses figuiers touffus,
sera la seule barrière qui nous séparera, et je pense que
nous vivrons en bons voisins. Je ferai bâtir ma maison
comme la tienne. Je veux que les deux bâtiments se ressemblent autant que tes deux fils. Quand, accablés de
vieillesse, nous fermerons les yeux, ma maison restera
aux deux jeunes gens et à leurs familles. Il n'y aura pas
de difficulté à l'égard du choix qu'ils feront entre les
deux maisons, et j'espère qu'ils se comporteront aussi

en bon voisins. — Les paroles d'Abdallah se réalisèrent.

Toute la société alla encore, avant le dîner, rendre visite au curé de l'endroit. Elle le trouva dans son petit jardin. Le vieillard salua Abdallah et Elmine avec autant de bienveillance que de respect. L'intimité s'établit plus facilement entre lui et Antoine, à qui il serra cordialement la main. Après que la visite eut duré quelque temps, Lucius dit aux personnes qui l'accompagnaient : — Les deux prêtres ont sans doute à se dire bien des choses qui ne sont pas de notre domaine : partons; j'espère que nous aurons monsieur le curé à dîner.

Antoine resta seul et dit au curé : — Lucius a raison, j'ai à vous adresser deux prières. L'excellent homme va recevoir aujourd'hui de nouveaux hôtes, qu'il sera difficile de loger; quant à ce qui me regarde, je crois qu'il est plus convenable que je loge dans la maison d'un prêtre. Je vous demande seulement un petit cabinet où je pourrai être seul. Voici ma seconde demande : ce Turc distingué, son épouse, et toutes les autres personnes qui sont venues avec lui, ont embrassé la religion chrétienne. Demain ils viendront visiter l'église, et je crois que nous devrions y organiser une petite fête. — Non pas, une grande fête, une fête aussi grande que possible, répondit le curé. C'est samedi aujourd'hui, le temps presse. Cependant, moi et mon sacristain, nous y mettrons tous nos soins. Une messe solennelle sera de première nécessité. — Et il engagea Antoine à la dire. Ce dernier le promit, et prit congé. Le curé courut, aussi vite que ses jambes le lui permirent, chez son sacristain, pour convenir des mesures nécessaires.

Le soir, il y eut dans la maison de Lucius une nouvelle joie par l'arrivée des gens d'Abdallah et d'Elmine, qui, tous convertis au christianisme, furent reçus comme de véritables amis et avec une grande bienveillance. Le lieutenant Omar et deux domestiques arrivèrent à cheval, et portaient encore le costume turc. Zérine, Orma et deux autres suivantes, toutes habillées à la manière des femmes hongroises, se trouvaient dans la lourde voiture de voyage d'Abdallah, qui était suivie d'un char où se trouvaient les bagages. Abdallah avait seulement loué la petite voiture qui l'avait amené, pour arriver le jour convenu.

Le lendemain, tous se rendirent à l'église. Toute la commune était réunie depuis longtemps; les paysans avaient appris l'arrivée de ces étrangers de haute distinction. — Un pacha, disait-on, avec sa femme et ses domestiques, qui tous sont devenus chrétiens! C'est un grand miracle.

Le curé, dans son plus beau costume, offrit, au portail de l'église et d'après un antique usage, de l'eau bénite à Abdallah et à Elmine. — C'est pour rappeler l'eau du baptême, dit Antoine, qui se trouvait à côté du prêtre, ainsi que le vœu que l'on fait lors de cette cérémonie. Toutes les fois que nous entrons dans l'église, nous devons renouveler la promesse de remplir fidèlement ce à quoi nous nous sommes engagés.

L'église, toute rustique, était décorée d'arbustes touffus, et l'autel orné de fleurs. Un crucifix en argent, et six cierges qui brûlaient dans de beaux chandeliers, se trouvaient sur l'autel. Un grand tableau en faisait le plus bel ornement; d'autres belles peintures étaient suspendues aux murailles blanches comme la neige. Lucius avait fait reconstruire l'église, et sa femme avait dépensé beaucoup d'argent pour la bien parer.

Elmine, tout étonnée, s'arrêta quelques minutes pour l'admirer. A l'exception de la chambre qui avait été changée en chapelle, elle n'avait pas encore vu d'église.

— Toutes les églises chrétiennes ressemblent à celle-ci, dit Lucius; seulement les cathédrales des grandes villes sont bien plus magnifiques; mais, pour le reste, elles sont bâties à peu près de même. Car dans ces temps-là toutes les églises, en Hongie et en Allemagne, étaient encore consacrées au culte catholique.

Le prêtre conduisit Abdallah, Elmine et Lucius, au prie-Dieu, recouvert d'un drap rouge, et qui se trouvait devant l'autel. Antoine s'était rendu à la sacristie. Il en sortit alors, revêtu d'habits sacerdotaux brodés en or.

Timothée et Philémon le précédèrent, tout fiers de servir la messe. L'encens fut mis dans l'encensoir, et des nuages de parfums en sortirent. — C'est ainsi, dit Lucius, que notre prière doit s'élever vers le ciel.

Le prêtre s'étant rapproché de l'autel pour commencer la cérémonie, un chant des plus agréables se fit entendre. Puis les fidèles prièrent en silence. Après un certain intervalle, le cantique recommença, tour à tour le silence succéda au chant. Elmine, Abdallah et tous les assistants étaient profondément recueillis.

A la fin, le prêtre entonna le saint *Te Deum* : « Dieu tout-puissant, nous te rendons nos actions de grâces, » et la commune entière chanta d'une voix sonore ce sublime cantique.

Quand la cérémonie fut terminée et que la société sortit de l'église, Abdallah s'écria : — Que toute notre vie soit comme un hymne : Dieu tout-puissant, nous te rendons nos actions de grâces !

ROSE DE TANNEBOURG

I

u midi de la Souabe, dans cette contrée pittoresque, semée de riantes vallées et de hauteurs couvertes de forêts, derrière lesquelles les montagnes de la Suisse élèvent leurs sommets chargés d'une neige éblouissante, on voyait depuis plusieurs siècles, sur le plateau d'une haute colline couverte de sapins, le magnifique château de Tannebourg. Cent ans encore après sa destruction, ses tours à moitié ruinées et ses murailles tapissées de mousse, soit qu'elles fussent éclairées par les rayons du soleil couchant ou par la pâle lumière de la lune, produisaient une singulière impression sur l'esprit du voyageur. Il bénissait au fond de son cœur les âmes généreuses qui autrefois l'avaient habité et avaient répandu le bonheur sur toute la contrée qui l'environnait, et, l'esprit frappé de l'instabilité des choses humaines, il s'éloignait avec effroi et allait se reposer plus loin.

Dans ce château vivaient jadis, au sein de la plus douce union, Édelbert et son épouse Mathilde. Édelbert était un noble chevalier de la plus brillante valeur ; mais quelque terrible que le représentât la renommée, la lance et l'épée à la main, son âme n'en était pas moins douce et compa-

tissante. Sous une cuirasse de fer bat souvent un cœur
généreux. C'était un homme pieux, probe, et un bon seigneur pour ses sujets. Le duc de Souabe l'honorait de son
amitié, et l'empereur lui-même le mettait bien au-dessus
de tous les autres chevaliers. Mathilde, sa noble compagne, était regardée, pour son esprit, sa piété et sa bienfaisance, comme la femme la plus accomplie du pays : en
outre, elle était d'une beauté remarquable.

Le chevalier Édelbert, dans ces temps de troubles et
de guerres continuelles, restait peu dans son château ; il
accompagnait le duc dans toutes ses expéditions, et restait souvent des années entières en campagne. Pendant
l'absence de son époux, Mathilde trouvait une source inépuisable de félicité dans la société de son unique enfant,
de la charmante Rose, qui n'était point inférieure à sa
mère en vertus, en grâces et en beauté. Donner une
bonne éducation à cette enfant, qui offrait les plus belles
espérances, c'était là le plus grand souci de Mathilde. Sa
méthode était simple, mais excellente. Comme son cœur
était pieux et bon, il ne lui était pas difficile de rendre
celui de sa fille pareil au sien.

Avant tout, la tendre mère apprit à sa fille à connaître
Dieu et chercha à implanter dans son jeune cœur l'amour
de notre divin Père. La noble dame avait la plus grande
vénération pour les magnifiques ouvrages de la création ;
elle ne les contemplait qu'avec un sentiment de piété et
de recueillement. Des fenêtres de sa chambre, où elle
passait, à travailler, une partie de la journée, on découvrait une vue magnifique. Le ciel et la terre, contemplés
de cette hauteur, présentaient un tableau dont la beauté
échappe à toute description, et donnaient à Mathilde une
belle occasion de faire admirer à son enfant la sagesse,
la bonté et la toute-puissance de l'Éternel, qui éclatent
dans tous ses ouvrages.

Un matin, par une belle journée d'été, Mathilde vint
éveiller Rose de très-bonne heure. — Viens donc, s'écria-
t-elle, viens ! Regarde comme aujourd'hui le lever du
soleil est beau ! Regarde, ajouta-t-elle en ouvrant la fe-

nêtre, quelles vives couleurs teignent le ciel à l'endroit où l'astre du jour va paraître ! regarde ces nuages, comme ils sont brillants et légers ! et ces hautes montagnes couronnées de neige, comme elles se détachent au-dessus de ces sombres forêts comme une large nappe d'argent ! Tiens, regarde, voilà le soleil ! Oh ! qu'il est puissant, celui qui l'a créé ! Vois le clocher de l'église qui s'élève comme une aiguille dorée au-dessus de cette forêt de vieux chênes dont l'épais feuillage cache à nos yeux le village. Ses habitants sont déjà debout, après avoir réparé leurs forces dans un paisible sommeil. Les voici qui vont à leurs occupations. Le pâtre conduit ses vaches paître l'herbe des profondes vallées, et elles mugissent de joie ; les collines se couvrent des brebis qu'accompagne leur fidèle berger. Là, les moissonneurs promènent leur brillante faux sur les prairies émaillées de fleurs ; les blés sont déjà jaunes, et on ne tardera pas à faire la moisson. Partout nous découvrons des preuves de la sollicitude de Dieu. Oh ! quel excellent père que celui qui regarde tous les hommes du même œil, qu'ils habitent des palais ou des chaumières ; qui leur a donné pour habitation la terre, si riche de ses dons, et qui un jour les appellera tous dans le ciel auprès de lui ! Qui pourrait ne pas se réjouir d'avoir un tel père ! — Ces paroles, qui s'échappaient du cœur de Mathilde, allèrent à celui de sa fille. Elle s'agenouilla en joignant ses petites mains, et dit : — Dieu grand et bon, combien je te remercie d'avoir créé de si belles choses !

C'est ainsi que Mathilde apprenait à sa fille comment tout ce que nous voyons sur la terre et dans les cieux, depuis le soleil jusqu'à la simple goutte de rosée, annonce la bonté de Dieu. Les différentes saisons de l'année, avec les beautés particulières à chacune d'elles et leurs riches présents, lui offraient sans cesse de nouvelles occasions d'admirer la tendresse du Créateur pour ses créatures. Rose savait élever son esprit vers le Tout-Puissant en regardant une fleur odorante ; en contemplant un fruit savoureux, elle pensait à lui avec des transports de joie, et, le cœur animé d'un tendre amour, elle le remerciait

de tous ses bienfaits, en élevant quelquefois sa douce voix
vers lui :

LE MATIN SUR LA MONTAGNE.

Enfant, vois-tu le ciel qui brille
Parsemé d'azur et de feu ?...
La moindre lueur qui scintille
Célèbre la gloire de Dieu.

La linotte sous la feuillée,
L'entends-tu, comme d'un saint lieu,
Dire à la nature éveillée :
« Célébrons la bonté de Dieu ! »

Au loin s'élançant de la source,
Entends-tu l'onde au cristal bleu
Murmurer partout dans sa course :
« Célébrons la bonté de Dieu ! »

Sus, ô mon cœur ! sus, ô mon âme !...
Qu'inondé d'un céleste feu
Chacun de vos élans proclame
La gloire et la bonté de Dieu.

Mathilde savait par cœur toute la Bible ; en brodant ou
en faisant de la tapisserie, elle racontait à sa fille attentive
des histoires que sa jeune intelligence pouvait comprendre. Rose se trouvait ainsi tour à tour dans le paradis,
sous le chaume des patriarches, au milieu du désert avec
les Israélites, dans le pays qui produit le lait et le miel,
et sa satisfaction était inexprimable. Elle apprenait alors
comment Dieu se manifestait aux hommes, lui qui envoie
du bonheur aux bons, qui hait les méchants et veut que
tous les mortels soient charitables et saints. Les méchants,
ceux que l'Histoire sainte nous offre, lui présentaient des
exemples effrayants du vice ; les bons, au contraire, lui
offraient une image touchante de tout ce que la vertu a
de plus séduisant. Mais ce que préférait Rose, c'était d'entendre parler de Jésus-Christ. Elle se plaisait avec les
anges et les bergers du divin Enfant, dans la crèche à
Bethléem ; elle aimait à déposer avec les sages de l'O-
rient, aux pieds du nouveau-né, dont l'étoile radieuse

brillait au ciel, des sentiments de piété et de reconnaissance, mille fois plus précieux que l'or et que l'encens.
Elle voyait le céleste Enfant dans sa chaumière à Naza-
reth ; elle le voyait obéir à sa sainte Mère et à son père
nourricier, prier, travailler, croître en grâces devant Dieu
et devant les hommes ; elle prenait la bonne résolution
d'être toujours soumise à ses parents et de se rendre
meilleure de jour en jour. Elle accompagnait en pensée
le divin Maître dans ses voyages à travers la Terre-Sainte,
s'asseyait avec lui au milieu de ses disciples, tantôt sur le
haut d'une montagne ou sur les bords de la mer ; tantôt,
au seuil du temple, elle écoutait ses leçons avec piété et
recueillement et promettait bien à sa mère de les suivre
fidèlement. Le plaisir le plus pur remplit son cœur lorsqu'elle apprit comment *lui*, le divin ami des enfants, les
avait appelés auprès de lui pour les bénir ; comment, en
voyant des parents inconsolables de la perte de leur fille,
il leur dit : — Mais cette enfant dort ! — et il la réveilla
aussitôt ; comment enfin, en apercevant un jeune homme
étendu dans un cercueil, il lui dit : — Lève-toi ! — et il
le rendit vivant à la mère qui le pleurait. Rose prit l'engagement avec elle-même d'être toujours bonne, afin de
mériter sa bénédiction ; elle l'aima de toute son âme, se
confia à lui, qui sait essuyer les larmes, aider dans le
malheur, ôter à la mort sa figure sinistre, et donner la
vie éternelle. Mais enfin, lorsque sa mère lui raconta les
douleurs que *lui*, le plus innocent de hommes, souffrit
par amour de l'humanité ; lorsqu'elle lui dit que, sur la
croix, ses lèvres décolorées imploraient encore la miséricorde de son Père pour ses bourreaux, alors des larmes
brillantes inondaient le visage de Rose. Elle s'applaudis-
sait dans le fond de son cœur de consacrer sa vie entière
à Celui qui était mort pour elle. C'est ainsi que la pieuse
mère apprenait à sa fille à connaître, à aimer Dieu et son
divin Fils.

Mais, en même temps que Mathilde formait le cœur de
Rose à une piété sincère, elle voulut aussi y jeter les racines d'une généreuse charité pour ses semblables et

avant tout pour ses parents. La vive tendresse qu'elle éprouvait pour sa fille lui gagna entièrement la confiance de celle-ci. De même Rose aimait son père avec le plus vif amour, quoiqu'il séjournât peu auprès d'elle, mais parce que sa mère lui en parlait toujours avec tendresse. Si Mathilde lui disait : — Conduis-toi donc de manière que je n'aie que du bien à dire de toi lorsque ton père sera de retour ! — ces paroles étaient pour Rose le plus puissant encouragement à bien faire ; et quand le chevalier revenait dans ses foyers, Rose rivalisait de zèle avec sa mère pour augmenter son bonheur.

Ainsi, le chevalier aimait beaucoup les fruits que donnait un pêcher adossé aux murailles du château. Un jour, Mathilde apporta les primeurs de cet arbre qu'elle venait de cueillir ; elle en fit trois parts, une pour le chevalier, une pour elle et la troisième pour Rose, et puis elle s'écria : — Je donnerai ma part à ton père. — Rose ajouta de suite : — Je lui donnerai aussi la mienne. — Pour tout au monde elle n'aurait pas consenti à la reprendre. Elle s'empressa, le cœur bondissant de joie, de les ranger dans un joli panier, les plaça de manière que leur belle couleur rouge était la première qui sautât aux yeux, et ensuite elle porta le tout à son père chéri.

Mathilde avait l'habitude de prodiguer des secours aux gens vraiment malheureux. Elle fit répandre ses libéralités par les mains de sa fille, afin que celle-ci pût apprendre à connaître, par expérience, les jouissances ineffables que procure la bienfaisance. Elle voulait éveiller dans le cœur de Rose la pitié pour les maux des autres et l'amener au point d'être prête à sacrifier son propre bonheur au bien d'autrui. Un jour, Rose reçut de son père une superbe pièce d'or. Celui-ci lui dit qu'elle pourrait acheter tel objet de toilette qui lui ferait plaisir. Rose accabla sa mère de questions pour savoir ce qu'elle pourrait se procurer avec son argent. Mathilde lui nomma un grand nombre d'objets sans que l'heureuse enfant pût parvenir à fixer son choix. En ce moment on annonça une pauvre veuve dont la vache venait d'être enlevée par

une épizootie. Mathilde la fit entrer, l'écouta et lui dit :
— Ah ! mon Dieu ! c'est un bien grand malheur pour
vous ! mais j'ai déjà donné beaucoup d'argent à bien des
malheureux qui ont fait la même perte que vous. Je ne
pourrai pas vous aider autant; il faut que je garde pour
mes aumônes habituelles. — Cependant elle alla chercher
un peu d'argent et le déposa sur la table pour le compter.
Alors Rose accourut et joignit sa pièce d'or à la somme
que sa mère venait d'apporter. — J'ai bien assez de
robes, dit-elle; cette malheureuse veuve a plus besoin
d'une nouvelle vache que moi d'une nouvelle parure. —
La pauvre femme pleurait en entendant ces paroles; elle
voulait embrasser les mains de Rose. Lorsqu'enfin elle
fut partie, Mathilde serra sa fille dans ses bras et lui dit :
— Tu as bien agi, ma bonne Rose, ta généreuse pitié mérite d'être estimée plus que mille pièces d'or, que tous
les ornements et les magnificences du monde.

Mathilde accoutuma Rose dès sa plus tendre enfance
à lui obéir avec empressement; — car, disait-elle, les
caprices d'une petite fille sont le plus grand obstacle au
bien. Un enfant doit apprendre avant tout à soumettre
ses volontés à celles des auteurs de ses jours; il se sou-
mettra ensuite plus facilement à la volonté de Dieu. Car
si on n'obéit pas à ses parents, qui sont devant les yeux,
comment pourra-t-on obéir à Dieu, qu'on ne voit pas?
Les bons penchants doivent être fortifiés dans le cœur
de l'enfance, l'ivraie doit en être arrachée, afin que les
belles fleurs des nobles sentiments puissent s'y développer. Aussi sa mère lui interdisait-elle formellement et en
peu de mots tout ce qui ne pouvait pas être permis. Dans
le principe, Rose, comme tous les enfants, employait les
larmes, les prières, pour obtenir tout ce qu'elle désirait.
Mais elle ne tarda pas à remarquer qu'un seul *non* de sa
mère avait autant de force que mille paroles ; elle comprit que pleurer et prier seraient choses tout à fait inutiles, et elle y renonça. Mathilde lui donnait chaque jour
de nouvelles occasions de s'exercer à l'obéissance, de
s'habituer à vaincre ses inclinations volontaires. Il lui

fallait obéir sans délai aux ordres qu'elle recevait; les plaisirs, les jeux, il fallait tout mettre de côté. Elle ne pouvait cueillir une fleur dans le jardin, arracher un fruit, avant que sa mère le lui eût permis. Mais celle-ci ne se faisait pas un plaisir de multiplier les ordres et les défenses. Elle haïssait, au contraire, ces précepteurs qui se plaisent à accabler leur élève d'avertissements continuels et souvent bien inutiles, à tel point que ceux-ci ne savent plus où donner de la tête. — Il n'est besoin que de quelques commandements, disait-elle, mais il faut les suivre. Dieu n'en a donné que dix pour rendre les hommes bons et heureux, et si on les avait suivis, on aurait pu s'en épargner dix mille autres. La prudente Mathilde trouva même bientôt que, pour encourager sa fille à la soumission et lui faire prendre la désobéissance en horreur, il était nécessaire d'employer tour à tour les récompenses et les peines. — Dieu, disait-elle, en agit ainsi avec nous, qui sommes de grands enfants. C'était une bien grande joie pour Mathilde que de partager avec sa chère enfant les plus beaux fruits du jardin; mais il fallait que Rose l'eût mérité. Par exemple, sa mère lui disait : — Si tu me récites sans fautes les vers que je t'ai donné à apprendre, tu mangeras de ces belles cerises. — Une autre fois elle lui disait : — Si tu fais bien ce que je t'ai donné à broder, je te donnerai, aussitôt que tu auras fini, cette belle grappe de raisin. Rose avait bientôt achevé sa tâche, et alors sa joie était beaucoup plus grande que si elle eût mangé ces cerises, ce raisin, ou d'autres fruits sans l'avoir mérité. Si Rose avait commis quelque faute, elle était privée de descendre au jardin avec sa mère. C'était assez la punir; bientôt même il ne fut plus nécessaire d'user de cette rigueur. Si Mathilde lui disait sans rire : — Ah ! Rose, je n'aurais pas cru cela de toi ! ne me fais donc pas de peine comme cela ! — l'excellente enfant n'avait pas de repos qu'elle n'eût vu sa mère lui sourire de nouveau.

Mathilde, qu'on ne voyait jamais inoccupée, tenait beaucoup à ce que sa fille suivît son exemple. Quand elle prenait son travail, il fallait que Rose prît aussi le sien.

La bonne mère la regardait faire avec plaisir et se disait
en elle-même : — Le zèle de Rose n'est pas encore d'une
grande utilité pour ma maison, mais il est pour elle-
même d'un bien grand avantage : il la préserve de l'oisiveté et des mauvaises pensées, et l'habitue doucement au
travail. — Et, en effet, Rose sut bientôt très-bien broder et
devint même très-adroite à manier l'aiguille. Elle se fit,
sous la direction de sa mère, une robe en batiste qu'elle-
même avait brodée, et elle éprouva à faire ce travail un
contentement inexprimable. La riche étoffe que son père
lui avait rapportée d'une de ses expéditions ne lui fit pas
autant de plaisir que ce joli vêtement.

Mathilde, comme c'était alors la coutume, vaquait aux
soins de la cuisine; elle mettait du zèle à la faire tenir
propre et brillante. Elle avait toujours quelque chose à
faire pour Rose : soit à trier des pois, soit à composer une
pâtisserie. Mais l'occupation la plus agréable pour Mathilde était celle du jardin; là, d'ailleurs, l'exercice au
milieu d'un air salubre était très-favorable à sa santé.
Rose elle-même prit bientôt goût au jardinage. Mathilde
lui assigna une petite portion du jardin à cultiver, et
pour cela elle lui fit faire un léger râteau, un élégant ar-
rosoir et d'autres jolis instruments aratoires. Alors, depuis les jours où le printemps voit fleurir le pêcher jusqu'à la fin de l'automne où les arbres perdent leurs
feuilles, il y eut toujours quelque chose à faire pour
Rose. C'était avec un joyeux empressement qu'elle se-
mait les graines, multipliait les jeunes plantations, arrosait les légumes qui commençaient à croître, arrachait
les liserons qui pouvaient en arrêter le développement,
enlaçait à des échalas les hautes tiges des plantes grim-
pantes. Aussi, lorsque, dans leur primeur, ces légumes,
préparés et cuits par ses soins, parurent pour la première
fois sur la table, son bonheur fut au comble; elle crut
n'avoir jamais mangé d'un mets mieux accommodé. —
Ce sont là, lui dit sa mère, les doux fruits de ton travail.
C'est ainsi que Dieu récompense le zèle dans les petits
comme dans les grands. Le pays qui environne notre

château n'était autrefois qu'un désert sauvage, le travail en a fait un riche jardin.

Mais si Mathilde veillait toujours à ce que sa petite Rose ne manquât pas de besogne, si elle s'appliquait surtout à varier ses occupations, afin que l'uniformité ne la dégoûtât pas, elle ne la laissait cependant pas sans moments de repos. Deux ou trois fois par semaine elle recevait la visite de plusieurs jeunes filles de son âge, pauvres mais bien élevées; une d'elles, nommée Agnès, se faisait particulièrement remarquer par son bon cœur. Rose commençait par régaler sa petite amie de lait, de pommes et de gâteaux; ensuite elles brodaient pendant quelque temps, et puis elles faisaient ensemble une partie, soit dans la chambre de Rose, soit dans le parc ou le potager. Cependant Mathilde ne les perdait pas de vue, et, sans qu'elles le remarquassent, elle écoutait tout ce qu'elles se disaient. Elle permettait le jeu, mais elle savait le rendre instructif. En agissant de cette manière, elle eut la satisfaction de voir sa fille toujours gaie, toujours joyeuse, chose qu'elle regardait comme le point capital d'une bonne éducation. Rose était toujours heureuse, et par conséquent toujours prête au travail, toujours disposée au bien.

Cependant la pensée dominante de Mathilde était de prévenir les mauvais effets que la vanité naissante de sa fille et son goût pour la toilette auraient pu avoir pour elle. Un jour, Rose était déjà grande fille, le duc vint à Tannebourg pour voir son ami Édelbert. Un grand nombre de dames et de chevaliers des pays voisins furent invités au château. Rose dut paraître dans une toilette convenable à son rang; sa robe était faite d'une riche étoffe garnie de pierres précieuses. Les étrangers louèrent outre mesure la beauté de la jeune personne et la richesse de sa parure; ils lui adressèrent mille compliments qu'elle n'écouta pas sans un secret plaisir. Lorsque les étrangers eurent quitté le château, Mathilde lui dit : — Rose, les paroles que l'on vient de t'adresser m'ont vivement peinée. Ainsi ces étrangers n'ont rien

trouvé à louer en toi que ces brillantes bagatelles qui
ne t'appartiennent pas et que tu jettes de côté en ce moment! Leurs éloges s'adressaient au tisserand et au la-
pidaire et non à toi. Ils n'ont trouvé en ta personne que
les charmes corporels, qui ne sont point ton ouvrage,
dont la beauté passe vite et qui un jour ne seront qu'une
vile poussière. Grand Dieu! je serais bien malheureuse
si c'était là le seul objet qui dût t'attirer des louanges!
O ma Rose bien-aimée! applique-toi surtout à acquérir
les vertus qui puissent vraiment te faire honneur!

Mathilde paraissait toute triste en serrant cette toilette
dans l'élégant bahut destiné à cet usage. — Ah! dit-elle,
que sont ces quolifichets en comparaison d'un noble
cœur? Ils ne peuvent rien pour notre bonheur. De
nobles sentiments, de bonnes actions, sont les seuls bijoux qui, dans ce monde, soient de quelque valeur.

Mais son propre exemple faisait plus pour l'instruction
de Rose que tout ce qu'elle aurait pu lui dire. Toute sa
conduite pouvait être comparée à un miroir brillant
placé, pour ainsi dire, toute la journée devant les yeux
de sa fille pour lui indiquer ce qu'elle devait chercher à
devenir.

Mathilde était si bonne, si douce, si modeste, que sa
conduite était un panégyrique silencieux de la bonté, de
la douceur, de la modestie. Jamais elle ne faisait sentir à
personne la supériorité que lui donnaient son rang, sa
fortune et ses lumières. Son visage doux et bienveillant
n'était jamais défiguré par la colère. Jamais elle ne dit
de mal des autres; jamais des paroles méchantes ou
blâmables ne sortirent de ses lèvres. Mais, au contraire,
sa douceur et sa bienveillance firent sur le cœur de sa fille
une impression assez forte pour ne jamais s'effacer durant
tout le cours de sa vie.

Il y avait dans le château une vieille chapelle dont les
vitraux peints, à la grande joie de Rose, représentaient
des scènes de l'Histoire sainte. Mathilde allait souvent
s'y agenouiller et prier avec une telle ferveur, qu'on eût
dit que dans ces moments elle était toute dans le sein de

Dieu ; son visage paraissait comme illuminé. La vue de sa mère en prières était d'un bon effet pour Rose, et, à son exemple, elle élevait son âme à Dieu. Elle se disait dans le fond de son cœur : — Le plus noble, le plus pur de tous les sentiments, c'est la véritable piété. — Le plus volumineux des ouvrages ne l'aurait pas convaincue avec plus de force de cette importante vérité.

Mathilde s'était déclarée la bienfaitrice des malades, des indigents, de tous les malheureux. Un jour, dans le village situé au pied du château, une pauvre femme, mère de sept enfants en bas âge, vint à tomber très-dangereusement malade. La noble dame n'eut alors rien de plus pressé que de quitter son château pour aller sous l'humble toit de chaume visiter la pauvre malade, s'informer de ses ressources, lui porter tout ce qui lui était nécessaire, relever son courage, et lui donner les remèdes convenables à son état. Elle renouvela sa visite tous les jours ; Rose dut l'accompagner, afin de se familiariser peu à peu avec les douleurs humaines et d'apprendre à les soulager. Enfin, lorsqu'un jour Mathilde, revenant visiter la malade, reconnut qu'elle était hors de danger ; lorsqu'à cette déclaration les sept enfants, leur pauvre père et la malade elle-même se mirent à fondre en larmes, lorsque le père exhorta ses enfants à se jeter aux pieds de la noble dame qui avait sauvé leur mère ; que lui-même, oppressé par une foule de sentiments divers, tomba à ses genoux, que les enfants baisèrent les mains et la robe de leur bienfaitrice... alors Rose se sentit tellement émue qu'elle joignit ses larmes aux leurs, en s'estimant heureuse d'avoir une aussi bonne mère, et en se promettant de marcher sur ses traces.

Une aussi solide éducation ne pouvait manquer de produire de bons fruits. Rose devint bientôt un modèle de toutes les vertus ; elle était surtout recommandable par une sincère piété. Sa tendresse pour ses parents était extrême ; une touchante modestie, une candeur virginale et une bonté parfaite se faisaient remarquer en elle. Ces douces qualités se peignaient sur sa fraîche et gracieuse

figure. Ses vêtements, élégants à force de propreté,
avaient une blancheur qui égalait celle de son âme; des
fleurs naturelles ornaient ses cheveux ou paraient son
corsage; c'étaient là les seuls bijoux qu'elle aimait à por-

ter; ses yeux, plus bleus que l'azur céleste, brillaient
d'un éclat admirable; mais cet éclat disparaissait sous la
douceur de ses regards. Les riantes couleurs de la jeunesse coloraient ses joues, et les rendaient plus fraîches
que la rose qui s'épanouit aux premiers rayons du soleil
levant; en un mot, Rose était telle que tous ceux qui la
connaissaient s'en allaient disant : — Rose de Tannebourg
est sans contredit la plus belle jeune fille de la Souabe;
rien n'égale sa beauté, si ce n'est pourtant sa modestie,
son amour pour Dieu et ses parents, et sa charité envers
les malheureux.

II

Hélas ! rien n'est stable ici-bas, Rose ne jouit pas long-temps du bonheur de posséder sa tendre mère ! Elle entrait dans sa quatorzième année lorsque Mathilde tomba inopinément malade ; elle comprit le danger où elle se trouvait, et ne le cacha point à sa fille. Le chevalier était en campagne. C'est pourquoi elle dit à Rose d'envoyer tout de suite un messager à son père. — Je voudrais, ajouta-t-elle, le voir encore une fois : fais venir également le bon abbé Norbert ! c'est lui qui m'a baptisée et sanctifiée à mon entrée dans cette vie. Il ne me refusera pas son secours pour en sortir... et il me conduira doucement dans un monde meilleur auprès de mon Créateur et de mon Sauveur... Il serait trop tard aujourd'hui, continua-t-elle, si je voulais me préparer à la mort. La vie terrestre ne doit jamais être qu'une préparation à celle qui nous attend au ciel. C'est pour cela que nous avons été mis sur la terre ; cependant, lorsque la mort approche, l'homme n'a rien de mieux à faire que de consacrer à Dieu les derniers moments qui lui restent à vivre, de lui confesser ses moindres fautes, et de se réconcilier avec lui en obéissant aux prescriptions de l'Église. — Le pieux abbé, homme digne et charitable, arriva bientôt. Mathilde s'entretint un moment seule avec lui. Elle reçut de sa main le pain de vie. Le feu de sa piété pénétra jusqu'au cœur de la pauvre Rose et adoucit un peu son amère douleur. Le digne abbé assista la malade de ses prières. Il se mit à parler avec une telle conviction de la vie éternelle, que Rose désira de tout son cœur mourir en même temps que sa mère.

Rose, dont la piété, la tendresse et les soins touchants l'eussent fait prendre pour un ange, ne quitta pas le lit de sa mère. Au bout de quelques jours, le chevalier arriva à une heure avancée de la nuit. Rose courut à sa rencontre. Elle fondait en larmes en l'abordant sur l'escalier. Le chevalier, le cœur navré, entra dans la chambre

de la malade. Il frémit en y retrouvant celle qu'il aimait
tant, si pâle et si changée : son désespoir se changea
bientôt en larmes abondantes ; Rose sanglotait de l'autre
côté du lit. La pauvre malade, avec un sourire d'une ineffable tendresse, tendit une main à son époux et donna
l'autre à sa fille. — Mon bien-aimé, ma Rose chérie ! dit-
elle d'une voix affaiblie, ma dernière heure approche ;
je ne reverrai pas le soleil se lever. Mais, ne pleurez pas
ainsi ! je serai bien où je vais, là-haut, dans la demeure
de notre père céleste ! Soyez bien convaincus que je ne
suis pas perdue pour vous, je ne vais qu'habiter un autre
lieu dans cette immense maison. Nous nous reverrons
bientôt, et rien alors ne pourra plus nous séparer. Elle
se tut; sa faiblesse ne lui permit pas d'en dire davantage.

—— Mon Édelbert ! reprit-elle après quelques moments
de silence, voici notre fille ! je ne t'ai jamais donné mon
portrait ; mais que Rose, notre enfant bien-aimée, mon
portrait vivant, me rappelle sans cesse à ta mémoire, que
ce soit toujours pour toi un puissant souvenir, le plus
doux que je puisse te laisser. Je te la remets à mes derniers moments, comme sous l'œil de Dieu même! J'ai
cherché à l'élever le mieux possible ; c'est à toi maintenant
à achever ce que j'ai commencé ! corrige ce que j'ai négligé, et reporte sur elle tout l'amour que tu m'as témoigné et dont je te remercie à mon lit de mort !

—— Et toi, ma chère Rose ! continua-t-elle, tu m'as
procuré de bien doux moments, tu as évité toutes les occasions de me chagriner, tu as toujours été pour moi une
fille dévouée. En ce moment suprême, je te dois ce témoignage de ma satisfaction. Oh! sois toujours pieuse,
innocente et bonne ; aime Dieu ! demeure fidèle à notre
divin Sauveur ! Fais ce qu'il nous enseigne ; évite le mal !
honore et chéris ton père. Il vit au milieu des périls de la
guerre. Peut-être un jour le rapportera-t-on blessé au
château : alors remplace-moi auprès de lui ; entoure sa
vieillesse de soins et de tendresse, puisque je ne pourrai
pas le faire moi-même; sois toujours une tendre fille
pour lui... Et maintenant, adieu !

— Grand Dieu ! ajouta-t-elle en levant pieusement les yeux au ciel, préserve-la du mal et maintiens-la toujours dans le bon chemin ! Écoute ma dernière prière, exauce les vœux ardents que t'adresse un cœur de mère qui va se rompre, et permets-moi de la revoir un jour dans le ciel.

Le père et l'enfant fondaient en larmes. La pieuse Mathilde reprit la main de son époux et celle de sa fille, et les joignit en leur disant : — Ne formons toujours à nous trois, dans ce monde, qu'un seul cœur, qu'une seule âme ; avec l'aide de Dieu, nous resterons aussi étroitement unis dans l'autre vie. La mort ne peut porter atteinte à notre amour. Nous vivrons éternellement dans le ciel, pour toujours nous aimer.

Elle regarda encore une fois son époux et sa fille avec la sérénité d'un ange. Sur son visage brillaient déjà les rayons de sa transfiguration prochaine. — Dieu, dit-elle, m'accorde à mes derniers moments une bien grande douceur. Grâces lui en soient rendues ! Je ne saurais trop me réjouir, ma fille, de ce qu'il m'a permis de te montrer comment peuvent mourir heureux et consolés ceux qui croient en lui, en Jésus-Christ, en une vie éternelle. Jésus-Christ ne laisse pas sans consolations ceux qui espèrent en lui. Je compte la mort pour rien ; l'espérance de la vie éternelle suffit pour me rendre heureuse.

En ce moment elle leva les yeux sur un beau tableau qui était appendu à la muraille, vis-à-vis de son lit ; il représentait la mort du Sauveur. Elle joignit les mains et dit d'une voix faible et mal articulée : — Comme toi, mon divin Sauveur, qui as recommandé ton âme à ton père, je te recommande la mienne. Elle se tut, devint plus pâle... ses yeux devinrent fixes... Elle n'était plus. Rose était muette de douleur. Édelbert dit avec résignation : — Elle est morte aussi saintement qu'elle a vécu. Son triomphe est assuré maintenant. Que Dieu nous rappelle à lui aussi doucement, et qu'il veuille un jour nous réunir à elle.

Il est impossible d'exprimer la douleur d'Édelbert et

de sa fille dans cette triste nuit, le jour qui la suivit et
pendant les funérailles. Le pays tout entier s'associa à
leur douleur. Dans toutes les maisons, dans toutes les
chaumières, la douleur fut aussi grande que si chacun eût
perdu sa propre mère! L'abbé Norbert ensevelit le corps.

Il voulut parler à la foule qui avait suivi le convoi. Les
sanglots devinrent bientôt si bruyants, qu'il ne fut pas
possible d'entendre la voix du vénérable prêtre. Lui-
même fondait en larmes. Enfin il fit signe de faire silence,
et il ne put dire que ces mots : — Quand les larmes par-
lent si éloquemment, je dois me taire! Puissions-nous
vivre de telle sorte que la reconnaissance vienne aussi
pleurer sur notre tombeau! Semons avec autant de zèle
que celle que nous pleurons, et nous ferons une aussi
riche moisson !

III

Le chevalier s'était remis en campagne ; mais un jour
d'automne il revint au château avec une grave blessure
au bras droit. Rose fut vivement alarmée ; elle ressentit
pour son père la plus tendre pitié. Elle ne voulut jamais
s'éloigner de son lit. Elle préparait elle-même ses aliments et les lui servait. Elle aidait à panser sa blessure.
La guérison allait lentement, et plus tard, lorsque son
père, le cœur triste et rempli d'amertume, s'entretenait,
assis au coin de la cheminée, de l'impossibilité où il était
de remplir ses devoirs de chevalier et de prêter au duc
l'appui de son dévouement, Rose trouvait encore le moyen
de ramener la sérénité sur son front. Elle venait s'asseoir
auprès de lui avec son métier à broder ou son filoir. Là,
elle lui parlait de sa bonne mère, elle lui disait maintes
belles paroles, maintes nobles actions qui n'étaient pas
encore connues du chevalier. Elle lui demandait ensuite
quelques détails sur sa vie aventureuse. Elle savait lui
persuader de remplir encore une fois le gobelet d'argent
qu'il avait reçu en présent du père de Mathilde et de le
vider, ne fût-ce que par amour pour le donateur. Insen-

siblement le chevalier se laissait aller aux charmes de la causerie ; son humeur sombre disparaissait. C'est ainsi que, malgré la tristesse de la saison, il vit s'écouler le temps avec la rapidité d'un songe.

Au commencement du printemps, Rose vit arriver au château un noble chevalier ami de son père, qui venait lui demander de prêter de nouveau au duc le secours de son épée. Mais, à son grand chagrin, Édelbert sentait son bras trop faible encore pour manier la lance et l'épée. Cependant il convoqua aussitôt tous ses vassaux feudataires, et leur accorda trois jours pour se rendre à son appel. Le matin du quatrième, au moment fixé pour le départ, il les rassembla dans la grande salle du château. Revêtu de ses habits de chevalier, quoique sans son armure, dont son bras n'aurait pu supporter le poids, une chaîne d'or au cou, il s'avance au milieu d'eux, leur permet avec plaisir de suivre l'étranger qui est venu réclamer son assistance, et leur recommande de ne point oublier leur ancienne valeur. — Soyez avec l'ennemi, leur dit-il, braves comme des lions; mais avec le paysan inoffensif, soyez doux comme des agneaux. — Ce fut les larmes aux yeux qu'il regarda la petite troupe s'éloigner, son regard la suivit jusqu'à ce qu'elle eût disparu dans l'épaisseur de la forêt voisine. En vain ce jour-là il voulut être gai; la tranquillité de son château, après le départ de ses fidèles compagnons d'armes, lui pesait. Son visage était morne et silencieux quand, après le dîner, il vint prendre au foyer sa place accoutumée. Le temps était triste et froid. Un vent terrible mugissait dans les tours du vieux donjon, et la pluie fouettait les vitres de la vaste salle. Rose ranima l'immense brasier, apporta à son père une coupe remplie d'excellent vin, s'assit auprès de lui et lui dit : — Mon honoré père, racontez-moi donc l'histoire de ce brave charbonnier qui est venu vous voir cette après-midi. J'en sais déjà une partie, car il a habité autrefois près du château, et sa fille Agnès a été ma compagne d'enfance. Mais je voudrais bien connaître tout ce qui le concerne.

— L'histoire du brave Burkhard? s'écria le chevalier. Oh ! bien volontiers. Ce n'est pas sans un bon motif que cet homme m'a rendu visite aujourd'hui. Il savait bien, lui, combien il doit m'être pénible de rester ainsi seul. Il a passé par là ; car autrefois c'était un brave soldat qui m'a accompagné dans presque toutes mes expéditions.

Cependant, avant de commencer mon récit, il est nécessaire que je te dise quelques mots du chevalier Kunerich de Fichtenbourg. Le riche château de Fichtenbourg ne t'est pas tout à fait inconnu ; car, des fenêtres de notre salon on aperçoit dans le lointain ses hautes tours qui s'élèvent au-dessus d'une sombre forêt de pins ; seulement tu n'as encore jamais vu le chevalier lui-même, car depuis longtemps nous sommes ennemis, et il n'est jamais venu me voir. Sa haine contre moi date de bien loin ; dans notre jeunesse, nous servîmes comme écuyers à la cour du duc. Kunerich était déjà capricieux, vain, emporté, et ces défauts le faisaient peu aimer du prince ; la préférence qui m'était accordée m'attira sa haine. Lorsque nous fûmes devenus grands et en état de porter les armes, le duc voulut que nous parussions dans un tournoi qu'il donnait à sa jeune noblesse, et que nous vinssions montrer en public notre adresse à manier la lance et l'épée. Je gagnai le premier prix ; c'était une dague avec une agrafe d'or ; elle me fut présentée sur un coussin de pourpre, à la vue de toute la chevalerie de la Souabe, par ta pauvre mère, qui alors était la beauté la plus éclatante de toute la cour. Kunerich gagna le second prix, qui consistait en une paire d'éperons d'or.

Depuis ce jour sa haine ne fit qu'augmenter, et il arriva même à ne plus pouvoir me regarder en face ; mais elle atteignit son plus haut point le jour où le duc, après cette mémorable bataille que tu connais, m'attacha, en signe d'honneur, cette chaîne d'or au cou, tandis qu'il accabla de reproches les plus durs le chevalier Kunerich, dont l'imprudence et la témérité avaient failli compromettre l'armée.

Le brave Burkhard avait, comme mon vassal et mon

compagnon d'armes, un petit bien situé sur les limites
de mes possessions, et attenant au bois de Kunerich ; mais
le chevalier était un bien mauvais voisin pour mon pauvre Burkhard, car il élevait dans ses propriétés une grande
quantité de gibier. Les cerfs venaient à chaque instant
ravager les champs du charbonnier ; les sangliers déso-
laient ses belles prairies. Je lui conseillai donc sans plus
de retard de lancer le gibier plus avant dans mes terres,
et de me l'amener, parce que tout le gibier qui est trouvé
sur mes domaines m'appartient de droit. Un soir, après
une partie de chasse, je rentrais au château, accompagné
de ma suite ; le soleil était couché, et les dernières lueurs
du jour brillaient à travers les sapins de la forêt lorsque
tout à coup Gertrude, la femme de Burkhard, se précipita au-devant de moi, les cheveux épars, en poussant
des cris lamentables, tomba à mes genoux et implora
mon secours. La petite Agnès l'accompagnait ; elle s'a-
genouilla à côté de sa mère et me tendit les mains en
sanglotant. Leurs regards m'allèrent au cœur ; je descendis de cheval et leur demandai de quoi il s'agissait.

Voici le fait : Burkhard, sa femme et leur fille s'é-
taient assis pour souper sous l'arbre qui ombrageait leur
chaumière ; ils ne songeaient à rien, lorsque tout à coup
le chevalier Kunerich, accompagné d'un grand nombre
d'écuyers et de valets de pied parut devant eux. Les valets saisirent Burkhard, lui attachèrent les mains derrière
le dos, le jetèrent sur une charrette et l'emmenèrent. Cet
indigne traitement lui était infligé parce que peu de
temps auparavant il avait tué un cerf, quoique ce fût sur
nos terres, et l'avait apporté au château. Aussi Kunerich
avait juré qu'il jetterait ce voleur de gibier, comme il
appelait Burkhard, dans les affreux cachots de Fichtenbourg.

— Burkhard sera libre, répondis-je à Gertrude, et je
détruirai Fichtenbourg, ce repaire de brigands ; consolez-vous, et pour le moment retirez-vous dans mon château avec votre fille.

Aussitôt je me mis en route avec mes écuyers pour

enlever la proie à l'ennemi avant qu'il pût atteindre son château. J'envoyai quelques cavaliers à la découverte, je leur assignai une place où nous pussions nous retrouver, et je me dirigeai ensuite au grand trot sur Fichtenbourg. Mes éclaireurs m'apportèrent bientôt la nouvelle que Kunerich s'était arrêté avec ses gens au moulin situé au fond de la forêt, et qu'il s'oubliait à y boire l'excellente bière qu'on y trouvait. La charrette sur laquelle était étendu le pauvre Burkhard était arrêtée devant la porte. Je trouvai que nous nous étions assez rapprochés de Fichtenbourg. Aussi nous nous arrêtâmes dans la forêt à un endroit favorable par où devaient nécessairement passer Kunerich et son escorte. Nous les vîmes bientôt arriver, pleins de confiance, le cœur joyeux, et chantant à haute voix. Tout à coup nous fondîmes sur eux avec la rapidité de la foudre. La lune qui venait de se lever éclairait le tableau. Comme Kunerich n'était pas préparé à cette attaque, et que d'ailleurs il avait bu outre mesure, il se défendit mal, et, après un combat de quelques minutes, il prit la fuite avec ses gens. Il m'était facile de le faire prisonnier. Mais j'en eus pitié, et le laissai s'enfuir. Dieu soit loué! il n'y eut personne de tué dans le combat; les épées ennemies jonchèrent seules la terre.

Nous déliâmes Burkhard, nous remplaçâmes son épée par une de celles que nous avions conquises, nous lui donnâmes un cheval qui s'était débarrassé de son cavalier pendant l'action, et nous nous mîmes en route pour le château gais et joyeux. Dire le bonheur que sa femme et sa fille éprouvèrent en nous voyant arriver au château et en apercevant Burkhard à mes côtés n'est pas possible! Quant à moi, ma joie n'était pas moins vive! Oh! il est bien doux, le sentiment que l'on éprouve à faire du bien aux autres!

— Je donnai à ces braves gens une place dans mon château, afin de les garantir de la colère de Kunerich. Plus tard, Burkhard fut blessé à la guerre et se trouva dans l'impossibilité de servir de nouveau. Cependant il ne fut pas pour cela tout à fait impropre au travail; il ne voulut pas manger son pain sans l'avoir gagné. Il découvrit dans un des endroits les plus écartés de ma forêt une petite vallée où il m'exprima le désir de s'établir. Je le laissai donc y construire une jolie maisonnette. Il fit d'un morceau de terre un champ de blé qui lui donna du pain, il transforma le fond de la vallée en prairie pour y nourrir une couple de vaches, et se mit, de mon consentement, à faire du charbon. Le pays qu'il habite n'est presque jamais visité; en outre, la suie et la fumée du charbon ont rendu presque méconnaissable son visage autrefois si frais. De cette manière il se crut suffisamment à l'abri des piéges de Kunerich, et en effet, il ne fut jamais inquiété depuis ce moment.

A cette histoire le chevalier ajouta encore quelques exemples du courage et de la fidélité de Burkhard, en sorte qu'il était déjà très-tard qu'il parlait encore. L'attention de Rose avait été si vivement captivée que le verre de son père était demeuré longtemps vide, et qu'elle avait même oublié d'attiser le feu.

Tout à coup un cri terrible retentit dans le château. Les voûtes résonnèrent d'un cliquetis d'armes et des cris de combattants. On s'approchait à pas précipités de la salle où étaient le chevalier et sa fille. Édelbert s'élança de son siége, et saisit son épée. Rose verrouilla promptement la porte. Mais un coup formidable l'enfonça, et un homme armé de pied en cap, qu'accompagnaient plusieurs soldats, parut sur le seuil.

Édelbert! s'écria-t-il, les yeux flamboyants et d'une voix de tonnerre, l'heure de la vengeance est enfin arrivée. Je suis Kunerich auquel tu t'es montré si souvent hostile, que tu as si souvent humilié. Tu vas maintenant tout me payer. Ensuite il se tourna vers ses écuyers : Chargez-le de chaînes, leur dit-il, et surveillez-le jusqu'à notre départ ! La terrible prison de Fichtenbourg, voilà la demeure que je lui destine. Quant à ce château, il m'appartient maintenant ! Je vais chercher parmi les armures et les épées, les vêtements et les choses précieuses, ce qui me conviendra. Vous pouvez, en récompense de votre

courage, piller partout pendant que je vas aller déguster
le vieux vin du chevalier. A l'œuvre donc ! dans trois
heures nous repartirons.

Rose se précipita en pleurant aux pieds du cruel Kune-

rich, et implora sa pitié. Mais celui-ci, sans faire attention
à elle, s'éloigna d'un pas fier. Édelbert fut enchaîné, et
deux écuyers montèrent la garde à la porte.

Kunerich avait choisi le moment, où Édelbert blessé
au bras droit ne pouvait en faire usage, pour mettre à
exécution la vengeance qu'il nourrissait contre lui. Il avait
attendu aussi que les braves compagnons d'Édelbert fussent entrés en campagne. Il se trouvait ainsi sans défen-

seurs. Parmi les gens d'Édelbert qui composaient la
garnison du château, il y avait un lâche que le chevalier
avait recueilli par humanité. Ce fut celui-là que Kunerich
corrompit. Il lui ouvrit pendant la nuit une porte secrète
pratiquée dans l'épaisseur des rochers, et que masquaient
de larges broussailles, et le conduisit par un chemin souterrain jusque dans l'intérieur du château. Les autres
écuyers s'aperçurent trop tard de l'irruption des ennemis; malgré leur résistance, ils furent dispersés en un
clin d'œil, et terrassés. C'est ainsi seulement que Kunerich put arriver si soudainement dans la salle d'Édelbert
et le faire prisonnier au milieu même de son château.

IV

Édelbert, enchaîné, le front empreint d'une vive douleur, était assis près du foyer qui venait de s'éteindre.
Rose, agenouillée auprès de lui, pleurait et se lamentait.
Elle levait les mains au ciel, et ses cheveux flottaient épars
sur ses épaules. Elle était anéantie. Elle levait sur son
père des yeux remplis de larmes. Cependant le château
retentissait dans toutes ses parties des cris que poussait
une soldatesque ivre de vin et de pillage, tandis que dans
leur salle tout était calme et obscur comme dans un
tombeau qu'éclairait la lueur faible et sépulcrale d'une
lampe. Seule, de temps en temps, Rose poussait de profonds gémissements et s'écriait d'une voix déchirante :
— Les mains qui ont si souvent secouru l'innocence sont
enchaînées ! — O Dieu ! viens à notre secours ! Elle tombait de nouveau dans un profond accablement et n'avait
plus même la force de soupirer.

Enfin Édelbert rompit le silence. — Remets-toi, mon
enfant, lui dit-il, sèche tes pleurs ! c'est Dieu qui nous envoie cette affliction. Baisons sa main alors même qu'elle
nous frappe. Il nous afflige aujourd'hui, il nous consolera
plus tard. Nous ne dépendons que de lui : il ne peut rien
nous arriver sans sa volonté; bien plus, nos ennemis ne
peuvent que travailler à notre gloire. Demeurons donc

fermes dans notre confiance en Dieu. Oui, je crois aujour-
d'hui que mon bonheur est plus assuré que jamais. Autrefois je comptais trop sur les bontés de l'empereur et
la faveur du duc. Mais ceux-ci sont maintenant occupés
d'eux-mêmes et peuvent à peine se défendre contre leurs
puissants ennemis. Je me confiais trop à la pierre et au
fer, aux murailles et aux verrous. Je ne me confierai plus
qu'à Dieu. Qu'il soit désormais mon seul soutien, mon
unique forteresse !

« Nous allons être bientôt séparés, mon enfant, reprit-
il après quelques moments de silence, et il s'approcha
d'elle ; de lourdes chaines chargeaient ses bras, et sa blessure lui faisait éprouver de nouveau une vive douleur.

— Oh ! ne parle pas encore de séparation, ô mon père !
s'écria Rose, en se jetant à son cou. Ils ne pourront pas
m'arracher de tes bras ! je t'accompagnerai jusque dans
ta prison, je mourrai avec toi, s'il le faut.

— Non, ma fille, reprit le chevalier avec calme, Kunerich ne permettra jamais que tu demeures auprès de
moi. Il ne me laissera pas cette consolation. Encore une
fois, nous allons être séparés ! écoute donc les conseils
que j'ai à te donner. Ton âge empêche qu'on ne te remarque. Tâche donc de sortir du château pour sauver tes
jours d'un honteux esclavage. L'un ou l'autre de mes serviteurs aidera à ta fuite.

Ce château et tout ce qui s'y trouve est maintenant
en la puissance de Kunerich. Te voilà toi, la fille d'un
chevalier, malheureuse, plus malheureuse que la plus
humble des mercenaires qui se trouvent dans mes domaines. Cependant, quoiqu'on te chasse aujourd'hui de
la maison de ton père, quoiqu'on te prive de l'héritage de
ta mère et de ses riches parents, ne te décourage pas,
mon enfant. Les biens temporels ne valent pas la peine
que nous nous affligions sans mesure de leur perte. Nous
ne pouvons pas, à proprement parler, les regarder
comme nous appartenant. Tu vois aujourd'hui avec quelle
facilité ils peuvent nous être enlevés ; et si nous parve-
nions à les conserver pendant tout le temps de notre vie,

la mort ne viendrait-elle pas infailliblement nous les enlever? Il n'y a de véritables trésors que ceux qu'aucun
événement ni la mort même ne peuvent nous enlever;
auprès desquels l'or, les perles et les pierres précieuses
ne sont rien... Ce sont la piété, la pudeur, la bonté et le
travail. Ces précieuses vertus étaient le plus riche trésor
et la plus belle parure de ta pauvre mère. Conserve seulement d'elle cet héritage, et tu seras encore assez riche!

« Si tu peux sortir du château, retire-toi chez notre
bon charbonnier, l'honnête Burkhard. Lui et sa femme
prendront soin de toi. Là tu pourras vivre tranquille et
cachée jusqu'à ce qu'il parvienne à te conduire dans
le château d'un de mes amis. Mais dusses-tu demeurer auprès d'eux de longues années, dusses-tu même
passer ta vie entière sous leur humble toit, console-toi de
ton sort en pensant qu'on peut vivre et mourir content
dans une chaumière, et souvent même plus facilement
que dans un château.

N'aie pas honte de travailler à la terre. Les durillons
placés au bout des doigts d'une main laborieuse sont plus
dignes de respect que les perles et les pierres précieuses
qui surchargent les mains oisives. Oh! quel bonheur, aujourd'hui, pour toi, que ta mère t'ait habituée au travail
et t'ait appris à chercher la félicité ailleurs que dans de
vains ornements, des mets délicats ou de frivoles plaisirs.

« La prière doit accompagner le travail. Nous avons un
corps et une âme. Le corps est fait pour travailler, l'âme
pour s'élever à Dieu. Le travail donne du pain au corps;
la prière nourrit l'âme. Si ta main est obligée de manier
la faucille, que ton cœur soit plein de Dieu. La prière
peut ennoblir le travail le plus humble, et même changer
en or le fuseau ou la charrue.

Mais, sur toutes choses, conserve ton innocence. Fuis
les hommes dont les propos te feront rougir. Je ne peux
plus être ton ange gardien. Garde-toi donc toi-même!
Pense que Dieu a toujours les yeux sur toi et qu'il lit dans
ton cœur. Ne fais jamais de mal... n'aie même jamais une
mauvaise pensée.

Ne t'inquiète pas de mon sort. Prie Dieu pour moi. Je sais qu'il ne m'abandonnera pas. Il entendra les prières. Quelque pénible que soit ma destinée, il peut me la rendre supportable. Des portes de fer et des verrous ne peuvent rien contre lui. Il est partout, excepté dans le cœur du méchant. Il sera auprès de moi dans mon cachot. Confie-toi à lui comme je m'y confie moi-même, à lui, l'unique ami qui ne nous abandonne jamais.

Dieu, comme je l'espère, me délivrera un jour de la captivité ; mais si tu voyais pour la dernière fois le visage de ton père, si je devais languir toute ma vie au fond d'un cachot, laisse-moi, ma fille, la consolation de penser, dans mon malheur, et de pouvoir me dire : Ma Rose n'oublie pas les recommandations de son père, elle marche sur les pas de sa mère, elle est digne de ses parents et de ses aïeux. Et dussé-je, dans la solitude d'une obscure captivité, entendre sonner ma dernière heure, dussé-je ne pas avoir une oreille pour recueillir mes dernières paroles, une main amie pour me fermer les yeux, il me resterait toujours en mourant cette consolante pensée : Je laisse après moi une fille sage, ou plutôt, je ne la laisse pas; elle viendra me rejoindre au ciel.

Je ne puis que te répéter les dernières paroles de ta sainte mère; si tu étais présente à mon lit de mort, comme elle je te dirais : Reste pieuse, innocente et bonne; aime Dieu; n'oublie pas notre divin Sauveur; ne fais jamais de mal. Si tu apprends que la mort a enfin rompu mes chaînes, pense que ces dernières paroles sont aussi celles que ton père t'aura laissées pour adieux ! Sois-y fidèle, et un jour, Dieu qui, dans un but que nous ne pouvons comprendre, mais qui, à coup sûr, est infiniment sage, t'a enlevé ta mère, et t'enlève encore aujourd'hui ton père, nous réunira tous dans le ciel.

Et regarde, aujourd'hui même je venais d'attacher la médaille d'or à la chaîne du même métal que je reçus autrefois des mains de l'empereur. Avant que l'ennemi n'eût pénétré dans la salle, j'ai pu cacher ces joyaux sous mes vêtements. Ah ! je ne puis les regarder sans douleur !

Que le bonheur d'ici-bas est une chose fragile ! Autrefois, l'empereur me donna cette chaîne d'or en signe d'honneur ; aujourd'hui, me voici comme un malfaiteur chargé de chaînes de fer.

Cependant prends cette chaîne comme un souvenir de ton père ; ne la vends pas, même dans la plus grande détresse. Si tu viens à me perdre, elle peut être pour toi de la plus grande importance. Elle peut prouver que tu descends de la noble race des chevaliers de Tannebourg.

Les emblèmes et les paroles consolantes qui sont gravées sur le médaillon sont plus précieux que l'or dont il est fait.

Regarde, d'un côté, entouré de rayons lumineux, tu vois l'œil de Dieu, avec cette inscription : Quand il est pour nous, qu'avons-nous à craindre? N'oublie jamais que ce divin maître nous suit partout et veille toujours sur nous, et que celui qui a toujours agi comme si Dieu avait été présent à toutes ses actions, et qui a su se conserver pur de tout péché, n'a rien à craindre.

La croix qui figure de l'autre côté, au milieu d'une auréole enflammée, avec ces paroles : Triomphe en lui ! te rappellera toujours à l'amour de Celui qui est mort pour toi. Notre destinée à tous, dans ce monde, est de combattre et de souffrir; mais en nous fiant à lui, en obéissant à ses saints commandements, en pratiquant l'amour et la charité comme il les a pratiqués lui-même, en nous confiant à sa clémence infinie, en espérant la réalisation de ses promesses, nous pouvons surmonter tous les maux, ou les supporter avec courage.

Dieu vient de nous envoyer un grand malheur! mais qu'est-ce que cette affliction en comparaison de celles que notre divin Sauveur a eu à souffrir avant d'arriver au séjour d'éternelle félicité ! Nous aussi nous y prendrons part à cette félicité, si nous sortons triomphants de notre lutte sur la terre.

Et maintenant, agenouille-toi, mon enfant, que je puisse te bénir. — Rose, tout éplorée, se mit à genoux, joi-

gnit les mains, et abaissa sur sa poitrine son joli visage,
qu'embellissaient la piété et l'affliction. Le chevalier étendit, autant qu'il le put, ses mains au-dessus de sa tête, et
lui dit : — Que le Dieu tout-puissant te bénisse, et que
la grâce de notre Maître et Sauveur t'accompagne partout. Rose fondit en larmes. Édelbert la serra encore une
fois dans ses bras, et lui dit d'une voix émue : — Je garderai toujours ton souvenir; au fond de mon cachot, je
ne cesserai de prier pour toi. Promets-moi donc de ne
jamais oublier, de ton côté, les recommandations que je
viens de te faire; jure-moi de les suivre fidèlement et de
prier quelquefois pour moi.

— Oh ! répondit Rose en sanglotant, je ferai avec plaisir tout ce que tu m'as dit, moins une seule chose : je ne
puis, non, je ne puis t'abandonner ! Ah ! n'attends pas que
je m'en aille lâchement ! Peut-être mes prières pourront-
elles adoucir ce cruel chevalier, et le détermineront-elles
à me laisser te suivre dans ta prison et t'y servir en fille
dévouée et soumise.

En ce moment on entendit un nouveau bruit dans le

château. Kunerich or-
donnait à ses compa-
gnons de se préparer à
partir ; quelques-uns
seulement devaient te-
nir garnison au château.
Des hommes d'armes
pénétrèrent dans la salle
et un d'eux s'approcha
d'Édelbert. Rose se jeta
sur le sein de son père
et pria qu'on lui permît
de le suivre. Ce fut en
vain; on l'arracha de ses
bras avec violence.

Édelbert fut descendu dans une cour du château où
plusieurs torches répandaient leur lugubre lumière. Les
portes étaient ouvertes; elles l'avaient été par les gens de

Kunerich. Un grand nombre d'écuyers, ayant chacun un cheval en main, étaient rassemblés dans l'intérieur de cette cour. On y voyait le cheval de bataille de Kunerich, couvert d'un brillant harnais et mordant un magnifique frein. On plaça sur un mauvais chariot le noble et vaillant Édelbert. Deux grandes voitures qui lui appartenaient, chargées de tout ce qui avait été enlevé dans son château, étaient aussi là prêtes à partir. Édelbert put voir également que ses chevaux de fatigue avaient été tirés de l'écurie et attelés aux voitures. A peine rétabli de sa blessure, il commença par souffrir et par trembler de froid dans ce chariot ouvert à tous les vents. Enfin Kunerich arriva et monta à cheval. Des écuyers entourèrent le convoi, et ce fut en poussant des cris de joie qu'on traversa le pont-levis.

On descendit lentement la colline escarpée sur laquelle était bâti le château. Rose suivait la marche. Kunerich chevauchait à côté du malheureux Édelbert. Rose se jeta entre le chariot et le cheval de Kunerich, et, levant les mains vers lui, elle le pria instamment de la laisser s'asseoir auprès de son père. Mais Kunerich fit semblant de ne pas l'entendre, et ne la regarda seulement pas. Il jetait autour de lui des yeux menaçants, la main gauche appuyée sur la hanche et la droite armée de son épée. Quand on fut au bas de la montagne, Kunerich s'écria : — Maintenant, en avant ! Tous firent sentir l'éperon à leur monture ; les conducteurs des voitures firent claquer leurs fouets, et les chevaux prirent le galop. Rose se mit à courir malgré le vent, la pluie, jusqu'à ce que ses forces fussent épuisées, et que le convoi eût disparu dans l'épaisseur de la forêt et l'obscurité de la nuit.

V

Rose, qui était rarement sortie du château, et jamais sans être accompagnée, se trouva donc seule, par une nuit obscure, au milieu d'une campagne déserte, assaillie par le vent et la pluie, et n'ayant que le ciel pour abri.

Elle ne savait où aller. Elle chercha longtemps en vain
une place sèche où elle pût s'asseoir et attendre le jour.
Enfin elle trouva un épais buisson formé par de jeunes
arbres où elle put se mettre à couvert de l'humidité et de
la pluie. Elle n'éprouvait aucune frayeur de se voir ainsi.
La douleur ne lui permettait pas de réfléchir à l'horreur
de sa position. Elle ne pensait qu'à son père ; elle pleurait, gémissait, priait, et son désespoir était tel qu'il eût
attendri les rochers.

Lorsque le jour commença à paraître, elle sortit de la
forêt et regarda autour d'elle. Elle vit se dessiner graduel-
lement la tour du château paternel, que commençaient à
éclairer les premiers feux du matin; des larmes vinrent
mouiller ses yeux. Avec quel plaisir j'irai revoir une fois
l'habitation de mes pères! Peut-être y trouverai-je encore
quelqu'un des fidèles serviteurs de ma famille, qui aura
pitié de moi et m'indiquera le chemin qui conduit chez
Burkhard. Mais, malheureuse que je suis! la maison où
je suis née, où j'ai été élevée, m'est maintenant fermée
pour toujours. A peine en ai-je été dehors, que la porte
en a été de suite verrouillée, et le pont-levis levé. La demeure de mes ancêtres est aujourd'hui celle d'un ennemi
de ma famille! Accablée de ces tristes pensées, elle gagna
les forêts qu'habitait Burkhard.

Elle ne connaissait le pays que d'après les récits de son
père. Au fond de la forêt, lui avait-il dit, on voyait s'élever deux collines escarpées couvertes de sapins. C'était
au milieu d'elles que se trouvait la cabane du charbonnier. Ce pouvait être à deux milles environ. Rose chercha
des yeux les deux sommets; elle les vit, et, sans les perdre de vue, elle se dirigea de manière à passer au milieu
d'eux. Mais elle ne trouva ni chemin, ni sentier de tracés.
Il lui fallait tantôt se frayer une route à travers l'épaisseur du bois, tantôt éviter les marais, tantôt traverser un
ruisseau. A mesure qu'elle avançait, la forêt s'épaississait
de plus en plus, et bientôt même il ne lui fut plus possible d'apercevoir les deux collines. Il était déjà plus de
midi, et elle ne découvrait encore aucune montagne. Tout

à coup, dans un buisson, à dix pas d'elle, elle entendit un grand bruit, et bientôt un cerf de haute taille, la tête surmontée de bois élevés et fourchus parut à ses côtés ; il la regarda fixement avec ses grands yeux noirs, s'avança un peu, se fit un chemin à travers le feuillage, et s'enfuit. Elle poursuivit sa route avec courage. Bientôt le grognement d'un sanglier vint de nouveau l'épouvanter. Elle se détourna et aperçut la bête monstrueuse qui fouillait dans un marais, mais qui, à sa vue, s'arrêta, fixa sur elle ses petits yeux et la menaça de ses terribles défenses. A cet aspect, Rose s'enfuit aussi vite qu'elle le put.

D'épaisses broussailles l'arrêtèrent enfin. Épuisée, haletante, elle s'assit au pied d'un arbre dont les branches peu élevées lui paraissaient un refuge assuré, dans le cas où le sanglier reviendrait. Elle écouta avec attention, mais tout était tranquille. Cependant cet événement lui avait fait perdre son chemin, elle ne savait plus dans quelle direction marcher, et, pour comble de malheur, le soleil s'approchait déjà de l'horizon. Ah ! se dit Rose en soupirant, me voici obligée de passer la nuit dans cette forêt où j'ai peur des bêtes sauvages !

La douleur qu'elle éprouvait du sort de son père l'avait jusqu'ici empêchée de sentir la faim, qui commença à la tourmenter si cruellement qu'elle craignit de se trouver mal. Presque mourante de besoin et de fatigue, elle se remit cependant en route, et atteignit une hauteur d'où elle pouvait librement dominer la contrée qui l'environnait. Des nuages épais obscurcissaient le soleil près de se coucher ; tout le pays était couvert d'une ombre épaisse, et une chaude vapeur surplombait l'air. Rose se mit à genoux et pria : — Mon Dieu ! tu l'as dit toi-même : Viens à moi quand tu seras malheureux, et je te sauverai. Ah ! accomplis pour moi ces paroles consolantes. Au même moment le soleil, se dégageant des nuages qui cachaient son éclat, dora de ses derniers rayons une colonne de fumée qui s'élevait au milieu de la forêt. — O ciel ! s'écria Rose transportée de joie, gloire te soit rendue ! tu as exaucé ma prière ! tu m'as sauvée ; c'est le brave Burkhard qui fait son charbon; car autrefois toute cette forêt était inhabitée. Elle rassembla ses forces épuisées, et courut vers l'endroit d'où elle avait vu la fumée s'élever.

Rose ne s'était point trompée. C'était bien là en effet que Burkhard avait établi son exploitation, et il avait déjà passablement éclairci la partie de la forêt qui entourait sa demeure. Il était dans ce moment assis sur un tronc d'arbre, non loin de sa charbonnière. Quelques branches qu'il avait fichées en terre supportaient une petite planche carrée qui lui servait de table. La hache et son tisonnier étaient sur l'herbe à quelques pas de lui. Il était occupé à regarder le coucher du soleil, et il chantait de sa voix forte et mâle une chanson que répétaient tous les échos d'alentour. Rose l'entendit avec joie et pressa le pas.

Lorsque le bon Burkhard aperçut notre héroïne dans l'éloignement sans cependant la reconnaître, il fut étonné de voir une demoiselle qui paraissait aussi élégante au milieu de cette forêt. Mais à peine l'eut-il reconnue que sa surprise redoubla; il se leva, l'appela de loin à grands cris et courut à sa rencontre. Suivant une vieille coutume allemande, il lui serra fortement la main; mais bientôt, honteux et confus, il lui demanda pardon d'avoir touché de ses mains noires et calleuses sa main si blanche, si délicate. Il lui témoigna son étonnement de la voir en ce lieu. — Comment! c'est vous, Mademoiselle, c'est vous! Comment êtes-vous venue seule ici et à cette heure? Certainement vous vous serez égarée! Du reste, poursuivit-il en plaisantant, vous arrivez bien. Je tiens table ouverte ce soir au pied de ces sapins, de ces chênes et de ces hêtres, et le souper est prêt. Venez vous asseoir près de moi, sur mon canapé de bois neuf; reposez-vous et rafraîchissez-vous un peu; car il faut retourner chez vous ce soir même. Aussi vrai que je m'appelle Burkhard, l'inquiétude empêcherait votre noble père de fermer l'œil de toute la nuit.

— Mon père! interrompit enfin Rose; et ses sanglots l'empêchèrent un moment de poursuivre. Ne savez-vous donc pas encore l'affreux malheur qui vient de nous arriver?

— A qui? au noble chevalier! s'écria Burkhard avec effroi. Si son visage n'avait pas été noirci par la fumée et la poussière du charbon, on l'aurait vu devenir pâle comme la mort. — Oh! ma chère demoiselle, parlez donc, pour l'amour de Dieu, parlez! Dites, que lui est-il arrivé?

— Kunerich, répondit Rose, a pénétré dans le château la nuit dernière; il a fait mon père prisonnier, l'a chargé de chaînes et l'a emmené à Fichtenbourg.

— Lui! s'écria le charbonnier en saisissant sa hache, lui que..... Cependant, ajouta-t-il, et il laissa tomber sa hache à terre, je ne le maudirai pas. Mais si ce cruel Kunerich a le noble chevalier en sa puissance, il faut s'attendre à de grands malheurs. Dites-moi donc comment cet événement est arrivé; car je n'y comprends rien encore. J'ai quitté votre noble père hier au soir, et tout dans les environs était calme. Comment Kunerich a-t-il pu emporter dans une seule nuit une forteresse presque inaccessible?

Rose s'assit auprès de lui et lui raconta ce qui s'était passé. Mais le brave homme ne tarda pas à s'apercevoir qu'elle souffrait tellement de la faim et de la soif, qu'elle en pouvait à peine parler. Il lui offrit avec empressement les provisions qu'il avait apprêtées pour lui. Rose accepta et se désaltéra avec l'eau fraîche contenue dans une cruche. Elle avait tellement besoin, qu'elle fit un bon repas avec ces grossiers aliments.

— La faim, dit Burkhard, est le meilleur cuisinier; on ne la trouve pas à la table des riches, mais nous autres, pauvres gens, nous la rencontrons toujours. C'est ainsi que Dieu a égalisé les parts.

Après s'être restaurée, Rose dit à Burkhard tout ce qui venait d'arriver à son père. Burkhard écoutait la bouche béante, et de temps en temps s'emportait contre la cruauté de Kunerich, plaignant son pauvre maître, et passait la main sur ses yeux pour essuyer une larme. Mais lorsqu'il apprit que le chevalier lui confiait sa fille, profondément touché de cette grande confiance, il ne put plus longtemps retenir ses pleurs, et ses sanglots éclatèrent.

— Non, non, certainement, s'écria-t-il, Dieu ne laissera pas périr un aussi bon maître. Dieu le tirera des cachots infâmes de Fichtenbourg, car Dieu peut nous coucher dans la tombe, comme il peut nous en faire sortir. Laissons-le donc agir, et tout ira bien. Mais tenez, ma petite demoiselle, voyez-vous cette charbonnière allumée? Eh bien, vous n'auriez qu'un mot à dire, et je m'y précipiterais; car pour vous et votre père je me jetterais dans n'importe quel péril. Cependant, avant tout, vous avez besoin de repos. Mais ma demeure est en ce moment trop éloignée pour vous. Heureusement, j'ai là une petite cabane, comme les charbonniers ont l'habitude d'en construire, et il y a justement assez de place pour une personne. La voyez-vous là-bas, au milieu de ces trois arbres? Elle a été construite avec des pieux enfoncés en terre, de jeunes branches les lient les uns aux autres, et les jours sont bouchés avec un gazon épais. On a oublié, il est vrai, les quatre murs, ajouta Burkhard; la toiture en est élevée, mais si épaisse et si solide, que la pluie la plus forte ne pourrait la traverser. On y trouve un excellent lit de belle mousse; un joli tapis d'écorce d'arbre, que j'ai tressé moi-même, sert à la fois de rideaux au lit et de porte à la cabane. Mais je vous assure que, lorsque, comme vous, on a la conscience tranquille et le corps fatigué, on dort tout aussi bien sur la mousse que sur un lit de plume protégé par des rideaux de pourpre.

Il conduisit la jeune fille dans la petite cabane, et, quant à lui, il s'assit à l'ombre de deux sapins touffus, sur une couche de gazon qu'il avait apporté dans cet endroit. Il fut occupé toute la nuit de ce qu'il venait d'entendre. Mais ce qui lui causait le plus de chagrin, c'était de penser que le secours qu'Édelbert lui avait prêté contre Kunerich était au moins en grande partie la principale cause de sa captivité. Il se gratta plus d'une fois l'oreille, plus d'une fois il retourna dans ses mains son bonnet,

sans savoir à quel parti s'arrêter ; enfin il s'agenouilla,
joignit les mains, et du fond de son cœur il pria Dieu de
sauver le chevalier et de consoler sa fille. Il ne pensa point
à prendre du repos. Rose, au contraire, ne fut pas plus
tôt couchée, qu'elle s'endormit, et elle ne s'éveilla que le
lendemain à une heure bien avancée de la matinée, quoiqu'un vent terrible eût agité toute la forêt et que la pluie
fût tombée en abondance pendant toute la nuit.

VI

Quand le soleil fut levé, le vent s'apaisa ; les nuages
amoncelés se dispersèrent. Tout était calme ; les feux
transparents du matin doraient la haute cime des sapins.
Dès l'aube, le brave charbonnier écoutait de temps en
temps si la jeune fille s'éveillait. Plusieurs fois il crut
qu'elle était réveillée ; mais quel fut son bonheur en découvrant qu'elle dormait toujours ! — Mon Dieu ! dit-il,
que je suis heureux de la voir ainsi reposer ! Oh ! le sommeil est un grand bienfait ! Un doux repos nous fait oublier tous nos chagrins ; il nous décharge pour quelques
moments du fardeau que nous avons à porter, et nous
donne de nouvelles forces pour le reprendre. Mon Dieu !
poursuivit-il, et il se découvrit, louanges te soient rendues pour ce don précieux... le sommeil ! Il en doit être
de même, je pense, de son frère, le sommeil éternel, car
celui-ci est encore un grand bienfait ; il nous délivre pour
toujours de nos maux, et le réveil le plus doux en est la
suite, lorsque nous avons bien accompli la tâche journa-
lière qui nous est imposée.

Au bout de quelques moments arriva à la charbonnière Agnès, la fille de Burkhard, jeune enfant aussi
bonne qu'aimable. Elle avait au bras un panier dans lequel se trouvaient le déjeuner, le dîner et le souper de
son père. Elle vit de suite aux yeux de celui-ci qu'il avait
pleuré, et son air lui dit assez qu'il avait un chagrin sur le
cœur. Elle lui demanda ce qu'il avait ; mais il lui fit signe
de la main de ne pas faire de bruit afin de ne pas réveiller

Rose; il la conduisit sur le banc de gazon, à l'ombre des sapins, et lui conta ce qui était arrivé à Édelbert. A ce ré-

cit, des larmes abondantes coulèrent des yeux de la sensible Agnès.

C'est en ce moment que Rose se leva. Un rayon de soleil, péné-trant à travers une ou-verture que Burkhard avait faite à la cabane afin de pouvoir aperce-voir sa charbonnière, était justement tombé sur son visage et l'avait éveillée. En se rappe-lant où elle se trouvait, elle se mit à pleurer. Quand elle sortit de la cabane, Burkhard et sa fille coururent à sa rencontre.

— Calmez-vous, ma chère enfant, s'écria Burkhard; ne saluez pas le retour du jour avec des yeux remplis de larmes. Regardez comme le ciel est pur après une nuit d'orage; comme les gouttes d'eau suspendues aux jeunes scions des sapins et des genévriers sont claires et bril-lantes; comme le soleil est chaud et bon à sentir! Ainsi passera la tempête qui gronde en ce moment sur votre tête et sur celle de votre père. Après l'orage vient le so-leil; après la douleur, la joie. Fiez-vous à Dieu qui dis-pense à son gré le beau temps et la pluie, la douleur et le bonheur.

Rose et Agnès s'embrassèrent cordialement comme de vieilles connaissances. Il y avait longtemps qu'elles ne s'étaient vues; aussi, elles ne furent pas peu étonnées de se trouver aussi grandes filles. Ensuite Agnès ouvrit son panier; elle en tira une bouteille de terre, versa le lait qu'elle contenait dans un petit plat, et le plaça sur la

table rustique. Elle en sortit encore du beurre frais et un
pain croustillant, et apprêta le déjeuner. Rose prit place
à la table et mangea avec appétit.

Quand Rose eut apaisé sa faim et remercié Dieu et
Burkhard, celui-ci lui dit : Maintenant, mon enfant, ac-
compagnez Agnès à la maison, et restez-y jusqu'à ce
qu'il plaise à Dieu de vous en tirer ! En attendant, je vais
réfléchir ici aux moyens que je peux avoir de faire quelque chose pour vous et mon bon maître. Allez, mon enfant,
et que Dieu vous conduise. Quand mes travaux me le per-
mettront, j'irai vous voir. En attendant, ne soyez pas aussi
triste, et ne pleurez pas autant ! Le chagrin n'avance à
rien, et les pleurs n'améliorent pas l'état des choses. En-
tendez-vous les petits oiseaux, comme ils chantent gaiement ! ils savent que Dieu veille sur eux, c'est ce qui les
rend si joyeux. La sollicitude du Tout-Puissant ne sera
pas moins grande pour vous et pour votre père. Soyez
donc sinon gaie, du moins résignée. Quant à toi, Agnès, aie
soin de donner la main à cette chère enfant, pour qu'elle
ne soit pas exposée à tomber dans les chemins rocailleux
que vous avez à parcourir, et embrasse ta mère pour moi.
Maintenant, allons, partez, et, encore une fois, que le
bon Dieu vous accompagne.

Rose et Agnès se mirent en route ; le sentier à peine
tracé qu'elles suivirent traversait un pays d'un aspect
sauvage, rude et inaccessible, même aux piétons. Après
une heure de marche pénible à travers les broussailles et
les sombres sapins, elles arrivèrent près d'immenses
blocs de rochers couverts de mousse, d'arbustes et de
plantes alpestres. Une rampe naturelle conduisait au sommet de cette montagne ; elles furent longtemps à la gravir, et ce ne fut qu'après de grands efforts que Rose, moins
exercée que sa compagne, parvint au versant opposé. Les
jeunes filles dominaient alors des précipices tellement
profonds, qu'elles voyaient sous leurs pieds les cimes des
plus hauts arbres ; enfin une descente longue et escarpée
les conduisit dans un ravin d'où Rose vit avec effroi de
gigantesques rochers dont les pics menaçants surplom-

baient au-dessus de sa tête, et qui laissaient à peine entrevoir le ciel. Ah ! Agnès ! dit-elle, où me conduis-tu? Je crains que nous ne trouvions pas de chemin pour sortir d'ici, et que nous ne retombions dans quelque forêt plus terrible encore que celle que nous venons de traverser. Elle avait à peine achevé ces paroles que les rochers s'entr'ouvrant, laissèrent apercevoir une jolie petite vallée, semblable à un jardin orné de fleurs.

— Que c'est charmant ! s'écria Rose; cela me fait le même effet que si, du milieu d'un désert, je me trouvais tout à coup transportée dans la terre promise. Cette vue lui allégea le cœur et lui donna la douce espérance que Dieu , de quelque manière que ce fût, donnerait à son infortune présente une heureuse issue, et la conduirait au bonheur, mais par de rudes sentiers.

Dans le haut de la vallée, dont la pente était presque insensible, s'élevait la maison du charbonnier avec son toit large et plat. Elle était presque entièrement bâtie en bois, d'un brun jaune, et cette couleur lui donnait une apparence tout à fait agréable. Derrière elle des sapins élevaient leur sombre feuillage, et de jeunes poiriers l'entouraient. Un petit ruisseau, clair comme le cristal, coulait devant la maisonnette. La vallée, dans toute son étendue, était tapissée d'un gazon frais et émaillé de jolies fleurs de toutes les couleurs. Les hauts rochers et les arbres qui formaient une ceinture empêchaient l'action des vents du nord, en sorte que le printemps y était toujours précoce. Deux vaches paissaient dans la prairie, et de légères biches couraient sur le sommet des collines couvertes de buissons. Près de la maison on voyait encore un petit jardin bien cultivé, qu'entourait une haie faite avec de jeunes branches de sapins; et dans un des coins étaient un grand nombre de ruches en paille autour desquelles voltigeaient beaucoup d'abeilles. Quelques poules caquetaient et grattaient le sable près de la porte de la maison. Rose pénétra dans l'intérieur et s'assit sur un banc de bois, tant elle était fatiguée. Elle remarqua que tout autour d'elle était d'une grande propreté, et elle s'extasia sur la vue délicieuse qu'offrait la vallée.

Il était déjà midi. La mère d'Agnès était occupée à la cuisine, mais elle accourut de suite en entendant sa fille parler avec une autre personne. Elle salua Rose avec une joie inexprimable, car elle croyait qu'elle venait lui faire simplement une visite amicale ; mais, lorsqu'elle apprit ce qu'il en était, ses larmes coulèrent avec abondance. Cependant elle se remit peu à peu, et chercha à consoler Rose aussi bien qu'elle le put. Mon enfant ! lui dit-elle, soyez la bien venue dans notre petite vallée, dans notre modeste chaumière. Voyez cette maisonnette que votre père nous a fait construire : il l'a, sans le savoir, fait élever pour vous. Tout ce qui est ici vous appartient. Soyez-y comme chez vous, jusqu'à ce que Dieu vous fasse rentrer ainsi que votre père dans votre château, ce qui, très-certainement, arrivera bientôt. Quant à nous, nous nous estimerons tous trop heureux de vivre pour vous servir.

— Mon Dieu ! répondit Rose avec émotion, qu'il est doux dans l'infortune de rencontrer des cœurs compatissants ! que je vous remercie de l'amitié que vous me témoignez ! Combien il est heureux pour moi, aujourd'hui, que mon père vous ait toujours traités avec affabilité !

Mais en ce moment la femme de Burkhard avait un sujet de douleur tellement grave pour elle, qu'il lui fit oublier quelques minutes la triste position de Rose. — Ah ! dit-elle, je suis assez honorée pour recevoir une pareille visite, et je ne sais seulement pas ce que je vais mettre sur la table : justement, aujourd'hui nous n'avons à manger qu'une bouillie d'avoine, et encore elle est tellement dure, qu'on pourrait danser dessus. Je ne sais pas ce que je vais vous donner. Si seulement il n'était pas déjà l'heure de dîner ! Voyons donc, Agnès, distrais un peu Mademoiselle ; moi, je vais à la cuisine voir ce que je pourrai faire avec de la farine, des œufs, du lait et du beurre. Ce fut en vain que Rose chercha à la tranquilliser. La malheureuse ménagère ne voulait rien entendre. Elle se rendit dans sa cuisine, et revint au bout d'une

demi-heure avec deux de ces plats qu'on ne fait qu'à la
campagne, et qui, ma foi ! avaient une excellente mine.
Et cependant elle eut encore de nouvelles excuses à présenter : — Mon Dieu ! dit-elle, nous n'avons ni vin, ni
bière ; n'avoir à offrir à une demoiselle comme vous que
de l'eau ; de quoi cela a-t-il l'air ? J'en suis désespérée !
Aujourd'hui, pour la première fois de ma vie, je me trouve
bien malheureuse d'être pauvre.

— Ma bonne Gertrude, répondit Rose, vous ne savez
pas combien vous êtes riche et heureuse dans votre pauvreté. Je ne parle pas de votre nourriture, à laquelle vous
devez tous la santé, la force et la fraîcheur, et que moi-
même je trouve excellente ; mais vous possédez quelque
chose de plus utile que des mets délicats et des boissons
recherchées, c'est une vie calme et tranquille. Que ce
calme, cette tranquillité dont on jouit dans votre jolie
vallée, plaît à mon cœur ! quel contraste avec l'existence
que l'on menait au château ! Que de fois j'ai entendu mon
père se plaindre d'être toujours obligé de se mêler des
affaires du dehors ; que de fois je l'ai vu importuné par
des princes en querelle les uns contre les autres, attristé
par les mauvaises nouvelles qu'il recevait du théâtre de la
guerre ! et enfin, en dernier lieu, quelle déplorable catastrophe ! Oh ! réjouissez-vous et remerciez Dieu de vous
avoir accordé ce paisible séjour où, au lieu du bruit du
monde et des trompettes guerrières, vous n'entendez que
les chants des oiseaux de la forêt et le cri des coqs, que
les clochettes des vaches et les grelots des brebis. Je
voudrais passer ici ma vie entière, si mon père était auprès de moi.

VII

Depuis quelques jours on n'avait pas vu Burkhard, ni
entendu parler de lui ; il avait seulement dit à sa fille, la
dernière fois qu'elle était venue lui apporter ses repas,
qu'il avait besoin d'aller à la ville vendre son charbon,
que par conséquent, il était inutile de lui envoyer de nouveaux aliments ; qu'il espérait bientôt aller les embrasser.

Mais il n'était pas encore revenu. Déjà l'inquiétude s'emparait de l'esprit des habitants de la chaumière, quand tout à coup on le vit arriver. Ses épaules étaient chargées d'un magnifique chevreuil ; il tenait à la main un arc et

des flèches, car, à cette époque, on ne connaissait pas encore les armes à feu. Il déposa son fardeau à terre, et souhaita le bonjour à la petite société, que son arrivée mettait au comble de la joie.

— As-tu bien vendu ton charbon, mon ami? lui demanda sa femme. — Au diable le charbon ! s'écria Burkhard. Ce serait bien aujourd'hui le moindre de mes soucis, si mes brillantes espérances ne s'en étaient pas allées en fumée. J'ai fait bien des démarches dont je n'a-

vais pas d'abord voulu vous parler. Je suis allé trouver
les chevaliers que l'épée du chevalier Édelbert secourut
autrefois. Je les conjurai de fondre sur le château de
Kunerich, et de délivrer à main armée notre bon maître,
ou au moins d'attaquer Kunerich à la chasse, de s'emparer de sa personne, et de le charger de fers jusqu'à ce
qu'il eût rendu la liberté à Édelbert, et lui eût restitué
toutes les richesses qu'il lui avait enlevées. Mais toutes
mes prières furent inutiles. On me répondit que Kunerich
était trop puissant, que l'entreprise était périlleuse, et
que les choses pouvaient mal tourner ; qu'il fallait attendre que les autres amis du chevalier fussent revenus de
la guerre ; que peut-être alors on pourrait faire une tentative. Les lâches ! ils ne m'ont seulement pas demandé
ce que vous étiez devenue, Mademoiselle. Ah ! j'en aurais
pleuré des larmes de sang ! Il ne me restait plus qu'à
leur apprendre que vous vous étiez retirée chez nous ;
mais il ne me vint pas à la pensée de leur demander un
asile pour vous dans leur château. Non, vous ferez beaucoup mieux de rester avec nous. Au surplus, vous y ré-
fléchirez.

— Mes réflexions sont faites, répondit Rose. Je préfère
cent fois habiter auprès de vous, si toutefois vous êtes
assez généreux pour me garder.

— Vous garder ? s'écria le charbonnier attendri. Pensez-vous que nous ayons oublié le service que votre noble père m'a rendu en m'arrachant aux mains du cruel
Kunerich ? l'asile qu'il m'offrit dans son château, ainsi
qu'à ma femme et à mon enfant ? Notre maison, notre
basse-cour, tout ce que nous possédons, c'est lui qui
nous l'a donné. Nous serions les plus ingrates gens du
monde si nous pouvions jamais oublier de pareils bienfaits. Non, non, nous ne sommes point ingrats ! Restez
auprès de nous, ma bonne demoiselle ! Je remplacerai
votre père. Ma Gertrude et mon Agnès vous entoureront
de soins. Enfin nous ferons tout ce que nous pourrons
pour vous rendre cette retraite supportable. Croyez-le
bien : c'est pour nous un inexprimable bonheur de

pouvoir faire quelque bien à une aussi charmante demoiselle que vous, à la fille de notre bienfaiteur et de notre maître.

Il remit sur ses épaules le chevreuil qu'il avait jeté à terre en disant : — Vous avez eu une maigre subsistance pendant plusieurs jours ; mais voici de quoi bien souper. Je veux faire moi-même la cuisine ; cela m'est souvent arrivé lorsque je me trouvais à la chasse avec votre pauvre père. Ces paroles dites, il porta le chevreuil dans la pièce voisine.

Le lendemain matin, il fit beaucoup de changements dans la maisonnette, afin de procurer à Rose un logement convenable. Il lui céda la plus belle chambre du premier, après l'avoir décorée du mieux qu'il put. — Vous voici installée, Mademoiselle, lui dit-il, lorsqu'il eut terminé son travail ; vous avez maintenant un toit et un abri. Quant à la nourriture, ne vous en inquiétez pas ; tout le gibier qui est dans cette vaste forêt appartient à votre père ; vous aurez en abondance des chevreuils et des lièvres, des canards sauvages et des bécasses, et même, si vous le désirez des cerfs et des sangliers. Ensuite, accompagné de Gertrude et d'Agnès, il conduisit Rose dans la vallée. Il lui fit voir ses champs, ses prairies, tout en exaltant la générosité de son père. Il lui fit faire le tour de son jardin, et, Rose témoignant du plaisir à la vue des abeilles, il lui fit présent de ses plus belles ruches ; il lui apporta même, l'hiver ayant été bon pour les abeilles, deux gâteaux de cire blancs comme la neige, dans les cellules hexagones desquels le miel brillait comme de l'or. Jamais il ne revenait de sa charbonnière sans y rapporter quelque chose ; c'était tantôt un tas d'écorces de sapin couvertes de fraises succulentes, tantôt un panier rempli de grosses écrevisses, tantôt un plat rempli de magnifiques champignons sauvages. Un autre jour il lui apporta deux tourterelles, et il fit lui-même, avec beaucoup de peine, une cage pour les renfermer. Un autre jour, il arriva avec un tout petit chevreuil qui le suivait comme un jeune chien ; il l'avait apprivoisé pour Rose à laquelle il le donna immédiatement. Burkhard passait-il quelques jours chez lui, il n'avait pas de peine à distraire Rose de ses chagrins; il lui parlait des nobles actions de son père ; il lui racontait des actes de piété et de bienfaisance de sa digne mère ; enfin bien des choses qu'elle ne connaissait pas encore. Tous ces récits étaient pour elle aussi instructifs qu'agréables.

La bonne Gertrude ne le cédait pas à son mari. Quand elle sut que Rose n'avait pas d'autre linge que celui qu'elle avait sur elle, elle s'occupa aussitôt, avec un soin tout maternel, de lui donner ce qu'il lui fallait. Elle prit de la toile, et lui tailla quelques chemises; elle lui donna de quoi se faire des bas, et regretta seulement que toutes ces choses ne fussent pas assez belles pour une demoiselle comme elle. Gertrude s'était occupée pendant l'hiver à tisser une très-belle robe en fil ; quand elle fut finie, elle en fit présent à Rose, et aussitôt celle-ci l'étendit sur l'herbe près du petit ruisseau pour faire blanchir la toile. Ces petits présents furent doublement agréables à Rose, d'abord parce qu'elle en avait grand besoin, et ensuite parce que cela lui donnait une occupation utile.

Agnès était pour la malheureuse Rose une compagne aussi douce que charmante. Elles travaillaient et se récréaient ensemble. Rose lui apprenait à coudre et à broder ; elles s'occupaient à laver le linge fin à la petite blanchisserie, à soigner le jardin, occupation qui plaisait fort à Rose, quoiqu'on n'y vît presque que les légumes indispensables, le chou, les salades, le poireau, l'oignon, le raifort, la rave, les pois et les haricots ; et encore, comme ornement, quelques belles fleurs jaunes, quelques touffes de capucines aux brillantes couleurs, et par-ci par-là quelques beaux pavots rouges. Elles allaient se promener ensemble au milieu de la prairie, le long du ruisseau dont les eaux étaient si belles et si pures ; elles contemplaient les agiles poissons qui se jouaient dans ce cristal limpide, et leur jetaient de temps en temps quelques miettes de pain; elles s'arrêtaient aussi pour écouter le chant des nombreux oiseaux dont Agnès apprenait à

Rose les différents noms; elles cueillaient des mûres, et
d'autres fruits, ce qui plaisait beaucoup à Rose.

. Mais le bonheur de Rose n'était pas sans mélange, le
souvenir de son père l'occupait sans cesse. Il arrivait souvent qu'on ne savait pas où elle était allée; ce n'était
qu'après bien des recherches qu'on la trouvait au fond
d'un bocage, ou dans le creux d'un rocher, assise tristement, ou priant pour son père. Son chagrin augmentait
tous les jours; elle n'était heureuse que lorsque les braves gens avec qui elle vivait, de concert avec elle, formaient des projets pour arriver à adoucir la position de
son père, et même à terminer sa captivité.

Un dimanche, ils étaient à table tous les quatre, et la
délivrance du bon chevalier était, comme d'habitude,
leur unique entretien. Le modeste dîner ne tarda pas à
disparaître, et il ne resta plus sur la table qu'un plat de
beaux champignons jaunes comme de l'or, arrangés au
beurre avec des racines de cumin parfumé. Burkhard,
qui savait très-bien distinguer les bons champignons d'a-
vec les mauvais, les avait lui-même choisis avec un soin
tout particulier pour les offrir à Rose qui les aimait beaucoup. « Mangez donc, mangez, lui dit-il, c'est un plat qui
ne nous coûte rien. Les gens de qualité, il est vrai, regardent comme un prodige d'en avoir sur leur table. Autrefois, j'en portais beaucoup chez vous, principalement de
l'espèce qu'on nomme morille, et qui ne sont jamais aussi
succulents que lorsqu'ils viennent sur des couches de
charbon. Un de mes camarades, qui demeure de l'autre
côté de Fichtenbourg, en envoyait aussi beaucoup audit
endroit. Une de ses filles entra bientôt comme servante
chez le portier du château. Mais la femme de celui-ci,
qui est un véritable démon, la chassa au bout de quelques jours, et alors mon camarade, tête passablement
chaude, jura qu'il n'enverrait plus de champignons au
château, et maintenant on est obligé de courber la tête
et de le prier très-humblement d'en fournir.

Rose, qui jusque-là avait écouté en silence, se lève
tout à coup, et s'écrie avec transport : Je l'ai trouvé! Oui,

c'est cela ! Je vais m'habiller comme si j'étais votre fille,
je porte des champignons à Fichtenbourg, je tâche de gagner les bonnes grâces de la méchante femme qui veille
aux portes du château, j'entre à son service, et je conduis
tellement bien les choses que je parviens à voir mon père,
à adoucir sa position, et même à briser ses chaînes. —
Oh ! mon Dieu, s'écria-t-elle les yeux levés au ciel et les
mains jointes, donne ta bénédiction à ce projet.

Burkhard secoua la tête en disant : Hum ! hum ! et il
y fit des objections ; Rose les combattit toutes, et il fut
obligé de se rendre. Elle quitta la chambre et revint au
bout de quelques minutes, dans un nouveau costume,
semblable en tout à celui d'Agnès. Elle avait en effet
échangé sa longue robe bleu de ciel contre un ajustement
complet appartenant à Agnès, lequel était très-propre et
très-convenable. Le corset rouge, la robe verte, la colle-
rette et le tablier blancs, semblaient avoir été faits pour
elle ; il n'y eut pas jusqu'au chapeau de paille qui ne lui
allât à merveille. Agnès et sa mère étaient au comble de
l'étonnement de voir Rose dans des vêtements qui lui
donnaient une ressemblance parfaite avec elle. — Ces
habits vous vont à merveille, dit Gertrude ; mais votre joli
visage si blanc et si rose, et vos mains si fines, si délicates,
contrastent singulièrement avec eux. On remarquera infailliblement que, loin d'être la pauvre fille d'un charbonnier, vous êtes une demoiselle de qualité. Mais Burkhard lui enseigna un moyen très-simple de se brunir les
mains et les joues, à l'aide d'une préparation qui du reste
s'en allait facilement à l'eau. Il en fit de suite l'essai, et
Agnès et Gertrude de s'écrier aussitôt : — Oh ! maintenant personne ne pourra vous reconnaître !

Rose voulait sans plus attendre se rendre le lendemain
même à Fichtenbourg. Elle craignait qu'une autre n'allât
s'y présenter avant elle. — Au fait, à la grâce de Dieu !
dit Burkhard ; ce soir, je mettrai de côté pour vous ce
que je trouverai de mieux en champignons jaunes et
gris, et je ferai sécher au plafond de la chambre un bon
nombre de morilles. Quant à Agnès, elle vous accom-

pagnera au delà de la forêt, jusqu'à une petite colline, sur laquelle s'élèvent trois croix en pierre; de cet endroit on aperçoit Fichtenbourg, et il n'y a plus moyen de s'égarer. C'est là que s'arrêtera Agnès pour attendre votre retour.

Le lendemain matin, de très-bonne heure, Rose fut prête à se mettre en route. Elle prit à son bras le panier rempli de champignons; Agnès se chargea d'un autre panier abondamment pourvu de provisions de bouche. Burkhard et sa femme donnèrent leur bénédiction à Rose et y ajoutèrent encore de bons conseils.

Ils pleurèrent en la voyant s'éloigner. « La brave fille! s'écria Burkhard. Son projet doit réussir. Autrement que signifierait la promesse que Dieu nous a faite dans son quatrième commandement? »

VIII

Accompagnée d'Agnès, Rose atteignit heureusement l'extrémité de la forêt qui jusqu'ici l'avait séparée du monde entier. Elle éprouva un vif serrement de cœur lorsqu'elle aperçut les hautes tours de Fichtenbourg. — Peut-être, se dit-elle avec émotion, c'est dans cette tour que gémit mon père! Que fait-il? Sa santé n'est-elle pas altérée? Les chagrins, les angoisses du château ne l'ont-ils pas tué! Vit-il encore? Oh! puissé-je arriver jusqu'à lui! Mon Dieu! conduis mes pas, et rends-moi favorables les cœurs de ceux que je vais implorer! »

Rose se sépara d'Agnès et poursuivit son chemin. Lorsqu'elle eut gravi la montagne que couronnait le château, et qu'elle fut entrée dans la cour dont la porte se trouvait ouverte, le premier objet qui frappa ses yeux, ce fut Kunerich à cheval : il était vêtu d'un magnifique costume vert brodé d'or, la tête ornée de longues plumes d'autruche blanches et noires. Il était entouré d'écuyers et de chasseurs à cheval, et paraissait prêt à partir pour la chasse. A la vue de l'ennemi de son père, la pauvre Rose sentit ses genoux se dérober sous elle; elle fut obligée de s'asseoir sur le banc de pierre qui était devant le porche, autrement elle serait tombée sans connaissance. En ce moment les cors retentirent, et toute la troupe s'élança. Rose se leva pour rendre au chevalier les honneurs qui lui étaient dus. Mais le cruel Kunerich daigna à peine regarder la pauvre jeune fille toute tremblante, et, le regard fier et hautain, il s'éloigna avec ses compagnons.

Rose, après leur départ, se rassit sur le banc. Son cœur était en proie à d'inexprimables inquiétudes. Cependant elle prit un parti et ne jugea pas à propos d'attendre qu'on lui adressât la parole. Il y avait quelques moments qu'elle était là, lorsqu'elle aperçut deux enfants qui s'arrêtèrent à quelque distance d'elle et se mirent à la regarder. Rose les appela amicalement et leur demanda leur nom. Ils répondirent, de façon que la conversation s'engagea. Un des enfants s'appelait Osmar; il ouvrit le panier qui était auprès d'elle et regarda ce qu'il contenait. De son côté l'autre enfant, la petite Berthe, élevait les mains vers les jolis bluets qui ornaient le chapeau de Rose. Celle-ci lui donna les fleurs et leur fit manger à tous deux quelques belles poires que la

bonne Gertrude avait placées dans son panier, pour qu'elle pût se rafraîchir pendant la route. Ensuite tous trois causèrent aussi familièrement que s'ils avaient été frères et sœurs.

Ces deux enfants étaient ceux du gardien des portes. Il y avait dans sa chambre une petite fenêtre pratiquée tout exprès afin qu'il pût voir ceux qui sortaient du château ou qui y entraient. Il fut bien étonné en voyant une étrangère causer avec ses enfants.

Le langage choisi, la voix douce, la tournure distinguée de la jeune paysanne, non moins que la propreté de son accoutrement, excitèrent sa curiosité. — Certainement, s'écria-t-il, je n'ai jamais vu de ma vie, une paysanne aussi propre, ni aussi bien habillée.

Il sortit et fit entrer Rose dans sa chambre. — Qu'as-tu donc à vendre? lui dit-il. Rose ouvrit le panier et lui montra les champignons. Celui-ci lui demanda ce qu'elle en voulait. — Ce que vous voudrez m'en donner, répondit-elle; car vous ne voudriez pas, je pense, faire un trop grand tort à une pauvre fille comme moi. — C'est bien répondu, reprit-il; attends un moment; je m'en vais les porter à la cuisine, et je plaiderai pour toi; il y a long-temps déjà qu'ils n'en ont vu, je te réponds de bien les vendre. Il prit le panier et sortit.

Bientôt sa femme arriva dans la chambre, apportant la soupe pour le dîner; à la vue de Rose, elle s'écria : — Comment es-tu entrée ici? Qui es-tu? Que veux-tu? Comment as-tu osé, sans te faire annoncer, entrer dans notre logis? Sors d'ici sur-le-champ, ou je te jette dehors, et je lâche sur toi les dogues de la cour.

Les enfants intercédèrent pour Rose, et montrèrent à leur mère les fleurs et les fruits qu'elle leur avait donnés. En même temps le gardien revint avec le panier vide et de l'argent à la main.

— Allons, allons, dit-il à sa femme, ne te mets donc pas en colère. C'est une brave fille, et je pensais déjà que, puisque nous avons besoin d'une domestique, elle pour-rait bien faire notre affaire; mais si tu ne changes pas, nous ne pourrons jamais en conserver une seule... C'est moi-même qui l'ai fait entrer ici.

— Alors, c'est autre chose, répondit la femme; elle peut rester. Il ne faut pas m'en vouloir, ma fille, si je me suis emportée; nous sommes payés pour bien surveiller tout étranger qui peut se présenter au château.

— Vous avez raison, répondit Rose; vous ne pouviez pas deviner ce qui m'amenait ici. C'était mal à moi de demeurer seule chez des étrangers; aussi, dans de pa-

20.

reilles circonstances, j'approuve votre colère, et c'est
moi qui vous prie de me pardonner ma hardiesse.

Ces paroles plurent à cette femme, qui aimait à avoir
raison. — Puisque tu as partagé tes fruits avec mes enfants, lui dit-elle, il est juste que tu prennes ta part de
notre dîner. Viens t'asseoir à table, et mange avec nous.

Rose ne se le fit pas dire deux fois; mais les deux enfants lui donnèrent tant d'occupation qu'elle put à peine
porter une bouchée à sa bouche. Cependant, loin de se
fâcher contre eux, elle leur parla avec la plus douce
bienveillance, répondant à toutes leurs questions et leur
témoignant tant d'amitié que la mère en fut enchantée.

Quand Rose, quittant la table, prit son panier pour
s'en aller, les deux enfants s'écrièrent ensemble : — Ne
t'en va pas, reste avec nous.

— Oui, cela me ferait plaisir à moi-même si tu voulais
rester, ajouta leur mère. Ne peux-tu pas entrer à mon
service?

— Oh! de tout mon cœur, répondit Rose, et je vous
servirai bien fidèlement.

— Eh bien, reprit la ménagère, retourne vite chez toi
en parler à tes parents! Si cela leur convient aussi, tu
pourras commencer ton service dimanche prochain.

Elle lui demanda encore ce qu'elle voulait gagner, et
lui mit dans son panier diverses provisions. — Porte cela
à tes parents de ma part, lui dit-elle, et que Dieu te ramène heureusement chez eux.

Rose la remercia avec effusion, et reprit, le cœur plein
de joie, le chemin de la forêt. Agnès était assise à quelque
distance des Trois-Croix, sous un coudrier, où elle s'a-
musait à tricoter. Aussitôt qu'elle aperçut Rose, elle se
leva et courut à sa rencontre, en disant : — Dieu soit
loué de votre retour; vous devez être fatiguée; vous devez aussi avoir faim. Venez vous asseoir sur l'herbe, près
de mon panier; vous allez vous restaurer, et vous me ra-
conterez ce qui s'est passé.

Rose la suivit, et Agnès sortit aussitôt du panier de
frugals aliments. — Ma bonne Agnès, lui dit Rose, tu

m'as donc attendue pour dîner. Tu n'as voulu toucher à rien. Mange donc maintenant. Quant à moi, c'est déjà fait. Je vais m'asseoir quelques minutes auprès de toi. Mais dépêche-toi, que la nuit ne nous surprenne pas en route; je te raconterai en marchant ce qui s'est passé. — Bien volontiers, lui répondit Agnès. — Et toutes deux se mirent en route, après toutefois qu'Agnès eut fini son repas.

Au milieu de la forêt, comme le soleil approchait de l'horizon, elles virent venir à elles le brave Burkhard et sa femme qui commençaient à être inquiets de leur absence. Ils se réjouirent du bon résultat que Rose avait obtenu; mais ils s'affligèrent vivement d'être obligés de s'en séparer. Le reste de la route fut une longue causerie pleine de charme. Quand on arriva à l'entrée de la petite vallée, la lune venait de se lever, et elle éclairait de ses rayons l'habitation paisible du charbonnier. Rose se retira dans sa chambre, le corps bien fatigué, mais le cœur bien content. Avant de se mettre au lit, elle s'agenouilla pour remercier Dieu d'avoir béni le commencement de son entreprise, et pour le prier de la mener à bonne fin.

IX

Le dimanche marqué pour le départ de Rose fut un jour de deuil pour toute la famille Burkhard. Rose aussi éprouva une peine inexprimable à se séparer de ces braves gens, qui avaient si généreusement agi avec elle; elle regretta un peu la jolie vallée qu'elle quittait pour aller habiter le château d'un ennemi, à qui elle ne pouvait penser sans frémir; elle n'ignorait pas aussi qu'elle allait entrer dans une condition où bien des peines l'attendaient. Mais la confiance en Dieu et son amour pour son père relevèrent son courage. Burkhard et sa femme lui firent la conduite jusqu'à l'extrémité de la forêt, et ce n'est qu'après avoir versé bien des larmes et fait bien des vœux pour la réussite de son projet qu'ils la quittèrent. Quant à Agnès, comme elle portait le petit bagage de

Rose, elle accompagna notre héroïne jusqu'au château.

La concierge les reçut très-bien. — C'est bon cela, dit-elle à Rose; tu as tenu ta parole. Asseyez-vous là toutes les deux; je veux vous héberger comme il faut. Rose ouvrit le panier qu'elle portait au bras, et lui offrit de la part de ses soi-disant parents quelques paquets d'un fil très-fin. Ce présent fut on ne peut plus agréable à sa nouvelle maîtresse. — Tes père, mère et vous, vous savez vivre! leur dit-elle; cela ira bien. — Rose n'avait pas oublié les enfants. Elle avait apporté pour eux des poires et des prunes, une grande quantité de noix et de prunelles de haie, ce qui leur causa une joie bien vive.

Quand le repas fut achevé, Agnès pleura beaucoup pour se séparer de Rose. — Allons, allons, lui dit la maîtresse, ne pleure pas ainsi! tu pourras nous venir voir souvent, et tes visites me feront toujours plaisir. Et si tu veux quelquefois m'apporter des morilles, je t'en saurai un gré infini, et tu peux être assurée que ta course te sera bien payée. Agnès promit de venir souvent et s'éloigna en sanglotant. Quant à Rose, en se voyant séparée de tous ses amis, dans l'enceinte d'un château ennemi, elle se regarda comme étant seule au monde.

Quand Agnès fut partie, la maîtresse du logis alla s'asseoir dans un grand fauteuil qui se trouvait près du poêle, prit un air approprié à la circonstance et dit à Rose : — Assieds-toi là; j'ai deux mots à te dire, écoute-moi bien.

Je sais qu'on dit de moi que je me conduis mal avec mes domestiques; que je suis trop violente, et que dans l'espace de cinq ans j'ai changé vingt fois de servantes : c'est là ce que l'on répète dans tout le pays. Mais on ne dit pas un mot des défauts qu'elles avaient. Je vais t'en donner un échantillon.

Alors, d'une voix animée, elle commença ainsi le portrait des précédentes servantes.

— La première, Brigitte.... mais dorénavant je ne te dirai plus leurs noms, parce que je ne veux pas leur faire une trop mauvaise réputation, mais seulement te mettre leurs défauts devant les yeux, Brigitte qui, je crois, excita le plus violemment ma colère, était hautaine et volontaire, voulait tout savoir mieux que moi et ne jamais avoir tort. Un jour, elle me fit brûler une omelette au point de me la réduire en charbon, et cependant telles étaient son impudence et son obstination qu'elle me soutenait qu'elle était jaune comme de l'or, et qu'il serait impossible d'en manger une meilleure ailleurs. Là-dessus le sang me monta à la tête et je la mis à la porte.

La seconde était avare et lâche, n'était jamais contente de rien, toujours grondeuse et morose. Elle faisait constamment une figure comme si elle eût mâché de l'absinthe. Elle avait toujours quelque chose à redire à la nourriture. Elle reprochait sans cesse la dureté de son travail et la faiblesse de ses gages. Enfin je perdis patience et je lui dis : Coquine, sors d'ici, cherche une place qui te procure plus d'argent et moins de travail.

— La troisième était la paresse en personne. Je croyais ne pas vivre assez pour la voir terminer le travail qu'elle commençait. Quand elle essuyait un pot, la mousse aurait eu le temps de croître au fond. Elle était trop paresseuse pour se baisser. Quand elle avait balayé la chambre, elle laissait traîner le balai et le plumeau, et passait dix fois devant eux sans les ranger ; il fallait que ce fût moi qui les misse dans un coin. Tous les matins il fallait l'éveiller; j'étais obligée de lui répéter plus de dix fois : Allons donc ! debout, fainéante ! Il aurait presque fallu que l'ange fût venu l'éveiller avec sa trompette. Je crois que, si je l'avais laissée s'asseoir, elle se serait endormie. Qui donc aurait voulu d'une pareille domestique? Je lui dis qu'il fallait sortir de la maison, ou que si elle était trop paresseuse pour cela, je la mettrais dehors dans une brouette.

— La quatrième était gourmande. La crème et le beurre, la viande et le lard, n'étaient pas plus en sûreté auprès d'elle qu'auprès d'un chat. Un jour de printemps, un dimanche dans l'après-midi, je voulus aller à la rencontre de mon mari qui revenait de la campagne. J'étais

à peu de distance de la maison, je me retournai, et je vis
une épaisse fumée sortir de la cheminée. Je revins sur-le-
champ, et que vis-je en entrant dans la cuisine? Ma Marguerite assise devant le feu, un grand plat plein de pommes cuites devant elle. Grand Dieu! que devins-je? Il lui
fallut sortir au plus vite de la maison. Qui donc aurait
voulu conserver une créature aussi infidèle une seule nuit
de plus?

La cinquième était malpropre. Il est vrai que les dimanches et les jours de fête elle se faisait aussi belle
qu'un paon; mais les jours de travail elle n'était couverte
que d'ordures et de haillons. Si on l'avait empaillée, et
qu'on l'eût placée dans un champ, nul doute qu'elle n'eût
effrayé les oiseaux et que les sangliers mêmes n'eussent
fui son approche. Cette fille déplut au chevalier, qui me
dit qu'il n'était pas convenable qu'un pareil épouvantail
fût la première chose qu'aperçussent ceux qui venaient
au château.

La sixième était oublieuse, inattentive, et s'inquiétait
fort peu de mes besoins. Elle ne pensait à rien, et j'étais
obligée de lui répéter tous les jours ce qu'elle avait à faire.
Elle m'a cassé plus de plats et d'assiettes qu'il n'y a
de jours dans l'année. Elle lavait les cuillers dans l'eau
de vaisselle; un jour j'en ramassai une dans l'auge
des porcs, et l'un d'eux avait entièrement brisé cette
cuiller. Bientôt après, elle me cassa un verre. Je l'entendis et je courus de suite à la cuisine. Mais elle avait eu le
temps d'en faire disparaître les morceaux, et elle nia le
fait. Je cherchai longtemps inutilement, mais elle n'était
pas assez fine pour moi. Elle avait jeté les morceaux dans
l'eau à laver la vaisselle, d'où je les retirai, mais non sans
m'enfoncer un éclat de verre dans le doigt. J'entrai dans
une grande colère. — Tu le vois, m'écriai-je, les morceaux de verre auraient pu étrangler mon porc. Mais
avant que je le laisse avaler ton eau et ton verre cassé, tu
les auras avalés toi-même. Elle s'enfuit.

La septième était curieuse et bavarde comme une
pie. Elle écoutait toujours aux portes. Tout ce qui se pas-

sait dans la maison, elle le répétait et occasionnait ainsi
beaucoup de querelles et de disputes. Si l'on voulait
faire connaître promptement une chose dans tout le pays,
on n'avait qu'à la lui confier; on s'épargnait ainsi les frais
d'une publication. C'était une horrible bavarde qui se
plaisait à tout exagérer, et ne pouvait jamais rien finir.
Cependant.... chut!... écoute! on vient de sonner; c'est
pour moi. Je suis forcée de m'interrompre. Cela me con-
trarie. Pendant trois heures entières j'aurais pu t'entretenir du caractère de toutes ces filles. Réservons la fin
pour demain. C'est dimanche; nous aurons bien le temps.
Du reste, prends en note tous ces défauts et tâche de t'en
préserver ainsi que de tous ceux dont les autres servantes, de qui j'ai encore à te parler, t'offriront l'exemple; car j'espère que nous ne vivrons pas mal ensemble.

Rose n'eut pas de peine à voir que sa maîtresse exagé-
rait, et que d'ailleurs elle n'était guère en droit de faire
un reproche aux autres de leur bavardage. Rose avait
même l'esprit trop juste pour ne pas se dire qu'avant de
condamner ces filles il faudrait au moins les entendre.
Cependant elle répondit à sa maîtresse : — Une servante
aurait seulement la dixième partie d'un seul des défauts
que vous venez de nommer, qu'elle serait digne de blâme,
et une maîtresse de maison qui tient à l'activité, à la propreté et à l'ordre, ne pourrait pas vivre en paix avec elle.
Je ferai tous mes efforts pour éviter les défauts que vous
m'avez signalés.

Et vraiment Rose fut le modèle des bons domestiques.
Elle travaillait sans relâche, et c'était un plaisir de voir
avec quelle activité elle se mettait à la besogne, et quelle
promptitude elle y déployait; il ne fallait jamais lui commander deux fois la même chose. Elle terminait à heure
fixe les diverses occupations de son état, et n'attendait
jamais qu'on les lui commandât. Elle voyait elle-même
ce qu'il y avait à faire; et même souvent plus d'une chose
se trouva terminée avant même qu'on eût songé à la lui
commander. Elle remettait de suite à leur place les meubles et les ustensiles dont on n'avait plus besoin; elle

tenait la maison aussi propre que possible, et ne prenait
pas de repos que toute la batterie de cuisine ne fût polie
et brillante, de manière à frapper la vue de celui qui y
entrait. Les biens de ses maîtres provisoires étaient à ses
yeux aussi précieux que les siens. Elle prenait autant
de soin d'un simple plat de terre que si c'eût été une fine
porcelaine; elle ramassait avec soin les aiguilles qu'elle
voyait traîner à terre, et les mettait sur la pelote de sa
maîtresse. Elle avait la gourmandise en horreur; de plus,
elle n'aurait pas même voulu dérober un bout de fil. Elle

était aussi très-discrète et ne
répétait jamais ce qui se faisait ou se disait dans la maison. Elle était très-frugale;
aussi on la voyait toujours
gaie et contente. C'était la
modestie même; si elle négligeait quelque chose, elle
se repentait de sa faute et en
demandait pardon. Était-elle
grondée à tort, elle comprenait qu'il valait mieux se
taire; mais son silence et la
douceur de sa physionomie
et de ses regards faisaient
plus pour adoucir la mau-
vaise humeur de sa maîtresse
que tout ce qu'elle aurait pu
dire pour se justifier. L'humeur de sa maîtresse s'a-
doucit de plus en plus, et il
arriva même une fois, au grand étonnement du mari,
qu'un jour entier se passa sans querelle.

Cependant le service était bien pénible pour Rose; elle
excellait dans ces jolis ouvrages de femme qu'elle exécu-
tait autrefois pour ses parents, mais la plupart des grossiers travaux qu'il lui fallait faire à présent étaient entièrement étrangers à une demoiselle aussi distinguée

qu'elle, et par conséquent étaient bien durs à supporter.
Il lui fallait chaque matin se lever avant le jour pour aller
chercher du bois et de l'eau, allumer le feu, nettoyer les
meubles, balayer la chambre et la cuisine, et faire beaucoup d'autres ouvrages du même genre. Comme il ne lui
était pas possible avec la meilleure volonté du monde de
s'en acquitter toujours convenablement, puisque c'était
la première fois de sa vie qu'elle se trouvait mise à une
pareille épreuve, il lui fallait s'entendre appeler des noms
de sotte, de maladroite, et de bien d'autres encore aussi
désagréables. La nourriture n'était pas trop mauvaise,
mais la plupart des mets étaient tellement étrangers et
bizarres pour elle, qu'il lui fallait vaincre sa répugnance
pour en manger. Son lit était très-propre, il est vrai, mais
trop dur pour une aussi noble demoiselle.

Quand elle avait travaillé toute une journée sans inter-
ruption, si pour toute récompense elle ne recevait que
des reproches, elle se retirait triste et fatiguée dans sa
petite chambre à coucher, et c'était alors une grande consolation pour elle de se trouver seule et de pouvoir confier ses douleurs à Dieu. Il lui arrivait souvent d'ouvrir sa
fenêtre, de contempler les étoiles et de prier. — Mon
Sauveur! s'écria-t-elle, je souffrirais avec bien du plaisir
aujourd'hui, si les maux de mon père pouvaient un jour
se trouver adoucis!

X

Rose avait déjà passé de bien pénibles jours sans avoir
trouvé les moyens d'arriver jusqu'à son père. Elle était
très-affligée de le savoir si près d'elle et de ne pouvoir lui
parler; cependant, à son arrivée dans le château, un
rayon d'espérance avait lui dans cœur, car elle avait remarqué que le portier était en même temps chargé de la
garde et de la nourriture des prisonniers. Elle lui demandait de temps en temps des nouvelles des prisons, et par
ce moyen elle eut le bonheur d'apprendre que son père
était en bonne santé. Plus d'une fois elle pria le portier
de lui laisser voir les détenus, mais celui-ci lui répondit,

en secouant la tête : — On ne saurait être trop prudent.
— Souvent Rose ne put retenir ses larmes en voyant l'é-
cuelle remplie d'une mauvaise soupe, le pain noir et la
cruche d'eau, destinés à son père. — Ah ! disait-elle en
soupirant, ce que je souffre n'est rien en comparaison de
ce qu'il endure ! Dès aujourd'hui, je ne veux plus sentir
la douleur !

Un jour que la soupe des prisonniers était prête à leur
être partagée, le portier dit à Rose : — Viens ; il faut que
je parte demain pour les affaires du chevalier. Je vais te
montrer la prison ; c'est toi qui maintenant y porteras la
nourriture. Ma femme n'en a pas le temps, et d'ailleurs
cette occupation n'est pas trop de son goût. — D'une
main il prit la planche sur laquelle étaient les écuelles,
de l'autre son trousseau de clefs, et il s'avança à travers
un corridor long et obscur.

Rose avait été loin de s'attendre au bonheur de voir immédiatement son père. Aussi, quelque grande que fût sa
joie, elle éprouvait néanmoins une espèce de frayeur ; et
ce fut le cœur palpitant qu'elle suivit le gardien. Cependant elle se remit bientôt et prit la résolution de ne pas
se faire connaître à son père en présence du gardien : —
Car, pensa-t-elle, si les liens qui m'attachent à lui venaient
à être découverts, on ne me confierait jamais les clefs de
son cachot.

Le gardien s'arrêta à une étroite ouverture pratiquée
dans l'épaisseur de la muraille et qui était fermée par un
petit volet en fer qu'il ouvrit. Rose regarda avec inquiétude dans l'intérieur du cachot. Elle aperçut un homme
dont les cheveux et la barbe étaient dans un désordre
affreux. — Cet homme, lui dit le gardien, fut autrefois
un brave soldat ; mais la passion pour le jeu et l'ivrogne-
rie en ont fait un voleur de grand chemin. Je ne voudrais
pas partager avec lui le sort qui l'attend. — Il lui donna
la soupe et referma le volet.

Il en ouvrit un autre, et Rose aperçut une femme pâle
comme la mort, chargée de lourdes chaines, dont les
cheveux étaient en désordre, les joues pendantes et les

yeux pleins d'une inexprimable douleur. — Cette femme, dit le gardien, en refermant le volet, fut autrefois belle

comme un ange !..... Ah ! plût à Dieu qu'elle fût toujours

demeurée aussi innocente qu'eux ! mais elle a couru après le malheur, et elle est aujourd'hui accusée d'infanticide.

Si le crime est prouvé, elle périra par les mains du bourreau. Le désespoir lui donne quelquefois des accès de
folie. Pour Dieu! n'ouvre jamais la porte de son cachot,
elle pourrait se jeter sur toi et s'enfuir.

— Quant à celui-ci, nous pouvons entrer chez lui, dit-
il, et il ouvrit une petite porte de fer. C'est un homme
doux et très-pieux, la patience même; enfin, c'est le chevalier Édelbert de Tannebourg.—La pauvre Rose n'aurait
pas pu le reconnaître. Il était pâle et maigre, et avait une
longue barbe. Ses vêtements étaient en lambeaux. Il était
assis sur un banc de pierre, auquel le retenait une chaîne
assez longue pour lui permettre de faire le tour de son
cachot. Une grosse pierre servait de table, et tout auprès
était une cruche avec un morceau de pain dur. Le bon
chevalier avait le bras gauche appuyé sur sa table; la
main gauche lui soutenait le front. Il tendit la droite à
son geôlier. Près de sa table était un vieux bois de lit
rongé par les vers. Un peu de paille et une grossière cou-
verture de laine servaient de fournitures. L'intérieur du
cachot était effrayant à voir. Comme il était destiné à ne
recevoir que des chevaliers, il était spacieux; les murailles avaient été construites avec de forts quartiers de
roche, et la voûte en était très-élevée. Le temps avait
donné aux murs une teinte d'un gris noir. Une seule fenêtre, étroite et garnie de forts barreaux de fer, avait été
pratiquée dans l'épaisseur des pierres. La plus grande
partie de la petite fenêtre était masquée, à l'extérieur,
par des décombres de toute espèce; le reste était couvert
d'orties, en sorte qu'une très-faible lumière pouvait seule
pénétrer dans cet affreux tombeau.

— Chevalier, lui dit-il, ma domestique vous appor-
tera demain votre nourriture. Je suis obligé de m'ab-
senter.

Édelbert regarda Rose. Cette vue lui rappela de suite
le souvenir de sa fille; cependant il ne la reconnut pas.
— Grand Dieu! dit-il, et les larmes lui vinrent aux yeux,
c'est là la taille et l'âge de ma Rose! Ne pouvez-vous me
donner de ses nouvelles, mon brave gardien? N'avez-vous

point découvert où elle est, ce qu'elle fait ? Hélas ! qui me l'apprendra?

— Dieu seul, répondit le geôlier, sait où elle est, car personne n'a pu découvrir sa retraite.

— Ainsi, s'écria Édelbert, il n'y en a pas un seul, parmi les chevaliers qui se disaient mes amis au temps de ma prospérité, qui ait eu pitié de ma fillle et qui l'ait recueillie dans son château !— Édelbert pensait bien à son fidèle Burkhard. Il espéra que Rose s'était retirée chez lui; mais il se garda bien de communiquer ses pensées, pour ne point attirer de nouveaux malheurs sur la tête de Burkhard, que Kunerich haïssait mortellement. Il se contenta de dire : — J'espère qu'elle est chez de braves gens qui prendront soin d'elle et la maintiendront dans des sentiments d'innocence et de bonté. Mon Dieu! je ne te demande qu'une seule chose, c'est d'en avoir la certitude avant de mourir ; alors je fermerai les yeux tranquillement, quelque ardemment que je désire la revoir.... Vous ne savez pas, continua-t-il en s'adressant au gardien, combien ma fille était bonne pour moi, comme elle m'aimait, avec quel empressement elle faisait tout ce qui pouvait m'être agréable. Elle ne m'a jamais fait le plus petit chagrin ! Et toi, mon enfant, dit-il en se tournant vers Rose, suis son exemple, sois soumise envers tes parents, s'ils vivent encore.

Rose, que jusqu'ici l'aspect redoutable de la prison et la pâleur d'Édelbert avaient glacée, commença à pleurer. Son cœur se brisa ; elle fut au moment de se jeter au cou de son père, et elle eut bien de la peine à maîtriser ses sentiments.

Édelbert ne fut pas peu étonné de la voir ainsi émue; il lui dit : — Peut-être y a-t-il peu de temps que tu as perdu ton père et ta mère?

Rose, suffoquée par les larmes, put à peine répondre, en déguisant sa voix, qu'il y avait déjà plusieurs années que sa mère était morte, que son père vivait encore, mais qu'il était bien malheureux.

— Que Dieu ait pitié de lui ! s'écria Édelbert; ma chère

enfant, ton cœur est tendre ; puisse le ciel te préserver
de la séduction !

— C'est vrai, ajouta le gardien, tu es trop sensible. Ne
pleure pas ainsi, autrement je ne pourrais te confier la
garde des cachots.

— Vous saurez, continua-t-il en parlant à Édelbert,
que c'est une excellente fille, si pieuse, si laborieuse et
si active, qu'on ne trouverait pas sa pareille à dix milles à
la ronde. Nous sommes reconnaissants de l'amitié qu'elle
porte à nos enfants et du soin qu'elle prend d'eux ; ma
femme et moi, nous ne saurions trop l'en remercier ; si
ma petite Berthe peut un jour lui ressembler, j'en remer-
cierai le bon Dieu tous les jours.

Édelbert contempla Rose avec une inexprimable tendresse : — Dieu te bénisse, mon enfant ! lui dit-il, et il
lui tendit la main. Sois toujours sage, prie avec assiduité
et confie-toi à Dieu ! Il viendra au secours de ton père et
lui permettra de vivre assez longtemps pour sentir le
bonheur de posséder une fille telle que toi !

— Dieu le veuille ! répondit Rose d'une voix tremblante,
en baisant la main de son père, qu'elle couvrit de larmes.

Il était temps que le gardien partît, car Rose n'aurait
pu se contenir plus longtemps. Elle ne savait comment
sortir du cachot. Ce fut en trébuchant plus d'une fois
qu'elle suivit le corridor, en ayant soin de s'appuyer
contre la muraille, pour ne pas tomber.

XI

Rose passa le reste de la journée en proie à de tristes
pensées. La figure pâle de son père, chargé de chaînes,
au fond d'un affreux cachot, était toujours devant ses
yeux. Son cœur se brisait à l'idée des souffrances qu'en-
durait ce père chéri, et l'espérance prochaine de se découvrir à lui et de soulager sa position adoucissait seule
la douleur qu'elle éprouvait. A peine se fut-elle retirée
dans sa chambre, qu'elle tomba à genoux, et pria Dieu,
qui jusqu'ici avait béni son entreprise, de venir encore

à son aide et de se servir de son bras pour consoler et soulager Édelbert. Ensuite, elle se mit au lit ; mais elle fut longtemps sans pouvoir fermer l'œil.

Elle fut réveillée très-avant dans la nuit par sa maîtresse ; son mari partait à deux heures du matin ; il fallait lui faire chauffer son déjeuner. Elle se leva docilement, alluma le feu et prépara le repas. Le portier mangea, non sans beaucoup louer la cuisine de Rose, en lui promettant de lui rapporter quelque chose de son voyage, si pendant son absence elle ne négligeait pas son service ; il enfourcha son bidet et sortit du château. Le pont-levis fut relevé, et un écuyer reporta les clefs au chevalier Kunerich, qui les gardait toujours pendant la nuit.

La femme du gardien s'étant recouchée, Rose se trouva seule dans la chambre. Alors elle alla bien doucement retirer du paquet de clefs celle du cachot de son père ;

puis elle prit une lanterne sourde qui était accrochée dans l'armoire, à côté du trousseau, se retira dans sa chambre, et attendit patiemment que le calme fût rétabli dans le château. Alors elle alluma la lanterne avec une veilleuse qui brûlait toujours dans la loge du gardien, couvrit cette même lanterne avec son tablier, ôta ses souliers, marcha silencieusement jusqu'à la porte de la triste demeure où gémissait Édelbert, et ouvrit cette porte avec les plus grandes précautions et sans faire le moindre bruit.

La lanterne ne répandait qu'une faible lumière, rendue plus faible encore par la suie qui en garnissait l'intérieur; cependant Rose aperçut son père qui était couché sur la pierre. Édelbert fut bien étonné en reconnaissant la servante de son gardien.

— Est-ce toi, ma bonne fille? s'écria-t-il; que me veux-tu à cette heure avancée? la sentinelle vient de crier deux heures.

— Pardonnez-moi de venir ainsi troubler votre repos, répondit Rose à voix basse, mais, comme je le vois, vous n'avez pas encore dormi, et cela peut me servir d'excuse. Je voulais vous parler sans témoins; c'est pourquoi j'ai choisi cette heure pour venir.

— O mon enfant, c'est bien dangereux, reprit Édelbert; tu peux te faire une mauvaise affaire. Une fille honnête ne doit jamais sortir la nuit.

— Soyez sans crainte, répondit Rose. Tout le monde au château est plongé dans le plus profond sommeil. Ce n'est qu'après avoir mûrement réfléchi que je suis venue. Dieu m'a accompagnée; il est certainement avec moi. Je n'ai que quelques mots à vous dire. Votre douleur au sujet de votre fille m'a tellement émue, que je n'ai pu en dormir; je vais vous faire connaître son sort.

— Tu connais Rose? s'écria Édelbert. Oh! si cela était, jeune fille, tu serais donc un ange descendu du ciel pour apporter la joie dans mon sombre cachot! Oh! parle, parle!... Où l'as-tu vue? Comment se porte-t-elle? Oh! parle, parle, je t'en supplie; hélas! peux-tu m'en donner des nouvelles certaines?

— Oui, répondit Rose. Regardez! connaissez-vous cette chaîne d'or, ce médaillon?...

— Grand Dieu! s'écria Édelbert, et il saisit les bijoux d'une main tremblante. C'est bien là le médaillon que je lui ai donné au moment de nous séparer. Je lui avais bien recommandé de ne jamais s'en dessaisir. Tu dois être de ses amies, mon enfant, et il faut qu'elle compte bien sur toi pour t'avoir confié des objets si précieux! Mais bien certainement elle n'a agi ainsi que pour me faire accorder plus de confiance à tes paroles; sans nul doute tu es chargée d'un message important? Donne-le-moi sans plus tarder.

— Votre fille ne s'est jamais séparée de la chaîne et du médaillon qu'elle tenait de vous, noble Édelbert, et... Mais Rose ne put continuer; incapable de maîtriser davantage l'émotion qui remplissait son cœur, elle tomba à genoux près du chevalier, et lui dit d'une voix entrecoupée par les larmes : — Ô mon père! regardez à vos pieds : c'est votre fille qui s'y trouve!

Édelbert, comme nous l'avons déjà dit, n'avait pas reconnu Rose, tant son teint, bruni par la préparation de Burkhard, et ses vêtements de servante la déguisaient complétement. Aussi s'écria-t-il avec étonnement : — Toi ma fille! oh! tu me trompes; Rose de Tannebourg est fraîche comme la plus belle fleur de nos parterres, et toi, pauvre fille, pourquoi te joues-tu de ma douleur? — Mais Rose, qui avait cette nuit même rendu à son visage sa blancheur habituelle, prit la lanterne sourde, l'ouvrit, et, dirigeant toute la clarté de son côté, montra à Édelbert, ivre de bonheur, la charmante figure de sa fille. L'amour filial, le ravissement, brillaient dans ses yeux; ses cheveux s'échappaient en longues boucles noires et luisantes, et venaient encadrer une physionomie animée par la tristesse et la joie, le sourire et les larmes.

— Rose! mon enfant...! s'écria le chevalier, et la chaîne d'or lui tomba des mains, — toi ici? oh! viens dans mes bras! puisque je t'ai revue, ces épaisses murailles peuvent maintenant s'écrouler sur moi.

21.

Il la pressa dans ses bras et couvrit son visage de caresses et de larmes. Rose pleurait aussi. — Mon père! mon père! mon bon père! était tout ce qu'elle pouvait dire.

Après les premiers épanchements, le chevalier dit : — Comment, mon enfant, as-tu pu arriver jusqu'ici? apprends-moi ce secret. Quel mauvais destin a donc contraint ma fille à se faire la servante du dernier valet de ce château.

Rose lui raconta tout ce qui lui était arrivé, l'hospitalité qu'elle avait reçue de Burkhard, le stratagème qu'elle avait employé pour pénétrer chez Kunerich, et enfin la manière dont elle s'y était prise pour arriver au cachot.

— Et maintenant, s'écria-t-elle à la fin de son récit, Dieu a entendu ma prière, il a exaucé mon vœu le plus ardent, il m'a procuré l'occasion, mon bon père, de te voir souvent, de te parler, de t'apporter de temps à autre une meilleure nourriture et de t'entourer de mille autres soins! Oh! je suis la plus heureuse des filles! Mon seul désir désormais sera de te rendre la vie de plus en plus supportable.

Édelbert leva au ciel des yeux humides de larmes. — Ah! répondit-il, ne dis pas la plus heureuse, mais bien la meilleure des filles! et moi je suis le plus fortuné des pères! Qu'il m'est souvent arrivé d'accuser le destin de m'avoir fait changer des chaînes d'or contre ces rudes chaînes de fer! mais je t'en remercie, ô mon Dieu! sans cette épreuve je n'aurais jamais connu le cœur de ma fille! Je suis aujourd'hui plus heureux que le jour où l'empereur me passa ces bijoux d'or au cou. Oui, en ce moment, quoique accablé de ces liens de fer qui m'ont cruellement meurtri les membres, je suis plus satisfait que je ne le fus alors. Dieu puissant!... Je ne donnerais pas cette heure où je te presse dans mes bras, ô ma chère Rose, pour tous les trésors du monde; oui, dit-il en jetant un regard de mépris sur la chaîne d'or qui était tombée à ses pieds, qu'est-ce que ce métal? rien, en com-

paraison de la vertu ; rien, en comparaison de la félicité
dont Dieu la récompense.

Mais c'est à tort, continua-t-il, que je méprise ce
médaillon, et il le releva. Il a une grande valeur, non pas
parce qu'il est d'un or fin, mais parce que les paroles qui
y sont gravées expriment une vérité aussi douce que
consolante !

Oui, Rose, cette vérité consolante s'accomplit en ce
moment. *L'œil de Dieu est ouvert sur nous !* Il a veillé sur
toi, et t'a conduite pure jusque dans mes bras. Lui, dont
le regard passe à travers les plus épaisses murailles, il
m'a vu dans mon cachot et a eu pitié de moi. Il nous préparait au milieu même de cette affreuse solitude ce moment de céleste bonheur. Dieu est avec nous ; le chevalier
Kunerich a bien pu s'acharner contre nous, mais il n'a
été qu'un instrument dans la main du Très-Haut, pour
nous procurer cette heureuse entrevue. C'est par le chemin de la douleur que Dieu nous conduit au bonheur suprême, je le sens, je l'éprouve en ce moment ; Kunerich
peut me croire au comble du désespoir, lorsqu'il passe
la nuit au milieu d'une bruyante musique, de l'ivresse et
de la danse ; mais qu'il fasse retentir jusque dans mon
cachot le son des trompettes et le bruit des verres,
comme il m'est souvent arrivé de l'entendre vers minuit,
je ne changerais pas ma position contre la sienne. Ici,
dans ce lieu humide, avec de l'eau et du pain, je suis plus
tranquille que lui, dans ses brillants salons, tenant une
coupe d'or pleine de vin généreux et assis devant les
viandes délicates dont on charge sa table ; car elle n'est
pas encore forgée la chaîne qui pouvait empêcher mon
esprit de s'élever à Dieu, et de chercher et de trouver en
lui mon bonheur à chaque instant de la journée.

O ma fille chérie ! honneur à toi, pour avoir, jeune
encore, compris la douleur d'un père ; pour avoir, à une
heure où tant d'autres se livrent au repos, au jeu ou à la
danse, préféré venir consoler ton pauvre père affligé ! La
peine t'apprendra à connaître les dangers du vice et la
beauté de la vertu ; Rose, reste toujours aussi bonne !

aime toujours Dieu et suis tous ses commandements de
la même manière que tu pratiques le quatrième. Demeure fidèle à Dieu et à la vertu ! Crains le vice, méprise
les fausses joies du monde, supporte patiemment les tribulations... et de cette manière tu seras plus heureuse
que sur le premier trône de l'univers.

Rose promit à son père de suivre ses recommandations et lui tendit la main en signe d'adieu ; elle éteignit
sa lampe et partit, car la trompette de la sentinelle annonçait le retour du jour.

XII

Rose, qui avait rebruni son visage, venait de se mettre à table avec les deux enfants et leur mère pour prendre le repas du matin, lorsque tout à coup le chevalier
Kunerich entra dans la chambre. Rose conçut quelques
craintes ; depuis la première fois qu'elle était au château,
c'était la première fois que Kunerich venait chez le gardien. Elle ne put penser autre chose, sinon qu'elle était
découverte. D'une voix impérieuse, Kunerich s'écria :
—Ne vous inquiétez pas plus longtemps de la garde de la
porte ; je vais la faire veiller par quatre de mes écuyers.
Rendez-vous sur-le-champ aux cuisines du château
pour y donner un coup d'œil, car aujourd'hui et demain je reçois nombre de convives. — Ces paroles sou-
lagèrent Rose ; cependant le chevalier avait bien remarqué son effroi, mais il crut que sa présence seule l'avait
fait naître : il sourit d'un air content, et la regarda assez
amicalement ; c'était la première fois que cela lui arrivait depuis qu'elle était à Fichtenbourg ; car il n'avait
pas de plus grand plaisir que de voir ses gens trembler
devant lui.

Rose alla avec sa maîtresse dans les cuisines ; elles virent arriver dans la journée un chevalier nommé Théobald, avec une suite nombreuse, et le lendemain Sigebert,
un des plus braves chevaliers de la Souabe : il était accompagné d'un grand nombre d'écuyers. Ces deux che-

valiers étaient des meilleurs amis de Kunerich. Outre ces
deux seigneurs et leur suite, on vit arriver une multitude
de gens à pied et à cheval. Non-seulement la partie du

château qu'habitait Kunerich, mais encore tous les bâtiments adjacents, se trouvaient encombrés de soldats. Le
soir, ils allumaient de grands feux au milieu de la cour,
pour y faire leur cuisine : ils mangeaient, buvaient et faisaient grand bruit. Rose comprit de suite de quoi il s'a-
gissait ; elle avait déjà vu de semblables préparatifs au
moment d'entrer en campagne : et en effet, sa maîtresse,
pâle comme la mort, en venant le soir donner à manger
à ses enfants, s'écria en joignant les mains : — O mes
chers petits, priez ! c'est la guerre. Votre frère aîné,
qui vient d'arriver, doit aussi partir. Demain, au point
du jour, on se met en route.

Le lendemain matin, avant que le soleil fût levé, les trompettes donnèrent le signal du réveil. Le gardien, qui était un des plus braves écuyers du chevalier, était déjà

complétement prêt ; sa tête était surmontée d'une forte coiffure, une lourde épée était suspendue à son ceinturon de peau de buffle, et il tenait sa lance à la main. Il s'approcha de sa femme et de ses enfants, qui s'étaient levés en même temps que lui, et il les embrassa tous en leur disant adieu : — Priez pour moi, dit-il ; je vais courir bien des dangers, endurer bien des fatigues, mais l'espoir de vous revoir me soutiendra. — Il tendit la main à Rose, lui recommanda ses enfants, but le coup de l'étrier et se joignit aux autres gens d'armes de Kunerich.

Alors, les chevaliers étrangers, tous superbement équipés, les cavaliers l'épée nue à la main, les fantassins, armés de longues piques, sortirent en ordre de la porte et franchirent le pont-levis. Kunerich fermait la marche. Quand tous les guerriers furent passés, il s'arrêta et remit les clefs des portes au majordome du château, en lui disant : — Mon vieux serviteur, conserve ces clefs jour et nuit sur toi ; souviens-toi que tu ne dois laisser entrer aucun inconnu dans le château et que tu dois veiller  sur mes prisonniers. Adieu, justifie ma confiance et ne souille tes cheveux blancs d'aucune trahison.—Après ces mots, Kunerich enfonça son éperon dans les flancs de son cheval et franchit la dernière enceinte. Aussitôt le pont-levis fut relevé, la porte fermée, et les herses tombèrent.

Rose et sa maîtresse, après le départ des guerriers, passèrent toute la journée dans les cuisines du château, occupées à nettoyer les ustensiles et à remettre tout en ordre. Quand le soir fut arrivé, la maîtresse de Rose lui dit : — Demain j'irai avec mon fils et ma fille voir ma vieille mère, qui demeure au prochain village ; car j'ai la tête toute pleine du bruit des armes et le cœur malade des adieux de mon mari ; cette promenade me fera du bien. Je ne serai pas de retour avant la nuit, car le chemin est assez long pour des enfants. Tu pourras aussi te reposer toute la matinée, car la surveillance de la porte ne te regarde plus. N'oublie pas la nourriture des prisonniers, et aie soin également de tenir prêt pour notre retour un bon souper. — Le lendemain, au lever de l'aurore, elle se mit en route avec sa famille.

Rose fut enchantée de rester seule ; elle ne pensa guère à prendre du repos. Les jours précédents elle n'avait pu, à cause de ses nombreuses occupations, visiter son père que quelques moments; mais aujourd'hui ses vœux les plus chers étaient exaucés... elle allait pouvoir passer avec lui une journée presque entière !

Depuis longtemps sa prévoyance et ses soins s'étaient occupés de tout ce qui pouvait apporter de l'amélioration et du soulagement dans la triste position du chevalier. Elle avait commencé par renouveler le linge d'Édelbert, se servant pour cela de la belle toile que la bonne Gertrude lui avait donnée. Plus d'une fois l'heure avancée de la nuit la surprit dans cette filiale occupation. Elle avait prévu jusqu'aux plus petits détails : du lin qu'elle-même avait filé elle avait fait jusqu'à une paire de bas pour le chevalier.

Ce fut donc avec une grande joie qu'elle accourut auprès de son père, chargée de ces objets qui devaient lui faire tant de plaisir. Elle lui apporta aussi un vase rempli d'eau fraîche, et lui donna la clef qui ouvrait ses chaînes. Le bon Édelbert, qui aimait à soigner sa personne, fut très-sensible à ce nouveau bien-être, après lequel il avait si longtemps soupiré en vain. — Je me sens renaître, dit-il à Rose, lorsqu'elle revint au bout d'une heure chercher les ustensiles qui venaient de lui être si utiles.

— Maintenant, mon père, dit Rose, viens respirer un air plus frais. — En dehors du sombre corridor qui conduisait à la prison, s'élevait une tour, au milieu d'un petit jardin qu'exploitait le geôlier, et que Rose était chargée d'entretenir. C'est là que Rose conduisit Édelbert ; la matinée était délicieuse, la chaleur du soleil était tempérée par un vent doux et rafraîchissant. Le bon chevalier, en respirant l'air pur, en voyant briller le jour, croyait sortir de son affreux cachot pour entrer dans le ciel :

— Mon Dieu ! s'écriat-il, que l'on est bien ici !...

Rose lui apporta ensuite à déjeuner : c'était une soupe au poisson ; le chevalier s'assit à l'ombre d'un noyer planté près de la tour ; il y avait aussi en ce lieu un banc et une table ; Rose lui dit qu'il pourrait rester là toute la journée. — Je serais bien demeurée près de toi, lui dit-elle, si je n'avais beaucoup à faire, mais je re-

viendrai te voir fréquemment. — Elle s'éloigna, et Édelbert, pour mieux jouir de la douceur du matin, se mit à se
promener au soleil ; ses rayons chaleureux lui faisaient
beaucoup de bien et lui redonnaient en quelque sorte une
nouvelle vie. Les larmes aux yeux, il remercia Dieu de
cette douce chaleur... — Le soleil, pensa-t-il, est un des
plus grands biens qui existent ; c'est lui qui échauffe tout,
qui ranime tout ; sans lui le monde ressemblerait à une
sombre prison.

La journée s'avançait, Rose était revenue près de son
père et lui avait apporté un excellent dîner.

Le soir, elle revint encore pour reconduire le chevalier
dans son cachot. Hélas ! le cœur de celui-ci était bien
triste ! Mais quel fut son étonnement en entrant dans sa
triste demeure ! Il crut que Rose s'était trompée de chemin, et qu'elle l'avait conduit dans une chambre du château. Les murailles et le plafond, qui autrefois étaient
d'un gris noir comme de l'écorce de chêne, étaient brillants et blanchis à neuf, et la chaleur du jour les avait
déjà presque entièrement séchés. Les carreaux de la
chambre étaient lavés et semés d'un sable fin ; les décombres et les orties qui bouchaient la fenêtre avaient disparu, et l'azur du ciel brillait à travers les vitres redeve-
nues transparentes. Le lit était garni de paille fraîche et
recouvert d'un drap blanc, l'air épais du cachot avait totalement disparu et il était remplacé par le doux parfum
des fleurs. — Que de bonheur tu me procures ! s'écria
Édelbert ; en vérité, l'amour d'un enfant est suffisant pour
embellir l'existence de ses parents, sa tendresse peut
changer un cachot en un paradis !

Mais, continua-t-il en regardant le plafond et les
murailles brillants de propreté, tu n'as pu faire cela toute
seule. Qui donc dans ce château ennemi a eu assez d'humanité pour venir à ton aide ?

Rose lui dit : — Il y a ici un vieux soldat, qui fut autrefois maçon, et qui, de temps à autre, fait encore usage de
son ancien métier. La semaine dernière, ce brave homme
fut malade quelques jours. Ma maîtresse lui envoya, à ma

demande, tout ce qui était utile à son rétablissement.
C'est moi qui le lui portai ; et, quand mon travail me le
permettait, je m'asseyais au pied de son lit et je causais
avec lui. Un jour, sans savoir que j'étais ta fille, il me
parla de toi, avec le plus grand respect. Il me dit qu'il
avait été grièvement blessé à cette bataille que l'étourderie de Kunerich eût fait perdre sans ton courage ; il
m'assura qu'il serait resté sur le champ de bataille et y
aurait infailliblement péri, si tu n'avais consenti à te charger de lui. Hier au soir je le priai, bien timidement, il est
vrai, de m'aider à mettre ton cachot dans un meilleur
état. Je croyais qu'il allait faire des difficultés ; mais, au
contraire, il approuva mon projet et prit pour lui la plus
grosse part du travail. Quand même Kunerich s'en aper-
cevrait, dit-il, il ne pourrait me blâmer de ce que j'honore le malheur d'un chevalier.

Édelbert questionna Rose plus amplement sur le
compte du vieux soldat, et lui dit alors : — Je ne me souviens plus de lui avoir été utile : mais la reconnaissance
de ce brave homme me touche profondément. Tu vois,
ma bonne Rose, comme le bien, que nous avions oublié
depuis longtemps, peut, même au bout de longues années,
avoir des conséquences heureuses pour nous !

Rose servit alors le repas du soir. — Aujourd'hui nous
souperons ensemble, mon noble père, lui dit-elle. Elle
s'assit auprès de lui. La chère n'était pas abondante, mais
en revanche elle était exquise. La jeune fille était au comble de la joie d'avoir pu réunir sur la table les mets favo-
ris de son père : une soupe d'orge perlé, un poulet rôti,
une salade d'endive, et de belles écrevisses garnies de
feuilles de céleri. Elle servit encore au chevalier, qui
jusque-là n'avait bu que de l'eau et mangé de mauvais
pain, une bouteille de très-bon vin du Rhin et du pain
excellent.

— Mais, pour l'amour de Dieu, lui dit Édelbert en jetant les yeux et sur la table, et sur le lit, comment, étant
si pauvre, as-tu pu te procurer tout cela ? — Rose lui apprit
que Gertrude lui avait fait cadeau de la toile, et que, la

veille, Agnès était venue lui apporter le poulet et les
écrevisses; que ses gages et les petits profits qu'elle recevait des étrangers auxquels elle ouvrait la porte lui
avaient servi à se procurer le reste. Mais elle ne lui dit
pas qu'elle s'était privée de son unique oreiller afin qu'il
pût reposer doucement sa tête. Le noble Édelbert était
presque joyeux : — J'ai mangé souvent à la table de l'empereur, disait-il; mais jamais aucun repas ne m'a fait
autant de plaisir que celui-ci ! Dieu te récompensera de
ton amour pour ton père, ma bonne et charmante Rose !

Quant à Rose, elle ne s'était jamais trouvée plus heureuse; jamais, dans le cours de sa vie, elle n'avait éprouvé
de sensations aussi délicieuses que celles qu'elle ressentait en adoucissant la captivité du malheureux Édelbert.
Elle comprit la justesse de cette maxime : *Il est plus doux
de donner que de recevoir.* — Oh! que les riches seraient
satisfaits, dit-elle, s'ils le voulaient ! que les enfants ont
de bonheur quand ils peuvent faire du bien à leurs parents! ils ont le paradis sur la terre.

Il fallut cependant que Rose retournât à sa besogne et
apprêtât le souper de sa maîtresse et de ses deux enfants.
Elle se hâta de partir, après avoir souhaité une bonne
nuit à son père. La joie qu'éprouvait Édelbert d'avoir une
telle fille l'empêcha longtemps de fermer l'œil. Et quand
enfin il s'endormit, son sommeil fut si calme et si doux,
qu'il n'avait jamais reposé plus tranquillement.

Chaque jour Rose avait une nouvelle surprise à faire à
son père. Le matin elle lui apportait, au lieu du morceau
de pain sec noir et habituel, tantôt une jatte de bon lait,
tantôt une couple d'œufs frais, tantôt, enfin, un beau
morceau de beurre sur une feuille de vigne, ce qui faisait
grand plaisir au pauvre prisonnier. Elle lui donnait,
toutes les fois qu'elle pouvait le faire sans être remar-
quée, un bon potage fortifiant, et, pour contenter son
cœur sans blesser la plus exacte probité, elle gardait ses
propres aliments, les donnait à son père, et alors elle
vivait des mets grossiers des prisonniers. Elle parait le
cachot des fleurs qui plaisaient le plus au prisonnier, et

elle lui apportait les fruits qu'elle recevait de différentes mains. Elle avait fait vendre par Burkhard une paire de boucles d'oreilles en or, la seule parure qui lui fût restée, afin de pouvoir procurer à son père bien des petites douceurs, et surtout lui acheter quelques bouteilles d'un vieux vin de Hongrie, seul capable de soutenir les forces du chevalier. Elle ne vivait plus que pour lui.

Au bout de quelques jours, le concierge revint à sa maison, chargé de différents ordres; il alla visiter ses prisonniers. Son étonnement fut grand en ouvrant la porte du cachot d'Édelbert. Il secoua la tête en disant : — Si le chevalier Kunerich venait à découvrir cela, je courrais grand risque de me voir mis sous les verrous; cependant je suis assez content de tout cela : qu'y a-t-il de plus beau que la propreté? une poignée de chaux et de sable, un peu de travail et de peine, ont fait de ce sombre cachot une chambre saine et propre ; tandis qu'on voit de jolis appartements que la saleté rend semblables à une prison.

Chemin faisant, il dit à Rose, avec le plus grand sang-froid : — Écoute, Rose! je ne blâmerai pas ta pitié pour le chevalier; je puis être étonné du bien que tu lui fais, mais cependant ne pas t'empêcher de le faire ; mais ne pousse pas la pitié jusqu'à favoriser sa fuite ; ce serait peine perdue; les serrures et les verrous des portes et le pont-levis sont des obstacles infranchissables. Mais la tentative seule d'une évasion pourrait m'être très-préjudiciable; je perdrais ma place et mon pain, et je serais chassé pour toujours du château avec ma femme et mes enfants. Mon maître serait même capable, dans sa fureur, de me passer son épée au travers du corps; car je lui ai juré sur ma tête que les prisonniers étaient bien gardés. N'attire donc pas de malheur sur moi. — Rose le rassura.

Le nouveau départ du gardien fut précédé d'une petite fête de famille.

XIII

Pendant qu'Édelbert trouvait tant de consolations dans la tendresse de sa fille, et Rose tant de bonheur dans le

contentement de son père, bien des événements se passèrent à Fichtenbourg. Le château de Kunerich avait été
jusqu'ici le château de la joie ; mais les chagrins, que ne
peuvent arrêter ni les portes verrouillées, ni les ponts-
levis, venaient de s'établir dans ses splendides salons.

Les nouvelles de la guerre, que l'arrogance de Kunerich
envers un puissant chevalier et ses vassaux avait fait
éclater, étaient loin d'être bonnes. Kunerich avait été
blessé, tous ses bagages pillés, et il avait failli être fait
prisonnier. Il s'était retiré très-malade de ses blessures
dans un château éloigné appartenant à un de ses parents.
Au lieu d'envoyer comme autrefois des voitures chargées
de butin à son château, il y faisait demander de l'argent
et des provisions. Sa noble épouse ne pouvait aller le
voir, car elle manquait d'écuyers pour protéger sa marche. Elle n'osait s'aventurer hors des murailles ; elle savait bien que ce n'était pas l'amour, mais la crainte
seule qui retenait les vassaux de son mari dans le devoir.
Les ennemis de Kunerich ne s'endormaient pas et commençaient à en venir à des violences ouvertes. Ils s'étaient
déjà emparés d'abondantes provisions que l'on avait fait
acheter dans un village voisin, en sorte que la châtelaine
de Fichtenbourg et ses enfants se trouvaient réduits à la
nourriture la plus commune et privés de bien des choses
indispensables. Les enfants dépérissaient à vue d'œil, et
on craignit de les voir tomber sérieusement malades.
Bientôt leur mère elle-même, vaincue par la douleur, les
soucis et les nuits sans sommeil, devint malade.

Rose avait appris toutes ces circonstances de la bouche
même de sa maîtresse, car Rose sortait rarement, et ce
n'était que lorsqu'elle en recevait l'ordre (ordre qu'elle
ne pouvait se refuser d'exécuter) qu'elle montait aux
étages supérieurs, habités par Kunerich et sa famille. A
chaque marche qu'il lui fallait gravir, son déplaisir devenait visible, et elle redescendait aussi vite qu'elle le
pouvait. Elle avait ressenti une émotion violente toutes
les fois qu'elle avait aperçu Kunerich ; et même, sans
pouvoir s'en rendre bien compte, elle nourrissait au fond

du cœur une aversion profonde non-seulement pour Kunerich, ce chevalier déloyal qui avait dépouillé Édelbert de ses biens et de sa liberté, mais encore contre toute sa race.

Rose s'empressa de raconter à son père ce qui se passait dans le château. Et, en parlant, un sourire à peine visible effleura ses lèvres. — Maintenant, dit-elle, ils peuvent connaître par l'expérience la douleur et les peines ; maintenant, leur orgueil sera forcé de fléchir. Cette noble dame, qui a toujours vécu dans le luxe et l'abondance, qui voyait ses enfants magnifiquement vêtus, qui ne recevait que des femmes nobles comme elle, vit en ce moment seule et isolée ; elle n'a plus pour elle que ses larmes et ses sanglots. Et ce chevalier si fier, si arrogant, et qui nous a fait, à nous et à tant d'autres, tant de mal, il éprouve maintenant la vérité de ces paroles : *On sera pesé avec le même poids qu'on a employé pour peser autrui.*

Mais le noble Édelbert n'approuva pas l'animosité de sa fille contre Kunerich : — Comment ! c'est toi, ma fille, toi que j'entends parler ainsi ? Un rire méchant défigure ton joli visage, si doux ! Oh ! non, non, mon enfant ! ces pensées sont mauvaises ! Oh ! ne laisse pas la haine envenimer ton noble cœur ! Il est vrai que ce chevalier s'est conduit avec moi d'une manière toute félonne ; il me haïssait sans aucun motif, et il m'a fait beaucoup de mal. Mais les leçons et l'exemple de notre divin Sauveur te sont-ils donc étrangers ? ne devons-nous pas aimer ceux qui nous haïssent ? ne devons-nous pas rendre le bien pour le mal ? Et tu voudrais faire retomber le mal que nous fait éprouver Kunerich sur sa femme, que le caractère dur de son mari rend déjà assez malheureuse ! Quoi ! tu veux venger le crime du père sur ses enfants, pauvres créatures innocentes, et qui ne savent pas distinguer le bien d'avec le mal ? Rose ! Rose ! ne souffre pas que l'amour que tu portes à ton père se change en haine contre ses ennemis ! Vois ! je ne le hais pas, moi ! et même, ô mon Dieu, dit-il en mettant la main sur son cœur et en levant les yeux au ciel, tu le sais, si je me trouvais dans une bataille, et si je voyais la vie de ce chevalier menacée, je me précipiterais, pour le sauver, au milieu des épées et des lances ennemis, et je sacrifierais même ma vie pour conserver la sienne! Et toi-même, Rose, si tu recouvrais ton ancienne position, et que sa femme et ses enfants tombassent dans l'infortune et vinssent à ta porte mendier un asile et du pain, les repousserais-tu, les renverrais-tu sans secours, eux qui ne nous ont fait aucun mal, les laisserais-tu périr sans leur tendre la main?

— Non, s'écria Rose, avec émotion, je ne le pourrais pas. Je partagerais de bien bon cœur tout ce que je posséderais.

— J'en doute, lui répondit son père; puisque tu ne leur as jamais adressé un seul regard, un seul mot d'amitié, comment pourrais-tu faire quelque chose pour eux? Puisque tu évites jusqu'à l'occasion de les voir, comment pourrais-tu te décider à leur faire du bien? Change de conduite, va franchement à leur rencontre! et alors, si tu trouves l'occasion de faire quelque chose pour eux, fais-le.

Je ne te donne pas ces conseils dans le but de gagner les puissants ennemis qui nous tiennent en leur pouvoir et de les amener à nous rendre les biens qu'ils nous ont pris. Si c'était là le seul motif de notre bonté pour eux, certes, elle n'aurait aucune valeur; ce ne serait qu'une misérable hypocrisie dont nous devrions rougir.

Non, ma fille, la véritable charité, cette fleur céleste, ne peut fleurir sur le terrain ingrat de l'égoïsme; elle ne germe que dans les cœurs humains et généreux; elle n'est que le reflet de cet amour divin qui constitue l'essence de notre sainte religion et qui doit animer tous les cœurs pieux et sincères.

Dieu lui-même est tout amour. Il aime tous les hommes comme ses propres enfants; il fait briller les rayons du soleil aux yeux de tous ceux qui l'outragent et leur distribue également la pluie et la rosée. Il veut qu'ils s'amendent pour venir un jour s'asseoir avec lui dans le ciel. Son divin Fils a donné sa vie et versé son sang pour les sauver. Nous aussi nous devons être tout amour. Nous devons aimer tous les hommes comme nos frères ; nous devons leur faire du bien et ne pas priver de notre amour ceux qui nous font du mal. Nous devons être prêts à donner même notre vie pour eux ; nous devons les aimer comme nous-mêmes. Notre amour doit s'élever de la terre au ciel. Nous devons non-seulement aimer pardessus toutes choses Dieu, qui mérite d'être aimé pardessus tout, mais encore nous devons tâcher de l'égaler en amour.

Cet amour pour Dieu et notre prochain nous rend seul capables d'être reçus un jour dans l'éternité. Une âme sans amour ne peut être heureuse, même au ciel. Le cœur susceptible de haine n'est bon à rien. L'amour est la source du bonheur dans le ciel ; lui seul crée un paradis dans le paradis même.

C'est notre tâche ici-bas d'implanter dans notre cœur cet amour divin, semblable à une noble fleur ; nous devons veiller sur elle, et nous devons la faire heureusement éclore. L'amour pour des choses futiles, pour de vains honneurs, pour de frivoles plaisirs, pour des biens passagers, ne laisse aucune place dans le cœur de l'homme à l'amour divin, et meurt avant d'être éclos, comme une épine stérile. C'est pourquoi, pour préserver l'homme de l'orgueil, de l'égoïsme, de la convoitise des plaisirs mondains, Dieu lui envoie la douleur ; c'est pourquoi il nous a enlevé notre brillante position, nos biens temporels et tous les plaisirs de la terre que la fortune procure ; et sois bien certaine, ma fille, que, tant que la main de Dieu s'appesantit sur nous, c'est qu'il y a encore en nous quelque souillure dont la douleur doit nous purifier. Nous devons, mon enfant, reconnaître les intentions toutes paternelles du Créateur envers nous, ne pas les éluder en nourrissant de la haine contre nos ennemis et ne pas perdre la récompense que Dieu nous prépare.

Rose écoutait son père avec la plus grande attention.
— Tu as raison, mon bon père, lui dit-elle, avec des yeux

II.   22

attendris. Oh ! que je suis peu digne de toi ! Maintenant, avec l'aide de Dieu, je veux travailler à mon amélioration ; je t'en donne ma parole. Je veux tâcher d'aimer Dieu par-dessus tout, et Kunerich, sa femme et ses enfants comme moi-même. Et si la douleur peut me rendre meilleure, je souffrirai avec plaisir aussi longtemps qu'il plaira à Dieu ; car qu'est-ce que la vie terrestre passée dans la douleur, au prix d'une éternelle félicité ?

Rose tint parole ; elle ne s'éloigna plus des enfants de Kunerich. Comme ils étaient entièrement rétablis, ils venaient de temps en temps jouer dans les cours du château, sous la conduite de leur gouvernante. Rose ne fit plus semblant de ne pas les voir ; au contraire, elle les salua, et elle commença à leur parler un peu. Elle chercha aussi à leur être agréable ; elle se fit apporter, par Agnès, le petit chevreuil qu'elle avait apprivoisé, et ses deux colombes, et donna le chevreuil au petit garçon et les colombes aux deux petites filles. Elle rencontra d'excellents cœurs dans ces jeunes enfants ; elle se reprocha amèrement d'avoir pu, jusqu'ici, traiter avec aussi peu d'amitié d'aussi douces créatures. — Je me suis privée moi-même d'une grande joie, se dit-elle ; ma faute devient aujourd'hui ma punition. Oh ! que mon père a raison : il vaut mieux aimer et pardonner que haïr et se venger. — Mais bientôt Rose trouva une nouvelle occasion de mettre en pratique les leçons de son père.

XIV

Une magnifique journée de printemps succédait enfin à de longues pluies. Le soleil s'était levé si chaud, si brillant, ses rayons doraient de teintes si vives les hautes murailles du château, que tout semblait avoir repris une vie nouvelle. Tout le monde en profitait pour se répandre dans la campagne et rentrer le reste de la récolte. La gouvernante des enfants de Kunerich, Thérèse, était dans la cour avec eux trois. Il y avait au milieu de cette cour un large puits ; il était entouré d'un mur de jolies pierres, et six colonnes légères supportaient un toit élevé également en pierres, et qui, suivant l'usage des architectures gothiques, était décoré de riches sculptures. Ce puits était extrêmement profond; il fallait presque un quart d'heure pour y descendre le sceau et le remonter. Les étrangers qui venaient visiter le château l'admiraient comme en étant la chose la plus remarquable. Pour leur donner une idée de l'étonnante profondeur de ce puits, on y jetait de petits cailloux, et il n'y avait pas un des visiteurs qui ne fût étonné du temps que le bruit produit par cette chute mettait pour arriver à lui. On plaçait aussi un cierge allumé dans le sceau, et on le descendait, et c'était une chose admirable de voir la clarté que répandait cette lumière répercutée par les murs; elle se mirait dans chacune des gouttes qui suintaient le long des parois intérieures et brillait comme une étoile au milieu de cette obscurité profonde. Les maçons qui de temps à autre descendaient dans le puits pour le réparer et le nettoyer avaient besoin d'un grand nombre d'échelles qu'ils attachaient à des crampons de fer placés dans le mur à cet effet. Il y avait un vieux proverbe qui disait que lorsqu'on était arrivé au milieu du puits, avant qu'il n'eût été couvert d'un toit, on voyait en plein midi les étoiles briller sur l'azur du ciel. Ce puits était situé au milieu d'une belle pelouse de gazon dont la riche verdure produisait un agréable contraste au milieu du pavé de la cour, et de beaux arbres fruitiers l'entouraient de tous côtés.

C'est sur cette pelouse que jouaient les trois enfants. Les deux petites filles, Ida et Emma, battaient des mains à la vue des belles groseilles d'un rouge écarlate qui étaient en pleine maturité. Il fallut que Thérèse leur en cueillît quelques grappes. Elles en enfilèrent les fruits à un bout de fil, appelant cela des colliers de corail, et, avec une vanité enfantine, elles s'en ornèrent le cou et les bras, et ne se montrèrent pas peu fières de cette parure d'un nouveau genre.

Quant au petit Éberhard, il s'amusait, pour passer le temps, à jeter des pierres dans le puits; il prenait toujours les plus grosses qu'il pouvait trouver, écoutait avec attention le bruit qu'elles allaient produire en tombant dans l'eau, et, quand il l'avait entendu, il sautait de joie. Ce jeu finissant par l'ennuyer, il s'éloigna du puits, et alors un joli petit oiseau vint en voltigeant se poser sur le bord du seau, et comme il y avait un peu d'eau au fond, il se précipita dans l'intérieur, soit pour boire ou se baigner. L'enfant vit le mouvement de l'oiseau. — Attendez, dit-il à ses deux sœurs, je vais facilement l'attraper ; faites bien attention ; c'est une bonne plaisanterie. — Il partit, et grimpa sur la margelle du puits ; il étendit son petit bras ; mais, comme ce bras était trop court, il se pencha toujours de plus en plus, et enfin, le poids de la tête l'emportant, il roula dans l'affreux précipice.

Les deux petites filles poussèrent des cris perçants et lamentables. Thérèse était dans ce moment dans les cuisines. Aux cris des enfants, elle accourut tout éplorée. Instruite de l'accident par les petites filles, elle s'approcha du puits, et, contre son attente et à sa grande joie, elle entendit aussi le petit garçon qui criait et se lamentait. Elle regarda dans le puits ; elle le vit retenu par ses habits à un des crampons de fer fixés à la muraille. Mais elle restait là et ne savait que faire. La châtelaine était alitée, et la plupart des gens du château étaient occupés au dehors. Thérèse, pâle et tremblante, joignait les mains et appelait à son secours Dieu et tous les saints.

En ce moment, Rose accourut. Elle avait été obligée de garder la maison, parce que la petite fille de sa maîtresse était tombée malade la nuit précédente, et on croyait cette enfant attaquée de la petite vérole.

— Vite, vite, dit Rose à Thérèse : laissez-moi monter dans le seau, et faites bien attention en le descendant ; aussitôt que je vous crierai : Halte ! vous vous arrêterez, et quand je vous crierai : En haut ! vous le remonterez. Faites bien attention à mes cris et soyez tranquille. Avec l'aide de Dieu, j'espère sauver le petit garçon.

Rose, les yeux levés au ciel, se recommanda à Dieu et monta dans le seau. Un frisson parcourut tout son corps, lorsqu'elle se sentit descendre dans ce gouffre; l'air froid qui l'entourait lui glaçait le sang ; le soleil semblait se voiler à ses yeux, et les ténèbres devenaient de plus en plus épaisses; enfin elle atteignit l'endroit où se trouvait le petit Éberhard ; elle se mit à crier : Halte ! et le seau s'arrêta. Elle tâcha de prendre l'enfant dans ses bras et de le décrocher; mais l'opération était aussi difficile que dangereuse. Elle ne pouvait faire usage de ses deux bras, parce que, pour ne pas tomber elle-même au fond du gouffre, elle était obligée d'en passer un autour de la chaîne : aussi elle ne pouvait pas en venir à bout. Elle éprouva une inexprimable angoisse ; une sueur froide lui coulait du front. Elle pria Dieu avec effusion de ne pas l'abandonner dans cette extrémité. Enfin le succès couronna ses efforts. Elle prit l'enfant par le bras, et celui-ci lui jeta ses deux mains autour du cou, et s'y cramponna fortement pour éviter de retomber. Il cessa de pleurer, et alors Rose cria : Tirez, tirez! Thérèse sentit avec bien du plaisir que le poids du seau était augmenté, et elle s'empressa de le remonter.

Les cris qui avaient été poussés dans la cour avaient fait mettre la châtelaine à la fenêtre. Elle entendit prononcer ces funestes paroles: — Éberhard est tombé dans le puits! La malheureuse mère, pâle et incapable de faire un pas, muette de désespoir, s'appuya sur le chambranle de la fenêtre; ses genoux ployaient sous elle ; ses mains tremblaient, son cœur battait à lui briser la poitrine.

Un domestique entra précipitamment, et lui annonça que son fils était demeuré suspendu aux crampons de fer et que la servante du portier allait chercher à le sauver. Un faible rayon d'espoir pénétra dans le cœur de la pauvre mère. Elle se mit à prier; la voix lui manqua ; mais dans le fond de son âme elle conjura Dieu de sauver la vie de son premier-né, de son fils unique. Puis ses yeux restèrent attachés sur le puits. Enfin Rose reparut, tenant d'une main la chaîne du seau et de l'autre Éberhard qui la tenait embrassée et qu'on eût dit endormi dans ses bras. Quand le seau fut parvenu à la hauteur voulue,

Thérèse assujettit la roue du puits, attira le seau à elle avec le crochet destiné à cet usage, et voulut prendre l'enfant dans ses bras ; mais la faible fille, toujours aussi tremblante, aussi émue, n'eut pas la force et l'agilité nécessaires pour retenir le seau d'une main ferme, en même temps que de l'autre elle enlèverait l'enfant des bras de Rose. Elle fit longtemps de vains efforts. Ce fut pour la mère un bien cruel spectacle. A chaque instant elle croyait les voir disparaître tous les trois au fond du gouffre.

Rose s'aperçut bien que la chose était impossible de cette manière, et elle dit à Thérèse de lâcher le seau. Rose alors lui présenta l'enfant ; mais elle eut beau étendre les bras vers Thérèse, la distance était trop grande. La châtelaine ne put supporter ce spectacle plus longtemps ; sa vue se troubla ; elle se mit à crier, autant que ses faibles forces le lui permirent :—Pas ainsi, au nom du ciel !... pas ainsi ! — Rose ne l'entendit pas ; mais elle avait elle-même remarqué que cette manière présentait encore trop de danger.

Rose demeura quelques moments immobile, leva les yeux au ciel, réfléchit une minute, et s'écria aussitôt : — Thérèse, poussez doucement le seau avec le crochet, de manière qu'il se balance lentement à l'ouverture du puits. —Thérèse obéit sans savoir où Rose voulait en venir. — Maintenant, lui dit Rose, et elle sourit pour lui redonner un peu de courage, aussitôt que le seau s'approchera de vous, saisissez promptement l'enfant dans vos deux bras ; attendez que je vous dise de le faire, là ! maintenant ! maintenant !—Thérèse saisit facilement l'enfant et le déposa sur le gazon.

Ensuite elle tendit la main à Rose, qui lui dit : — Je préfère que vous poussiez le seau de manière à me rapprocher des colonnes. Thérèse obéit, et, lorsque le seau en fut près, Rose saisit une des colonnes, et s'élança sur la margelle du puits et de là à terre. Oh ! qu'elle fut heureuse en sentant de nouveau la terre sous ses pieds, en revoyant et la lumière du soleil, et l'azur du ciel ! Elle s'agenouilla et remercia Dieu de l'avoir sauvée ainsi que le petit garçon. — Mon Dieu, je te remercie ! fut sa première pensée. — Que mon père va être heureux et fier de son enfant ! fut la seconde. Puis elle courut chercher la clef du cachot de son père, et elle lui apprit son action. Édelbert l'embrassa en répandant les plus douces larmes qui puissent couler des yeux d'un père. — Tu as remporté la plus belle victoire, lui dit-il, tu as triomphé de toi-même, tu as fait du bien à tes ennemis ! tu viens d'exécuter une action plus noble que toutes celles des plus braves chevaliers quand ils font mordre la poussière à de puissants ennemis ; tu as sauvé la vie d'un homme ! mais n'en sois pas orgueilleuse, ma fille. C'est Dieu qui a fait naître cette occasion et qui t'a inspiré le courage nécessaire ; à lui donc tout l'honneur !

XV

Cependant Thérèse avait reconduit l'enfant auprès de sa mère. Celle-ci dans cet heureux moment ne sentit plus son mal, elle le prit dans ses bras et le couvrit de larmes de joie, et lui demanda mille fois s'il se sentait mal quelque part. Il n'avait aucune blessure ; seulement il était encore pâle d'effroi. Elle s'agenouilla, tout en tenant serré dans ses bras son bien-aimé Éberhard, et s'écria en pleurant : — Mon Dieu, c'est la seconde fois que tu me le donnes ; je l'élèverai pour toi.

Elle se releva, vaincue par la fatigue, pressa son fils contre sa poitrine et lui dit : — Méchant enfant, quelle frayeur ton étourderie m'a causée ! que de fois je t'ai averti contre de semblables dangers ! que de fois je t'ai répété de ne pas t'approcher du puits, d'éviter les chevaux, de ne pas monter aux arbres ! vois, un peu plus, ta désobéissance te coûtait la vie. Qu'aurait dit ton père si je t'avais perdu ! oh ! ne sois plus à l'avenir aussi désobéissant ! je ne te dois qu'à un miracle. Remercie Dieu d'avoir envoyé un bon ange pour te sauver !

Mais, à propos, l'ange qui t'a sauvé, n'est-ce pas la

servante de notre concierge? continua-t-elle en regardant
autour d'elle. Cette brave fille n'est donc pas ici? Thérèse,
va la chercher, cours, qu'elle vienne recevoir mes remercîments, une pareille action ne saurait rester sans récompense.

Thérèse obéit. Elle trouva Rose assise au pied du lit de
la fille de sa maîtresse et occupée à tricoter. — Viens,
lui dit Thérèse, ma maîtresse te demande. Tu vas sans
doute être bien récompensée. — Les paroles de Thérèse
blessèrent les nobles sentiments de Rose. Elle n'avait aucune envie de la suivre; elle ne voulait aucune récompense. Cependant elle réfléchit que si elle ne se rendait
pas à cette invitation, ce serait peu convenable de sa part,
et que cela pourrait peiner l'heureuse mère. Elle suivit
donc Thérèse.

Les joues de Rose se colorèrent d'une vive rougeur à
son entrée dans la chambre à coucher de la châtelaine.
Celle-ci était assise sur le lit, à côté de son fils endormi;
elle courut au-devant de Rose et la pressa dans ses bras.
— O ma fille, s'écria-t-elle, que je te dois de remerci-
ments! quelle belle action tu viens de faire! quelle cruelle
douleur tu m'as m'épargnée! quelle joie inexprimable tu
m'as causée! sans toi, ce pauvre enfant qui, à cette heure,
repose avec tant de calme, ne serait plus qu'un froid
cadavre! tu as arraché mon fils à la mort, tu es sa seconde mère; de ce moment tu peux te regarder comme
un de mes enfants. Ne me quitte plus.

Quant à toi, dit-elle en s'adressant à Thérèse, mais
d'une voix calme et sans colère, je ne puis te garder plus
longtemps à mon service. Tu as mal rempli ton devoir,
qui était de ne jamais perdre de vue mes enfants. Au lieu
d'être leur sauvegarde, tu serais devenue leur bourreau.
Je vais te faire payer tes gages, et demain tu quitteras le
château.

Thérèse pleura, sanglota, demanda pardon. Elle tomba
à genoux; elle dit qu'elle était une pauvre orpheline,
qu'elle ne saurait où aller; elle promit de mieux se conduire à l'avenir.

Mais sa maîtresse lui répondit : — Tu me l'as déjà promis bien des fois sans avoir tenu ta parole; je ne puis plus avoir confiance en toi; il m'est pénible de te renvoyer, mais je ne dois pas, pour t'être agréable, exposer de nouveau mes enfants à la mort; va-t'en, et tâche de mieux te conduire à l'avenir.

— Permettez-moi, noble dame, interrompit Rose, de dire un mot en faveur de Thérèse; puissiez-vous ne pas mal prendre ma franchise.

Il est vrai, Thérèse a commis une grande faute; son étourderie vous a jetée dans les plus cruelles angoisses, elle aurait pu coûter la vie à votre fils; mais cet accident, qui aurait pu avoir de si funestes suites, lui servira de leçon, et elle sera désormais plus circonspecte.

Mais n'a-t-elle donc pas fait tout ce qu'elle a pu pour réparer sa faute? mais ne m'a-t-elle pas aidée de tous ses moyens? n'a-t-elle pas, comme vous l'avez vu vous-même, exposé sa vie pour sauver celle de votre fils? ne devez-vous voir que sa faute et ne tenir aucun compte de sa généreuse conduite? voulez-vous la renvoyer sans pitié, la laisser partir en pleurant, elle qui a fait preuve d'un si bon cœur en voulant sauver votre enfant?

Voyez, Dieu vient d'exaucer votre prière; craignez dans ce même moment de repousser les larmes et les supplications d'une malheureuse! Dieu s'est montré miséricordieux envers vous, soyez-le envers les autres!

Dieu vous a rendu votre enfant, ne privez pas une pauvre orpheline de sa seconde mère. Dieu lui-même pardonne au repentir qui promet de se corriger; suivez son exemple et pardonnez-lui. Dieu vous donne en ce moment une belle occasion pour vous acquitter de la reconnaissance que vous lui devez, c'est de pardonner à la pauvre Thérèse.

Ah! quelle joie nous avons éprouvée, Thérèse et moi, en voyant l'enfant sauvé! qu'il nous a été doux de partager les larmes de bonheur que vous répandiez! voulez-vous, vous aujourd'hui la plus heureuse des mères, voulez-vous, par votre sévérité, faire une malheu-

reuse? Pourriez-vous, avant même d'avoir essuyé les
larmes de joie qui inondent vos joues, arracher des yeux
de la pauvre Thérèse les larmes de la plus amère douleur, sans être la première à les sécher? non, Madame,
vous ne le pourriez pas.

Quant à la place que vous m'offrez, je ne l'accepte
pas; je me reprocherais comme un péché de priver qui
que ce soit de son pain et d'édifier mon bonheur sur le
malheur d'autrui.

La châtelaine étonnée écoutait Rose parler; quand elle
eut fini : — En vérité, dit-elle, je ne sais pas ce que je
dois admirer le plus, ton courage ou la noblesse de tes
sentiments? qui pourrait résister à tes prières? Thérèse
ne perdra pas sa place, et tu resteras aussi à mon service. Je ne veux pas que tu t'éloignes de moi, généreuse
enfant! j'en aurais trop de regret; je suis hors d'état de
pouvoir te récompenser, mon époux est bien loin d'ici et
je suis enfermée dans ce château comme une pauvre pri-
sonnière; mais j'espère que le jour n'est pas éloigné où
le chevalier Kunerich rentrera dans ces murs et pourra
reconnaître dignement ton dévouement; en attendant,
quitte ta maîtresse et deviens ma fille, ma compagne,
mon amie; je vais te faire préparer de nouveaux vêtements, tu es née pour quelque chose de mieux que l'état
de domestique.

Rose fut vivement touchée de la conduite de la noble
dame, qui lui parlait avec tant d'amitié, et qui venait de
pardonner si généreusement à la coupable Thérèse : elle
se sentait une haute estime pour elle et serait bien volontiers restée en sa compagnie, mais elle pensa à son père
qu'elle ne pourrait plus voir aussi souvent et qui serait
abandonné à des mains étrangères; elle eut un moment
la pensée de découvrir qui elle était, mais elle jugea devoir, auparavant, consulter son père; elle répondit donc :
— Excusez-moi si je ne puis accepter votre offre, je suis
reconnaissante de toutes vos bontés et je vous en remercie bien vivement; mais, d'un côté, il vaut mieux que
nous n'acceptions ici-bas aucun remercîment, puisque si

nous avons fait quelque bien ce n'a été qu'avec l'aide de Dieu, et notre récompense nous attend au ciel; et, de l'autre, je me trouve si heureuse dans ma place, que je ne voudrais pas en changer; ce n'est pas la condition qui ennoblit l'homme, mais la manière dont il en remplit les devoirs et en supporte les charges; ma position me met à même de faire beaucoup de bien aux prisonniers, je me trouve heureuse; ne faites pas mon malheur à force de bontés.

— Étonnante enfant! s'écria la châtelaine, je ne te comprends pas; quand tu me parles du bonheur dont tu jouis dans ta condition, et du malheur qui te suivrait auprès de moi, tu m'étonnes; ne puis-je donc rien pour toi? Demande-moi ce que tu voudras, et je te promets sur mon honneur que, si la chose est possible, elle te sera accordée.

— Je vous prends au mot, noble dame, répondit Rose, donnez-moi seulement le temps nécessaire pour réfléchir à la demande que je vous adresserai; je pense que le moment n'est pas éloigné où vous pourrez me rendre bien heureuse; en attendant, laissez-moi dans ma douce obscurité : permettez que je me retire, je crains de laisser plus longtemps seule l'enfant de ma maîtresse. — Elle salua en adressant à la châtelaine un regard plein de reconnaissance, et sortit.

XVI

L'épouse de Kunerich, Hildegarde de Fichtenbourg, aussi distinguée par le cœur que par l'intelligence, était bien à même d'apprécier la noblesse des sentiments de Rose. Elle lui portait un intérêt sincère, et ne désirait rien tant que de la voir heureuse. Mais elle ne pouvait se rendre compte de sa conduite. Elle trouvait, non sans motif, quelque chose de mystérieux dans toute sa personne. La tête dans ses mains, elle se mit à réfléchir sur le sujet de ses préoccupations.

— Comment, se dit-elle, une humble charbonnière

peut-elle atteindre à des pensées si élevées, et où prend-
elle l'art de s'exprimer? Quel maintien digne en entrant
dans cet appartement! et quelle grâce répandue sur toute

sa personne! Elle est aussi peu embarrassée pour parler
que si elle avait vécu de tout temps dans la bonne compagnie et que si elle avait reçu l'éducation la plus parfaite. Je m'étonne même plus de cette distinction dans
ses manières que je n'admire son courage réfléchi et sa
présence d'esprit. Mais quelles raisons la font s'éloigner
quand elle serait si bien auprès de moi? Il y a là quelque
chose d'étrange! Serait-elle en voie de se perdre? Sa
conduite cache-t-elle un secret dont la découverte doive
la faire rougir? Je ne le pense pas : pourtant je veux
l'observer de plus près.

Elle chargea un vieux majordome de suivre attentivement toutes les démarches de Rose. Le bonhomme s'acquitta de son message, mais il ne rapporta rien qui ne fût à la louange de la jeune fille.

Cependant un matin il arriva tout empressé : il avait à annoncer la nouvelle que Rose était allée la nuit, pendant que tout le monde dormait, visiter le chevalier dans sa prison, et qu'elle avait passé plusieurs heures avec lui. — C'est chose délicate et dangereuse, ajouta-t-il, car la jeune fille, en offrant au chevalier des moyens d'évasion, peut attirer sur nous de grands malheurs. L'entreprise n'est point au-dessus de son courage. Toutefois, j'ignore quels projets ils ont agités ensemble. J'écoutais bien de toutes mes oreilles, mais il n'arrivait à moi que des murmures confus.

A vrai dire, ce n'est pas que Rose et Édelbert s'entretinssent à voix basse. Si le respectable majordome ne les entendait pas, c'est qu'il était à peu près sourd.

Ce récit n'étonna pas médiocrement la châtelaine. — Édelbert, dit-elle, est notre plus cruel ennemi. Mon mari n'a cessé de me le répéter toutes les fois que je l'ai prié d'adoucir le sort du pauvre prisonnier. Kunerich m'a dit tant de mal de cet Édelbert, que je ne puis douter de la haine profonde qu'il nous porte. Et c'est avec cet homme, avec notre ennemi le plus mortel, que Rose se met ainsi en rapport! Cela ne saurait me convenir. Je veux moi-même les observer, pour tâcher de les surprendre.

Elle ordonna au majordome de la prévenir si Rose avait de nouveau un entretien avec le chevalier. Elle lui enjoignit de n'en parler à personne. Elle-même ne changea rien dans sa conduite à l'égard de Rose. Elle la traita avec la même bonté qu'auparavant, et ne laissa paraître devant elle aucun soupçon. Deux jours après, Hildegarde, allant se promener dans le jardin avec ses enfants, invita Rose à l'accompagner. Elle causa familièrement avec la jeune fille, et lui offrit parmi les fruits, alors en maturité, de très-belles pêches. Ce même jour, une

heure après le coucher du soleil, le zélé majordome
courut en toute hâte à la châtelaine. — Madame, lui dit-il,
le prisonnier et la charbonnière sont en ce moment en
train de se parler. Vous pouvez aller vous assurer par
vous-même quels projets ils trament contre vous et
contre notre digne maître.

Hildegarde jeta sur ses épaules un manteau noir, pour
être moins facilement reconnue, et s'empressa de se
rendre à la prison. — Ce que je fais là pourtant, se dit-
elle à elle-même, n'est pas bien. Écouter aux portes est
une action vile et coupable. Ce que j'en fais, il est vrai,
m'est dicté par la sollicitude que je ressens pour cette
pauvre enfant, et par l'intérêt de ma maison, que je ne
puis non plus perdre de vue.

De la porte entr'ouverte elle apercevait la lumière qui
brillait dans la prison, et elle pouvait entendre tout ce

qui s'y disait;, aussi ne perdit-elle pas un mot de la conversation.

— Ces pêches sont délicieuses, disait le prisonnier; elles sont de la même espèce que celles du pêcher planté au pied de la tour dans notre jardin; c'était mon fruit de prédilection. La pêche a un incarnat velouté qui charme l'œil : son parfum est agréable et pénétrant, le goût en est savoureux et exquis.

— Ah ! lui dit Rose, rien que de les voir, les larmes me viennent aux yeux. Que ne puis-je aller en cueillir sur l'arbre de notre jardin et t'en apporter, comme autrefois, bien rangées, avec des feuilles de vigne, dans une corbeille !

— Remercie Dieu, ma chère fille, de ce qu'il t'a permis de m'apporter celles-ci, dit Édelbert; sur dix qu'a produites l'arbre cette année, disais-tu, la généreuse dame t'en a donné trois : elle se montre bien bonne à ton égard.

— Aussi ferais-je bien, je crois, reprit Rose, de lui confier que je suis ta fille; son cœur, j'en suis persuadée, saurait garder ce secret, et elle n'en mettrait que plus d'instance à solliciter de Kunerich le don de ta liberté.

— Oh ! quant à cela, je ne m'y attends pas, dit Édelbert; tu ne peux te faire une idée de l'acharnement de sa haine contre moi. Hildegarde a le cœur doux et tendre comme la chair de cette pêche; — Kunerich l'a dur comme le noyau. Tu te romprais les dents à vouloir le briser.

— Mais pourtant, reprit Rose, Kunerich te laisserait-il mourir dans cette prison, s'il savait que c'est à moi, ta fille, qu'il doit le salut de son fils? — Si j'allais me jeter à ses genoux, j'ai la conviction qu'il ne repousserait pas mes supplications.

— Ne sois pas si prompte à te créer des illusions, lui dit Édelbert, — je ne le connais que trop. — En supposant qu'il admire une action qui lui a été utile, en admettant même qu'il pense à t'en montrer de la reconnaissance, n'en conclus pas qu'il veuille consentir à

dépouiller sa haine contre moi ; c'est un sentiment trop
enraciné dans son cœur : autant vaudrait essayer d'arracher un chêne avec la main.

— Cependant, lui dit Rose, si on pouvait lui persuader
que tu n'as pas cessé de l'aimer et de le bénir, toi à qui
il a tout enlevé et qui néanmoins ne désires que des occasions de lui faire du bien, toi qui m'as enseigné à aimer,
à bénir, à servir sa maison? Sans tes leçons, je n'eusse
peut-être pas été si prompte à accourir vers le puits aux
cris de l'enfant; si cet enfant est sauvé, c'est donc à toi
d'abord qu'en revient l'honneur; — s'il le savait, son
cœur ne s'amollirait-il pas comme les glaces sous la tiède
haleine du printemps? n'est-il donc aucun moyen de le
toucher ?

— Peut-être, dit Édelbert lentement et d'un air pensif,
mais ce n'est pas probable. Dans tous les cas, il n'y a
rien à faire pour le moment; je resterai en prison jusqu'au retour de Kunerich. Hildegarde voulût-elle me
rendre la liberté, je ne l'accepterais pas sans le consentement de son époux; cette condescendance pourrait
coûter cher à la noble dame. Elle me laisserait uniquement la permission de me promener librement dans le
château, que Kunerich, avec son caractère soupçonneux,
en tirerait mille conséquences fâcheuses. Tu t'abstiendras
donc, mon enfant, de toute démarche, et je resterai en
prison aussi longtemps qu'il plaira à Dieu. Je ne voudrais
pas causer le moindre préjudice à la généreuse châtelaine,
Dieu fera pour le mieux. — Mais brisons là, ces discours
ne font qu'affaiblir notre courage; assez donc sur ce sujet
pour aujourd'hui.

Édelbert et Rose entamèrent alors une autre conversation.

Hildegarde en avait assez entendu; elle rentra dans ses
appartements, et ne put dormir de toute la nuit; l'étonnement, l'admiration, la douleur se succédèrent tour à
tour dans son cœur : — Il est donc vrai, se disait-elle en
elle-même, cette fille soupçonnée jusqu'à présent d'être
une pauvre charbonnière est d'une origine noble? C'est

pour se rapprocher de son père qu'elle a revêtu ce misérable costume et qu'elle s'est soumise à des fonctions si pénibles? C'est pour son père qu'elle s'est ôté de la bouche les fruits et tout ce que je lui donnais? c'est par amour pour lui qu'elle a refusé le sort que je lui offrais et préféré la misère de sa condition actuelle? Quelle noblesse de cœur, et comme sa mère en serait fière si elle vivait encore! et c'est elle, — la fille d'un homme que nous tenons dans les fers, — c'est elle qui a sauvé la vie à mon enfant, — et c'est cet homme qui l'exhortait à penser et à agir de la sorte! quelle grandeur d'âme!

Elle fondit en larmes. — Non, dit-elle, il faut que cet homme généreux devienne libre : il faut qu'il recouvre son château et ses biens; il faut que le père et la fille soient aussi heureux qu'ils le méritent. Ah! que n'est-il en mon pouvoir de lui rendre à la fois sa liberté et ses domaines! cette nuit même il quitterait le triste séjour de sa prison, et demain il ferait son entrée dans le château de Tannebourg : mais c'est impossible. Le vieil intendant, sourd déjà, le serait doublement à mes ordres, car il a pour principe que les femmes ne doivent point se mêler des affaires d'État; il ne le laisserait sortir ni du château ni même de la prison; l'intendant de Tannebourg ne m'obéirait pas davantage, il fermerait les portes du château et en défendrait l'accès à Édelbert comme à l'ennemi le plus redoutable; mon époux lui-même, s'il apprenait que mon unique désir est de rendre Tannebourg à son maître légitime, ne me le pardonnerait de sa vie. Cependant si les femmes ne peuvent intervenir activement dans les affaires importantes, du moins leur intercession est souvent utile. Au retour de mon mari, je veux essayer sur lui la puissance de mes larmes et de mes supplications : Dieu veuille que je réussisse!

En attendant, continua-t-elle, comment vais-je me conduire à l'égard de Rose? lui avouerai-je que j'ai surpris son secret? sous prétexte que la querelle de son père et de mon époux n'a aucun rapport à elle, dois-je la traiter selon son rang, lui donner des vêtements conve-

nables, lui accorder un appartement dans le château et
l'admettre à ma table ? mais quel effet cela produirait-il ?
le vieil et inflexible intendant, se sentant soutenu par ses
anciens compagnons d'armes, n'accordera plus même à
Rose la permission de s'entretenir avec le prisonnier ; ce
dernier deviendra l'objet de la plus étroite surveillance.
Nul espoir donc de voir s'adoucir la captivité d'Édelbert ;
tout ce que je tenterais ne ferait qu'accroître les chagrins
de sa pauvre fille ; non, non, pour le moment, personne
ne doit savoir que Rose est la fille du chevalier ; je lui
cacherai à elle-même que j'en suis instruite, car qu'y ga-
gnerait-elle ? qu'y gagnerait son père ? Pourquoi me créer
toutes ces difficultés ? le mieux est d'éviter tout éclat,
de faire en secret tout le bien possible à la noble fille et
par elle à son père, puis d'attendre, pour dévoiler le secret, une circonstance heureuse, qui ne saurait longtemps
tarder.

XVII

Le lendemain matin, la châtelaine de Fichtenbourg fit
venir Rose auprès d'elle, et la reçut avec plus de bonté
encore que de coutume. — Je sais, lui dit-elle, que tu
t'intéresses vivement au brave chevalier qui est prisonnier dans notre château : c'est un sentiment qui te fait
honneur, et dont je ne puis que te louer. Mais, ma pauvre enfant, tu n'es pas riche, et tu as à peine de quoi
subvenir à tes propres besoins. Désormais mes cuisines
et mes caves viendront au secours de ta générosité. Tu y
chercheras les aliments nécessaires au chevalier. — Elle
tint parole, et Rose, au comble de la joie, reçut d'elle chaque jour les mets les plus recherchés de sa table, et du
vin meilleur même que celui dont la châtelaine se servait habituellement. Hildegarde s'arrangea de manière à
ce que le vieil intendant ne sût rien des largesses qu'elle
faisait, et elle parla si bien au bonhomme, qu'elle finit
par calmer les soupçons qu'il avait conçus sur Rose.

Chaque jour, elle descendait, avec ses enfants, dans la
loge du gardien pour voir celle qui avait sauvé son fils

Éberhard. Non-seulement elle témoignait à Rose toutes
sortes d'égards, mais la digne châtelaine usait encore de
son autorité sur la femme du gardien pour alléger considérablement le service si lourd imposé à la jeune fille.
Dans ses heures de loisir, Rose venait voir la châtelaine
dans son appartement. Hildegarde permit à la jeune fille
d'amener avec elle les enfants de sa maîtresse, faveur
dont celle-ci fut singulièrement flattée. Elle s'estimait
heureuse d'avoir à son service une fille si avant dans les
bonnes grâces de ses maîtres.

Cependant la châtelaine attendait maintenant avec une
nouvelle impatience le retour de son époux. S'il ne lui
eût point fait savoir qu'il était rétabli et qu'il serait bientôt de retour, elle eût été le rejoindre au camp. Enfin il
revint avec les deux chevaliers et les troupes qui l'avaient
accompagné dans l'expédition. En signe de réjouissance,
les soldats comme les officiers avaient orné leurs casques
et leurs lances de rameaux de chêne. Ils firent leur entrée
triomphale au son des clairons. Kunerich descendit de
cheval, embrassa sa femme et ses enfants avec effusion,
puis se rendit avec toute sa suite dans la grande salle
des chevaliers. Il ne pouvait se lasser de regarder son
fils, qui était devenu un bel et florissant enfant. Après
les premiers moments d'expansion, Hildegarde raconta
à son époux comment Éberhard était tombé dans le
puits et avait été sauvé par Rose. Elle entra dans les plus
grands détails et lui peignit tout le danger que l'enfant
avait couru. Kunerich ne put s'empêcher de trembler.
— Ainsi, mon cher Éberhard, s'écria-t-il, tu as donc failli
te noyer, et peu s'en est fallu que je ne te revisse plus
jamais ! Quelle douleur pour ta pauvre mère et pour moi !
Rien que d'y songer, mon sang se glace dans mes veines.
Éberhard, Éberhard, sois plus prudent à l'avenir !

Hildegarde apporta le vêtement que son fils portait le
jour fatal et qu'elle avait gardé en mémoire de cet événement. Elle montra à son époux la déchirure causée
par le croc en fer ; Kunerich l'examina avec attention et
dit en frissonnant : — Il était temps qu'il arrivât du se-

cours. Si quelques fils s'étaient rompus, Éberhard était
perdu à jamais. Cette pauvre servante nous a rendu vraiment un service immense. Vrai Dieu! c'est beau et noble
de sa part! un chevalier n'eût pas fait preuve de plus
d'héroïsme que cette jeune fille. Sa résolution et son courage me plaisent à un point que je ne puis dire. L'as-tu
récompensée?

— J'ai voulu te laisser ce soin, répondit Hildegarde.
Tout ce que j'aurais pu lui donner me paraissait trop peu;
ce n'eût rien été, vraiment, en comparaison de ce qu'elle
a fait pour nous. Songe qu'elle a exposé ses jours. J'ai
failli m'évanouir de terreur, quand je l'ai vue dans le seau,
suspendue au-dessus de l'abîme. Une pareille action ne
se récompense pas avec quelques pièces d'or. Je m'en
remets à ta discrétion, et j'espère que je n'aurai pas à
rougir de ta générosité.

Jamais Kunerich n'avait été ému à ce point. Le bouil-
lant chevalier voulut voir à l'instant même la jeune fille.
Elle entra dans la salle avec la grâce modeste qui la dis-
tinguait. — Sois la bienvenue, ma chère héroïne, s'écria
Kunerich en la saluant avec bonté; sois la bienvenue, toi
qui as sauvé mon fils. Autant que je m'en souviens, nous
nous connaissons déjà. Je t'ai vue, je crois, dans la chambre du gardien! mais certes je ne me serais pas douté alors
que tu fusses capable de tant de courage. Tu m'as rendu
un service inappréciable : sans toi, je serais le plus infor-
tuné des pères; ce jour de fête serait pour moi un jour
de désolation. Exprime un vœu, quel qu'il soit, je l'ac-
complirai. Oui, s'écria, dans l'effusion de sa tendresse
paternelle, le rude guerrier qui n'avait jamais appris à
comprimer ses sentiments, oui, je le jure sur l'honneur,
— quand tu me demanderais un de mes deux châteaux,
Tannebourg ou Fichtenbourg, tu l'aurais !

Rose répondit avec calme et modestie: — Vous vous
êtes bien avancé, Monseigneur : ces deux nobles chevaliers ici présents sont témoins de votre engagement; je
pourrais vous demander une grande faveur, et vous ne
seriez pas fondé à me la refuser, mais je ne veux point

de grâce, c'est un droit que je vous réclame; rendez-moi, rendez à mon père ce que vous nous avez ravi. — Quoi! qu'entends-je! que signifient ces paroles? s'écria Kunerich étonné; moi, je vous ai dépouillés; moi, je vous ai ravi des biens? mais qui es-tu donc? qui est ton père?

— Je suis Rose de Tannebourg, dit-elle, Édelbert est mon père; faites-le sortir de sa prison, et rendez-lui ses domaines.

Les deux chevaliers étrangers, les pages et les guerriers rangés dans la salle, tout le monde était stupéfait. Kunerich recula de quelques pas, et s'arrêta comme pétrifié. Autant il avait été touché naguère de la noble action de la jeune fille, autant il sentait en ce moment se rallumer dans son âme sa vieille haine contre le père.

Une lutte violente des sentiments les plus opposés s'éleva dans son cœur; il devint pâle comme la mort: ses yeux noirs lancèrent des regards farouches autour de lui, et il murmura entre ses dents: — Oh! oui, je donnerais volontiers un de mes châteaux pour que tout autre que la fille de cet homme m'eût rendu ce service!

Tous les assistants furent effrayés de ce changement subit de la part de Kunerich, et se regardèrent en silence et avec perplexité.

Hildegarde, avec sa douceur accoutumée, prit la parole, et s'exprima en ces termes:

— Depuis peu de jours seulement j'ai appris que sous ces humbles vêtements se cachait la fille d'Édelbert. Sa tendresse filiale n'a reculé devant aucun sacrifice pour pouvoir visiter son père dans sa prison, le consoler dans sa triste solitude, le servir, et partager avec lui les aliments qu'elle recevait. — Elle s'est présentée un jour au château sous ce misérable costume; elle a fait ce que la plus pauvre fille du pays n'eût voulu faire, elle est entrée au service du gardien, et elle a supporté avec une patience d'ange tous les caprices de sa femme; elle s'est soumise, sans murmurer, aux travaux les plus durs, qui devaient lui paraître vingt fois plus pénibles encore qu'à toute autre. Mon cœur saignait, quand je la voyais de ma

fenêtre. — Elle, une demoiselle noble, dont la naissance
est égale à la nôtre, — porter de lourds baquets sur la
tête, ou balayer les cours du château, comme la plus
humble servante ! Toutefois, je ne lui laissai point soupçonner que je connaissais son rang ; je n'osai rien décider
sans le consentement du chevalier Kunerich. J'attendais
donc ton retour avec une douloureuse impatience ; —
mais maintenant, cher Kunerich, écoute les inspirations
de ton cœur, cède à la voix de l'humanité : quand même
Rose n'eût point sauvé ton fils, la tendresse filiale qu'elle
a déployée devrait t'engager à te réconcilier avec le père
d'une si noble fille.

— Par ma dague, s'écria Sigebert, l'un des deux chevaliers étrangers, ce que cette demoiselle a tenté pour

son père est bien au-dessus encore de ce qu'elle a fait
pour ce jeune enfant ! Ceci est un trait de courage dont
certaines organisations moins nobles que celle de Rose
sont également susceptibles par moments ; mais ce qui
dénote vraiment une grande âme, c'est l'admirable constance qu'elle a montrée en supportant pour son père
de si longues et de si rudes souffrances ; le cœur de cette
jeune fille est un joyau précieux. A ta place, Kunerich,
je n'hésiterais point. — Kunerich, dit à son tour Théobald, le second chevalier, si vraiment Édelbert te haïssait, comme tu le prétends, il aurait pu te nuire bien plus
que tu ne te l'imagines. Dieu merci, pendant que tu étais
en campagne et que tu te battais avec tes ennemis,
celui que tu considères comme le plus cruel d'entre eux
était au sein de tes foyers, et sa fille avait les clefs de sa
prison. Neuf sur dix eussent profité de l'occasion pour
mettre pendant la nuit le feu au château et se sauver à la
faveur du tumulte. Kunerich, Kunerich, tu n'as vraiment
pas de motifs pour être l'ennemi d'Édelbert.

Kunerich, les yeux hagards, restait muet. Il respirait
avec peine et passait de temps à autre sa main sur son
front brûlant ; il semblait qu'il n'eût rien entendu des
paroles que lui avaient adressées son épouse et les deux
chevaliers ; tous les regards étaient fixés avec anxiété sur
lui ; Rose levait la tête vers le ciel, en soupirant. Un silence effrayant s'établit dans la salle.

Hildegarde se rapprocha de lui, et, d'une voix brisée
par l'émotion :

— Cher Kunerich, lui dit-elle, écoute-moi une dernière
fois, je t'en supplie.

Kunerich, tu crois qu'Édelbert est ton ennemi le plus
acharné : eh bien, tu t'es trompé jusqu'à ce jour. Oh ! s'il
nourrissait contre toi les sentiments que tu lui supposes,
comment pourrais-je, moi, ta fidèle épouse, te demander
sa mise en liberté ? Je devrais plutôt t'engager à le faire
surveiller de plus près dans son cachot ; mais, encore une
fois, tu es dans l'erreur ; je vais t'en donner la preuve.

Moi seule ai surpris le secret de Rose : jusqu'aujourd'hui, où elle vient de l'avouer elle-même, personne ici n'en a rien su. Les gens à qui tu avais confié la garde de ton château ne s'en doutaient pas plus que toi-même; sans moi, personne n'eût découvert que Rose allait voir le chevalier pendant la nuit. Je voulus connaître le but de ces visites; je n'ose l'avouer sans rougir à ces dignes chevaliers et pages; je m'abaissai jusqu'à me placer à la porte de la prison pour prêter l'oreille à l'entretien que le père et la fille avaient ensemble, au milieu de la nuit. Plus inquiète pour toi et pour ton château que pour ma sécurité personnelle, je crus pouvoir me permettre une démarche que moi-même je crois blâmable. Vois jusqu'où m'a poussée ma sollicitude pour toi. Je désirai me convaincre par mes propres oreilles qu'il ne se tramait pas de conspiration contre ta personne. Le père et la fille ne s'aperçurent de rien; aucun d'eux ne put penser que chacune de leurs paroles arrivait jusqu'à moi. Mais, grand Dieu! qu'entendis-je? quelle ne fut pas ma honte! oh! que ces personnes ont le cœur haut placé! Le pauvre prisonnier est loin d'être animé contre toi de sentiments de haine ou de vengeance. Non-seulement il a donné des éloges à l'action de sa fille, il y a plus, c'est lui qui l'y a déterminée. C'est sa voix paternelle qui a engagé Rose à nous aimer et à nous faire tout le bien possible; sans ses généreuses instructions, elle n'eût peut-être point sauvé ton fils. C'est donc au brave Édelbert que tu es redevable de la vie de ton enfant; comment pourrait-il être ton ennemi? Serait-il possible que tu conservasses plus longtemps ton courroux contre lui?

Et cependant, comment se fait-il que tu restes indécis? Non, Kunerich, non, tu ne saurais permettre que Rose sorte d'ici sans que tu aies accueilli sa prière. Dieu veuille toucher ton cœur!

Kunerich dit d'une voix basse et sombre: — Que Rose reprenne Tannebourg et toutes ses dépendances, je ne m'y oppose point; mais quant à Édelbert, il demeurera où il se trouve. — En prononçant ces mots, il ne daigna pas même regarder son épouse.

Celle-ci, alors, se tournant vers son fils, s'écria avec un accent profondément ému, et d'une voix entrecoupée de sanglots : — Oh! viens, Éberhard, implore ton père pour celle qui t'a sauvé, afin qu'il n'exauce point ses vœux à demi. Prosterne-toi, et tends vers lui tes mains suppliantes. Vois, je tombe à ses genoux avec toi! Je veux t'aider à demander grâce. Répète chacune des paroles que je vais proférer.

Le gracieux enfant, voyant sa mère ainsi que Rose, à laquelle il était presque aussi attaché qu'à sa mère, abîmées dans la tristesse et pleurer, se prit, lui aussi, à fondre en larmes. L'air farouche de son père l'effrayait; il comprit qu'il y avait un grand intérêt à le calmer. Il se mit à genoux, leva en tremblant ses petites mains, et répéta avec émotion, et d'une voix qui allait au cœur, ces mots, à mesure que sa mère les prononçait : — Mon père chéri! ne sois point si dur! N'hésite pas plus longtemps à rendre la liberté au père de Rose. Rose n'hésita pas non plus à exposer sa vie pour me sauver. Vois! cette bonne demoiselle m'a tiré du puits; fais également sortir de la prison le chevalier Édelbert. Je périssais dans l'eau, elle m'a arraché à une mort affreuse; oh! ne permets pas que son père meure tristement dans les fers! Elle t'a rendu un fils; rends aussi à une fille chérie son père, qu'elle aime tant! Oh! ne détourne pas tes yeux, mon père! Regarde-moi, ton fils! Sans Rose, tu n'aurais jamais revu mes traits, ni ces yeux qui t'implorent en ce moment, pleins de larmes. Ces mains que j'étends vers toi seraient maintenant en proie aux vers du tombeau.

— Arrêtez, c'en est trop, s'écria Kunerich. Il s'efforça vainement d'étouffer les pleurs auxquels, selon lui, un chevalier ne doit jamais être accessible. S'adressant à Rose : — Votre père est libre, dit-il, je lui rends son château et tous ses biens. J'ai été injuste à son égard. Celui qui a élevé une pareille fille ne saurait être un méchant homme.

— Dieu soit loué! s'écria alors la noble Hildegarde. Elle se jeta en pleurant au cou de son époux, et dit au

petit Éberhard de baiser la main de son père. Rose était
au ciel; les deux chevaliers ne cachèrent plus leurs larmes, et tendirent la main à Kunerich.

— Vous avez de nobles sentiments, dit Théobald. Dès
cet instant, vous avez conquis dans mon estime une place
bien plus étendue encore que celle que vous y occu-
piez.

— Vous avez agi, dit Sigebert, comme il convient à un
preux chevalier. La justice vaut mieux que le courage. Il
est plus difficile de se vaincre soi-même que de triompher
de ses ennemis.

Un murmure d'approbation et de joie se fit entendre
parmi les écuyers et les autres guerriers dont plus d'un
n'avait pu contenir ses larmes.

Ils prodiguaient tout haut des éloges à leur seigneur.
— Que c'est beau, que c'est grand, que c'est généreux!
disait tantôt l'un, tantôt l'autre. Et enfin, tous, d'une
voix unanime, s'écrièrent : Vivent Kunerich, Hildegarde
et le petit Éberhard! Vivent Édelbert et Rose!

XVIII

L'humanité, en prenant le dessus dans l'âme de Kunerich, l'avait transformé, pour ainsi dire, en un autre
homme. La conscience d'avoir résisté à sa haine, et d'être
demeuré fidèle à la voix de la raison, le remplit d'une
joie pure, telle qu'il n'en avait jamais ressenti : pareille
au calme qui succède à la tempête, la paix était rentrée
dans son cœur, naguère encore en proie à toutes les
étreintes de la passion. Son front s'était éclairci et le
contentement brillait dans ses yeux. Le petit Éberhard
lui-même remarqua cette heureuse métamorphose. —
Maintenant, mon père, lui dit-il, tu as l'air bon et affable
comme ma mère et mademoiselle Rose. J'ai du plaisir
à te voir ainsi, et je t'aimerai bien maintenant.

Rose s'approcha du chevalier et le remercia avec la
plus vive émotion. — En vérité, ma noble demoiselle,
vous attachez trop de prix à une action qui ne mérite,

après tout, ni louange ni remercîment. Il eût fallu être
un monstre pour agir différemment. Qu'il n'en soit plus
question désormais. Venez avec moi voir votre père dans
sa prison; je me ferais un crime de l'y laisser un instant
de plus. Venez, c'est à vous qu'il doit sa mise en liberté;
c'est vous qui la lui annoncerez. Vous lui direz aussi
quelques mots en ma faveur, pour qu'il me pardonne
l'injustice que je lui ai faite.

Kunerich s'apprêtait déjà à descendre, quand, sur un
signe de son épouse, il alla la rejoindre à la fenêtre. Ils
causèrent quelques moments à voix basse, et à plusieurs
reprises le chevalier pencha la tête en signe d'assentiment. Quand l'entretien fut fini : — Ma chère demoiselle, dit Hildegarde, en s'adressant à Rose, avant d'aller
trouver votre père, venez encore un instant avec moi.

En disant ces mots, elle conduisit Rose dans un appartement magnifique où l'on avait déposé des vêtements et
divers objets de toilette destinés à la pauvre fille pour le
jour où elle reprendrait son rang.

Rose commença par enlever les couches brunes qui
déparaient ses joues. Puis Hildegarde lui disposa les
cheveux en longues boucles flottantes, et la revêtit d'une
robe blanche d'une grande richesse, ornée d'une fraise
en fines dentelles.

Ainsi parée, Rose était d'une beauté surprenante; son
frais visage avait les tendres couleurs de la fleur du pommier, et son épaisse chevelure descendait en boucles on-
doyantes sur ses épaules : tout respirait la noblesse dans
sa personne et dans sa démarche. Hildegarde la contemplait avec un sourire de satisfaction; mais elle resta
silencieuse, estimant avec raison qu'il faut se garder d'é-
veiller la coquetterie dans l'âme des jeunes filles, en
louant leur beauté.

Au bout de quelques instants, elle alla chercher un
écrin en ébène, incrusté d'or. — Voyez, ma chère enfant, lui dit-elle, en l'ouvrant, voici la parure de votre
mère. Je la tiens de mon époux, qui, l'ayant déclarée de
bonne prise, m'en fit présent : mais j'aurais rougi de me

parer de joyaux acquis par la rapine et la violence. Cette
parure, je l'ai considérée comme votre propriété; elle a
été sacrée à mes yeux, et j'ai toujours soupiré après le
moment où je pourrais vous la restituer. Recevez-la de
mes mains; il n'y manque pas la moindre pierre, pas une
seule perle.

Rose l'accepta et fit de vifs remercîments : elle contempla les belles pierreries qui la composaient, mais elle
ne montra pas ces élans de joie qu'Hildegarde s'attendait
à rencontrer dans une jeune fille. — O ma mère chérie,
dit-elle, les larmes aux yeux, comme ces joyaux me rappellent ta présence! C'est parce que j'y vois un souvenir
de toi, qu'ils me sont chers.

Hélas! Madame, dit-elle à Hildegarde; vous voyez
cette bague enrichie de diamants, c'est la bague nuptiale
de ma bonne mère; cette ceinture de perles, la comtesse
la lui donna pour présent de noces; et ces boucles d'o-
reilles en diamant, mon père les lui remit le jour où je
vins au monde. O mon Dieu! il me semble que je vois là,
devant moi, ma pauvre mère, parée de tous ces ornements. Hélas! comme l'humanité est périssable! Ces
perles existent encore; ces joyaux brillent toujours du
même éclat, quand depuis longtemps le corps de cette
noble femme est la proie du tombeau! Que serait
l'homme, le chef-d'œuvre de la création, s'il ne restait
rien de lui qui durât plus que son corps !

— Ma fille, lui répondit Hildegarde, ces pleurs qui
brillent dans vos yeux valent toutes ces perles : vos nobles
sentiments sont plus précieux que tous ces ornements.
Quand votre corps sera tombé en poussière, quand la
main du temps aura réduit en poudre ces diamants incor-
ruptibles, les sentiments que vous aurez déployés ici-bas
orneront encore votre âme et seront pour elle une parure
plus belle que ces pierreries n'en sont une aujourd'hui
pour votre corps.

Après avoir ainsi parlé, elle enlaça les perles dans les
cheveux et autour du cou de la jeune fille, puis elle attacha les boucles d'oreilles et lui mit la bague au doigt :

mais elle se trouva trop large. Rose dit en souriant : —
Nous pourrions bien la laisser de côté : je suis trop jeune
d'ailleurs pour la mettre; il ne convient qu'à une fiancée
d'en porter une pareille.

Mais Hildegarde lui répondit : — Elle est trop large
pour l'annulaire, il est vrai; mais elle va parfaitement à
l'index. Passez-la donc à ce doigt. Une fille qui a montré
tant de dévouement pour son père mérite bien de porter
à la main un pareil joyau.

Hildegarde accompagna sa protégée jusqu'à la porte
de la prison; Rose l'ouvrit avec empressement. — Dieu
soit loué, s'écria-t-elle en entrant, tu es libre, mon père!
— Mais quel fut l'étonnement de la jeune fille, quand elle
aperçut son père debout devant elle, revêtu, comme jadis
aux jours de fête, du costume de velours noir des chevaliers, avec la chaîne d'or et la médaille! Sigebert et
Théobald étaient à ses côtés.

Hildegarde avait prié en secret son époux de procurer
à Édelbert un costume de chevalier, pendant qu'elle-
même habillerait Rose comme une jeune fille noble. —
De crainte que l'excès de la joie ne devînt funeste au prisonnier, Sigebert et Théobald s'étaient chargés de le préparer peu à peu à la nouvelle qu'on lui apporterait, sans
lui laisser savoir toutefois que l'heure de sa délivrance
fût si proche, afin de ne pas gâter le plaisir qu'aurait la
jeune fille à annoncer la première à son père sa mise en
liberté. Les deux chevaliers avaient rapporté à Édelbert
les mêmes vêtements qu'on lui avait ravis autrefois, et
l'avaient aidé à les mettre.

Ce fut avec une émotion impossible à décrire qu'il
serra sa fille sur son cœur; elle tomba dans ses bras,
émue par un sentiment de bonheur que le souvenir de
tant d'infortunes passées rendait délicieux. — O ma
chère Rose, lui dit-il, avec l'aide de Dieu tu as remporté
une victoire qu'une armée entière n'aurait pu obtenir.
La force des armes eût pu réduire Kunerich dans son
château; mais ce n'eût été là qu'un triomphe matériel,
tandis que ta piété filiale et ta bienveillance envers chacun

ont remporté, par leur douce puissance, un triomphe
bien plus noble, en touchant le cœur de Kunerich et en
nous faisant un ami de notre plus cruel ennemi. Remercions Dieu ! Sa providence a des voies mystérieuses ! C'est
lui qui a béni ton amour filial et couronné tes efforts de
succès !

Ce ne fut qu'au bout de quelques moments qu'Édelbert
remarqua la riche parure de sa fille : — Dieu, continua-
t-il, n'a pas seulement exaucé le plus cher de tes vœux
en délivrant ton père. Dieu t'a fait encore une faveur que
tu ne lui demandais pas : il t'a rendu les joyaux de ta
mère. Bien souvent mon cœur se serrait quand je son-
geais que pour me soulager tu avais vendu jusqu'à tes
boucles d'oreilles, le seul reste de ton ancienne grandeur !
Eh bien, Dieu t'en a richement récompensée. Tu vois
qu'il rend toujours les choses avec usure. Un jour arrive
où il rémunère tout le bien que nous avons fait sans aucune arrière-pensée.

La beauté de Rose avait frappé Sigebert et Théobald.
— En vérité, lui dit ce dernier, savez-vous, ma belle demoiselle, que, par amour pour votre père, vous avez fait
un sacrifice bien méritoire en couvrant vos jolies joues de
ces vilaines couleurs, et en cachant votre taille sous les
tristes vêtements d'une charbonnière? mais aujourd'hui
vous êtes belle comme un ange. — Rose rougit et prit ce
compliment pour une flatterie qu'elle ne méritait point.
Mais Sigebert dit à son tour : — La beauté de cette noble
jeune fille est la moindre de ses qualités : son plus bel
ornement est sa tendresse filiale. Pareille à un ange,
elle est descendue dans la prison de son père pour le
consoler dans ses peines; elle apparaît de nouveau aujourd'hui comme un ange pour lui annoncer la liberté
qu'elle a obtenue par ses efforts.

Rose fit part alors à son père de la mission dont elle
avait été chargée par Kunerich. Le repentir du chevalier
toucha vivement Édelbert. — Tu vois mes larmes, dit-il
à Rose, et tu sais que je lui ai pardonné depuis longtemps. — Au moment même, la porte de la prison s'ouvrit

et Kunerich parut avec le petit Éberhard; Hildegarde les suivait. Éberhard se serra contre son père et leva avec anxiété les yeux sur lui pour voir s'il se réconcilierait bien sincèrement avec Édelbert. Les deux chevaliers se tendirent la main et se précipitèrent avec attendrissement dans les bras l'un de l'autre. Tout leur ressentiment s'était éteint. Ils goûtèrent le bonheur de la réconciliation et se jurèrent une éternelle amitié.

Le brave Édelbert prenait un plaisir tout particulier à contempler le petit Éberhard, ce joli enfant à qui Rose avait sauvé la vie. Fatigué de toutes les émotions qu'il venait d'éprouver, Édelbert s'assit sur le banc de pierre de la prison, prit le petit garçon sur ses genoux, le contempla avec des larmes aux yeux, et le bénit, en lui disant : — Dieu veuille, cher enfant, qu'en grandissant tu sois un sujet continuel de joie pour ton père et ta mère, et qu'avec le temps tu deviennes un noble et vaillant chevalier!

— Puisse-t-il, continua Hildegarde en s'adressant à Édelbert, puisse-t-il avoir pour nous le même amour que votre fille vous a témoigné, et faire preuve un jour des nobles sentiments qui vous distinguent! Nous serions les parents les plus heureux de la terre.

La journée se termina par un grand festin. La grande salle des chevaliers avait été disposée exprès et magnifiquement illuminée. Édelbert et Rose occupèrent les places d'honneur. Kunerich s'assit à côté d'Édelbert, et Hildegarde à côté de Rose. La joie rayonnait sur tous les visages. Depuis longues années on n'avait vu Kunerich aussi content : — Jamais, dit-il, je n'ai été aussi heureux qu'aujourd'hui. La folle animosité que je t'avais vouée, mon cher Édelbert, a empoisonné mes plus belles journées. Qu'y a-t-il de plus doux que l'union et la paix? Oh! je le sens bien maintenant, la haine et la jalousie sortent de l'enfer; l'amour et l'amitié descendent du ciel.

Pour fêter cet heureux jour, Kunerich avait ordonné qu'on servit les grandes coupes d'argent, dorées intérieurement, et qu'on les remplît des meilleurs vins de sa cave. Par une attention toute particulière, il avait fait rendre à son ami la belle coupe dont ce dernier se servait habituellement dans son château, et à laquelle il attachait un grand prix, parce qu'elle venait des ancêtres de Rose. Cette prévenance n'échappa point à la jeune fille, et elle en remercia Hildegarde par un regard.

Kunerich saisit le premier sa coupe et la vida à la santé d'Édelbert et de Rose; Sigebert et Théobald en firent autant. Édelbert suivit leur exemple ; puis s'adressant à ses compagnons, il leur dit d'une manière significative : — Messeigneurs, il faut nous tenir en garde contre ce vin : il est d'une force peu commune, et il serait capable de renverser un chevalier invincible jusqu'alors et qui aurait bravé le cimeterre des Turcs.

Ces éloges donnés à son vin firent sourire Kunerich. Au surplus, il comprit l'intention cachée sous ces paroles. — Je me rappelle fort bien, dit-il, que, du temps où tous deux nous étions pages à la cour du comte, tu nous prêchais toujours, à nos camarades et à moi, la modération. Oh ! certes, tu avais bien raison alors; mais sois sans inquiétude. Abandonnons-nous aujourd'hui à la gaieté; toutefois, ne perdons pas les étriers. Nous allons, pour cela, procéder avec ordre. Chacun, avant de boire, proposera un toast, et toi, Hildegarde, ainsi que vous, mademoiselle de Tannebourg, vous nous ferez aujourd'hui le plaisir de trinquer avec nous.

Hildegarde et Rose cédèrent au désir de Kunerich; mais c'est à peine si elles mouillèrent leurs lèvres de ce vin fougueux.

Les vœux qui trouvèrent le plus d'assentiment dans la réunion furent ceux-ci :
— Puissent, dit Édelbert, tous les fils de l'Allemagne vivre en paix et en bonne harmonie, et ne jamais se diviser pour des frivolités !

Théobald s'écria : — Puissent toutes les filles de l'Allemagne avoir les mêmes vertus, la même douceur que la noble Hildegarde, la belle Rose et Mathilde, qui malheu-

reusement ne peut plus partager avec nous la joie de ce
banquet.

—Que tous les parents, dit à son tour Sigebert, élèvent
leurs enfants comme Édelbert et Mathilde ont élevé leur
fille, et que tous les enfants vénèrent et aiment leurs
parents comme Rose respecte et chérit son père !

Le dernier souhait fut celui de Kunerich. Il s'exprima
ainsi : — Puissent tous les parents être aussi heureux avec
leurs enfants qu'Édelbert avec sa fille !

XIX

Le lendemain de bonne heure, Kunerich, en costume
de voyage, botté et éperonné, entra dans la chambre d'É-
delbert : — Chevalier, lui dit-il, j'ai déjà depuis longtemps secoué la paresse de mes gens, et les chevaux sont
sellés ; je comptais aller avec toi d'un trait à Tannebourg
et te rendre ton château et tes biens, mais Hildegarde a
pensé que le manoir, depuis qu'il est occupé uniquement
par des écuyers, ne devait pas présenter un bel aspect,
et qu'il était nécessaire d'y faire des arrangements. En
cela, elle a parfaitement raison, ajouta en riant Kunerich ;
c'est une idée qui ne me serait pas venue. Tu vas donc
rester encore ici quelque temps, ainsi que ta fille, cher
Édelbert. Tu as vécu d'assez tristes jours sous ces murs,
pour que tu consentes à y consacrer quelque temps à la
joie.

Édelbert accepta la proposition avec plaisir. Il passa
avec Kunerich dans la grande salle, où, de leur côté, ne
tardèrent pas à se rendre Sigebert et Théobald. Ces deux
chevaliers, qui soupiraient après leurs foyers, prirent
congé d'Édelbert et de Kunerich, et se retirèrent avec
leurs gens.

Kunerich dit alors à Édelbert : — Avant tout, tu vas visiter ma résidence, et, au sortir de la table, nous parti-
rons pour la chasse. Voici d'abord les portraits de mes
ancêtres, rangés autour de cette salle. Édelbert fixa son
attention sur les anciens chevaliers, représentés avec leur

armure, et sur leurs femmes, peintes en costume de l'é-
poque. Kunerich s'arrêta longtemps devant la plupart
d'entre eux pour raconter les événements mémorables de
leur vie. On passa ensuite dans l'arsenal. Des armes de
toute espèce, luisantes et bien fourbies, brillaient le long
des murs. Outre les armures complètes d'hommes, il y
avait encore des armures de chevaux. Après avoir parcouru
tous les appartements du château, ils entrèrent dans des
galeries voûtées où Kunerich fit remarquer à son hôte des
têtes de cerfs sculptées et coloriées avec beaucoup d'art,
et que surmontaient des ramures naturelles de dix à vingt
andouillers. Les écuries eurent leur tour. Édelbert y admira les chevaux de son ami, tous vigoureux et pleins
d'ardeur. Il n'est pas jusqu'aux caves, creusées à une
grande profondeur dans le roc, où Édelbert ne fût obligé
de descendre pour y voir les énormes tonneaux et goûter, bon gré mal gré, des meilleurs vins. Arrivés au puits
situé dans la cour, les deux chevaliers regardèrent au
fond avec un sentiment d'effroi. Dans la joie que leur inspiraient, à l'un la noble action de sa fille, à l'autre le salut de son fils, ils s'embrassèrent, en remerciant Dieu de
l'heureux événement par lequel sa providence s'était si-
gnalée.

Pendant ce temps, Hildegarde, jalouse de montrer
comment sa maison était tenue, faisait voir à Rose des
armoires pleines d'un linge éblouissant de blancheur, de
belles et riches broderies, les cuisines où tout reluisait,
et mille autres choses dignes d'intérêt. Après cela, elle
conduisit la jeune fille dans une chambre particulière où
se trouvaient des bahuts contenant des robes, du linge fin
et autres objets de toilette que Kunerich avait rapportés
de Tannebourg.

— J'en ai eu le plus grand soin, dit la châtelaine, et je
vais les faire transporter sans retard à votre château. On
m'a dit que les plus belles pièces avaient été confection-
nées par les mains de votre mère. Ce travail témoigne de
son amour et de son infatigable sollicitude pour vous. Sa
prévoyante tendresse vous avait préparé ce trousseau.

Comme ces objets proviennent tous d'une source honnête, la bénédiction du ciel repose sur eux ; aussi, comme
vous voyez, ils n'ont pu vous être ravis pour toujours.

Rose voulut visiter encore une fois la chambre du gardien. Hildegarde l'accompagna. Comme elles traversaient
la cour, Édelbert et Kunerich se joignirent à elles. Le
gardien, assis dans son grand fauteuil, se reposait des
fatigues et des combats du dernier voyage. En entendant
la voix de Kunerich, il se leva pour lui ouvrir la porte, et
il se trouva en face de Rose. — Tiens ! s'écria-t-il, c'est
Rose ; pardon, je voulais dire mademoiselle Rose. Eh
bien ! que viens-je donc d'apprendre ? Mais, je vous supplie, entrez donc avec ces seigneurs et ces dames. Non,
non, je n'en reviens pas ! Ma servante, une demoiselle de
Tannebourg ! Je me serais plutôt attendu à voir le ciel
tomber ! C'est inouï ! J'ai peine à croire encore qu'une
noble demoiselle a pu avoir pour fonctions de balayer ce
plancher sur lequel je marche, et cependant je dois m'é-
tonner encore plus d'avoir été assez borné pour ne m'ê-
tre pas aperçu plus tôt que vous étiez la fille du chevalier
Édelbert. J'en appris hier la nouvelle dans la cour du
château, de la bouche des soldats, parmi lesquels cette
étonnante histoire faisait grand bruit. Je m'expliquai
alors le tendre intérêt que vous portiez au prisonnier.
Allons, j'applaudis à votre piété filiale. Dieu et mon digne maître, comme je vois, vous en ont déjà récompensée. Mais c'est Hedwige qui fut stupéfaite en apprenant
cette nouvelle ! Vous ne vous figurez point son étonnement. Elle perdit presque connaissance, et, dans sa confusion, elle se serait presque arraché les cheveux. Elle n'a
qu'à vous demander pardon maintenant, mademoiselle
Rose, de toutes les grossièretés qu'elle vous a faites.

Les deux enfants du gardien se tenaient dans un coin
tout honteux : Rose vint à eux, et quand ils la virent leur
parler avec sa bonté ordinaire, ils reprirent courage.

La petite Berthe lui dit : — Comme te voilà parée, mademoiselle Rose ! tout est beau et neuf en toi, même ta
figure.

Le petit garçon reprit : — Il n'y a pas de mal à cela. Mademoiselle Rose me plaît beaucoup mieux ainsi ; si seulement elle voulait rester notre servante ; nous n'en aurions de notre vie une aussi brave.

Tout le monde se prit à rire. — Rose demanda aux enfants où était leur mère. La petite Berthe répondit : — Elle vient de tailler la soupe, l'écuelle est encore sur la table.

— Oui, ajouta le petit garçon ; dès qu'elle a entendu entrer ses maîtres, elle s'est sauvée par ici, comme si le loup la poursuivait. — La porte qu'indiquait l'enfant menait à la cuisine. Rose y entra, et en ramena son ancienne maîtresse.

La pauvre femme demeura saisie en voyant Édelbert et Rose somptueusement habillés, et en apercevant, à leurs côtés, ses maîtres, Kunerich et Hildegarde.

— Je voudrais être à cent pieds sous terre, dit-elle. Mes maîtres connaissent maintenant mes belles manières, et savent de quels jolis noms j'avais l'habitude de gratifier mademoiselle Rose. Si j'avais pu connaître sa naissance, et prévoir à quels honneurs elle serait élevée un jour, oh ! certes, je ne me serais pas conduite ainsi à son égard.

— Ma brave femme, lui dit la châtelaine, apprenez que le mortel le plus misérable est d'origine divine ; sa qualité d'homme est son plus beau titre ; c'est là une noblesse qui surpasse toute autre. Le plus malheureux mendiant, s'il a été vertueux en ce monde, est appelé dans l'autre à des honneurs au prix desquels tous ceux de la terre ne sont rien. N'oublions jamais que le dernier des humains a droit à nos égards. — Aujourd'hui, que vous retrouvez une noble demoiselle dans la fille qui vous servait naguère, vous vous repentez de votre conduite passée, et vous rougissez des traitements que vous lui fîtes éprouver. — Eh bien, songez au repentir et à la confusion que nous ressentirons quand nous reverrons au milieu des splendeurs célestes les pauvres que nous avons traités ici-bas avec mépris et dureté.

La gardienne convint de ses torts, et demanda pardon

à Rose en versant d'abondantes larmes.— Ma chère Hedwige, lui dit la jeune fille, j'aurais souvent eu l'occasion de vous reprendre, mais je ne le jugeai pas convenable alors ; j'attendais une meilleure occasion qui est venue. Je veux vous en toucher un mot aujourd'hui ; toutefois, je déclare d'avance, en présence de vos maîtres et de mon père, qu'il y a beaucoup de bon en vous.

Vous êtes une femme pleine de soins et d'amour pour votre mari ; — une excellente mère de famille. — Vous êtes active, infatigable ; — aucun ménage n'est mieux tenu que le vôtre. Économe sans avarice, vous êtes généreuse pour les pauvres ; oui, vous êtes serviable, facile et prévenante pour tout le monde, tant que la colère ne vous égare pas. Mais alors vous n'êtes plus maîtresse de vous-même, vous vous laissez aller à des paroles et à des actes qu'on ne saurait approuver. Vos emportements remplissent d'amertume votre vie et celle des personnes qui vous entourent ; ils vous ont valu la réputation d'une très-méchante femme. On prétend que vous n'avez guère de raison ; certainement on a tort, mais cette supposition ne paraît-elle pas fondée quand on voit que vous faites si peu d'usage de ce don précieux, et qu'au lieu de vous diriger d'après ses inspirations vous ne suivez que celles de la colère. Prenez une fois sur vous de ne pas céder à votre passion. — La colère, comme on l'a dit fort bien, est une folie momentanée. Songez que la patience et la douceur sont les vertus du chrétien. Dès ce moment, prenez la ferme résolution de vous corriger. Soir et matin, à toute heure du jour, renouvelez-en le projet en présence de Dieu, et en implorant son assistance ; — et ne perdez pas courage, si vous venez à faiblir. L'arbre ne tombe pas du premier coup. Il faut souvent y porter la cognée. Ne vous lassez jamais, et recommencez votre tâche chaque fois avec plus d'énergie qu'auparavant. En persistant dans votre dessein, vous finirez par triompher de cette colère, qui est votre plus funeste ennemie. Quand vous aurez une nouvelle servante, qui montrera de la bonne volonté, n'exigez pas dès l'abord qu'elle fasse aussi bien que vous. Donnez-vous la peine de l'instruire ; ayez la patience de lui enseigner à plusieurs reprises comment elle doit faire, et si elle fait mal, reprenez-la avec douceur et bonté. Elle profitera de vos remontrances, et bientôt vous la verrez s'habituer à vous, vous honorer et vous aimer. — Quand vous vous serez corrigée de ce défaut, chacun vous regardera comme la meilleure femme du monde. Si je ne vous portais le plus sincère intérêt, je vous aurais épargné d'aussi longues observations. Croyez-moi, la voie que je vous indique vous mènera à la considération, à la joie et au bonheur.

— Voilà qui est bien et noblement parlé, s'écria Kunerich ; c'est une exhortation sur laquelle mainte personne, — j'en excepte ma femme, — devrait méditer. Quel sens ! quelle portée dans vos paroles, Rose. Quant à moi, j'en prends ma part aussi. Ce que vous venez de dire me rappelle les leçons que me faisait mon père, seulement il les résumait ordinairement dans une courte sentence : — Kunerich ! Kunerich ! me disait-il, plus de réflexion et moins de passion, c'est le meilleur moyen de faire son chemin.

Quelques jours après, Kunerich et sa femme partirent pour Tannebourg avec Édelbert et Rose ; celle-ci avait un costume de voyage. Une suite de gens de guerre et de serviteurs richement habillés les accompagnaient. Comme la renommée avait répandu à travers la contrée la nouvelle de ce qui était arrivé à Fichtenbourg, tous les habitants des villages que traversait le cortége sortirent en foule de leurs maisons, pour fêter la réconciliation des deux chevaliers. Chacun voulait surtout contempler la noble jeune fille qui s'était si saintement dévouée pour son père, et qui avait montré tant d'héroïsme en sauvant le petit Éberhard.

Dès qu'on fut sorti des terres de Kunerich, le spectacle changea ; un silence de mort semblait planer sur les habitations. Édelbert, étonné, se livra à toutes sortes de conjectures, jusqu'à son arrivée au château, où il vit tous ses vassaux rassemblés dans la cour, pour fêter sa bienvenue. Ils étaient rangés en ordre, suivant leur âge, d'un côté les petits garçons, les adolescents et les hommes,

de l'autre les petites filles, leurs aînées et leurs mères, tous en habits de fête.

Burkhard, le charbonnier, prit la parole au nom des hommes, et Gertrude au nom des femmes.

Le bonhomme s'était fait seriner un discours long et emphatique dans le style de ce temps : il entama sa harangue avec une mine et une pose des plus sérieuses. — Attendu, dit-il, que suivant l'habitude consacrée de tous les temps, et en raison des circonstances actuelles, il est arrivé que... que... que... et il s'arrêta, car il était au bout de son latin. Il se recueillit cependant, et reprit ainsi : — Pardonnez, seigneur; votre présence m'a fait perdre le fil des idées que j'avais apprises par cœur, et qui sont bien belles; maintenant, tout ce que je trouve à vous dire, c'est que, puisque j'ai vu le jour qui vous ramène parmi nous, je puis mourir en paix. — La bonne Gertrude s'avança à son tour et fit sa révérence; mais, comme elle n'avait pas reçu des leçons de beau langage, elle ne sut guère s'exprimer que par des larmes. L'émotion avait tellement gagné les assistants, qu'ils pouvaient à peine pousser des acclamations de joie. Édelbert et Rose, profondément émus, s'avancèrent à travers la foule joyeuse, jusqu'au perron, où se trouvaient Sigebert, Théobald et une foule d'autres chevaliers, avec leurs femmes et leurs enfants, tous en grand costume.

Agnès, la fille du charbonnier, vêtue de blanc et couronnée de fleurs, se détacha du groupe et vint présenter à Rose, sur un coussin de velours cramoisi, les clefs du château ornées de glands en or.

— Mademoiselle, lui dit-elle, vous n'avez pas seulement délivré votre père de prison; votre piété filiale lui a rouvert les portes de ce château. Recevez-en donc les clefs, et présentez-les-lui.

Rose tendit le coussin à Édelbert, qui prit les clefs, et leva les yeux au ciel en se souvenant de cette nuit affreuse où, devant cette même porte, par un temps d'orage et de pluie, il se vit enchaîné sur une charrette, et conduit hors de ses domaines. Il pensa à sa fille qui l'avait suivie en sanglotant, dans cet horrible trajet. Ce souvenir contrastait d'une manière frappante avec la réception qui lui était ménagée par Hildegarde. — Avant de toucher le seuil de cette porte, dit Édelbert, rendons-nous à la chapelle. Dieu a fait pour le mieux dans tout ce qui est arrivé. Il a changé le deuil en fête : allons lui offrir nos actions de grâces. — Les chevaliers et leurs femmes applaudirent, et le suivirent à la chapelle.

On se rendit ensuite à la table, dressée dans la grande salle. Le peuple fut festoyé dans la cour.

Édelbert ne put attendre la fin du banquet : il descen-

dit, et se rendit au milieu de ses vassaux, le cœur rempli
de joie, comme un père au sein de ses enfants. Le brave
charbonnier et sa fille furent les premiers auxquels il
s'adressa. — Burkhard, lui dit-il, mon fidèle et vieux serviteur, je n'ai pas oublié la bonté avec laquelle, toi et ton
épouse, vous avez accueilli ma fille. Dès aujourd'hui tu
ne quitteras plus mon château ; je te nomme mon grand
écuyer. Dans ta jeunesse tu as servi comme cavalier, et
tu te tiens encore parfaitement à cheval. Je te donne une
charge à laquelle tu t'entendras aussi bien, j'espère, qu'au
métier de charbonnier. Ta femme Gertrude, qui durant
ma captivité m'approvisionna de linge, je lui donne l'emploi de gouvernante. Quant à cette bonne Agnès, puisqu'elle a partagé tous les malheurs de ma fille, je veux
qu'elle participe aussi au bonheur de Rose ; elle sera sa
dame de compagnie. Jamais Rose ne trouvera une amie
plus dévouée et plus attachée à sa personne.

Édelbert alla ensuite d'une table à l'autre, en disant
quelques mots agréables à chacun. Dans l'impossibilité
de fêter tous les vassaux d'Édelbert, Hildegarde avait
invité, sans distinction de riches ou de pauvres, les plus
anciens pères de famille avec tous leurs enfants et petits-
enfants. Aux autres, la châtelaine avait promis qu'Édelbert les traiterait à une autre occasion. Plusieurs des
assistants recevaient autrefois de leur seigneur des secours
mensuels ou annuels, mais ces secours leur avaient manqué depuis que le château était tombé en le puissance
d'un étranger. Édelbert leur donna l'assurance que ces
bienfaits leur seraient continués. La joie fut alors générale ; tous jurèrent qu'ils étaient prêts à sacrifier leurs
biens et leur vie pour leur seigneur. — Kunerich, qui
était aussi descendu, prit Édelbert à part, et lui dit : —
La bonté l'emporte sur la force ; il vaut mieux se faire
aimer que se faire craindre. — A quoi Édelbert ajouta : —
Un seigneur que les méchants redoutent et que les bons
affectionnent à est mon avis l'homme par excellence.

XX

Édelbert et Kunerich se voyaient souvent. Dans tous les événements importants, Kunerich avait eu recours à son ami, dont il recevait des conseils toujours utiles à ses intérêts et au bien de ses vassaux. De leur côté, Rose et Hildegarde se faisaient de fréquentes visites. Rose honorait la noble châtelaine comme une seconde mère, et trouvait sans cesse auprès d'elle de nouveaux enseignements. L'intimité dans laquelle ils vivaient tous contribua pour beaucoup à embellir leur existence.

Depuis quelque temps cependant Kunerich n'était point venu à Tannebourg, et, sous divers prétextes, il avait évité les visites qu'Édelbert et Rose voulaient lui faire. Un jour, pourtant, Kunerich s'élance sur son cheval de bataille, accourt près d'Édelbert et de Rose, et les invite à le suivre immédiatement à Fichtenbourg. Le chevalier et sa fille s'aperçurent qu'il se passait quelque chose d'extraordinaire dans l'esprit de leur ami, mais ils ne purent découvrir de quoi il s'agissait, et ils le suivirent sans s'occuper davantage à découvrir ses secrets.

Lorsqu'ils arrivèrent à Fichtenbourg, Kunerich laissa à peine à ses hôtes le temps de saluer son épouse. —Édelbert, dit-il, venez un instant avec moi, et vous, Rose, veuillez nous accompagner. — Disant cela, il entraîna le chevalier avec force ; ils étaient suivis de la comtesse et de Rose. Ils allèrent tous ainsi à la sombre galerie qui conduisait au cachot où avait gémi si longtemps Édelbert. —Mais, s'écria celui-ci avec force, mais où me conduisez-vous donc ? — Je meurs, ajouta Rose ; hélas ! ajouta-t-elle, qu'allons-nous faire dans ce lieu de terreur ? — Kunerich ne dit mot ; il ouvrit la porte du cachot, et, à leur grand étonnement, ils aperçurent une magnifique chapelle ornée dans le goût du temps. Le jour pénétrait par une grande fenêtre à travers de magnifiques vitraux coloriés ; le plafond et les murailles étaient peints en bleu de ciel et parsemés d'étoiles d'or, et l'autel était de riches ciselures dont le travail délicat égalait la plus riche orfévrerie.

Édelbert et Rose firent éclater leur joie et leur admiration. — Je pensais, dit joyeusement Kunerich, que cette transformation vous réjouirait; j'ai voulu vous en ménager la surprise, et c'est pourquoi, sous divers prétextes, je me suis dérobé à vos visites. Mais n'est-il pas vrai que cette chapelle est belle? l'honneur de l'invention appartient à ma pieuse Hildegarde; laissez-moi vous conter cela. Lorsque, l'automne dernier, nous vous accompagnâmes à Tannebourg, et que nous fûmes de retour ici, Hildegarde me pria de lui faire voir le cachot où vous avez souffert si longtemps; je lui refusai, en lui disant que je ne pouvais aller dans ce lieu sans éprouver une cruelle émotion; mais, comme elle me renouvela ses instances, j'y cédai. Nous étions à peine entrés, qu'elle me dit: — Regarde donc comme la piété filiale a su changer cet asile de terreur en un logement agréable! — C'est vrai, répondis-je, c'était auparavant un lieu effroyable de malpropreté; maintenant c'est propre et clair comme le chœur d'une église. — A ces mots, Hildegarde s'écria: — Tu me donnes là, mon ami, une idée charmante, idée que j'avais presque, et qui m'était venue en visitant la jolie chapelle du château de Tannebourg. Il doit être facile de convertir cette haute voûte en chapelle; il faut que nous fassions cela pour témoigner de notre gratitude envers le ciel pour la délivrance de notre fils. La fondation d'une chapelle est certes ce que nous pourrons faire de mieux; c'est d'ailleurs la seule chose qui manque encore à notre château. Jusqu'à présent nous avons été obligés de nous rendre, pour assister au service divin, à l'église du village, qui se trouve au bas de la montagne; le chemin qui y conduit est difficile et souvent même impraticable. Bâtissons une chapelle dans notre château, c'est un monument qui ne peut manquer d'attirer la bénédiction divine sur nos descendants. — Telles furent ses paroles, et j'y applaudis de tout mon cœur. — Tu as grandement raison, lui dis-je; eh bien, que cela soit ainsi. Désormais ce cachot n'entendra plus les gémissements du prisonnier ; ici nous viendrons remercier Dieu de sa miséricorde et de la bonté qu'il a eue de nous rendre notre fils par l'entremise de Rose, de me réconcilier avec le chevalier Édelbert et de rendre la joie à mon cœur. — C'est ainsi, mes bons amis, que cette chapelle a été élevée, et, dans ce magnifique tableau de la prière, qui est devant vos yeux, nous avons fait représenter la prière sous les traits de notre chère Rose. — Et c'est demain, ajouta Hildegarde, que le pieux abbé Norbert doit venir la consacrer en qualité de suffragant. Sigebert, Théobald et d'autres chevaliers encore, qui nous sont chers et que nous tenons en haute estime, nous ont promis de venir avec leurs femmes et leurs enfants assister à cette fête. Toutefois, les hôtes les plus haut placés dans notre cœur et dans notre estime, c'est vous, noble Édelbert, et vous, charmante Rose. Nous sommes aussi persuadés que vous prendrez une part sincère à la consécration de cette chapelle qui vous doit son existence, et que vous n'assisterez pas à cette belle cérémonie sans une pieuse émotion.

La consécration de la chapelle au service divin fut en effet une belle et touchante solennité. Les invités arrivèrent avec leurs familles à l'heure fixée. Tous les chevaliers, en grand costume, et revêtus de leurs casques et de leurs cuirasses, vinrent prendre place aux deux côtés de l'autel. Les châtelaines portaient des vêtements de la plus grande richesse ; elles avaient des cols noirs brodés d'or, et leurs demoiselles étaient vêtues de blanc ; leurs têtes étaient couronnées de fleurs. Tous les assistants avaient l'attitude d'un profond recueillement, et ils étaient saisis de respect devant le Seigneur. Le petit Éberhard et ses deux jeunes sœurs étaient agenouillés devant le maître-autel, croisant leurs petites mains avec tant de recueillement et de piété, qu'on aurait pu les prendre pour des anges.

La chapelle était décorée de rameaux verts et l'autel embelli de fleurs odorantes ; des cierges jetaient leur brillante clarté, et des nuages d'encens s'élevaient dans les airs.

Le vénérable abbé Norbert monta alors les marches de l'autel, entouré d'un clergé nombreux, couvert de riches ornements sacerdotaux, la mitre en tête et la crosse en main, et, se tournant vers l'assemblée, dont il remarqua avec satisfaction le pieux recueillement, il lui adressa une allocution touchante, empreinte de cette charité et de cette inaltérable douceur, cachets permanents de notre sainte religion. La piété filiale de Rose fit le texte du discours, et inspira à l'abbé Norbert des paroles qui entraînèrent son auditoire et lui arrachèrent de douces larmes.

Après que la cérémonie de la consécration de la chapelle fut terminée, et que l'orgue eut, pour la première fois, célébré le service divin, les assistants prirent le chemin de la grande salle du château, où les attendait un splendide festin.

A peine avait-on pris place au banquet, que soudain des fanfares retentirent dans la cour du château. Kunerich et les convives se lèvent précipitamment, s'élancent aux fenêtres, et aperçoivent la cour pleine de gens armés. Plusieurs serviteurs entrèrent à l'instant dans la salle, annonçant le duc suzerain en personne. Les chevaliers voulurent accourir à sa rencontre; mais déjà il entrait, entouré d'une brillante cour. C'était un homme remarquable par ses manières nobles et son port imposant; quoique ses cheveux portassent déjà les frimas de l'âge, ses yeux, cependant, étaient pleins de feu. Il commença par saluer Édelbert, lui tendit la main et dit : — Mon cher Édelbert, j'ai voulu vous annoncer le premier la nouvelle du rétablissement de la paix et vous remercier, en mon nom et en celui de l'empereur, du secours que vous avez donné, et auquel nous devons attribuer l'heureux résultat de nos armes; j'ai voulu également vous ramener en personne vos braves compagnons, auxquels nous avons aussi tant d'obligation. Je suis arrivé hier soir très-tard à Tannebourg, où j'ai appris que vous étiez à Fichtenbourg; dès que le jour a paru, je me suis mis en route avec mes compagnons d'armes, persuadé que nous

trouverions aussi dans le chevalier Kunerich un ami
fidèle et dévoué. Vous n'étiez pas, je gage, dit-il à Kunerich en lui tendant la main, préparé à une pareille
surprise? L'empereur m'a chargé spécialement de bien
témoigner la satisfaction qu'il éprouvait de votre réconciliation avec l'excellent chevalier Édelbert, et je ne puis
cacher le plaisir que me causent la réunion et la bonne
intelligence de deux vaillants chevaliers faits pour s'aimer
et s'estimer.

La joie semblait avoir ravi les sens de Kunerich; la faveur de l'empereur et du duc avait produit sur lui plus
d'effet que le meilleur vin du Rhin, et il paraissait se trouver dans un état voisin de l'ivresse.

Le duc aperçut alors le pieux abbé; il alla à lui et lui
témoigna le plaisir de le rencontrer. Il prit place à son
côté et lui dit: —Je me félicite d'autant plus de vous voir,
vénérable abbé, que c'est un bonheur qui nous est rarement accordé à nous, gens du monde, car vous ne sortez
guère des murs de vos cloîtres que lorsqu'il y a quelque
part une œuvre pieuse à accomplir.

Puis le duc se tourna vers l'épouse de Kunerich. —
Noble dame, lui dit-il, permettez-moi, quoique je n'aie
pas été convié à la cérémonie de la consécration de votre
chapelle, de compter assez sur vos bontés pour oser m'asseoir à votre table, et de vous saluer comme l'aimable
hôtesse à qui moi et tous ces chevaliers devons une gracieuse hospitalité. Quant à vous, ma charmante demoiselle, dit-il en s'adressant à Rose, je suis chargé d'un message pour vous; mais je m'acquitterai de ma mission après
le repas. Et maintenant je ne veux pas retenir plus longtemps loin de table les chevaliers, leurs dames et leurs
demoiselles; ils voudront bien recevoir mes salutations
en commun, car, à dire la vérité, la course que nous venons de faire à cheval a réveillé tout mon appétit. Je vais
donner l'exemple, et nous allons nous mettre à table amicalement et sans cérémonie. Madame de Fichtenbourg
et mademoiselle de Tannebourg voudront bien prendre
place à mes côtés, quoique je fasse mentir le proverbe

qui dit que la vertu occupe toujours le milieu. Vous, vénérable abbé, placez-vous vis-à-vis de moi, entre les deux
chevaliers réconciliés ; l'établissement de la concorde a
d'ailleurs toujours été votre occupation favorite ; cette
place ne peut donc que vous être agréable. Nous aurons
d'ailleurs ainsi à côté de nous les quatre personnes qui
ont pris le plus de part à l'événement qui nous rassemble
tous, et nous pourrons en causer plus à l'aise. Les autres
convives connaissent leurs places.

A ces mots, le duc s'assit à la première place, où l'on
avait préparé pour lui un nouveau couvert et une coupe
d'or ; les autres convives prirent les places qui leur avaient
été assignées.

Après que les premières atteintes de la faim furent apai-
sées, le duc reprit la parole : — Il nous est bien revenu,
à la cour de l'empereur, dit-il, la brouille et la réconciliation des deux chevaliers, ainsi que la part qu'y ont prise
la noble Hildegarde et l'aimable Rose de Tannebourg ;
mais je désirerais connaître tous les détails de cette histoire, à laquelle je prends le plus vif intérêt. — Et alors il
fit question sur question ; Édelbert et Rose, Kunerich et
Hildegarde, furent tour à tour invités à raconter. Le duc
écoutait avec une attention marquée, et, pendant ces récits, il témoigna plusieurs fois de la pitié pour les souffrances d'Édelbert, et manifesta surtout son admiration
pour Rose. Il donna également à la conduite d'Hildegarde
les louanges qu'elle méritait, et rendit justice aux sentiments actuels de Kunerich. Édelbert et Rose, par égard
pour ce dernier, voulaient omettre quelques détails, ou du
moins s'y arrêter légèrement ; mais Kunerich les racontait alors lui-même avec la plus entière franchise. — J'ai
été bien coupable, dit-il, je le sais ; mais, enfin, la faute
est passée, et le silence ne saurait l'effacer ; il est plus
honorable d'avouer tout de suite ses torts et de tout en-
treprendre pour les réparer. C'est ce que je crois avoir
fait, et je souhaite à tout pécheur d'en faire autant ; il
ne s'en trouvera pas mal, car il ne pourra qu'à ce prix reconquérir le repos et la paix du cœur.

A la fin de ce récit, le duc salua l'assemblée avec un air de satisfaction, et dit : — C'est à cette vertueuse demoiselle que nous devons tous nos remercîments de cette réunion de paix et d'amitié ; sans son intervention, nous serions en ce moment aux prises les uns contre les autres dans une sanglante mêlée, car il est entendu que nous n'aurions pas laissé plus longtemps le chevalier Édelbert dans sa cruelle prison. Il était déjà convenu, à la cour, qu'aussitôt la paix rétablie avec les ennemis du dehors, je devais me diriger avec des troupes nombreuses vers le château de Kunerich, pour m'en emparer. Kunerich aurait sans doute opposé une résistance opiniâtre, et qui sait tout le sang qui aurait alors été répandu ! Que Dieu soit loué de ce qu'il a permis qu'il en fût autrement au moyen d'une tendre jeune fille, de la noble demoiselle que j'ai à mon côté !

La modeste Rose de Tannebourg rougit : — Ah ! noble seigneur, répondit-elle, tant d'honneur ne m'appartient pas ; c'est Dieu qui a tout fait. Le petit oiseau qui s'envola au bord du puits a contribué autant que moi au rétablissement de la bonne intelligence entre le chevalier Kunerich et mon père. C'est parce qu'il est venu au moment même où Éberhard se trouvait près du puits et où Thérèse s'en trouvait éloignée, que la guerre n'a pas eu lieu.

Le vénérable abbé Norbert dit à son tour, avec l'accent d'une profonde émotion : — L'ingénieuse et modeste remarque que vient de faire Rose de Tannebourg ne pourrait se payer avec de l'or. Oui, c'est vrai, il est journellement dans la vie mille petites circonstances auxquelles nous ne prêtons aucune attention, qui ont cependant les suites les plus graves, et qui décident souvent du sort d'un grand nombre d'hommes ; et c'est précisément dans l'histoire qui nous occupe que ces particularités se révèlent en grand nombre. Qui de nous peut se refuser à croire, par exemple, que son sort peut dépendre du temps qu'il fera aujourd'hui, du soleil ou de la pluie? Si, le jour où le beau soleil d'automne, éclairant le château de ses plus brillants rayons, il avait plu, le petit Éberhard ne serait

pas descendu dans la cour, et Rose n'aurait pas eu l'occasion de le sauver et d'attendrir le cœur de son père, et
peut-être un grand nombre de vaillants guerriers auraient
perdu la vie à l'attaque de ce château, laissant dans les
larmes des veuves et des orphelins. Qui pourrait jamais
croire encore qu'un mets servi sur la table, plutôt qu'un
autre, suffit à changer tout le cours d'une vie? Et cependant, si l'on n'avait pas servi des champignons sur la table du charbonnier, il ne serait peut-être pas venu à l'idée
de Rose de Tannebourg d'entrer au service de la gardienne du château. Dieu permit que ces champignons
servissent à préserver ce château de la ruine qui le menaçait, et en fissent en ce jour un lieu de réjouissances et
de fête au lieu d'un théâtre de désolation et de terreur,
comme il l'eût été s'il avait été pris d'assaut. C'est ainsi
que se manifeste la Providence dans les circonstances les
moins apparentes de la vie des hommes. De même qu'un
habile musicien sait mêler à mille sons divers quelques
sons dissonants pour en faire une mélodieuse harmonie,
ainsi la puissance et la sagesse divines forment le cours
de notre existence de mille incidents agréables et fâcheux,
mais qui cependant s'accordent tous entre eux. Puissions-
nous souvent examiner notre vie sous ce point de vue,
combien nous trouverions de motifs de louer Dieu de ses
dispositions admirables et paternelles à notre égard !.....

Toute l'assemblée applaudit au discours du bon abbé,
puis le duc, saisissant sa coupe d'or, se leva et s'écria :
— A la santé de l'empereur ! Ce toast fut répété tout d'une
voix par l'abbé, les chevaliers, les écuyers, les dames et
les demoiselles, et tous vidèrent leurs coupes. Le duc,
posant ensuite la sienne sur la table, se tourna vers Rose
et dit : — C'est à ce moment solennel que je dois m'acquitter du message dont l'empereur m'a chargé pour
vous, ma chère demoiselle de Tannebourg ; c'est avec la
plus grande satisfaction qu'il a été instruit de votre piété
filiale, qui nous a épargné les horreurs d'une guerre civile
après les sanglantes expéditions d'une guerre extérieure ;
c'est pourquoi sa haute sagesse lui a fait prendre une dé-

cision dont je vais vous faire part, ainsi qu'à votre noble
père et à tous les assistants. — Le duc fit signe à l'un des
chevaliers qui l'avaient accompagné. Celui-ci apporta une
grande lettre écrite sur parchemin, avec beaucoup d'ornements; une bande de velours écarlate l'entourait, et
des rubans brodés d'or retenaient le grand sceau impérial
enfermé dans une boîte d'ivoire. Le duc présenta cette
lettre à Rose, toute surprise, et lui dit : — Noble demoiselle, comme votre père n'a point de fils, et que Tannebourg, comme fief masculin, devait retourner un jour aux
domaines de l'empereur et de l'État, Sa Majesté, du consentement des princes de l'empire, a décidé que la possession de ce fief vous serait transmise, car vous leur
avez rendu un service que dix fils peut-être n'auraient pu
rendre; cette lettre contient les titres de cette concession.
Vous pouvez choisir, selon votre cœur, un époux parmi
les fils des plus nobles et des plus illustres familles de
notre vieille Allemagne. Il n'aura d'autre condition à remplir que de prendre le nom de Tannebourg. Puisse ce glorieux changement de nom de Tannebourg se transmettre
d'âge en âge à vos enfants et petits-enfants, et les descendants de cette noble race rester longtemps encore les
bienfaiteurs de la terre !

Édelbert était profondément ému et touché de la faveur
inouïe que lui accordait l'empereur. Rose, qui ne se croyait
pas digne d'une si haute distinction, ne pouvait trouver
une parole de remercîment. Le vœu du duc fut par la
suite pleinement accompli. Beaucoup de jeunes chevaliers sollicitèrent la main de Rose; elle choisit le plus
noble de tous, et passa le reste de ses jours avec lui dans
la plus heureuse union. Ce fut Eckbert, le plus jeune des
fils du duc. — Cependant cela n'arriva que quelques années après.

Au sortir de table, le duc manifesta le désir de voir le
puits et la chapelle. Hildegarde ordonna d'entourer de
bougies le sceau du puits, afin qu'en le descendant on pût
juger de la profondeur de l'abîme.

Le duc se rendit près du puits avec toute l'assemblée;

il en loua la belle construction, et, en contemplant le cercle de lumière qui s'enfonçait dans le puits, il ne put s'empêcher de s'écrier : — En vérité, demoiselle de Tannebourg, je ne sais où vous avez puisé le courage de descendre dans ces affreuses profondeurs. Tant que subsistera ce château, on ne parlera que du dévouement de la fille d'Édelbert. Vous vous êtes fait de ce puits un monument qui ne le cède point à ceux que l'on élève aux plus grands héros.

— Oh ! non, Monseigneur, dit Rose confuse; ce puits est bien plutôt un monument de la puissance et de la miséricorde de Dieu. Je crois que lorsque j'y descendis, le courage qui me détermina n'était pas en moi.

Le duc visita ensuite la chapelle; il s'agenouilla quelques minutes sur les marches de l'autel, puis, se relevant, il dit : — Puisque c'est le tendre amour de Rose pour son père prisonnier qui a changé ce noir cachot en une chapelle élégante, il faut mettre au-dessus de l'autel cette inscription en lettres d'or : — *A la piété filiale.*

Rose répondit, non sans rougir beaucoup : — Non, non ! ce serait trop d'honneur pour un être mortel. C'est au Très-Haut, qui s'est servi de nous pour accomplir de grandes choses, qu'il faut consacrer cet autel à jamais !

Le pieux abbé loua beaucoup Rose de son humilité. — Je proposerai cependant, dit-il, au lieu de cette inscription, d'en mettre une autre que la modestie de cette demoiselle ne refusera pas, et qui portera en grandes lettres d'or : *Honore ton père et ta mère, afin de passer de longs jours sur terre.*

On fit selon les paroles du vénérable abbé, et la promesse divine contenue dans ces paroles se réalisa dans la suite d'une manière éclatante à l'égard de Rose.

FIN

TABLE DES MATIÈRES

FIN DE LA TABLE.

Corbeil, typ. et stér. de Crété.

COLLECTION

de beaux volumes in-12, format anglais

DE 360 A 460 PAGES

ORNÉS DE GRAVURES ET SUPÉRIEUREMENT IMPRIMÉS

LA SEMAINE DES TROIS JEUDIS, contes pour les enfants, par M. JULES JANIN. 1 volume. 4 gravures. 1862............ 3 fr.

LES PETITS BONHEURS DE LA VIE, par M. JULES JANIN. Nouvelle édition. 1 volume. 4 gravures par GAVARNI. 1862......... 3 fr.

VOYAGE A TRAVERS MES LIVRES, lectures pour tous, par M. Ch. ROMEY. 1 volume. 4 gravures. 1862................. 3 fr.

CONTES FANTASTIQUES D'HOFFMANN, traduits par CHRISTIAN. 1 volume avec 4 gravures par GAVARNI................. 3 fr.

CONTES NOCTURNES D'HOFFMANN, traduits par CHRISTIAN. 1 beau volume. 4 gravures par GAVARNI. 1862............... 3 fr.

LES VOYAGES DE GULLIVER, par SWIFT, traduction nouvelle. 1 volume avec 6 gravures par GAVARNI. 1862............ 3 fr.

LES CONTES DU CHANOINE SCHMID, illustrés de 150 vignettes par GAVARNI. 2 vol. 1862. Traduits par CERFBEER DE MÉDELSHEIM. 6 fr.

ROBINSON CRUSOÉ, par DANIEL DE FOÉ, traduction nouvelle. 1 beau volume avec 5 gravures par GAVARNI. 1862............ 3 fr.

ROBINSON SUISSE, par WYSS, traduction nouvelle. 1 beau volume avec 6 gravures................................ 3 fr.

LE MAGASIN DES ENFANTS, par Mme LEPRINCE DE BEAUMONT, illustré de 150 vignettes. 1 beau volume.............. 3 fr.

LES MARINS ILLUSTRES DE LA FRANCE, par M. LÉON GUÉRIN. 1 volume avec 4 gravures........................ 3 fr.

FABLES DE LA FONTAINE, illustrées de 75 gravures dans le texte. 1 beau volume................................. 3 fr.

Mme DE GENLIS

ADÈLE ET THÉODORE. Nouvelle édition, soigneusement revue et corrigée. 2 volumes. 8 gravures. 1862................. 6 fr.

LES PETITS ÉMIGRÉS. Nouvelle édition. 1 vol. 4 gravures.... 3 fr.

THÉATRE D'ÉDUCATION. Nouvelle édition. 2 vol. 8 gravures. 6 fr.

LES VEILLÉES DU CHATEAU. Nouvelle édit. 2 vol. 12 grav. 6 fr.

CORBEIL. — TYPOGRAPHIE DE CRÊTÉ.